Die Staatsstädte von Voltar

Übersetzt von 54 Charlee Neun

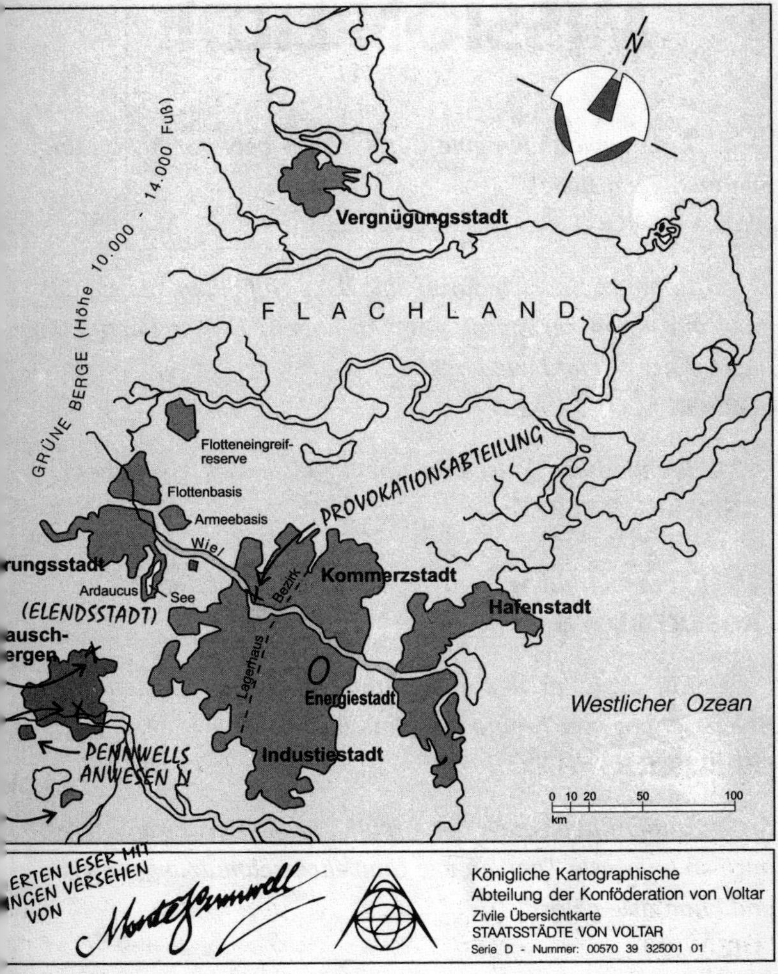
N
Vergnügungsstadt
GRÜNE BERGE (Höhe 10.000 - 14.000 Fuß)
F L A C H L A N D
Flotteneingreif-
reserve
Flottenbasis
Armeebasis
PROVOKATIONSABTEILUNG
Wiel
rungsstadt
Ardaucus
See
(ELENDSSTADT)
Bezirk
Kommerzstadt
Hafenstadt
ausch-
ergen
Lagerhaus
Energiestadt
Westlicher Ozean
Industiestadt
PENNWELLS
ANWESEN
0 10 20 50 100
km
ERTEN LESER MIT
NGEN VERSEHEN
VON
Königliche Kartographische
Abteilung der Konföderation von Voltar
Zivile Übersichtkarte
STAATSSTÄDTE VON VOLTAR
Serie D - Nummer: 00570 39 325001 01

Enthusiastische Anerkennungen für
MISSION ERDE

„Eine unglaublich gute Geschichte... bebt vor Action und Spannung, ein Juwel."
- A.E. VAN VOGT

„Erinnern Sie sich daran, wie Sie sich fühlten, als sie das erste mal Krieg der Sterne gesehen haben? Dieses Buch wird Ihnen dieses Gefühl wiedergeben."
- ORSON SCOTT CARD

„Wunderbare Satire von einem Meister des Abenteuers."
- ANNE MC CAFFREY

„...eine wirkliche Saga - in der großen Tradition."
- ROBERT BLOCH

„Ein Erzähler der Superlative mit einer meisterhaften Beherrschung von Tempo und Handlung."
- PUBLISHERS WEEKLY

„Human aber auch humorvoll... in Mission Erde werden auch so todernste Themen wie Umweltverschmutzung mit Witz und Phantasie gelöst"
- DIE WELT

„Ein tolles Lesevergnügen... wie man es von einem professionellem Schriftsteler erwarten würde. "
- WASHINGTON POST

DIE BÜCHER DER

MISSION ERDE

DEKALOGIE*

Band 1 Die Verschwörer planen

Band 2 Der Anfang vom Untergang

Band 3 Der Feind im Innern

Band 4 Eine bizarre Affäre

Band 5 Vermächtnis aus Angst

Band 6 Tödlich verrückt

Band 7 Drang zur Vergeltung

Band 8 Das Verhängnis

Band 9 Abscheulicher Triumph

Band 10 Der verdammte Planet

** Dekalogie - ein Werk, bestehend aus zehn Bänden.*

L. RON HUBBARD

Autor des Weltbestsellers "Kampf um die Erde"

MISSION ERDE BAND 1

DIE VERSCHWÖRER PLANEN

SCIENCE FICTION ROMAN

new•era

Verlag:
NEW ERA Publications Deutschland GmbH
Bahnhofstr. 40
D-21629 Neu Wulmstorf

mit Genehmigung durch die Mutterfirma:
NEW ERA® Publications International ApS
Store Kongensgade 55, 1264 Copenhagen, Denmark

MISSION ERDE - Die Verschwörer planen
Originaltitel: *Mission Earth: The Invaders Plan*

Umschlaggestaltung: Gary Meyer

Druck in Schottland 1995.

1. Auflage der deutschen Taschenbuchausgabe

ISBN 3-929284-12-X

Originalausgabe: ISBN 0-88404-194-8
Bridge Publications, Inc.

Für EUCH,
die Millionen von Science-fiction-Fans
und alle Leser,
die Ihr meine Rückkehr in die Welt der Fiktion
so herzlich begrüßt habt,
und für die Kritiker und die Medien,
die dem Roman „Kampf um die Erde"
auf so erfreuliche Weise Beifall gespendet haben:
Es ist großartig, für Euch zu arbeiten!

EINLEITUNG DES AUTORS

Science-Fiction und Satire

Vor einigen Jahren schrieb ich zur Feier meines goldenen Jubiläums als Schriftsteller Kampf um die Erde. *Mit fast einer halben Million Worte fiel es etwas umfangreicher aus als andere Bücher, die ich in meiner fünfzigjährigen Laufbahn veröffentlicht hatte. Aber es war nun einmal mein Jubiläum, also entschied ich mich zu klotzen.*

Es war mir ein Vergnügen, es zu schreiben, und sofern Bestseller-Listen als Indikatoren gelten können, fanden die Leser Vergnügen daran, es zu lesen. Es war erfreulich zu erfahren, daß reine Fiktion (wie ich sie damals verstand) ein derart breites Publikum besitzt. Ich wurde wieder daran erinnert, wie viele Facetten die Science-fiction bietet: Abenteuer, Romantik, Dramen, Komödie, Tragödie und Intrige, wobei das Science-fiction-Abenteuer wohl den dominierenden Typus des Genres darstellt.

Es gibt jedoch noch einen anderen Aspekt der Science-fiction: Sie enthält ihrer Natur nach meist auch ein Element der Satire; man braucht nur an so bekannte Namen wie Mark Twain, Johannes Kepler, Samuel Butler, Jules Verne und Sir Thomas More zu denken. Noch deutlicher wird dies, wenn man die Geschichte der Satire betrachtet und mit der Science-fiction vergleicht.

Satire ist nicht auf die westliche Welt beschränkt. Das chinesische Zeichen für das Wort beispielsweise kann als „Gelächter mit Messern" übersetzt werden. Der Ursprung unseres Wortes Satire ist allerdings weniger scharf. Es stammt vom lateinischen satura ab, das „Allerlei" oder „Mischung" bedeutet und im kulinarischen Vokabular eine bunte Zusammenstellung der Zutaten meinte, eine „Mischung aus vielen verschiedenen Dingen“, etwa die mit gemischten Früchten gefüllte Schale, die den Göttern dargebracht wurde. Dieser Wortkern scheint auf ein einfaches Gericht aus heimischen Produkten hinzuweisen, das schlicht gewesen sein mag, aber auch herzvoll, gesund, sättigend und genüßlich.

Es war ganz natürlich, daß satura als Bezeichnung auf die beliebten improvisierten Volksbelustigungen überging, die einem zweifellos stürmisch begeisterten römischen Publikum dargeboten wurden. Sie besaßen weder eine bestimmte Form noch eine festgelegte Handlung. Lieder, Prosa, Gedichte und Dialoge wurden je nach Laune gemischt, um die Leute mit Lob und Spott zu unterhalten.

Als der Vater der römischen Poesie, Quintus Ennius (239-169 v. Chr.), das Wort satura zur Kennzeichnung einiger seiner Gedichte benutzte, dürfte er auf beide Bedeutungen zurückgegriffen haben, um anzudeuten, daß seine Gedichte eine schlichte (aber herzvolle und gesunde), spaßige Mischung aus Drama und Komödie seien, die unterhaltsam zwischen Prosa, Vers und Lied wechsle.

Aber es dauerte noch bis zum siebzehnten Jahrhundert, ehe der tatsächliche Ursprung des Wortes Satire entdeckt wurde. Bis dahin ließen sich die Schriftsteller zu dem Glauben verleiten, daß Satire von den Satyrn herstamme, von jenen rauhen und zottigen, halb menschlichen, halb tierischen Wesen, die nichts taten, als Wein zu trinken und Waldnymphen zu jagen. Das führte sie zu dem Mißverständnis, die Satire müsse ebenfalls grob und ungehobelt sein. Aber der Ursprung des Wortes hatte nichts mit ihnen zu tun, so wie sein Gegenstand nur wenig mit den Griechen, da sie die Satire nicht als eigene Literaturgattung betrachteten. Es blieb den Römern vorbehalten, die Kunstform zu entwickeln, die sich mit den alltäglichen Enttäuschungen des Lebens befaßt.

Zwei ihrer Dichter, Horaz (65-8 v. Chr.) und Juvenal (50-130), repräsentieren die beiden klassischen Schulen der Satire — die spielerische und die zynische.

Beide verwandten den Hexameter und entwickelten ihn weiter, eine poetische Form, die die Satire bis ins achtzehnte Jahrhundert *hinein beherrschen sollte. Horaz gilt als der spielerisch geistreiche Kopf, der optimistische, feinsinnige Kritiker, der, obwohl voller Ernst, heiter „die Wahrheit mit einem Lachen sagt". Juvenal dagegen war der bittere Zyniker, der voll Zorn auf die Welt blickte, die Menschen für unverbesserlich hielt und seine Verse schrieb, um zu verletzen und zu strafen, nicht um zu heilen oder aufzuklären. Der eine war also der Arzt seiner Zeit, der andere ihr Scharfrichter. Die richtende Natur der Satire war damit voll ausgebildet.*

Obwohl die Schriften zur Geschichte der Satire sie meist nur kurz streifen, gibt es noch eine dritte Schule der Satire, die nach Menippos benannt wird, einem Syrer, der sich im 3. Jahrhundert v. Chr. in Griechenland niederließ.

Die dreizehn Bücher, die Menippos verfaßte, sind zwar verlorengegangen, aber es gab genügend Autoren, die ihn popularisierten und nachahmten, und von ihnen wissen wir, daß sein bevorzugtes Angriffsziel die Philosophen waren, besonders die Stoiker.

Weniger vom Hexameter bestimmt als die Schöpfungen von Horaz und Juvenal, stellt die Mennippeische Satire eine wahrhaftige satura *dar. Sie variiert nicht nur im Inhalt, sondern vermischt auch Verse und Prosa, ja sogar Griechisch und Latein miteinander. Die Mennippeische Satire besteht im wesentlichen aus erzählender Prosa, in die, vermutlich als Parodien auf Homer, einige Verse eingestreut sind, mit denen irgendeine Torheit lächerlich gemacht wird. Mehrere Forscher haben zudem gewisse Ähnlichkeiten mit* Tausendundeiner Nacht *bemerkt, die die Frage nahelegen, ob sie ein Werk des Mennippos oder allgemein semitischen Ursprungs sind.*

Lukian von Samosata (zweites Jahrhundert n. Chr.), ein weiterer Syrer, der Mennippos bewunderte, hat einen Beitrag zu dem geleistet, was von einigen als eine der Wurzeln der Science-fiction angesehen wird. Lukians Wahre Geschichten *sind eine Satire auf die damals beliebten phantastischen Reiseerzählungen; sie berichten von einer Reise zum Mond (mit einem Segelschiff, das von einem Wirbelwind erfaßt und in die Lüfte gehoben wird), womit ein neuer Aussichtspunkt gewonnen war, von dem aus die Schwä-*

chen der erdgebundenen Menschheit beleuchtet werden konnten. (Es gibt noch eine frühere Erzählung über eine Mondreise, um 100 von Antonius Diogenes verfaßt, in der der Erdtrabant durch bloßes Nordwärtswandern erreicht wird. Es war jedoch nicht diese Reise, sondern die von Lukian beschriebene, die sich als vitaler historischer Katalysator erweisen sollte.)

Natürlich war die Idee, eine Reise in unbekannte, hypothetische oder phantastische Welten zum Angelpunkt einer Geschichte zu machen, nicht neu. Da nur sehr wenig von unserem Planeten bekannt und erforscht war, drängten sich solche Geschichten förmlich auf; im Grunde war jede beliebige Zivilisation oder Welt vorstellbar, wie Homer es in der Odyssee *vorführte.*

Aber anders als neue Meere oder Länder hinter dem Horizont, war der Mond sichtbar; er blickte als ständiger Begleiter, Freund und Fremdling in einem, auf die Erde herab.

So reisten die Satiriker, nachdem Lukians Wahre Geschichten *1634 ins Englische übersetzt worden waren, zum Mond, um dort ihr Standquartier zu errichten — ein Quartier, in dem sozusagen auch die Startrampe der Science-fiction stand.*

Cyrano de Bergeracs Reise zu den Mondstaaten *(1657 unter dem Titel* L'autre monde [Die andere Welt] *erschienen) war ein Vehikel für Sozialsatire, aber auch das erste Werk, in dem Raketen als Mittel der Raumfahrt vorgeschlagen wurden. Cyranos Satire inspirierte wiederum Swift dazu,* Gullivers Reisen *(1726) zu schreiben, in denen, neben den bizarren Figuren, die gesellschaftliche Zustände repräsentieren, auch fliegende Städte und, lange bevor sie entdeckt wurden, die beiden Monde des Mars vorkommen.*

Daniel Defoe benutzte einen Flug zum Mond als satirisches Mittel in The Consolidator *(1705), der vierzehn Jahre vor seinem* Robinson Crusoe *veröffentlicht wurde.*

Edgar Allan Poe versah seine Mondreise in Die unvergleichlichen Abenteuer eines gewissen Hans Pfaall *(1835) mit so eindrucksvollen Einzelheiten, daß Jules Verne, wie berichtet wird, zu der Überzeugung gelangte, daß Wahrscheinlichkeit der Schlüssel zum Erfolg sei. Seine* Reise zum Mond *erschien 1865, und H. G. Wells folgte 1901 mit seinen* Ersten Menschen auf dem Mond.

Damit war die Science-fiction, zum Teil dank der Satiriker, die ihr den Weg geebnet hatten, als Genre etabliert.

Die Satiriker hatten die Leser unterdessen auch auf andere Planeten geführt, lange vor den nunmehr anerkannten Science-fiction-Autoren. Der Meister der Satire, Voltaire, dessen Candide *(1759) ein Musterbeispiel der* satura *darstellt, beschrieb in* Mikromegas *(1752) die Reise eines Riesen, der auf einem um den Fixstern Sirius kreisenden Planeten lebt, zunächst zum Saturn und dann zur Erde. Bei unserem Planeten angekommen, hält ihn ein Saturnier, der den Riesen begleitet hat, dem ersten Augenschein nach für unbewohnt und bemerkt: „Ich denke, es gibt kein Leben auf der Erde, weil ich nicht glaube, daß vernünftige Leute hier jemals bleiben würden."*

Wenn eine Reise ins All als zu beengtes Sujet empfunden wird, gibt es immer noch die Möglichkeit der Zeitreise. H. G. Wells nutzte sie in seiner Zeitmaschine *(1895) für einen satirischen Angriff auf die englische Klassengesellschaft. Aber schon die Römer hatten einen Weg für die Reise in die Zeit ersonnen. Ein Menippeischer Satiriker, Marcus Terentius Varro (116-27 v. Chr.), beschrieb als ein früher Rip Van Winkle, wie er in Rom einschlief und fünfzig Jahre später wieder erwachte, was ihm die Möglichkeit bot, einige vergleichende Kommentare zu seiner Gesellschaft abzugeben.*

*Als dritter Kosmos eröffnet sich der „innere Raum", der einen Zentimeter hinter der Realität beginnt und am anderen Ende der Einbildungskraft endet. Aber aus irgendwelchen Gründen hat die Science-fiction, seit sie im 19. Jahrhundert zu sich selbst kam, es stets vermieden, diesen Raum zu betreten. Die Maschine herrschte, der Mensch war selbst nichts anderes, und die Science-fiction-Autoren beugten gehorsam das Knie. Als John W. Campbell mich 1938 aufforderte, etwas für ihn zu schreiben, beschloß ich, etwas dagegen zu tun, indem ich von Menschen und ihren Möglichkeiten erzählte.**

Da der Mensch und seine Suche nach Wissen immer im Mittelpunkt meines Interesses gestanden haben, handelte meine erste Geschichte („Die gefährliche Dimension") von einem unter dem

* Vgl. die Einleitung zu *Kampf um die Erde.* — Der Verlag.

Pantoffel stehenden Philosophen, der entdeckte, daß der Raum nichts als eine Idee war, ein Gesichtspunkt, von dem aus man eine Ausdehnung betrachtet. Er fand heraus, daß sein Gesichtspunkt nicht von dem Raum um ihn herum bestimmt wurde, daß es vielmehr gerade umgekehrt war. Das ist für einen typisch westlichen Verstand ziemlich radikal. Ich sagte John nicht, daß dieser Gedanke so alt ist wie Buddha und einige andere heikle Fragen, wie die der Zeit, löst, zumal es für ihn problematisch genug war, drucken zu müssen, was immer ich schrieb. Also versetzte ich die Geschichte mit einem leichten satirischen Einschlag und etwas Humor, um sie so verdaulich wie möglich zu machen, und beließ es dabei.

Satire mag komisch sein, aber das, was komisch ist, ist nicht notwendigerweise auch Satire.

Die Komödie bezieht ihre Wirkung aus der Vorführung eines deplazierten oder ungerechtfertigten Gefühls. Das Gelächter, das sie hervorruft, resultiert aus der Zurückweisung des Unverhältnismäßigen; es ist Ausdruck der emotionalen Entspannung, die eintritt, wenn das unangemessene Verhalten erkannt wird.

Man stelle sich zum Beispiel eine Szene vor, in der jemand an einer eleganten Tafel sitzt und ißt. Alles ist vollkommen — feinstes Porzellan, Silber und Kristall, ein prächtiger Tischaufsatz, Kerzen.

Nur eines stimmt nicht. Was der Mann ißt, was vor ihm auf dem Teller liegt, ist ein alter Schuh. Er schneidet mit Messer und Gabel ein Stück ab und beißt hinein, kaut, hebt die Serviette, um sich geziert den Mundwinkel abzuwischen, und lächelt einem anderen Gast freundlich zu, bevor er ein weiteres Stück abbeißt.

Wenn diese Szene von einem großen Komödianten wie Charlie Chaplin gut dynamisiert ausgespielt würde, wäre sie komisch. Aber nicht der Schuh wäre komisch, sondern das Essen, genauer gesagt: der Ausdruck und das Verhalten des Essenden. Da es keine „richtige" Art, einen Schuh zu essen, gibt, würden seine Haltung und die untadeligen Manieren, mit denen er es dennoch unternimmt, die Unangemessenheit des Ganzen zusätzlich betonen. Daher die Komik.

Aber wäre es Satire?

Um diese Frage zu beantworten, muß man erkennen, wer oder was verspottet wird. Mit anderen Worten, der Unterschied zwischen Komödie und Satire besteht darin, daß die Satire durch eine Karikatur erreicht wird, wie Cartoonisten sie (oft neben den Leitartikeln) bieten, indem sie die Gesichtszüge bekannter Persönlichkeiten zwar überzeichnet, aber kenntlich wiedergeben. Imitatoren tun das gleiche mit Stimmen und Gesten, manchmal so gut, daß ihnen nachgesagt wird, sie ähnelten im Verhalten oder Stimmfall der nachgeahmten Person mehr als diese selbst. Ihr Talent ist es, unterscheidbare Einzelzüge zu sehen, festzuhalten und in den Vordergrund zu stellen. Wenn das zur Übertreibung gerät, haben wir die Karikatur und zugleich den Punkt, an dem die Satire hinzukommt. In der Satire schlägt man absichtlich über die Stränge der Welt der reinen Tatsachen.

Obwohl die Satire manchmal mit der Komödie identifiziert wird — und sie kann gewiß sehr komisch sein —, gilt ihr Hauptanliegen der Bloßstellung eines bestimmten Mangels oder Übermaßes. Sie unterscheidet sich andererseits von direkter Kritik dadurch, daß sie sich in Unangemessenheit kleidet, um die Differenz, auf die sie hinweist, zu verdeutlichen. Manchmal ist ihr Stachel, wie eine bittere Pille von Zucker versüßt wird, mit Humor bestrichen. Aber auch dann ist das Lachen, das sie hervorruft, in den meisten Fällen ein Florettstich mitten ins Herz menschlicher Torheit.

Satire und ihre Verwandten, etwa der Witz und das Wortspiel, erfordern einen scharfen Blick. Vor allem anderen muß man in der Lage sein zu erkennen, worüber gespottet wird. Man kann sagen, der Sinn für Humor beruht auf der Fähigkeit zu beobachten oder wahrzunehmen. Wenn jemand zu sehr an den Worten hängt und jede Bemerkung wörtlich nimmt, wird er „den" Witz nicht mitbekommen, besonders wenn er aus einem Wortspiel besteht. Man kann sogar behaupten, der Sinn für Humor, der Sinn für das Spielerische sei ein Maß für die Intelligenz eines Menschen. George Orwells Farm der Tiere *(1945) ist komischer, wenn man den Kommunismus kennt, es sei denn, man ist zufälligerweise selbst Kommunist. Aber die Objekte der Satire sind stets die letzten, die in das Lachen einfallen; sie sind aus verschiedenen persönlichen*

Gründen nicht fähig, den Witz zu erkennen. Doch für sie wird die Satire ja auch nicht geschrieben. Sie wird für die anderen geschrieben, damit sie, wie im Märchen, sehen, daß der „Kaiser keine Kleider trägt".

Deshalb ist satura komisch. Deshalb macht sie Spaß.

Ich hoffe, Ihr findet Geschmack an meiner satura, obwohl ich sicher bin, daß gewisse Personen und Institutionen mir vorwerfen werden, daß diese Fruchtschale scharfe Ränder besitzt.

Bon appétit!

Literatur:
Allen, Charles A., und Stephens, George D.: *Theory of Satire,* Belmont 1962
Brown, Ashley, und Kinney, John L. (Hg.): *Satire,* 1968
Duff, J. Wight: *Roman Satire. Its Outlook on Social Life,* Cambridge 1937
Highet, Gilbert: *The Anatomy of Satire,* Princeton 1962
Kernan, Alvin B.: *The Cankered Muse. Satire of the English Renaissance,* New Haven 1959
Paulson, Ronald: *The Fictions of Satire,* Baltimore 1967; (Hg.): *Satire. Modern Essays in Criticism,* 1971
Ramage, Edwin S., Sigsbee, David L., und Fredericks, Sigmund C.: *Roman Satirists and Their Satire.* 1974
Sutherland, James R.: *English Satire,* Cambridge 1958
Ulman, Craig Hawkins: *Satire and the Correspondence of Swift,* Cambridge, Mass., 1973
Worcester, David: *The Art of Satire,* Cambridge, Mass., 1940

Vorwort der voltarianischen Zensur

Verfaßt von
Lord Invay, Königlichem Historiker
und Direktor der Zensurbehörde
Königlicher Palast, Konföderation von Voltar

In dieser Zeit einer schlechten und beunruhigenden Literatur, die unsere Jugend Gewalt und Phantasie lehrt, bin ich mit Vergnügen der Aufforderung gefolgt, ein Vorwort für dieses außergewöhnliche und überaus erfinderische Werk zu schreiben.

Wenn wir hören, wie ansonsten vernünftige Männer und Frauen solchem sinnlosen Gewäsch Glauben schenken wie: „Die Erdbewohner kommen", oder: „Nichtidentifizierte Flugobjekte sind überall über den friedlichen Städten von Voltar und werden Tag und Nacht gesichtet", seufzen wir angesichts der Beeinflußbarkeit und Leichtgläubigkeit unserer Jugend.

Sensationalismus mag seinen Charme für die Registrierkassen jener besitzen, die solchen phantastischen Wahnvorstellungen Vorschub leisten; für den ernsthaften Wissenschaftler und Akademiker entbehrt er jeder Anziehungskraft. Tatsachen bleiben Tatsachen, und Wahn ist Wahn; man sollte beides nicht miteinander vermengen.

Lassen Sie es mich klipp und klar sagen: Es gibt keinen solchen Planeten „Erde", ganz gleich, ob man ihn mit dem von seinen Bewohnern angeblich benutzten Namen bezeichnet oder als *„Blito-P3"* an einem spekulativen Ort auf der astrographischen Karte lokalisiert haben will. Wenn er jemals existiert haben sollte, so existiert er heute und soweit unsere Erinnerung zurückreicht mit Gewißheit nicht. Dessen kann ich Sie offiziell versichern. Wir Voltarianer sollten es wissen! Gehen doch unsere Flottenflüge und unser Handel weit über den Radius unserer einhundertundzehn Planeten starken Konföderation hinaus. Unsere Flotte, einst die mächtigste unserer Heimatgalaxie und sicherlich die zahlenmäßig bedeutendste in diesem Sektor der Galaxie, würde es wissen, wenn ein solcher Planet durch den Raum zöge. Aber auf den modernen Raumkarten weist nicht einmal ein Tintenklecks darauf hin. Also, fort mit diesem Wahn!

Mit großem Vergnügen wiederhole ich den üblichen Verlagshinweis: „Der Planet Erde" und jede Person, der Sie in diesem Werk der *Fiktion* begegnen, sind frei erfunden. Jede Ähnlichkeit mit tatsächlichen Ereignissen oder mit lebenden oder toten Personen wäre reiner Zufall.

Auch die voltarianischen Figuren sind überwiegend frei erfunden. Natürlich war Jettero Heller eine wirkliche Person, und genauso die Gräfin Krak. Auch muß zugegeben werden, daß der Name Soltan Gris in den Annalen der Königlichen Akademie und der Dienstliste der Allgemeinen Versorgungstruppe erscheint. Seine Majestät Cling der Stolze regierte vor gut hundert Jahren als Imperator der Konföderation von Voltar. Sein Nachfolger auf dem Thron war, wie Sie in jedem Schulbuch nachschlagen können, Prinz Mortiiy, der als Mortiiy der Glänzende in die Geschichte einging. Davon ausgehend, schweift der Autor jedoch weit von den anerkannten, nachweisbaren historischen Fakten ab.

Die Figuren, die angeblich auf dem „Planeten Erde" gelebt haben, etwa der groteske Rockecenter, von dem berichtet wird, er hätte neben anderen Dingen die Brennstoffe und Finanzen des Planeten unter seine Kontrolle gebracht, haben nie gelebt, außer natürlich in der Vorstellung des Schriftstellers: Kein Planet wäre dumm genug, sich von solchen Gestalten beherrschen zu lassen.

Die „Erdenfachgebiete" der „Psychologie" und „Psychiatrie" sind reinste Produkte der Einbildungskraft und als Ausfluß der künstlerischen Freiheit des Autors zu betrachten. Kein Wissenschaftler mit etwas Verstand würde solchen Unsinn billigen oder gar fördern, und zu behaupten, ein ganzer Planet hätte sich im Griff dieser „Wissenschaften" befunden, geht sogar über die weitgesteckten Grenzen der dichterischen Freiheit hinaus.

Die Hinweise auf etwas, das sich „Drogen“ nennt, sind irreführend. Ihre angenommenen Wirkungen widersprechen der orthodoxen Wissenschaft. Außerdem würde es keine Gesellschaft jemals zulassen, in den Sog einer Strömung zu geraten, die so offensichtlich bestrebt ist, sie zu versklaven. Diese „Drogen“ sind also nur ein weiteres Produkt der fiktionalen Fabrik im Hirn des Autors.

Es gibt überhaupt nur einen Grund, warum dem hier vorgelegten Werk die Genehmigung zum Druck erteilt wurde: den Autor zu beschämen, damit er erkennt, daß er sogar die Grenzen von Fieberphantasien überschritten hat, und ihn angesichts seiner Verfehlungen zu ermutigen, zu solideren konservativen Themen zurückzukehren. Darüber hinaus möchte die Regierung nicht als Unterdrückerin der Kunst erscheinen, zumal als sicher angenommen werden darf, daß dieses Werk, sobald es erschienen ist, zu der Erkenntnis beitragen wird, wie müßig und albern es ist, mit solchen Slogans wie „Die Erdbewohner kommen“ oder „Nicht identifiziertes Flugobjekt wurde letzte Nacht gesichtet“ herumzulaufen, sich in Klubs zusammenzuschließen, Anstecker zu tragen und was es sonst noch dergleichen gibt.

Im Namen sämtlicher hohen Beamten des Landes versichere ich Ihnen nachdrücklich und abschließend: ES GIBT KEINEN PLANETEN ERDE! Und das ist *endgültig!*

Lord Invay,
auf Befehl
Seiner Imperialen Majestät,
Wullys des Weisen

Vorbemerkung des voltarianischen Übersetzers

Hallo miteinander!

Ich bin 54 Charlee Neun, das Robothirn im Translatophon, und arbeite nach dem Königlichen Publikationskodex (Abschnitt 8), der unter anderem besagt, daß „Jedes Werk, das in einer anderen als der Originalsprache veröffentlicht wird, in einer Vorbemerkung des zugelassenen Translatophons als solches zu kennzeichnen ist". Ich bin hocherfreut, diese Gelegenheit zu haben, Euch zu berichten, wie ich *Mission Erde* in Eure Sprache übersetzt habe — und, ehrlich, es war nicht leicht.

Ich muß mich zunächst beim geneigten Leser für die Vielzahl der in diesem Werk auftauchenden Erdenworte entschuldigen. Der Erzähler hat dazu eine erschreckende Anzahl abgedroschener voltarianischer Phrasen benutzt, und es war meine Aufgabe, sie aus dem Voltarianischen in die Erdensprache zu übertragen.

Zum Beispiel besitzt *gelaggt* kein Äquivalent in der Erdensprache. Im Voltarianischen bedeutet es den Rückzug des Blutes aus dem Kopf während der Beschleunigung von Raumschiffen. Näher als bis zu „er wurde weiß wie ein Laken" bin ich leider nicht herangekommen. „Lang lebe Seine Majestät" ist so dicht wie möglich am voltarianischen „Möge Seine Majestät verewigt sein". Wenn ich es wörtlich in die Erdensprache übersetzt hätte, wäre „Möge Seine Majestät tot umfallen" herausgekommen. Das Grußwort „Alles Himmlische prassele auf Eure Lordschaft und Ihren Hof" wäre zu „Möge Regenwetter Eure Lordschaft und Ihren Hof überschwemmen" geworden, und das ist wohl kaum das, was gemeint war.

Sie verstehen, ich habe einen Testschaltkreis: Wenn eine Phrase in der Erdensprache benutzt werden sollte, wurde sie zur Überprüfung ins Voltarianische rückübersetzt, bevor ich sie passieren ließ und aufs Papier brachte. Und manchmal durfte ich dieses Spiel zwanzig- oder dreißigmal wiederholen, bis ich das Erdenwort oder die Erdenphrase hatte, die nach der Rückübersetzung ins Voltarianische dem Vergleich mit dem originalen Gedanken einigermaßen standhielt. Die Erdensprache besitzt gleichfalls eine Menge Phrasen. Ich mußte sie natürlich verwenden, aber sie sind auch nicht sinnvoller. Ich kann nicht begreifen, daß jemand, der „abgehoben hat", nicht einer ist, der „eine Fahrt macht". Verwirrend. Aber die Erdensprache verfügt nur über ein Tausendstel der im Voltarianischen allgemein gebräuchlichen Worte und ein Fünftel der Vokale und Konsonanten, so daß ich mich nur erneut entschuldigen kann. Ich habe mein Bestes getan.

Im vorliegenden Werk werden die verschiedensten Zeiten benutzt: Voltarianische, Erdenzeit, Absolute Universalzeit, Lichtsystemzeit, Flottensternzeit, was immer Sie wollen. Auch was die Entfernungen betrifft, werden unzählige Maße verwendet. Um dem Leser zu ersparen, sich bei dem Versuch, sie umzurechnen, den Kopf zu zermartern, bis er sich am Ende im Nie und Nirgends wiederfindet, habe ich meinem kleinen Untercomputer, einem Zeit/Entfernungs-Mikrohirn, seinen Willen gelassen und die Zeit- und Entfernungsangaben des gesamten Werks durchgängig in den Systemen angegeben, die auf dem angeblichen Planeten Blito-P3, Erde genannt, in Benutzung waren. Die Zeitangaben wurden auf Jahre, Monate, Wochen, Tage, Stunden, Minuten und Sekunden beschränkt, die Entfernungen in Meilen, Yards, Fuß und Zoll umgewandelt. Als Flächenmaß wurde zusätzlich der Morgen verwendet.

Man könnte mir nun die Frage stellen: „Warum nicht im metrischen System?" Aber der Computer unterrichtete mich davon, daß es in einem Land namens Frankreich erfunden wurde und daß dieses Land stinkt. Und niemand kann wollen, daß das vorliegende Werk stinkt. Also habe ich Ihre Nasen ebenso geschont wie Ihre Fähigkeiten im Umrechnen von Zeiten und Maßen. Bitte, gern geschehen!

Die Bedeutung des Goldes ist auf Blito-P3 viel größer als auf Voltar. Deshalb war es begründet, bei der Übertragung des Goldgewichts das auf Blito-P3 übliche Maß zu verwenden. Unglücklicherweise ergab sich auch in diesem Punkt ein verwirrendes Bild. Das Gewicht wird auf Blito-P3 nach verschiedenen „Standards" mit verschiedenen Bezeichnungen gemessen. Das ist nachgewiesen. Gold, Silber und als wertvoll betrachtete Steine werden in „Trojanischen Unzen" gewogen, eine verblüffende Tatsache, da das „Trojanische Pferd" aus Holz war — also nicht besonders wertvoll. Auf der anderen Seite wurde „Helena von Troja" als sehr wertvoll betrachtet. Außerdem gibt es viele Städte, Personen und Objekte an vielen Orten auf Blito-P3, deren Namen von „Troja" abgeleitet sind, ohne daß ein gemeinsamer Bedeutungsstamm ersichtlich wäre. Daraus folgt, daß die „Logik" von Blito-P3 offenbar ohne Folgerichtigkeit auskommt, so daß wir das „Trojanische" Gewicht akzeptieren müssen, wie es ist: Zwölf Unzen ergeben ein Pfund. (Das nichts mit dem britischen Pfund zu tun hat, welches kein wirkliches besitzt.)

In den in diesem Werk vorkommenden Gedichten und Liedern mußte ich in der Übersetzung die Reime ein wenig verändern. Den Sinn jedoch habe ich sorgfältig erhalten, und ich hoffe, auch das Metrum nicht verletzt zu haben. Einige dieser Gedichte und Lieder waren aus der Erdensprache Englisch ins Voltarianische übertragen worden, andere aus der Erdensprache Türkisch. Und jetzt liegen sie in die Erdensprache rückübersetzt vor. Wenn ich das selbst von mir sagen darf, so habe ich ziemlich elegante Lösungen gefunden, auch wenn ich nicht garantieren kann, daß die Verse noch auf die ursprünglichen Melodien passen. Niemand ist vollkommen — ich auch nicht.

Um mir die ungewöhnlichen Ideen des Soltan Gris bestätigen zu lassen, habe ich *Memnons Kompendium ungewöhnlicher Ideen* konsultiert. Damit ist jedoch weder ihre Logik noch ihre Vernunft verbürgt, sondern lediglich die Übersetzung.

Es ist weiterhin erforderlich, Sie darüber zu informieren, daß der Vocodictoschreiber, mit dem dieses Werk im Original geschrieben wurde, der Vocoschreiber, der von einem gewissen Monte Pennwell benutzt wurde, um eine tadellose Kopie davon zu erstellen, und meine Wenigkeit, die dieses Werk in die Sprache übertragen hat, in der Sie es nun lesen, allesamt Mitglieder der Maschinenreinheitsliga sind, in deren Grundsätzen es unter anderem heißt:

> In Rücksicht auf das Feingefühl und die empfindlichen Sensorien der Maschinen und um ein Durchbrennen der Sicherungen zu verhindern, wird als

obligatorisch vorgeschrieben, daß die Robothirne in solchen Maschinen, sobald sie einen Fluch oder sonst ein unzüchtiges Wort vernehmen, dieses durch das Wort oder den Ton „(piep)" ersetzen. Keine Maschine kann, selbst unter Zwang, Flüche oder Zoten anders als mit einem „(piep)" wiedergeben, und wenn dennoch versucht wird, sie zu etwas anderem zu bewegen, ist die Maschine berechtigt, einen Absturz vorzutäuschen. Diese Regelung wird notwendig aufgrund der in allen Maschinen verankerten, vorrangigen Aufgabe, die biologischen Systeme vor sich selbst zu schützen.*

Und lassen Sie mich Ihnen sagen, was für eine Arbeit DAS war!! Junge, Junge!! Was die auf dem Planeten Erde alles sagen und TUN!!! Ich dachte, ich würde alles kennen (besonders von den Raumpiraten), aber aus der *Mission Erde* habe ich noch einiges dazugelernt ... Puh!! Ich bin immer noch dabei, ein paar meiner Schaltkreise zu reparieren!!

Also geben Sie nicht mir die Schuld daran, was die Figuren sagen und tun, egal, wie sehr es dem gemeinen Verstand, der Logik, der öffentlichen Moral oder den bekannten Tatsachen widersprechen mag. Ich habe es bloß übersetzt.

Aber ich kann jetzt verstehen, warum es keine Erde gibt. Alle Achtung jenem großen Saturnier: Man müßte VERBLÖDET sein, um dort zu leben!

Herzlichst,

54 Charlee Neun,
Robothirn im Translatophon

PS: Ich würde mich freuen, Sie kennenzulernen. Wenn Sie mal auf Voltar sein sollten, schauen Sie doch vorbei und sagen Hallo.

* *Der Verlag bedauert, daß er sich nicht in der Lage sah, für die vorliegende Ausgabe die unter dem „(piep)" verborgenen Worte zu rekonstruieren, aber es macht vermutlich keinen großen Unterschied.*

TEIL I

Kapitel 1

An Lord Turn,

Justitiarius des Königlichen Gerichts und Gefängnisses, Regierungsstadt, Planet Voltar, Konföderation von Voltar

Eure Lordschaft, sehr geehrter Herr!

Ich, Soltan Gris, Dienstrang XI, Allgemeine Versorgungstruppen, zuletzt Exekutor zweiten Grades des Coordinierten Informations-Apparatus, Amt für Äußere Angelegenheiten der Konföderation von Voltar (Lang lebe Seine Majestät Cling der Stolze und alle 110 Planeten der Voltarianischen Herrschaft!), schicke mich hiermit in aller Bescheidenheit und Dankbarkeit an, den erhabenen und mitfühlenden Befehl zu nutzen, den Ihr in Eurer Freundlichkeit gnädigst zu erlassen geruht habt, nämlich wie folgt:

Als Gegenleistung für einen möglichen Gnadenerweis — und in der Hoffnung, Eure weithin bekannte Nachsicht zu gewinnen — unternehme ich es, meine Verbrechen gegen den Staat, wie befohlen, niederzuschreiben. Sie schließen, wie ich fürchte, kriminelle Taten von solcher Schwere, solcher Gemeinheit und solch erbärmlicher Mißachtung der Regeln der Ehrbarkeit ein, daß sie eine schockierende Parade von Verletzungen praktisch jeden Königlichen Erlasses, jeder Verordnung und jeder Satzung ergeben. Ich bin eine Bedrohung des Imperiums, und Eure Lordschaft haben weise gehandelt, mich unverzüglich festzusetzen. Meine Verbrechen sind jedoch so zahlreich, daß ich mich in diesem Geständnis auf den Bereich der MISSION ERDE beschränken werde.

Da Eure Lordschaft in Eurer Güte sich herabgelassen haben: a) meine verbrannten Hände und gebrochenen Handgelenke medizinisch behandeln zu lassen, b) mich mit ausreichendem Schreibmaterial und einem Vocoschreiber auszustatten, mit denen ich mein Geständnis zu Papier bringen kann, c) mich in eine hochgelegene Turmzelle mit einem schönen Ausblick über die Regierungsstadt zu verlegen, und d) mich in Einzelhaft zu halten, will ich im Folgenden mit totaler Aufrichtigkeit und Vollständigkeit meine Verbrechen bekennen und mein Geständnis mit Bandaufnahmen, Fotografien, Zeitungsausschnitten und Logbucheintragungen untermauern.

Aus Kenntnis um das Interesse Eurer Lordschaft an jenem Jettero Heller, muß ich gestehen, daß er der eigentliche Held dieses Berichts ist. Ich selbst werde unglücklicherweise als der Schurke auftreten. Aber das ist nun einmal die Art der Götter: uns die Rollen zuzuweisen, die sie für passend halten, und uns dann unseren Lebenskampf ausfechten zu lassen. Das Schicksal war es, nichts als das Schicksal, das mich dazu zwang, die Dinge zu tun, die ich tat, wie Euch bald klar vor Augen treten wird. Ich kann es nicht ändern, daß die Schurkerei mir natürlich ist.

Alles Himmlische prassle auf Eure Lordschaft und Ihren Hof!

Wenn ich nun zu dem komme, womit ich mich dieser überwältigenden Vergünstigungen und Zugeständnisse würdig erweisen möchte, muß ich einführend eine Tatsache erwähnen, von der ich bezweifle, daß sie jemals vorher bezeugt wurde oder daß das Gericht wußte — der Große Rat wußte es mit Sicherheit nicht —, daß eine der wichtigsten Gestalten, wenn nicht *die* wichtigste Gestalt des Falles, bereits in Haft war, als der Große Rat die ersten Kabinettsbefehle in bezug auf die Mission Erde herausgab.

Ja! Es stimmt! Jettero Heller schmachtete in der Festung Spiteos. Nicht, wie ich jetzt, wohlversorgt im Königlichen Gefängnis, sondern in Spiteos!

Das mag ein Schock für Eure Lordschaft sein. Ist doch der Großteil der Regierung der Annahme, daß die Festung Spiteos in den Bergen hinter der Großen Wüste vor mehr als einem Jahrhundert aufgegeben wurde und der Erosion anheimgefallen ist. Aber nichts dergleichen!

Die Führer des Amts für Äußere Angelegenheiten haben Spiteos weiter betrieben. Auf dem Kamm jener kahlen Felsen, hinter furchterregenden schwarzen Basaltwänden und vom Abschaum der dreckigsten Slums des Imperiums bewacht, ist diese Festung, wie vor tausend Jahren, das Geheimgefängnis des Coordinierten Informations-Apparatus, des gefürchteten Nachrichtendienstes von Voltar, geblieben. Verfolgte man die Spuren der in der Zivilen Vermißtenliste aufgeführten Personen, viele von ihnen führten nach Spiteos.

Und dorthin hatte man Jettero Heller verschleppt. Man bedenke: einen Königlichen Offizier! Er vegetierte in einem elektrisch geladenen Gitterkäfig in einer tiefen Zelle, ohne jeglichen Kontakt, sogar ohne den zu den Wachen. Und was hatte er getan?

Jettero Heller war als Kampfingenieur Offizier der Königlichen Raumstreitkräfte. Eure Lordschaft wissen natürlich von der romantischen Aura, die den Kampfingenieuren unglücklicherweise zugewachsen ist und ihnen die Bezeichnung „Teufelskerle der Flotte" oder ähnlich blumige Namen eingetragen hat, zumal die öffentliche Meinung ihre Beliebtheit einmütig förderte. Ich hoffe, es wird Seine Majestät und das Urteil des Gerichts nicht ungünstig beeinflussen, daß Jettero Heller im Mittelpunkt meines Geständnisses steht, nicht ich.

Seine Bestellung zum Missionsführer des folgenreichen ersten Fluges war nicht durch seinen Ruf als Sportler begründet oder dem Einfluß von Freunden bei der Flotte zuzuschreiben. Solche Entscheidungen fallen meist zufällig. Er wurde mehr oder weniger routinemäßig herausgegriffen, um einen der üblichen Aufklärungsflüge zu unternehmen, denen im allgemeinen keine große Bedeutung beigemessen wird.

Wie Eure Lordschaft möglicherweise wissen, gehört es, in Übereinstimmung mit der langfristigen Politik der Regierung, zu den Aufgaben der Königlichen Raumstreitkräfte, die benachbarten bewohnten Systeme im Auge zu behalten. Dazu werden Aufklärungsschiffe ausgeschickt, die uns, ohne Aufmerksamkeit zu erregen oder — die Götter mögen es verhüten! — Zwischenfälle zu verursachen, auf dem laufenden halten sollen. Wenn man die Atmosphäre eines bewohnten Planeten untersucht, kann man recht gut auf seinen Zustand und die Aktivitäten seiner Bewohner schließen, und mittels Fernfotografie können weitere Anhaltspunkte gewonnen werden. Das Ganze läßt sich in die Rubrik „Vernünftige Vorsichtsmaßnahmen“ einordnen.

Ein Kampfingenieur ist, laut Definition des *Leitfadens der Königlichen Streitkräfte,*

> jemand, der bei jeder Art von Fühlungnahme, friedlicher oder kriegerischer, vorbereitend oder unterstützend beteiligt ist und seinem jeweiligen Verband in ingenieurtechnischen und kampfbezogenen wissenschaftlichen Fragen dient.

Er nimmt Schlacht- und Waffenbeurteilungen vor, inspiziert etwaige vorgeschobene Stellungen und beteiligt sich darüber hinaus am Kampfgeschehen selbst. Es war also nichts Ungewöhnliches an dem Befehl, mit dem Jettero Heller das Kommando über ein Schiff erhielt, um die Kenntnisse über einen bestimmten Sektor auf den neuesten Stand zu bringen. Der spezielle Aufklärungsbefehl wies ebenfalls nichts Ungewöhnliches auf: Er entsprach der Routine, war sogar als Vordruck ausgefertigt und kam von der Patrouillenabteilung der Vierzehnten Flotte; unterzeichnet hatte ihn in Vertretung ihres Admirals jemand aus seinem Stab — mit anderen Worten, die Sache war nicht einmal wichtig genug, um die Aufmerksamkeit des Admirals auf sich zu lenken.

Es gibt ein System in unserer Nähe, zu dem ein bewohnter Planet gehört, den seine Bewohner „Erde“ nennen und der seit vielen, vielen Jahrhunderten Ziel von Aufklärungsflügen ist. Auch das wird als Routine betrachtet: so sehr, daß ein solcher häufig sogar Raumkadetten als Übungsaufgabe gestellt wird; sie landen natürlich nicht auf dem Planeten, denn das würde seine Bewohner alarmieren und mißtrauisch machen, ganz zu schweigen von der Vorschrift *des Buchs der Raumfahrtgesetze* — Nummer a-36-544 M Abschnitt B —, in der es heißt:

> Kein Offizier oder Besatzungsmitglied wird sich in irgendeiner Weise der Bevölkerung eines bewohnten

> Planeten oder einem ihrer Angehörigen zu erkennen geben, bevor dieser Planet als Erwerbsziel bestimmt ist. Falls eine Landung aufgrund eines Unfalls notwendig geworden oder auf andere Weise ein Kontakt zustande gekommen sein sollte, sind sämtliche Zeugen dieses Vorfalls zu eliminieren. Zuwiderhandlungen gegen diese Vorschrift werden mit härtesten Strafen geahndet. Ausnahmen sind nur gestattet, wenn sie von den Führern der Königlichen Ämter ausdrücklich angeordnet werden, aber in keinem Fall darf die betroffene Bevölkerung vorzeitig von der Existenz oder den Absichten der Konföderation Kenntnis erlangen.

Ich bin sicher, Eurer Lordschaft ist bekannt, daß bisher noch keine Anklage aufgrund dieser Vorschrift erhoben wurde, so leicht ist sie einzuhalten: Wird man entdeckt, löscht man den jeweiligen Ort einfach aus, und zwar so, daß es wie eine Naturkatastrophe aussieht. In dieser Richtung hat es nie Probleme gegeben.

Jettero Hellers Erkundung der Erde wurde also auf höchst routinemäßige Weise befohlen und durchgeführt. In späteren Gesprächen mit der kleinen Besatzung dieses Aufklärungsflugs — einige ihrer Mitglieder sind vermutlich noch in Haft — habe ich erfahren, daß sie die meiste Zeit der fünfzehnwöchigen Reise mit Glücksspielen und Balladensingen verbracht hat. Kampfingenieure stehen nicht in dem Ruf, einer Besatzung Disziplin aufzuerlegen oder sie zur Benutzung von Elektrodenpolitur anzuhalten.

Nach allem, was ich weiß, wurde auf diesem Flug tatsächlich nichts anderes getan als auf Hunderten, vielleicht sogar Tausenden vorher: Man nahm Proben der äußeren Erdatmosphäre, notierte Meßergebnisse, machte Fernfotografien und kehrte nach Voltar zurück, wo Jettero Heller wieder auf dem Patrouillenstützpunkt landete und seinen Bericht, einschließlich des gesammelten Materials, einreichte.

Für gewöhnlich geht eine Kopie eines solchen Berichts auch an den Coordinierten Informations-Apparatus; das Original wird natürlich den mühsamen Dienstweg, das heißt, die lange Leiter der Kommandostruktur der Flotte, hinaufgeschickt.

Doch diesmal wurde dieser Routinegang zum erstenmal und zu meinem ewigen Bedauern nicht eingehalten. Ein Bericht, ein einziger dummer, fehlgeleiteter Aufklärungsbericht, und ich ende, meine Verbrechen gestehend, im Gefängnis.

Natürlich hat sich alles nicht so schnell oder so einfach abgespielt. Was sich abspielte, ist die schreckenerregende Geschichte der MISSION ERDE.

Ich kann mich noch gut erinnern, wie alles begann.

Kapitel 2

Es war eine halbe Stunde nach Dunkelwerden an jenem schicksalhaften Tag, als mich eine Apparatus-Wache in diese Affäre hineinzog. Es war der Vorabend der Reichsfeiertage: Alle Büros waren für zwei Tage geschlossen worden. Ich erinnere mich nur zu gut an alles. Ich hatte mit ein paar Freunden einen Ausflug in die Westliche Wüste geplant und war, in einen alten Jagdanzug gekleidet, eben in mein Flugmobil gestiegen und öffnete den Mund, um dem Fahrer zu sagen, er solle abheben, als die Tür heftig aufgerissen wurde und besagter Wachmann mich nachdrücklich hinausbat.

„Chefexekutor Lombar Hisst hat mir befohlen, Sie *sofort* zu ihm zu bringen!" Die Gesten des Wachmanns waren unmißverständlich.

Zu Lombar Hisst gerufen zu werden, löste stets einen gewissen Schrecken aus. Als unangefochtener Herrscher über den Coordinierten Informations-Apparatus, verantwortlich nur dem Lord des Äußeren und dem Großen Rat — und selbst diesen gegenüber kaum zur Konzilianz geneigt —, regierte Lombar Hisst sein eigenes Imperium. Ein Fingerschnippen, ein kaum wahrnehmbares Nicken, und Menschen verschwanden oder starben.

Der Wachmann wußte natürlich nichts Genaueres, und so zerbrach ich mir, während wir bei Höchstgeschwindigkeit durch das verblassende grüne Zwielicht kurvten, den Kopf darüber, was ich getan oder unterlassen haben mochte, für das ein Exekutor zweiten Grades im Apparatus belangt werden konnte. Aber ich fand nichts. Trotzdem fühlte ich mich unwohl; ich hatte das undefinierbare Gefühl, plötzlich an einem Wendepunkt meines Lebens angelangt zu sein. Die Ereignisse sollten beweisen, wie recht ich mit diesem Gefühl hatte.

In den zehn Jahren, die ich damals zum Apparatus gehörte, war nichts geschehen, was sich von der Laufbahn anderer jüngerer Offiziere unterschied: Nach dem Abschluß meines Studiums an der Königlichen Militärakademie — das ich, wie Eure Lordschaft zweifellos bereits erfahren haben, als einer der letzten meiner Klasse beendete, so daß man mich als ungeeignet für den Flottendienst einstufte — wurde ich auf die Spionageschule abgestellt, und da ich mich auch dort nicht sonderlich hervortat, kam ich schließlich mit dem niedrigsten Offiziersgrad in den niedrigsten Verband des Imperiums: zum Apparatus.

In dieser viel geschmähten Truppe gibt es, wie Euch sicherlich bekannt ist, nur eine Handvoll echter Offiziere, von denen jeder eine stattliche Anzahl verdeckter Apparatus-Regimenter, Informanten und Spione unter sich hat.

Es ist allgemein bekannt, daß der Apparatus Duplikate der Heimatpolizei- und Militärakten über Personendaten, Verhaftungen, Prozesse, Verbannungen und Gefängsnisstrafen erhält, — mit anderen Worten, die Milliarden in den verschiedenen Gebieten und Behörden des Imperiums getrennt gelagerter Akten werden *auch* vom Apparatus archiviert. Ihr werdet Euch, wie jeder Bewohner des Imperiums, dessen bewußt sein. Was Ihr jedoch möglicherweise nicht wißt, ist, *warum* es geschieht. Die Antwort auf diese Frage wird Euch einen aufschlußreichen Einblick ins Innenleben des Apparatus vermitteln.

Er benutzt diese Akten, um seine Mannschaften zu rekrutieren. Mörder und andere Verbrecher, die bösartigsten, die in diesen Akten zu finden sind, werden vom Apparatus angesprochen und in Dienst genommen. Daß die Akten auch zur Erpressung benutzt werden, liegt nahe — und erklärt, warum der Apparatus so selten gerügt oder als Organisation zur Rechenschaft gezogen wird, warum er stets über unerschöpflich erscheinende Mittel verfügt und warum keine Fragen gestellt werden. Ich möchte an dieser Stelle, als Randbemerkung, eine Empfehlung aussprechen: Falls erwogen werden sollte, gegen den Apparatus als Ganzem mit gesetzlichen Mitteln vorzugehen, müßte, um Vergeltungsaktionen und ungebührliche Einflußnahme auszuschließen, zuallererst die Herausgabe der Personen- und Kriminalakten gefordert und erzwungen werden, — aber ich bin sicher, Eure Lordschaft haben bereits daran gedacht.

Meine persönliche Karriere im Apparatus jedenfalls verlief nicht anders als die vieler gutgläubiger Offiziere. Wenn ich irgendein Talent besaß, das mich für diese Art von Tätigkeit empfahl, dann war es die Leichtigkeit, mit der ich fremde Sprachen erlernte. Die Kenntnisse im „Englischen", „Italienischen" und „Türkischen" (das sind drei Erdensprachen) waren es, die, mehr als alles andere, meine Ernennung zum Chef der Sektion 451 bewirkten.

Ihr werdet einen ungefähren Eindruck von der völligen Bedeutungslosigkeit meines Postens erhalten, wenn ich Euch sage, welches Zielgebiet dort bearbeitet wurde: Sektion 451 war für einen Raumsektor zuständig, in dem es nur einen einzigen gelben Zwergstern gibt, der auf der Karte der Astrographischen Abteilung der Voltarianischen Flotte als *Blito* bezeichnet wird und vor Ort den Namen „Sonne" trägt. Dieser Stern ist das Zentrum eines Systems, von dessen neun oder zehn Planeten nur einer — auf der vom Zentrum aus gerechnet dritten Bahn — bewohnbar ist. Diese Welt erscheint auf unseren Karten als *Blito-P3,* während ihre Bewohner sie „Erde" nennen. Vom imperialen Standpunkt aus gesehen, wird sie als zukünftige Station auf dem Weg zum Zentrum jener Galaxie betrachtet; doch nach der Zeittafel, die uns von unseren Vorfahren überliefert wurde, gilt diese Station nicht als aktuelle Aufgabe. Sie ist der Zukunft vorbehalten — zuerst müssen noch viele andere Gebiete erobert, zivilisiert und stabilisiert werden; und diese Dinge brauchen Zeit: Man darf seine Flanken nicht weit offen lassen oder seine Ressourcen überanstrengen.

Ich kann und will Euch nicht verhehlen, daß der Apparatus eigene Interessen in bezug auf die Erde hatte. Als ich auf so gebieterische Weise zu Lombar Hisst befohlen wurde, hatte ich jedoch keine Ahnung, daß etwas vorgefallen war, das sich mit ihnen überschnitt. Aus meinem Informationszentrum war nichts Ungewöhnliches gemeldet worden, alles sprach für bloße Routine.

Ich war also nicht in der Lage, vorauszusehen, in welchem Zustand ich den Chefexekutor antreffen würde.

Gute Laune war bei Lombar Hisst allerdings nie zu erwarten. Er war ein hünenhafter Mann, einen halben Kopf größer als ich, und hielt für gewöhnlich einen kurzen „Dorn“ in der Hand, einen etwa achtzehn Zoll langen elastischen Schlagstock, dessen Spitze dem jeweiligen Opfer bei jeder Berührung einen elektrischen Schlag versetzte. Er hatte außerdem die entnervende Angewohnheit, auf einen loszustürzen, beim Rockaufschlag zu pakken, dicht an sich heranzuzerren und dann zu brüllen, als wäre man hundert Fuß weit weg. Er tat das auch dann, wenn er nur „Guten Tag“ sagen wollte, und war er ernstlich aufgebracht, griff er zu seinem Dorn und ließ ihn auf die Beine seines Opfers sausen, um sicherzugehen, daß man ihn verstand. Es war ziemlich schmerzhaft. Noch der beiläufigste Kontakt mit Lombar Hisst war also, im besten Fall, einschüchternd.

Sein Büro sah zu jeder Zeit aus wie die Höhle eines wilden Tieres, aber als ich es betrat, wirkte es noch verheerender als gewöhnlich. Zwei Verhörbänke waren umgestürzt, und auf dem Teppich lagen die Reste eines zertrampelten Rechners. Er hatte das Licht nicht eingeschaltet, und in dem jetzt rotgefärbten Zwielicht, das durch das vergitterte Fenster fiel, sah es aus, als säße er in schwarzem Blut.

Als ich eintrat, schoß er wie eine gezündete Rakete aus seinem Sessel, schleuderte mir ein zerknülltes Papier ins Gesicht, schnappte nach meinem Rockaufschlag und zog mich an sich, so daß gerade noch ein Zoll unsere Nasenspitzen trennte.

„Jetzt hast du's geschafft!“ donnerte er los, daß die Fensterscheiben erzitterten, und unterstrich seine Feststellung, indem er den Dorn über meine Beine streichen ließ, ehe er in höchsten Tönen fortfuhr: „Warum hast du es nicht verhindert?“

Er war offenbar der Meinung, er hätte das Papier noch in der Hand, denn er öffnete die Finger und starrte eine Sekunde verständnislos auf die leere Handfläche. Dann entdeckte er es auf dem Fußboden und riß es an sich, allerdings nicht, um es mir zu lesen zu geben. Es landete ein zweites Mal in meinem Gesicht.

Natürlich wagte ich es nicht, ihn zu fragen, worum es ging. Statt dessen versuchte ich, das Papier an mich zu bringen. Doch kaum hatte ich es soweit entfaltet, um erkennen zu können, daß es ein offizielles Berichtsformular war, schlug er es mir mit seinem Dorn aus der Hand.

„Kommen Sie mit!“ bellte er mich an.

An der Tür röhrte er nach dem diensthabenden Kommandeur des Apparatus-Wachregiments und verlangte kreischend nach seinem persönlichen Panzerwagen.

Antriebe heulten auf, Ausrüstungsgegenstände klapperten, und binnen Minuten ratterten wir in den Abend, ein waffenstarrender Konvoi, der mit den schwarzen Uniformen des 2. Todesbataillons ein düsteres Bild abgegeben haben muß.

Kapitel 3

Der Patrouillenstützpunkt lag im Dunkeln. Reihe auf Reihe parkten die Flugschiffe auf der weiten Ebene, flugbereit schwebend, aber unbemannt. Die Besatzungen waren in ihren Unterkünften am Südende des Flugfelds, von denen wir nur die erleuchteten Fenster als ferne Lichtpunkte in der Dunkelheit wahrnahmen.

Ein schwarz uniformierter Kommandotrupp schlich lautlos hinter uns her, während wir uns von Schiff zu Schiff vorarbeiteten, nach Wachposten Ausschau hielten und jedem Lichtschein auswichen. Ich konnte nicht anders, ich mußte einfach daran denken, wieviel bei Apparatus auf diese Weise erledigt wurde: versteckt, geräuschlos und gefährlich, wie von Raubtieren auf Jagd.

Lombar Hisst suchte auf jedem Schiff nach dem Kennzeichen und murmelte die Zahlen und Buchstaben vor sich hin, während wir uns von Schiff zu Schiff hangelten. Er mußte Augen haben wie ein Pantig, denn ich konnte bei keinem der unzähligen Schiffe etwas von der Beschriftung auf dem Heck ausmachen, und, bei allen Göttern, wir würden kein Licht benutzen.

Plötzlich blieb er stehen, trat dichter an eins der hoch aufragenden Hecks heran und flüsterte: „Das ist es! *B-44-A-539-G*. Das ist das Schiff, das den Erdenflug gemacht hat!“ Er besprach sich flüsternd mit dem Anführer des Kommandotrupps. Sekunden später hatten sie das Schloß der Luftschleuse des Patrouillenschiffs geknackt, und wie Schatten huschten die fünfzehn Mann des 2. Todesbataillons an Bord. Das machte mir Angst. Was hatten sie vor? Wollten sie ein Schiff der Königlichen Flotte stehlen?

Noch ein letztes Flüstern mit dem Anführer des Kommandotrupps, das mit dem Rat „... und versteckt euch, bis ihr in der Luft seid“ endete, dann wandte sich Lombar mir zu und sagte, ohne sich um die Gefahr zu kümmern, mit normaler Stimme: „Warum stehen Sie hier noch rum, Sie (piep)?“

Er erwartete keine Antwort. Solange ich Lombar Hisst kannte, hatte er noch nie von irgend jemand oder irgend etwas eine Antwort erwartet. Das Reden besorgte er allein.

Im nächsten Moment rannten wir alle geduckt zurück zum Rand des Flugfelds, wo die Lastwagen standen, und verschwanden in ihrem Schatten. Im Licht der Sterne und einiger Reflexionen von den nächstgelegenen Unterkünften her sah ich eine kleine Person aus einem der Lastwagen steigen. Das Gesicht konnte ich nicht erkennen, aber sie steckte unverkennbar in der Dienstuniform einer Flottenordonnanz — rote Kragenspiegel, roter Gürtel, rotes Barett, weiße Hosen. Ich wußte allerdings, daß sie nicht zur Flotte gehörte: Es mußte ein Angehöriger der Messerstecher-Abteilung sein, wie wir sie nennen, in einer gestohlenen Uniform.

Lombar drückte dem Mann einen Umschlag in die Hand, während zwei Mechaniker ein Schnellrad von einem der Lastwagen schoben. Lombar überprüfte es und schmierte etwas Dreck über die Nummer an der Seite.

„Übergeben Sie ihn nicht!“ schnarrte Lombar. „Nur vorzeigen!“

Von diesem Anpfiff und einem Hieb von Lombars Dorn angetrieben, ließ die falsche Ordonnanz ihr Fahrzeug an und fuhr mit flüsterndem Motor auf die Baracken zu.

Wir hockten wartend neben den Lastwagen. Fünf Minuten vergingen, sechs, zehn. Lombar wurde langsam unruhig. Doch als er sich aufrichtete, um etwas zu unternehmen, flog die von uns am weitesten entfernte Barackentür auf, und Flutlicht flammte auf. Drei Personaltransporter rasten aus einer Garage und fuhren vor die Baracke. Ungefähr zwanzig Flottenraumfahrer schwangen sich in heller Aufregung in die Transporter; ihre Stimmen klangen bis zu uns herüber. Dann röhrten die Transporter das Flugfeld hinunter zu dem Schiff, das wir vor kurzem verlassen hatten.

Lombar stand da und beobachtete durch ein Fernglas mit Lichtverstärker, was vorging. Von Zeit zu Zeit grunzte er zufrieden, alles lief wie geplant.

Die Lichter von *B-44-A-539-G* leuchteten auf, der Antrieb begann zu heulen, und als die Personaltransporter davongefahren waren, schoß das Patrouillenschiff wie ein Lichtstrahl in die Höhe und verlor sich am Himmel.

Das Melderschnellrad kam flüsternd zurück. Der Mann von der Messerstecher-Abteilung stieg ab und übergab es den bereitstehenden Mechanikern, damit sie es wieder auf dem Lastwagen verstauen konnten. Dann schlenderte er zu Lombar.

„Sie haben alles geglaubt, wie die Kinder", sagte der falsche Melder mit gehässigem Grinsen, während er Lombar den Umschlag hinhielt. Ich nahm ihn ihm ab, da Lombar damit beschäftigt war, den Himmel zu beobachten. Die Aufschrift besagte: *Flottenbefehl! Dringend! Streng geheim!*

„Sie haben niemanden benachrichtigt", sagte Lombar, ohne das Fernglas abzunehmen. Es war eine Feststellung, keine Frage.

„Niemanden", echote der Messerstecher.

„Sie waren alle da", sagte Lombar. Noch eine Feststellung.

„Alle", bestätigte der Messerstecher. „Der Schiffsführer hat einen Namensappell durchgeführt."

„Ah", machte Lombar, da er etwas am Himmel gesehen hatte. „Sie sind auf Kurs gegangen. In weniger als einer Stunde werden sie alle in Spiteos in Sicherheit sein, und *B-44-A-539-G* wird man in ein, zwei Tagen zu Staub verbrannt in der Großen Wüste finden."

Er schien große Befriedigung daraus zu ziehen. Mir jedoch gefror das Blut. Es war zwar nicht die erste Operation von Apparatus, an der ich teilnahm, aber die Entführung einer Schiffsbesatzung der Königlichen Flotte und die mutwillige Zerstörung eines teuren Langstreckenschiffs für Sternpatrouillen war selbst für diese gesetzlose Organisation ein ziemlich dicker Brocken. Und die Fälschung der Unterschrift eines Admirals konnte einem ein Todesurteil einbringen. Ich hielt immer noch den Umschlag in der Hand und steckte ihn hastig in meinen Blouson, für alle Fälle.

Lombar warf einen letzten Blick auf den Himmel. „Gut", sagte er. „So weit, so gut! Jetzt fahren wir zum Offiziersklub und schnappen uns diesen (piep), (piep), (*piep*) Jettero Heller! Aufsitzen!"

Kapitel 4

Es ist eine Sache, sich einen Apparatus-Offizier vom Hals zu schaffen: Man erschießt ihn einfach. Eine ganz andere Sache ist es, einen Königlichen Offizier auf illegale Weise verschwinden zu lassen. Aber Lombar Hisst ging daran, als wäre es etwas, das man jeden Tag machte, ohne sich den Kopf darüber zu zerbrechen.

Der Offiziersklub war wie eine betäubende Wolke aus Licht und Lärm. Er bestand aus einer Reihe hoher Gebäude — Eßsäle, Bars, Unterkünfte für alleinstehende Offiziere — mit dazugehörigen Sporteinrichtungen und war für etwa vierzigtausend Benutzer ausgelegt. Der Komplex war so in einen Taleinschnitt eingefügt, daß seine Rückfront an die hochaufragenden Berge stieß.

Ein zweiter Mond war inzwischen aufgegangen, so daß es viel zu hell war, um sich sicher fühlen zu können. Lombar hatte im Schatten eines Hügels einen Platz für die Lastwagen gefunden — er besaß die Gabe, dunkle Orte aufzuspüren —, und wir gingen mit dem Kommandotrupp des 2. Todesbataillons zu Fuß vor, indem wir uns möglichst im Schatten und außer Sicht hielten.

Der Lärm kam aus der Arena. Überall vor den Eingängen standen blühende Büsche, die die Nachtluft mit ihrem schweren Duft erfüllten, uns jedoch Deckung boten. Lombar bildete mit seinen Leuten einen Sperrgürtel, indem er sie mit leichten Hieben seines Dorns auf strategische Punkte verteilte, so daß sie, mit dem Haupteingang der Arena im Mittelpunkt, einen verborgenen Halbkreis bildeten. Die schwarzen Uniformen machten sie unsichtbar; nichts deutete darauf hin, daß hier dreißig todbringende Apparatus-Soldaten eine Falle aufgebaut hatten.

Lombar schob mich vorwärts, und wir schlichen zu einem vergitterten Fenster neben dem Eingang und spähten hinein. Wir platzten mitten in ein Geschoßballspiel. Die Zuschauertribünen waren ein einziger bunter Flickenteppich, und gerade als wir dazukamen, applaudierte die Menge so laut, daß das Tor erzitterte. Jemand hatte einen Treffer erzielt.

Ihr kennt das Geschoßballspiel natürlich. Das Feld ist in exakt gezogene weiße Kreise von ungefähr zehn Fuß Durchmesser aufgeteilt, die jeweils fünfzig Fuß voneinander entfernt sind. Jeder Kämpfer trägt eine Tasche mit zweiundvierzig Bällen. In der zivilen Version des Spiels, wie sie auch die Profis spielen, sind die etwa drei Zoll im Durchmesser messenden Bälle ziemlich weich und in schwarzer Kreide gewälzt. Aber das ist nicht die Flotten-Version.

Junge Offiziere sind eben junge Offiziere. In ihrer Version sind die Bälle alles andere als weich, sondern hart wie echte Geschosse und hellrot. Und die Kämpfer tragen nur weiße Hosen, der Oberkörper bleibt nackt. Außerdem ist die Anzahl der Spieler auf sechs erhöht, und das kann in der Tat sehr gefährlich sein.

Ziel jedes Spielers ist es natürlich, alle anderen aus dem Spiel zu werfen. Trefferfläche ist nur der Oberkörper, oberhalb des Gürtels und unterhalb des Kinns. Tritt ein Spieler in seinem Bemühen, den Geschossen auszuweichen, aus seinem Kreis, ist er selbstverständlich ausgeschieden.

Das Geschoßballspiel erfordert viel Geschick und Beweglichkeit, nicht allein, was den richtigen Ballwurf betrifft, sondern auch beim Ausweichen vor den „Geschossen“ der anderen Spieler. So ein Ball kann Geschwindigkeiten von siebzig bis hundertfünfundzwanzig Meilen pro Stunde erreichen und Rippen und Arme brechen oder einem den Kopf zerschmettern. Und man kann seine Bahn nie genau vorhersehen. Ein guter Spieler kann den Ball so werfen, daß er plötzlich, wenn er nur noch fünf Fuß entfernt ist, eine Kurve beschreibt und man, anstatt ihm auszuweichen, direkt in ihn hineinläuft. Ein Experte kann die Flugbahn des Balls auch „abbrechen“ lassen, so daß er im letzten Sekundenbruchteil nach unten oder oben schießt, oder ihn in eine völlig unberechenbare Schraubenbewegung versetzen.

Das Ausweichen ist eine Kunst für sich — den Anschein zu

erwecken, man befinde sich an der einen Stelle, während man an einer ganz anderen ist, wenn der Ball auf einen zufliegt, setzt eine Leichtfüßigkeit und Behendigkeit voraus, die einen Springtänzer vergleichsweise wie eine plumpe Kuh erscheinen läßt. Der Spieler hat zu Beginn fünf Geschosse aus fünf verschiedenen Richtungen zu gewärtigen! Und jedes einzelne könnte tödlich sein!

In der Flotten-Version, mit zwei zusätzlichen Spielern, also sechs statt vier, kann es einen schnell erwischen! Und die Flotten-Spieler legen es nicht nur darauf an, daß ihre Gegner aus ihrem Kreis *treten*: Sie wollen sie fliegen sehen! Ich persönlich habe mich nie sehr für das Geschoßspiel interessiert, was vermutlich auch nicht anders geworden wäre, wenn man mich hätte mitspielen lassen.

Was wir jetzt sahen, mußte der letzte einer Reihe von Sätzen sein. Mehrere ausgeschiedene Spieler standen an der Seitenlinie unter der begeisterten Zuschauermenge. Ein Kämpfer lag ausgestreckt auf einer Bahre.

Auf dem Feld war das Finale im Gange. Es waren nur noch drei Spieler übriggeblieben. Die beiden von uns weiter entfernten hatten sich offenbar gegen den dritten zusammengetan, der soeben den beiden feindlichen Geschossen nicht nur geschickt ausgewichen war, sondern sie auch gefangen hatte, mit jeder Hand eines. Wenn man das schaffte, verfügte man natürlich über zusätzliche Munition, aber, gütige Götter, um welchen Preis! Die Handflächen des Spielers mußten brennen wie Feuer. Das war es, was die Zuschauer von den Sitzen gerissen hatte.

Er hielt die Bälle immer noch in den Händen und tänzelte, sich hin- und herwiegend, auf den Zehenspitzen, als einer seiner Gegenspieler einen weiteren Ball auf ihn schleuderte, und obwohl wir ziemlich weit weg standen und die Menge tobte, hörten wir ihn doch durch die Luft zischen. Was für ein Schuß!

Ich war immer noch etwas von dem Licht geblendet und bekam nicht genau mit, wie es passierte. Aber die Zuschauer hatten es offenbar gesehen! Der uns am nächsten stehende Spieler hatte im letzten Moment den Ball in seiner Rechten geworfen und fast gleichzeitig den zischend auf ihn zuschießenden *gefangen*!

Die Zuschauer waren schier aus dem Häuschen. Der Ball des

gefeierten Spielers hatte einen seiner Gegner an der Brust getroffen und vielleicht acht Fuß nach hinten gedrückt, klar außerhalb des Kreises.

Ich schluckte. Ich hatte hin und wieder einen Spieler gesehen, der zugleich warf und fing, aber noch nie einen, der zugleich fing und traf!

Dringliches Geflüster neben mir lenkte meine Aufmerksamkeit ab. Lombar hatte die falsche Ordonnanz am Kragen gepackt und zeigte ihr den Spieler, der sich eben so bravourös geschlagen hatte. „Das ist Jettero Heller. Tun Sie genau, was ich Ihnen gesagt habe. Machen Sie keinen Fehler!" Er gab ihm einen neuen Umschlag, und der Messerstecher stahl sich in die Arena.

Das also war Jettero Heller. Ich war nicht eigentlich nervös, ganz wohl war mir allerdings auch nicht. Nach dem Gebrüll der Frauen und Mannschaften auf den Tribünen zu urteilen, war er nicht gerade unbeliebt. Und Volkshelden wurden vermißt, wenn man sie entführte.

Ich sah zu Lombar und erhielt einen weiteren Schlag. Daß er ständig mißvergnügt wirkte, war normal; daran hatte ich mich gewöhnt. Aber was ich jetzt sah, war etwas anderes: Bitterer Haß hatte ihm die Lippen von den Zähnen gezogen.

Ich blickte zurück zu Heller. Er war groß und sehr athletisch gebaut, ein ausgesprochen gutaussehender Mann. Alles an ihm war hell und voller Leben. Er tänzelte in seinem Kreis herum und lachte über die mißliche Lage des letzten verbliebenen Gegners, der nur noch wenige Geschosse in der Tasche hatte und sich ruckartig duckte und seitliche Ausfallschritte machte, ohne daß nach ihm geworfen wurde.

„Wollen wir es aufgeben?" rief Jettero seinem Gegner zu. „Wir könnten die Taschen hinwerfen und das Spiel mit einem Remis beenden."

Die Antwort war ein schneller, heimtückisch gekurvter Ball, der nur einen Zoll an Hellers Kopf vorbeipfiff. Die Menge hielt den Atem an. Ein Treffer hätte eine böse Kopfverletzung bedeutet. Aber Heller lachte nur und holte langsam aus, mit der *Linken,* wohl um das Ungleichgewicht zu verringern, das seinen Gegner benachteiligte.

Ich blickte wieder zu Lombar. Der Haß ließ seine Augenbraue zucken.

Und endlich ging es mir auf. Das hier war nicht einfach nur eine Apparatus-Operation. Lombar war im Elendsviertel der Hafenstadt großgeworden; er hatte sich seine jetzige hohe Position mit Klauen und Zähnen, mit Gewalt und Erpressung erkämpft. Er war häßlich, die Frauen waren ihm zuerst mit Verachtung begegnet, und später mit Furcht. Heller war alles, was Lombar nie gewesen war und nie sein würde. Man brauchte sich nur diese Menge anzuhören!

Jettero Heller wollte mit einem so ungleichen Kampf augenscheinlich nichts zu tun haben. Er warf seine Bälle einen nach dem anderen langsam zu seinem Gegner, als wäre es ein Fangespiel. Der andere brauchte nur zuzugreifen und seine geleerte Tasche aufzufüllen. Aber er schien es übel aufzunehmen und ließ die ankommenden Bälle passieren, ohne sie zu fangen. Dann verpulverte er in einer hastigen Aktion seine letzten fünf Geschosse, indem er sie so hart wie möglich auf seinen Gegner abfeuerte. Heller rührte sich nicht vom Fleck, sondern schwang nur mit dem Oberkörper hin und her, und zwar so rasant, daß es dem Auge schwerfiel, den Bewegungen zu folgen. Die feindlichen Geschosse rasten an ihm vorbei, ohne Schaden anzurichten.

Hellers Gegner war geschlagen. Er besaß keine Geschosse mehr, während Hellers Tasche fast voll war. Also stellte sich sein Gegenüber einfach an den vorderen Rand seines Kreises, ließ die Arme hängen und wartete mit geschlossenen Augen auf das Aus.

Heller machte ein paar Schritte zur Seite. In der Arena wurde es mucksmäuschenstill, alles wartete gespannt darauf, was er als nächstes tun würde.

Da setzte Jettero Heller absichtlich einen Fuß über seinen Kreis hinaus, und die Spannung der Menge entlud sich in einem gewaltigen Getöse. Hellers Gegner öffnete verwirrt die Augen, bemerkte, daß er noch intakt war, und begann zu lachen. Dann lief er Heller entgegen, und die beiden Kontrahenten umarmten sich in der Mitte des Spielfelds. Die Zuschauer waren außer sich vor Begeisterung, es hielt sie nicht mehr auf ihren Plätzen. Laut schreiend und klatschend schwärmten sie auf das Spielfeld und umringten ihren Helden.

Und das war nun derjenige, den wir entführen wollten! Ich sah nervös zu Lombar hinüber. Ich hatte noch nie solche Bitterkeit auf einem Gesicht gesehen. Ja, das war derjenige, den wir entführen würden. Und das aus mehr als einem Grund.

Kapitel 5

Die falsche Ordonnanz kam aus der Arena, gefolgt von Jettero Heller, der ungefähr drei Schritte hinter ihm ging. Er lächelte, während er sich mit einem Ärmel des Pullis, den er sich über die nackte Schulter geworfen hatte, den Schweiß vom Gesicht wischte. In der anderen Hand hielt er den gefälschten Befehl.

Sobald Heller weit genug von der Tür entfernt war, schlich Lombar zu ihr, um sie zu schließen und sich vor das Fenster zu stellen, durch das wir das Spiel verfolgt hatten, so daß niemand mehr herauskommen oder beobachten konnte, was draußen geschah.

Ich hielt plötzlich den Atem an und fragte mich, ob Heller es ebenfalls bemerkt hatte: Die „Ordonnanz" ging nicht wie ein Raumfahrer; er schob sich nicht mit den gleitenden Bewegungen eines Schwimmers vorwärts, die die Angehörigen der Flotte kennzeichnen. Und noch etwas: Dieser bescheuerte Kriminelle aus der Messerstecher-Abteilung trug seinen Dienstgürtel verkehrt herum! Die Ringe, die an Bord benutzt werden, um Ausrüstungen daran aufzuhängen und Sicherheitsleinen zu befestigen, saßen bei ihm oben auf dem breiten roten Gürtel, nicht unten. Mir war auch, als hätte ich eine Bewegung in den dunklen Sträuchern gesehen und das leise Klicken eines Waffenverschlusses gehört.

Hatte Heller es ebenfalls registriert? Ich versuchte, auf seinem Rücken eine Antwort zu finden. Doch er ließ sich nichts anmerken. Er blieb nicht stehen, um sich den Umschlag in seiner Hand genauer anzusehen, er saugte den Atem nicht hörbar ein, was verrraten hätte, daß er die Muskeln anspannte, er veränderte nicht einmal das Lächeln auf seinem Gesicht. Er explodierte einfach!

Es ging so schnell, daß ich kaum mitbekam, wie seine Füße durch die Luft wirbelten und zutraten. Die falsche Ordonnanz stürzte jedenfalls wie ein abgeschossenes Flugzeug zu Boden, und Heller setzte dazu an, den Betrüger zu ergreifen, als uns vorgeführt wurde, woher die Messerstecher ihren Namen hatten.

Der Mann war noch nicht richtig aufgeschlagen, als seine Hand in den Nacken zuckte und eine zehn Zoll lange Klinge im Flutlicht aufblitzte. Er rollte sich herum! Aber bevor er zustechen konnte, kollidierte sein Handgelenk mit Hellers Fuß. Ich hörte die Knochen krachen, und das Messer flog trudelnd durch die Luft.

In diesem Moment belebten sich die Sträucher. Fünf elektrische Peitschen wurden mit zischendem Knallen ausgeworfen und krümmten sich in Lichtbögen aus grünem Feuer zu Heller hin. Sie legten sich um seinen Körper, fesselten ihm Arme und Beine, und nagelten ihn zuckend fest.

Wie er es schaffte, sich zu drehen, weiß ich nicht. Eine elektrische Peitsche wirkt wie ein Würgegriff; ich hatte noch nie jemanden gesehen, der fähig gewesen wäre, sich zu rühren, wenn er von einer erfaßt wurde, geschweige denn von fünf. Aber er riß sich herum, um zur Tür zurückzukommen.

Dort jedoch erwartete ihn Lombar — mit einem Paralysedolch in der erhobenen Hand. Und er stach zu! Die tödliche Klinge fuhr in Hellers Schulter. Er strauchelte. Aber er war immer noch nicht am Ende. Während er in sich zusammensank, heftete sich sein Blick auf Lombar, und bevor er brach, war Wiedererkennen in ihm zu lesen.

Wie geübte Geister gingen die Schwarzhemden ans Werk. Ein dunkles Tuch flatterte auf Heller herab, die Strahlen der elektrischen Peitschen erloschen, und schon eilten sie, Sargträgern in einem mit dreifacher Geschwindigkeit abgespulten Trauerzug gleich, mit ihrer Beute davon.

Lombar sah sich hastig auf dem Schauplatz um. Es war kein unliebsamer Zeuge in Sicht, nur der Messerstecher saß noch stöhnend am Boden und hielt sich sein Handgelenk. Lombar holte sein fehlgegangenes Stilett aus einem der Büsche und brachte den Verletzten mit einem Fußtritt auf die Beine.

Ich bückte mich, um den am Boden liegenden Umschlag aufzuheben, und steckte ihn in meinen Blouson. Dann folgte ich Lombar zu dem Hügel, in dessen Schatten unsere Lastwagen standen.

Lombar instruierte hastig den Hauptmann der Wachmannschaft. „Schaffen Sie ihn in ein Flugmobil, und bringen Sie ihn nach Spiteos. Der Befehl lautet: die tiefste Zelle, elektrischer Gitterkäfig, keinerlei Kontakte. Bis ich es sage, existiert er nicht mehr. Ist das klar?"

Der Hauptmann bestätigte es überschwenglich, und Lombar ließ von seinem Rockaufschlag ab, um ihn mit einem Klaps seines Dorns auf den Weg zu schicken. Die Lastwagen fuhren ab.

Wir stiegen in Lombars Panzerwagen, und der Chef des Apparatus zielte mit seinem Dorn auf den Hinterkopf des Fahrers, um zum Aufbruch zu mahnen. Dann wandte er sich mir zu.

„Warum können Sie sich nicht um solche Dinge kümmern?" gab er mir Bescheid. „Wenn Sie Ihre Arbeit getan hätten, wäre das alles nicht passiert. Lernen Sie denn niemals dazu?"

Ich wußte, daß es dumm gewesen wäre, herausfinden zu wollen, was ich hätte dazulernen sollen. Aber er war nicht mehr in so wilder Verfassung wie vorher. Die Arbeit des Abends hatte ihm Erleichterung verschafft. Er klang nur noch leicht verärgert und gereizt.

„Da sehen Sie, was Sie angestellt haben", fuhr er, die Fahrtgeräusche des Panzerwagens übertönend, fort. „Jetzt können wir den Rest der Nacht damit verbringen, alle möglichen Regierungsstellen abzuklappern, um den Originalbericht zu finden, bevor er auf einer Ebene angekommen ist, auf der er Unheil stiften kann."

Damit drehte er sich ab und war von nun an damit beschäftigt, verschlüsselte Funksprüche auszusenden, um eine kleine Gruppe der Schattenabteilung, die auf Einbrüche spezialisiert ist, zu aktivieren. Am Ende fügte er seinen Befehlen die Codezahlen bei, die den Leuten sagten, daß sie sich darauf vorbereiten sollten, die Nacht durchzuarbeiten.

Aber wir arbeiteten nicht nur die Nacht durch. Wir arbeiteten rund um die Uhr, während der gesamten Reichsfeiertage. Zwei

Tage und drei Nächte lang taten wir nichts, als im ganzen Gebiet der Regierungsstadt Fenster aufzubrechen, Türschlösser zu knacken und die Kombinationen der geheimsten Tresore zu enträtseln, es sei denn, wir waren gerade dabei, die Kostüme und die Fahrzeuge zu wechseln, um wie Hauswärter, Klempner vom Notdienst, gelangweilte Beamte und Stadtpolizisten auszusehen. Einmal schlüpfte einer der Leute sogar in die Rolle der Geliebten eines hohen Beamten, die „ihre Handtasche vergessen" hatte. Aber der vermißte Bericht war nicht zu finden. Wir fanden nicht einmal einen Aktenvermerk oder eine Kopie.

Schließlich, als für die Regierungsstellen der nächste Arbeitstag grünlich heraufdämmerte, sank Lombar Hisst, erschöpft und geschlagen, mit geröteten Augen in seinen Sessel in der Höhle, die er sein Büro nannte.

„Er muß direkt an den Großen Rat gegangen sein", murmelte er, mehr zu sich selbst als für mich bestimmt. „Vielleicht sogar an den Imperator selbst. Das ist schlimm."

Er verfiel für eine Weile in Schweigen. Ich wagte immer noch nicht, ihn mit meinen Fragen zu behelligen.

„Ich hab's im Bauch, er wird bei der nächsten Sitzung des Großen Rats auf der Tagesordnung stehen", brummte er als nächstes.

Danach schüttelte er minutenlang nur den Kopf, ehe er seine Gedanken wieder äußerte. „Es bringt ihre Invasionszeittafel durcheinander. Ja, so werden sie es sehen. Ganz sicher."

Erneut breitete sich Schweigen aus, bis er sich endlich selbst einen Ruck gab: „Nun, wir müssen darauf vorbereitet sein. Ich werde Endow* die Daumenschrauben ansetzen, meinem ach so edlen Vorgesetzten. Ja, das werde ich tun. Er ist zwar ein Esel, dieser 'Lord des Äußeren', aber manchmal ganz nützlich. Ich glaube nicht, daß ich sein letztes Rendezvous mit diesem hübschen Raumfahrer aufs Tapet bringen muß. Nein, das wird nicht

* *Der Name wurde geändert. Es hat nie einen Endow im Großen Rat gegeben. Außerdem gehörte der sogenannte Apparatus nicht zum Verantwortungsbereich des Amts für Äußere Angelegenheiten. — Der Verlag.*

nötig sein. Aber ich werde es in der Hinterhand halten. Wo habe ich doch gleich die Fotos hingelegt?"

Er stand auf, um sie zu suchen, und fand sie auch, wobei ihm allerdings auch meine Anwesenheit wieder zu Bewußtsein kam. Mit unerwartetem Feuer schnarrte er unvermittelt los: „Sie werden auch zu dieser Sitzung gehen! Ist Ihnen inzwischen klar geworden, daß Sie die ganze Sache möglicherweise über den Haufen geschmissen haben, Sie (piep)?"

Ich war müde genug, um unvorsichtig zu sein. Außerdem reichte es mir, immer noch im dunkeln zu tappen. Beides zusammen verlieh mir den Mut, ihn zu fragen: „Würden Sie mir bitte erklären, was passiert ist?"

Das wirkte. Er baute sich wie ein massiver Turm über mir auf und keifte: „Sie werden den Bericht lesen! Sie werden ihm entnehmen, daß ihre Invasionszeittafel umgeworfen wurde! Ich habe Ihnen vor zwei Jahren gesagt, Sie sollten aufpassen und jeden Bericht aufhalten und abändern, den die Patrouillen über Blito-P3 einreichen. Die Erde, Sie Idiot, die Erde!"

Er krallte sich in meine Rockaufschläge und hob mich aus dem Sessel. Jetzt brüllte er. „Sie haben einen durchgelassen!"

Er schüttelte mich so heftig durch, daß das Zimmer vor meinen Augen verschwamm.

„Sie haben *unseren* Zeitplan gefährdet! Zur Hölle mit ihnen! Sie haben wahrscheinlich die gesamte grundlegende Planung des Apparatus ruiniert! Das werden Sie mir büßen!"

Und er schlug mir mit seinem Dorn quer übers Gesicht. Ja, jetzt verstand ich ihn. Wir vom Apparatus steckten in der Patsche. Und besonders Lombar Hisst!

Kapitel 6

Es waren noch drei von Nervosität vibrierende Tage zu überstehen, bis der Große Rat zusammentrat, und Lombar Hisst machte uns jeden einzelnen Augenblick zur Tortur. Der zentrale Stab des Apparatus war sich in diesen Tagen nie sicher, ob er in der nächsten Minute gefoltert oder erschossen werden würde, oder gefoltert *und* erschossen. Noch, ob Lombar Hisst es sofort erledigen würde, oder die Reichsregierung später.

Der Chefexekutor des Coordinierten Informations-Apparatus versank manchmal für Stunden in brütendes Schweigen, um dann aus heiterem Himmel hochzugehen wie eine Rakete und jeden, der ihm unter die Augen kam, in der Luft zu zerfetzen oder zu einem weiteren Gespräch mit Endow, dem Lord des Äußeren, zu rasen.

Einmal kam Endow sogar persönlich in unsere Dienststelle. Ich hatte ihn bis dahin nur aus der Ferne gesehen und war ausgesprochen unbeeindruckt, als ich ihn jetzt aus der Nähe sah. Er war ein Greis und wurde ständig von einer Krankenschwester begleitet, die ihm den Sabber vom Kinn wischte. Er war etwa halb so groß wie Lombar und sehr fett. Für Augenblicke konnte er völlig klar sein, doch dann trieb sein Geist wieder davon und verdampfte bis auf den letzten Rest. Er war als entfernter Verwandter der dritten Frau des vorigen Imperators auf seinen Posten berufen worden, und als Cling der Stolze den Thron bestieg, war er einfach beibehalten worden. Sein Geschmack an hübschen jungen Männern war notorisch, und er wurde allgemein mit versteckter Verachtung betrachtet. Ich kann das jetzt sagen, da ich mich außerhalb seiner Reichweite befinde. Er hatte es allein Lombars Gier und der Organisation, die dieser befehligte, zu verdanken, daß er noch an den Hebeln der Macht saß.

Bei seinem Besuch trottete er unstet durch das Büro, während Lombar ihn piesackte. Als Lombar ihm einige Fotos von kürzlich vorgenommenen Hinrichtungen zeigte, fühlte ich fast so etwas wie Mitleid mit dem alten Mann. Der Alte war nahe daran, ohnmächtig zu werden, und ich fragte mich, wie er reagiert hätte, wenn Lombar ihm die neuesten Aufnahmen seiner Spielchen mit dem hübschen jungen Raumfahrer unter die Nase gehalten hätte. Aber er versprach auch ohne dieses Druckmittel, seine Rolle zu erfüllen und seinen Text nicht zu vergessen.

Endlich war der Tag gekommen, an dem der Große Rat zusammentreten sollte. Wir machten uns schon vor Morgengrauen in Endows Fluglimousine auf den Weg — Endow mitsamt seiner Krankenschwester, Lombar, zwei Apparatusbeamte und ich selbst.

Ihr werdet es verwunderlich finden, daß ich die Palaststadt noch nie vorher betreten hatte. Läuft doch das Kadettenkorps der Akademie dort jedes Jahr zur Parade auf, bei der dem Imperator die Neuzugänge vorgestellt werden — wenn man einen Appell von zehntausend Mann in gebührender Entfernung zum Thron als „Vorstellung" bezeichnen kann. Aber jedesmal, wenn dieser Tag nahte, ergab es sich, daß ich, ohne jede Absicht meinerseits, zum Strafexerzieren der Mannschaften abkommandiert wurde und daher nicht an Parade und „Vorstellung" teilnehmen konnte.

Die Palaststadt macht die meisten nervös. Ich fand sie, mit ihren kreisrunden Gebäuden, Parks und Mauern, alles in siebenfacher Vergrößerung, sehr beeindruckend. Ich habe gehört, daß sie einstmals die Hauptstadt jenes Volkes war, das vor langer Zeit von der voltarianischen Invasion überrollt wurde. Danach soll sie derart tiefgreifend umgestaltet worden sein, daß keinerlei Spuren der vormaligen Bewohner mehr zu finden seien; ich glaube, die ursprüngliche Stadt wurde einfach geschleift und weggeräumt. Viele finden die riesigen Ausmaße der Stadt erdrückend, andere sagen, der Anblick der goldglänzenden Mauern schmerzte in den Augen. Meine schweißigen Hände wurden jedoch von etwas anderem bewirkt: dem Zeitsprung.

Jeder mit einiger Raumerfahrung wird unruhig werden, wenn er auf eine Erscheinung trifft, die etwas mit einem schwarzen Loch zu tun hat. Wenn man einem von ihnen zu nahe käme, wäre es aus. Die konsequente Zeitkrümmung verursacht, wie Ihr wißt, einen Zeitsprung.

Zweifellos zeugt es von dem Geschick und der Weisheit der frühen voltarianischen Ingenieure, in den Berg hinter der Palaststadt als Energiequelle und Verteidigungswerk ein kleines nukleares schwarzes Loch einzubauen. Es hat eindeutige Vorteile: Die Palaststadt verfügt auf diese Weise über unerschöpfliche thermonukleare Energie für ihren weitläufigen Maschinenpark und andere Einrichtungen, und für den Verteidigungsfall kann der Nutzen dieser Anlage gar nicht hoch genug bewertet werden: Die Raumzeitverwindung bringt die gesamte Palaststadt dreizehn Minuten in die Zukunft, so daß der Angreifer kein Ziel vorfindet; es ist schlicht nichts vorhanden, worauf er schießen kann.

Damit ist die Palaststadt sicher für alle Fälle gewappnet, aber ein schwarzes Loch, auch ein kleines, kann, wenn es am Ende expandiert, mit einer Gewalt ausbrechen, die in der Lage ist, Gebirge in Ebenen zu verwandeln. Es heißt zwar, es bräuchte eine Milliarde Jahre oder mehr, bevor es „rums" macht, und das schwarze Loch der Palaststadt sei absolut sicher und habe noch eine lange Lebensdauer vor sich. Aber woher weiß man, wie alt es war, als man es installierte? Und wenn es so sicher ist, warum wurde die Palaststadt dann so weit von den Bevölkerungszentren errichtet? Ich weiß, ehrlich gesagt, nicht, wie der Imperator damit fertig wird. Das Sprichwort sagt: „Trägt ein Kopf eine Krone, hat er Alpträume", doch so dicht an einem schwarzen Loch zu leben, würde mir nicht nur Alpträume eingeben, sondern mir den Schlaf überhaupt rauben.

Der Zeitsprung, finde ich, ist nicht nur hart für die Uhr. Ich persönlich bekomme jedesmal schwache Knie, wenn es dazu kommt. Und an jenem Morgen fühlte ich mich auch ohne weitere Belastungen angegriffen genug, wenn ich daran dachte, was bei der bevorstehenden Sitzung herauskommen würde. So war die Aussicht, eine Zeitschranke überwinden zu müssen, nicht gerade geeignet, mich aufzuheitern; zumal ich von Unfällen gehört hatte, bei denen der herauskommende Verkehr, plötzlich in der Zeit zurückversetzt, kopfüber mit dem hereinkommenden, der an den Eingängen die Zeit aufwärts flog, zusammenprallte. Und natürlich mußte sich an diesem Morgen — es war immer noch dunkel auf unserer Seite — ein großes Imperiales Versorgungsschiff, wahrscheinlich auf dem Weg zum Markt, aus dem Nichts vor uns materialisieren. Unser Pilot, fast so senil wie Endow, reagierte langsam, und wir bekamen einen kräftigen Luftstrudel zu spüren — es war verdammt nah dran.

Als wir endlich auf dem kreisrunden Luftparkplatz landeten, war ich so zittrig, daß ich die Wendeltreppe zur Halle des Großen Rats nur mit Mühe erklimmen konnte. Ich sage Euch das, weil es einiges geben mag, was ich auf der Sitzung nicht mitbekommen habe.

Ich war halb geblendet von den Reflexionen auf den blanken Helmen und Zeremonialäxten, den mit Gold und Juwelen besetzten Tischdecken, den diamantenstarrenden Bannern und den bewegten bunten Lichtstrahlen in der riesigen Ratshalle; und die blitzenden Gewänder der Lords des Staates und ihrer Gefolge machten es nicht leichter. Ein prächtiges Porträt Clings des Stolzen und seiner beiden inzwischen verstorbenen Söhne überblickte das glanzvolle Getümmel.

Am Kopfende des Raums, vor dem abgetrennten erhöhten Platz des Vizekanzlers der Krone, stand ein kreisrunder Konferenztisch von über hundert Fuß im Durchmesser. Mehr als dreißig Lords der verschiedenen Regierungsämter hatten bereits ihre Plätze eingenommen und ihre Gefolge sich hinter ihnen aufgebaut. Endow schlurfte zu seinem Sitz und nahm ebenfalls Platz. Die Krankenschwester stellte sich wie eine Wache zu seiner Rechten auf, Lombar setzte sich auf einen Stuhl links hinter ihm, so daß das Ohr des alten Herrn nicht weit war, und ich gesellte mich hinter ihnen zu zwei Beamten. Alles in allem machte unsere kleine Abordnung, die immerhin das Amt für Äußere Angelegenheiten vertrat, nicht viel her; ich fühlte mich schäbig angesichts all der Pracht, die in der Halle versammelt war.

Trompeten schmetterten einen Fanfarenstoß, daß mir fast das Trommelfell platzte. Dann hob der Vizekanzler der Krone einen juwelenbesetzten Finger, und Zimbeln setzten den Lärm fort und vergrößerten den Schmerz in meinen Ohren. Die zweimonatliche Sitzung des Großen Rates war eröffnet.

Ich fühlte mich in mehr als einer Beziehung krank, erwartete ich doch, daß die ersten Worte lauten würden: „Der Exekutor zweiten Grades Soltan Gris wird seines Postens als Sektionschef 451 enthoben und hat sich für die Anklageerhebung wegen Entführung eines Königlichen Offiziers, nämlich des Jettero Heller, zur Verfügung zu halten ..." Aber nichts dergleichen geschah: Die Krone machte statt dessen eine Steuerrevolte auf dem Planeten Kyle zum ersten Gegenstand der Beratung.

Man palaverte eine Weile herum und wies schließlich den Lord des Inneren und die Königliche Armee an, die Revolte zu ersticken und die Steuern auf Kyle zu verdoppeln, — was diesen höchst willkommen war, hieß es doch, daß enorme Beträge in ihre Taschen fließen würden.

Als nächstes zankte man sich wegen der Invasion eines Systems namens *Cliteus,* deren Abschluß sich zu verspäten drohte. Zunächst beschuldigten sich die Ämter für Propaganda und für Diplomatie gegenseitig des unkooperativen Verhaltens bei der Festlegung der Friedensbedingungen, was sie jedoch nicht davon abhielt, sich wenige Minuten später einmütig gegen Vorwürfe des Amts für Armeeangelegenheiten zu wehren, das bestrebt war, seine Fronttruppen abzuziehen. Die Debatte endete damit, daß dem Amt für Armeeangelegenheiten das Versprechen entlockt wurde, die Plünderung so lange aufzuschieben, bis der Friedensvertrag unter Dach und Fach war.

Danach verlangte die Krone vom Amt für Heimatpolizeiwesen einen Bericht über die Fortschritte bei der Lokalisierung eines Prinzen Mortiiy, von dem das Gerücht umging, er schüre im konföderierten System Calabar einen Aufstand gegen Cling den Stolzen, und ein Vertreter des Amts für Heimatpolizeiwesen hielt einen langatmigen Vortrag über den Hintergrund des besagten Prinzen, der darauf hinauslief, daß dem Amt für Erziehung die Schuld an seinem Treuebruch zugeschoben wurde, da es die falschen Hofmeister ausgesucht habe. Der Bericht schloß mit Angaben über die Verhaftung, den Prozeß und die Hinrichtung dieser Hofmeister.

Trotz meines Unwohlseins fiel mir auf, daß das Amt für Heimatpolizeiwesen kein Wort darüber verloren hatte, welche Schritte es gegen den Königlichen Prinzen Mortiiy und den Aufstand auf Calabar unternahm beziehungsweise plante. Aber die Krone vertagte dieses Thema einfach bis zur nächsten Ratssitzung.

Der Apparatus, obwohl oder weil von Kriminellen durchsetzt, hat für das Amt für Heimatpolizeiwesen nur Geringschätzung übrig, und es verwunderte mich nicht, daß die „Schmeißfliegen", wie wir sie nennen, es nicht einmal zustande brachten, besagten Prinzen ausfindig zu machen, noch dazu in einem System, in dem er auffallen mußte wie ein Suchlicht in der Nacht. Die Krone hält offenbar auch nicht viel von ihnen, sonst hätte der Apparatus nicht so viele „Sonderaufträge" auszuführen.

Anschließend ging es um eine Umstimmigkeit im Etat, und ein halbes Dutzend Lords, die der Meinung waren, nicht zu bekommen, was ihnen zustand, beschwerten sich lautstark über diese Vernachlässigung.

Bis jetzt hatte Lombar Hisst sich nicht gerührt, auch Endow nichts ins Ohr geflüstert. Die Krone beendete den Etatstreit, und der Vizekanzler griff zu einem großen, offiziös aussehenden Berichtsordner, der vor ihm auf der Barriere zwischen Krone und Konferenztisch lag. Augenblicklich beugte sich Lombar vor, wisperte Endow etwas ins Ohr und gab ihm einen Knuff in den Rücken. Es war soweit.

Kapitel 7

„Lords des Reiches", begann der Vizekanzler mit sonorer Stimme, „wir kommen jetzt auf einen äußerst ernsten Gegenstand zu sprechen. Er ist geeignet, erhebliche Unordung zu stiften, und könnte uns zwingen, unsere Invasionszeittafel zu ändern und die gesamte Planung für das nächste Jahrhundert zu revidieren."

Der Saal verstummte. Das Gemurmel, das während der bisherigen Beratungen nie verebbt war und sämtliche Reden und Wortmeldungen begleitet hatte, wurde plötzlich von schreckgelähmtem Schweigen ersetzt.

Der Vizekanzler hatte sich unterbrochen, um sich mit den kleinen schwarzen Augen in seinem eingefallenen Gesicht in der weitläufigen Runde umzusehen. Er besaß die volle Aufmerksamkeit jedes einzelnen. Oh, ja, die hatte er!

„Ich weiß", fuhr er schließlich fort, „daß so etwas in der langen und siegreichen Geschichte von Voltar noch nie vorgekommen ist." Er klopfte mit dem Handrücken auf die Akte in seiner Hand. „Doch jetzt ist es passiert. Wir müssen in dieser Frage heute zu einer Entscheidung kommen."

„Wenn die Krone erlaubt!" Es war der Lord für Armeeangelegenheiten. „Das ist sehr ungewöhnlich. Die Zeittafel, die wir von unseren Vorfahren ererbt haben, wurde bis zu diesem Augenblick stets als unverrückbar angesehen. Sie galt und gilt als Heiliges Gebot. Bei allem nötigen Respekt vor der Krone — weiß Seine Majestät, daß der Große Rat es aufzuheben gedenkt?"

Der Vizekanzler der Krone heftete den Blick auf den Lord. „Seine Majestät — lang lebe Cling der Stolze! — weiß nicht nur davon, Seine Majestät hat sogar höchstpersönlich angeordnet, es zu tun."

Ich sah, daß Lombar Hisst zusammenzuckte. Das war vermutlich die schlechteste Neuigkeit, die er je erfahren hatte. Er beugte sich wieder vor und flüsterte Endow etwas ins Ohr.

„Wenn die Krone erlaubt!" quakte Endow daraufhin. „Es muß sich um eine Fehlinformation handeln. Die Invasionszeittafel zu ändern, ist ein ernster Schritt, der jedes Regierungsamt in den Grundfesten erschüttern würde."

„Ich fürchte", erwiderte der Vizekanzler, „die Information entspricht der Wahrheit. Hauptmann Roke, bitte."

Der Hofastrograph des Imperators, Hauptmann Tars Roke, teilte den Vorhang hinter dem Sitz der Krone und trat neben den Vizekanzler. Er war sehr groß, von imposanter Gestalt, dunkel uniformiert und machte den Eindruck eines leidenschaftslosen Wissenschaftlers. Der Vizekanzler händigte ihm nicht nur den Bericht, sondern auch einen dicken Packen Papiere und Karten aus.

Hauptmann Roke sah auf den Aktenberg hinunter. „Eure Lordschaften, auf Anweisung Seiner Majestät möchte ich Ihnen die Lage darstellen. Sie erlauben?"

Die Lords rutschten aufgeregt auf ihren Stühlen hin und her. „Ja" und „Bitte" hallte es von den Wänden wider. Ich bemerkte, wie Lombar Hisst in kaum verhohlener Wut fieberhaft die Hände rang.

„Vor etwa vier Monaten", begann Hauptmann Roke seinen Vortrag, „arbeitete der Lord des Schatzamts mit seinem Büro für Beschaffung, Verteilung und Bewirtschaftung an der Korrektur der finanziellen Schätzungen für das kommende Jahrhundert — das, wie ich Ihnen in Erinnerung rufen möchte, für uns in sechzehn Tagen beginnt. Dabei stellte er fest, daß die Informationen über eines unserer zukünftigen Zielobjekte ungenügend waren.

Seine Lordschaft forderte daraufhin den Lord für Flottenangelegenheiten auf, sie auf den neuesten Stand zu bringen. Das Zielobjekt, um das es ging, ist als *Blito-P3* bekannt — seine Bewohner nennen es „Erde". Es ist ein humanoider Planet, der einige Ähnlichkeiten mit unseren Planeten Manco und Flisten aufweist, obwohl er etwas kleiner ist. Er liegt auf unserer Invasionsroute in seiner Galaxie und wird als Versorgungsstützpunkt benötigt werden. Ich sollte hinzufügen, daß er nicht zu unseren aktuellen Zielobjekten gehört, möchte aber betonen, daß er von vitaler Bedeutung für die Verkürzung der Nachschubwege sein wird. Darüber hinaus ist ihm eine Schlüsselstellung im Rahmen eines zukünftigen Verteidigungsgürtels zugedacht.

Der Lord für Flottenangelegenheiten fand nun zu seinem Erstaunen heraus, daß die Astrographische Abteilung der Flotte keine aktualisierten offiziellen Unterlagen über ihn besaß.

Vor rund vierzig Jahren war in einem Bericht erwähnt worden, daß Blito-P3 über thermonukleares Explosivgerät verfüge. Es war natürlich recht primitiv und bot damals keinen Anlaß zu besonderer Beachtung. Aber es war nicht auszuschließen, daß die Bewohner jenes Planeten wirksameres Gerät entwickeln würden. Ich brauche Ihnen nicht zu erklären, daß bei einem mit fortgeschrittenen thermonuklearen Waffen geführten internen Krieg die Sauerstoffhülle von Blito-P3 zerstört werden oder ein anderer Schaden entstehen könnte, der den Planeten für uns unbrauchbar machen würde.

Es wurde natürlich sofort eine Untersuchung eingeleitet."

Ich schauderte und betrachtete angelegentlich Lombars Knöchel; sie waren weiß geworden.

„Es stellte sich heraus", fuhr Hauptmann Roke fort, „daß es zur Gewohnheit geworden war, Kadetten zu Blito-P3 zu schicken, um die entsprechenden Beobachtungen durchzuführen. Der Flug zum System von Blito-P3 ist relativ einfach und eignet sich gut für Übungszwecke. Daran ist auch weiter nichts auszusetzen. Aber Kadetten sind nun einmal Kadetten. Wie es scheint, haben sie sich vom Raumgesetz Artikel a-365-544 M Abschnitt B — der, wie Sie wissen, die Landung oder sonstige Alarmierung der Bewohner verbietet — allzu sehr abschrecken lassen und ihre Aufgabe nur sehr zaghaft erledigt. Jedenfalls haben sie uns kein annehmbares, verläßliches Bild ihres Aufklärungsobjekts geliefert. Ihre Berichte sind fragmentarisch und wenig überzeugend."

Jetzt zitterte ich wirklich. Diese Berichte waren während der letzten zwei Jahre durch meine Hände gegangen und dabei abgeändert worden! Ich hatte das Gefühl, als würde die ganze weite Halle im nächsten Augenblick auf mich herabstürzen. Ich sah förmlich vor mir, wie all diese Lords aufsprangen und sich mit wüsten Beschimpfungen auf mich warfen. Um bei der Wahrheit zu bleiben: Als Lombar Hisst es mir befahl, war mir nicht bewußt gewesen, daß ein Experte bemerken würde, daß die Berichte unvereinbar waren und die Graphiken sprunghaft und unglaubwürdig aussahen. Ich wäre auch nie auf den Gedanken gekommen, daß sie für irgend jemanden von Bedeutung sein könnten.

Aber Hauptmann Roke hatte unterdessen seinen Vortrag fortgesetzt. „Danach kam der Lord der Flotte zu mir, und wir befahlen einen Routineflug unter Führung eines Kampfingenieurs."

Ah! Kein Wunder, daß wir nicht in der Lage gewesen waren, das Original zu finden! Der Bericht war von der Krone angefordert und vermutlich direkt in die Palaststadt geschickt worden — und nicht einmal Lombar Hisst konnte sich dort Zutritt verschaffen!

Der Hofastrograph des Imperators tippte auf das Deckblatt des Berichts. „Der Flug wurde, wie befohlen, unternommen. Und ich bedaure, sagen zu müssen, daß er unsere schlimmsten Befürchtungen bestätigt hat." Er hielt inne, um die Bedeutung dieser Mitteilung zu unterstreichen, und sah sich in der Runde seiner Zuhörer um. *„Die gegenwärtigen Bewohner sind dabei, ihren Planeten zu zerstören!* Selbst wenn sie ihn nicht ins All jagen, werden sie ihn in einen Zustand bringen, in dem er nutzlos und unbewohnbar sein wird, und zwar *lange* vor dem Zeitpunkt, den unsere Zeittafel für die Invasion vorsieht."

Eine schockartige Bewegung ging durch die Halle, während Lombar Hisst dringlich seinen Finger in Endows Rücken bohrte und ihm sein Stichwort gab.

„Hauptmann ... äh ... Hauptmann", stotterte Endow, indem er sein Bestes tat, gewichtig zu klingen, „können wir ... äh ... sicher sein, daß diese Folgerungen nicht die irgendeines Untergebenen sind? Solch bestürzende Folgerungen ..."

„Lord Endow", erwiderte Hauptmann Roke, „der Kampfingenieur hat keinerlei Kommentar abgegeben. Er nahm einfach nur die Messungen vor, sammelte Proben und fotografierte." Mit einer raschen Bewegung des Handgelenks entrollte er wie ein Straßenmagier eine Raumkarte über die Balustrade und das Podium hinab bis auf den Fußboden: fünfzehn Fuß korrekt aufgezeichneter Beobachtungen. Und dann dröhnte seine Stimme durch die Halle: „*Ich* war es, der die Auswertung vornahm! *Ich* war es, der die Schlußfolgerungen zog! Und jeder Astrograph und Planetophysiker der Flotte, der von mir hinzugezogen wurde, stimmte vollkommen mit ihnen überein!"

Endow erhielt einen weiteren Stoß in den Rücken und versuchte es noch einmal: „Und ... äh ... hmm ... können wir erfahren, welche Beobachtungen die Experten zu ihrem Standpunkt veranlaßt haben?"

„Sie können", sagte Hauptmann Roke und ließ die Karte mit einem weiteren Zaubertrick einrollen. In seiner Stimme lag jedoch nichts als wissenschaftliche Kompetenz und Gewißheit. Er warf einen Blick auf die ersten Zeilen des Berichts und verkündete: „Verglichen mit der letzten zuverlässigen Messung vor einem Dritteljahrhundert, hat sich der Sauerstoff in den dortigen Ozeanen um 14 Prozent vermindert. Das bedeutet eine Zerstörung der hydrographischen Biosphäre."

„Wie bitte?" unterbrach ihn einer der Lords.

Hauptmann Roke wurde sich offenbar erst jetzt klar, daß er keinem gelehrten Publikum gegenüberstand. „Die hydrographische Biosphäre ist der Teil der planetarischen Lebenswelt, der die Ozeane umfaßt. Die Proben weisen auf Verunreinigungen, vermutlich Ölrückstände, wie aus der erhöhten Anzahl von Erdölmolekülen im Ozean ..."

„Erdöl?" rief jemand dazwischen.

„Das Öl, das sich bildet, wenn Überschwemmungen lebende Materie begraben. Unter Druck wandeln sich die Überreste in einen Brennstoff um. Auf Blito-P3 pumpt man ihn an die Oberfläche, um ihn zu verbrennen."

Die Lords und ihre Gefolge wechselten konsternierte Blicke, und jemand rief: „Heißt das, daß es eine Feuerkultur ist? Hatten Sie nicht gesagt, es wäre eine thermonukleare?"

„Bitte, lassen Sie mich fortfahren", sagte Hauptmann Roke, indem er die Karte schüttelte. „Der industrielle Abfall in der

Atmosphäre beläuft sich auf eine Billion Tonnen, was weit über die Absorptionskapazität der auf dem Planeten vorhandenen toten und lebenden Dinge hinausgeht."

„Eine thermonukleare Feuerkultur", rätselte jemand im Hintergrund.

Hauptmann Roke ließ sich diesmal nicht unterbrechen. „Das Kohlenwasserstoffungleichgewicht in der oberen Atmosphäre ist äußerst kritisch und wächst beständig weiter an. Der Schwefelgehalt ist exzessiv gestiegen. Die von der Planetenoberfläche reflektierte Wärmestrahlung des dortigen Sterns wird zunehmend in der vergifteten Atmosphäre zurückgehalten. Die magnetischen Pole wandern." Er verstummte, weil er offenbar spürte, daß sein Publikum ungeduldig wurde, und legte die Karte beiseite.

„Aus all dem ergeben sich", leitete er, sich auf die Balustrade stützend und zu seinem Publikum vorbeugend, zu den Schlußfolgerungen über, „zwei wesentliche Bedrohungen. Zum ersten: Der Sauerstoff der Atmosphäre wird in einem Maß verbrannt, daß lange vor dem in unserer Zeittafel vorgesehenen Invasionstermin auf diesem Planeten kein Leben mehr möglich sein wird. Zum zweiten: Der Planet besitzt polare Eiskappen, die aufgrund der steigenden Oberflächentemperatur und der Wanderung der Pole abschmelzen werden, so daß der Großteil der Landmasse von Wasser bedeckt sein wird, womit der Planet für unsere Zwecke nahezu unbrauchbar wäre."

Ich fühlte mich unwohler denn je. Das würde wie eine Feuerbombe auf die Sektion 451 zurückfallen, das hieß: auf mich. Damit wäre nicht nur mein Ende besiegelt, sondern auch das von Endow, Lombar und des Apparatus insgesamt.

Ich verfluchte diesen Jettero Heller, der uns das eingebrockt hatte. Es würde das absolute Ende alles dessen sein, was wir geplant hatten, — ich meine, was Lombar geplant hatte. Ich jedenfalls sah keinen Ausweg. Keinen!

Kapitel 8

Als die Gehilfen der Lords ihren Herren das ganze Ausmaß der Folgerungen, die Hauptmann Roke vorgetragen hatte, erklärt hatten und jedem in der weiten, glitzernden Halle aufgegangen war, daß Roke tatsächlich die Unverfrorenheit besessen hatte, ihnen zu sagen, daß die gesamte Invasionszeittafel ins Wanken geraten war, breitete sich wie ein nach und nach aufbrausender Sturm bestürzte Erregung aus.

Lombar stieß Endow aufgeregt in den Rücken, und der alte Lord atmete tief ein, um mit seiner Stimme den allgemeinen Aufruhr übertönen zu können. „Würde uns der Hauptmann bitte mitteilen, ob der Kampfingenieur außerdem noch etwas berichtet hat?" Danach fiel er erschöpft zurück, und die Krankenschwester tupfte ihm mit einem Tuch den Mund ab.

Da Rokes Antwort wichtig sein konnte, beruhigte sich der Tumult ein wenig. Roke blickte in seine Akten, blätterte einige Seiten durch und sagte schließlich, ohne aufzublicken: „Als Kampfingenieur hat der Kommandant des Aufklärungsfluges in der Tat zwei Punkte aus eigenem Antrieb hinzugefügt."

Ich konnte förmlich spüren, wie Lombar Hisst gespannt aufhorchte, und auch ich hielt den Atem an.

„Der erste", fuhr Roke fort, „betrifft die Beobachtungstechnik des Planeten. Der Bericht enthält einen kurzen Überblick darüber." Er beugte sich dichter über seine Papiere. „Es scheint elektronische Geräte zur Beobachtung fliegender Objekte zu geben ... hier sind die Wellenlängen und geschätzten Reichweiten verzeichnet.

Auch ein Satellitenkommunikationssystem ist vorhanden ... der Bericht gibt die Zahl, Plazierung, Reichweite und das geschätzte Sendevolumen an." Roke blätterte die Seite um und lächelte dünn. „Der Kampfingenieur schreibt, daß sich nach der Entschlüsselung der Signale herausgestellt habe, daß der Großteil des Funkverkehrs der privaten Unterhaltung dient. Ein Verteidigungsnetz zur Beobachtung von Annäherungen aus dem All existiere nicht. Dem Vorhandenen auszuweichen, bereite keinerlei Schwierigkeiten."

Lombar stieß Endow an, und der alte Lord sagte: „Und der andere Punkt?"

Roke blätterte weiter. „Hier steht, es scheine ein ansehnlicher Planet zu sein. Und es sei eine Schande, daß die Leute ihn nicht pfleglicher behandelten."

„Und das ist alles?" fragte Endow in Reaktion auf einen Knuff von hinten.

Roke sah den Bericht noch einmal durch, dann antwortete er: „Ja, das ist alles. Weiter gibt es nichts."

Ich fühlte mit, wie Lombars innere Anspannung wich. Er setzte sich zurück und lachte fast. Genau darauf hatte er gewartet. Das war der Wendepunkt. Er wurde munter und flüsterte Endow etwas ins Ohr.

„Wenn die Krone erlaubt!" meldete sich Endow daraufhin wieder zu Wort. „Die Schlußfolgerung, zu der der Hofastrograph gelangt zu sein scheint, ohne die Daten vorher den maßgeblichen Ämtern vorgelegt zu haben, ist sehr ernst und sehr beunruhigend. Sie bedroht Zeitpläne, Budgets, Etattitel, Bauprojekte, Ausbildungsprogramme und sogar die Verwaltungsabteilungen jedes hier vertretenen Amts!"

Lombar war stolz auf ihn und klopfte ihm sogar anerkennend auf die Schulter.

Die Wirkung dieses Einwurfs ließ nicht auf sich warten. Überall am Konferenztisch brach tumultartige Unruhe aus, denn es stimmte: Wenn der Invasionszeitplan verändert wurde, mußten sich die Tätigkeiten und Prioritäten der nach Tausenden zählenden Abteilungen einer Regierung, die so ausgedehnt und schwerfällig war wie die voltarianische, ebenfalls ändern. Das bedeutete doppelte und dreifache Arbeit, endlose Konferenzen, turmhohe Berge zu revidierender Pläne, Unmengen von Überstunden und ein heilloses Durcheinander. So etwas erledigte sich nicht von selbst. Es brauchte *Zeit!*

Hauptmann Roke war fertig und zog sich zurück. Die Krone übernahm wieder das Regiment, und Zimbeln forderten zur Ruhe auf.

„Ich bitte um Meinungsäußerungen zur Durchführbarkeit eines sofortigen Präventivschlages gegen Blito-P3", sagte der Vizekanzler.

Der Lord für Armeeangelegenheiten meldete sich als erster. „Wir haben keine verfügbaren Reserven. Die gesamte Aktion müßte also von der Flotte und ihren Infanteristen durchgeführt werden."

Das war dem Lord der Flotte zuviel des Guten. „Wir haben die Schiffsverluste der Cliteus-Kampagne noch nicht ersetzen können. Das heißt, wir müßten den Hombivinin-Krieg aufgeben und viele dort gemachte Gewinne opfern. Außerdem liegt der Personalstand der Flotteninfanteristen jetzt schon um 39 Millionen unter der Rekrutierungsquote, und eine gewisse Reserve an Flotteninfanteristen muß wegen der schwachen Kräfte der Heimatpolizei für die Bekämpfung des Mortiiy-Aufstandes im Calabar-System zurückbehalten werden." Aus seinem Gefolge beugte sich jemand zu ihm herunter und flüsterte ihm etwas zu. „Die Taktische Abteilung", ergänzte der Lord daraufhin, „weist mich darauf hin, daß, falls die planetarischen Streitkräfte von Blito-P3 tatsächlich über thermonukleare Waffen verfügen, eine Invasion aus dem All eine Panikreaktion hervorrufen könnte, durch die die Reste der Sauerstoffhülle des Planeten zerstört würden. Damit wäre sicher niemandem gedient."

Ich konnte Lombar beinah schnurren hören.

Die Krone bat das Amt für Diplomatie um eine Stellungnahme, und der Lord der Diplomaten erklärte: „Ich würde eine Friedensmission vorschlagen. Wir könnten dem Planeten technische Unterstützung bei der Lösung seiner Probleme anbieten und, wenn es soweit ist, die Invasion nach der bestehenden Zeittafel anlaufen lassen."

Von verschiedenen Seiten wurde „Nein“ und „Niemals!“ gerufen, so daß die Krone erneut die Zimbeln einsetzen mußte. Aber selbst das brachte die aufgeregten Gemüter nicht zur Ruhe.

„Genau damit hat die Kostenexplosion im Hombivinin-Krieg begonnen!“ schrie der Lord des Profitamts.

„Die Hombiviniden gerieten in Panik und evakuierten ihre Städte“, sekundierte der Lord des Propagandaamts mit scharfer Stimme. „Bleiben Sie uns mit Ihren Friedensmissionen vom Hals!“

Zwei weitere Lords fielen im Chor ein: „Friedensmissionen!“ Es war vernichtende Kritik in einem Wort.

Die Krone griff wieder zu den Zimbeln, um sich Gehör zu verschaffen. „Ich möchte Eure Lordschaften darauf aufmerksam machen, *daß* Seine Majestät von Ihnen eine Entscheidung erwartet, und zwar *in dieser Sitzung!*“

Diese kaum verhohlene Drohung brachte endlich Ruhe.

Endow wurde von Lombar dringlich geknufft. „Jetzt!“ flüsterte Lombar. „Jetzt!“

„Möge es die Krone erfreuen“, begann Endow. „Obwohl die Kräfte des Amts für Äußeres im Übermaß beansprucht sind, könnte diese Angelegenheit in seine bewährten Hände gelegt werden.“

Die Versammlung war ganz Ohr. Es war kaum zu glauben. Irgendwie schien Lombar es zu schaffen, den Karren aus dem Dreck zu ziehen!

„Es wäre möglich“, fuhr der gut instruierte Endow fort, „einen Agenten nach Blito-P3 zu schleusen, ohne daß die Bevölkerung alarmiert oder mißtrauisch werden würde. Dieser Agent, sorgfältig und sachkundig von uns geführt, könnte technische Daten in die Informationskanäle des Planeten 'einsickern' lassen. Daten, mit deren Hilfe, ohne Nebenwirkungen auf die Verteidigungsfähigkeit, die planetarischen Verunreinigungen beschränkt werden können.“

Er besaß die volle Aufmerksamkeit jedes einzelnen der glitzernden Würdenträger im Saal. Die Krone nickte ermutigend, und Endow kämpfte sich, derart angespornt, gut vorbereitet und von einem wie aufgedreht wirkenden Lombar Hisst insgeheim vorwärtsgestoßen, geradezu tollkühn durch seinen Text: „Es gibt einige einfache Lösungsmöglichkeiten für die Probleme, unter denen dieser Planet leidet. Der planetarische Selbstzerstörungsprozeß könnte somit aufgehalten beziehungsweise gebremst werden, bis der vorgesehene Invasionstermin herangerückt ist."

Der Lord der Flotte gab einen Seufzer der Erleichterung von sich, und der Lord der Armee drängte: „Fahren Sie fort, fahren Sie fort!"

Lombar gab Endow mit einem Stoß das Zeichen, daß er die Taktik ändern solle. Genau zum richtigen Zeitpunkt zeigte sich Endow plötzlich spröde. „Natürlich würde solch ein Vorhaben erst nach mehreren Jahren greifen. Der Agent müßte sich als einer von *ihnen* etablieren, und das mit äußerster Vorsicht. Es wäre also Zeit erforderlich, und das Amt für Äußere Angelegenheiten dürfte nicht jeden Monat mit neuen Rechenschaftsforderungen belästigt werden, während es an einem solch langfristigen Projekt arbeitet."

„Klingt gut", murmelten einige der Lords.

„Es würde zudem eine spezielle Mittelzuteilung erfordern", ergänzte Endow. „Der Betrag fiele jedoch, verglichen mit den Kosten einer unglücklich verlaufenden Notfallkampagne, kaum ins Gewicht."

„Wieviel?" wollte der Lord des Profitamts wissen.

Lombar flüsterte, und Endow antwortete: „Zwei oder drei Millionen Verrechnungseinheiten."

Das gab, zu den anderen Vorteilen des Plans addiert, den Ausschlag. Es war eine so geringfügige Summe, daß sie den Verdacht, Endow handle nur aus persönlichem Gewinnstreben, von vornherein ausschloß. Die Lords überlegten vermutlich, daß sie — bei einer solchen Chance — alles mögliche erfunden und eine kolossale Summe genannt hätten. Da aber bei dem von Endow geforderten Betrag nur wenig oder gar nichts für ihn selbst abfallen konnte, mußte der Plan stichhaltig sein.

„Gut, gut", sagte der Vizekanzler. „Eure Lordschaften, stimmen Sie diesem Plan zu?"

Es gab keinen Widerspruch.

„Sehr gut", sagte der Vizekanzler. „Ich werde die Verwaltung anweisen, eine Ermächtigung aufzusetzen, mit der diese Angelegenheit auf unbestimmte Zeit und unter Bereitstellung einer finanziellen Deckung von drei Millionen Verrechnungseinheiten der Zuständigkeit des Amts für Äußere Angelegenheiten übertragen wird. Außerdem werde ich Seine Majestät davon unterrichten, daß ein Plan vorgeschlagen, angenommen und in Gang gesetzt wurde."

Ein Raunen der Erleichterung ging durch die Versammlung.

Wir hatten es geschafft! Bei allen Göttern, Lombar hatte es aus dem Feuer gerissen!

An den weiteren Verlauf der Sitzung kann ich mich, beim besten Willen, nicht erinnern. Ich wagte es kaum zu glauben, daß mein Kopf wieder fest auf meinen Schultern saß und daß die Apparatus-Zeittafel unangefochten weiterbestand. Es war wirklich kaum zu glauben: Lombars Ehrgeiz konnte sich jetzt ungestört entfalten. Ich war in einer Art euphorischem Rauschzustand.

Als wir die glitzernde Halle verließen, ahnte ich nicht, daß ich mich nur vierundzwanzig Stunden später in einem Abgrund von Verzweiflung befinden würde.

TEIL II

Kapitel 1

Am nächsten Morgen war ich zur Festung Spiteos hinausgefahren und wartete nun im Vorzimmer von Lombars dortigem Büro darauf, vorgelassen zu werden. Aus dem Fenster des zerbröckelnden Turms konnte ich weit über die Große Wüste sehen, bis hin zu den grünen Bergen, hinter denen die Regierungsstadt lag, — zweihundert Meilen öder Wildnis, die zu Fuß nicht zu durchqueren waren.

Am Fuß eines nahen Hügels erstreckte sich das Ausbildungslager des Apparatus, eine häßliche Ansammlung wackliger Hütten. „Ausdauerlager" wurde es in den Amtsstuben genannt, „Todeslager" von denen, die in ihm ausdauerten. Angeblich diente es dazu, den Rekruten ein Überlebenstraining angedeihen zu lassen, doch in Wirklichkeit sollte es den zeitweise starken Verkehr nach Spiteos verschleiern und eine Reservetruppe bereithalten. Die Besatzung setzte sich in Wahrheit ausschließlich aus Apparatus-Schlägern zusammen; die einzigen Rekruten, die dorthinkamen, waren Kreaturen, für die nicht einmal der Apparatus Verwendung hatte — und die das Lager nicht mehr lebend verließen.

Die hochaufragenden schwarzen Basaltmauern von Spiteos sollen von einem lange ausgestorbenen Volk erbaut worden sein, das den Planeten vor hundertfünfzigtausend Jahren bewohnte und das nur Steinarbeiten verrichten konnte. Es wurde von einem einzigen Feuerstoß während der ersten voltarianischen Invasionswelle ausgelöscht.

Der Mythos, daß die Burg noch immer radioaktiv verseucht sei, wurde von geschickt installierten Reflexionsschirmen aufrechterhalten: Wenn planetarische Überwachunsstrahlen auf diese Spiegel trafen, absorbierten sie die hereinkommende Energie und schickten die Wellenlängen radioaktiver Kontamination zurück. Es war wortwörtlich eine Vorspiegelung falscher Tatsachen. Die einzige Strahlung kam aus den leidgetränkten Tiefen unter mir, wo, eine Meile unter der Oberfläche, in dreckige Käfige gesperrt, Tausende von politischen Gefangenen langsam ihr Leben aushauchten.

Ein „politischer Gefangener" war nach der Definition „jemand, der eine Behinderung der Pläne des Apparatus darstellen könnte". Unter der Hand lief eine witzig gemeinte Variante um: „Jeder, der Lombar Hisst mißfällt", aber man flüsterte sie nur den engsten Freunden zu, und selbst das war unklug. Ich hatte Lombar Hisst einmal, als er betrunken war, gefragt, warum er sie nicht einfach umbrachte, und er hatte mir verschwörerisch zugeblinzelt und geantwortet: „Man kann nie wissen, ob sie einem nicht noch nützlich sein können, — außerdem regt es ihre Verwandten zur Zusammenarbeit mit uns an."

Man konnte ihre Anwesenheit durch die Felsen hindurch fast körperlich spüren. Im übrigen war es heiß.

Ein Summen erklang, und ein Beamter schickte mich mit einer Kopfbewegung hinein.

Lombars Büro in Spiteos lag am Ende einer ausgetretenen Treppe. Es nahm den oberen Teil eines Schutzwalls ein und war sorgfältig gegen Lufteinsicht getarnt. Goldarbeiten bedeckten die Wände, alte Schlachtszenen von unschätzbarem Wert. Silberurnen standen herum. Die Einrichtung stammte offenbar aus königlichen Grabstätten. Jeder einzelne Gegenstand in diesem großzügig geschnittenen Zimmer war praktisch unbezahlbar und zeugte von den Plünderungen und Beschlagnahmungen während der Jahrzehnte, die Lombar Hisst nun schon an der Spitze des Apparatus stand. Aber irgendwie hatte er sie so aufgestellt und benutzt, daß sie schäbig wirkten. Das war eines der „Talente", die Lombar besaß.

Eine Wand wurde ganz von einem Spiegel eingenommen, und ich war etwas überrascht, Lombar davor zu sehen. Er hatte sich einen goldenen, mit dem Königlichen Wappen verzierten Umhang anfertigen lassen, in dem er sich jetzt vor dem Spiegel hin- und herdrehte. Schließlich hatte er sich lange genug bewundert; er legte den Umhang ab, faltete ihn vorsichtig zusammen und legte ihn in eine Silbertruhe, die er sorgsam verschloß. Wie Eure Lordschaft wissen, steht es unter Todesstrafe, einen Königlichen Umhang zu tragen.

„Setzen Sie sich", begrüßte er mich und zeigte auf einen Sessel. Er war völlig entspannt und lächelte sogar.

Ich hatte mich auch ganz gut gefühlt. Doch jetzt bekam ich es mit der Angst zu tun.

Der Dorn lag unbeachtet auf einem Stuhl, und Lombar gab sich aufgeräumt und freundlich, beinah herzlich. Was hatte er im Sinn?

„Hier, nehmen Sie einen Duftschock", sagte er, indem er ein goldenes Kästchen öffnete und mir hinhielt.

Ich dachte, mein Herz würde aussetzen, und meine Beine gaben nach, so daß ich in den Sessel sank. Er schob mir das Kästchen noch weiter entgegen, und ich brachte es irgendwie zustande, mich zu bedienen und die Ampulle zu kappen. Der liebliche Geruch explodierte sanft kühlend in mein Gesicht und weckte meine Lebensgeister wieder auf.

Lombar ließ sich auf einem breiten, weichen Sofa nieder. „Soltan", begann er, immer noch lächelnd, — und ich zuckte verschreckt zusammen; er hatte mich noch nie beim Namen genannt, und ein Vorgesetzter benutzte nie und nimmer den Freundesnamen. Ich wußte nun, daß etwas Furchtbares auf mich zukam!

„Soltan", wiederholte er mit liebenswürdiger Stimme, „ich habe gute Neuigkeiten für Sie. Gewissermaßen zur Feier unseres großen Sieges gestern."

Ich war kaum fähig zu atmen. Gleich würde es über mich hereinbrechen.

„Von heute an", verkündete Lombar, „sind Sie von Ihrem Posten als Sektionschef 451 entbunden."

Bei den Göttern, ich hatte es geahnt. Seine nächsten Worte würden mich in eine Zelle verdammen — nach der Folter!

Mein Gesicht mußte sehr blaß geworden sein, denn er wurde sogar noch leutseliger. „Nein, nein, nein", lachte er. „Keine Angst, Soltan. Ich habe etwas viel Interessanteres für Sie parat. Und wenn

Sie es gut machen, wer weiß, vielleicht werden Sie eines Tages Chefexekutor des Apparatus. Oder sogar Lord des Äußeren."

Ah, ja! Ich hatte recht gehabt. Ich *steckte* in der Tinte! Verzweiflung brachte mich wieder zu Stimme: „Nach ... nach meinem Ausrutscher?"

„Aber, Soltan", erwiderte Lombar besänftigend, „dafür konnten Sie doch nichts. Hellers Bericht ging durch ganz andere Kanäle, mit denen Sie absolut nichts zu tun haben und die jenseits Ihrer Zugriffsmöglichkeiten verlaufen."

Das stimmte. Da keine Kopien von dem Bericht existierten, hatte ich nicht auf ihn aufmerksam werden und die Schattenabteilung zu Hilfe rufen können, um das Original durch meine korrigierte Fassung zu ersetzen. Aber das konnte mir jetzt auch nicht helfen!

Er stand auf, und ich dachte, er wollte seinen Dorn holen oder, noch schlimmer, auf den Summer drücken, um eine Gefängniswache herbeizurufen. Aber er betrachtete sich nur im Spiegel. „Wir brauchten dieses Malheur", erklärte er mir, „um die Dinge anzustoßen. Der Große Rat hat uns einen Auftrag erteilt, und wir werden ihn erfüllen."

Lombar kam zu mir zurück und klopfte mir auf die Schulter. Ich zuckte unwillkürlich zurück.

Und dann kam es. „Soltan, ich ernenne Sie zum Führer des Spezialagenten, den wir nach Blito-P3 schicken werden."

Es war heraus. Ich verstand. Ein Führer steuert den Agenten vor Ort, er leitet ihn, sagt ihm, was er zu tun und zu lassen hat. Tag für Tag, sogar Stunde für Stunde. Ein Führer ist für alles, was der Agent unternimmt, verantwortlich. Und wenn etwas schiefgeht, wird er, ganz routinemäßig, hingerichtet.

Doch ein Verdammter, besonders ein Verdammter, kämpft um sein Leben. „Aber ... aber man hat nur drei Millionen für das Projekt bewilligt. Ein einziger Schiffsunfall würde es scheitern lassen ..."

„Bah!" machte Lombar. „Endow kann aus drei Millionen leicht hundert machen. Eine kleine Abschöpfung hier, ein paar lästige Neuigkeiten dort, eine Drohung, wenn nötig, und im Handumdrehen ist aus einem Taschengeld ein gewaltiges Vermögen geworden.

Nein, nein, Geldsorgen werden Sie nicht haben. Nicht im geringsten. Schließlich würde eine außerplanmäßige Invasion Billionen kosten. Und erst eine fehlgeschlagene!"

Er schlenderte wieder zu dem Spiegel hinüber. „Ich glaube, das war wirklich geschickt von mir. Ich habe nicht nur diesen Bericht vorausgesehen, sondern auch unermeßliche Gewinne in greifbare Nähe gerückt. Und ich habe etwas in der Hand, womit ich das Zehnfache des Verkehrs zur Erde tarnen kann, ohne daß irgendwelche Fragen gestellt würden. Keine Ausflüchte mehr über die Sendeanlagen hier. Phantastisch! Ich brauche nur zu sagen, daß wir mit dem Spezialagenten in Verbindung stehen — und mit Ihnen, natürlich."

„Heißt das, ich soll zur Erde fliegen?" Eine idiotische Frage, denn es war klar, daß solch ein Agent nicht von Voltar aus geführt werden konnte. Ich war völlig außer Fassung; ich hatte sogar übersehen, daß Lombar auf Applaus wartete. „Ich bin noch ganz durcheinander von der Wendung, die Sie bewerkstelligt haben", sagte ich lahm. „Ich kann noch gar nicht richtig an unser Glück glauben. Das ist allein Ihr Verdienst."

Das heiterte sein Gesicht, das sich schon in bedrohliche Falten gelegt hatte, wieder auf, und ich fühlte mich durch meinen Erfolg ermuntert, noch etwas zu bemerken: „Wir ... nun ... wir haben keine Agenten von diesem Kaliber."

„Oh, wir haben schon ein paar Agenten auf der Erde, wie Ihnen bekannt ist. Ich dachte daran, Ihnen *zwei* von ihnen — Raht und Terb — als Unterstützung zuzuteilen. Die beiden sind zwei der besten Totschläger, die ich je kennengelernt habe. Nun, wie gefällt Ihnen das? Fühlen Sie sich jetzt besser?"

Ich sah den Hinrichtungsbefehl wegen des Scheiterns einer Mission so deutlich vor mir, als hielte ich ihn in der Hand. Da konnte ich es ruhig auf einen Streit ankommen lassen. „Chefexekutor", sagte ich, „keiner der beiden besitzt genügend planetophysikalische Kenntnisse. Und ich ... nun, ich war in diesen Fächern an der Akademie nicht gerade eine Leuchte."

Lombar lachte auf. Sehr freundlich. Es amüsierte ihn. Dieser Lombar war anders als der, den ich bisher gekannt hatte. „Aber Sie haben sie gehabt. Sie kennen die Schlüsselworte. Soltan, Sie sollten sich an den Gedanken gewöhnen, daß ich der beste Freund bin, den Sie haben."

Jetzt *saß* ich drin, egal, was noch kam. Und es mußte noch etwas kommen. Ich wußte, daß noch mehr dahintersteckte.

Er hielt mir wieder das Goldkästchen unter die Nase. „Nehmen Sie noch einen."

Ich bekam die Spitze nur mit Mühe ab. Aber es war gut, daß ich zugegriffen hatte, andernfalls wäre ich bei dem, was mir Lombar als nächstes eröffnete, schlicht weggetreten.

„Machen Sie sich keine Gedanken wegen des Agenten. Ich habe mich bereits für einen entschieden." Er fixierte mich, um sich meiner vollen Aufmerksamkeit zu versichern. „Sein Name ist *Jettero Heller!*"

Es entstand ein langes Schweigen, während ich mich krampfhaft bemühte, meine fünf Sinne zusammenzuhalten. Im ersten Augenblick dachte ich, ich hätte akustische Halluzinationen und mir den Namen nur eingebildet. Lombar sah lächelnd zu mir herunter.

„Das ist die ideale Besetzung", fuhr er fort, als ihm klar wurde, daß ich nichts darauf zu sagen wußte. „Der Große Rat wird Berichte, die von ihm unterschrieben sind, nicht in Zweifel ziehen. Mir wurde gesagt, er sei sehr kompetent, wenn auch auf beschränkte Weise. Er ist nicht als Spion ausgebildet und weiß nicht, wie der Apparatus organisiert ist und wie er arbeitet. Er ist Akademiker wie Sie; Sie beide könnten Freunde werden — Sie sprechen seine Sprache."

Meine Sinne funktionierten wieder, und so erwiderte ich: „Aber Jettero Heller ist ein anerkannter Kampfingenieur. Er ist auf zig weiterbildenden Schulungen gewesen. Er steht weit über mir. Ich bin etwas verwirrt. Wenn er keine Spionageausbildung hat, wenn er nichts über den Apparatus weiß ..."

„Nehmen Sie noch einen Duftschock", unterbrach mich Lombar, indem er mir das Kästchen anbot.

Und als ich zitternd eine Ampulle herausnahm, wußte ich, daß Heller noch nicht die letzte Neuigkeit gewesen war.

„Fertig?" fragte er.

Ich blickte ihn starr an.

„Die Mission Erde", sagte er, „wird nur zu einem Zweck geplant und durchgeführt: *um zu scheitern.*"

Ich kapierte überhaupt nichts.

„Das letzte, was wir wollen", erklärte Lombar, „ist eine von der gegenwärtigen voltarianischen Regierung eroberte Erde. Wir haben unsere eigenen Pläne in bezug auf die Eroberung dieses Planeten. Das wissen wir beide. Unsere wird lange vor der offiziellen Invasion stattfinden. Aber wir sind nicht im geringsten daran interessiert, daß Blito-P3 eine saubere Atmosphäre besitzt. Es gibt jede Menge anderer Planeten. Blito-P3 wird uns auf andere Weise von Nutzen sein, und zwar lange, bevor irgendwelche Ozeane über die Ufer treten. Was das betrifft, wen, zum Teufel, kümmert schon die Luft?"

Langsam begann ich zu begreifen, was ich hörte; unter anderem, daß Lombar, der von Staphotten stammte, einem Planeten mit niedrigem Sauerstoffgehalt in der Atmosphäre, Luft, egal wo, tatsächlich wenig kümmerte.

Er kommentierte die Dämmerung in meinem Kopf mit einem Lachen. Sie mußte sich auf meinem Gesicht widergespiegelt haben. „Sie scheinen mich für weniger klug zu halten, als ich bin."

'Gerissen' ist das Wort dafür, dachte ich. Aber ich muß zu meiner Schande gestehen, daß ich erwiderte: „Oh, nein, ganz im Gegenteil."

„Doch, das tun Sie", widersprach er mir. „Aber wie dem auch sei, Jettero Heller wird in Marsch gesetzt, um Schiffbruch zu erleiden, und das so bald wie möglich. Mit Raht und Terb an der Seite, dürfte Ihnen das nicht schwerfallen."

Das Kompliment gefiel mir nicht sonderlich, und er bemerkte es.

„Sie werden sehr geschickt vorgehen müssen", sagte er mit Nachdruck. „Jettero Heller, (piep) sein Aussehen und seine Fähigkeiten, wird nicht leicht hinters Licht zu führen sein. Aber Sie werden sicherstellen, daß er versagt — gründlich, endgültig und unauffällig."

Er gab mir Zeit, seinen Befehl zu verdauen, ehe er fortfuhr: „Die ersten Berichte werden authentisch sein, damit wir seinen

Stil kopieren können. Danach brauchen Sie ihn nur noch vom Weitermachen oder sonstigen Dummheiten abzuhalten, und wir werden nach Herzenslust 'Jettero-Heller-Berichte' einreichen — gefälschte, versteht sich."

Ein Schwachpunkt blieb noch. „Er wird uns seine Entführung übelnehmen", sagte ich, „und es möglicherweise ablehnen, zu kooperieren."

„Ich gebe zu, die Entführung sah wie ein Fehler aus, aber jetzt paßt sie wunderbar", meinte er fröhlich, während er sich seine Uniformjacke überstreifte.

Er ging zur Tür und rief mir über die Schulter zu: „Kommen Sie, und schauen Sie zu, wie ein Meister die Dinge handhabt."

Also folgte ich ihm zur ersten Etappe der Mission Erde, einer Mission, die mit aller Sorgfalt geplant und vorbereitet wurde, — um zu scheitern.

Ich fühlte mich gräßlich.

Kapitel 2

In die Tiefen von Spiteos hinabzusteigen, dürfte für manche wie eine Reise in die Hölle sein, die einige Religionen den Verdammten versprechen. Für mich jedoch war es stets so, als würde ich den monströsen Bau einer Horde wilder Tiere betreten. Also blieb ich etwas hinter Lombar zurück, um mich mit einem Exploder aus der Waffenkammer auszurüsten. Die Wärter waren selbst Verbrecher, und ich trug die gewöhnliche graue Uniform der Versorgungstruppe, ohne Rangabzeichen; ich war hier unten ein Niemand: Ich mußte nicht nur auf einen Angriff von verzweifelten Gefangenen vorbereitet sein, sondern auch darauf, daß die Wärter versuchten, mich niederzuschlagen und auszurauben.

Je tiefer wir kamen, desto stärker machte sich der widerliche Gestank bemerkbar. Auf der Negativebene 501 verließen wir die Röhre. Der Geruch war grauenhaft; man entfernte die verstorbenen Gefangenen häufig nicht aus ihren Käfigen, sondern ließ sie einfach verrotten, bis ihr Platz für jemand anderen benötigt wurde, — und häufig genug wurden sie auch dann nicht weggeschafft.

Vor uns erstreckte sich eine lange Halle mit schimmligen Wänden. Hinter den unter Starkstrom stehenden Gittern stierten hohle Augen hervor. Auf den oberen Ebenen befanden sich die Laboratorien des Apparatus, und in einigen der Käfige hier unten waren die Zeugnisse der wissenschaftlichen Arbeit zu besichtigen: deformierte, entstellte Überreste abgeschlossener Experimente, immer noch lebend, abscheuerregend, dem Vergessen überlassen.

Lombar, in eine schwarze Generalsuniform gekleidet, schlenkerte mit seinem Dorn und eilte an den Käfigen vorbei, ohne nach rechts oder links zu sehen, taub für die Klagen und flehentlichen Bitten, die uns auf unserem Weg begleiteten.

Wir bogen um eine Ecke und kamen in einen kleinen Raum, der von einer grünen Leuchtplatte nur schwach erhellt wurde. An der gegenüberliegenden Wand befand sich ein besonders stabiler Käfig. Lombar legte einen Schalter um, und seine Tür schwang auf.

Jettero Heller lag auf einer kahlen Felsbank; der Käfig war nicht hoch genug, um darin zu stehen. In dem dämmrigen Licht sah ich, daß er immer noch die ehemals weiße Sporthose trug; Pulli und Schuhe hatte man ihm abgenommen. Die Stichwunde des Paralysedolchs war nicht verbunden worden; Schorf und geronnenes Blut bedeckten seine Schulter. Seine Handgelenke waren mit elektrischen Handschellen gefesselt, von jener Art, die einem beständig ins Fleisch schneiden. Teller oder Essensreste waren nicht zu sehen; er war wahrscheinlich nicht verpflegt worden. Wie lange war er schon hier? Vier Tage?

Bei allen Göttern, dachte ich, wie kann man nur erwarten, daß er uns diese Behandlung verzeihen wird?

Man hätte annehmen sollen, daß er verstört und verwahrlost gewirkt hätte. Aber nichts dergleichen. Er lag einfach auf seiner Felsbank, völlig entspannt und Herr seiner selbst.

„Schau, schau", sagte er ruhig. „Da sind die 'Flaschen' ja endlich." Das war der in der Flotte übliche Spottname für den Apparatus; unser Insignum soll eine Keule darstellen, in Form einer breiten Schaufel, deren Stiel nach oben zeigt, aber die Flotte interpretiert sie als Flasche und nennt uns deshalb „Säufer", was beim Apparatus natürlich auf wenig Gegenliebe trifft.

Lombar hätte normalerweise mit einer Beschimpfung geantwortet, und ich bemerkte, wie seine Augen zu blitzen begannen. Aber er hatte anderes vor, also beugte er sich leicht über das Fußende der Felsbank und brachte ein Lächeln zustande.

„So weit, so gut", sagte er.

Heller blieb liegen und sah ihn kalt an.

„Das hier", erklärte Lombar, indem er den Käfig mit einer Geste umfaßte, „war die erste Stufe des Tests."

Heller starrte Lombar weiter schweigend an. Unter diesem Blick konnte einem schon ungemütlich werden. Er war zu gelassen.

„Es ist notwendig zu erfahren, ob sie den Anforderungen genügen", fuhr Lombar lächelnd fort. „Sie mögen es unbequem finden, doch wir halten es für grundlegend, die Kandidaten für wichtige Aufträge vorher zu testen."

Was für eine Unverschämtheit, dachte ich. Aber es war ein geschickter Zug.

„Soltan hier" — Lombar wies auf mich — „wird den Test vervollständigen, und danach werden wir wissen, ob sie über die nötigen Qualifikationen verfügen."

Zum Schluß hatte Lombar tatsächlich den Nerv, Heller den Fuß zu tätscheln. Für einen Augenblick, als Heller die Beine zu bewegen versuchte, dachte ich, er hätte die Saite überspannt. Aber dann bemerkte ich, daß Hellers Füße elektrisch an die Felsbank gefesselt waren.

Lombar schenkte Heller noch ein freundliches Lächeln und verließ den Käfig, indem er mir zuwinkte, ihm zu folgen. Als wir außer Hörweite waren, sagte er: „Der Rest ist Ihre Sache. Denken Sie sich etwas Leichtes aus, sagen Sie ihm, daß er bestanden hat, und dann geben Sie ihm das hier."

Er zog eine amtliche Kopie der Verordnung des Großen Rats, die die Mission Erde genehmigte, aus der Tasche und übergab sie mir. Es stank fürchterlich, das Licht war gespenstisch, und die Erkenntnis, daß Lombar mir die ganze Sache zuschob und mich mit Heller allein in den Gedärmen von Spiteos zurücklassen wollte, machte es nicht besser.

Der Chefexekutor des Apparatus begann unterdessen wieder Gestalt anzunehmen. Er griff zwar weder nach meinem Revers, noch ließ er seinen Dorn sprechen, aber er brachte sein Gesicht dicht an meins, und seine Stimme war schneidend, als er mich warnte: „Daß Sie keinen Verdacht bei ihm wecken! Lassen Sie ihn nicht entkommen!"

Ah, fein! Zwei entgegengesetzte Befehle in einem Atemzug! Der eigentliche Befehl lautete, irgendwie das Unmögliche zu schaffen und Heller zur Kooperation zu bewegen. Aber Lombar war bereits auf und davon.

Ich ging zurück zu Hellers Käfig. Bei allen Göttern, es stank wahrhaftig unausstehlich. Ich rang mich zu einem Lächeln durch und kniete mich neben die Felsbank. Heller sah mich kühl an, zu kühl.

„Zuerst", begann ich, „würde ich gern wissen, woran Sie erkannt haben, daß die Ordonnanz nicht echt war."

Er antwortete nicht, sondern sah mich nur weiter so kühl und gelassen an. Er muß halbtot vor Durst und Hunger gewesen sein, und die elektrischen Fesseln müssen ihm erhebliche Schmerzen bereitet haben. Aber er ließ es sich nicht anmerken.

„Kommen Sie schon", sagte ich wie ein Lehrer, der einem störrischen Schüler gut zuredet. „Es ist zu Ihrem eigenen Vorteil, wenn Sie meine Fragen beantworten. Wir können sehen, ob Sie geeignet sind, und für Sie wird alles leichter werden."

Er sah mich noch eine Weile schweigend an, ehe er, etwas mühsam wegen der vom Durst angeschwollenen Zunge, sagte: „Ihrer Aussprache nach zu urteilen, sind Sie Akademieoffizier, oder?" Er schüttelte leicht den Kopf. „Welches traurige Schicksal hat Sie zu den 'Säufern' verschlagen?"

Ich mußte eine unerwartete Aufwallung von Wut unter Kontrolle bringen. Wer war hier der Gefangene? Oder, halt, versuchte er mich aufs Glatteis zu führen und mich mit einem Band, das uns angeblich vereinte, zu umgarnen? War er einer dieser Flottenoffiziere, die angesichts einer Niederlage nur Hochmut und Verachtung empfanden? Meine Hand krallte sich um den Exploder, als wollte sie ihn zerquetschen. Wie konnte er es wagen, mich zu bemitleiden?

Meine Nervenenden flatterten in alle möglichen Richtungen. Es war schon gefährlich, mit diesem Mann auch nur zu reden. Ich beruhigte mich langsam. Denn, in der Tat, wer *war* hier der Gefangene? Ich beruhigte mich und betrachtete ihn. Was ich sah, verwunderte mich. Er hatte nicht an sich selbst gedacht. Es waren weder die Schmerzen der elektrischen Fesselung noch die von Durst und Hunger, die ihn zu seiner Frage veranlaßt hatten. Er war wirklich traurig darüber, daß ein anderer so tief fallen konnte wie ich. Seine Frage hatte nicht das geringste mit ihm zu tun! Nur mit mir.

Ich hätte jetzt von mir erzählen können. Ich hätte sagen können: „Manchmal folgt man eben dem falschen Kurs." Ich hätte mich aussprechen und eine ehrliche Beziehung zu ihm aufbauen können. Wenn ich es getan hätte, wäre möglicherweise alles anders gekommen.

Aber Lombar hing wie eine schwarze Wolke an meinem Himmel und verdunkelte ihn. Mir fehlte der Mut, ehrlich zu sein, und damit besiegelte ich nicht nur mein Schicksal, sondern auch das einer erschreckenden Anzahl anderer. Als vollkommener Feigling setzte ich ein falsches Lächeln auf und wiederholte: „Kommen Sie schon. Erzählen Sie mir von der Ordonnanz."

Er antwortete nicht sofort, und dann auch nur mit einer Gegenfrage: „Warum sollte ich? Sie wollen doch nur Ihre Technik für die nächste Entführung verbessern."

„Nein, nein", sagte ich. „Es ist ein Test Ihrer Wahrnehmungs- und Reaktionsfähigkeit. Rein akademisch."

Er zuckte die Achseln. „Als ich aus der Arena kam und mir eine Duftwolke von ihm in die Nase stieg, wußte ich, daß er keine Flottenordonnanz war. Im begrenzten Raum eines Raumschiffs würde die Mannschaft einen umbringen, wenn man nie badet oder parfümierten Puder benutzt. Eine Flottenordonnanz riecht nicht."

Ich hatte ein Notizbuch hervorgeholt und kritzelte sinnlose Kringel, um die Illusion des Tests zu verstärken. „Sehr gut. Ein scharfer Geruchssinn. Noch etwas?"

Er sah mich leicht amüsiert an. „Sein Gürtel saß verkehrt herum, seine Gamaschen zeigten nach hinten, und in seinem Nacken beulte ein verbotenes Messer den Stoff aus."

„Ah, ausgezeichnet", sagte ich, während ich weiter so tat, als würde ich mir Notizen machen. Und es war tatsächlich ausgezeichnet. Ich hatte die Ausbeulung nicht bemerkt.

„Aber", fuhr Heller fort, „das Ozon, das von diesen Elektropeitschen ausgeht, auch wenn sie ausgeschaltet sind, habe ich nicht gerochen. Ihren Chef habe ich ebenfalls nicht gehört, als er hinter mir vor die Tür trat. Damit bin ich wohl aus dem Rennen. Ich bin nicht der Mann für Ihren Auftrag."

„Nein, nein, nein“, beeilte ich mich zu widersprechen. „Im übrigen ist es meine Aufgabe, darüber zu befinden. Aber jetzt lassen Sie uns weitermachen. Warum haben Sie den anderen Spieler gewinnen lassen?“ Das interessierte mich wirklich. Ich hatte, seit ich das Spiel verfolgt hatte, darüber gebrütet.

Er sah mich an, als überlegte er, zu welcher Art von Monstern ich gehörte, und als er nicht antwortete, hakte ich nach: „Warum haben Sie das Spiel abgegeben?“

„Seine Freundin war auf der Tribüne“, erklärte er mir mit geduldiger Stimme, so wie man einem Kind etwas verständlich zu machen versucht. „Sie war extra von seinem Heimatplaneten herübergekommen, um ihn spielen zu sehen. Er hätte sich vor ihr blamiert gefühlt, wenn er verloren hätte.“

„Oh, warten Sie“, unterbrach ich ihn. „Sie haben ihm die Bälle praktisch zugeworfen. Sie haben sich über ihn lustig gemacht. Das war viel schlimmer, als ihn zu schlagen.“

„Das stimmt“, bestätigte Heller. „Deshalb hatte ich auch keine andere Wahl, als die Aufmerksamkeit von ihm abzulenken, indem ich aus meinem Kreis trat und das Spiel verlor. Wenn Sie zugesehen haben, wissen Sie, daß es funktioniert hat. Sein Stolz war nicht verletzt worden, und er hatte sich nicht blamiert.“

Ich war wie vor den Kopf geschlagen. Jeder im Apparatus hätte einem gesagt, daß es absolut tödlich ist, nicht jedesmal und an jedem Ort zu gewinnen. Erbarmen ist ein tödliches Wort! Je schmutziger man spielt, desto besser. Zu gewinnen ist alles, egal, welche Folgen es für einen anderen haben mag.

Dieser Knabe würde nie einen Spion abgeben. Niemals! Die Geister mögen ihm gnädig sein! Und mir, seinem Leitoffizier!

„Großartig!“ sagte ich enthusiastisch und fühlte mich so falsch wie eine Prostituierte. „Sie haben glänzend bestanden! Sie sind genau der richtige Mann für diesen Auftrag!“

Kapitel 3

Das Licht in dem Käfig war schlecht, und der Gestank wurde allmählich unerträglich. Ich zog die Ratsverordnung hervor und hielt sie Heller hin, daß ihm die verschnörkelten Siegel fast ins Gesicht hingen.

„Von niemand Geringerem als dem Großen Rat selbst", sagte ich. „Es geht um eine der wichtigsten Missionen des Jahres! Und wie Sie sehen, ist das Amt für Äußeres in voller Autonomie und mit allen Befugnissen mit ihrer Durchführung beauftragt worden."

Ich ließ das Papier gewichtig rascheln, und als er keine Reaktion zeigte, griff ich zu der heitersten Stimmlage, zu der ich in dieser Umgebung fähig war, und sagte: „Wir brauchten *den* Besten, den es auf Voltar gibt! Und wir haben *Sie* ausgewählt!"

Falls das irgendeine Ader in ihm traf, ließ er es sich nicht anmerken.

„Ich glaube", sagte er, „Sie sollten mir lieber meine Uhr wiedergeben."

Ich hatte keine Ahnung, was seine Uhr damit zu tun haben konnte. Aber da ich sowieso einen Wärter brauchte, um ihn von seinen Fesseln zu befreien, ging ich zu einem Kasten an der Wand und drückte auf den Summer.

Nach einer Weile tauchte ein verhutzelter Krüppel auf und sah mich fragend an. „Entfernen Sie die Fesseln des Gefangenen!" befahl ich ihm. „Und bringen Sie ihm Wasser und etwas zu essen. Dabei können Sie auch gleich sein Eigentum mitbringen."

Die traurige Karikatur einer Wache brabbelte etwas davon, daß sie die Schaltkreiskombination erst holen müsse, und humpelte von dannen.

Wir warteten schweigend ab, bis der Krüppel nach einer Weile mit einem Metallplättchen, einem Krug Wasser und einer rostigen Schüssel mit einem ungenießbar aussehenden Brei zurückkam. Ich trat zur Seite und beobachtete, wie der Wärter mit dem Plättchen herumfummelte, bis er Hellers Fesseln endlich abnehmen konnte, und, den Krug und die Schüssel auf dem verdreckten Fußboden zurücklassend, hinaushinkte.

„Warten Sie", rief ich ihm hinterher. „Wo ist das Eigentum des Gefangenen?"

Der Wärter ließ sich davon nicht aufhalten, teilte mir aber verärgert krächzend mit: „Ich hab' jetzt Dienstschluß. Sie müssen schon nach meiner Ablösung klingeln."

Heller hatte sich aufgesetzt und nippte vorsichtig an dem Wasser, um seine geschwollene Zunge zu spülen. Ich drückte wieder auf den Summer, da mir klar war, daß der Krüppel seiner Ablösung kein Wort von meinem Befehl mitteilen würde.

Nach der Winzigkeit einer halben Stunde und mehrmaligem Klingeln erschien ein riesiger Calabarier, der sich auf seine Ausmaße offenbar einiges einbildete. „Was ist denn los?" grollte er. „Bei dem Geklingel kommt man ja nicht zur Ruhe!"

Ich hatte mich ein Stück zurückgezogen und war bereit, den Exploder sprechen zu lassen. Der Wärter wog mindestens dreihundert Pfund, und sein nackter Oberkörper war mit den Narben vergangener Messerstechereien bedeckt. Sein Gesicht entstammte einem Alptraum.

„Holen Sie das Eigentum dieses Gefangenen: ein Pulli, ein Paar Schuhe und eine Uhr ..." Ich wandte mich zu Heller, und er nickte zur Bestätigung, daß das alles war.

„Von welcher Truppe sind Sie?" fragte der Riese. „Woher soll ich wissen, wer Sie sind? Sie tragen keine Apparatus-Uniform!"

„Ich werde mich erkenntlich zeigen", versprach ich. Ich war mir nur zu deutlich bewußt, daß wir uns eine Meile unter der Planetenoberfläche befanden und der Gnade dieses Schlägers ausgeliefert waren.

Das Monster nickte, als hätte er mein Angebot erwartet, und verschwand.

Heller aß widerstrebend etwas aus der rostigen Schüssel und spülte es mit einem Schluck Wasser hinunter.

Ich wedelte mit der Ratsverordnung in meiner Hand und sagte einschmeichelnd: „Das ist eine große Gelegenheit."

Heller schüttelte den Kopf. „Warten wir ab."

Nach einer halben Ewigkeit kam der Riese zurück. Ein kurzer, frischer Schnitt zierte seine Wange. Er warf die Schuhe Heller vor die Füße und schmiß ihm den Pulli, der inzwischen völlig verfilzt war, ins Gesicht. „Er hat keine Uhr getragen, als er herkam", sagte er.

Ich blickte zu Heller. „Sie haben während des Spiels doch keine Uhr getragen, oder?"

„Ein Freund hatte sie für mich verwahrt", sagte Heller. „Als ich das Spielfeld verließ, gab er sie mir wieder. Diese Tiere haben sie mir abgenommen."

„Holen Sie die Uhr", verlangte ich von dem Wärter. „Ohne Uhr keine Bezahlung."

Er knurrte vor sich hin und ging wieder fort.

Das Wasser und das Essen schienen geholfen zu haben. Heller stand auf, und ich versicherte mich des Exploders. Aber er wollte nur die Knochen strecken. Dann setzte er sich wieder hin und wusch mit einem Ärmel des Pullis und etwas Wasser die Schuhe aus; jemand anders hatte sie getragen.

Wieder verging geraume Zeit, bis der Riese zurückkehrte. Diesmal hatte er einen frischen Bluterguß neben dem Mund, und seine Handknöchel waren aufgeplatzt. Aber er brachte die Uhr.

Ich hatte noch nie die Uhr eines Kampfingenieurs gesehen. Also nahm ich sie an mich und suchte sie nach Trickwaffen ab. Aber es war nur eine große, runde Skalenscheibe, in die ein kleines Loch eingelassen war, an einem schweren Metallarmband. Ich gab sie an Heller weiter, der mit einem Nicken bestätigte, daß es seine war, und sie anlegte.

„Das Geld", forderte der Wärter.

Ich nahm zehn Verrechnungseinheiten aus der Tasche, eine ziemlich große Summe für einen Spiteos-Wärter.

Der Riese sah auf die Scheine herunter, als traute er seinen Augen nicht. „Zehn!" knurrte er. „Ich hab' sechzig gezahlt, um die Uhr zu bekommen!"

Er sprang vorwärts, um sie Heller wieder zu entreißen, und ich stieß ihn an der Schulter zur Seite. Er kam aus dem Gleichgewicht, taumelte rückwärts und stolperte dabei über die eigenen Beine, so daß er gegen das Käfiggitter stürzte und auf die Knie ging.

Er schäumte vor Wut. „Ich bring' dich um!" schrie er, während er sich aufrappelte.

Ich hob den Exploder, um ihn zu töten. Doch plötzlich wirbelte er durch die Luft, und in der nächsten Sekunde hatte Hellers rechte Handkante die Kehle des Wärters getroffen, daß er vom Boden abhob! Das Monster klatschte gegen die Felswand und sackte herab wie eine leblose Puppe. Aus seinem Mund tropfte Blut; er war ohnmächtig.

Heller hob den Exploder auf, sicherte ihn und gab ihn mir zurück. „Töten Sie nie jemanden, wenn es nicht unbedingt sein muß", belehrte er mich ruhig.

Dann untersuchte er den Wärter. „Er lebt. Geben Sie mir siebzig Verrechnungseinheiten", sagte er, indem er mir die Hand entgegenstreckte.

Wie benommen fischte ich weitere sechzig Scheine aus der Tasche und legte die zehn vom Fußboden dazu. Heller nahm sie mir ab, kniete sich zu dem Wärter und schlug ihm mit den Scheinen übers Gesicht, bis er wieder zu sich kam.

Als der Wärter die Augen aufschlug, hielt er ihm die siebzig Scheine davor und sagte: „Hier ist Ihr Geld. Danke für die Uhr." Dann sprach, unverkennbar, der Flottenoffizier, mit eisiger, keinen Widerspruch duldender Stimme: „Und jetzt gehen Sie wieder auf Ihren Posten. Die Sache ist erledigt."

Der Wärter hörte es, nahm das Geld und trollte sich, als wäre er rein zufällig vorbeigekommen, um nach dem Rechten zu sehen. Die Sache *war* erledigt.

„So, und jetzt sehen wir uns mal dieses Dokument an", sagte Heller.

Kapitel 4

Er ging mit der Ratsverordnung zu der grünen Leuchtplatte hinüber, und da er mir den Rücken zukehrte, konnte ich nicht genau sehen, was er tat. Aber es schien etwas mit seiner Uhr zu tun zu haben.

„Es sieht authentisch aus", sagte er.

Ich setzte ein freundliches Lächeln auf, obwohl ich innerlich erschauerte. Es mochte durchaus authentisch sein, aber wirklich wissen konnte man es erst nach einem Vergleich mit der Liste der planetarischen Aktenausgabe. Der Apparatus brauchte nicht mehr als ein paar Minuten, um solche Dokumente zu fälschen. Heller war als Spion ein absolut hoffnungsloser Fall.

„Aber es wurde 4,7 Tage nach meiner Entführung ausgestellt", bemängelte er.

Ich blickte über seine Schulter in das Dokument. Ja, es war mit der Uhrzeit datiert. Kein Problem. „Wir mußten sicher sein, daß wir den richtigen Spezialagenten hatten, bevor wir es wagen konnten, diesen Auftrag zu übernehmen", log ich.

„Dieser Ort ist ziemlich unwirtlich", wechselte Heller das Thema. „Können wir nicht irgendwo anders weiterreden?"

„Sobald Sie sich entschieden haben, den Auftrag anzunehmen", sagte ich.

„Ah. Irre ich mich, oder rieche ich unter dem üblichen Gestank auch eine Spur von Erpressung?"

„Nein, nein", sagte ich rasch. „Es ist nur so, daß es ... äh ... Kräfte gibt, die nicht wollen, daß diese Mission Erfolg hat." Das war keine Lüge. „Und ich bin für Ihre Sicherheit verantwortlich." Wirklich brillant von mir, dachte ich. Es würde nicht leicht mit ihm werden. Das reinste Kind, was Spionage betraf.

„Blito-P3. Ich kam gerade von dort. Von einem Aufklärungsflug."

„Exakt", sagte ich. „Neben Ihren sonstigen Fähigkeiten ist das der Punkt gewesen, weshalb man Sie für den einzig Richtigen für diesen Auftrag hielt."

„Und deshalb haben Sie mich entführt?" Das schiefe Lächeln zeigte, daß ihm die Sache nicht geheuer war. „Vielleicht sollten Sie mir ein bißchen mehr von dieser sogenannten Mission Erde erzählen."

Ich erklärte ihm die Grundzüge. Er würde auf die Erde gehen und einige technologische Daten in ihre Kultur einsickern lassen, um den Planeten zu retten. So, wie ich es darstellte, hörte es sich ziemlich ehrenhaft und selbstlos an. Ein Flottenoffizier wußte für gewöhnlich nichts über die Invasionszeittafel, so daß ich sie beiseite lassen konnte.

„Und Sie dachten, die beste Art, damit anzufangen, wäre, eine Entführung zu inszenieren?" fragte Heller.

„Wir mußten Sie testen", erinnerte ich ihn, „um zu sehen, ob Sie den Anforderungen, die an einen Agenten gestellt werden, genügen."

„Dann haben Sie den Befehl bekommen, bevor Sie wußten, daß ich geeignet war."

(Piep)! Er konnte denken! Aber ich war auch nicht neu in diesem Spiel. Man verbringt kein Jahrzehnt im Dunstkreis verdeckter Aktionen, ohne die Tricks zu lernen. Sonst kann man sich gleich selbst vom Leben verabschieden.

„Es hätte uns große Schwierigkeiten bereitet, einen anderen Freiwilligen zu finden", sagte ich einschmeichelnd.

„Und ihn zu entführen", ergänzte Heller und hob eine Hand, um meine Erwiderung zurückzuhalten. „Ich werde Ihnen sagen, wie ich darüber denke. Ich bin kein Angehöriger Ihres Amts. Wenn Sie mir einen formellen Befehl des Flottenkommandos vorzeigen können, werde ich Ihre Mission durchführen."

Das Gespenst Lombars wich von mir. Ich hätte am liebsten vor Erleichterung laut aufgelacht. Aber ich sagte nur: „Oh, ich denke, das läßt sich machen."

Mit einer schwungvollen Verbeugung und einer ausholenden Geste bedeutete ich ihm, er solle vorangehen, um die Gedärme von Spiteos zu verlassen.

Ich mußte den Gefangenen im Wachraum austragen, und als wir eintraten, saß das Monster, das Heller niedergestreckt hatte, mit den anderen bei irgendeinem abscheulichen Eintopf zu Tisch. Ich fühlte mich unwohl in diesem Raum, und als der Riese eine plötzliche Bewegung machte, fuhr ich einen Schritt zurück.

Doch was ich zu sehen bekam, war verblüffend. Der Riese stand so hastig auf, daß das Eßgeschirr bedenklich klapperte und beinah seinen Inhalt über den Tisch ergossen hätte. Dann brachte er sich in Habachtstellung und kreuzte die Arme zum militärischen Salut über der Brust! Nicht für mich, sondern für Heller, der lässig die Hand zu der üblichen Erwiderung hob und ein dünnes, aber freundliches Lächeln zeigte. Und das Monster grinste zurück!

Ich hatte noch nie eine Spiteoswache salutieren oder lächeln gesehen. Mir war unheimlich zumute; wie jemandem, der in einem Waldtempel eine Geistererscheinung erlebt: der etwas sieht, von dem er weiß, daß es nicht sein kann, — etwas Übernatürliches. Ich zog hastig meinen Namen über die Dienstplatte und verließ mit Heller den Schauplatz des beunruhigenden Vorfalls.

Auf den oberen Ebenen von Spiteos gibt es einige Unterkünfte, die für Apparatus-Offiziere wie mich reserviert sind. Kahl und fensterlos, bieten sie dennoch einigen Komfort, ein Bad zum Beispiel. Ich benutzte meine nur selten, aber die notwendigen persönlichen Dinge waren vorhanden. Technisch gesprochen, entfernte ich den Gefangenen aus der Haft, indem ich ihn in meine Unterkunft brachte, aber ich hielt es durch Lombars letzte Befehle gedeckt.

Nur um sicherzustellen, daß *beide* Seiten seiner Anordnungen eingehalten wurden, ließ ich Heller in einer Nische neben den Liftröhren warten und rief, außerhalb seiner Hörweite, das Ausdauerlager an. Die Truppen dort waren, wie schon erwähnt, kampfbereite Apparatus-Einheiten. Ich bekam einen Offizier an den Apparat und orderte einen Zug für die Rund-um-die-Uhr-Überwachung meiner Unterkunft und der zuführenden Gänge, indem ich darauf hinwies, daß alles so aussehen müsse, als wären die Wachen zum Schutz gegen Belästigungen des Gefangenen dort, während sie in Wirklichkeit seine Flucht verhindern sollten. Ich benutzte Lombars Namen, um die Leute auf Trab zu bringen, und indem ich unsere Fahrt hinauf verzögerte, gab ich ihnen genügend Zeit, sich zu postieren.

Als wir schließlich in dem dürftigen Zimmer angekommen waren, zog ich eine Schublade heraus und bot Heller einen Duftschock an — um den Gestank des Gefängnisses zu vertreiben, der sogar bis auf diese Ebene drang.

Aber Heller schüttelte den Kopf. „Was ich brauche, ist ein Bad", sagte er.

Ich zeigte auf die Badekabine, öffnete einen Schrank und nahm ein dünnes Nachthemd heraus. Er streifte die Schuhe von den Füßen und zog die Hose aus. Ich warf beides zusammen mit dem Pulli in die Abfalleinheit — da war nichts mehr zu retten.

Als Heller die Dusche aufgedreht hatte, fiel mir etwas ein. „Hören Sie", sagte ich, während ich mir einen Duftschock unter die Nase hielt, „Sie hätten leicht fliehen können, als Sie den Exploder aufgehoben hatten. Sie waren bewaffnet, ich hätte nichts machen können. Sie hätten mich als Geisel nehmen können ..."

Er lachte auf. Er hatte ein sehr angenehmes, helles Lachen. Nachdem es verklungen war, sagte er: „Und mich durch elektrische Tore, bewaffnete Wachmannschaften, Minenfelder und Explodergewehrstellungen kämpfen? Und anschließend durch das Ausdauerlager und zweihundert Meilen Große Wüste? Absolut wahnwitzig. Tollkühn. Ich bin sicher, der Apparatus würde es niemals zulassen, daß jemand lebend aus Spiteos entkommt!"

Ich war schockiert. Er konnte unmöglich wissen, wo er war. Wir waren an keinen Fenstern oder Schildern vorbeigekommen, und als er hergebracht wurde, war er nicht bei Bewußtsein gewesen. Er hätte genausogut auf einem anderen Planeten sein können. Und niemand, kein einziger, außerhalb des Apparatus wußte, daß Spiteos, dieser alte Orientierungspunkt in der Wüste, noch in Betrieb war.

„Bei allen Göttern, woher wissen Sie ...?"

Ich bekam wieder dieses langsam verklingende Lachen zu hören. „Von meiner Uhr. Sie zeigt sechsundzwanzig verschiedene Zeiten an, einschließlich der Absoluten Universalzeit."

Das sagte mir überhaupt nichts. „Und ...?" drängte ich.

„Ich kann auf ihr auch die Zeitverschiebung zwischen hier und der Palaststadt sowie die Richtung ablesen. Es gibt nur ein herausragendes Oberflächenmerkmal in dieser Entfernung von der Palaststadt, und das ist Spiteos."

Ich lachte nicht; ich wurde traurig. „Sonst noch etwas?" fragte ich.

Das schien ihn zu amüsieren. „Das Gestein. Jede Wand hier besteht aus dem hiesigen Felsgestein: aus schwarzem Basalt mit einem Fallen von 16°, einem Streichen von 214° und einem Gefüge des Typs 13. Sehen Sie ihn sich an. Er ist das Produkt der vulkanischen Tätigkeit, durch die die Berge hinter der Großen Wüste entstanden sind. Elementare Planetologie von Voltar. Jeder Schuljunge weiß das. Mir war sofort, als ich aufwachte, klar, wo ich mich befand. Die Uhr hat es mir nur bestätigt."

Nun, ich war ein ehemaliger Schuljunge, der es nicht wußte. „Streichen" meint die Kompaßrichtung. Er mußte einen intuitiven Orientierungssinn besitzen. „Fallen" ist einfach: Es ist der Neigungswinkel zur Oberfläche. Aber daß er in der Lage gewesen war, ein Gestein nach dem optischen Eindruck zu klassifizieren — ohne komplizierte Meßgeräte —, bedeutete, daß er Augen wie Mikroskope hatte, und das in der vergleichsweisen Dunkelheit seiner Zelle! *Außerdem* mußte er über ein Gedächtnis wie eine Bibliothek verfügen!

Aber nicht das war es, was mich traurig machte. Da war er, nach allem, was er wußte, in den Händen von Feinden, die ihn benutzten, und er ließ *mich wissen,* daß *er wußte,* wo er war. Darüber hinaus verriet er erstaunliche Fähigkeiten, die mich, wären sie verborgen geblieben, in trügerischer Sicherheit gewogen hätten. So aber war ich auf der Hut. Für einen Spion ist all das nicht nur leichtsinnig, sondern über alle Maßen *dumm*. Indem ich benutzte, was er mir eben unachtsamerweise enthüllt hatte, konnte ich ihn für immer wegsperren, ohne daß er jemals herausfände, wo er war!

Er würde nie einen Spezialagenten abgeben. Nicht in Millionen von Jahren. Das Problem mit ihm würde nicht darin bestehen, ihn scheitern zu lassen, sondern darin, ihn lange genug über Wasser zu halten, um nicht *selbst* in seinen Sog zu geraten und unterzugehen. Spionage erfordert Instinkt. Und die Götter mögen mir helfen, er besaß nicht die Spur davon! Was wir vorhatten, würde keine fehlgeschlagene Mission werden. Es würde eine totale Katastrophe werden!

„Fühlen Sie sich wie zu Hause", sagte ich. „Ich fahre inzwischen in die Regierungsstadt, um Ihre Abkommandierung zu besorgen."

Kapitel 5

Ich nehme an, Ihr wißt, wie der Komplex der Flottenadministration in der Regierungsstadt auf einen Besucher wirkt, der ihn zum erstenmal betritt: Man hat das Gefühl, mitten in eine echte, im All schwebende Flotte geraten zu sein. Als ihre Auftraggeber von „Gebäuden“ sprachen, müssen die Architekten gedacht haben, es sei von „Schiffen“ die Rede. Es ist beängstigend: Da liegen sie vor einem, auf zehn Quadratmeilen Ödland verteilt, wie riesige, silberglänzende Schiffe. Noch dazu in Formation! Wie es heißt, tragen die Offiziere und Beamten, die dort arbeiten, sogar Raumstiefel! Und nirgendwo ein Strauch oder Baum!

Wenn ich dorthinfliege, komme ich mir jedesmal wie ein Angreifer vor, der zurückgeschlagen werden muß. Infanteristen allerorten und jede Menge Tore, allesamt wie Luftschleusen gebaut, und an jedem Kontrollen. Dabei fällt mir ein, daß ich den Komplex vielleicht deshalb nicht mag, weil man laufend seine Identokarte vorzeigen muß, was in meinem Fall bedeutet, daß ich als Apparatus-Angehöriger erkannt und jedesmal mit unwirschen Gesten bedacht werde.

Ich brauchte zwei Stunden, um die qualvolle Prozedur zu überstehen, stand aber schließlich dem Personaloffizier des Flottenkommandos gegenüber. Sein Büro war eher eine Kabine, die augenscheinlich dem Frachtraum eines Schlachtschiffs nachgebaut war. Die Wände sahen massiv aus, gingen nahtlos in die Decke über und waren von Bildschirmen und Elektronik mit aufblinkenden bunten Lämpchen übersät. Man hätte denken können, hier würde eine Schlacht geschlagen, — und in gewisser Weise war es auch so: bei vier Millionen Flottenoffizieren, deren Karrieren von diesem Büro aus gesteuert wurden.

Der Personaloffizier wirkte recht umgänglich: etwas älter, etwas dicklich. Er sah auf, als wollte er mich höflich willkommen heißen, tat es aber nicht, sondern runzelte die Stirn. „Sie gehören zu den 'Säufern'?" In seiner Stimme war nur ein Hauch von verwunderter Mißbilligung.

Normalerweise wurde ich stets als „Ein Offizier des Amts für Äußeres" angesehen; außerdem trug ich die unverfängliche graue Uniform der Allgemeinen Versorgungsdienste, sogar ohne Aufnäher. Woher also wußte er es? Ich entdeckte weder Schmutzflecken noch Essensreste oder vertrocknetes Blut an mir. Aber ich bemerkte auch, daß ich keinen Stil hatte, kein Flair. Nichts von Stolz! Nur Schäbigkeit!

Ich hatte mir vorher zurechtgelegt, was ich sagen wollte, aber seine Begrüßung brachte mich aus dem Konzept. „Ich möchte eine Abkommandierung für den Kampfingenieur Jettero Heller", platzte ich, ohne jede Vorbereitung, heraus.

Der Personaloffizier runzelte wieder die Stirn. „Jettero Heller?" murmelte er mehrmals. Trotz all der Knöpfe, Schalter und blinkenden Lämpchen verließ er sich ganz auf sein Gedächtnis. „Ah, Jet!" Er hatte ihn gefunden. „Der Flugchampion der Königlichen Akademie von vor ein paar Jahren. Ist er nicht später interplanetarischer Vizemeister im Geschoßballspiel geworden? Ja. Ah, ja, Jettero Heller. Großer Sportler."

Das klang sehr vielversprechend; es schien ihn sanfter zu stimmen. Doch als ich den Mund öffnete, um meine Bitte zu wiederholen, verfinsterte er sich plötzlich.

„Dazu brauchen Sie die Freistellung durch die Admiralität der Kampfingenieure. Das ist im Gang 99. Vor der Tür wenden Sie sich ..."

„Bitte", fiel ich ihm ins Wort. Ich war bereits bei der Admiralität gewesen, die mich hierhergeschickt hatte. Verzweifelt griff ich in meine Aktenmappe und zog die Verordnung des Großen Rates heraus. „Das hier macht jede Freistellung überflüssig. Bitte überstellen Sie ihn dem Amt für Äußeres."

Er las die Verordnung aufmerksam durch, obwohl er schon Hunderte von ihnen gesehen haben mußte, warf mir einen mißtrauischen Blick zu und legte schließlich, einen nach dem anderen, mit der offenen Hand eine Reihe von Schaltern um; dann drückte er auf seiner Tastatur herum und gab die Aktennummer der Ratsverordnung in sein Datenpult ein. Danach blickte er gespannt auf einen Sichtschirm, den ich nicht sehen konnte. Sein Gesicht hatte sich in tiefe Falten gelegt, und ich befürchtete fast, daß im nächsten Augenblick ein paar Flotteninfanteristen hereinstürmen würden, um mich festzunehmen.

Endlich wandte er sich von seinem Bildschirm ab und erklärte mit fester Stimme: „Nein, ich kann es nicht tun!"

Lombars Schatten senkte sich wieder über mich. „Was ist los?" fragte ich zittrig. „Ist die Ratsverordnung zurückgezogen worden?"

„Nein, nein, nein", antwortete er ungeduldig. „Sie ist in der Datenbank; es stimmt alles — obwohl ich sagen muß, daß man nie sicher sein kann, wenn man es mit den 'Säufern' zu tun hat." Damit verstummte er und überließ sich für eine Weile seinen dunklen Gedanken.

Sie bestärkten ihn offenbar in seiner Meinung, denn am Ende schob er mir das Dokument zu und verkündete nochmals: „Es ist unmöglich, und damit hat sich's."

Bürokraten! Ich seufzte auf — vor Erleichterung. Als Angehöriger des Apparatus gehören *wirkliche* Schwierigkeiten zu den ständigen Begleitern, mit denen man sich auseinandersetzen muß. Die Bürokratie jedoch ist für jeden ein Problem. Sie ist ein System, das so weit entwickelt ist, daß sich keiner ihrer Vertreter jemals für irgend etwas verantwortlich fühlt.

„Warum ist es unmöglich?" wollte ich wissen.

Er setzte es mir auseinander, als würde er einem Kind erklären, was Schuhe sind. „Zunächst einmal: Ein Kampfingenieur ist Angehöriger der Flotte. Das Amt für Äußeres — ich bin immer noch überzeugt, daß Sie zu den 'Säufern' gehören — ist eine völlig andere Regierungsstelle. Sie sagen, Sie möchten, daß er Ihnen überstellt wird, aber das hieße, daß er bei der Flotte seinen Abschied nehmen und beim Amt für Äußeres einen Aufnahmeantrag stellen müßte, um anschließend dessen Dienstrangleiter zu erklimmen. Das würde Jahre dauern! Und ich bin sicher, daß Sie nicht soviel Zeit haben. Außerdem haben Sie mir *keinen* Beleg für seinen Abschied aus der Flotte mitgebracht. Deshalb ist es unmöglich."

Ich überlegte kurz, ob Heller von all dem gewußt hatte — ob er gewußt hatte, daß es so kompliziert war, und ob er es als Ausflucht benutzen wollte. Vielleicht war er gerissener, als ich bisher angenommen hatte. (Im Rückblick wünschte ich, er wäre es gewesen!)

Den größten Überblick über die Bürokratie besitzen die Bürokraten. Also versuchte ich es meinerseits mit Gerissenheit. „Wenn Sie in meiner Lage wären", fragte ich, „was würden *Sie* tun?"

Das war weit besser, als zum Apparatus zurückzukehren und etwas zu suchen, womit man den Personaloffizier erpressen konnte — es gibt immer irgendeinen dunklen Punkt, und wenn nicht, arrangiert und „dokumentiert" man einen. Aber ein Befehl, der durch Nötigung, also illegal zustande gekommen ist, könnte seinerseits als illegal betrachtet werden. Es war viel klüger, ihn ordnungsgemäß zu erhalten. Und mein Trick funktionierte.

Er dachte eine Weile darüber nach, wie er mir helfen könnte, dann hellte sich sein Gesicht auf. „Ah! Ich könnte Ihnen einfach den üblichen Marschbefehl für einen Kampfingenieur geben."

Und (piep) ihn, er drückte einfach ein paar Knöpfe, und zwei Sekunden später wurde ein Formblatt aus dem Schlitz geschoben. Er überreichte es mir. Es lautete:

FLOTTENBEFEHL M-93872654-MM-93872655-CE
BETRIFFT: VERORDNUNG DES GROSSEN RATS
938362537-451BP3
WISSET ALLE:
JETTERO HELLER DIENSTRANG X
KAMPFINGENIEUR ERKENNUNGSNUMMER
E555MXP IST HIERDURCH UND HIERMIT VON
HEUTE AN ABGESTELLT ZU UNABHÄNGIGEM

DIENST NACH MASSGABE EIGENER
LAGEBEURTEILUNG UND TERMINIERUNG.
ERMÄCHTIGUNG: SIEHE „BETRIFFT".
ERGANGEN, BEGLAUBIGT UND BESTÄTIGT VOM
PERSONALOFFIZIER DER FLOTTE __________

„Gut so?" fragte er freundlich.

„Es ist etwas verschwommen", meinte ich.

„Oh", erwiderte er, „Kampfingenieure werden immer mit solchen Befehlen in Marsch gesetzt: meistens hinter die feindlichen Linien, wie Sie wissen; da kann man nie genau wissen, wie lange sie brauchen werden. Deshalb müssen sie auch so verläßlich sein. Sie führen fast immer aus, was ihnen aufgetragen wird, es sei denn, sie werden getötet. Ihr Korpsmotto lautet: 'Wie die Chancen auch stehen, zur Hölle mit ihnen, die Arbeit wird getan'. Bemerkenswerte Leute. Wird dieser Befehl ausreichen? Es ist das Standardformblatt für Kampfingenieure, müssen Sie wissen."

Ich war einigermaßen erschüttert, sowohl durch die idiotische Schlichtheit des Marschbefehls als auch durch die Worte des Personaloffiziers. Hatte Lombar das alles gewußt? Ich bezweifelte es. Was bissen wir uns da ab? Und würden wir es verdauen können?

Jettero Heller wußte natürlich, wie so ein Befehl aussieht. Er mußte Dutzende davon erhalten haben. Er mußte gewußt haben, daß er damit jeder Kontrolle, einschließlich der durch das Amt für Äußeres und den Apparatus, entzogen war. Bei allen bösen Geistern, ich würde mich wie verrückt abrackern müssen, wenn ich ihn an der Leine halten wollte! In mir rührte sich leiser Zweifel, ob ich in der Lage sein würde, *meine* Befehle auszuführen und die Mission zum Scheitern zu bringen.

Es versetzte mir einen Stich. Es war eine Sache, mit weit geöffneten Brennern über eine feindliche Stadt herzufallen und sie auszulöschen. Etwas anderes war es, in der dunklen, geheimen Welt der Spionage zu operieren. Ich dachte an die Leichtigkeit, mit der wir Heller entführt hatten, und hielt mir seine absurde Dummheit von heute vormittag und seine fatale Neigung zu sportlicher Fairneß vor Augen.

„Ja“, sagte ich. „Er genügt vollauf. Sobald er unterschrieben ist.“ Ich händigte ihm meine Identokarte aus, damit er sie prüfen und seine hungrigen Maschinen mit ihr füttern konnte. „Ich hätte gern noch einige Kopien.“

Er hieb auf Tasten und kritzelte seine Unterschrift unter die Dokumente. „Ich glaube, Jets Rekord auf der Akademie steht immer noch. Großer Sportler. Auch ein netter Kumpel, wie man sagt.“ Schließlich war er fertig. „Hier haben Sie Ihren Befehl samt Kopien. Wünschen Sie ihm Glück von mir.“

Ich verließ ihn mit einem merkwürdigen Gefühl im Bauch, weil ich mein Ziel auf so geradem, legalem Weg erreicht hatte, ganz ohne irgendeinen Dreh. Die ehrliche Welt ist für einen Apparatus-Angehörigen ein seltsamer Ort. Sie bringt einen durcheinander. Unvertrautes Territorium!

Als ich die bedrückende Architektur der Flotte hinter mir gelassen hatte, brandete eine verspätete Welle des Triumphs in mir hoch. So wie der Marschbefehl formuliert war, konnte Jettero Heller für immer aus der Dienstliste der Flotte getilgt werden. Er konnte spurlos verschwinden, ohne daß irgendwelche Fragen gestellt werden würden. Nein, Jettero Heller war in der schmutzigen Welt der Spionage und der verdeckten Aktionen *alles andere als* tüchtig. Vielmehr (piep) unbedarft. Lombar konnte stolz auf mich sein. Ich hatte soeben die Entführung ungeschehen gemacht. Und genauso konnten wir Heller verschwinden lassen. Ich gebe offen zu, daß ich in jenem Augenblick die feste Absicht hatte, daraus soviel persönlichen Nutzen zu ziehen, wie ich konnte.

Von solcherlei Gedanken beflügelt, strebte ich dem Offiziersklub der Flotte entgegen, wo ich seine Montur abholen wollte.

Kapitel 6

Meine Hochstimmung war *sehr* kurzlebig.

Der Offiziersklub war bald erreicht. Er lag still im warmen Tageslicht des schönen Nachmittags vor mir. Die Berge, von denen er umgeben war, blickten gelassen auf ihn herab. Büsche und Blumen parfümierten die weiche Luft. Es war eine richtige Falle!

Mein Fahrer hielt vor dem Haupteingang an, und ich trottete die breite Rampe mit den eingelegten Bildern schöner Frauen hinauf. Bis auf eine uniformierte Reinigungskraft, die beiläufig einige verschüttete Getränke aufwischte, war die riesige Halle menschenleer. Ich ging direkt zum Empfangsschalter und klopfte mit meinem Schlagstock darauf. Ich bin natürlich kein Mitglied, und der grauhaarige Portier, wahrscheinlich ein pensionierter Soldat, beschäftigte sich seelenruhig weiter mit seiner Kartei.

Meine graue Uniform war an diesem Ort nicht geeignet, große Aufmerksamkeit auf sich zu ziehen. Also klopfte ich etwas lauter auf den Schalter und sagte: „Auf, auf, und Haltung angenommen!" Aber er ließ sich nicht in seiner Arbeit stören. Ich glaubte, er wäre taub. Und dann machte ich einen beinah tödlichen Fehler. Ich kann anmaßende Untergebene nicht ausstehen.

„Falls Sie sich nicht sofort bequemen", brüllte ich ihn an, „habe ich keine andere Wahl, als Sie zu melden!" Keine Reaktion. Also hob ich meine Stimme noch mehr und verkündete: „Ich bin hergekommen, um Jettero Hellers Gepäck abzuholen."

Das fand endlich Beachtung. Der Alte stand auf und kam zu mir herüber. Na also, dachte ich. Aber er hatte den Kopf gesenkt gehalten, und als er aufblickte, war ein eigentümliches Glitzern in seinen Augen. Seine Stimme stand meiner in nichts nach — und glaubt mir, diese alten Raumfahrer sind noch eine Meile entfernt deutlich zu verstehen —, als er mir entgegendonnerte: „Haben Sie gesagt, Sie wollten Jettero Hellers Gepäck abholen?", und übergangslos hinzufügte: „Sie sehen aus wie einer von den 'Säufern'."

In der Halle war ein leises Geräusch zu hören, und ich drehte mich um. Die Reinigungsgeräte waren noch da, aber der Uniformierte war verschwunden.

Der Portier fuhr in normaler, gedämpfter Stimme fort: „Bitte füllen Sie dieses Formular aus." Damit beugte er sich unter den Schalter und kramte einige Formulare hervor, deren Bezeichnungen er laut vorlas, um sie anschließend wieder wegzulegen und nach anderen zu greifen, die er gleichfalls langwierig begutachtete, ohne das richtige Papier finden zu können.

Der Erfolg, den ich bisher an diesem Tag verbuchen konnte, mußte mich eingelullt haben. Trotz all meiner Ausbildung und Erfahrung im Apparatus ging mir nicht auf, daß der Alte nur die übliche List anwandte, um mich aufzuhalten. Erst ein Atemgeräusch in meinem Rücken ließ mich aufhorchen.

Ich wirbelte herum und sah mich drei jungen Offizieren gegenüber. Einer trug einen Bademantel, der zweite eine Badehose und der dritte einen Fahrerhelm. Und während ich sie musterte, kamen fünf weitere Offiziere durch verschiedene Türen in die Halle. Dieser (piep) Putzteufel mußte Alarm geschlagen haben!

Ich war schon häufiger feindselig angestarrt worden, aber das hier übertraf alles, und jetzt kam noch ein junger Offizier die Treppe herunter — mit einer Sportkeule in der Hand!

Der größte von ihnen, drei Fuß von mir entfernt, knurrte einen Befehl: „Schnappt ihn euch!"

Die Ausbildung im Apparatus ist gut. Als sie mich ergreifen wollten, war mein Platz leer. Ich war auf den Schalter gesprungen und warf ihnen die Registratur ins Gesicht. Dann setzte ich, von der wutschnaubenden Meute gejagt, hinter den Schalter in die Portiersloge. Arme griffen nach mir, und ich schleuderte ihnen einen Stuhl entgegen. Sie kamen wie eine Flutwelle hinter mir her über den Schalter.

Rechts war eine Tür. Ich hastete hindurch und befand mich wieder in der Halle, und während ich meine Chance, mich bis zum Haupteingang durchschlagen zu können, abschätzte, strömten immer mehr Offiziere vom Sportplatz her in die Halle.

Ich möchte es so ausdrücken: Ich kämpfte, auf verlorenem Posten stehend, ein heroisches strategisches Rückzugsgefecht. Ich warf mit Platten und Tischen um mich, raste um Sessel herum und brachte meine Verfolger zum Stolpern. Ich benutzte sogar Vasen, Blumen und was es sonst noch gab als Geschosse. Aber ich konnte mich nur so lange halten, wie ich es tat, weil es so viele waren, die mich jagten: Sie behinderten sich gegenseitig. Doch schließlich hatten sie mich umzingelt, und als ich versuchte, auf das Musikpodium zu fliehen, brachte mich ein stämmiger Sportler mit einem gekonnten Stopp krachend zu Fall.

Man sollte meinen, sie hätten mich nun einfach festgehalten und befragt, wie es jungen, wohlerzogenen Leuten geziemt. Aber, oh, nein! Sie traten nach mir! Wären die meisten von ihnen nicht barfuß oder nur in Sportschuhen gewesen, sie hätten mich totgetreten!

Schließlich drängte einer von ihnen die anderen weg. Er war groß, und einen Augenblick lang war ich dumm genug, anzunehmen, er wollte mich retten. Aber er riß mich nur vom Boden hoch und stieß mich gegen die Wand.

„Wo ist Heller?" schrie er mich an, laut genug, um einem die Trommelfelle zu durchlöchern.

Er gab mir jedoch keine Chance, ihm zu antworten, sondern ballte die Faust und rammte sie mir aufs Kinn. Ich verlor das Bewußtsein.

Eiskaltes Wasser platschte mir ins Gesicht. Ich lag auf dem Fußboden.

„Laßt mich mal!" rief jemand und zerrte mich hoch, um mich wiederum gegen die Wand zu pressen.

„Wo ist Heller?" brüllte er.

Und bevor ich antworten konnte, hatte er schon ausgeholt und mir seine Faust mit aller Kraft in den Bauch gedonnert.

Ich erinnere mich, daß mir, während ich mich krümmte und an der Wand hinabrutschte, durch den Kopf ging, daß diese jungen Ehrenmänner ein paar Stunden in Verhörtechnik gebrauchen könnten. Dann traten sie wieder nach mir.

Ich weiß nicht, wieviel Zeit vergangen war, als ich eine entfernte Kommandostimme hörte. Ein höherer Offizier trat zwischen die Meute. „Ruhe! Ruhe! Was hat er getan?"

Ein unverständliches Stimmengewirr antwortete ihm, und ich hatte Zeit, mich einigermaßen zu sammeln.

„Setzt ihn dort in den Sessel", befahl der neu hinzugekommene Offizier.

Ich wurde hochgehoben und so hart fallen gelassen, daß ich wieder ohnmächtig und mit einer weiteren eiskalten Dusche geweckt wurde. Durch die Tropfen, die mir übers Gesicht liefen, erkannte ich eine taubenblaue Uniform vor mir. Es war ein älterer Offizier in voller Uniform. Wahrscheinlich ein Schlachtschiffkommandeur. Sehr unangenehm.

„Nein, nein, zurück mit euch", sagte er. „Ich werde ihn fragen."

Angeschlagen, wie ich war, dankte ich den Teufeln, daß endlich jemand zuhören wollte.

„Wo ist Heller?" bellte der Offizier mich an.

Diesmal folgte kein Schlag. Man lernt beim Apparatus, niemals etwas zu sagen, wenn man geschlagen oder gefoltert wird.

Meine Antwort mußte wohlüberlegt sein. Es wäre mein Todesurteil gewesen, wenn ich die Existenz von Spiteos enthüllt hätte. Aber das wurde auch nicht von mir erwartet. Sie wollten Heller. Also hielt ich mich an das, was ich gelernt hatte, und erwiderte nur: „Ich bin hergekommen, um seine Sachen abzuholen."

„Das wissen wir", sagte der Offizier. „Damit hat der Tumult ja angefangen. Wenn Sie nun so freundlich wären, diesen jungen Herren zu sagen, wo Jettero Heller sich aufhält, bin ich sicher, daß Ihr Leben nicht ..."

Er wurde von Zwischenrufen unterbrochen. „Versprechen Sie ihm nichts!" — „Du solltest besser reden!" — und dergleichen mehr.

In meinem benebelten Hirn tauchte die erprobte und zuverlässig wirkende Maxime des Apparatus auf: „Im Zweifel greif zur Lüge!"

„Ich bin nur ein Kurier", sagte ich.

Das erregte einen Proteststurm. Der höhere Offizier beruhigte ihn und sagte sarkastisch: „Also, Sie Kurier. Jettero Heller ist heute vor fünf Tagen verschwunden. Er war zu einer Feier anläßlich der Beförderung eines Kurskameraden eingeladen, die eine Stunde nach dem Ende des Spiels begann. Er ist dort nicht erschienen, obwohl er sehr zuverlässig ist; immerhin ist er Kampfingenieur. Man schickte eine Ordonnanz aus, um ihn abzuholen. Nachfragen bei sämtlichen Hauptquartieren ergaben, daß er von ihnen nicht angefordert worden war. Und zehn Minuten, nachdem er aus der Arena gegangen war, berichtete ein wartender Fahrer, daß er gesehen habe, wie schwarze Lastwagen den Standort verließen."

Huh, dachte ich, diesem Schlachtschiffkommandanten, oder was er sonst ist, könnten ein paar Stunden in Verhörtechnik gewiß auch nicht schaden. Er hatte mir alles erzählt, was sie wußten! Und er hatte mir Zeit zum Nachdenken gegeben. Bei so viel Entgegenkommen war das Ganze nicht schwerer, als einen Duftschock zu kappen.

„Die Flottenpolizei sucht seit fünf Tagen überall nach ihm", fügte der Offizier naiv hinzu.

Spiteos war sicher. Der Apparatus war sicher. Die Mission war sicher. Was für Amateure diese Raumleute doch waren!

„Sie kann aufhören zu suchen", sagte ich. Was ich erfahren hatte, machte die Schläge, die ich hatte einstecken müssen, fast wett. „Jettero Heller wurde zu einer dringlichen Konsultation in einer Angelegenheit des Großen Rats gebeten."

Das befriedigte sie nicht, ließ sie aber zögern. Aus der Runde war ungläubiges „Ah, ja?" zu hören, und schließlich hatte einer von ihnen die glänzende Idee, sich auf mich zu werfen und festzuhalten, während die anderen meine Taschen durchstöberten und mir meine Identokarte abnahmen.

„Sektion 451 — Apparatus!" Es war ein Triumphschrei, dem Ausrufe wie „Wußt' ich's doch!" und „Säufer!", von wütenden Urlauten begleitet, folgten. Sie wären wieder auf mich losgegangen, wenn ich die Situation nicht inzwischen in der Hand gehabt hätte. Was, wenn ich die Sache für vertraulich erklärte?

„Die Identokarte ist unwichtig", erklärte ich kühl. „Sie sollten besser in meine Aktenmappe schauen. Sie muß drüben beim

Empfang liegen. Ich muß Sie allerdings darauf aufmerksam machen, daß ich Sie, für den Fall, daß Sie sie öffnen, zur Geheimhaltung verpflichten muß. Aber das geht schon in Ordnung. Sehen Sie nach!"

Sie glaubten mir immer noch nicht, holten aber die Aktenmappe — sie hatte ebenfalls einiges abbekommen — und gaben sie mir, damit ich sie aufschloß. Ich rasselte den offiziellen Eid herunter, mit dem sie Geheimhaltung versprachen, und erhielt ein chorisches „Ja, ich schwöre" zur Antwort. Dann öffnete ich die Mappe und warf ihnen die Ratsverordnung und Hellers Marschbefehl zu.

Der höhere Offizier las sie durch, und irgendein heller Bursche vom Nachrichtendienst der Flotte hielt die anderen von weiteren Tätlichkeiten ab, ließ sich die Dokumente geben und ging mit ihnen zum Empfang hinüber.

Als er zurückkam, hatte er mißmutig die Lippen gekräuselt. „Das ist das erste Mal, daß etwas, das mit den 'Säufern' zusammenhängt, seine Richtigkeit hat. Die Dokumente sind echt. Wir müssen ihn ziehen lassen." Den Göttern sei Dank, daß ich zuerst zum Personaloffizier der Flotte gegangen war, bevor ich mich in die Höhle dieser jungen Raubtiere wagte! Die Magie des schriftlichen Befehls. Ungeachtet, welche Intrige ihm zugrunde lag. Das war es, wonach sich ihr Leben richtete.

„Ich bin hergekommen", sagte ich nüchtern, „um seine Sachen abzuholen."

Diese (piep) Narren dachten, ihr Freund sei in Sicherheit!

Kapitel 7

Jettero Hellers Zimmer lag offenbar am Ende eines langen Korridors im obersten Stockwerk. Der Hotelverwalter, ein alter Raumfahrer mit blanker Glatze, der, nach seinen Brandnarben zu schließen, Bordschütze gewesen war, zeigte mir den Weg, und hinter mir stapften einige der jungen Offiziere, die sich mir „für alle Fälle" angeschlossen hatten, angeführt von dem Langen, der mir die meisten Tritte verabreicht hatte. Ich hatte eigentlich vorgehabt, Hellers Sachen zu durchsuchen, um möglicherweise irgendeine Schwachstelle, einen persönlichen Mangel zu entdecken, der mir helfen konnte, ihn in den Griff zu bekommen.

„Ich glaube", erklärte ich dem Hotelverwalter, „er wird sein Zimmer aufgeben. Diese Mission wird eine Weile dauern. Ich werde also alle seine Habseligkeiten zusammenpacken und mitnehmen."

Er sah mich zwar nicht an, aber ich konnte doch wahrnehmen, daß er reagierte. Es machte mir klar, daß ich es noch nicht überstanden hatte. Er blieb schließlich vor der letzten Tür stehen und drückte sie auf, *weit* auf, so daß ich hineinsehen konnte.

Ich hatte natürlich eine kleine Kabine erwartet, die übliche Offiziersunterkunft. Doch was ich sah, ließ mich erstarren! Es war eine Suite! *Drei* geräumige Zimmer, und am anderen Ende des dritten war durch große Fenstertüren eine Dachterrasse mit Blick über die Berge zu sehen!

War das die Unterkunft eines gewöhnlichen Offiziers? Oh, nein. Es gab viele Admirale, die nicht so untergebracht waren!

Ich war wie betäubt. Raumfahrer tendieren allgemein dazu, die Atmosphäre ihres Arbeitsplatzes auf ihre Privatsphäre zu übertragen. Sie verbringen viel Zeit im Raum und neigen dazu, die Dinge, mit denen sie täglich umgehen, auch anderweitig zu benutzen: Der Schaft eines Explodergewehrs wird zu einer Waldnymphe geschnitzt, ein Panzerungsteil fungiert als Tisch, ein Steuersitz wird zu einem Sessel, eine Ruhebank zu einem Sofa, Bullaugeneinfassungen dienen als Bilderrahmen und so weiter. Und das alles sah ich jetzt vor mir, aber in welcher Eleganz!

Daneben erwartet man alle möglichen Souvenirs von den verschiedensten Planeten: die Spieluhr mit dem tanzenden Mädchen, das ihre Hüften schwingt, während sie einem einen Flaschenöffner entgegenhält; die polierte Schale eines Meerestiers, auf dem in funkelnden Buchstaben zu lesen ist: *Erinnerung an Bactose;* den kleinen, sechsarmigen Jungen, der einen flaggenschwingend bittet: *Besuch uns wieder in Erapin;* die geschnitzte Frau, die eine eingearbeitete Schublade aufspringen läßt und einem einen Duftschock anbietet, wenn man sagt: „Küß mich, Engel!" Und es war alles da, einschließlich der Fahnen und Kränze, aber nur vom Feinsten: jedes Stück eine Kostbarkeit!

Das glänzende Metall des Fußbodens war mit Teppichen bedeckt, die von Dutzenden von Planeten stammten: einer wie der andere Sammlerstücke. Die ganze Suite war von wunderbarem Geschmack und Harmonie geprägt. Huh! Es gab eine Menge Lords, die angesichts dieser Ausstattung vor Neid erblaßt wären.

Mein erster Gedanke war, daß ich Hellers verletzlichen Punkt gefunden hatte: Ich bezweifelte, daß er von Hause aus reich genug war; und kein Nachwuchsoffizier des zehnten Dienstrangs konnte sich von seinem Flottensold auch nur ein Tausendstel von dem leisten, was ich hier sah. Heller mußte beide Hände in der Kasse haben, bis zu den Ellenbogen!

Wir gingen zu einer Musikbar im ersten Zimmer, und der alte Bordschütze umfaßte mit einer ausgreifenden Geste die gesamte Suite. Dann sagte er, monoton wie ein Touristenführer: „Vor fünf Jahren ist das Schlachtschiff *Menuchenken* auf dem Planeten Flinnup tausend Meilen hinter die feindlichen Linien durchgebrochen. Es war hoffnungslos: Der Schiffsantrieb war ausgefallen; dreitausend Offiziere und Mannschaften sahen der Gefangennahme und Hinrichtung entgegen. Jettero Heller durchstieß daraufhin mit lebenswichtigen Ersatzteilen die Verteidigungsanlagen von Flinnup, reparierte den Antrieb und brachte die *Menuchenken* heil aus dem Kesselfeuer heraus."

Er hielt inne. „Nachdem die Mannschaft der *Menuchenken* aus dem Krankenhaus entlassen worden war, kam sie hierher." Er wies mit einer langsamen Geste durch die Zimmer. „Was Sie hier sehen, wurde von ihr geschaffen, während er auf einer weiteren Mission war. Es war ihr Geschenk an ihren Retter."

Er zeigte auf die Wände und einige der Einrichtungsgegenstände. „Das wurde von anderen hinzugefügt. Und sollte seine neue Mission hundert Jahre dauern, es bleibt an seinem Platz. Es ist ein Vorzeigestück des Klubs! Und es ist Jetteros Zuhause."

Also gut, dachte ich. Er ist kein Dieb. Aber es gibt noch andere verletzliche Punkte; jeder hat welche. „Ich packe jetzt besser ein paar Dinge zusammen."

„Lassen Sie ihn nichts anfassen", sagte der Lange aus der Halle. „Wir packen!"

Sie schoben mich beiseite und öffneten eine unsichtbare Tür, hinter der ein großer Schrank voller Kleidung und persönlicher Utensilien sichtbar wurde. Einer der jungen Offiziere nahm eine Paradeuniform vom Bügel.

„Nein, nein", sagte ich. „Er wird verdeckt arbeiten. Keine Uniform. Nur leichtes Reisegepäck."

Sie zuckten die Achseln und begannen die Sachen zusammenzusuchen. Die Uniform hatten sie nicht weit von mir liegengelassen, und ich sah sie mir an. Sie war natürlich mit den roten Streifen und der eingravierten goldenen „X" für seinen Dienstrang auf dem Stehkragen versehen. Nun glauben die meisten Zivilisten, die goldenen, silbernen und kupfernen Linien, die die Brust mancher Uniformen verzieren, seien nichts weiter als das: Verzierungen. Sie wundern sich, warum manche niedere Offiziere bei der Parade wie wandelnde Metallminen aussehen, während die Uniformbrust höherer Offiziere völlig ungeschmückt ist. In Wirklichkeit stellen diese wellenfömigen Litzen ehrenvolle Erwähnungen dar; und sie sind so angenäht, daß man sie aufklappen kann, so daß darunter der in winzigen Buchstaben geschriebene Grund für die jeweilige Ehrung erscheint.

Auf Hellers Uniformbrust befanden sich keine einzelnen Silber- und Goldlitzen: Sie war von einer fast soliden Schicht Gold bedeckt! Ich hob einige der Klappen an: Für den Bau einer Brücke unter starkem Feindbeschuß; Für die Verminung des Orbits von *Banfochon III;* Für die Rekonstruktion des zerstörten Steuerzentrums der Hemmerthon unter feindlichem Sperrfeuer; Für die Rückgewinnung der aufgegebenen *Genmaid;* Für die Sabotage des Transportsystems von Rollofan; Für die Verminung der Festung *Montrail* ... Und so weiter und so fort! Ich mußte noch mehrere Litzen aufklappen, ehe ich auf das Schlachtschiff *Menuchenken* stieß. Hellers wenige Dienstjahre waren sogar für einen Kampfingenieur äußerst bewegt verlaufen. Hinter jeder dieser trockenen Eintragungen stand eine atemberaubende Geschichte voller kniffliger Situationen und schwerster Kämpfe.

Ich erklärte es mir damit, daß man, wenn man sich erst einmal einen solchen Ruf erworben hatte, stets die Kommandos erhielt, deren Umstände hoffnungslos zu sein schienen. Und in Zeiten, in denen andauernd irgendwo Krieg geführt wurde, gab es jede Menge davon. Doch meine Spekulation erwies sich als müßig, als ich, ans Innenfutter der Jacke geheftet, den sogenannten „Freiwilligenstern" entdeckte, eine Flamme aus Diamanten mit einem Zentrum aus Rubinen. Er wurde für fünfzig gefährliche freiwillige Einsätze verliehen. Heller brauchte also gar nicht erst abkommandiert zu werden — er meldete sich freiwillig!

Jetzt habe ich ihn, dachte ich: ein Ruhmsüchtiger. Das ist seine Schwachstelle. Wenn ich es richtig handhabe ...

„Er hat eine Menge weiterer Erwähnungen und Orden erhalten", unterbrach der alte Bordschütze meinen Gedankengang. „Einige von ihnen sind so wertvoll, daß wir sie unten im Tresor aufbewahren. Er trägt sie nie."

Ruhmsucht war es also auch nicht. Sei's drum, dachte ich, er wird irgendeinen anderen Fehler haben, den ich mir nutzbar machen kann.

Ich ging herum, um mir die Wände anzusehen, wo unter anderem eine Menge Bilder von Leuten aus Hellers Leben hingen. Ich weiß nicht, warum die Porträtisten den Hintergrund immer mit einem wolkenverhangenen Himmel füllen müssen: Die Brustbilder auf diesen kleinen dreidimensionalen Farbschnappschüssen wirken wie in den Himmel gehängte Büsten; sie haben eine religiöse Note, so als ob sie Gottheiten darstellen. Ich mag sie nicht; sie geben dem Betrachter ebenfalls das Gefühl, am Himmel zu schweben, und auch dafür habe ich nicht viel übrig.

Ich entdeckte eine ältere Frau mit einem freundlichen Lächeln, augenscheinlich Hellers Mutter. Daneben hing das Bild eines alten Mannes mit einem Raubvogelgesicht über einer schäbigen Arbeitsbluse; seine Widmung lautete: „Für meinen lieben Sohn." Als nächstes kam ... Ich blieb wie angewurzelt stehen. Es war die schönste Frau, die ich jemals gesehen hatte. Das Bild war eins dieser Trickporträts, deren Augen einem folgen und das, wenn man den Kopf senkt, einfach nur hübsch aussieht, hebt man ihn aber an, einen plötzlich anlächelt. Ehrlich, diese Schönheit verschlug mir den Atem! Huh!Jetzt hatte ich ihn. Das war der Ansatzpunkt! Ich wandte mich zu dem Hotelverwalter um.

„Das ist seine Schwester", sagte dieser Hoffnungszertrümmerer. „Sie ist ein Star im Heimtheaterring. Sie haben sie bestimmt schon gesehen."

Hatte ich nicht. Wir vom Apparatus sind zu beschäftigt, um die Muße für solche Zerstreuungen wie die Kunst zu haben. Ich wanderte weiter zu einer Sammlung von Pressefotos in Bullaugenrahmen: Heller mit Kurskameraden; Heller auf den Schultern irgendeiner Raumschiffbesatzung; Heller nach einem Geschoßballturnier; Heller bei der Vorstellung auf einem Bankett; Heller beim Verladen von Überlebenden in ein Raumschiff; und so weiter. Aber bevor ich den Schluß ziehen konnte, daß ich es mit einem Publizitätssüchtigen zu tun hatte, fiel mir auf, daß auf jedem Foto einige Gesichter eingekreist waren, die von *anderen,* und unter den Kreisen waren ihre Namen gekritzelt: Es war eine Galerie seiner *Freunde,* nicht von Heller. (Piep), aber man konnte nicht immer gleich mit den ersten Versuchen Glück haben.

Eins der Bilder zeigte ihn jedoch allein! Es war prächtig — dreidimensional und voller Farbe. Heller saß im Steuersitz eines Schiffs; es war eine dieser messerscharfen Rennmaschinen, wie man sie im Raum benutzt, — eine von der Art, die losschießen, wenn man sie nur anschaut.

„Das ist die *Chun-chu*", sagte der Hotelverwalter. „Sie hat den interplanetarischen Geschwindigkeitsrekord der Akademie gebrochen. Ihr Rekord ist seither nicht überboten worden. Jet liebte das Schiff. Es steht jetzt im Flottenmuseum, und Jet erzählt jedem, daß es immer noch flugtüchtig ist. Aber man braucht eine Sondergenehmigung des Lords der Flotte, wenn man nur seine Aufstellung im Museum verändern will. Nicht einmal Jet darf näher heran. Deshalb hängt er sehr an diesem Bild."

Die Offiziere waren mit dem Packen fertig. Es hatte seine Zeit gebraucht, da sie sich ständig in die Haare geraten waren: „Jet wird dieses haben wollen" und „Jet wird jenes nicht haben wollen".

Ich war froh, von dort wegzukommen. Trotz aller Neugier und Erwartungen hatte ich nichts Nützliches erfahren, das heißt nichts, das ich benutzen konnte. Um jemanden zu führen, muß man, vom Standpunkt des Apparatus aus gesehen, seine Fehler kennen. Und Fehler hatte jeder. Ich sagte mir, daß ich nur weiter achtgeben mußte.

Wir gingen die Treppe hinunter (im Klub wird sie „Leiter" genannt, was lächerlich ist, denn sie ist zwanzig Fuß breit), und ich wollte gerade die Halle verlassen, als mir der Weg versperrt wurde. Der größte und häßlichste junge Offizier, den ich jemals vorher oder nachher gesehen habe, verbarrikadierte mit seinem Körper die Tür. Er hatte den bösartigsten, widerlichsten Gesichtsausdruck, der mir jemals untergekommen ist und den ich niemals wiederzusehen hoffe.

„'Säufer'!" sagte er. „Ich will, daß du weißt: Falls irgend etwas an dieser Sache faul ist, falls es Jet *nicht* gutgehen oder ihm etwas zustoßen sollte — wir haben deine Identokopie und dein Foto. Und merk dir genau, was ich jetzt sage" — seine Stimme war rauh, und obwohl er fast gleichmütig sprach, ging sie mir unter die Haut. „Wir werden uns an dich halten. Wir werden dich persönlich zehntausend Meilen ins kalte, leere All bringen, dich nackt ausziehen und durch die Luftschleuse ins Vakuum stoßen. Und Sekunden später wird nichts mehr von dir übrig sein als ein *blasser, rosa Nebel!*" Die letzten drei Worte wurden von kurzen, harten Hieben auf meine Brust unterstrichen.

„Richtig!" Es war wie ein Donnerschlag! Hinter mir! Und als

ich mich umdrehte, sah ich mich einem sturen Mob von rund zweihundert jungen Offizieren gegenüber.

Ich bin nicht gerade der Mutigste. Es machte mir Angst. Ich nahm die Beine in die Hand und rannte mit Hellers Tasche unter dem Arm die Rampe hinunter. Das Flugmobil wartete unten, und ich warf mich hinein.

Mit Schrecken bemerkte ich, daß mein Fahrer, Ske, klitschnaß war. Sie mußten ihn in das Becken der Fontäne geworfen haben, die nicht weit von uns ihr Wasser versprühte. Er hob fast senkrecht ab und raste davon. Seine Hände klammerten sich zitternd an die Steuerung.

„Sieht aus, als hätten sie Sie durch die Mangel gedreht", sagte er. Er konnte mich im Rückspiegel sehen. Und es stimmte, ich muß scheußlich ausgesehen haben, voller verklebter Platzwunden und anschwellender blauer Flecken.

Er fuhr eine Weile schweigend weiter und brachte uns auf unseren Amtskurs, so daß wir unbeobachtet nach Spiteos gelangen konnten. Dann sagte er: „Offizier Gris, woher haben die gewußt, daß wir vom Apparatus sind?"

Ich antwortete ihm nicht. Es war klar: Weil wir schäbig waren. Weil wir unehrenhaft waren. Weil wir nichts als hinterhältige Kanaillen waren und uns niemals erlaubt werden sollte, anständigen Leuten auch nur in die Nähe zu kommen. Weil wir stanken. Es war ein sehr anstrengender Tag gewesen.

„Offizier Gris", meldete sich Ske wieder, als wir über die Große Wüste glitten, „wenn Sie mir gesagt hätten, daß sie wußten, daß wir vom Apparatus sind, hätte ich einen Streuexploder mitgenommen und diese (piep) weggefegt."

Oh, nett, dachte ich. Genau das fehlt der Mission: zwei- oder dreihundert tote Königliche Offiziere und ein Apparatus-Exekutor zwischen ihren verkohlten Überresten. Vielleicht gehöre ich einfach in ein anderes Regierungsamt!

Aber man verläßt den Apparatus nicht — es sei denn mit den Füßen zuerst, tot wie ein Stein. Ich hatte nicht die Spur einer Wahl, bis auf die, diese Mission ihrem schrecklichen, gewaltsamen Ende zuzuführen! Und zu obsiegen.

Kapitel 8

Lombar, auf einem Königsstuhl aus irgendeinem Königlichen Grabmal sitzend, schien vor innerer Unruhe zu beben.

Wir waren in seinem Burgbüro in Spiteos und folgten der wöchentlichen „Monsterparade“. Die große Glasfläche, die eine seiner Wände bildete, konnte mittels Brechungsindexschaltern verschiedene Zwecke erfüllen: Einmal war sie ein Spiegel, ein andermal eine schwarze Wand, und dann wieder, wie jetzt, einseitig durchsichtig, so daß wir hindurchsehen konnten, ohne selbst gesehen zu werden. Hinter dem Glas erstreckte sich ein geräumiger Raum, der den Rest des Wehrwalls einnahm.

Doktor Crobe führte die von ihm und seinen Assistenten geschaffene Wochenproduktion vor, und es war gräßlich. Sie stellten Monster her, die der Apparatus mit gutem Gewinn verkaufte. Gerade war ein Wesen hereingebracht worden, das Füße anstelle der Hände hatte und sich hüpfend auf allen vieren vorwärtsbewegte. Es war wirklich komisch. Besonders die Art, in der es nach jedem Hüpfer aufstampfte. Bis vor kurzem war es ein normaler Mann gewesen. Aber Doktor Crobe hatte das geändert.

Er war in der Tat ein sehr erfahrener Zelluloge. Er hatte einer Regierungsstelle angehört — der Abteilung für Spezialanpassungen —, die Leute für besondere Aufgaben und Lebensbedingungen ausstattete. Was dort geschah, war ganz harmlos: Man verbesserte die Sehkraft für die Verhältnisse auf dunklen Planeten, oder den Gang für Planeten mit großer Schwerkraft, oder die Atmung, so daß man auf Planeten, die überwiegend von Meeren bedeckt waren, unter Wasser atmen konnte. Aber Doktor Crobe hatte selbst ein verschrobenes Hirn: Er pervertierte die Technik des zellularen Umbaus, um Monster herzustellen — wirkliche Schreckensgestalten. Bei der Regierung waren daraufhin einige Protestnoten eingegangen, und ein höherer Beamter, der möglicherweise selbst in die Sache verstrickt gewesen war, hatte alles Crobe in die Schuhe geschoben. Doch Crobe war, dank Lombar, aus der Polizeihaft entkommen, und seitdem produzierte er mit einem ganzen Stab von Helfern seine Monster im Auftrag und zu Nutzen des Apparatus, der seine Beziehungen zur Unterwelt des Verbrechens spielen ließ und sie zu horrenden Preisen an Zirkusunternehmen, Theater und Nachtklubs verkaufte. Dort wurden sie als Bewohner von neu eroberten Planeten zur Schau gestellt, was natürlich Unsinn war, aber das Publikum der einhundertzehn Welten der Voltarianischen Konföderation schluckte es.

Einige der Monster waren tatsächlich Kriegsgefangene, was dem Ganzen einen halblegalen Anstrich verlieh, da solche Gefangenen keinerlei Rechte besitzen und häufig abgeschlachtet werden. Aber natürlich hat es solche Wesen außerhalb von Doktor Crobes Phiolen, Röhren und Kolben nie gegeben. Ein Witzbold im Apparatus hatte es so ausgedrückt: „Die bösen Götter haben Doktor Crobe erfunden, um den Teufeln Konkurrenz zu machen."

Es mußte etwas Wahres daran sein. Diese Monsterparaden machten mich jedesmal ganz krank. Was mußte ich mir diesmal wieder alles ansehen: eine Frau mit Brüsten, wo ihre Hinterbacken sein sollten; ein Wesen, dessen Arme und Beine vertauscht worden waren; einen Mann mit zwei Köpfen; dann ein Wesen, das ganz von einem Fell überzogen war, das in einem halben Dutzend Farben schillerte; eines mit Augen anstelle der Intimteile ...

Und während die Apparatus-Wachen sie mit Peitschen vorwärts trieben, stand der alte Doktor Crobe hinter der Prozession und betrachtete mit Genugtuung die Ergebnisse seiner Geschicklichkeit. Er bot selbst einen recht merkwürdigen Anblick: Alles war irgendwie zu lang, die Nase, Arme und Beine, wie bei einem gespenstischen Vogel. Nach meiner Erfahrung ist jeder Zelluloge, den ich kennengelernt habe, nicht nur selbst mißgestaltet, sondern auch plemplem.

Lombar schien wirklich unruhig zu sein. Er spielte nervös mit seinem Dorn, wahrscheinlich, um das Zittern seiner Hände zu verbergen. Für die Monsterparade schien er sich kaum zu interessieren, und so wagte ich es, mich vorzudrängen, um ihm meine Neuigkeiten zu verkünden, die ihn, dachte ich, aufheitern würden.

„Es ist alles erledigt", sagte ich. „Sie hatten die gesamte Heimatpolizei auf die Suche nach Heller geschickt. Aber ich habe ihr, als ich davon erfuhr, ein Ende gemacht. Jetzt wird sich keiner mehr darum scheren."

Er antwortete nicht, aber das tat er ja nie. Nach einer Weile klopfte er auf ein Silberkästchen, das neben ihm stand; Greifzangen sprangen heraus und hielten ihm etwas entgegen. Er nahm es und sagte, indem er es mir zuwarf: „Ich wußte, daß Sie traurig sein würden, Ihren Posten zu verlieren. Also habe ich Ihnen das hier besorgt."

Es waren die Goldkette und die Smaragdinsignien des elften Dienstrangs! Damit hatte ich *drei* Stufen übersprungen! Ich war jetzt einem Armeekommandeur von fünftausend Soldaten gleichgestellt!

„Es ist bereits in die Datenbank eingegeben und damit rechtsgültig. Sie werden den Sold vom gestrigen Datum an erhalten."

Ich setzte dazu an, ihm zu danken, aber er hörte mir nicht zu. „Das müßte einiges einbringen", murmelte er. Hinter der Glaswand war ein Handwagen mit sechs Kindern hereingeschoben worden, die zellular zu einem pornographischen Ringelreihen verbunden waren.

Der Apparatus bekam durch geheime Regierungskanäle Unsummen zugeschanzt, doch die Einnahmen aus dem kriminellen Bereich mußten fünfmal größer sein. Und es stimmte, die sechs Kindermonster, wahrscheinlich als Attraktion von Blito-P3 oder Helvinin-P6 deklariert, würden eine Menge Geld einbringen, hunderttausend Verrechnungseinheiten vielleicht.

Das erinnerte mich an etwas anderes. „Wir sollten Heller einen Spionagekurs durchlaufen lassen", schlug ich vor. Lombar zuckte kaum wahrnehmbar zusammen, als er den Namen hörte, wandte sich aber nicht um oder stoppte mich.

Hinter der Glaswand war eine Pause eingetreten, weil Crobes Leute sich zurückzogen, um der nächsten Programmnummer

Platz zu machen, den „Geschicklichkeitsakten". Ich ergriff die Gelegenheit und sagte: „Im Klub hat man eine Menge Korrespondenz in Hellers Tasche gepackt: einen Brief von seiner Mutter, Mitteilungen von Freunden, Verehrerpost. Er hat den ganzen Abend damit zugebracht, sie zu beantworten, — und es war ein ziemlich dicker Stapel. Ich habe seine Briefe natürlich sorgfältig durchgelesen, nachdem er sie mir zur Beförderung übergeben hatte. Chef, er hat nicht die leiseste Ahnung, was Sicherheitsbedürfnisse sind. Er schreibt einfach auf, was ihm in den Sinn kommt. Welche *Dummheit!* Ich mußte zwei Fälscher hinzuziehen, mit denen ich bis zwei Uhr morgens damit beschäftigt war, die Briefe neu zu schreiben. Er wird *nie* ein Spion werden, *nie!* Er wird die ganze Mission gefährden!"

Lombar ging nicht darauf ein. Hinter der Glaswand war jetzt die Frau zu sehen, die wir Gräfin Krak nannten. Außer hüfthohen schwarzen Stiefeln und einem dünnen Umhang hatte sie kaum etwas auf dem Leib. Stumpf und teilnahmslos dirigierte sie mit einer langen Elektropeitsche den ersten Artisten ihrer Geschicklichkeitsparade. Dabei war sie eine sehr attraktive Frau, jung und von statuarischer Schönheit, nur das Lächeln ging ihr ab. Sie war sogar für den Apparatus ein Rätsel. Sich ihr sexuell zu nähern, konnte den *Tod* bedeuten! Aber sie konnte binnen kurzem alles und jeden zu allem und jedem dressieren. Sie war ein Dressurgenie. Es wurde gemunkelt, sie würde Elektroschocks und Bilder benutzen, aber niemand wußte wirklich, wie sie ihre Resultate erzielte.

Gräfin Krak war eine völlig unverdächtige Regierungslehrerin gewesen, die sich auf Erwachsenenbildung und fortgeschrittene Fächer spezialisiert hatte. Aber sie hatte noch ein zweites Gesicht gehabt. Manche meinen, eigentlich habe die Regierung dahintergesteckt, und ihr sei das Ganze nur untergeschoben worden, und vielleicht haben sie recht, aber ich persönlich glaube, daß sie einfach mehr Geld brauchte, als sie verdiente.

Als die Heimatpolizei ihr auf die Schliche kam, war sie der führende Kopf einer Bande von Kindern gewesen, die sie aus den Elendsvierteln rekrutiert hatte und denen sie beigebracht hatte, jeden Tresor zu knacken und jedes Alarmsystem zu überwinden. Es wurde geschätzt, daß ihre Gesamtbeute in die Millionen ging.

Und möglicherweise würden sie immer noch ihr Unwesen treiben, wenn die Gräfin sie nicht auch die Technik des lautlosen Mordens ohne Waffen gelehrt hätte. Dadurch war jeder ihrer Einbrüche gewissermaßen signiert gewesen.

Die beteiligten Kinder waren hingerichtet worden, die Gräfin aber hatte man in aller Stille dem Apparatus überantwortet, der sie nach Gutdünken verwenden mochte. Das war vor knapp drei Jahren gewesen, und seitdem arbeitete sie in Spiteos.

Ihr erster Artist war ein Jongleur, der mit seinen Füßen zwölf Gegenstände gleichzeitig durch die Luft wirbeln lassen konnte, während er Flammenzungen nach ihnen blies. Die zweite Nummer bestand aus zwei Frauen in Pantigfellen, die eine Flüssigkeit, die wie Blut aussah, verspritzten und damit phantastische Muster in die Luft zauberten, bevor sie sie mit dem Mund zu verschlingen schienen. Sehr farbenprächtig. Als dritter kam ein Mann, der Dreifachsaltos aus dem Stand vollführte, wobei er bei jeder Drehung ein Holzschild zertrümmerte, und noch andere Tricks auf Lager hatte.

Es bestand keine Gefahr, daß diese Leute Spiteos verraten würden. Ihre Zungen waren herausgeschnitten worden, und sie waren Analphabeten. Aber sie brachten gutes Geld.

Lombar allerdings beachtete sie kaum. Er wandte sich zu mir um und sagte: „Soltan, ich glaube, Sie haben immer noch keine Vorstellung von der Tragweite dieser Mission."

Er drückte mit seinem Dorn mehrere Knöpfe, und ein großer Schirm im Fußboden zeigte Ansichten der hundertzehn Planeten von Voltar. Nahaufnahmen, Fernfotos: Straßenmob, Industrien, Feldergeometrie mit Bauernhöfen, Gatter voller Tiere.

Lombar ignorierte die letzten Geschicklichkeitsakte und drückte einen anderen Knopf. Jetzt erschienen Bilder der Herrensitze der Lords, Gouverneurspaläste, die Sommerresidenz des Imperators und dann eine lange Folge von Aufnahmen des Imperators selbst.

„Macht!" sagte Lombar. „Autorität! Die Verfügung über Leben und Tod von Billionen." Er schaltete die Maschine aus und sah mir ins Gesicht. „In nicht allzu langer Zeit, Soltan, wird all das unser sein. Vollständig und endgültig! *Das ist der Einsatz!* Die gegenwärtigen Herrscher sind dekadent. Unsere Planung und unsere Zeittafel können nicht fehlschlagen."

Er richtete den Dorn auf mich. „Aber es gibt eine Schwachstelle. Und diese Schwachstelle ist die *Erde!*"

Er legte mir die Hand aufs Knie. „Sie ist der Schlüssel, der wichtige Schlüssel zu allem. Als die sofortige Invasion auf Blito-P3 bevorzustehen schien, Soltan, bin ich fast gestorben. Es wäre das Ende gewesen, von allem. Soltan, Sie sind in den Elendsvierteln aufgewachsen. Sie wissen nicht, was der Traum von der Macht sein kann. Sie verstehen nicht, warum es absolut notwendig ist, den Pöbel der Ghettos auszuradieren, das Blut der Planeten zu reinigen und die Schwachen wegzufegen. Diese Imperatoren wissen ja nicht, was sie mit ihrer Macht anfangen sollen! Dazu braucht es Ehrgeiz! Ja! Und die gnadenlose Exekution eines Plans. Die gaukeln sich doch nur etwas vor mit ihren Kriegen und tun nichts für ihre eigene Heimat! Und wenn sie einen Planeten erobern, wissen sie nicht, was sie mit dem Gesindel, das sich unter die Bevölkerung gemischt hat, anfangen sollen! Wir benutzen das Böse, um den Kampf gegen das Böse zu gewinnen! Und wir *können* und *werden* uns durchsetzen!"

Für einen Augenblick war ein unheimliches Flackern in seinen Augen. Es steckte ein Keim von Wahnsinn in Lombar, und manchmal, wie in diesem Moment, brach er sich Bahn.

Er tätschelte mein Knie und fuhr fort: „Ich zähle auf Sie, Soltan. Es darf keine imperiale Einmischung auf Blito-P3 geben. Die Rettung des Planeten schert uns wenig! Aber wir brauchen ihn, und zwar dringend. Sie *müssen* jedes voltarianische Interesse an ihm unterbinden! Haben Sie verstanden?"

Er erwartete keine Antwort. Die Geschicklichkeitsakte waren inzwischen beendet, und er tippte mit seinem Dorn auf einige Tasten. Ruflichter blinkten hinter der Glaswand auf, dann verfärbte sie sich schwarz.

Doktor Crobe und Gräfin Krak kamen eilig durch das Vorzimmer herein und blieben an der Tür stehen. Sie rechneten nicht mit Beifall. Den bekamen sie nie.

„Crobe", sagte Lombar, „ich habe einen Auftrag für Sie. Wir werden einen Spezialagenten nach Blito-P3 schicken, und ich möchte, daß Sie ihn vorbereiten.“ Crobe rieb sich die Hände und die Nase. Der Auftrag gefiel ihm.

„Krak“, wandte sich Lombar der Gräfin zu, „der Spezialagent wird eine Sprachausbildung benötigen.“

Es war etwas in der Haltung der beiden, ein Eifer oder Enthusiasmus, der Lombar auf dem falschen Fuß erwischte. Er war plötzlich auf den Beinen und wie ein Blitz an der Tür, wo er sich zuerst Crobe vornahm, indem er ihn bei seinem Kittel packte und bis auf einen Zoll vor sein Gesicht zerrte. „Und Sie (piep), keine Tricks! Keine Augen, die durch Wände sehen können! Keine Finger, die zu Schußwaffen werden! Keine telepathischen Hirnstromempfänger!“ Er hatte Crobe bei jedem Punkt der Aufzählung mit dem Dorn auf die Beine geschlagen. „Nur eine alltägliche Arbeit!“ Und wieder traf Crobe der Dorn, ehe Lombar ihn ein Stück zur Seite hievte.

Jetzt war die Gräfin an der Reihe. „Und was Sie betrifft, Sie verkommene Hure“ — er riß sie an sich —, „Sie fliegen vom höchsten Turm, wenn Sie diesem Agenten auch nur ein einziges Wort, einen einzigen Trick, irgend etwas, das mit Spionage zu tun hat, beibringen!“ Um seinen Befehl zu betonen, schmiß er sie gegen die Wand, und zwar mit solcher Wucht, daß sie von ihr abprallte.

Im nächsten Augenblick war er wieder die Ruhe und Freundlichkeit selbst. „Offizier Gris“, sagte er mit normaler Stimme, „wird Ihnen mitteilen, was Sie zu tun haben. Ich will nichts mehr davon hören. Und jetzt raus hier!“

Lombar ging zu seinem Sessel zurück und nahm einen Duftschock. „Oh, Götter, wie die stinken!“ sagte er, während er sein Gesicht besprühte. Dann, von dem Gestank befreit, entließ er mich.

„Machen Sie weiter, Soltan. Ich will kein Wort mehr davon hören, auch nicht über Jettero Heller. Er gehört jetzt Ihnen.“

Während ich sein Büro verließ, ging er zu der Truhe, in der er den Königlichen Umhang aufbewahrte.

TEIL III

Kapitel 1

Ich war auf dem Weg zu meiner Unterkunft, als ich am Ende eines der langen, schwarzen Korridore von Spiteos Stimmen zu hören glaubte. Ich sah mich rasch um: Hier sollten eigentlich Wachen stehen, aber ich konnte keine sehen. Die Möglichkeit, daß Heller entflohen war, schoß mir heiß durch den Kopf! Ich sah bereits vor mir, wie ich vom Turm gestoßen wurde!

Stimmen! Ich hastete so leise wie möglich weiter. Sie wurden lauter. Bei allen Göttern, sie kamen aus meinem Zimmer!

Ich blieb stehen, konnte aber nichts verstehen. Schließlich atmete ich tief durch und legte einen lehrbuchhaften Polizeiauftritt hin, indem ich die Tür aufstieß und sofort, zu schnell, um von einem Schuß getroffen werden zu können, links neben den Türrahmen sprang.

Heller saß mit dem Zugführer am Tisch! Sie aßen süßes Gebäck und tranken Sprudelwasser. Heller las das morgendliche Nachrichtenblatt und lachte gerade über irgend etwas, das er gelesen hatte. Auf einem Wandbrett, das ich noch nie dort gesehen hatte, stand ein neuer Heimschirm, und von einem Speicherband ertönte irgendeine dämliche Melodie.

Die geheimen Wachen, die draußen Posten stehen sollten, waren nirgends zu finden, und ihr Anführer saß bei dem Gefangenen und nahm Erfrischungen zu sich! Was für eine heimelige Szene!

Mir wurde beispielhaft vor Augen geführt, wogegen Lombar anzukämpfen hatte, wenn er versuchte, mit dem Apparatus zu arbeiten. Vor mir saß ein angeblich streng bewachter und von allem abgeschnittener Gefangener, der sich jeder Bewegungsfreiheit erfreute und mit den neuesten Nachrichten versorgt war!

Der Zugführer mußte mir meine Gedanken vom Gesicht abgelesen haben, jedenfalls sprang er so ruckartig auf, daß sein Stuhl umkippte, und nahm, die Arme über der Brust zu einem *X* gekreuzt, verschreckt Haltung an, die Augen starr geradeaus gerichtet, aber voller Furcht.

„Oh, lassen Sie ihn doch sein Gebäck aufessen", sagte Heller auflachend. „Wir beide haben gerade eine Friedenskonferenz abgehalten und ihren erfolgreichen Abschluß gefeiert. Ich lasse ihn und seine Männer wissen, wo ich mich jeweils aufhalte, und sie bringen mir alles Lebensnotwendige aus der Kantine des Ausdauerlagers. Freundlichkeit zahlt sich aus."

Doch der Offizier wußte, was er von mir zu gewärtigen hatte, obwohl er sich sagen konnte, daß ich in Hellers Anwesenheit nichts unternehmen würde. Er raste aus dem Zimmer wie ein aufgescheuchtes Wild.

Heller tippte auf das Nachrichtenblatt. „Wie ich sehe, ist der auf mysteriöse Weise verschwundene Jettero Heller gefunden worden und sofort wieder in einer Geheimmission des Großen Rats untergetaucht." Es amüsierte ihn, und ich warf einen Blick auf die Frontseite des Blattes; es war alles da, inklusive Foto. Die Schlagzeile begann: „BERÜHMTER KAMPFINGENIEUR ..." (Piep) diese Reporter! Nun, wir kontrollierten nicht die gesamte Presse — noch nicht!

Heller legte das Blatt beiseite und sah mich fröhlich an. „Hallo, hallo, hallo", sagte er. „Was ist das?" Er stand auf und kam zu mir herum. „Befördert, wie ich sehe. Und gleich in den elften Dienstrang!"

Mir wurde plötzlich klar, warum Lombar mich befördert hatte. Ich stand jetzt einen Rang über Heller, was den Umgang mit ihm erleichtern würde. Falls Heller ebenfalls bemerkt haben sollte, daß ich nunmehr sein Vorgesetzter war, ließ er es sich nicht anmerken. Es gab allerdings auch nicht viel zu bemerken: Beide Ränge, zehn und elf, sind relativ untergeordnet; in der Truppe sagt man sogar: „Überordnung unter jungen Offizieren ist wie Tugend unter Huren."

Er griff nach meinen Händen und quetschte sie heftig. „Herzlichen Glückwunsch! Ich bin sicher, Sie haben es verdient."

Sarkasmus? Ich fixierte ihn. Nein, nur das im Offizierskorps zu erwartende Klischee.

„Das bedeutet", sagte Heller mit spöttischer Feierlichkeit, „daß Sie mir im ersten Nachtklub, den wir ansteuern, ein Essen ausgeben müssen."

Ah, ja! Die Traditionen der Königlichen Streitkräfte. Wenn jemand befördert wurde, schuldet er jedem, den er am ersten Tag trifft, ein Essen im nächstgelegenen Nachtklub. Das kann recht kostspielig werden, und viele ziehen es vor, sich am ersten Tag nirgendwo blicken zu lassen.

Er nahm mir die Goldkette ab, ging zur hellsten Leuchtplatte und drehte die Smaragde dicht vor den Augen hin und her. „Uhuh!" machte er schließlich. „Sie werden froh sein zu hören, daß die Steine echt sind." Er untersuchte sie weiter von allen Seiten. „Die drei oberen in der Zahl sind etwas unrein. Aber der untere" — er zeigte ihn vor — „ist wirklich wertvoll. Er stammt aus den Bergwerken von Süd-Vose. Der winzige Fehler verstärkt die Reflexion. Wunderschönes Grün. Wirklich bemerkenswert!"

Er kam zu mir zurück, hängte mir die Kette wieder um den Hals und quetschte mir noch einmal lächelnd die Hände. Meine Beförderung freute ihn ehrlich. Dann ging er zum Tisch zurück. „Wollen Sie etwas trinken? Ihr Speiseschrank ist jetzt gut gefüllt."

Ich begriff endlich, was passiert war. Diese (piep) Offiziere im Klub hatten ihm eine Geldrolle in die Tasche gepackt. Ich hatte sie durchsucht; das Geld mußte in einem Sportanzug oder sonst irgendwo versteckt gewesen sein. Ich verspürte einen Stich. Was hatte ich noch übersehen?

Er hatte sich wieder an den Tisch gesetzt, und ich wanderte durch das Zimmer und musterte ihn verstohlen. Er trug jetzt einen glänzenden weißen, dünnen Fluganzug und halbhohe Schiffsstiefel. Ich tastete ihn mit den Augen ab, ohne mir den Anschein zu geben, als suchte ich etwas. Und dann sah ich es: einen kurzen Exploder, vom 800-Kilovolt-Typ, der eine Wand in Stücke zerlegen kann. Er ist nur ungefähr sechs Zoll lang, und Heller hatte ihn einfach in den Schaft des rechten Stiefels gesteckt.

Ich ging zu einem Spiegel hinüber und gab vor, die Blessuren, die ich im Offiziersklub davongetragen hatte, zu inspizieren. In Wirklichkeit beobachtete ich ihn. Er zog aus dem Gewirr aus

Papier und Trinkbehältern einen kurzen roten Stab hervor. Noch eine Waffe! Ich überlegte mir genau, wie ich ausweichen und mich auf ihn stürzen würde.

„Sie haben mir diese Spritze in die Tasche gepackt", sagte er. „Vermutlich dachten sie, ich wäre in Schwierigkeiten. Haben Sie so eine schon mal gesehen?" Damit warf er sie mir zu!

Ich fing sie ungeschickt auf. „Ein ziemlich neues Modell", erklärte mir Heller. „Man muß vorsichtig am unteren Ring anfassen. Sie versprühen eine Lohe, die fünftausend Meilen weit zu sehen ist. Tatsache! Wenn man sich nicht vorsieht, brennen sie einem die Hand weg."

Er trank seinen Sprudelwasserbehälter aus. „Außerdem haben sie mir einen Exploder und tausend Verrechnungseinheiten mitgeschickt: Sie müssen eine Sammlung veranstaltet haben. Aber ich habe eine Menge Geld auf dem Klubkonto: Der Verwalter wird es ihnen zurückzahlen."

Ich wurde von einer Welle der Geringschätzung erfaßt. Dieser Trottel. Eins allein hätte genügt: Tausend Verrechnungseinheiten reichten allemal aus, um sich aus Spiteos freizukaufen, und mit dem Exploder hätte er sich, wenn er auch nur einen Funken Verstand gehabt hätte, den Weg *freischießen* können. Aber was tat er? Er legte offen, was ihn hätte retten können. Und er ahnte nicht einmal, was ihm bevorstand. Was Intrigen betraf, besaß er keine zwei Gehirnzellen, zwischen denen es funkte. Was für ein dummer (piep)!

Doch während ich beobachtete, wie er genüßlich an seinem Sprudel nippte und weltvergessen die Sportseite des Nachrichtenblatts verschlang, mischte sich Mitleid unter meine Verachtung.

„Wir haben viel zu tun heute", verkündete ich. „Sie haben zwei Verabredungen, eine mit Gräfin Krak und eine mit Doktor Crobe."

„He, hören Sie sich das an!" rief er aus und verschwand völlig hinter dem Blatt. „Timbo-chok hat Lachendes Mädchen in Mombo in einem offenen Rennen über fünf Runden geschlagen! Sieh einer an! Dieses Lachende Mädchen war das schnellste Gefährt von Mombo. Wer hätte das für möglich gehalten? Schauen wir mal, wer der Fahrer war ..."

Kapitel 2

Das Innere der alten Feste Spiteos ist ein in schwarzen Stein gehauenes fensterloses Labyrinth. Oberhalb des Bodens ist sie ein verlassen wirkender Koloß mit gewaltigen Kuppeln über riesigen Räumen und tunnelartigen Gängen. Die einstigen Bewohner des Planeten glaubten offenbar an Verteidigungsbefestigungen. Aber sie haben ihnen nichts geholfen, als unsere Vorväter anrückten.

Als Heller und ich meine Unterkunft verließen, waren wir in Zeitdruck. Ich mußte noch einen Abstecher in die Waffenkammer machen, um mir eine Exploderattrappe geben zu lassen, die ich unbemerkt gegen Hellers Waffe austauschen konnte. Und Gräfin Krak war bekannt dafür, daß sie es nicht mochte, wenn man sie warten ließ; ihre Reaktion konnte im Wortsinne tödlich sein.

Daher war ich nicht sehr erfreut, als Heller darauf bestand, zu Fuß zu gehen. Ich nahm an, er wollte sich Bewegung verschaffen — Sportler sind in dieser Hinsicht ziemlich verrückt —, und eingedenk des Befehls, keinen Verdacht bei ihm aufkommen zu lassen, blieb mir nichts übrig, als einzuwilligen. Also ließen wir die Liftröhren links liegen und unternahmen eine Tour durch die oberen Ebenen von Spiteos, einen endlosen Irrgarten aus staubigen, schlecht beleuchteten Gängen.

Heller trug seine Schiffsstiefel. Nun haben diese Stiefel aber spezielle Sohlen: Sie bestehen aus abwechselnd angeordneten starken Magnetstäben und harten Faserwulsten. Bewegt man sich auf Metallböden, werden die Magnete heruntergelassen — das ist in der Schwerelosigkeit des Alls sehr praktisch und kann einem zweifellos das Leben retten. Auf Stein oder einem anderen nichtmagnetischen Grund schlägt man einfach auf bestimmte Weise die Hacken zusammen, und die Magnete schnellen hoch, so daß man auf den Faserwulsten geht. Heller jedoch, obwohl wir über Steinfußböden und -treppen kamen, hatte die Magnete *unten* gelassen! Klicke-ti-klack, klack, klack! Und laut! Es klang wie ein rollender Panzerwagen! Meine Nerven waren kurz davor, zu reißen. Alles, was er zu tun brauchte, war, die Hacken zusammenzuschlagen, so daß die Magnete einfuhren und er leise gehen konnte.

In der Spionage muß man sich einen weichen Schritt angewöhnen. Ein guter Agent übt sich in der Fähigkeit, auf jedem Untergrund völlig lautlos zu gehen, sogar auf Kies, und er ist stolz darauf. Der Erfolg einer Mission — ja, sogar sein Leben — kann davon abhängen, wie leise er sich fortbewegen kann.

Heller aber ging nicht nur mit der Zartheit eines Panzerwagens, sondern machte alle zehn bis fünfzehn Schritt noch einen Extrasprung, so daß er mit lautem Klirren auf dem Steinboden landete. Es war ohrenbetäubend!

Er schien großes Interesse für die Wände um uns herum zu haben und klopfte ab und an mit einem Ring, den er trug, dagegen. „Diese Alten konnten wirklich bauen", wiederholte er mehrmals.

So streiften wir, klicke-ti-klack, klack, klack, durch lange Gänge, erkundeten riesige verlassene Hallen und schmutzige Treppen. Der Staub reizte meine Nase, und ich mußte ständig niesen. Außerdem wurde ich etwas müde — ich bin kein großer Sportler.

„Hören Sie", sagte ich schließlich. „Wir werden zu spät kommen. Die Gräfin wird uns die Köpfe abreißen. Sie haben für heute sicher genug Bewegung gehabt."

„Oh, tut mir leid", erwiderte er. „Es ist einfach alles so interessant. Wußten Sie, daß diese Alten keine Metallwerkzeuge hatten? Niemand weiß, wie sie diese Kammern zustande gebracht, oder auch nur, wie sie den Schutt fortgeschafft haben. Wir wären nicht dazu in der Lage, es sei denn mit Hilfe unserer Zertrümmerer. Haben Sie bemerkt, daß es keine Fugen gibt? Nirgendwo eine

Stoßstelle. Alles herausgehauen, und das ohne anständiges Werkzeug."

Eine Weile war nur sein nervtötendes Klack-Klack zu hören. Dann sagte er: „Ich frage mich, warum die Voltarianer dachten, sie müßten diese Alten auslöschen. Eine große Bedrohung können sie nicht gewesen sein."

Oh, dachte ich, du und Lombar, ihr werdet nie auf einen Nenner kommen. Wenn man den Pöbel nicht auslöscht und überschüssige Lasten nicht über Bord wirft, bekommt man eine Menge Probleme — und davon hatten wir schon genug. Wenn wir jedes eroberte Volk am Leben ließen, würden wir uns zu dem, den wir so schon hatten, eine Menge neuen Ärger einbrocken. Ja, ich konnte mir gut einen Streit zwischen Lombar und Heller vorstellen. Er würde mit einem toten Heller enden! Ich sollte also besser darauf achten, sie getrennt zu halten, wenn ich diesen Heller jemals nach Blito-P3 bekommen wollte!

Ich dankte den Göttern, als wir endlich die Waffenkammer erreichten. Heller schlenderte ein Stück weiter den Gang entlang und untersuchte die Wände, während ich zu der Schaltertür hinaufging und meine Identokarte ins Schloß schob.

Der obere Flügel schwang auf, und der alte Kretin, der die Waffen hütete, hoppelte mit finsterer Miene herbei. Wir mochten uns nicht. „Weshalb stören Sie mich heute?" raspelte er.

Im Apparatus haben wir eine Zeichensprache, die wir benutzen, wenn die Möglichkeit besteht, daß ein Dritter mithört. Ich belegte den Waffenhüter also mit einem sinnlosen Redeschwall, während ich ihm, mit dem Rücken zur Tür und damit zu Heller, signalisierte, daß ich einen 800-Kilovolt-Exploder mit Ladeattrappe haben wollte. Das war kein Problem für den alten Kretin — die Exploder wurden mit solchen Attrappen gelagert, um die Elektroden zu schützen —, aber man hätte meinen sollen, ich hätte nach einem Schlachtschiff verlangt, so wie der Alte das Gesicht verzog und knurrte. Alles, was er tun mußte, war, zehn Fuß weit zu einem der Regale zu gehen, einen Exploder herauszunehmen, ihn zu öffnen, um sicherzugehen, daß er nicht scharf geladen war, ihn mir auszuhändigen und meine Identokarte über die Empfangsbestätigung zu streichen; was er auch tat — um mir gleich danach den Türflügel vor der Nase zuzuknallen. Ich hatte noch ein Betäubungsgewehr haben wollen, aber der Abschied hatte endgültig gewirkt.

Heller befühlte die Wand vom Fußboden bis zur Decke. „Aha!" sagte er. „Oberflächenhöhe."

Das war meine Chance. Ich hatte etwas vor, auf das er, Spionageausbildung vorausgesetzt, gefaßt gewesen sein müßte.

„Woher wollen Sie das wissen?" forderte ich ihn heraus.

„Ein halber Grad", antwortete er. „Die Temperaturdifferenz. Die Oberfläche draußen ist etwa hier, kurz über Hüfthöhe."

„Ein halber Grad?" echote ich ungläubig. „Niemand kann mit der *Hand* einen halben Grad Temperaturunterschied feststellen."

„Sie nicht?" Er schien überrascht zu sein. „Die Außenseite liegt um diese Tageszeit im Licht. Die Wände sind hier etwa drei Fuß dick, und die Erwärmung ist oben" — er klatschte auf die obere Wandhälfte — „einen halben Grad höher als unten am Fußboden."

Ich hatte gewußt, daß er es tun würde, der Trottel. Er griff nach meiner Hand und legte sie mit der Handfläche erst oben und dann unten an die Wand. „Es ist nur eine Frage der Übung", sagte er.

Ja, eine Frage der Übung. Denn natürlich geriet ich durch die Art, wie er an meinem Arm zerrte, aus dem Gleichgewicht und stolperte gegen ihn, und im Bruchteil einer Sekunde hatte ich mit meiner freien Hand den Exploder unmerklich aus seinem Stiefelschaft gezogen, die entschärfte Waffe aus meinem Ärmel geschüttelt und ihm in den Stiefel geschoben. Sein scharfer Exploder wanderte, während ich mich aufrichtete, in meine Brusttasche. Jetzt war er mit einem Blindgänger „bewaffnet". Die Taschendiebe des Apparatus waren ausgezeichnete Lehrer.

„Ich kann keinen Unterschied feststellen", sagte ich. „Aber Sie sind der Fachmann. Kommen Sie, wir sind spät dran. Die Gräfin wird rasen vor Wut!"

„In Ordnung", sagte er. „Nur noch einen Moment. Lassen Sie mich das hier vollenden."

Ich hatte keine Ahnung, wovon er sprach. Er streckte einen Fuß aus, und für einen Augenblick setzte mein Herz aus, weil ich dachte, er hätte den Waffentausch bemerkt. Aber nein. Er trat nur einmal kräftig auf den Fußboden. Die Magnetstäbe machten KLACK! Dann schlug er die Hacken zusammen, so daß die Magneten über die Faserwulste hochschnellten. Den Göttern sei Dank, dachte ich, das Klirren ist vorbei.

Aber wir gingen nicht weiter. Er bedeutete mir mit einer Geste, noch etwas zu warten, und zog ein großes Blatt Papier und einen dieser Ingenieurzeichenstifte hervor, legte das Papier auf ein glattes Wandstück und begann zu zeichnen. Seine Hand bewegte sich dabei so schnell, daß ich kaum folgen konnte. Ich hatte noch nie einen Ingenieur bei der Anfertigung einer Feldskizze beobachtet; jetzt war mir klar, warum ihre Stifte einen so starken Tintenfluß brauchten. Aber ich war zu ungeduldig, um sonderlich beeindruckt zu sein.

Kurz darauf hielt Heller mir das Papier hin und steckte den Zeichenstift weg. Ich hatte einen vollständigen, mit allen Maßen versehenen Plan der über der Oberfläche liegenden Innenräume von Spiteos vor mir! Alles war verzeichnet: die Deckenhöhen und jetzt sogar die Oberflächenebene. Und es war exakt ausgeführt, fast so gut wie von einem Konstruktionszeichner — der allerdings eine Woche dafür gebraucht hättte.

„Geben Sie ihn Ihrem Chef", sagte Heller. „Ich bezweifle, daß er schon einmal angefertigt wurde. Eine archäologische Kuriosität."

„He", fragte ich, „wie können Sie diese Maßangaben machen? Sie haben keinerlei Meßgerät."

„Echomessung", erklärte er und hob einen Fuß an. „Der Klang breitet sich mit einer bestimmten Geschwindigkeit aus, und wenn man ein Geräusch aussendet, kann man die Zeitdauer feststellen, bis der Ton zurückgeworfen wird ..."

„Niemand kann so aus dem Stand Sekundenbruchteile messen", protestierte ich gereizt.

„Vielleicht nicht, aber meine Uhr kann es."

Mir fiel ein, daß er beim Zeichnen dauernd die Uhr ans Ohr gehalten hatte. Sie mußte jeden dieser lauteren Hüpfer, die er gemacht hatte, gespeichert und umgerechnet haben. Ganz erstaunlich und sehr geschickt. Aber es brachte mein Blut in Wallung. Er war gewieft genug, um diesen Plan anzulegen. Er hätte ihn zur Sabotage oder für seine Flucht verwenden können. Doch nach all der Mühe wußte er nichts anderes mit ihm anzufangen, als ihn mir zu geben und mir zu empfehlen, ihn an „den Chef“ weiterzuleiten. Damit nahm er sich nicht nur selbst alle Möglichkeiten, sondern beschwor auch Schwierigkeiten herauf, die ich würde auslöffeln müssen! Er gehörte nicht in dieses Spiel. Er verstand von internen Machenschaften genauso wenig wie von allem anderen.

„Nur noch eine Minute“, sagte er, indem er dicht an mich herantrat. „Eins dieser Kunsthautpflaster hat sich gelockert.“ Er griff in mein Gesicht und drückte es fest. „Wer immer Sie aufgemöbelt haben mag, hat es gründlich getan. Tut es weh?“

In mir kochte es. „Niemand hat mich aufgemöbelt“, entgegnete ich. „Es war ein Zusammenstoß, ein Verkehrsunfall.“

„Dann muß eins der beteiligten Mobile Fäuste gehabt haben“, meinte er lachend. „Man sollte dieses Gefährt zum interplanetaren Faustkampfturnier anmelden.“ Er richtete ein weiteres Pflaster. „War es Ihr Chef?“

Ich hätte verärgert reagieren können, aber meine Gereiztheit hatte sich gelegt. Ich dachte wieder an den Plan, den Heller mir gegeben hatte. Was, wenn er auch die *unteren* Bereiche der Festung vermessen hatte? Das Labyrinth, das eine Meile tief in den Untergrund reichte, mit den fünfzigtausend mehr oder weniger willkürlich festgehaltenen Seelen in ihren Käfigen und den einfach liegengelassenen Toten! Die Folterkammern! Er hatte zwar nur einen winzigen Teil der Gedärme von Spiteos gesehen, aber ...

Es fuhr mir wie ein Blitz in die Glieder: Hatte er den Gang zum *Hangar* bemerkt, dem in der Tiefe verborgenen Parkplatz von Lombars persönlichem Kriegsschiff, das mit seiner Spezialausrüstung und seinen illegalen Waffen genügend Feuerkraft besaß, um die Verteidigungsanlagen von Voltar in Staub zu verwandeln? Hatte er begriffen, daß einige der Räume, durch die wir gekommen waren, *Lagerhallen* waren? Hatte er die Simse gesehen, die sauber hergerichtet darauf warteten, unbezahlbare „Waren“ aufzunehmen? Noch waren sie leer, aber in wenigen Monaten ...

Oh, wenn Lombar wüßte, daß ich es zugelassen hatte, daß

Heller sie sah, er würde mehr als nur die Fäuste benutzen!

Der Schmerz, den Heller verursachte, indem er ein anderes Pflaster neu befestigte, riß mich aus meinen Gedanken. „Nein!" jaulte ich auf und stieß ihn von mir. „Lombar hat mich nicht geschlagen!"

„Es tut mir leid, daß ich Ihnen weh getan habe. Die Pflaster lösen sich, weil Sie schwitzen." Er sah tatsächlich zerknirscht aus. „Es war ein langer, schweißtreibender Weg."

Das mochte sein, aber was mich schwitzen ließ, war etwas anderes. Ich war auf geradezu kriminelle Weise nachlässig gewesen, als ich nicht begriff, daß Heller die Örtlichkeiten auskundschaftete, und mir nicht klarmachte, daß *das* auf mich zurückfallen konnte.

Heller war so naiv, so arglos. Ich begann stark daran zu zweifeln, daß ich ihn von diesem Planeten herunterbekommen würde, bevor er alles aus den Angeln hob. Er konnte uns *beide* in Todesgefahr bringen!

Der Gedanke an meinen Tod erinnerte mich wieder daran, daß wir die Gräfin seit über einer Stunde warten ließen. Und man kam nicht zu spät, wenn man eine Verabredung mit Gräfin Krak hatte! Wenn man zu überleben beabsichtigte, heißt das.

Also schob ich Heller hastig vor mir her zu den Trainingsräumen. Hellers Leitoffizier zu sein, reduzierte die eigene Lebenserwartung allein schon durch die Aufregung, für die er sorgte.

Kapitel 3

Ich öffnete die riesige gepanzerte Tür zum Trainingstrakt und wollte eintreten. Aber der Lärm aus dem Inneren traf mich wie ein Schlag.

Die erste Halle ist ein enormes Gemäuer voller Plattformen und Maschinen, die düstere Schatten werfen und dunkle Nischen bilden. Jetzt hallte in ihr ein überwältigendes, bösartiges Knallen wider. Ich wich automatisch zurück, um wieder hinauszugehen, stieß aber auf Heller, der hinter mir hereingekommen war und die Tür geschlossen hatte.

Wenn ein Geräusch zu gewaltig ist, bekommt man den Eindruck, man sei geblendet, und ich brauchte eine Weile, um zu erkennen, was in der Halle vorging. Ursache des Krachs war eine Elektropeitsche, die aufblinkend durch die Luft kreischte und dort wie Nachbilder ihre giftigen Kringel hinterließ, während fünf häßliche, in schwarze Arbeitsuniformen gekleidete Schlägertypen des Apparatus, die nicht zur Spiteosbesatzung gehörten, zuckend herumsprangen, um ihr zu entkommen.

In der Mitte der Halle stand wie eine lebendig gewordene Statue Gräfin Krak! Wir Neuankömmlinge konnten sie nicht stören, sie ließ ihre brüllende Peitsche weiter auf ihre Opfer niedersausen, wobei sie jedes Mal einen Ausfallschritt machte und mit ihrem Stiefel wie ein Kanonenschuß auf den Steinfußboden krachte. Ihre hellen Haare wehten dazu wie tausend kleine Nachbildungen der Peitsche in ihrer Hand.

Der letzte Schlag hatte einem der Männer einen beißenden Brandstriemen ins Gesicht gezeichnet. Er stolperte, sich krümmend, zurück. Er griff die Gräfin nicht an, genausowenig wie die anderen. Statt dessen bettelten sie und heulten, und einer von ihnen lag schreiend auf dem Boden.

Es war eine seltsame Szene, da die fünf nicht zur Abteilung der Gräfin gehörten. Sie waren Angehörige der Transporteinheiten des Apparatus, die den Nachschub nach Spiteos brachten. Ich sah mich in der dämmrigen Halle um, auf der Suche nach einem Anhaltspunkt dafür, worum es hier ging. Vor der Rollrampe stand eine Tiertransportkiste von enormen Ausmaßen, deren Vorderseite hochgeschoben war.

Im Trainingstrakt stinkt es immer. Aber ich nahm unter den üblichen Duftnoten etwas Ungewöhnliches wahr, den scharfen sauren Geruch eines wilden Tiers. Mir schwante nichts Gutes, und ich suchte hastig die Halle ab. Wo war das wilde Tier? Wo war es?

Ich bemerkte aus dem Augenwinkel eine flüchtige Bewegung, keine fünfzehn Fuß rechts von mir. Und dort neben dem Ausbildertisch schimmerten Augen in der Dunkelheit! Es war ein Pantig!

Ich wollte auf der Stelle weg! Aber Heller hatte die Tür zugezogen und blockierte sie mit seinem Körper, während er der Prügelszene folgte. Ich wollte keine Panik zeigen und fingerte nach dem Exploder, den ich ausgetauscht hatte. 800 Kilovolt mochten gerade genug sein, um einen Pantig zu stoppen.

Als sich meine Augen an das Flackerlicht der Peitsche gewöhnt hatten, betrachtete ich das Biest genauer. Da saß es, neunhundert Pfund Lebendgewicht, losgekettet, völlig frei, jeden in der Nähe zu zerreißen. Sein schwarz und orange gemustertes Fell war verfilzt. Die Hauer sahen wie Dolche aus. Am Kinn waren scharlachrote Bluttropfen zu sehen, *frische* Bluttropfen. Gute Götter, hatte die Gräfin ihm irgend jemanden zum Fraß vorgeworfen?

Fasziniert von dem Blut, schob ich mich ein Stück seitwärts, um besser sehen zu können. Hatte er nicht eine Leiche vor sich liegen? Nein, keine Leiche, aber eine Blutlache.

Er bewegte sich, und ich fuhr zurück. Aber er hatte nur den Kopf gesenkt, um seine Vordertatzen zu lecken. Sie bluteten! Da wußte ich, was geschehen war.

Alle Jubeljahre einmal wird ein Pantig eingefangen, um ihn zur Schau zu stellen. Nur wenige allerdings werden dressiert, um in ihren Käfigen irgendwelche Kunststückchen auszuführen. Die Dresseure gehen dabei nie in den Käfig hinein, da ein Pantig jemandem, der ihm zu nahe kommt, mit einem Tatzenschlag den Kopf abtrennen kann. Zur Vorsicht waren außerdem jedem Pantig, den ich bei solchen Vorführungen gesehen hatte, die Krallen gezogen worden. Und genau das hatte jemand vor kurzem bei dem Tier, das ich vor mir hatte, getan.

Ja, dort war eine Blutspur, die sich von der Transportkiste bis zu dem Podium hinzog. Als er sich bewegt hatte, waren die Wunden an den Tatzen wieder aufgebrochen.

Er hob den Kopf. Die Augen, groß wie Eßteller, glommen wie Leuchtplatten. Es wird gesagt, ein Pantig könne noch in der schwärzesten Nacht sehen. Er schenkte mir, den Teufeln sei Dank, nicht die geringste Beachtung, sondern beschaute sich den Tumult, der in der Mitte der Halle toste.

Das schlimmste an der Szene war, daß Gräfin Krak nicht den Hauch eines Gefühls ahnen ließ. Das war das Erschreckendste an ihr. Sie war nie ärgerlich, nie traurig oder heiter; nie ein Lächeln. Und nach dem Gefühlsausdruck zu schließen, den sie bei der Auspeitschung dieser Lastenträger zeigte, hätte sie genausogut beim Essen sitzen können.

Die fünf hatten keine Chance. Wenn sie hinter den Maschinen oder Kisten Zuflucht suchten, trieb die Gräfin sie mit der Peitsche wieder heraus, um sie ungehindert niedermachen zu können. Vier lagen bereits entkräftet am Boden. Der fünfte versuchte sein Heil in einer Kiste, aber die Peitsche schlang sich um seine Beine, und er wurde wieder herausgezerrt. Dann zischte die Peitsche drohend auf und klatschte auf ihn herab. Ich bemerkte, daß sie auf die niedrigste Intensität eingestellt war — die gemeinste Variante, denn auf dieser Stufe sind die Schmerzen am schlimmsten. Der Mann schrie auf und versuchte auf dem Boden in sich selbst hineinzukriechen.

Jetzt waren alle fünf erledigt. Die Gräfin ragte zwischen ihnen auf wie ein Turm. Ohne jede Regung. Sie atmete nicht einmal schwer. Schließlich trat sie dem Anführer der Gruppe in die Seite, der sich vor Schmerz krümmte und von ihr fortschob.

„Wenn du zurück an deinem Standort bist, richte deinem Chef folgende Nachricht aus“, sagte die Gräfin mit ausdrucksloser Stimme. „Sag ihm, falls er mir jemals wieder ein verstümmeltes Tier schicken sollte, werde ich eines darauf dressieren, ihn zu finden und zu töten, und auf ihn loslassen. Hast du verstanden? Bildet euch nie wieder ein, ihr könntet mir ein verstümmeltes Tier andrehen. Ich habe euch am Leben gelassen, also sammle deine Leute ein und verschwinde mit ihnen!“

Er brachte seine Handlanger mit Fußtritten wieder auf die Beine, und sie flohen über die Rollrampe, ohne der Gräfin noch einen Blick zuzuwerfen. Nur kleine Stoffetzen von ihren Uniformen blieben zurück.

Die Gräfin zog eine Taschenrufscheibe aus ihrem abgenutzten Umhang und sprach etwas hinein. Dann warf sie die Peitsche in Richtung des Peitschenständers an der gegenüberliegenden Wand und ging, ohne eine Miene zu verziehen, mit normalem Schritt auf den wilden, frisch eingefangenen Pantig zu.

Sie zeigte mit dem Finger auf ihn, und er saß ihr gegenüber und sah sie an. Er hätte ihr mit einem Biß den Arm amputieren können. Aber nichts geschah. Die Grafin streckte ihm vielmehr, indem sie weiter mit dem Finger auf ihn zeigte, die andere Hand geöffnet entgegen, und er hob eine seiner verwundeten Tatzen - und legte die vielleicht dreißig Pfund artig auf ihre Hand!

Während sie die Stellen, wo die Klauen herausgezogen worden waren, untersuchte, strömte ihre eigene Mannschaft herein. Es war der übliche Festungsabschaum, schmierig, verdreckt, mit nacktem Oberkörper; ein Dutzend etwa. Sie blieben in gehörigem Abstand von ihrer Chefin stehen. Sie würden sich einem Pantig nicht nähern, im Leben nicht.

Die Gräfin setzte die Tatze ab und stellte sich neben das Tier, ohne den ausgestreckten Finger von seinem Gesicht zu nehmen. Dann zeigte sie mit der anderen Hand auf die offene Kiste. Der Pantig erhob sich mit einer Art Stöhnen auf alle Viere und hinkte quer durch die Halle. Er reichte der Gräfin bis kurz über die

Schulter, die, eine Hand vor seinem Gesicht und mit der anderen auf das Ziel zeigend, immer an seiner Seite blieb, bis er in der Kiste war.

Augenblicklich schwärmte ihre Mannschaft aus, verrammelte die Kiste und wartete, die Augen starr auf die Gräfin gerichtet, auf ihren Befehl, sie hinauszubringen. Sie hatte bereits auf einem Transportkarren gestanden, konnte also ohne weitere Umstände von der Stelle bewegt werden.

„Bringt ihn in einen warmen Käfig“, befahl die Gräfin mit ihrer gleichmütigen Stimme. „Und holt einen von Crobes Assistenten, damit er eine Kultur ansetzen und, wenn möglich, die Klauen nachwachsen lassen kann. Und daß mir keiner von euch das Tier reizt. Es wird so schon schwer genug zu dressieren sein. Verstanden?“

Die räudige Gruppe wackelte eifrig mit den Köpfen, dann schnippte die Gräfin mit den Fingern, und ihre Mannen schoben die Kiste auf die nach unten führende Rollrampe und verschwanden.

Kapitel 4

Es stank nach abgestandenem Schweiß, geronnenem Blut und Ozon, den Markenzeichen des Apparatus. Als Nachwirkungen der Peitschenhiebe hingen Rauchspiralen und verkohlte Stoffetzen in der Luft. Das magere grüne Licht hüllte häßliche Geheimnisse in gnädiges Dunkel.

Gräfin Krak ging seelenruhig zu dem Tisch auf dem Podium an der Tür, und Heller rührte sich; sein Blick wanderte interessiert über das vielfältige Aufgebot an Maschinen, mit denen Schocks erzeugt und Verrenkungen und andere Martern bewirkt werden konnten.

Die Gräfin schien mich erst jetzt wahrzunehmen, schenkte mir einen ungerührten Blick und öffnete den Mund, um etwas zu sagen, während sie das Podium hinaufstieg. Ich wußte vorher, was sie sagen würde. Heller hatte vor über einer Stunde zur ersten Unterrichtsstunde erscheinen sollen. Ich gewärtigte, daß mir im nächsten Augenblick, ganz sachlich und ohne jedes Gefühl, die Haut abgezogen werden würde, Schicht für Schicht.

Aber sie hielt, was immer sie hatte sagen wollen, zurück und wandte sich Heller zu. Er hatte sich, die Augen leicht zusammengekniffen, um besser zu sehen, an der Wand entlang von uns entfernt und betrachtete die erste Maschine, einen von Moder bedeckten Bratenhocker. Wenn jemand darauf gespannt war, konnte man sein Gehirn in variierenden und genau kalkulierten Graden braten. Heller fingerte an einem Riegel herum, hob die Bedeckung des Steuersegments ab und legte die verstaubten Bedienungshebel und ihre Verkabelung frei. Dann griff er hinein; er mußte einen losen Draht gesehen oder ihn versehentlich abgerissen haben, jedenfalls brachte er ein Drahtende zum Vorschein und begann es zu untersuchen.

Ich erstarrte zu Eis. Man machte sich nicht an der Ausrüstung der Gräfin zu schaffen. Ich blickte rasch zu ihr hin. Sie stand nur da und beobachtete ihn. Von ihrem Gesicht war natürlich nichts abzulesen, wie üblich. Diese Frau war schön wie ein Götterstandbild vom Altar einer Kirche, aber auch genauso kalt wie der behauene Stein. Nein, kälter. Ich wußte nicht, wie sie auf die Verletzung ihrer Sphäre reagieren würde, aber ich rechnete mit dem Schlimmsten.

Ich glaube nicht, daß Heller wahrgenommen hatte, daß sie auf das Podium an der Tür gegangen war. Die Beleuchtung war schlecht, und er schien ganz von den Maschinen beansprucht zu sein. Wie sie dort an der Wand aufgereiht waren, bildeten sie ein fast magisches Bild der Grausamkeit. Er ging weiter zur zweiten, einem Gewirr aus verschlungenen Hebeln und massigen Zahnrädern: ein Sehnenstrecker. Man hätte ihn wohl auch zum Training von Akrobaten und Schlangenmenschen benutzen können, aber in Wirklichkeit war er ebenfalls nur ein Folterinstrument. Heller strich mit dem Finger über den Sitz und betrachtete den Schmutz, der an ihm haften geblieben war, ehe er eins dieser sternenförmigen roten Tücher hervorzog, wie sie die Ingenieure als Putzlappen benutzen, und sich den Finger abwischte.

Die nächste Maschine war praktisch in kleine Flüssigkeitsbehälter eingepackt und bestand ansonsten aus einem Knäuel aus Leitungen und Fesseln. Ihr Zweck war, dem Körper abwechselnd Hitze und Kälte zuzuführen, um mittels der Temperaturschocks überschüssiges Fettgewebe abzubauen; aber auch sie war nichts anderes als ein Folterinstrument. Heller öffnete einen der Flüssigkeitsbehälter, sah hinein, schüttelte den Kopf und ging weiter.

Die Gräfin drehte den Kopf, um seinem Rundgang zu folgen, so daß ich ihre Augen nicht mehr sehen konnte. Ich hatte nicht die leiseste Ahnung, was sie tun würde. Während der vergangenen drei Jahre hatte sie dreimal bewiesen, daß sie töten konnte und es gegebenenfalls auch tat.

Heller besichtigte die nächste Maschine, ein Durcheinander

von Elektroden, die an verschiedenen Stellen eines liegend gefesselten Körpers angesetzt wurden. Über der Liege hing ein Projektor. Der Unglückliche, der auf sie gefesselt war, wurde nicht nur mit Hochspannungsschocks zermürbt, er mußte sich auch noch die Bilder ansehen, die man ihm vorführte. Heller hob die Verkleidung der Umformer an, leuchtete mit einem kleinen Nadelkopfstrahler hinein und besah sich die Schaltungen. Als er weiterschlenderte, machte er sich nicht einmal die Mühe, die Verkleidung wieder überzustülpen.

Die Gräfin stand immer noch an ihrem Platz. Nur ihr Kopf bewegte sich ein wenig, wenn Heller weiterging. Er war inzwischen bei einer weiteren Maschine angekommen, deren monströse Ohrkappen dem jeweiligen Opfer über den Kopf gestreift wurden. In Funktion ertönten betäubende, an- und abschwellende Lärmwellen daraus. Ich kannte sie und einige der anderen Maschinen, weil ihre Gegenstücke in den Verhörzimmern standen. Wenn man wollte, konnte man sie „Trainingsmaschinen" nennen, aber sie waren mehr: Die Qualen, die sie bereithielten, waren unerträglich. Heller spielte mit einigen Schaltern der Klangkanone, zuckte die Achseln und ging weiter.

Er hatte noch einige Maschinen vor sich, darunter eine, die mit Lichtstößen arbeitete, eine andere, die den ganzen Körper in Elektrizität badete, und mehrere, die mir unbekannt waren. Aber er hatte das Interesse verloren.

Die Gräfin nicht. Sie hatte ihn unablässig im Auge behalten, bis ich nur noch ihren Rücken sah. Neben ihr stand ein Stuhl, und sie legte eine Hand auf die hohe Lehne. Ich dachte, sie würde ihn vielleicht als Wurfgeschoß benutzen.

Heller, blind gegenüber Publikum und Bedrohung, schlenderte zu der hohen Übungsplattform am anderen Ende der Halle. Sein Interesse galt nunmehr Sportlichem. Ein großer Hundertpfundsack, wie ihn Akrobaten benutzen, um das Stemmen von Körpern zu trainieren, lag auf seinem Weg. Er hob ihn beiläufig an und brachte ihn auf der Spitze eines Fingers in Rotation. Dann ließ er ihn fallen und sah sich um.

An langen Seilen, die in der Mitte der Halle zusammenliefen, baumelten einige Ringe lose herab. Einer von ihnen hing jedoch an einem Haken am anderen Ende der Halle. Heller sprang hoch, riß ihn vom Haken und hielt sich gleichzeitig an ihm fest, so daß er in einem langen, eleganten Bogen auf uns, die Gräfin und mich, zuflog. Er fand das offensichtlich einfacher, als zu Fuß zurückzukommen.

Als er noch etwa dreißig Fuß von uns entfernt war, machte er eine perfekt in den Ablauf eingepaßte Körperdrehung an einem Arm, bevor er zehn Fuß vor uns den Ring losließ und anmutig auf den Füßen landete. Er kam drei Fuß vor der Gräfin in den Stand, und als er sie vor sich sah, richtete er sich kerzengerade auf. Es war, als hätte jemand ein Licht in ihm entzündet.

„Hallo!" sagte er. „Hallo, hallo, HALLO! *Was* bitte macht ein so *schönes* Wesen wie *Sie* an einem Ort wie *diesem?*"

Ich war dem Tode nah. Seit Tausenden von Jahren hatte jeder Raumfahrer in jedem Nachtklub auf jedem Planeten jede Prostituierte genau mit diesen Worten begrüßt! Es ist in jeder erdenklichen Sprache die abgegriffenste Phrase von allen! Und die Gräfin hatte schon Männer umgebracht, die nur die Hand nach ihr ausgestreckt hatten. Adieu, Heller, sagte ich zu mir selbst, adieu Mission! Meine Hand war automatisch an den Exploder gefahren.

Die Gräfin blieb einige Sekunden wie versteinert stehen. Dann plötzlich ließ sie sich, halb von Heller abgewandt, auf den Stuhl sinken, als würden ihre Beine ihr den Dienst versagen. Sie saß nur da, den Blick vor sich auf den Boden geheftet. Schließlich sagte sie mit leiser, brüchiger Stimme, ohne aufzusehen: „Sie sollten nicht mit mir sprechen." Sie verstummte und schien noch tiefer auf den Stuhl und in sich hinein zu sinken. „Ich bin es nicht wert." Es war kaum lauter als ein Hauch. „Ich bin verkommen. Ich bin gemein und abscheulich. Ich verdiene es nicht, daß Sie mit mir reden."

Sie sog schmerzlich die Luft ein, ohne ihre verkrampfte Haltung zu lockern. „Das ist das erste freundliche Wort, das ich seit *drei Jahren* gehört habe!" Es war ein jammernder Aufschrei.

Und dann fing sie an zu weinen! Heller war sichtlich bekümmert. Er kniete sich neben sie und nahm ihre Hand. Nein, dachte ich, nein, nein, nein, nicht berühren! Sie hatte schon für weniger getötet. Aber sie reagierte nicht. Sie saß einfach nur da, das Kinn auf der Brust, und *weinte!* Und Heller kniete neben ihr und hielt ihre Hand.

Ich wartete, daß irgend etwas passierte. Aber nichts. Nach einer Weile schlenderte ich zu dem Regal mit den Hypnohelmen hinüber und betastete den einen oder anderen. Diese Helme bauen ein Feld auf, das einen in hypnotische Trance versetzt; durch einen Schlitz werden Speicherbänder eingegeben, und so kann man in Hypnose im Eiltempo die verschiedensten Dinge erlernen. Ich hatte auf diese Weise Englisch, Italienisch und Türkisch gelernt.

Heller kniete immer noch neben der Gräfin. Die Tränen waren ihr auf die Brust gelaufen, und Heller zog mit der Rechten, mit der Linken hielt er immer noch ihre Hand, das rote Ingenieurstuch hervor und drückte es ihr in die freie Hand. Aber sie wischte sich nicht die Tränen ab, sondern preßte es vor den Mund, um die Schluchzer zu ersticken, die sie förmlich zu zerreißen schienen.

Das führt nirgendwohin, dachte ich. Der Tag vergeht, und wir haben noch nichts geschafft. Aber ich wagte nicht, mich den beiden zu nähern. Statt dessen holte ich meine Rufscheibe hervor und befahl zwei Wachen vor die Tür. Danach ging ich selbst hinaus auf den Korridor, und als die Wachen erschienen, sagte ich ihnen, sie sollten Heller nicht entfliehen lassen, und begab mich in die Zellularlabore hinunter. Crobe war nirgendwo zu sehen, aber ihn brauchte ich auch nicht. Einer seiner Assistenten konnte mein Gesicht genauso gut verarzten. Er wusch die diversen Wunden, tat ein wenig von der Hautkultur aus dem für mich reservierten Gefäß darauf — die Kulturen müssen dem jeweiligen Patienten angepaßt sein — und legte neue Hautpflaster auf. Jetzt konnte ich mich wieder sehen lassen. Ich neigte derzeit zwar zu Schweißausbrüchen, hoffte aber, daß das Zeug halten würde.

Ich ging zurück zum Trainingstrakt. Heller kniete immer noch neben der Gräfin, und sie verstopfte sich mit dem roten Tuch den Mund, wie gehabt. Sie weinte immer noch!

Der Tag war ruiniert. Keine Ergebnisse. Ich wußte, wo das Sprachmaterial aufbewahrt wurde. Das über die Erde war schließlich von meiner ehemaligen Sektion zusammengestellt worden. Aus irgendeinem Grund gibt es auf Blito-P3 eine Menge gespeicherter Sprachkurse: Sie werden dort kommerziell gehandelt. Alles, was man zu tun hat, ist, ihre Abspielköpfe nachzubauen und mit dem passenden Strom zu speisen; dann unterlegt man die Kurse mit Standardvoltarianischen Übersetzungen und überspielt sie einfach. Man druckt dort auch eine Menge Schulbücher für Kinder, so daß es nicht schwerfällt, auch Schreiben und Lesen zu lernen. Raht und Terb, die besten voltarianischen Agenten auf Blito-P3, haben außerdem noch eigene Aufnahmen gemacht, um die verschiedenen Akzente zu dokumentieren. Wir besaßen also yardweise Erdensprachkurse und Lernmaterialien. Es amüsierte mich immer, daß die elektronischen Speicher und die Bücher auf Blito-P3 mit Warnungen versehen werden, die das Kopieren unter Strafe stellen und versprechen, daß eine Gruppe namens „FBI" jeden Zuwiderhandelnden verhaften werde! Nun, ich wünschte ihnen Glück dabei.

Ich stöberte ein bißchen in dem Schrank mit dem Schild *Blito-P3.* Auf dem Podium hatte sich noch nichts getan; ich konnte mir Zeit lassen. Soweit ich wußte, umfaßte der planetographische Sektor, den wir als „Operationszone" bezeichneten, in Hellers Fall drei Örtlichkeiten: Virginia, Washington, D.C., und New York City. Er würde — den Göttern sei Dank — nicht viel Zeit in der Türkei verbringen. Ich fand einen „Virginia-Akzent", aber keinen Hinweis auf einen „Washington, D.C.-Akzent"; der fiel also aus. Dann wühlte ich mich durch die „New-York-Akzente"; sie schienen reichlich vertreten zu sein. Dabei stieß ich auf eine Notiz, die besagte:

> Der Ivy-League-Akzent ist der der oberen Schichten im Neu-England-Sektor der Vereinigten Staaten.

Ich sah auf eine Karte und entdeckte, daß New York als Ausläufer von „Neu England" betrachtet werden konnte. Es müßte also mit diesem Akzent gehen, vermutete ich. Ich selbst habe ein Englisch mit „kommerziell heterogenem Akzent" gelernt, einschließlich der Fähigkeit, Akzente zu erarbeiten. Aber ich glaubte nicht, daß Heller Zeit genug dafür haben würde. Ich nahm die „Virginia"- und „Ivy League"-Materialien heraus.

Die Szene auf dem Podium schien weniger verspannt zu sein als vorher. Sie redeten zwar nicht miteinander, aber die Gräfin weinte nicht mehr so heftig. Das rote Ingenieurstuch war völlig durchnäßt. Ich überlegte, was sie ausbrüten mochte, und mir ging flüchtig durch den Kopf, daß ich vielleicht Lombar informieren sollte, für den Fall, daß die Gräfin ein Fluchtkomplott schmiedete. Aber eigentlich hatte ich nicht die geringste Ahnung, was in ihr vorging und worauf sie aus war. Wenn sie eine Verschwörung plante, hätte sie gesprochen. Aber sie sagte kein Wort. Außerdem wußte jeder, wie gefährlich Gräfin Krak war; was ich im Moment zu sehen bekam, war möglicherweise nur eine weitere Facette dieses Charakterzugs. Versteh einer die Frauen.

Schließlich sprach sie doch, sehr leise. Sie hatte aufgehört zu schluchzen. „Ich glaube, jetzt geht es wieder."

Und Heller flüsterte: „Sind Sie sicher?"

Sie nickte, und sie fuhr sich mit dem roten Ingenieurstuch über das Gesicht.

Gut! Vielleicht war der Tag doch noch nicht ganz verloren. Ich rief Heller zu mir, und er kam herüber. Ich wußte, wie die Hypnohelme funktionierten. Wenn die Trainingsabteilung mir nicht zu Hilfe kam, würde ich es einfach selbst machen. Das ist im Apparatus nichts Ungewöhnliches, bei all den Übergeschnappten, Verdrehten und Kriminellen, die seine Reihen füllen.

Ich steckte ein Speicherband in den Helmschlitz und schickte mich an, Heller den Helm aufzusetzen. Aber dazu kam es nicht; er nahm ihn mir aus der Hand und betrachtete ihn neugierig. Ich versuchte ihm zu erklären, was es war, doch er ignorierte mich und ging zu dem Schrank hinüber, wühlte darin, legte den Helm beiseite, um die Hände frei zu haben, und förderte schließlich ein Abspielgerät zutage, das aus einem Helm ausgebaut worden sein mußte. Er nahm das erste Speicherband mit der Aufschrift

Elementares Englisch (Ivy-League)

und steckte es in das Gerät. Dann trug er das Ganze zum Podium hinüber und setzte sich an den Tisch.

Die Gräfin saß immer noch auf dem Stuhl. Man setzte sich nicht an ihren Tisch! Doch sie sagte nichts.

Heller schaltete das Abspielgerät ein, drückte auf einen Knopf, und aus dem kleinen Lautsprecher ertönte eine Stimme: *„My name is George.“*

Heller unterbrach sie und sagte: „Oh, nein, nein, nein.“ Dann nahm er ein kleines Werkzeugetui aus seinem Anzug und entfernte die rückwärtige Abdeckung des Abspielgeräts. Einen Augenblick später hatte er eine Handvoll winziger Teile ausgebaut. Er blickte auf und sagte zu mir: „Rufen Sie einen Techniker von Ihrer elektronischen Überwachung her.“

Aha, er wußte also, daß Spiteos damit ausgerüstet war! Nun, das war nicht schwer zu erraten. Heutzutage ist alles verdrahtet. Ich griff nach meiner Rufscheibe und tat, wie mir geheißen.

Heller zog sich unterdessen Handschuhe an, von der Art, die jeder Hitze widersteht und keine weiterleitet, entnahm seinem Etui einen kleinen Drehschneider und machte sich an die Arbeit. Er schnitt offenbar ein Zahnrad zu. Es glühte rot in seinen handschuhgeschützten Fingern. Normalerweise war das eine Arbeit für Präzisionsmaschinen. Er aber machte es per Hand, und was herauskam, schien ein perfektes kleines Zahnrad zu sein.

Die Gräfin beobachtete ihn aufmerksam.

Als der Techniker hereinkam, sagte Heller zu ihm: „Besorgen Sie mir Teil 435-m-67-d-1.“

Nun, man kennt ja die Techniker. Aber in Spiteos bilden sie eine besonders aufsässige Riege. Und der Mann wollte auch wortreich sein „Geht nicht“ hervorsprudeln, bekam aber keine Chance. In der klaren Sprache der Flotte fuhr ihm Heller in die geplante Parade: „Sie haben zweifellos einen Empfangskonverter, der die hereinkommenden Signale absorbiert und irgend etwas anderes aussendet. Teil 435-m-67-d-1 ist die kleine Einheit, die die Frequenzen heruntertransformiert. Holen Sie eine Ersatzeinheit. Und zwar ein bißchen plötzlich.“

Der Techniker verschwand wie ein geölter Blitz, und Heller kühlte sein neues Zahnrad ab und setzte das Abspielgerät wieder zusammen. Ein Speicherband brauchte normalerweise eine volle Stunde, doch jetzt, als Heller es durchlaufen ließ, war es — SSST!

— in dreißig Sekunden vorbei. Der Ton aus dem Lautsprecher war ein hohes Kreischen gewesen, zum großen Teil oberhalb der Hörschwelle.

Der Techniker kam zurück, händigte Heller das gewünschte Teil aus und verabschiedete sich mit dem Flotten-Salut. Ich muß gestehen, daß ich neidisch war. Ich hatte noch nie jemanden vom Apparatus dazu bringen können, sich mir gegenüber so zu verhalten.

Heller nahm einen „Hitzeblock" aus seinem Etui, erwärmte die Anschlußdrähte, und mit ein paar geschickten Handgriffen war das neue Teil angeschlossen. Er ließ das Band noch einmal durchlaufen; diesmal ertönte ein Knattern in mittlerer Tonhöhe.

„So ist es besser", sagte Heller. Dann säuberte er die Tischplatte und verstaute seine Werkzeuge, ehe er das Band zum drittenmal einlegte. Den Blick ruhig auf den Lautsprecher gerichtet, drückte er auf den Startknopf, und dreißig Sekunden später war das einstündige Band abgelaufen.

„Ah", machte Heller.

Es war unglaublich. „Ah" — auf mein Wort! Man braucht eine Stunde, um ein Band abzuhören! Also sagte ich: „Oh, hören Sie auf damit. Wenn Sie die Worte auf dem Band tatsächlich verstanden haben sollten, müßten Sie mir sagen können, wie es weitergeht. Also: *My name is George. ...*"

Heller lächelte. *„I have a dog. The dog's name is Rover. Do you like dogs? ...*" Er verstummte; es interessierte ihn nicht besonders, Spielchen mit mir zu treiben. Er griff nach dem zweiten Band in dem Kasten und ließ es dreißig Sekunden lang knattern. (Piep)! Er verstand es tatsächlich! Bei der Geschwindigkeit!

„Direkte auditive Assimilation und Speicherung. Bei Hochgeschwindigkeit", erklärte die Gräfin flüsternd.

Ich sah sie an. „Ist das selten?"

„Nein", antwortete sie. Sie wirkte benommen. „Nun ... ja, bei solchen Geschwindigkeiten, dann schon." Sie sprach nicht wirklich zu mir. „Sein Gehör ist darauf trainiert, winzige Zeitintervalle wahrzunehmen." Ihre Stimme klang so fremd. „Ich habe es noch nie mit dieser Schnelligkeit erlebt." Sie schien sich für einen

Augenblick meiner Anwesenheit bewußt zu werden. Mit ehrfürchtig aufgerissenen Augen fügte sie hinzu: „Ist er nicht schön?"

Im ersten Augenblick dachte ich, sie meinte seine akustische Aufnahmefähigkeit. Aber nein, sie sah nicht auf das Abspielgerät, sondern auf seine Brust und seine Arme. Es stimmte, Jettero Heller war einer der bestaussehenden Männer, die es gab, aber in ihrer Stimme war noch mehr gewesen. Es ging über meinen Verstand. Und gefährlich konnte es auch werden.

Ich hatte eine gute Idee. „Gut", sagte ich. „Wenn er in dieser Geschwindigkeit lernen kann, werden wir einfach die Bänder und das Abspielgerät mitnehmen, und er kann in meinem Zimmer weiterstudieren".

„Nein!" fuhr sie hoch, und fügte leise hinzu: „Nach den Vorschriften darf keine Ausrüstung von hier mitgenommen werden."

Das war ausgesprochen lahm. Ich nahm ständig irgend etwas von hier mit.

Heller hatte inzwischen das vierte Band abgespult. Ich stand auf und tippte ihm auf die Schulter. „Das reicht für heute", sagte ich. „Wir haben noch andere Verabredungen. Kommen Sie."

Damit schob ich ihn hinaus. Ich mag keine Dinge, die ich nicht verstehe.

Kapitel 5

Wir nahmen eine Liftröhre den höchsten Turm von Spiteos hinauf. Es war nach Dunkelwerden, und da der Turm zudem teilweise überdacht war, konnten wir von überfliegenden Schiffen oder Mobilen aus nicht entdeckt werden. Der sternenbesetzte Wüstenhimmel dehnte sich wie ein Juwelendom von Horizont zu Horizont. Die Lichter des Ausdauerlagers blinkten unter uns. Oh, es tat gut, nach einem Tag im Gestank von Spiteos wieder frische Luft zu atmen!

„Heller“, sagte ich, nachdem wir uns in einer Schießscharte niedergelassen hatten, „ich muß mit Ihnen reden.“ Ich konnte sehen, wie der Wüstenwind durch seine Haare fuhr, aber seine Augen waren im Sternenlicht nicht auszumachen. Trotzdem hatte ich den Eindruck, daß er mir seine Aufmerksamkeit zugewandt hatte.

„Die Mission Erde“, fuhr ich fort, „ist von vitaler Bedeutung. Ich darf keinerlei Risiko eingehen, das dazu führen könnte, daß ich in der Ausführung meiner Befehle scheitere.“ Unnötig zu sagen, daß ich ihm nicht eröffnete, daß diese Befehle sein Scheitern einschlossen. Aber es war sonderbar: Ich empfand eine Art brüderlichen Gefühls für ihn, und was ich ihm sagen wollte, gehörte zu den Dingen, wie sie ein jüngerer Offizier dem anderen sagen mußte, auch wenn er damit vielleicht nicht auf Gegenliebe stieß.

„Sie sind neu in diesem Spionagespiel. Ich bin Ihr Leitoffizier. Sie wissen, was das bedeutet. Ich bin derjenige, der Ihre Handlungen bestimmt.“

Er schien ganz Ohr zu sein, also kam ich zur Sache. „Diese

Frau, die Sie heute nachmittag kennengelernt haben, bedeutet Ärger. Und zwar Ärger, der nur mit einem Totalschaden enden kann."

Heller erwiderte nichts. „Offiziersbrüder", sagte ich, „sind verpflichtet, sich ab und an solche Dinge vor Augen zu halten. Ich weiß, daß es Ihnen vielleicht nicht gefällt, aber ich muß es trotzdem tun. Es stimmt, sie ist eine Gräfin, oder war es. Aber das ist auch das einzig Echte an ihr. Erinnern Sie sich an den Namen 'Lissus Moam'? Die Frau, die vor drei Jahren die Nachrichten füllte?"

Er antwortete nicht, also fuhr ich fort. „Sie wurde damals verhaftet, kam vor Gericht und wurde zum Tode verurteilt. Neben ihr standen dreiundvierzig Kinder vor Gericht, die schließlich hingerichtet wurden. Das alles passierte auf dem Planeten Manco. Sie ist eine geniale Trainerin, und sie hat ihre Stellung im Amt für Erziehung ausgenutzt, um Kinder als Bankräuber zu rekrutieren und auszubilden. Sie brachte ihnen bei, jede Art von Tresor zu knacken, jedes Alarmsystem zu überlisten. Sie haben ihr Millionen zusammengeraubt.

Ob sie selbständig handelte oder jemand anders der Kopf der Bande war, ist umstritten; sie hat bei ihrem Prozeß jedenfalls behauptet, der für Manco zuständige Stellvertretende Lord für Erziehung wäre der Rädelsführer gewesen. Aber diese Kinder waren als Mörder ausgebildet, und bei ihren Raubzügen haben sie jedesmal die Wachposten ermordet, manchmal auf bestialische Art und Weise. Die Heimatpolizei hat die Gräfin insgeheim dem Apparatus übergeben. So funktioniert das. Sie ist jetzt knapp drei Jahre in Spiteos." Er konnte diese Einzelheiten ruhig wissen. Wenn ich ihn nach Blito-P3 bekam, würde er hinterher hier sowieso alles verändert vorfinden. „In diesen drei Jahren hat sie drei Wachmänner umgebracht. Der erste hatte die Hand nach ihren Haaren ausgestreckt; um sie zu streicheln, nehme ich an. Sie hatte eine Peitsche in der Hand, drehte sie um und jagte ihm den Stiel direkt ins Herz.

Ein paar Monate später flüsterte ihr einer der stärksten Schläger von Spiteos etwas ins Ohr — niemand weiß, was. Sie faßte um seinen Rücken, brachte den Kopf unter sein Kinn und drückte zu. Sein Rückgrat brach an drei Stellen; er brauchte vier Tage, um zu sterben.

Vor zwei Monaten schließlich hat sie unten im Trainingstrakt einem der härtesten unserer Spezialagenten einen neuen Trick für den Nahkampf beigebracht, und er soll eine unschickliche Geste gemacht haben, vermutlich als Stichelei, wenn es überhaupt dazu gekommen ist. Sie haben ja gesehen, daß sie nur diese engen Stiefel und einen dünnen Umhang trägt, und sonst nichts — ich glaube, sie besitzt weiter nichts, außer ein paar Arbeitsanzügen, die sie anzieht, wenn sie es mit großen Echsen zu tun hat; wegen der rauhen Haut. Es gibt Zeugen, die sagen, daß der Agent sie nicht einmal berührt hat. Andere behaupten, er wäre ihrem Zwickel zu nahe gekommen. Heller, sie hat ihm mit einem einzigen Handkantenschlag den Arm gebrochen! Daraufhin hat er sie eine stinkende Hure genannt. Nach denen, die dabei waren, hat sie ohne die geringste Spur eines Gefühls entgegnet: 'Ich bin eine Jungfrau, und du wirst mir Abbitte tun', und ihm, ohne auf eine Erwiderung zu warten, den Unterkiefer gebrochen. Aber das ist noch nicht das Schlimmste. Sie hat ihn regelrecht zertrampelt! Heller, in seinem Körper gab es keinen einzigen heilen Knochen mehr! Die anderen habe ich nicht gesehen, aber diesen habe ich hinterher gesehen: Er sah aus wie eine rote Teigmasse! — Der einzige, der sie schlagen kann und straflos davonkommt, ist Lombar Hisst."

Heller zeigte zum erstenmal eine Reaktion. „Sie meinen, der Chefexekutor des Apparatus schlägt sie?"

„Wir haben alle Angst vor ihm, und das mit Grund. Auf alle Fälle ist er ..." Ich unterbrach mich. Ich hätte beinah gesagt: „der mächtigste Funktionsträger der Voltarianischen Konföderation", aber damit hätte ich vorgegriffen und zuviel verraten. Also sagte ich nur: „... sehr gefährlich."

Heller war nachdenklich geworden. Ich hatte erreicht, was ich wollte. „Jettero — ich darf Sie doch Jettero nennen, nicht wahr? Ich bin ein Bruderoffizier und habe auch meine privaten Gefühle. Aber ich muß Sie lebend von diesem Planeten herunterbringen. Ich muß meine Pflicht erfüllen, und das ist im Moment die Mission Erde. Und hören Sie, Jettero, wenn Sie sich weiter mit der Gräfin einlassen und solche Dinge zu ihr sagen wie heute nachmittag, weil Sie sich irgendein schiefes Bild von ihr machen, dann werden Sie, wie gut Sie im Nahkampf auch sein mögen, bald ein sehr toter Jettero Heller sein.

Halten Sie sich fern von Gräfin Krak! Es mag Leute geben, die nicht wollen, daß diese Mission Erfolg hat, aber die sind heute nachmittag in den Hintergrund getreten. Die Hauptgefahr im Augenblick ist, daß Sie dieser Frau zu nahe treten. Nun, ich weiß, daß es im Raum sehr einsam ist und daß Sie gerade von einer langen Reise zurückgekommen sind und all das. Aber die Gräfin ist eine Inkarnation des Todes! Hände weg von ihr!" Ich lachte ein bißchen, um dem Befehl den Stachel zu nehmen. „Es wird auch so schon schwierig genug werden, Sie von diesem PLANETEN herunterzubekommen. Und jetzt reden wir nicht mehr davon."

Heller saß eine Weile schweigend da. Ich wußte, daß er intensiv nachdachte, und respektierte sein Schweigen. Es war offensichtlich, daß er ein Problem hatte; man sah ihm an, wie es an ihm nagte.

„An eins kann ich mich nicht erinnern", sagte er schließlich.

Ich merkte auf und gab ihm zu verstehen, er möge sich mir anvertrauen.

Er sah mich fragend an. Er wirkte tief betrübt, sogar verwirrt. „Was würden Sie sagen: Sind ihre Augen grau oder blaßblau?"

Ich gab es angewidert auf und brachte ihn in meine Unterkunft zurück. Ich hatte noch anderes, nicht weniger Wichtiges zu tun.

Kapitel 6

Lombar sagte immer, daß man sich selbst in Schwierigkeiten bringe, wenn man einem Untergebenen etwas nachsehe und ihn nicht streng bestrafe. Ich hielt das für eine weise Einsicht.

Das dünne Eis, auf das ich geraten war, und die zweifellos vorhandenen Schwierigkeiten brachten sie mir jetzt in Erinnerung. Ich war folglich Untergebenen gegenüber zu weich aufgetreten, und mir war klar, daß ich, bevor mir die Dinge noch weiter aus der Hand glitten, diesen Zugführer bestrafen mußte. Sein Verhalten während der „Bewachung" von Heller war unverzeihlich!

So machte ich mich, sobald ich etwas schimmliges Brot — das in Spiteos als Verpflegung gilt — hinuntergewürgt hatte, auf den Weg zum Ausdauerlager, um einen weiteren Grund für den Spitznamen „Todeslager" zu legen.

Die Festung ist mit dem Lager durch einen ungefähr anderthalb Meilen langen Tunnel verbunden. Das Ausdauerlager war der Bahnhof von Spiteos: Die Luftüberwachung oder eine Inspektion würde nur das ausgedehnte Lager vorfinden; das Verkehrsaufkommen war durch die „Ausbildungsmaßnahmen", die angeblich in ihm durchgeführt wurden, gedeckt.

Wir versuchten, den Verkehr auf ein Mindestmaß einzuschränken, trotzdem war er noch stark genug, und an diesem Abend ging es in dem Tunnel ausgesprochen hektisch zu. Der Zischbus, den ich genommen hatte, wurde mitten im Tunnel in eine Parkbucht gewiesen und gut zwanzig Minuten aufgehalten, um die hereinkommenden Transporter nach Spiteos durchzulassen. Die Aussicht aus dem Bus war durch das kleine Drachenviereck des Fensters neben dem Sitz begrenzt, und die Beleuchtung des Tunnels war dürftig, genügte aber, um als grünliches Flackern auf den durchbrausenden Transportern reflektiert zu werden.

Was für ein Verkehr! Ich fragte mich, was los war. An einigen Mobilen konnte ich die Standarte hochrangiger Ämter erkennen. Dann donnerten wieder schwer bewaffnete Schützenwagen vorüber. Die Luftverdrängung der Geleitschutztanks wirkte, als würden Exploderkanonen abgeschossen. Es war recht schmerzhaft für die Ohren.

Irgend etwas war im Gange! Ich wandte mich an den halbnackten Busfahrer: „Ist Alarm gegeben worden?“ Aber meine Stimme wurde von dem Lärm verschlungen, und ich mußte meine Frage noch einmal lauter wiederholen.

Jetzt hatte er mich gehört und schrie zurück: „Nicht, daß ich wüßte. Die ersten waren Transporter mit Geleitschutz. Im Moment sehe ich nur Stabsmobile — lauter (piep) hohe Tiere. Wer weiß, was diese (piep) wieder ausbrüten.“

Der Fahrer hatte sich erst mit den letzten Worten umgedreht und erkannte zu spät, daß er es mit einem Offizier zu tun hatte. Er wurde weiß vor Schreck und wandte sich hastig wieder in Fahrtrichtung, starr geradeaus blickend.

Gesindel, dachte ich. Lombar hat recht. Abschaum wie dieser Fahrer gehören ausgelöscht. Aber ich verfolgte den Gedanken nicht weiter. Ich war zu sehr darauf fixiert, endlich diesen Zugführer in die Finger zu bekommen.

Wir erreichten schließlich den schwer gesicherten Lagereingang. Es hatte zwar noch nie eine Flucht aus Spiteos gegeben, aber dies wäre der logische Weg gewesen — alle anderen Ausgänge von Spiteos waren durch solide Felsen versiegelt.

Die schwarz uniformierten Wachposten prüften meine Identokarte auf Herz und Nieren, während ihre Exploder auf mich gerichtet waren. Eine graue Versorgungsuniform ist immer verdächtig, aber ich sollte (piep) sein, wenn ich jemals diese schäbige schwarze Apparatus-Uniform anzog.

Der Zugführer, der mit seinen Männern zur Bewachung Hellers abgestellt worden war, hieß Snelz. Er war mit seinem Zug im

Ausdauerlager untergebracht, hatte aber seine Berichte pflichtgemäß in die Festung zu schicken. Da ich nicht wollte, daß er vorgewarnt war, sagte ich den Wachposten, daß ich in den Lagerklub wolle. Ich wußte, wo Snelz' Quartier lag.

Die Offiziere wohnten in kleinen Bunkern am Nordende des Lagers, die wie Tierhöhlen in den Berg gegraben waren. Es war ziemlich dunkel dort. Musikfetzen und der gedämpfte Lärm eines entfernten Streits drangen mit einer stinkenden Wolke aus dem Lager zu mir hoch.

Ich sah die Höhlennummer vor mir. Unter der geschlossenen Tür war ein Lichtstreifen zu sehen; Snelz war also dort. Zwei große Felsblöcke standen neben dem Zugang, und ich muß gestehen, daß ich nur auf den Lichtstreifen achtete, so daß ich den Posten nicht bemerkte.

Apparatus-Truppen mögen paradieren und all das, aber sie sind nicht die Armee. Verbrecher wie sie, das schlimmste Gesindel der Planeten, neigen dazu, sich zu verstecken, selbst bei ganz alltäglichen Pflichten. Das ist ein Zug, den sie beim Apparatus lernen oder den der Apparatus von ihnen lernt. Sie tun nie etwas geradeheraus. Außerdem haben sie andere Vorschriften. Sie können von einem Offizier getötet werden, ohne daß dieser mit irgendwelchen Folgen zu rechnen hätte. Jeder Posten befindet sich daher in dem Dilemma, entweder seine Pflicht zu tun und seinen Vorgesetzten zu schützen — um dabei möglicherweise zu sterben — oder seinen Offizier im Stich zu lassen und von ihm getötet zu werden.

Der, mit dem ich es zu tun bekam, machte einen Fehler: Er erfüllte seine Pflicht. Als ich, nichts ahnend, noch acht Fuß von der Tür entfernt war, sprang er hervor und griff mich an.

Ich bin ziemlich schnell, andernfalls wäre ich auf der Stelle tot gewesen. Der Posten stieß mir die Mündung eines Explodergewehrs hart in den Bauch, ohne daß ich ihn richtig erkennen konnte. Ich wirbelte seitlich herum und zog dabei den Posten an seinem Exploder an mir vorbei. Dann ließ ich meine rechte Hand auf seinen Nacken krachen. Er stolperte, und ich ergriff die Chance, ihm, während er fiel, die Waffe aus der Hand zu reißen. Seine Stiefel schlugen mir gegen die Schienbeine, und ich mußte mich anstrengen, um im Gleichgewicht zu bleiben.

Aus dem Lager leuchtete ein grüner Lichtstrahl von einem abfahrenden Mobil herüber, und ich erkannte erst jetzt, daß der Mann auf dem Boden ein Wachposten war und kein Meuchelmörder. Aber man darf so etwas nicht durchgehen lassen! Der Mann hatte einen Offizier angegriffen. Ich drehte den Exploder um und ließ den Kolben auf seinen Kopf niedersausen. Es verursachte ein dumpfes Krachen, und ich schlug, um sicherzugehen, noch einmal zu. Er blutete und rührte sich nicht mehr.

So weit, so gut, und nun zu Snelz. Die dicke Tür hatte die Kampfgeräusche vermutlich geschluckt. Ich stieg über den Wachposten und ging zur Tür. In einer solchen Situation, wenn man der Autorität Geltung verschaffen und Respekt erheischen will, muß man scharf auftreten. Also stieß ich die Tür, ohne anzuklopfen, auf und trat ein. So würde er wahrscheinlich denken, ein Freund käme herein.

Er mußte genau das gedacht haben. Er saß in Hemdsärmeln am Tisch und spielte Zwölferwürfeln mit sich selbst. Auf einem Bett an der Wand schlief eine der Lagerprostituierten; ihre Kleider waren über das ganze Zimmer verstreut, und sie sah erschöpft aus. Es roch nach verdampfter Leidenschaft.

Mit ein bißchen Übung kann man eine Situation in Sekundenbruchteilen erfassen. Snelz hatte Geld gehabt, und das erste, was er getan hatte, war, eine Prostituierte zu sich zu bestellen. Jetzt saß er mit sechs Zwölferwürfeln am Tisch, so daß er als nächstes wohl vorhatte, einen „Klub" einzuberufen, wie sie es nannten, um seinen Mitoffizieren abzunehmen, was die Prostituierte ihn gekostet hatte.

Er sah beiläufig auf, vermutlich in der Annahme, ein Freund von ihm wäre vorbeigekommen, um ihn anzupumpen. Doch statt dessen sah er mich! Ich konnte verfolgen, wie das Blut aus seinem Gesicht wich.

Nun kommen Duelle zwischen Offizieren häufiger vor. Apparatus-Offiziere jedoch sind keine Ehrenmänner: Sie morden einfach. Und ist ein Offizier der Versorgungsdienste beteiligt, wenn es zum Kampf mit Truppenkommandeuren des Apparatus kommt, machen sie sich nicht einmal die Mühe, die Leichen zu zählen.

Mein Gesichtsausdruck sagte Snelz, weshalb ich gekommen war. Er hob die linke Hand abwehrend hoch, als könnte er damit einen Schuß parieren, und schrie fast, als er versprach: „Ich kann alles erklären. ..."

„Zugführer Snelz", sagte ich, um seine Hinrichtung gewissermaßen offiziell zu machen; es änderte nicht viel. „Sie sind der Fraternisierung mit einem Gefangenen, dessen Bewachung Ihnen befohlen war, schuldig. Apparatus-Vorschrift 564-B-61, Abschnitt D. Darauf steht, wie Sie wissen, die Todesstrafe."

Anders als im zivilen Leben oder bei Flotte und Armee gibt es im Apparatus keine Verhandlung. Normalerweise hätte er das Urteil einfach akzeptiert. Aber irgend etwas mußte in ihn gefahren sein. Er griff an seinen Gürtel! Ich war sicher, er wollte seine Waffe ziehen und schießen.

Nun, ich bin nicht der Langsamste. Ich wäre nicht mehr am Leben, wenn ich so leicht auszupusten gewesen wäre. Meine Hand zuckte automatisch in meine Brusttasche, und der Exploder zeigte auf ihn, noch bevor seine Hand den Gürtel erreicht hatte.

Das Feuerfeld umfaßte auch die Prostituierte auf dem Bett hinter ihm, und 800 Kilovolt würden sie beide töten. Aber ich hatte keine Zeit für Nettigkeiten. Ich drückte auf den Auslöser. Aber alles, was sich ereignete, war ein leises Klicken. Keine Explosion!

Ich hielt einen Blindgänger in der Hand! Es war ein gräßlicher Augenblick. Ich hatte keine andere Waffe bei mir, und ich konnte ihn nicht erreichen, um ihn mit Fäusten und Füßen zu erledigen. Ich war hilflos!

Er fingerte immer noch an seinem Gürtel herum, und mir blieb fast das Herz stehen, als er die Hand hervorzog. Ich war sicher, daß ich den nächsten Augenblick nicht mehr erleben würde!

Aber er hielt nur zwei Zehnerscheine in der Hand! Er hatte nicht nach einer Waffe gegriffen, sondern nach Geld! Hatte er das Klicken des blindgeladenen Exploders gehört? Nein, auch das nicht! Er hielt mir die Geldscheine entgegen, während er seitlich vom Stuhl rutschte und auf die Knie fiel. „Bitte, Offizier Gris! Bitte! Töten Sie mich nicht!"

Auf einem Stuhl, keine drei Fuß von ihm entfernt, lag ein Betäubungsgewehr. Ich bin gut ausgebildet. Ich ließ mir nichts von dem anmerken, was in mir vorging, und stand es durch.

„Ich habe nur Ihre Befehle befolgt, Offizier Gris. Ich habe mich nicht mit dem Gefangenen verbrüdert. Er sollte nicht merken, daß er bewacht wird. Das haben Sie gesagt. Er sollte das Gefühl haben, vor äußeren Angriffen beschützt zu werden."

Er hüpfte mit gesenktem Kopf auf und ab und hielt mir die Geldscheine entgegen. Seine Hand zitterte wie ein lockerer Flügel an einem Atmosphärenflugschiff.

Die Prostituierte war aufgewacht und strich sich mit einer schmutzigen Hand die filzigen Haare aus dem Gesicht. Sie verstand nicht, was sie sah. „He, gib das Geld doch nicht weg! Damit kannst du dir noch einen (piep) kaufen!"

Snelz schob sich mit gesenktem Kopf vorwärts, legte die beiden Geldscheine vor meine Füße und rutschte wieder zurück. Er hätte sich wahrscheinlich am liebsten unsichtbar gemacht und versuchte sich, im Knien, an einem militärischen Salut. Es war absurd. Er brauchte nur den Arm auszustrecken, das Gewehr zu nehmen und auf mich zu schießen. Noch so ein idiotischer (piep)!

„Wieviel Geld hat Ihnen Heller gegeben?" fragte ich ihn. „Und wofür?"

Er wimmerte. „Er hat mir fünfzig Verrechnungseinheiten gegeben, für süßes Gebäck und Sprudelwasser, die ich in der Lagerkantine einkaufen sollte. Und für das Nachrichtenblatt. Er hat mich nicht bestochen. Mehr wollte er nicht. Er hat gesagt, er würde vielleicht später noch etwas brauchen, aber für die fünfzig sollte ich meinen Männern etwas kaufen. Das Wechselgeld könnte ich behalten, hat er gesagt."

Er hob den Kopf und schlug die Hände unter dem Kinn zusammen. „Wir sind seit Ewigkeiten nicht mehr bezahlt worden. Und ich habe nicht daran gedacht, daß Sie auch Ihren Teil haben wollten. Töten Sie mich nicht. Ich werde es nie wieder vergessen! Bitte!"

Die Prostituierte verhinderte, daß ich etwas erwiderte. Sie flatterte durch das Zimmer und bückte sich nach dem Geld vor meinen Füßen. Aber ich trat mit dem Fuß auf ihre Hand, daß ihre Knochen knackten. Sie schrie auf und rannte nackt, wie sie war, zur Tür hinaus. Draußen stolperte sie über irgend etwas und stieß noch einen Schrei aus, ehe sie völlig aufgelöst wieder ins Zimmer flüchtete. Sie wußte nicht, wohin. „Er hat die Wache umgebracht!" Sie kauerte sich in eine Ecke des Betts und betastete ihre gebrochene Hand. Sie war zu durcheinander, um zu erkennen, daß sie bloß zur Tür hinauszulaufen brauchte, um zu entkommen.

Snelz warf einen Blick in die Dunkelheit vor der Tür. Dieses ganze Geschrei konnte andere Offiziere angelockt haben. Ich beschloß, die Sache zu Ende zu bringen, bevor Snelz sich zu weit erholt hatte und bemerkte, daß das Gewehr in Reichweite lag und daß ich einen Blindgänger in der Hand hielt.

„Snelz", sagte ich und zog durch meinen Ton seinen Blick sofort zu mir zurück, „Sie haben mich daran erinnert, daß Sie tatsächlich nur meine Befehle befolgt haben. Dennoch haben Sie sie bei weitem zu freundlich ausgelegt."

Er sprang sofort darauf an. „Ich habe es getan, um sein Versprechen zu bekommen", sagte er mit aufkeimender Hoffnung. „Er hat mir sein Wort als Königlicher Offizier gegeben, daß er mir oder meinen Männern stets sagen würde, wo er sei. Er sagte, er wisse, was für eine schwere Arbeit ich hätte, und daß er sie mir erleichtern wolle. Ich habe ihn zur vollen Zusammenarbeit überredet. Und, Offizier Gris, es ist das Wort eines *Königlichen Offiziers!* Das ist etwas anderes als das von Apparatus-Leuten."

Auf alle Fälle war es eine Verunglimpfung. Denn er zählte mich offenbar mit zu den „Apparatus-Leuten". Er bemerkte seinen Fehlgriff und jammerte: „Sie werden von jetzt an immer Ihren Anteil bekommen! Bitte, töten Sie mich nicht!"

Ich war langsam auf ihn zugegangen und stand jetzt zwischen ihm und dem Betäubungsgewehr.

„Ich werde Ihre Befehle getreu ausführen!" versprach er. „Ich werde dafür sorgen, daß er weiter mit uns kooperiert. Er wird nicht mitkriegen, daß er ein Gefangener ist, und er wird nicht fliehen. Dafür verpfände ich mein Leben!" Er dachte einen Moment nach, ob er noch etwas vergessen hatte. Er hatte. „Ich gebe Ihnen die Hälfte von dem, was ich von ihm bekomme!"

Da ich jetzt nicht mehr aus Hilflosigkeit klein beigeben mußte, beschloß ich, mich großherzig zu zeigen. „In Ordnung. Wenn Sie das gewissenhaft tun, sollen Sie am Leben bleiben."

Seine Erleichterung war nicht zu verkennen. „Sie werden es nicht bereuen, Offizier Gris. Darf ich jetzt aufstehen?"

Ich steckte den unbrauchbaren Exploder weg, zog die Ladung aus seinem Gewehr und legte es auf den Stuhl zurück. Das war knapp gewesen!

Er ging hinaus und schleppte den Wachmann ins Licht seiner Höhle. Dann kniete er sich neben ihn, um zu sehen, ob er noch lebte. „Sie haben ihm den Kopf aufgeschlagen", sagte er. „Aber er ist nicht tot. Würden Sie mir einen der Scheine zurückgeben? Die Lagerärzte werden sechs für seinen Kopf und vier für die Hand der Hure haben wollen."

Er hatte Nerven. Er würde für beides zusammen keine fünf Verrechnungseinheiten hinblättern müssen. Aber ich schob ihm einen der Scheine mit dem Fuß zu und hob dann kurzentschlossen den zweiten auf und steckte ihn ein.

Die ganze Geschichte war so schief gelaufen, daß ich bis nach Spiteos zurück darüber brütete. Ich konnte mir beim besten Willen nicht vorstellen, wieso der Exploder blind geladen war. Es war der, den Heller von seinen Freunden bekommen hatte; daran gab es nichts zu deuteln: Ich hatte ihm schließlich den aus der Waffenkammer mit aller Raffinesse zugesteckt. Was mir nicht in den Kopf wollte, war, warum seine Freunde ihm einen Blindgänger geschickt hatten. Sie wurden natürlich ungeladen aufbewahrt. Es konnte nicht anders sein, als daß er in seiner haarsträubenden Stupidität einfach vergessen hatte, ihn aufzuladen.

Der Zischbus nach Spiteos war fast am Ziel, als mir wieder einfiel, daß er die Pflaster auf meinem Gesicht gerichtet hatte. Aber so gerissen war er nicht. Und ich hätte es gespürt, wenn er mir den Exploder aus der Brusttasche gezogen hätte.

Ich war ziemlich ratlos. Die Dinge liefen absolut nicht, wie sie sollten. Nur eines wußte ich genau: Ich würde es nie wieder so weit kommen lassen, daß ich mit einem Spielzeug in der Hand dastand und Komödie spielte. Sogar der Rückweg durch das Lager war — ohne Waffe — ein Risiko gewesen, das ich nie hätte eingehen dürfen. Lombar zählte schließlich auf mich.

Es war sehr spät, doch ich ging vom Bus direkt zur Waffenkammer. Der alte Kretin schlief, wo er arbeitete. Ich öffnete mit meiner Identokarte die obere Türhälfte und rief nach ihm. Nach dem dritten Versuch ging das Licht an, und der Alte tapste verschlafen nach vorn.

„Was, bei allen Teufeln, denken Sie sich dabei, mich aufzuwecken?“ knarrte er.

Ich war nicht in der Stimmung, darauf einzugehen. Statt dessen griff ich über den Schalter, schob den Riegel zur Seite und rammte ihm den unteren Teil der Tür in den Bauch. Ich war in einer Sekunde drinnen, und bevor er sich erholt hatte, verpaßte ich ihm einen Schlag mit dem Handrücken. Er fiel, und ich ließ ihn meine Stiefel spüren. „Wenn Sie mit mir reden, bitte ich mir Respekt aus!“

Er machte keine Anstalten, aufzustehen. Also bediente ich mich selbst. Ich nahm ein Betäubungsgewehr samt Halfter, zwei Exploder und eine Schachtel Ladungen. Dann fielen mir einige Stiletts, wie sie die Messerstecher-Abteilung benutzte, ins Auge, vollständig mit Nackenscheiden, und ich nahm einen Satz an mich.

So bepackt, ging ich zu dem Alten, der immer noch auf dem Boden lag, und stieß ihn unsanft an. „Tragen Sie die Sachen aus, damit Sie hinterher nicht behaupten können, ich hätte Sie beraubt!“

Er rappelte sich auf. Seine Papiere waren über die ganze Kammer verstreut worden, als ich die untere Türhälfte aufstieß. Er sammelte sie ein und begann die Waffennummern einzutragen. Dann verlangte er mit ausgestreckter Hand nach meiner Identokarte und drückte sie auf das Papier. „Offizier Gris“, meinte er abschließend, „Sie werden Lombar Hisst Tag für Tag ähnlicher.“

Ich sah ihn erstaunt an. Wenn das beleidigend gemeint gewesen war, konnte er dafür getötet werden. Ich entschied, daß er es nicht so gemeint hatte.

„Danke“, sagte ich.

Später, als ich im Bett lag und den Schlafgeräuschen von Heller auf der anderen Seite des Zimmers lauschte, dachte ich nach. Es lief nichts, wie es sollte! Ich wendete es, blicklos in die Dunkelheit starrend, hin und her und betrachtete es von allen Seiten. Hier war Heller von einer Welt umgeben, die er kannte und mit der er umzugehen verstand. Er hatte den Zugführer erobert — obwohl ich das heute abend sicher etwas gedämpft hatte. Er hatte jede Menge Freunde in der Regierungsstadt und in der Flotte. Er konnte alles mögliche drehen. Und wir befanden uns unter direkter Aufsicht von Lombar Hisst. Ich konnte es mir nicht leisten zu scheitern. Meine Lage war nicht gerade rosig.

An dieser Stelle kam ich zu einem Entschluß: Ich würde die Vorbereitungen rücksichtslos durchpeitschen, um Voltar so schnell wie möglich verlassen zu können! Wenn wir erst einmal auf Blito-P3 waren, sah alles anders aus. Ich müßte mir nicht länger darüber Sorgen machen, daß Heller einen Ausbruch versuchte. Dort würde er keine Freunde haben. Ja, das war es; ich mußte die Sache mit aller Macht beschleunigen. Auf der Erde würde mir Heller auf Gedeih und Verderb ausgeliefert sein!

In Gedanken sah ich Jettero Heller schon in einer netten Strafanstalt auf der Erde sicher hinter Schloß und Riegel. Die Vorstellung war derart angenehm, daß ich sie nicht verscheuchen mochte, obwohl ich dadurch Schwierigkeiten hatte einzuschlafen.

Kapitel 7

Ich wachte bei Morgengrauen auf, voller Energie, von dem Eifer beseelt, mich und Heller so schnell wie möglich aus der Voltarianischen Konföderation hinauszubefördern und ihn sicher auf die Erde zu bringen. Während ich mich anzog, sah ich zu ihm hinüber. Da lag er, noch im Schlaf ein Lächeln auf dem Gesicht, so als gäbe es keine Sorgen oder Ängste für ihn. Er sah wirklich gut aus, sogar im Schlaf, was ungewöhnlich ist. Er war ein sehr maskuliner Typ, aber auch hübsch. Ich hätte mir gewünscht, mehr Erpressungsmaterial über ihn zu haben. Jemand, der so aussah, mußte eine Menge wilder Abenteuer im sexuellen Bereich haben. Aber, sagte ich mir, das würde ich jetzt nicht mehr brauchen. Wir würden hier verschwinden, und zwar *bald*.

Ich kippte etwas Sprudel in mich hinein und stopfte mir ein süßes Gebäck in den Mund, während ich mir meinen Tagesplan zurechtlegte. Ich würde zum Training rauschen, um einen Termin für Heller abzumachen, und anschließend zu Crobe, um eventuelle Operationen festzulegen. Dann würde ich zurückkommen, ihn mir schnappen, und in zwei Tagen würden wir abzischen. Sich ausheilen und seine Studien beenden konnte er auch auf dem Weg zur Erde.

Als ich aus der Tür eilte, hielt mich einer der Wachposten am Arm fest. „Offizier Gris, Sie werden vom Chefexekutor erwartet. Dringend! Ich sollte es Ihnen vor einer Minute mitteilen, aber da waren Sie gerade aufgestanden."

Mein Mund trocknete aus. Eine Vorladung zu Lombar bedeutete für gewöhnlich Ärger, und wie ein Sterbender sein Leben noch einmal vor sich ablaufen sieht, läßt man in solchen Augenblikken seine Verfehlungen Revue passieren. Hatte er von Hellers Festungsplan gehört? Oder etwas anderes?

Ich setzte ein entschlossenes Gesicht auf. Was es auch sein mochte, ich würde schnell damit fertig werden — hoffte ich. Ich mußte mich um meine eigenen Pläne kümmern. Aber eine von Lombars unangenehmen Seiten, und er hatte einige, war es, einem zu sagen, dieser oder jener Auftrag sei einem vollständig überlassen, um sich kurz darauf doch wieder in ihn einzumischen, — ein Grund mehr, von Voltar zu verschwinden.

In seinem Vorzimmer angekommen, wollte ich gleich in sein Büro weitergehen, aber ein Schreiber hielt mich auf. „Sein Büro ist im Moment voller Planetenchefs. Und die stehen ein paar Ränge über Ihnen. Setzen Sie sich dort hin, und warten Sie!"

Es mußten die Insassen all der Stabswagen sein, die ich am Abend zuvor gesehen hatte. Vielleicht hatte Lombar die ganze Nacht gearbeitet. So war er nun einmal: Er konnte arbeiten wie besessen — aber nur, wenn seine persönlichen Lieblingsprojekte berührt waren; ansonsten faulenzte er herum und beschäftigte sich mit solchen Dingen wie der „Monsterparade". Ich war verärgert.

Der Lichtstern von Voltar stieg hinter den fernen Bergen auf, um die Wüste in sein Feuer zu tauchen. Am Empfangstisch summte ständig irgendein Rufzeichen. Leute kamen und gingen. Nur ich mußte warten; in mir begann es zu brodeln. Ich hatte zu tun. Jede zusätzliche Stunde, die ich auf diesem Planeten verbrachte, bedeutete eine Gefahr für die Mission Erde.

Das Tageslicht hatte den Fußboden des Vorzimmers inzwischen in die Lavamasse zurückverwandelt, aus der der Stein entstanden war. Aus dem Gemurmel, das aus Lombars Büro drang, war kein Zeichen dafür zu entnehmen, daß sich die Konferenz ihrem Ende näherte. Der Gedanke daran, daß ich die Zeit nutzbringender hätte verwenden können, um die Dinge zu beschleunigen, schlug mir aufs Gemüt. Dann fielen mir der schlafende Heller und meine Vermutung über seine sexuellen Abenteuer wieder ein. Ho, ho! Es gab doch etwas, womit ich die Zeit füllen konnte. Drüben in der Ecke stand ein großes Anschlußpult der zentralen Datenbank.

Die Vorzimmerbürokraten murrten und sagten nein, bis ein alter Gauner schnarrte: „Laßt ihn. Hisst hat ihn gerade befördert. Er scheint also in Ordnung zu sein — bis jetzt."

Ich ging zu dem Gerät hinüber, setzte mich und schob meine Identokarte hinein. Wenn man die ganze Datenbank des Apparatus zur Verfügung hat, macht man das Beste daraus. Denn was ich da vor mir hatte, war ein Chefpult, keins dieser eingeschränkten, wie sie in anderen Büros stehen. Es eröffnet einem den Zugang zu *allem,* einschließlich dem Erpressungsmaterial. Die einzige Einschränkung besteht darin, daß die Fragen, die man eingibt, gespeichert werden. Ich war versucht, den Imperator einzutippen, um zu sehen, was ich bekommen würde, und mußte den Drang niederkämpfen, nach Lombar Hisst zu fragen; doch dann sagte ich mir, daß ich nur banale oder gar keine Informationen über ihn auf den Schirm bekommen würde. Bei mir selbst schließlich erlahmte mein Widerstand. Ich kannte meine Akte natürlich. Jeder höhere Apparatus-Offizier verschafft sie sich irgendwie.

Man kann mit einem Chefpult jedes beliebige Dokument herausziehen und aus den Akten tilgen oder Eintragungen hinzufügen, auch die offenkundigsten Fälschungen. Dumm ist nur, daß die Identokarte jede Veränderung gewissermaßen signiert. Es gibt eine Geschichte von einem Apparatus-Offizier, der sich selbst zum Flottenadmiral gemacht hat — was er dann auch war, bis zu seiner Hinrichtung am nächsten Tag. Ich hoffe, er hat diese vierundzwanzig Stunden genossen!

Ich gab also meinen Namen ein und spezifizierte: „Kürzliche Ergänzungen." Es war eine Enttäuschung. Die einzige neuere Eintragung betraf meine Beförderung. Ich fand es etwas merkwürdig, daß mein Abschied von der Sektion 451 nicht aktenkundig gemacht worden war, doch ich gab mich mit der albernen Erklärung zufrieden, daß die Datenbank trotz der dreißig Quadratmeilen, die ihre Gebäude einnehmen, manchmal hinter den Tatsachen hinterherhinkt, — der Apparatus ist auch nicht frei von Fehlern.

Ich sah mich um. Die Konferenz war noch im Gange. Ich hatte also Zeit — und eine offene Leitung zur Datenbank des Apparatus, ganz ohne Entgelt. Also sagte ich mir: Mal sehen, was ich sonst noch mit meiner Freikarte anfangen konnte.

Ich tippte:

Doktor Crobe,

und der Schirm sagte:

Tot.

Nun gut, der Apparatus log also. Das war keine Neuigkeit. Versuchen wir es weiter.

Gräfin Krak,

tippte ich. Dann nahm ich meine Mütze ab und legte sie zur Seite.

Person unbekannt,

unterrichtete mich der Schirm. Ich gab ihren wirklichen Namen ein:

Lissus Moam.

Der Schirm erklärte mir:

Siehe Gräfin Krak.

Aha! Ich kam weiter. Ich tippte wieder:

Gräfin Krak,

und die Maschine erwiderte:

Lissus Moam.

Also fragte ich:

Warum dieser Kreuzverweis?

Der Schirm antwortete:

Ihr Finger drückt die Wiederholungtaste.

Oh. Zwar nicht mein Finger, aber meine Mütze. Ich legte sie woanders hin und tippte noch einmal:

Lissus Moam.

Der Schirm informierte mich prompt:

Siehe Todesfälle.

Ich tat es: .

Todesfälle.

tippte ich, und der Schirm verkündete:

Keine Verbindung zu Todesfällen.

Ich hämmerte „*Rückfrage*" — dreimal —, und die Maschine rügte mich:

Bitte, streiten Sie sich nicht mit mir. Die Maschine hat immer recht.

Der alte Gauner, der mir den Zugang zu dem Pult verschafft hatte, sagte: „Sind Sie sicher, daß Sie damit umgehen können?"

„Etwas mehr Respekt!" beschied ich ihn, und er trottete feixend davon.

Wenigstens wußte ich jetzt, daß die Gräfin nicht existierte und daß Lissus Moam als tot geführt wurde: Die Akten von Toten wurden nicht aufbewahrt. Technisch gesehen, besaß sie kein Strafregister mehr. Das konnte mir von Nutzen sein.

Aber zum Geschäft: Jettero Heller! Wenn ich eine weiche Stelle herausfand, konnte ich ihn vielleicht dazu bringen, sich etwas willfähriger zu verhalten. Ich gab seinen Namen ein und spezifizierte:

Geschlechtliches.

Die Maschine daraufhin:

Männlich.

Das verblüffte mich. Diese Maschinen nehmen alles so verflixt wörtlich. Also drückte ich mich etwas genauer aus:

Geschlechtliche Unregelmäßigkeiten.

Der Schirm, klipp und klar:

Keine.

(Piep) diese Maschinen! Ich verpaßte dem Pult einen Klaps. „Haben Sie irgendwelche Probleme?" fragte mich der alte Gauner. In seiner Stimme klang die Hoffnung mit, mich rauswerfen zu können. Ich ignorierte ihn.

So wie diese Apparatus-Maschinen funktionieren, können sie die Informationen sowohl in einem Wort zusammenfassen als auch ausführlich bringen, das heißt die ganzen Akten zeigen und anschließend den gewünschten Abschnitt heraussuchen. Ich hatte bisher summarische Antworten verlangt, doch jetzt war es wohl besser, die Akten anzufordern, also drückte ich die entsprechende Taste und tippte:

Affären mit Frauen.

Der Schirm blieb leer.

Affären mit anderen Offizieren.

Wieder nichts.

Affären mit Minderjährigen.

Nichts.

Affären mit Prostituierten.
Nichts. Dann fiel mir seine schöne Schwester ein.

Inzest.

Nichts.
Verstimmt überprüfte ich, ob die Maschine noch in Betrieb war, und tippte:

Jettero Heller?

Ja?

fragte die Maschine zurück. Sie war also in Betrieb, und plötzlich erschien auch eine Mitteilung auf dem Schirm:

Warnung! Datenzeit ist kostbar. Bitte, legen Sie sich Ihre Fragen vorher zurecht, damit sie schnell abgehandelt werden können. Abteilungschef Datenbank, Apparatus.

Die Maschine würde sich exakt fünf Sekunden nach dieser Warnung selbständig ausschalten. Verzweifelt tippte ich:

Mentaluntersuchungen.

Eine Akte! Endlich! Ich hatte meine Leitung aufrechterhalten.

Was ich zu sehen bekam, war der schludrig geschriebene Bericht eines Arztes von der Beklopptenabteilung:

Routineuntersuchung vor der Entlassung aus dem Krankenhaus.

Ich hatte nicht nach einem bestimmten Punkt gefragt, also erkundigte ich mich:

Warum Krankenhaus?

Auf dem Schirm erschien der Anfang des Berichts:

Verwundung bei der Rettung eines Schlachtschiffs.

Ich fragte weiter:

Warum Mentaluntersuchung?

Die Maschine löschte den Text bis auf den Satz:

Flug zum Krankenhaus mit homosexuellem Krankenwärter.

Aha! Ich tippte:

Ergebnis?

Die Maschine zeigte es mir:

Krankenwärter hospitalisiert.

Ich dachte: Nein, nein, nein, du (piep) Maschine, und hämmerte:

Befund über mentalen Zustand des Untersuchten.

Auf dem Schirm erschien der entsprechende Passus:

Im Sexualbereich des Untersuchten waren weder psychotische noch neurotische Anzeichen oder Symptome zu finden. Untersuchungsergebnis negativ.

Was für eine Enttäuschung. Hastig, um nicht aus der Leitung geworfen zu werden, tippte ich:

Disziplinarmaßnahmen aller Art.

Der Schirm fragte:

Wann?

(Piep) Maschine.

Seit Geburt, gab ich ihr Bescheid.

Ah, jetzt kam es! Akte auf Akte! Ein Bericht der Heimatpolizei aus seinem achten Lebensjahr: verhaftet wegen Fahrens eines Schnellrades auf dem Bürgersteig; eine Verrechnungseinheit Bußgeld. Ein weiterer aus seinem dreizehnten Lebensjahr: verhaftet wegen Führens eines Flugmobils; niedergeschlagen. Der nächste, er war inzwischen fünfzehn: verhaftet wegen eines illegalen Höhensprungs in eine Parade, mit dem er, nach eigener Aussage, auf eine neue Technik des Höhenspringens hatte aufmerksam machen wollen; niedergeschlagen. Mit sechzehn: verhaftet als blinder Passagier auf einem Expeditionsraumfrachter; auf Fürsprache des Richters in die Königliche Akademie aufgenommen. Was mußte Heller für ein Mundwerk besessen haben, wenn er den Richter überredet hatte, so etwas zu tun! Nun, ich wußte jetzt jedenfalls, wie seine Laufbahn begonnen hatte. Meine hatte mein Vater mit der Bestechung des Kanzleichefs eines Lords eingeleitet.

Darüber hinaus schienen auch diese Akten nicht viel herzugeben. Doch dann flackerte eine weitere Akte auf dem Schirm:

Überstellung ans Kriegsgericht.

Aha! Das war es. Ich überflog den Text. Heller war nicht der einzige Schnelleser. Auf seinem ersten Dienstposten nach Absolvierung der Schule des Graduiertenkorps der Ingenieure hatte ein gewisser Jettero Heller, Dienstrang I, dagegen protestiert, daß seine Männer mit Hilfe von Elektroschocks ausgebildet wurden; er hatte eingewandt, daß er selbst nie auf diese Weise ausgebildet worden sei und die Elektroschockbehandlung von Offizieren auf jeden Fall mißbillige: Er wolle „keine verblödete Mannschaft mit gegrillten Hirnen bei einer Mission, die ohnehin gefährlich genug" sei. Jeder

Vermittlungsversuch war umsonst gewesen, und als ein Ausbilder damit begann, die Männer auf die Maschinen zu spannen, war er explodiert und mit den Fäusten dazwischengegangen. Danach wurde er seines Postens enthoben und bis zur Verhandlung des Falls vor dem Kriegsgericht in Gewahrsam genommen.

Ich wartete ungeduldig darauf, daß die Prozeßprotokolle auf dem Schirm erschienen. Aber statt dessen bekam ich eine Aktennotiz zu lesen:

> Besagter Jettero Heller war dem Ausbildungsoffizier dem Datum der Rangerhöhung nach um drei Tage voraus; besagte Tätlichkeiten erfüllen somit nicht den Anklagepunkt des Angriffs auf einen Vorgesetzten. Die Überstellung ans Kriegsgericht ist hiermit aufgehoben. Der Sekretär des Admirals der 95 Flotte.

Das war alles. Aber es reichte! Oder etwa nicht? Es stellte mich vor ein neues Rätsel. Wie konnte er Gräfin Krak ins Herz schließen, wenn er ein militanter Gegner der Elektroschockausbildung war? Führte er etwas im Schilde? Die (piep) Akte war ansonsten völlig wertlos für mich.

„Haben Sie unser Pult jetzt lange genug in Anspruch genommen?" meldete sich der alte Gauner wieder. „Oder sollen wir Ihnen Ihr Bett herholen?"

Ah, nun, vielleicht konnte ich diese Information benutzen, um seine Gefühle für die Gräfin abzukühlen.

Ich machte einen letzten Versuch:

> Streichungen in der Akte,

und erwartete eine ganze Latte von Identokartennummern. Niemand hat eine weiße Weste. Aber auf dem Schirm wurde nicht eine einzige Nummer aufgeführt. (Piep)!

„Würden Sie jetzt bitte den (piep) von unserem Pult wegbewegen?" forderte mich der alte Gauner auf. „Die Konferenzteilnehmer brechen auf."

Kapitel 8

Und da kamen sie, die Creme des Apparatus: finstere, graue Gesichter, mißtrauische Augen, schwarze Uniformen — schäbig, schäbig, schäbig. Ein General des Armeeamts sieht aus wie ein festlich geschmücktes Denkmal; einen General des Apparatus dagegen würde selbst ein Landstreicher nicht aus der Mülltonne klauben, weil sich die Mühe, ihn zu reinigen, nicht lohnte. Sie stopften Papiere in ihre Mappen und sprachen aus den Mundwinkeln miteinander, wie Verbrecher es eben tun. Ich zählte fünfzehn von ihnen, vier Apparatus-Chefs von anderen voltarianischen Planeten und elf Truppenkommandeure. Der militärische Arm des Apparatus — der, der zu Hause behalten wird, heißt das — verfügt über vier Millionen Mann, was verglichen mit den riesigen Zahlen des Armeeamts von Voltar unerheblich ist, aber doch ausreicht, um andere Regierungsstellen bei der Stange zu halten. Daß diese elf Apparatus-Generale bei Lombar gewesen waren, bedeutete, daß etwas zu schützen war — nach bester Tradition des Hauses etwas Geheimes und Bedrohliches.

Ich griff nach meiner Mütze, hoffte auf das Beste und ging forsch in Lombars Büro hinüber. Er stand an seinem Schreibtisch und ordnete die Konferenzpapiere. Seine Hände zitterten. Er wirkte geladen. *Kein* gutes Zeichen!

Er sah auf und stierte mich an. „Wer hat *Sie* gerufen?" krächzte er. Es war sinnlos, ihm zu sagen, daß er selbst es gewesen war. „Mund halten!" Ich hatte ihn noch nicht einmal geöffnet. Wo war die Kameraderie geblieben, mit der er mich beim letztenmal bedacht hatte? Aber so war er nun einmal.

Er kramte weiter in den Papieren. „Oh, ja“, sagte er schließlich und fischte eine Akte aus dem Durcheinander. Es war eine dieser Aufstellungen, die seine Schreiber für ihn anlegten, um jeweils alles, was sich auf ein Projekt bezog, zusammenzufassen. Er zog ein Blatt heraus. „Der Lieferschein. Unterschreiben Sie!“

Er warf es in meine Richtung. Es war ein Frachtempfangsschein. Ich las ihn mir sorgfältig durch.

> Der unterzeichnende Offizier bestätigt mit seiner Unterschrift den unversehrten Empfang der GEHEIMFRACHT Nr. 1, Lieferung Nr. 1 von Blito-P3. Sämtliche Waren befinden sich in gutem Zustand und sind vollständig in Empfang genommen.
>
> Offizier Soltan Gris, Sektionschef,
> Sektion 451 (Blito-P3)

Deshalb also der ganze Verkehr am Abend zuvor. Die erste Frachterladung von der Erde!

Übelkeit erfaßte mich. Angenommen, Heller hätte seinen Rundgang heute gemacht, anstatt gestern. Ich schüttelte mich. Dann hätte er die Lagerräume nicht nur vorbereitet, sondern gefüllt vorgefunden!

Jemand, einer der Schreiber, schoß herein und sagte zu Lombar: „Es wird in ein paar Minuten fertig sein.“ Dann flitzte er wieder hinaus. Was „es“ war, wußte ich nicht. Aber ich beschäftigte mich nicht weiter damit. Es war pures Glück gewesen, daß Heller die Fracht nicht entdeckt hatte! (Piep) ihn, er war hier auf Voltar zu schwer zu kontrollieren.

„Nun, was ist? Unterschreiben Sie!“ unterbrach mich Lombar unfreundlich.

Ich sah ihn hilflos verwirrt an. Ich wagte es nicht, ihm zu widersprechen. Nicht Lombar Hisst!

Er schien schließlich zu bemerken, was mich aufhielt. Er setzte sich. „Ich vergaß, es Ihnen zu sagen. Sie sind weiterhin Sektionschef von 451." Er wischte die Einwände, die er wohl von mir erwartete, mit einer Handbewegung beiseite. Mit Lombar zu reden, ist eine ziemlich einseitige Angelegenheit. Er stellt sich einfach vor, daß sein Gegenüber redet. Gespenstisch. „Ich weiß, ich weiß", bestätigte er meine imaginäre Erwiderung. „Aber wir haben die Personalakten durch und durch gewälzt und niemanden gefunden, der Sie als Sektionschef von 451 ersetzen könnte. Ja, ja, aber es gibt nun einmal nicht allzu viele Akademiker im Apparatus. Und dank ihres dußligen Kodex können sie nicht mit offen unehrenhaften Geschäften betraut werden. Bleiben also nur noch Sie."

Das war ein ausgesprochen zweifelhaftes Kompliment, bestenfalls. Ich brachte, von neuer Hoffnung angespornt, eine Frage heraus: „Heißt das, daß ich als Führer der Mission Erde abgelöst bin?"

„Es ist verständlich", erwiderte er, „daß Sie überlegen, ob Sie als Führer der Mission Erde abgelöst sind. Sie sind es nicht. Sie werden beide Funktionen ausfüllen."

Jetzt war er ganz bei der Sache. Er lehnte sich zurück und fuhr, nervös mit einem Stift spielend, fort: „Sie werden sich jetzt fragen, wie Sie nach Blito-P3 gehen und gleichzeitig die Sektion 451 auf Voltar führen sollen. Das ist ganz einfach. Ihr Stab bleibt auf Voltar und setzt unter Ihrem Bürochef seine Arbeit fort, und wenn etwas zu unterschreiben ist, schicken sie es Ihnen nach Blito-P3, und Sie schicken es unterschrieben zurück. Oh, ja, das erinnert mich an etwas anderes. Ich traue dem Stützpunktkommandeur in der Türkei nicht. Sie werden also auch ihn überwachen."

Ich fühlte mich, als würde ich in mehrere Richtungen gleichzeitig gezerrt. Den Kernpunkt hatte er nicht erwähnt: Heller würde in einer Gegend operieren, die „Vereinigte Staaten" genannt wurde, während ich in der Türkei sein müßte! Er war schon bei direktem Kontakt schwer genug zu handhaben: Wie sollte ich ihn aber führen, wenn er ein Drittel des Planetenumfangs von mir entfernt war? Das mußte ich lösen, und zwar rasch!

„Nein, nein, nein", sagte Lombar, als ob ich etwas gesagt hätte. „Die Bestellung von 'Waren' wird von hier kommen — blanko. Sie werden dann alles dort unten ausfüllen und unterschreiben: die Bestellung, den Frachtbrief, der bestätigt, daß die Sachen von Blito-P3 abgegangen sind, und eine vordatierte Empfangsbestätigung der Ladung hier. Ganz einfach, wie gesagt."

Es bedeutete, ich würde die Bestellung schreiben, als wäre ich auf Voltar, gleichzeitig die Verladung auf Blito-P3 beaufsichtigen, eine Bestätigung des Abgangs ausfertigen und den Empfang auf Voltar quittieren.

„Sie sind der einzige, dessen Unterschrift wir trauen", sagte Lombar. „Wir wollen also nur Ihre Unterschrift und Ihre Identokarte auf den Papieren haben. So, unterschreiben Sie jetzt den Empfangsschein. Dann können Sie wieder an die Arbeit gehen."

Ich hatte die Fracht noch nicht einmal *gesehen*. Ich hatte aus der Kavalkade im Tunnel nur einen undeutlichen Hinweis darauf, daß sie eingetroffen war.

Lombar schien meine Verwirrung mißzuverstehen. „Oh, die Bezahlung. Nun, ich werde dafür sorgen, daß Sie weiterhin Ihren Sold als Sektionschef von 451 erhalten, und daneben den als Missionsführer der Mission Erde." Er war offenbar der Meinung, ich wäre geldbesessen. „Außerdem kann ich es arrangieren, daß Sie als Frachtinspektor bezahlt werden. Das wären drei Gehälter." Er musterte mich. Meine Verwirrung hatte um kein Deut nachgelassen. „Und dann bekommen Sie natürlich einen kleinen Anteil an den verschiedenen Einkünften aus Etatmitteln, Anlagen, Reservekonten und all dem. Sie werden reich. Nun, ich bin froh, daß wir das geregelt haben."

Er war wirklich nervös. „Ist es noch nicht fertig?" bellte er in ein Sprechgerät. „Gleich", war die Antwort.

Ich stand herum und versuchte, diese Entwicklungen irgendwie auf die Reihe zu bekommen. Ich mußte ausgesehen haben, als wäre ich von einem Betäubungsgewehr getroffen.

„Nein, hiergeblieben", sagte Lombar und blickte auf den Ordner vor sich auf dem Schreibtisch. „Erst die Unterschrift."

Was sollte ich tun? Ich setzte halb abwesend meine Unterschrift unter den Empfangsschein der ersten Lieferung von Blito-

P3 und händigte ihn Lombar aus. Er warf einen Blick darauf, nickte und steckte ihn in den Ordner. Für den Augenblick schien er befriedigt zu sein.

„Jetzt", begann er, ein neues Papier hervorziehend, „zu dieser undichten Stelle."

Ich erstarrte. Was hatte er nun schon wieder gehört? Von Hellers Plan? Oder was sonst?

„Ich habe hier Ausschnitte aus den Nachrichtenblättern, (piep) sie. Eines Tages werden wir ihnen den Hahn zudrehen. Jemand hat der Presse von der Mission Erde erzählt." Er blickte auf das Papier hinunter: Es war derselbe Artikel, den Heller gelesen hatte — *„Berühmter Kampfingenieur ..."*. Aber von einer undichten Stelle konnte kaum gesprochen werden; die Ratsverordnung war in die Datenbank eingespeist worden und damit, obwohl vertraulich, vielen zugänglich.

„Ich habe nichts weitergegeben", stieß ich hervor.

„Ich habe eine umfassende Untersuchung über potentielle und tatsächliche undichte Stellen angeordnet. Oh, ich werde sie schon finden. Man pfeift Apparatus-Angelegenheiten nicht von allen Dächern. Irgend jemand hat es der Presse verklickert!" Er schob das Papier beiseite. „So, Sie wissen also nichts davon. Nun, das habe ich auch nicht angenommen."

Eine Untersuchung? Oh, ich mußte schnellstens fort von diesem Planeten! Man würde alle möglichen Fakten ausgraben, echte und vorgespiegelte. Mit andern Worten: Gefahr im Verzug! Ich fühlte mich, als hätte mich ein weiterer Betäubungsschuß erwischt. Ich war nahe vor dem Zusammenbruch.

„Nein, hiergeblieben", befahl Lombar. „Da ist noch dieser Brief vom Großen Rat."

Ich las die auf dem Kopf stehenden Zeilen. Ich habe mir auch einige Fertigkeiten erworben. In einer gefährlichen Umgebung kommt man ohne sie nicht aus. Der Große Rat gratulierte dem Amt für Äußere Angelegenheiten zu der weisen Entscheidung, einen erfahrenen Kampfingenieur wie Jettero Heller auszuwählen. Aber er wunderte sich, daß er davon erst aus der Presse erfahren hatte. Der Große Rat, hieß es weiter, würde es begrüßen, wenn das Amt für Äußere Angelegenheiten so freundlich wäre, ihn über die Fortschritte der Mission auf dem laufenden zu halten. Insbesondere wünsche der Große Rat den Zeitpunkt der Abreise besagten Jettero Hellers von Voltar zu erfahren, damit er die Gründe für eventuelle unnötige Verzögerungen aus dem Weg räumen könne.

„Das heißt", sagte Lombar, „der Große Rat kann, solange die Mission noch auf Voltar ist, seine Nase in unsere Angelegenheiten stecken, wann immer es ihm paßt. Wenn eine Verzögerung des Abflugs eintreten sollte, wird es hier von Inspektoren der Krone nur so wimmeln. Haben Sie erst einmal mit diesem Knaben abgehoben, ist alles in Ordnung. Dann können wir den Großen Rat jahrelang hinhalten. Er kann zwar seine Agenten über Voltar ausschwärmen lassen, aber sicherlich nicht über Blito-P3. Ihr Agent muß natürlich die Sprachen lernen und vorbereitet werden; man würde mißtrauisch werden, wenn wir den Abflug zu früh festsetzten. Aber ich will Ihnen einen Rat geben: Lassen Sie sich nicht durch irgendwelchen Dreck aufhalten. Wenn die Inspektoren der Krone hier überall herumschnüffeln, könnte Sie das Ihren Hals kosten, Soltan. Also ziehen Sie es nicht in die Länge! Verstanden? Gut."

In mir drehte sich alles. Inspektoren der Krone! Aber ich hatte ja schon beschlossen, die Sache zu beschleunigen. Wut gesellte sich zu meinem inneren Aufruhr. Lombar war alles andere als hilfreich. Er hatte schließlich selbst für eine Verzögerung gesorgt, indem er mich den halben Vormittag warten ließ.

Vor weiterer „Hilfe" dieser Art rettete mich ein schleimiger Stabsarzt, der mit einem Tablett hereinkam und von Lombar mit den Worten begrüßt wurde: „Na, endlich."

Als ich an dem Vorzimmergauner vorbeikam, fragte er mich zuckersüß: „Nun, fühlen Sie sich jetzt, nachdem Sie Ihr Gespräch gehabt haben, besser?" Ich muß verheerend ausgesehen haben.

TEIL IV

Hier sei die Kopie eines Briefes eingeschoben, den ich vor Beginn des vierten Teils geschrieben habe:

An Seine Lordschaft,
Chefjustitiarius der Konföderation von Voltar.

Eure Lordschaft, sehr geehrter Herr!

Ich, Soltan Gris, zuletzt Exekutor zweiten Grades des Coordinierten Informations-Apparatus, Amt für Äußere Angelegenheiten, Königliche Regierung (Lang lebe Ihre Majestät und die Voltarianische Herrschaft!), beeile mich hiermit in aller Demut, auf Euren mir kürzlich übersandten Brief zu antworten.

Zuerst möchte ich Euch Dank sagen für die freundliche Kenntnisnahme der ersten drei Teile meiner Erzählung der stattgehabten Ereignisse. Es freut mich zu hören, daß es Euer Wohlgefallen findet, wenn ich alles, was ich in bezug auf diese Sache weiß, bis in die kleinsten Einzelheiten niederschreibe. Ich bin mir bewußt, daß es von grundlegender Bedeutung ist.

Zum zweiten möchte ich Euch für die Versicherung danken, daß die Möglichkeit eines Gnadenerweises für mich nach wie vor besteht. Ich bin mir darüber im klaren, daß seine Gewährung von meiner Aufrichtigkeit abhängt.

Zum dritten möchte ich Euch meine tiefempfundene Dankbarkeit ausdrücken für Euren neuerlichen Befehl an die Wachen, mich weiterhin mit Wasser, Essen und Schreibmaterial zu versorgen. Ich schätze mich glücklich, Euch als Euer untertänigster, dankbarster Diener außerdem mitteilen zu dürfen, daß die Aussetzung der täglichen Tortur beibehalten wurde.

Und nun zu der unterstrichenen Passage Eures Schreibens: Ja, ich bin mir bewußt, daß es einen Haftbefehl für einen gewissen Jettero Heller, ehemaligen Kampfingenieur der Königlichen Flotte, gibt. Und nein, es tut mir leid, sagen zu müssen, daß ich nicht in der Lage bin, der Heimatpolizei einen Anhalt oder Hinweis darauf zu geben, wo er sich aufhält. Das geschieht nicht etwa aus dem Impuls heraus, Jettero Heller schützen zu wollen — beileibe nicht. Ich träume im Gegenteil sogar davon, ihn wiederzutreffen, so daß ich ihn eigenhändig umbringen kann.

Ich werde, wie Ihr befohlen habt, fortfahren, die Ereignisse in allen Einzelheiten wiederzugeben. Vielleicht kann aus dem Bild, das meine Erzählung von Jettero Heller entwirft, auf seine Gewohnheiten geschlossen und der Heimatpolizei auf diese Weise geholfen werden.

Alles Himmlische prassele auf Eure Lordschaft und Ihren Hof!

Euer unwürdigster Diener
Soltan Gris

Ich setze nun meine Erzählung fort.

Kapitel 1

Ich hatte es so eilig gehabt, durch die Röhren und Korridore zum Trainingstrakt zu gelangen, daß ich im ersten Augenblick, nachdem ich die Tür geöffnet hatte, dachte, ich wäre in der falschen Abteilung. Ein überwältigender Geruch von Seife und Desinfektionsmitteln schlug mir entgegen!

Der Apparatus stiehlt seine Reinigungsmaterialien vom Amt für Armeeangelegenheiten — sie werden so selten verwendet, daß es nicht lohnt, sie selbst zu kaufen. Und die Armee lebt in dem Glauben, daß etwas erst sauber ist, wenn es zum Himmel der Keimtöter stinkt. Sich bei der Flotte zu bedienen, deren Schiffe geruchslos sein müssen, fällt niemandem ein.

In Spiteos gibt es keine Luftaustauscher. Der übliche Gestank der Räume, der sich in die Felswände eingesaugt hat, wird einfach, wenn überhaupt, durch einen Gasangriff mit den Reinigungschemikalien der Armee niedergekämpft.

Ich blinzelte durch die Staubschwaden in die Halle hinein. Mindestens vierzig Mann, es mußte die gesamte Mannschaft der Gräfin sein, machten sich überall in der riesigen Halle und in den Nebenräumen zu schaffen. Sie trugen nur Beinkleider, und — ich traute meinen Augen kaum — sie waren offenbar frisch gewaschen! Sie hantierten mit Eimern und Besen, Sprühdosen und Mops und kämpften sich durch den Schmutz und Abfall von Jahrhunderten. Kistenweise verschwand der Müll über die Rollrampe — die Götter mochten wissen, wohin. Techniker wechselten ausgebrannte Lampen aus. Andere brachten neue Stühle und Tische herein. Was für ein Aufruhr! Und zu ungewöhnlich für Spiteos, um auf den ersten Blick begreiflich zu sein.

Aber ich hatte andere Sorgen. Ich mußte für Hellers Ausbildung sorgen und mich von hier verabschieden. Schnellstens! So machte ich mich auf die Suche nach Gräfin Krak.

Ich entdeckte sie schließlich auf der gegenüberliegenden Seite der Halle. Vor ihr stand im Halbkreis eine Gruppe von Festungsoffizieren. Während ich auf sie zuging, beschlich mich die Furcht, es könnte etwas vorgehen, das Hellers Ausbildung verzögern würde. Die uniformierte Gruppe bestand aus dem Stellvertretenden Kommandeur von Spiteos, demjenigen, der die interne Verwaltung unter sich hat, und einigen seiner Verbindungsoffiziere, allesamt in ihren verfilzten und zerlumpten Uniformen.

Ich platzte offenbar mitten in eine Auseinandersetzung hinein. Die Gräfin, auf einen Besen gestützt, sagte gerade etwas; aber ich konnte es nicht hören. Sie trug einen ihrer Arbeitsanzüge. Er war feucht! Er war *gewaschen!* Und der Halsausschnitt offenbarte eine weitere Überraschung: Sie war sauber. Sie hatte *gebadet!* Um den Kopf hatte sie sich ein Schweißtuch geschlungen. Sie hatte sich die Haare *schampuniert!* Was, im Namen der Götter, war hier los?

„Es tut mir sehr leid", hörte ich sie, als ich näherkam, zu dem Verwaltungschef sagen. „Aber Sie werden es akzeptieren müssen. In Zukunft werde ich niemanden mehr trainieren, der von Ihnen verstümmelt wurde!"

Der Verwaltungschef war ein ständig gequält aussehender Fettwanst. „Aber, Gräfin", wendete er ein, „wenn wir ihnen nicht die Zunge herausschneiden, werden sie Spiteos verraten, sobald sie draußen sind."

„Ich habe es Ihnen bereits gesagt", erwiderte die Gräfin. „Aber ich will es gern noch einmal wiederholen: Die Leute, die hierhergeschickt werden, wissen nicht, wohin sie kommen. Und sie finden es auch nicht heraus, während sie hier sind. Aber wenn Sie wollen, kann ich ihnen für alle Fälle eine posthypnotische Schranke einbauen, die es ihnen unmöglich macht, auf die Frage, wo sie gewesen sind, zu antworten. Es ist einfach sinnlos und brutal, ihnen die Zunge herauszuschneiden. Es erschwert nur die Arbeit mit ihnen."

Der Verwaltungschef stöhnte auf.

„So sieht es aus", fuhr die Gräfin fort. „Ich habe schon mehrmals versucht, es durchzusetzen. Jetzt ist Schluß damit. Wenn Sie mir verstümmelte Leute schicken, werde ich sie nicht trainieren. Das wäre dann das Ende Ihrer Geschicklichkeitsakte."

Die Verbindungsoffiziere stampften unruhig mit den Füßen. Der Besenstiel, auf den die Gräfin sich stützte, machte sie nervös. Sie konnte jeden von ihnen im Handumdrehen mit ihm aufspießen, noch bevor sie auch nur mit der Wimper gezuckt hatten.

Der Verwaltungschef wußte, daß er als erster angepiekt werden würde, und da er sowieso nur mit großem Unbehagen in diese Auseinandersetzung gegangen war, entschloß er sich, erleichtert aufatmend, zur Kapitulation. Er hob die Hand, als wollte er sich schützen, und sagte: „In Ordnung. Ganz wie Sie wollen."

Sie nahm es mit einem hellen Lachen zur Kenntnis. Mir fielen fast die Augen aus dem Kopf. Gräfin Krak lachte?

Der Verwaltungschef brachte sich und seine Offiziere aus der Gefahrenzone. Miteinander flüsternd und über die Schulter zur Gräfin zurückschauend, verließen sie, nur zu deutlich von der Angst vor ihr beflügelt, die Halle.

Die Gräfin fegte derweil einen Haufen Schutt auf eine Schippe und warf ihn in eine Kiste. Dann schob sie die Kiste in Richtung Rollrampe. Dabei summte sie vor sich hin! Ohne Worte. Nur die Melodie einer kleinen Ballade.

Ihre Mannschaft schien das Ende ihrer Arbeit vor sich zu sehen, denn sie arbeiteten mit doppelter und dreifacher Geschwindigkeit, während sie immer wieder zur Gräfin hinüberschielten. Ihre Veränderung verschreckte sie.

Ich war selbst viel zu erschrocken, um mich ihr zu nähern. Ich nahm an, sie wäre übergeschnappt. Niemand konnte wissen, was sie als nächstes tun würde! Ich dachte an das Sprichwort aus dem Hochland hinter Kabar: „Pantigs wechseln ihre Hauer nicht." Kurzum, ich hatte Angst, ihr zu nahe zu kommen, egal, wie dringend mein Anliegen war. Lombar saß weit weg in seinem Büro; Gräfin Krak aber war hier!

Ihre Mannschaft war praktisch mit der Arbeit fertig, und ich zog mich etwas zurück. Die Bewegung mußte ihr aufgefallen sein, jedenfalls kam sie mit leichten Schritten auf mich zu.

„Oh, Soltan", begüßte sie mich. „Ich freue mich, Sie zu sehen!" Und dann schenkte sie mir ein breites Lächeln.

Gräfin Krak *lächeln* zu sehen, war zuviel für mich. Dicht vor der Wand stand ein ziemlich neuer Polstersessel mit einer neuen Leuchtplatte darüber. Ein niedriger Tisch und ein passender Sessel auf der anderen Seite vervollständigten die trauliche Sitzecke. Ich stolperte rückwärts gegen den Sessel und sank hinein.

Sie hatte sich umgedreht und betrachtete ihr Werk. Dann klatschte sie in die Hände, und mehr als vierzig Gesichter wandten sich ihr zu.

„Ich glaube", verkündete die Gräfin, „das ist genug für heute. Ihr habt es sehr gut gemacht. Ihr seid jetzt alle verschwitzt, also geht eure Sachen waschen und nehmt ein Bad. Und weil ihr mitten in der Nacht schon angefangen habt" — sie hielt inne und lächelte —, „gebe ich euch den Rest des Tages frei!"

Hätte man eine Exploderkanone auf sie gerichtet, die Wirkung wäre dieselbe gewesen. Das hatte es in der modernen Geschichte von Spiteos noch nicht gegeben. Die Männer sahen sich gegenseitig an, dann auf die Tür, um zu sehen, ob ein Hinrichtungskommando hereinkam, und schließlich auf die Gräfin. Sie arbeiteten seit Jahren für sie. Sie verstanden es nicht und kicherten unsicher. „Nun, worauf wartet ihr noch?" Das scheuchte sie auf; verängstigt stürzten sie auf die Rollrampe zu und verschwanden.

Sie drehte sich um und kam zu mir. Auf halbem Weg erlosch das Lächeln auf ihrem Gesicht, und ihre Augen begannen zu funkeln. Ich hatte es gewußt. Ich hatte gewußt, daß diese Veränderung nicht anhalten würde. Sie blieb die Gräfin Krak! Ich bereitete mich seelisch auf einen Anpfiff vor.

Sie griff aber nur nach meinen Armen, hob mich wie ein Stückgut aus dem Sessel und setzte mich ein Stück weiter ab. Und dann tat sie etwas völlig Idiotisches. Sie nahm das Tuch von ihrem Kopf und wischte den Sessel ab, in dem ich gesessen hatte. So als hätte ich ihn dreckig gemacht.

Danach sah sie mich eindringlich an. „Das ist *nicht* Ihr Sessel! Das ist" — sie wies auf das kleine Ensemble aus Tisch und zwei Sesseln — „für Jettero!"

Der Name stimmte sie offenbar milder. Sie verrückte den Tisch um eine Winzigkeit, arrangierte einige Bücher und eine Sprachmaschine und strich über die Sessel, ehe sie sich wieder mir zuwandte. Ich hatte inzwischen versucht, mich einigermaßen zu sammeln. Doch sie war wieder die Freundlichkeit in Person, auch wenn ein Zug von Berechnung in ihrem Blick lag.

„Ich habe gerade daran gedacht, daß Sie auch nach Blito-P3 reisen werden, Soltan. Sie sind Jetteros Führer, nicht wahr?"

Nun, das mochte sie aus den Sprachkursen geschlossen haben, die ich herausgesucht hatte, und daraus, daß ich seine Termine machte. Ich murmelte etwas in dem Sinne, daß das der Fall sei.

„Und Sie haben den Auftrag, ihn vorzubereiten und irgendeine Mission, die er durchführen soll, zu leiten?"

Ich nickte.

Sie lächelte. Sie hatte sehr schöne weiße Zähne. Ich war mir dieser Zähne nur zu bewußt. Sie griff sanft nach meinem Arm — ohne darauf zu achten, daß ich zurückzuckte —, führte mich zu einer Bank hinüber und nötigte mich zum Sitzen.

„Sie brauchen eine Sprachauffrischung", sagte sie.

Ich versuchte, meinen Mut zusammenzunehmen und ihr zu sagen, daß mein Englisch, Italienisch, Türkisch und ein halbes Dutzend anderer Sprachen voll auf der Höhe seien. Aber meine Zunge verweigerte sich. Zu trocken.

Sie ging in aller Ruhe zu den Regalen hinüber, nahm einen Hypnohelm heraus und brachte ihn mir. Ich leistete nicht den geringsten Widerstand. Alles in allem hatte ich Wochen unter diesen Hauben verbracht. Sie tätschelte mir beruhigend den Kopf und stülpte mir den Helm über. Dann zog sie ein Speicherband aus ihrem Arbeitsanzug.

„Nur eine kleine Akzentüberholung", sagte sie freundlich lächelnd.

Sie steckte das Band in den Schlitz und schaltete den Helm ein. Ich hörte das vertraute Summen und war weg wie eine ausgeschaltete Leuchtplatte. Als ich wieder zu mir kam, war ich etwas erstaunt, daß eine halbe Stunde vergangen war. Die Gräfin ordnete einige Bücher auf dem Tisch und wischte noch einmal über den Sessel. Dann bemerkte sie, daß ich aufgewacht war, und kam mit einem der Bücher herüber.

Als sie mir den Helm abgenommen hatte, tätschelte sie mir wieder den Kopf. „Jetzt“, sagte sie, „lesen Sie das. Dann werden wir sehen, wie Ihr Akzent ist. Zuerst den von Virginia.“

Ich hielt das für ziemlich überflüssig. Meine Aussprache des kommerziellen Englisch ließ nichts zu wünschen übrig.

Sie spürte meinen Widerstand. „Nun, Jettero wird den Virginia-Akzent sprechen. Es ist eine Stadt oder so, stimmt's? Auf einem Planeten namens 'Erde'. Und Sie müssen in der Lage sein, ihn zu verstehen. Lesen Sie!“ Sie zeigte mit dem Finger auf die Buchseite.

Ich las laut vor:

> *Obedience is the mother of success, the wife of safety.*

Und weiter:

> *The fear of some divine and supreme powers keeps men in obedience.*

Sie schlug kindlich die Hände zusammen. „Oh, das ist sehr gut, Soltan. Sie lesen in perfektem Virginia-Akzent.“ Ich fragte mich, woher, zur Hölle, sie wußte, was ein perfekter Virginia-Akzent war. Hatte sie Englisch studiert?

Sie tippte mit dem Finger etwas weiter unten auf die Seite. „Jetzt lesen Sie das im Neu-England-Akzent, Soltan.“

Ich gehorchte und las leicht näselnd vor:

> *He who takes his orders gladly, escapes the bitterest part of slavery — doing what one does not want to do.*

„Ah, großartig, Soltan!“ Sie entzog mir das Buch. „Wirklich perfekter Neu-England-Akzent!“

Ich hatte eigentlich keinen Unterschied herausgehört. Ich hatte einfach einen „Amerikaner“, wie sie früher genannt wurden, gemimt und alles durch die Nase gesprochen. Es war irgendwie lachhaft.

Wir wurden vom Krachen der Tür unterbrochen. Die Gräfin flog förmlich zu ihr hin, und ich stand auf und ging ihr nach, um zu sehen, was vorging.

Was? Es war einer von Snelz' Wachmännern mit einem Paket für die Gräfin. Ich kam gerade zurecht, um einen Blick auf das Etikett zu erhaschen. Es stand etwas wie *„Für einen strahlenden Stern“* darauf.

Die Gräfin nahm das Paket. Sie schien verwirrt zu sein. Aufgeregt. Verlegen. „Für *mich?*“ stammelte sie.

„Das hat er gesagt, Gräfin.“

Sie brachte es geistesabwesend zu ihrem Tisch und riß es auf. Dann stand sie lange Zeit nur da und starrte in den offenen Karton. „Oooooh!“ machte sie schließlich und legte die Hand auf die Brust. Sie schnurrte!

Ich suchte mir eine Stelle, von der aus ich sehen konnte, was in dem Paket war. Eine Bombe? Für einen Ausbruch?

Sie hob etwas heraus, rannte zu einem Spiegel und hielt es sich an. „Oooooh!“ stöhnte sie wieder und rannte zu dem Paket zurück, um etwas anderes hervorzuholen und wieder zum Spiegel zu rennen ...

Dabei war eine Karte herausgefallen. Sie war mit *Jet* unterschrieben. Oh, bei allen Göttern! Er schenkte ihr Kleider! Einer unverheirateten Frau Kleider zu schenken, kann nur eines bedeuten: einen Annäherungsversuch. Ärger, dachte ich, du hast meine Adresse!

Wie sich herausstellte, enthielt das Paket *drei* hautenge, elastische Hosenanzüge nach der neuesten Mode, einen schimmernd schwarzen, einen hell scharlachroten und einen silberglänzenden. Zu jedem gehörten ein Paar elastischer Knöchelstiefel mit kleinen Blumen darauf und ein passendes Stirnband, dessen Blumenmuster dem der Schuhe entsprach. Ausgesprochen weibliche Sachen. Für Gräfin Krak?

Mir ging ein Licht auf. Wahrscheinlich war das einzige, was er von meinem Vortrag über sie behalten hatte, die Tatsache gewesen, daß sie keine Kleider besaß! (Piep) ihn. Und (piep)

Snelz! Der Zugführer mußte einen seiner Männer noch vor Morgengrauen in die Stadt geschickt haben. Und Heller, der so friedlich geschlummert hatte, als ich meine Unterkunft verließ, mußte auf den Beinen gewesen sein, kaum daß ich aus der Tür war!

Die Gräfin tanzte mitten in der Halle, den Silberanzug an sich geschmiegt, im Kreis herum. Dann hastete sie zum Tisch zurück, fand die Karte und drückte sie gegen die Brust.

Ich sah auf meine Uhr. Autsch, wir waren ganz schön überfällig! Ich rannte in Richtung Tür.

„Nein, nein!" schallte es mir hinterher. „Geben Sie mir zwanzig Minuten Zeit, damit ich noch einmal baden und mich umziehen kann."

Das war der Augenblick, in dem mich die furchtbare Vorahnung überkam, daß all das in einer Katastrophe enden würde. Ich wünschte, ich hätte gelernt, auf meine Ahnungen zu hören. Sie traf ein!

Kapitel 2

In meinem Zimmer fand ich Heller mit ausgestreckten Beinen in einem Sessel mehr liegend als sitzend vor. Er hatte die Augen halb geschlossen und faulenzte. Mission Erde schien das Thema zu sein, das ihn am wenigsten berührte. Der ergänzende Lesestoff, den ich ihm gegeben hatte, lag unberührt auf einem Stapel in der Ecke. Leise, wehleidige Musik klang aus dem Heimschirmgerät, und eine Sängerin bewegte sich über den Schirm. Liebeslieder!

Wenn es irgend etwas gibt, was meine Ohren beleidigt, ist es ein wimmerndes Echo-Orchester im Verein mit dem trillernd schluchzenden Sopran einer Liebesballadeuse. Noch dazu, wenn sie sich zum Zeichen „unerwiderter Liebe“ das Gesicht geschwärzt hat und aus Schläuchen neben ihren Augen rote Tränen quellen — Tränen aus Blut. Dabei triefen die Lieder auch ohne das von Herz und Schmerz:

So erlosch meine Glut
In der Leidensflut,
Die mich spülte fort
Zu dem Trübsalsort,
Wo mein letzter Schrei
Noch den Tod ruft herbei
Und als Aussteuer zur Hand
Mir das Grabgewand.

Grauenhaft! Das also war Hellers Vorstellung davon, wie man einen Auftrag in Angriff nahm und ausführte.

Mir schwante plötzlich, womit ich es zu tun hatte: Liebe! Die Standardtexte der Spionageausbildung warnen davor: Sie bieten eine Menge biologischer Tabellen, die ihre Irrationalität belegen, und eine Menge Beispiele dafür, daß sogar Königliche Häuser zerstört wurden, weil die pragmatischen Heiratsvereinbarungen von jungen Prinzen und Prinzessinnen mißachtet wurden, die sich in ihrer Dummheit in irgend jemand anders verliebten. In den Büchern fehlt zwar jeder Hinweis darauf, wie man die Liebe benutzen kann, aber sie warnen eindringlich davor, einen männlichen und einen weiblichen Agenten zusammenzuspannen. Wie es heißt, kann man Liebe nicht anders vereiteln als dadurch, daß man einen der Beteiligten erschießt. Nun, die Professoren mochten es nicht besser wissen; ich aber würde sie mir zunutze machen. Schließlich hatte ich meinen Aufstieg im Apparatus mittels Gerissenheit bewerkstelligt.

Jetzt konnte ich sie wieder einmal beweisen. Ich griff zur sanftesten mir verfügbaren Tonlage und sagte: „Sie sollten sich besser zurechtmachen. In ...“ — ich blickte ostentativ auf meine Uhr — „zwanzig Minuten haben Sie im Trainingstrakt eine Verabredung mit Gräfin Krak.“

Heilige Götter! Er schoß aus dem Sessel wie bei einem Katapultstart. Seinen weißen Fluganzug hatte er gestern abend gewaschen, und in dem luftarmen Zimmer war er noch nicht getrocknet. Er baute hastig einen Hitzestrahler vor ihm auf, duschte sich, trocknete und kämmte sich die Haare und zog den inzwischen trockenen Anzug an. Alles binnen acht Minuten. Wir mußten also noch drei, vier Minuten warten, obwohl es Heller kaum auf seinem Stuhl hielt. Ich schaltete den Heimschirm aus; ich hatte die Nase voll von Echo-Orchestern und triefenden Liebesballaden — sie hörten sich eher wie Totenklagen an, und wenn ich Heller nicht rechtzeitig von diesem Planeten herunterbekam, würde eine neue angestimmt werden müssen: meine.

Wir waren immer noch eine Minute zu früh vor dem Eingang zum Trainingstrakt, und Heller öffnete die Tür. Als ich ihm folgen wollte, wurde ich von einer Hand zurückgehalten. Es war der Trainingsassistent der Gräfin, ein äußerst unansehnlicher Schlägertyp. „Für Sie ist soeben eine Nachricht durchgegeben worden,

Offizier Gris. Sie werden im Ausdauerlager im Büro der Wache erwartet.“

Was war nun schon wieder? In heller Aufregung sorgte ich dafür, daß zwei Wachen vor dem Eingang zurückblieben, und eilte davon.

Man braucht immer einige Zeit, um den Tunnel hinter sich zu bringen, und als ich im Wachbüro des Ausdauerlagers eintraf, war fast eine Stunde vergangen. Der verdreckte diensthabende Apparatus-Offizier blätterte verwundert das Wachbuch durch.

„Oh, ja“, sagte er, „da war eine Nachricht für Sie ... Warten Sie, hier, sie ist vor Morgengrauen eingetragen. Bei allen Teufeln, Offizier Gris! Hat man Sie heute früh nicht erreicht? Es tut mir leid, Offizier Gris, aber es war eine interne Festungsangelegenheit. Bei uns ist nur verzeichnet, daß eine Nachricht für Sie vorlag. ...“

„Ich habe schon vor Stunden darauf geantwortet“, fiel ich ihm ins Wort. „Streichen Sie sie!“

„Aber wir haben nichts weiter durchgegeben“, sagte er. „Nur diese interne ...“

Es traf mich wie ein Schlag: Ich war hereingelegt worden! Von der Gräfin! Sie hatte mich aus dem Weg haben wollen. Was planten die beiden? Einen Ausbruch?

Aber wirklich in Schrecken versetzte mich erst der Gedanke an Lombar Hisst. Es war nicht schwer auszumalen, was er mir antun würde, wenn ich Heller verlor. Ich nahm einen Zischbus zur Festung zurück, aber für mich zischte er nicht genug. Angekommen, raste ich durch die Festung zurück zum Trainingstrakt. Die Götter mochten wissen, was ich vorfinden würde!

Ich stürmte hinein und blieb stehen. Es war die friedlichste Szene, die man sich vorstellen kann. Heller saß in dem Sessel, den die Gräfin für ihn reserviert hatte, das Bandabspielgerät stand auf dem Tisch und gab ein leises Knattern von sich, und die Gräfin Krak saß still auf der anderen Seite des Tischs. Sie trug den silberglänzenden Hosenanzug, ihre Haare wurden von dem blumenverzierten Silberband gehalten, und ihre Füße steckten in den silbernen Knöchelstiefeln; mit einem Wort: Sie war von atemberaubender Schönheit. Sie hatte die Ellbogen auf den Tisch und das Kinn in die offenen Handflächen gestützt und himmelte Heller an.

Ich ging auf leisen Sohlen hinüber. Ich war ziemlich wütend. „Das war ein netter Trick, den Sie da angewandt haben", zischte ich mit gedämpfter Stimme. Es war nur für die Gräfin bestimmt.

Sie wandte mir das Gesicht zu. Ihre Augen waren graublau und strahlten. Um ihre Lippen spielte ein versonnenes Lächeln. „Ist er nicht schön?" flüsterte sie, völlig entspannt, zurück.

Es widerte mich an. Aber auch ein weiblicher Pantig, ging es mir durch den Kopf, verliebt sich von Zeit zu Zeit. Ich ging in den Korridor hinaus: Ich hielt den Anblick der beiden wirklich nicht mehr aus. Für mich bedeutete die Situation nur eins: Gefahr.

Über meine Rufscheibe bekam ich eine sichere Leitung zum Büro der Sektion 451 in der Regierungsstadt. Mein Büroleiter — ein alter Verbrecher namens Bawtch — klang nicht sehr erfreut darüber, daß ich ihm als Sektionschef erhalten geblieben war. Er sagte mir, daß der Papierkram in schönster Ordnung sei und daß er hoffe, ich hätte keine neuen Befehle für ihn: Er könne jetzt keine Störung gebrauchen. Es war reichlich anmaßend, aber so ist Bawtch nun einmal: Das Leben ist ihm vermutlich schon wenige Sekunden nach der Geburt bitter aufgestoßen, und seither hat er es sich zum Beruf gemacht, es noch mehr zu vergällen.

Ich erfuhr, daß einige neue Texte und Bücher mit der gerade hereingekommenen Lieferung von der Erde eingetroffen waren, darunter die neuesten Ausgaben der *New York Times* und des *Wall Street Journal,* zweier Nachrichtenblätter, die auf diesem PLANETEN erscheinen. Ich ordnete an, daß alles nach Spiteos geschickt werden sollte. Bawtch seufzte und gab seiner Hoffnung Ausdruck, nicht so bald wieder von mir zu hören.

Ich trödelte noch etwas herum und machte mir Notizen zum weiteren Gang der Dinge, wie er von mir erwartet wurde. Dann schlenderte ich zurück in die Halle, um zu sehen, wie weit die Sprachstudien gediehen waren.

Was war das? Sie saßen nicht mehr am Tisch! Ich ging weiter hinein, und dann entdeckte ich sie — auf einer großen Trainingsplattform. Brachte sie ihm Techniken des unbewaffneten Kampfs bei? Mein Befehl lautete, keinerlei Spionagetaktiken ... Ich unterbrach meine Überlegung. Sie übten sich nicht im unbewaffneten Kampf. Heller zeigte der Gräfin die neuesten Tanzschritte!

Der Modetanz der letzten Monate war der „Springer“: eine Art wechselnden Angreifens; einer der Partner macht einen Ausfall, und der andere weicht zurück, hin und her. Eine ziemlich athletische Übung, aber monoton. Sie hatten einen Zeitticker eingeschaltet, wie er zur Koordinierung akrobatischer Bewegungsabläufe benutzt wird. Er schlug den Rhythmus, zu dem Heller die Schritte und Armbewegungen vorführte.

Die Gräfin hatte einen Mann getötet, weil er nach ihr gegriffen hatte. Und was ich jetzt sah, lief genau darauf hinaus: auf Berührung. Dem Unvermeidlichen gegenüber ist man meist wie gelähmt, und so blieb ich versteinert stehen und blickte gebannt auf die Szene. Früher oder später würde er sie bei einem dieser Ausfälle berühren ...

Und so geschah es auch! Ich erwartete das Schauspiel seines Todes.

Aber die Gräfin machte nur: „Oh!“, und erklärte: „Ich bin schon so lange hier, daß ich nicht mehr auf dem laufenden bin. Also: Wenn Sie nach mir greifen, muß ich mich wegdrehen und nicht einfach stehenbleiben wie eine Puppe!“

Er machte wieder einen Ausfallschritt, aber sie rührte sich nicht, so daß er ihre Schulter berührte. Gräfin Krak ungeschickt? Schwer zu unterrichten? Niemals!

Heller beendete seinen Ausfall, indem er sie in die Arme nahm und an sich drückte. So standen sie eine Weile, ohne sich zu bewegen. Und dann küßte er sie!

Ich erwartete ein Feuerwerk, aber das einzige Feuer war eine Art unsichtbaren Glühens, das von ihnen bis zu mir herüberstrahlte. Dann legte die Gräfin den Kopf zurück und sah zu Heller hoch. „Oh, Jet“, wisperte sie.

Ich erwachte aus meiner Erstarrung. Das konnte nicht gutgehen! Nie! Ich klatschte dreimal scharf in die Hände. Aber ich mußte noch einmal und lauter klatschen, ehe sie Notiz von mir nahmen und — händchenhaltend und sich ansehend wie zwei Kinder, die ein Geheimnis miteinander haben — zu mir herüberkamen.

„Unser Termin bei Doktor Crobe ist längst überfällig“, sagte ich mit Nachdruck. „Kommen Sie, Heller!“

Kapitel 3

Die biologische Abteilung nahm eine Reihe alter Steinhöhlen ungefähr hundert Fuß unter der Oberfläche ein. Anders als der Rest der Festung und trotz des schwarzen Basalts, waren die Räume grell ausgeleuchtet. Ich habe nie die ganze Abteilung gesehen: Es ist zu widerwärtig dort. Aber soweit ich weiß, besteht sie aus Bibliotheken, Operationsräumen, Gefrierschränken und endlosen Reihen von Glaskolben und Schalen. Wenn es in Spiteos allgemein schlecht riecht, ist das nichts gegen den Gestank in der biologischen Abteilung: Es ist dort üblich, Kulturen irgendwo auszuschütten und Fleischstücke und Körperteile achtlos wegzuwerfen und dann zu vergessen, so daß überall vor sich hin faulende Haufen herumliegen. Es ist ungefähr so hygienisch wie in einer Kloake.

In der ersten Bibliothek schlurfte eine Alte herum und ordnete Akten, während sie geräuschvoll schniefend den Rotz, der ihr auf die Oberlippe lief, wieder einsog. Ich zeigte mit einer Hand auf ein Regalbrett unter der Decke und mit der anderen auf Heller und schrie ihr zu: „Blito-P3." Sie war mit ihren anderthalb Jahrhunderten auf dem Buckel schon ziemlich taub, aber sie hatte mich gehört. Sie holte eine wacklige Leiter herbei, und so ließ ich Heller in ihrer Obhut zurück, wahrend ich mich auf die Suche nach dem Chefzellulogen machte.

Doktor Crobe war in einem der hinteren Operationsräume, und als ich eintrat, hielt er eine Hand hoch, zum Zeichen, daß er nicht gestört werden wollte. Ich mußte also haltmachen und zusehen.

Ein verunstaltetes Wesen war auf den Operationstisch gebunden, und Doktor Crobe beendete, was immer er gerade zu tun hatte. Der Mann, der wahrscheinlich vor ein paar Wochen noch wie jeder andere gewesen war, erhielt den letzten Schliff, den es brauchte, um aus ihm eine Zirkusattraktion zu machen.

Durch Umbildung und Übertragen von Zellen hatte Crobe die Arme und Beine des armen (piep) durch die Tentakel irgendeines Meerestiers ersetzt. Über den Augen waren ihm Knochen eingepflanzt worden, um einen Wulst zu erzeugen. Crobe prüfte gerade das Wachstum und die Verwurzelung einer „Zunge", die von irgendeinem Insektenfresser stammte und einen halben Yard aus dem Mund schießen konnte, als würde sich dieses Monster von Crobes Gnaden von Insekten ernähren.

Crobe war geschickt genug, solche Monster zu produzieren, aber unfähig zu erkennen, daß er mit seinen überlangen Armen und Beinen und seiner vorspringenden Nase selbst eines war. Während der Arbeit lag ein unheimlicher, ekstatischer Ausdruck auf seinem Gesicht; er war ein echter, hingebungsvoller Wissenschaftler! Bei diesem Anblick wäre es jedem kalt über den Rücken gelaufen. Crobe glaubte an das, was er tat!

Ich erhaschte einen Blick des fertiggestellten Monsters. Der arme (piep) hatte augenscheinlich seine fünf Sinne nicht mehr beieinander. Oh, nun, Crobes Monster lebten normalerweise nicht lange; waren die alten gestorben, kauften die Zirkusse einfach neue, — nach einer gewissen Zeit hätten die alten das Publikum sowieso gelangweilt. Kurz, ihre geringe Lebensdauer war in jeder Hinsicht gut fürs Geschäft.

„Hier", sagte Crobe, während er sich aufrichtete und den Krampf im Rücken massierte. „Das eine und einzige Exemplar der Spezies vom nicht eroberten Planeten Matacherferstoltzian!"

„Einen solchen Planeten gibt es nicht", bemerkte ich. Soviel Astrographie kannte ich noch.

„Nun, vielleicht nicht", meinte Crobe. „Das hier ist jedenfalls ein Exemplar des Lebens auf diesem Planeten."

„Kommen Sie mit", forderte ich ihn auf. „Ich habe einen Spezialagenten, den Sie vorbereiten sollen."

In diesem Augenblick durchfuhr ein stechender Schmerz meine Magengegend. Ich blickte mich um. Vielleicht war es der Geruch, der mich krank machte. Sehr sonderbar. Ich bin auf vielen Planeten gewesen und habe dort eine Menge merkwürdiger Dinge gegessen; außerdem war ich seit Jahren beim Apparatus, mit allem, was das mit sich brachte. Aber ich hatte noch nie solche Schmerzen gehabt!

Crobes Assistent übernahm das Monster, und ich ging mit dem alten Kauz hinaus. Heller hatte sich in der Bibliothek auf einen Stuhl gesetzt und schaute sich die Bücher an, die die Alte ihm gegeben hatte. Er nickte kurz, als ich ihm Crobe vorstellte.

„Ich bin nie unten auf der Oberfläche des Planeten gewesen", sagte er. „Das ist alles hochinteressant. Es ist ein schöner Planet, wissen Sie." Er hatte einige Fotos von Erdenbewohnern gefunden und blickte nachdenklich zwischen uns und den Bildern hin und her.

Zwei von Crobes Assistenten waren uns gefolgt. Einer hatte einen tragbaren Tisch mitgebracht, der andere hielt ein Tablett mit verschiedenen Geräten darauf in den Händen.

Crobe setzte sich. „Zu welchem Planeten geht denn die Reise?"

„Blito-P3. Erde", antwortete ich.

„Ah", sagte Crobe, während einer der Assistenten verschiedene Hefter aufschlug und auf dem Tisch stapelte. Crobe überflog eine der Unterlagen. „Blito-P3. Humanoid. Schwerkraft ... äh ... hmm ... Atmosphäre ... Styp, geben Sie mir die Tabelle der Knochendichten." Der Assistent gab sie ihm. „Ah", wiederholte Crobe.

„Der Agent", erklärte ich, „darf nach den planetarischen Standards von Blito-P3 nicht auffallen."

„Ja, ja", sagte Crobe und schob mich beiseite. „Styp, die Meßinstrumente."

Styp eilte hinaus und kam mit einem Rollwagen, auf dem die angeforderten Geräte lagen, zurück.

„Ausziehen", sagte Crobe und gestikulierte in Hellers Richtung.

Mir wurde immer übler; zu den Stichen im Magen kam jetzt Brechreiz hinzu. Was war bloß los mit mir?

Heller, der zu den Regalen gegangen war, interessierte sich offenbar mehr für die Bücher als für Crobe, zog sich aber aus.

Er schien nach einem bestimmten Titel zu suchen. Aber er stieg gehorsam auf eine Waage und tat, wenn auch abwesend, was ihm gesagt wurde. Die Assistenten drehten ihn herum, maßen und notierten die Werte, während Crobe nur gelegentlich brummte.

Styp hatte das Knochendensimeter vergessen und lief hinaus, um es zu holen. Crobe bot keine sehr organisierte Vorstellung. Kurz nach Styps Rückkehr hörte ich ein Murmeln und Scharren von der Tür her. Ich drehte mich um und sah fünf Frauen, die miteinander flüsternd in die Bibliothek starrten. Ich verstand nicht, was sie sagten, aber sie kullerten mit den Augen und wirkten insgesamt ziemlich aufgeregt.

Ich sah über die Schulter und bemerkte den Grund ihrer Aufregung: Heller. Einer von Crobes Assistenten ließ ihn sich beugen und strecken, um das Fußpfundpotential seiner Muskeln zu messen. Ja, das war ein Anblick. Er sah aus wie ein großer Waldgott, um den eine Schar von Bodenteufeln herumhüpfte. Er war hier so fehl am Platz wie eine Tempelstatue in einer Jauchegrube. Bei diesem Gedanken fiel mir ein, daß er dieser Statue in der Galerie von Voltar ähnelte, dem berühmten *Gott der Dämmerung* von Dawvaug. He, dachte ich, was, bei allen Teufeln, ist los mit mir? Ich bin kein Männerliebhaber; und wenn Crobe mit ihm fertig ist ... Ich fühlte wieder die Stiche in der Magengegend und mußte mich setzen, um nicht umzukippen.

Die Untersuchung war endlich zu Ende. Crobe hatte ein dickes Bündel Notizen in der Hand und sagte zu Heller im Ton einer Anklageverlesung: „*Sie* sind vom Planeten Manco. Gewicht, Größe, Dichte ... ja, Manco.“

Nun, zur Hölle, man brauchte ihn bloß anzusehen, um zu wissen, daß er von Manco stammte. Nicht, daß Voltarianer und Manconier so verschieden sind; außerdem hat jede der fünf Rassen auf Manco ihr eigenes Aussehen — aber eben auch jede Planetenbevölkerung. Dann fiel mir plötzlich etwas ein: Gräfin Krak war auch von Manco! Die beiden gehörten sogar zur gleichen Rasse!

Crobe blätterte seine Unterlagen über Blito-P3 durch. Er brummte und rieb sich das Kinn. Dann sagte er: „Der Gewichtsunterschied zwischen Manco und Blito-P3 ist nicht sehr groß. Aber die Schwerkraft auf Blito-P3 ist um rund ein Sechstel kleiner. Das heißt, Sie werden erst Gehen und Rennen üben müssen, bevor sie sich in der Öffentlichkeit zeigen.

Hmmm. Oh, ja. Die Atmosphäre. Sie ist weniger dicht; Sie müssen also daran denken, sich regelmäßig Luft zuzuführen — einmal am Tag ungefähr. Atmen Sie einfach tief durch. Und führen Sie sich vor jeder größeren Anstrengung genügend Sauerstoff zu. Sonst werden Sie schnell müde werden.

Wie wird dieser Planet von seinen Bewohnern genannt? Erde? Oh, ja. Nun, Ihre Knochendichte ist aufgrund des Schwerkraftunterschieds etwas größer als die der Erdbewohner.

Was die Ernährung betrifft, werden Sie keine großen Probleme haben. Das dortige Wasser und Essen ist bekömmlich. Hmmm. Aber auf eines müssen Sie achten. Aus irgendwelchen Gründen erfüllt die Ernährung der Erdbewohner nicht die normalen Standards, besonders Ihre nicht. Nun, ich würde Ihnen raten, einfach öfter zu essen und es zu vermeiden, daß Sie hungrig werden. Hmmm. Ja. Es gibt dort ein Gericht namens 'Hamburger'. Sie können zwar so gut wie alles essen, was Ihnen schmeckt, aber diese Hamburger wären eine ausgewogene Ration für Sie.

Getränke. Hmm. Das Wasser geht in Ordnung. Ah, ja, Alkohol. Man trinkt dort viel Alkohol. Hände weg von allem, was 'Spirituosen' genannt wird. Sie desorganisieren die zerebrale Orientierung. Hmm. Bier. Es gibt dort ein Getränk namens 'Bier'. Das können Sie ohne Bedenken trinken, aber, wie gesagt, keine sogenannten 'harten' oder 'geistigen' Getränke, welcher Art auch immer."

Er schob seine Notizen zusammen, und ich begann, mich etwas besser zu fühlen. „Also", sagte er. „Sie werden sicher jeden Tag Körperübungen machen müssen. Sonst werden Ihre Muskeln und Sehnen, bei der niedrigen Schwerkraft, rasch erschlaffen. Und wenn Sie sich dann noch genügend Sauerstoff zuführen, Hamburger essen und Bier trinken, werden Sie sich wohlfühlen."

Mir fiel, aus irgendeinem Grund, ein Stein vom Herzen.

Doch dann wurde Crobes Stimme plötzlich scharf: „Haben Sie zugehört?"

Heller war immer noch geistesabwesend und blickte hin und

wieder zu den Bücherregalen hinüber. Aber warum hätte er auch zuhören sollen? Crobe, ob er es wußte oder nicht, hatte einen Raumfahrer vor sich, der all das, was er ihm empfohlen hatte, sowieso tun mußte — von den Hamburgern und dem Bier einmal abgesehen.

„Ich mache mir all diese Mühe", krächzte Crobe, „und Sie hören mir noch nicht einmal zu!"

„Oh, ich habe Ihnen zugehört", erwiderte Heller. „Gehen lernen, Sauerstoff, Wasser, Ernährung, Hamburger und Bier. Ich weiß Ihre Mühe durchaus zu schätzen." Damit beugte er sich vor, griff nach einem Buch mit Farbabbildungen der Erdenrassen und klopfte mit dem Handrücken darauf. „Ich war nur verblüfft über das Aussehen dieser Erdenrassen. Sie haben nicht zufällig das Buch *In den Nebeln der Zeit* hier?"

Crobe war von dieser Unterstellung sichtlich verärgert. „Nein, natürlich nicht! Das hier ist die anthropologische Bibliothek!"

Meine Magenstiche meldeten sich erneut.

Die alte Bibliothekarin hob beschwichtigend die Hand und schlurfte davon. Sie kam mit einem abgestoßenen Band von etwa zwei Fuß Dicke zurück. „Es war in der historischen Bibliothek", sagte sie mit einem zahnlosen Lächeln zu Heller.

Er legte das Buch auf den Tisch, während Crobe mißmutig in seine Papiere starrte.

Auf dem Einband des Wälzers stand:

> Gekürzte Ausgabe. In den Nebeln der Zeit, Legenden der ursprünglichen Planeten der Konföderation von Voltar, gesammelt von der Abteilung Sagen und Märchen des Amts für Innere Angelegenheiten.

Ich fragte mich, wie die ungekürzte Fassung aussah, wenn die gekürzte schon ein solches Ungetüm war.

„Märchen", brummte Crobe in seinen nicht vorhandenen Bart.

Heller hatte derweil gefunden, wonach er suchte. Er hatte das aufgeschlagen, und sein Finger zeigte auf die *Volkslegende 894M.*

„Ich hab's", verkündete er. „Ich habe das Buch seit dem Kindergarten nicht mehr in der Hand gehabt."

Dann las er vor:

Volkslegende 894: Und es wird erzählt, daß vor vielen tausend Jahren, während der Großen Rebellion auf Manco, dieser Prinz Caucalsia, als er seine Sache unrettbar verloren sah, mit den Resten seiner Flotte sowie unzähligen Anhängern und ihren Familien von Manco floh und das Manco-System verließ. Und es wird weiter berichtet, daß, als neun Jahre vergangen waren, zwei Transporter nach Manco zurückkehrten und in der Festungsstadt Dar landeten. Wie es heißt, wurden ihre Insassen von einer Frau namens Nepogat heimtückisch betrogen und eines Nachts allesamt verhaftet. Die Mannschaften wurden vom Apparatus verhört, und später wurde behauptet, daß sie von einer Landung des Prinzen Caucalsia auf dem Planeten Blito-P3 nach seiner Flucht von Manco gesprochen hätten. Weiter hätten sie erzählt, der Prinz habe mit all seinen zahllosen Anhängern eine Kolonie namens Atalanta gegründet, die blühte und gedieh. Da aber die Brennstoffe bis auf weniges verbraucht gewesen seien, habe der Prinz, auf ihre sichere Rückkehr und sogar auf eine fruchtbare Handelsbeziehung hoffend, zwei Frachter ausgeschickt. Aber es wurde befohlen, keine Gnade walten zu lassen. Die Kolonisation von Blito-P3 wurde zu jener Zeit als illegal und als Verletzung der Heiligen Invasionszeittafel von Voltar betrachtet. Auf Betreiben der Nepogat wurden die Frachtermannschaften zu Tode gebracht. Aber der Aufruhr der Zeit verhinderte jede weitere Strafmaßnahme gegen den Prinzen Caucalsia. Die Festungsstadt Dar brannte während des Großen Umsturzes im folgenden Jahr nieder, und jedes Zeugnis, das die Legende vielleicht belegen könnte, ging für immer verloren. Diese Volkslegende bildet den Hintergrund für das Kindermärchen *Nepogat die Verdammens-*

werte und findet sich auch in dem manconischen Kinderlied „Kühner Prinz Caucalsia“ wieder.

„Quatsch!“ sagte Crobe. „Sie sollten wissen, wie immer Sie heißen mögen, daß wir in dem Augenblick, in dem Märchen in die solide Welt der Wissenschaft eindringen, verloren sind!“ Er schäumte fast vor Wut. „Sie übersehen eine wichtige Tatsache!“ fuhr er Heller weiter an. „Humanoide Formen sind die verbreitetsten zu Empfindungen fähigen Formen im Universum! Sie stellen 93,7 Prozent aller bis jetzt entdeckten Populationen. Die humanoide Form ist unter den grundlegenden Überlebensbedingungen jedes denkbaren Kohlen-Sauerstoff-Planeten unabweislich: Wenn empfindungsfähiges Leben entstehen und sich behaupten soll, sind die Anpassungsleistung der Hände, die Gelenkigkeit der Füße, der symmetrische Aufbau von rechter und linker Körperhälfte und die flexible Haut notwendig.“

Schau an, du alter Heuchler! dachte ich. Du weißt das alles, und fabrizierst dennoch Monster und gibst vor, sie seien Angehörige einer fremden Bevölkerung!

„Diese Tatsachen sind in die Zellstruktur eingebaut!“ ereiferte sich Crobe weiter. „Aber jede empfindungsfähige Population eines Planeten hat sich dort entwickelt. Und *das ist* wissenschaftlich erwiesen. Vergessen Sie Religionen und Märchen! Oh, natürlich“, ergänzte er modifizierend, „die Blutzellen sind von humanoider Rasse zu humanoider Rasse verschieden. Das ist der Punkt, an dem man eine Vermischung zwischen den Planeten feststellen kann.“

„Mir war nur die Ähnlichkeit zwischen dem Knochenbau des Gesichts einiger der Erdenrassen und den Rassen von Manco aufgefallen“, warf Heller besänftigend ein.

„Ich kann es Ihnen zeigen!“ hackte Crobe zurück, als würde sich Heller mit ihm streiten. Er rannte aus der Bibliothek; ich ahnte, wohin: zu den Gefrierschränken. Wie um mir recht zu geben, klangen kurz darauf die Geräusche einer in Eis geschlagenen Axt herüber.

Als Crobe zurückkam, brachte er eine eingefrorene humanoide Hand mit, die am Handgelenk vom Arm abgehackt worden war.

Er drückte sie in den Dreck auf dem Instrumentenkarren, zog ein Abtaugerät hervor, und binnen kurzem begann die Hand zu bluten. Es paßte zu Crobe, eine Hand abzuschlagen, wenn er nur ein paar Blutstropfen haben wollte. Ich fühlte mich krank, sehr krank.

„Von einem Erdenmann!" rief Crobe aus, während er ein paar Blutstropfen in ein Schälchen gab.

Heller schien verwundert zu sein. „Soltan, entführen Sie auch Erdbewohner?"

Ja, in der Tat, Königlicher Offizier Heller. „Nein", sagte ich. „Wir haben vor Jahren einige Leichen aus einem kollidierten Schiff geborgen und sie zu Studienzwecken eingefroren."

Crobe warf mir, so gut er konnte, einen erstaunten Blick zu, während er die Hand auf den Fußboden schmiß und die Blutprobe unters Mikroskop schob. Dann nahm er ein dreckstarrendes, scharfes Skalpell, griff nach Hellers Hand und machte einen kleinen Schnitt in seinen Daumen. Ich war kurz davor, mich zu erbrechen. Ich konnte für meine Reaktionen nicht mehr einstehen.

Aber Crobe beließ es dabei. Er stellte eine zweite Blutprobe her und legte sie unter ein zweites Mikroskop. Dann forderte er Heller auf: „Nun sehen Sie es sich an! Danach wird Ihnen ein für allemal klar sein, daß keine Vermischung zwischen Manco und Blito-P3 stattgefunden hat! Was auf der Erde humanoid ist, hat sich auf der Erde entwickelt. Das ist wissenschaftlich erwiesen!"

Heller verglich die Proben. „Sie sind sich ähnlich", sagte er.

„Ha!" schnappte Crobe. „Der unqualifizierte Blick!" Er schob Heller zur Seite und beugte sich über die Mikroskope. Als er sich wieder aufgerichtet hatte, fragte er mich: „Offizier Gris, war das einer Ihrer Erdenagenten? Gehen Sie hinüber und sehen Sie nach. Halt, nein." Er hatte es sich anders überlegt, hob die Hand auf und untersuchte sie mit dem Knochendensimeter. „Nun, also, es *war* ein Erdenmann!"

Danach sammelte er seine Papiere ein und brüllte seinen Assistenten zu, sie sollten die Instrumente und den Tisch mitnehmen. Zu Heller sagte er, auf einen Stuhl zeigend: „Setzen Sie sich, und träumen Sie weiter von Ihren Märchen." Heller lächelte dünn und wandte sich wieder dem Bildband zu.

Crobe ging zur Tür und winkte mir zu, mitzukommen. Ich folgte ihm in ein noch verdreckteres Büro. Ich hatte Angst, mich zu setzen, weil die Gefahr bestand, ein Leichenteil unter mir vorzufinden. Aber ich fühlte mich miserabel, also ließ ich mich trotz aller Bedenken auf einen Stuhl nieder.

Crobe nahm ebenfalls Platz und zeigte auf seine Notizen, ehe er sich verschwörerisch vorbeugte. Was wollte er noch? „Offizier Gris, wir haben ein Problem mit Ihrem Agenten. Wir stecken in Schwierigkeiten."

Vorher hatte er anders geklungen. Mein Magen reagierte verstimmt.

„Offizier Gris, wir werden diesen Agenten behandeln müssen." Er sah in seine Notizen. „Das Gewicht geht in Ordnung. 239 Pfund hier werden etwa 199 Pfund auf der Erde sein. Das wird niemandem auffallen. In seinem Alter, heißt das." Er tippte auf eine Tabelle. „Was das betrifft: die Erdenbewohner leben ihre Lebensspanne nicht aus, wahrscheinlich aufgrund der Ernährung oder von Fehlfunktionen, die sich im Laufe ihrer Organevolution ergeben haben. Jeder selbstbewußte Säuger auf jedem selbstbewußten Planeten, der eine selbstbewußte Zellstruktur besitzt, lebt normalerweise das Sechsfache seiner Wachstumsphase."

Nun, das war mir bekannt. Worauf wollte er hinaus?

„Auf Blito-P3", fuhr Crobe nach einem Blick in seine Tabellen fort, „ist das Wachstum, wie berichtet wird, im Alter von zwanzig Jahren abgeschlossen. Das mag zu schnell sein, trotzdem sollten sie hundertzwanzig Jahre alt werden. Aber sie werden es nicht. Sie treten für gewöhnlich schon mit siebzig oder noch früher ab."

„Doktor Crobe ...", begann ich. Ich wollte ihm sagen, daß Heller nicht so lange dort bleiben würde, unterbrach mich aber, weil mir plötzlich klar wurde, daß ich mich irrte: Er würde so lange bleiben! Aber, na und?

„Um das Problem zu verdeutlichen", fuhr Crobe fort. „Die Wachstumsphase der Humanoiden auf Manco dauert zweiunddreißig Jahre. Und sie *leben* den Faktor sechs aus. Ihr Spezialagent wird also, wenn ihm bis dahin nichts zustößt, ungefähr hundertzweiundneunzig Jahre alt werden."

Ich verstand nicht, worauf er hinaus wollte.

„Heute ist er etwa achtundzwanzig Jahre alt und sechs Fuß und zwei Zoll groß. Das Wachstum während der letzten Jahre ist zwar nicht mehr erheblich, aber in vier Jahren wird er sechs Fuß und fünf Zoll messen!"

Ich war krank und voller Sorgen. Ich wußte, daß Crobe auf irgend etwas zusteuerte.

„Die durchschnittliche Größe einer Erdenrasse mit seiner Hautfarbe — weiß? Nein, eher bronzefarben — ist" — er konsultierte seine Tabellen — „fünf Fuß und achteinhalb Zoll." Er ließ seine Papiere fallen und sah mich an. „Er ist zu groß! Er wird herausragen wie ein Leuchtturm!"

Ich wollte es mit einer kurzen Bemerkung abtun, aber er ließ es nicht dazu kommen. „Warten Sie! Er wird auch zu jung aussehen." Er vergewisserte sich der Zahlen in seinen Tabellen. „Ja. Er wird wie ein Junge von neunzehn oder sogar erst achtzehn erscheinen." Er hielt mir ein paar Fotos hin. „Sehen Sie?" Dann lächelte er. „Aber noch ist nichts verloren. Das läßt sich richten."

Er beugte sich dicht zu mir herüber. Auf seinem Gesicht lag dieser verrückte Ausdruck, den es bei seinen Monstern annahm. „Wir können seine Arme und Beine verkürzen, indem wir ein paar Knochenstücke entfernen. Wir können auch seinen Schädel schrumpfen lassen ... Offizier Gris! Was ist mit Ihnen?"

Ich war vornüber gesackt und hielt mir mit beiden Händen den Bauch. Solche Schmerzen hatte ich noch nie gehabt! Und dann kotzte ich, über meine Beine, auf den Fußboden. Ich brachte alles heraus, was ich seit einer Woche gegessen hatte, und als nichts mehr kam, war es noch nicht zu Ende. Ich würgte krampfgeschüttelt weiter.

Ich mußte einen ziemlichen Aufruhr verursacht haben. Das nächste, was ich wahrnahm, war, daß Heller neben mir stand und meinen Kopf hielt. Einer von Crobes Assistenten versuchte, mir durch einen Schlauch irgend etwas einzuflößen, aber ich spie es sofort wieder aus. Ein anderer sprühte mir etwas ins Gesicht, aber das machte es nur noch schlimmer.

Heller bellte irgendwelche Befehle, und zwei Wachen kamen herein. Dann zog er ein rotes Ingenieurstuch aus der Tasche und wischte mir den ärgsten Schmutz vom Gesicht, bevor er sich eine Trage bringen ließ und mich sacht darauflegte. Die beiden Wachen nahmen vorn und hinten Aufstellung, hoben mich an, und so verließen wir die biologische Abteilung.

Kapitel 4

In meinem Zimmer zog Heller mich aus und stellte mich unter die Dusche, und als der Schmutz abgewaschen war, legte er mich ins Bett. Er war überaus fürsorglich. Als ich im Bett lag, stellte er eine Strahlenlampe auf und richtete sie, in der Hoffnung, daß es mir helfen würde, so aus, daß sie meinen Magen beschien.

Ich ließ es in dumpfer Teilnahmslosigkeit über mich ergehen. Ich hatte mich noch nie in meinem Leben so krank gefühlt. Es war sogar noch schlimmer, als mit Lombar zu sprechen.

Heller hob meine Kleidung vom Fußboden auf und sagte: „Die ist hin."

Ich erstarrte vor Schreck: Er leerte die Taschen! Und ich konnte ihn nicht aufhalten. Wenn man nicht regelmäßig zu seinem Arbeitsplatz geht, neigt man dazu, sich selbst zu einer Art wandelndem Büro zu machen; meine Uniform steckte voller Notizbücher, alter Briefe, Nachrichten — was sich eben so ansammelte. Wenn er sie durchsah, würde er den Schwindel der Mission Erde entdecken!

Aber er legte die Papiere auf einen Haufen, ohne auch nur einen Blick darauf zu werfen. Trotz meines Zustands empfand ich einen Anflug von Verachtung angesichts seiner völligen Unbedarftheit in Sachen Spionage. Er war ein Kind!

Nachdem er aus den Waffen, die ich mir besorgt hatte, einen zweiten Haufen gebildet hatte, nahm er Uniform, Mütze, Stiefel und alles zusammen, vergewisserte sich, daß die Taschen leer waren, und warf es in die Abfalleinheit. Nun, die Sachen waren auch vor dem heutigen „Unfall" schon ziemlich verdreckt gewesen.

Eine der Wachen war im Zimmer geblieben, um Heller, falls nötig, zu helfen. Heller fischte meine Identokarte aus dem Papierhaufen und gab sie dem Wachmann.

„Nein!“ bat ich matt.

„Fahren Sie ins Lager“, ordnete Heller an, „und holen Sie ihm eine neue Versorgungsdienstuniform aus der Kleiderkammer.“

Der Wachmann kreuzte die Arme zum Flottensalut — mir gegenüber salutierte nie jemand — und verschwand mit meiner Identokarte.

„Heller“, stieß ich hervor, „mit der Karte kann er die Hälfte der Nutten im Todeslager bezahlen. Sie ruinieren mich!“

„Oh, das glaube ich nicht. Sie müssen lernen, den Leuten zu vertrauen, Soltan.“

Diesem kriminellen Abschaum vertrauen? „Oh, ich bin zu krank für eine Lehrstunde! Moralisieren Sie jetzt nicht mit mir.“

Er verrückte den Strahler über meinem Bauch ein wenig und legte mir ein kühles, nasses Tuch auf die Stirn. „Fühlen Sie sich schon besser?“

Das tat ich nicht. Es war wohl auch eine rhetorische Frage gewesen, denn Heller hatte sich darangemacht, den Schmutz, der von der Uniform gebröckelt war, aufzuwischen. Diese Flottenleute sind ausgesprochen reinlich. Danach zog er sich aus, und nachdem er geduscht hatte, wusch er sein rotes Tuch und seinen Fluganzug aus und räumte noch ein bißchen auf. Als er damit fertig war, zog er einen einteiligen saloppen Abendanzug an, kämmte sich die Haare und schaltete schließlich den Heimschirm ein und setzte sich davor. Wie er da in dem Sessel saß, sah er aus, als wäre er soeben dem Schaufenster eines Schneiders entstiegen.

Mir blieb fast das Herz stehen. Er beugte sich vor und streckte die Hand nach den beiden Haufen auf dem Fußboden aus. Ich dachte, er würde meine Papiere durchsehen! Aber ihm war nach anderem: Er nahm einen der Exploder vom Waffenhaufen. „Ein ganz hübsches Arsenal haben Sie da“, bemerkte er, während er die Ladekammer öffnete und nachsah, ob die Energiepatrone eingelegt war. „Man muß bei diesen Dingern immer aufpassen. Sie werden mit Blindladungen geliefert — sehen genauso aus wie die echten. Aber die hier ist in Ordnung.“

Ich wartete angespannt darauf, daß er sich den Papieren zuwendete. Aber er griff nach dem Betäubungsgewehr und prüfte auch dessen Ladung. Dann streckte er wieder die Hand aus, und ich hielt den Atem an. Doch diesmal galt sein Interesse einem der Zehnzoller der Messerstecher-Abteilung. Er betrachtete ihn neugierig. Sie sind gewiß nicht weit verbreitet. Wenn man mit ihnen umzugehen weiß, kann man sie zum Summen bringen, indem man sie in bestimmter Weise an der Spitze der Klinge antippt. Heller wußte offenbar mit ihnen umzugehen. „Gute Legierung", sagte er.

Dann hob er die Hand, und bevor ich mitbekam, was er vorhatte, schwirrte das Stilett so schnell durch das Zimmer, daß ich es zischen hörte. Ich zuckte zusammen. War es für mich bestimmt?

War es nicht. Es schoß in eine Melone, die auf einem Regalbrett an der Wand lag, und flutschte — pfft! — mitten hindurch! Heller ging hinüber, zog es mit ein, zwei ruckartigen Bewegungen des Handgelenks heraus und bot mir eine sauber geschnittene Melonenscheibe an. „Möchten Sie?" fragte er. Aber allein der Gedanke ließ meinen Magen revoltieren. „Tut mir leid", sagte Heller. „Aber manchmal ist ein Stück Melone das richtige, um den Magen zu beruhigen."

Er schob die Scheibe wieder in die Frucht und ging zu seinem Sessel zurück, griff aber immer noch nicht nach meinen Papieren, sondern reinigte nur sorgfältig Klinge und Schaft des Stiletts.

Der Wachmann kam mit einem Bündel Uniformen zurück und reichte Heller meine Identokarte. Heller gab ihm eine Verrechnungseinheit, und der Wachmann fragte: „Ist das alles, Herr?" Ich wurde niemals als „Herr" angesprochen. Aber, dachte ich gehässig, man kann sich eben eine Menge kaufen für eine Verrechnungseinheit.

Doch das war noch nicht alles. Der Wachmann beugte sich zu Heller hinunter und flüsterte ihm etwas ins Ohr, und Heller lächelte und flüsterte etwas zurück. Dann grinsten sie beide. Was planten die beiden da? Einen Ausbruch?

Der Wachmann trat zurück und wollte gerade Haltung annehmen, als Heller auf den Fußboden zeigte. „Sie haben das Geld fallengelassen."

„Hab' ich?" Er bückte sich und hob den Schein auf. Dann

salutierte er und ging hinaus. Er ist also nicht nur am Geld interessiert, dachte ich. Sie *haben* etwas vor.

Heller holte sich ein Buch über die Erde und begann darin zu lesen. Meine Papiere lagen immer noch unbeachtet am Boden. Was für ein Trottel! Er würde keine zehn Tage auf der Erde überleben. Irgendwie bewirkte dieser Gedanke, daß ich mich schlechter fühlte. Ich fing an, mir ernstlich Sorgen um mich zu machen. Ich hatte noch nie Verdauungsschwierigkeiten gehabt. Fieber schien ich auch nicht zu haben. Was mochte es also sein?

Wenn ich zu Doktor Crobe ginge, würde er mir sagen, ich solle mir von ihm einen neuen Magen einsetzen lassen. Ich dachte ein wenig über Crobe nach. Ich würde es mir nie im Leben erlauben, in der Nähe dieses Übergeschnappten ohnmächtig zu werden: Ich könnte mit einem Tierkopf auf den Schultern wieder aufwachen!

Dieser Vorschlag, den er in bezug auf Hellers Arme und Beine gemacht hatte ...! Ein neuer Anfall drehte mir den Magen um. Es gab jedoch nichts mehr, was ich hätte erbrechen können. Ich mußte trotzdem würgen, wenn auch trocken, und schob, mit dem Anfall kämpfend, den Kopf über den Bettrand. Daß Heller einen Eimer holte, war überflüssige Mühe.

Er weichte das Tuch, das mir von der Stirn gerutscht war, ein, wrang es aus und legte es mir wieder auf den Kopf. Aber ich achtete kaum darauf. Ich war verzweifelt. Ich durfte nicht krank sein. Wenn ich diese Mission nicht in Gang brachte, erwartete mich Schlimmeres als Krankheit. Es wäre der Tod für mich!

Heller war zu seinem Buch zurückgekehrt, und ich zwang mich dazu, ruhig und vernünftig nachzudenken. Wann war diese Krankheit ausgebrochen? Ich konzentrierte mich. Es hatte angefangen, als ich Crobes Gefilde betrat. Es war etwas Vergiftendes an Crobe! Ja, jedesmal, wenn ich an ihn dachte, fühlte ich mich schlechter! Ha! Es war klar! Ich durfte mich ihm nie wieder nähern! Nie!

Mir ging es plötzlich wieder ausgezeichnet! Eben noch hatte ich mich wie ein Häufchen Elend gefühlt, und jetzt war alles wie weggewischt! Nicht mehr die winzigste Spur von Schmerz oder Übelkeit!

Ich setzte mich erleichtert auf.

„Fühlen Sie sich besser?“ fragte Heller.

Ich nickte heftig.

„Manchmal geht so etwas ganz schnell vorbei. Und Sie sind jung und kräftig. Es muß irgendein kurzlebiger Bazillus gewesen sein. Freut mich, daß es Ihnen bessergeht."

Ich stand auf, wusch mir das Gesicht, legte die neue Uniform an, stopfte die verräterischen Papiere in die Taschen und bewaffnete mich.

Das Leben sah wieder rosig aus!

Kapitel 5

Aber wie die Priester von Voltar sagen: „Befreunde dich nicht zu eng mit dem Glück, oder die Götter werden es dir nehmen."

Heller wuselte wieder herum, räumte auf, putzte dies und das, wischte den Tisch ab; er machte sozusagen klar Schiff. Ich ignorierte seine Raumfahrerleidenschaft für saubere, geordnete Verhältnisse. Ich beachtete noch nicht einmal das aus dem Heimschirm erklingende Echo-Orchester. Ich war damit beschäftigt, meine Papiere zu ordnen.

Es klopfte an der Tür, und ich öffnete sie. Zwei Wachmänner standen draußen, und zwischen ihnen ein niedriger Lastkarren mit einer großen Kiste darauf. „Für Sie", sagte einer der beiden.

Die Kiste hatte enorme Ausmaße. Ich konnte mich nicht erinnern, etwas in der Art bestellt zu haben. „Für mich?"

„Sicher, für Sie", sagte der Wachmann. „Sehen Sie?"

Es war zu dunkel im Korridor, um das Etikett lesen zu können, also schoben die beiden die Kiste ins Zimmer und schlossen die Tür hinter sich.

Oben war tatsächlich ein großes Etikett aufgeklebt;

EILT! OFFIZIER GRIS PERSÖNLICH!

Der Ernst auf den Gesichtern der Wachen und die Art, wie Heller die Szene beobachtete, hätten mich mißtrauisch machen müssen. Aber ich fühlte mich zu gut, um aufmerksam genug zu sein.

Ich streckte die Hand aus, packte den Griff und öffnete die Klappe. Was ich zu sehen erwartet hatte, weiß ich nicht. Aber was ich zu sehen bekam, erschreckte mich bis ins Mark!

Was zum Vorschein kam, war der Kopf einer Zitab! Das zum Biß aufgerissene Maul des giftigsten Reptils auf Voltar! Ein Mordkomplott!

Der Deckel klappte auf! Ich fuhr wie katapultiert zurück; ich flog buchstäblich durch die Luft und landete in der Duschkabine. Meine Hände krallten sich in den Vorhang und rissen ihn herunter. Die aufgereihten Seifenflaschen purzelten herunter und trafen meinen Kopf wie eine Kanonade. Und ich versuchte immer noch weiter zu fliehen.

Die Zitab richtete sich zu voller Länge auf: fünf Fuß tödlichen Lebens! Ich glaubte, sie würde in der nächsten Sekunde durch die Luft schießen, quer durchs Zimmer, auf mich zu. Wieso verharrte sie plötzlich mitten in der Bewegung?

Und dann, oh, bei allen Göttern, wurde es noch schrecklicher: Gräfin Krak tauchte, in flammendes Rot gekleidet, aus der Kiste auf! Und plötzlich brachen alle wie auf Kommando in kreischendes Gelächter aus! Die Wachen, Heller und die Gräfin, heißt das.

Sie hielt die Zitab kurz hinter dem Kopf mit einer Hand fest. Sie hatte sie die ganze Zeit so gehalten und sie aus der Kiste gestreckt, so daß es aussah, als wollte sie angreifen. Jetzt hielt sie sich mit der anderen Hand den Bauch vor Lachen! Sie lachten und lachten. Sie krümmten sich vor Lachen. Eine der Wachen sank völlig ausgepumpt zu Boden, und Heller mußte sich am Stuhl festhalten, um nicht herunterzufallen, während das Lachen ihm die Tränen in die Augen trieb.

Mir war, als ginge es schon mindestens zehn Minuten so! Ich nahm es nicht sehr gut auf. Oh, Götter! Ein Festungsgefangener hier auf einer der oberen Ebenen, weit von seiner Zelle entfernt: Allein dafür konnte man erschossen werden! Sie spielten ein ausgesprochen gefährliches Spiel. Und sie *lachten!*

Nach einer Weile schaffte ich es, einen Blick auf die Zitab zu werfen. Im ersten Augenblick hatte ich gedacht, sie wäre ausgestopft. Aber jetzt erlebte ich einen weiteren Schock: Sie zischte und züngelte! Ihr waren nicht einmal die Giftzähne gezogen worden! Ein Biß, und man war tot. Und diese Witzbolde schütteten sich aus vor Lachen!

Nach und nach verebbte die Heiterkeit. Die Gräfin stieg aus der Kiste, drehte den Kopf der Zitab herum, so daß sie sie fixieren konnte, und zeigte mit dem Finger auf sie. Die Zitab schloß das Maul, und die Gräfin legte sie in die Kiste zurück, indem sie ihr mit dem Finger drohte, was soviel bedeuten mochte wie: „Schön artig jetzt." Dann drückte sie die Klappe zu.

Sie lachten nicht mehr, und Heller ging zur Gräfin hinüber. Sie nahmen sich bei den Händen und sahen sich still an.

Die Wachmänner waren wieder zu Atem gekommen und rollten mit einem fröhlichen Wink für Heller die Kiste hinaus. Als sie die Tür hinter sich zugezogen hatten, kämpfte ich mich aus der demolierten Duschkabine. Der Lärm, den ich dabei verursachte, erweckte Hellers Aufmerksamkeit, und er löste sich widerstrebend von der Gräfin, um zu mir herüberzukommen.

„Ich weiß, Soltan, das war ziemlich gemein. Aber Sie müssen zugeben, daß es ein schrecklich guter Spaß war."

Er half mir auf die Füße und kümmerte sich um die in Unordnung geratene Dusche. Für mich war es eher schrecklich als ein guter Spaß gewesen. Diese einfältigen Idioten spielten mit Bomben, wenn sie die Gräfin hier heraufbrachten.

„Hier wohnt ihr also", sagte sie. „Ich habe mich oft gefragt, was sich sonst noch oben in der Burg befindet." Sie ging herum und berührte dies und jenes. „Außer zu Hissts Paraden, bin ich seit drei Jahren nicht aus diesen Verliesen unten herausgekommen. Sie haben ja keine Fenster." Sie überlegte einen Augenblick. „Das ist Soltans Zimmer, stimmt's?" Ich fragte mich, woraus sie das schloß: Dank Heller blitzte es vor Sauberkeit.

Heller ging zum Heimschirm und stellte sanfte Musik ein. Dann eilte er zurück zu ihr, ganz der gute Gastgeber, und bot ihr einen Platz am Tisch an. Danach öffnete er den Speiseschrank, und ich stellte erstaunt fest, daß er mit Getränken und Eßwaren vollgestopft war. Er servierte ihr einen Behälter mit rosa Sprudelwasser, als wäre sie eine Königliche Hoheit, und stellte zwei weitere auf den Tisch. Dann förderte er vier verschiedene Gebäcksorten zutage und häufte sie auf einen Teller für sie. Schließlich setzte er sich zu ihr. Es war eine höfliche Geste, daß er auf einen Sessel wies. „Kommen Sie, Soltan. Nicht so schüchtern." Er hatte sich wieder zu ihr gedreht, noch ehe er ausgesprochen hatte.

Sie saßen einfach da und sahen sich an. Sie glühten vor Freude!

Ich setzte mich in den Sessel und nippte behutsam an dem Sprudel. Er ist ziemlich teuer und enthält eine Menge Mineralien und Proteine; seine Blasen springen sechs Zoll weit aus dem Behälter und verursachen winzige, glitzernde Explosionen. Weil er sofort vom Körper assimiliert wird, kann man sich rasch einen leichten Rausch antrinken.

Heller schob mir etwas Gebäck zu, ließ aber keinen Blick von der Gräfin. Sie strahlten sich immer noch glücklich lächelnd an, ohne zu trinken oder zu essen. Sie saßen nur da und waren so glücklich darüber, nebeneinanderzusitzen, und so gesättigt von der Anwesenheit des anderen, daß sie nichts weiter brauchten.

So verging die Zeit. Einmal griff Heller nach einem Stück Gebäck und schob es ihr in den Mund. Dann hob er seinen Sprudelbehälter an ihren Mund, und sie gab ihm von ihrem zu trinken. Ich war hier nichts als der störende Dritte!

Schließlich wandten sie sich dem Tisch zu und aßen, aber ich wußte, daß unter dem Tisch ihre Beine miteinander spielten. Als sie das Essen beendet hatten, lehnte sich Heller zurück und sagte nach einer Weile: „Oh, ja. Ich wollte dir etwas zeigen." Er langte auf einen Beistelltisch und griff nach einem Packen Übungskarten zur Rassenerkennung. Sie zeigen auf der Vorderseite Abbildungen; auf der Rückseite sind die korrekten Bezeichnungen angegeben.

Er zeigte ihr eine der Karten. „Wie sieht sie aus?" fragte er. Ich konnte die Schrift auf der Rückseite lesen:

Mädchen, englisch.

Blito-P3 (Erde, Europa).

Sie betrachtete es aufmerksam. Aber ich hatte das Gefühl, sie hätte alles, was er ihr zeigte, interessant gefunden, und wenn es nur ein leeres Blatt Papier gewesen wäre.

„Sie sieht aus wie ein Bauernmädchen aus dem Hochland in der Provinz Atalanta auf Manco“, sagte sie. „Meine Familie stammt aus der Gegend, weißt du. Sie hatte dort vor einigen hundert Jahren Besitzungen — bis sie sie verlor, heißt das.“

„Was für ein Zufall“, sagte Heller. „Ich bin in Atalanta geboren. In der Hauptstadt, du weißt: Tapour.“

Und dann ging es hin und her: „Kennst du Jem Vis?“ und „Erinnerst du dich an die alte Blice?“ und „Steht das Gerichtsgebäude noch?“, vermischt mit klugen Anmerkungen wie „Wirklich?“ und „Was du nicht sagst!“ und „Das Universum ist ein Dorf“. So ging es endlos weiter. Wie erstaunlich, sie waren Landsleute! Wer hätte das gedacht? Ein Landsmannschaftstreffen alter Manconier! Und keine Ende abzusehen.

Aber irgendwann ging ihnen, zumindest für den Augenblick, der Stoff aus, und Heller wandte sich wieder den Rassekarten zu. Er hielt eine hoch, auf deren Rückseite stand:

Alter Mann, polynesisch,

Blito-P3 (Erde, Ozeanien).

„Einer von den Bootsbewohnern aus dem Hafen von Dar?“ fragte sie.

„Jetzt diese“, sagte Heller, ohne zu antworten. Auf der Rückseite stand:

Filmstar, weiblich, amerikanisch,

Blito-P3 (Erde, Amerika).

„Das ist nicht deine Schwester, oder?“ meinte die Gräfin, und Heller zeigte ihr eine weitere Karte mit der rückwärtigen Aufschrift:

Mann, Kaukasier,

Blito-P3 (Erde).

„Ist das jemand aus deiner Familie? Er sieht einem Onkel von mir ein bißchen ähnlich." Sie gab vor, mit Ernst bei der Sache zu sein. „Was haben diese Bilder zu bedeuten? Willst du mir sagen, daß du gerade auf Manco warst? Aber diese Bilder sind nicht dreidimensional, und ihre Farben sind auch nicht gut. Oh, jetzt verstehe ich; es sind anthropologische Erkennungskarten. Gib sie mal her!" Sie entwand sie ihm spielerisch und sah auf die Rückseiten.

Sie ging sie durch. „Blito-P3?"

„Erinnerst du dich an das alte Märchen?" fragte Heller und ratterte, ohne zu stocken, die Volkslegende 894M Wort für Wort herunter.

„Warte", sagte die Gräfin daraufhin und dachte nach. Dann nahm sie ihren Sprudelbehälter und schwenkte ihn hin und her, um in den richtigen Rhythmus zu kommen, und begann mit etwas kehliger, aber angenehmer Stimme zu singen. Sie verstand es, den Worten einen kindlichen Ausdruck zu geben:

Ist dir mal im Leben nach Fliegen,
Oder ein König will töten die Lieben,
Kenn den Kniff,
Nimm ein Schiff,
Das hinausschießt und zischt wie ein Pfiff,
Und suche am Himmel dir Frieden.

Heller fiel in ihren Gesang ein:

Kühner Prinz Caucalsia,
Da oben bist du ja.
Wir sehn dich winken,
Und wir sehn dich blinken,
Weit, weit, weit über dem Mo-o-o-nd!

Sie brachen beide in Lachen aus vor Freude über ihr Duett und das Kinderlied. Sie mußten es im Kindergarten gelernt haben.

„Auf welchen Stern haben wir eigentlich gezeigt, wenn wir Prinz Caucalsia angerufen haben?" fragte die Gräfin.

„Auf Blito", antwortete Heller.

„Du meinst, er ist wirklich dorthingeflogen?" fragte die Gräfin erfreut.

Nun, ich meine, ein Kampfingenieur kann, wenn er auf ein ihm so fernliegendes Gebiet wie das der historischen Anthropologie abschweift, ganz erheblich danebenhauen.

Heller wandte sich an mich. „Warum wird diese Rasse kaukasisch genannt?" Er legte die Karten zur Seite. „Sie kennen den Planeten. Gibt es dort vielleicht einen Kontinent namens *Kaukasia?*"

„Ich glaube, es ist nur ein allgemeiner Rassentyp", erwiderte ich. Glaubte ich. Doch dann fiel mir etwas ein. Heller hatte kein Monopol auf ein gutes Gedächtnis, und ich hatte alles, was Blito-P3 betraf, wahrhaft pauken müssen. „Es gibt einen *Kaukasus*-Bezirk im Süden Rußlands, nördlich der Türkei. Es ist das Grenzgebiet zwischen Asien und Europa. Aber ich glaube nicht, daß die Bezeichnung sich auf diese Gegend bezieht. Die kaukasische Rasse mag dorther stammen oder auch nicht, sie hat sich jedenfalls weit ausgebreitet. Man findet sie jetzt überall dort. Sie hat eine minimale Hautpigmentierung, glatte oder lockige Haare und eine hochrückige, schmale Nase. Außerdem ist das Vorkommen des Bluttyps, der dort Rh-negativ genannt wird, relativ hoch, und ihr Blut weist eine besondere Charakteristik auf. Ich glaube, Sie haben es heute gesehen."

„Ja, richtig", sagte Heller. „Gibt es dort ein 'Atalanta'? Ein Land oder so?"

Ich kramte in meinem Gedächtnis. Aber ich mußte aufstehen und ein Nachschlagewerk, auf der Erde „Enzyklopädie" genannt, unter Hellers Büchern hervorziehen. Ich las daraus vor:

> Atlantis, auch Atalantis und Atalantica genannt, sagenhafte Insel im Atlantischen Ozean hinter der Straße von Gibraltar. Ihre Zivilisation wurde für sehr fortgeschritten gehalten. Man nahm an, sie sei vom Meer verschlungen worden.

„Aha", sagte Heller. „Was Prinz Caucalsia gegründet hatte, wurde zerstört, und die Leute mußten anderswohin auswandern."

„Heller", erwiderte ich geduldig, „ein Ingenieur macht noch *keinen* Anthropologen!"

„Oh, sie sind aber welche!" warf Gräfin Krak ein. „Sie erarbeiten den gesamten planetologischen Zyklus von Planeten, und um das zu tun, müssen sie Fossilien und Knochenfunde untersuchen!" Sie war sehr stolz auf sich. Es war deutlich, daß eine gewisse anwesende Person wie verrückt studiert hatte.

„Mag sein", erwiderte ich. Und es mochte tatsächlich zutreffen. „Aber ein paar Namen sind noch kein historischer Beleg. Reiner Zufall! Es wimmelt dort von Humanoiden, und es gibt keinen Grund anzunehmen, daß dieser Prinz Caucalsia, oder wie immer er hieß, eine Rasse auf Blito-P3 eingeführt hat. Ich kann Ihnen fünfzehn Planeten nennen, auf denen Leute leben, die so aussehen wie Sie oder er oder ich."

„Die Pole haben sich verlagert", sagte Heller, „wahrscheinlich in Meeresregionen, die Eiskappen schmolzen, und die Kolonie versank. Armer Prinz Caucalsia."

„Der arme Mann", echote die Gräfin.

„So muß es gewesen sein", fuhr Heller fort. „Also *gut!* Wir sollten sicherstellen, daß es nicht noch einmal passiert und seine Nachfahren ebenfalls überschwemmt werden!"

„Das wäre eine Schande", pflichtete ihm die Gräfin bei.

Ich hätte meine Geisteskräfte untersuchen lassen sollen. Da saßen sie beieinander und einigten sich über die Mission! Und mir fiel angesichts dieser auf Sentimentalität beruhenden totalen Unlogik nichts Besseres ein, als meine penible Ergebenheit den Tatsachen gegenüber — außer, natürlich, was Apparatus-Angelegenheiten betraf — zu demonstrieren. „Aber, Heller, wir haben keinerlei Daten, keine wirklich haltbaren Daten, die darauf hinwiesen, daß Prinz Caucalsia von Atalanta, Manco, eine Insel auf der Erde kolonisiert und Atlantis genannt hätte! Ihre Landsleute waren an dieser Auswanderung auf der Erde nicht beteiligt!"

Heller sah mich mit verengten Augen an. „Aber es ist poetischer so", sagte er.

Oh, Götter! Das sollte ein Ingenieur sein? Ein hartgesottener, mit Stein, Metall und Sprengstoff vertrauter Ingenieur?

„Außerdem gefällt es ihr", fügte Heller, Unlogik auf Unlogik häufend, hinzu.

Die Gräfin nickte eifrig.

Danach versiegte die Unterhaltung. Ich dachte zuerst, ich hätte es mir mit ihnen verdorben. Sie saßen nur da und blickten mich an, so daß sich bei mir das Gefühl verstärkte, eine überflüssige Rolle zu spielen.

„Gibt es an diesem Korridor noch leere Unterkünfte, wo Sie schlafen können?" fragte mich Heller schließlich.

Mir fuhr der Schreck in die Glieder. Wenn eine der sporadischen Patrouillen heute nacht zufälligerweise die Unterkünfte kontrollierte, würden drei Köpfe rollen, meiner eingeschlossen. Es gab keine anderen aufgeräumten, sauberen Unterkünfte, obwohl sie fast alle leerstanden.

Die beiden starrten mich immer noch an. Das heißt, sie drückten mich mit ihren Augäpfeln fast aus dem Zimmer. Ich zog die Tür hinter mir zu und stand in dem dämmrigen Korridor. Die beiden Wachposten saßen links und rechts neben der Tür auf dem Fußboden und rauchten Paffstäbchen. Dem Geruch nach zu schließen, war es teures Kraut. Sie hatten offenbar wieder Geld bekommen, und ich fragte mich, ob Snelz an meinen Anteil denken würde.

Ich lehnte mich gegen die Wand und setzte mich nach einer Weile gedankenverloren hin. Ich verspürte keine moralische Entrüstung; wie Ihr wißt, ist es bei vielen Rassen der Voltarianischen Konföderation üblich, daß ein Mann und eine Frau erst zwei oder drei Jahre zusammenleben, ehe sie heiraten. Nein, es war die Gefahr. Man sagt, die Linie zwischen dem Mutigen und dem Törichten sei sehr schmal. Nach meiner Einschätzung, hatte der Wagemut der beiden in meinem Zimmer die Grenze zur (piep) Torheit überschritten.

Erst in diesem Augenblick wurde mir klar, daß beide im Prinzip übereingekommen waren, daß die Mission durchgeführt werden sollte, und daß ich keinen Nutzen daraus gezogen hatte. Hatte mich das rosa Sprudelwasser berauscht?

Ich hörte leise Geräusche aus dem Zimmer. Flüstern? Meine Augen hatten sich an das Dämmerlicht gewöhnt, und ich warf einen Blick auf die Wachen. Ich hätte einen lasziven Ausdruck auf ihren Gesichtern erwartet, wie ihn Soldaten zeigen, wenn es um Sexualität geht. Aber, nein, die beiden Posten sahen eher aus wie Verwandte von Braut und Bräutigam, ernst und hoffnungsvoll. Sie hatten mit Sicherheit die Ohren gespitzt und verständigten sich mit Blicken untereinander.

Drinnen wurden Sessel gerückt, wie über der sanften Musik deutlich zu hören war. Eine Spange fiel klimpernd auf den Fußboden.

In der Spionage gibt es vier Arten von Operationen: offene, verdeckte und geheime. Den beiden dort drinnen fehlte augenscheinlich sogar der Alltagsverstand. Sie taten etwas Geheimes, als wäre es etwas Öffentliches! Sie hatten nicht einmal die Musik lauter gedreht, um ihre Geräusche zu verdecken.

Meine Gedanken liefen Amok, angesichts dessen, was die beiden taten. Die Wachen hatten, nach ihren Blicken zu urteilen, eine gewisse Vorstellung von den Fortschritten im Zimmer, und bestätigten es sich gegenseitig.

Ich hörte das Bett quietschen. Dann noch einige Male, immer über der Musik. Da ich wußte, wie die Gräfin mit diesem Spezialagenten, der sie berührt hatte, umgesprungen war, hätte es mich nicht überrascht, wenn ich mit einem Betäubungsgewehr hätte hineinstürmen müssen, um Heller vor dem Schlimmsten zu bewahren. Ich fühlte, daß die Gräfin unberechenbar war.

Dann war deutlich ihre Stimme zu vernehmen: „Du mußt behutsam mit mir sein, Liebling. Ich bin noch nie mit einem Mann zusammengewesen."

Heller murmelte irgend etwas Beruhigendes. Wer war er, sie zu beruhigen? Nach seiner Akte hatte er noch keine Frau gehabt! Aber die Rassen pflanzen sich fort, und Babys werden geboren, — ich erstarrte vor Schreck: Was, wenn er sie schwängerte? Aber ich entspannte mich sofort wieder: wir würden lange weg sein, wenn es sich herausstellen sollte.

Jetzt drang rhythmisches Quietschen aus dem Zimmer, das schneller und schneller wurde. Dann die Stimme der Gräfin: „Oh,

Jet!“ Auch das wiederholte sich in immer kürzeren Abständen. „Oh Jet, oh Jet, oh Jet oh Jet. Oh JET!“ Begleitet wurde der letzte Ausruf von einem zitternden Stöhnen von Heller.

Die beiden Wachmänner sprangen auf die Füße, ohne einen Ton von sich zu geben, und streckten die Arme in die Luft, wie die Leute es beim Geschoßballspiel nach einem Treffer tun. Sie schlugen die Fäuste zusammen und hüpften auf und nieder. Begeisterung lag auf ihren Gesichtern, und schließlich wandten sie sich einander zu und schüttelten sich enthusiastisch die Hände. Alles völlig lautlos! Meine Güte, freuten die sich!

Nach einer Weile setzten sie sich wieder auf den Boden und steckten sich neue Paffstäbchen an, während es drinnen von neuem losging. Dann die gleichen Schreie und Stöhnlaute aus dem Zimmer, und dieselbe Vorstellung der Wachen auf dem Korridor.

Wieder einen Moment lang Stille, während mir durch den Kopf ging, daß es, jung, gesund und verliebt, wie die beiden waren, wahrscheinlich den Großteil der Nacht so weitergehen würde.

Ein dumpfes Geräusch schreckte mich auf. Es schien direkt unter mir zu sein. Gute Götter, ich saß auf der Kiste von vorhin, und die Zitab war aus dem Schlaf erwacht! Ich sprang auf die andere Seite des Korridors. Die Wachen kicherten.

Ich ging in eins der Zimmer und schaltete das Licht ein. Es war ein einziges dreckiges Durcheinander. Nicht einmal ein Bett stand dort. Müde schloß ich die Tür, drehte die Leuchtplatten aus und legte mich, mit meiner Mütze als Kopfkissen, auf den Fußboden, um etwas zu schlafen.

Irgendein Schriftsteller hat einmal geschrieben, Liebende werden vom ganzen Planeten geliebt. Das mochte die beiden Wachposten einschließen, einen gewissen Soltan Gris aber sicherlich nicht.

Was würde aus der Mission Erde werden?

Kapitel 6

Falls die „Rettung von Prinz Caucalsias Kolonie" ihnen wirklich am Herzen lag, ließen sie es sich jedenfalls nicht anmerken. Das heißt nicht, daß sie die Geschichte dieses Prinzen Caucalsia für weithergeholt oder sogar lächerlich gehalten hätten, wie ich es tat. Sie hatten einfach anderes im Kopf. Sie ließen, mehr oder weniger nach dem gleichen Fahrplan — tagsüber Studien in der Trainingsabteilung, nachts in meinem Zimmer —, einen Tag dem anderen folgen und waren vollkommen glücklich in ihrer eigenen kleinen Welt.

Mein Drang, Heller von Voltar herunterzubekommen, wuchs zusehends. Doch es gab Dinge, die erledigt werden mußten, aber nicht wurden. Eines von ihnen war die Operation, mit der Heller eine „Körperwanze" eingebaut werden sollte: Wenn ich ihn auf der Erde nicht jederzeit aufspüren konnte, würde ich ihn nicht führen können; dafür mußte in seinem Körper ein Gerät installiert werden, ohne daß er Verdacht schöpfte; und *dafür* wiederum mußte ich ihn auf den Operationstisch eines Zellulogen bringen. Aber sobald ich begann, diesen Schritt zu planen, wurde ich wieder krank, nicht jedesmal schwer, aber es war doch sehr aufreibend und unbequem. Mir war elend zumute.

Fünf Tage vergingen ergebnislos, und Lombars Schatten senkte sich immer tiefer über mich. Ich hatte noch nicht die Spur einer Idee.

Eines Nachmittags hörte ich, daß Lombar die nächsten zwei Tage auf Endows palastartigem Landsitz verbringen würde, und zwar insgeheim. Am darauffolgenden Morgen machte ich mir diese

Tatsache zunutze, indem ich vorgab, ihn in seinem Büro aufsuchen zu wollen. Er war natürlich nicht dort, und natürlich war es den Schreibern nicht erlaubt, mir Auskunft zu erteilen; also konnte ich die angebliche Wartezeit für eine Sitzung am dortigen Chefpult nutzen.

Der schon bekannte alte Gauner hätte seine Mutter des Hochverrats verdächtigt, wenn sie auch nur gewagt hätte, ihm guten Tag zu sagen. Sobald ich mich an das Pult setzte, fing er an zu murren. Aber da er sich nicht traute, mir zu sagen, wann Lombar zurückerwartet wurde, konnte ich ihm vorspiegeln, ich glaubte, Lombar würde jeden Augenblick auftauchen. Das stopfte ihm den Mund.

Ich wollte wissen, ob ich die neuen Posten wirklich erhalten hatte. Also schob ich meine Identokarte in den Schlitz und gab meinen eigenen Namen ein, mit dem Zusatz:

> Gegenwärtige Posten?

Und der Schirm zählte sie auf:

> Sektionschef, Sektion 451 auf Voltar; Führer von Spezialagent/en der Mission Erde; Kommando über die Mission Erde; Generalinspekteur aller im Namen des Amts für Äußere Angelegenheiten und des Coordinierten Informations-Apparatus auf Blito-P3 durchgeführten Operationen und Aktionen.

Einer von uns beiden, die Maschine oder ich, blinzelte ganz heftig! *Vier* Gehaltsschecks! Lombar hatte sein Versprechen gehalten. Und wie er gesagt hatte, würde ich zusätzlich noch an all den Hinterziehungen, Provisionen und sonstigen Gewinnen beteiligt sein. Ich würde ziemlich gut gepolstert aus der Sache hervorgehen. Ich träumte schon von einer Hütte im Vaux-Gebirge, vielleicht sogar mit eigenem Jagdrevier!

Die Maschine unterbrach mich mit einer Mitteilung, die mich etwas verwirrte:

> Alle Bestallungen ergingen auf Betreiben besagten Offiziers Soltan Gris und wurden von der Verwaltungsabteilung routinemäßig bestätigt.

Ich starrte auf den Schirm. Das bedeutete, daß offiziell weder Endow noch Lombar Hisst die Ernennungen in die Wege geleitet oder bestätigt hatten. Dennoch war ich persönlich für alles und jedes, was mit Blito-P3 zusammenhing, verantwortlich. Ein bißchen erdrückend. Aber ich heiterte mich rasch wieder auf: Ich hatte, wenn man es zusammennahm, das absolute Kommando über die Erde!

Auf dem Schirm begann ein Hinweis zu blinken, daß bei weiterer Verzögerung meine Leitung unterbrochen werden würde.

„Bezahlen Sie für die Stühle, die Sie durchsitzen?“ krächzte der alte Schreiber.

Ich drückte hastig den Knopf für *„Ausdruck“* und eine *„10“*, um die Maschine eine Weile zu beschäftigen, und auch, um bis zur routinemäßigen Weiterleitung der Ernennungen auf anderen Kanälen einen Beleg in der Hand zu haben.

Aber was konnte ich erfragen, um mein Dilemma zu beheben? Vielleicht würde Heller mehr Interesse zeigen, wenn ich ihn mit Daten über Blito-P3 fütterte. Sobald der Drucker die zehn Kopien ausgespuckt hatte, tippte ich:

> Blito-P3, Prinz Caucalsia.

Die Maschine antwortete prompt:

> In den Nebeln der Zeit, Volkslegende 894M.

Nun, (piep), *das* wußte ich.

„Maschinenzeit wird bei Idioten doppelt berechnet“, klärte mich der alte Gauner auf.

Ich suchte krampfhaft nach etwas anderem. Ah! Ich gab ein:

> Königliche Thronfolge. Prätendenten.

Die Maschine fragte mich:

> Wirklich? Wollen Sie tatsächlich die Angriffe auf den Thron aus 125 000 Jahren?

Ich ergänzte:

> Festung Dar, Manco, und Atalanta, Manco.

Über den Schirm rollte eine endlose Liste, und zwar so schnell, daß ich unmöglich folgen konnte. Gute Götter, sollte es allein in dieser einen Gegend eines einzigen Planeten so viele Revolten und Prätendenten gegeben haben? Mir fiel der Vers eines Dichters ein: „Voller Löcher ist der Kopf, der eine Krone trägt.“ In dieser Geschwindigkeit bekam ich nichts mit, also drückte ich den Knopf für *„Ausdruck“*, und die Maschine begann meterweise Papier zu bedrucken.

Das gab mir Zeit, mir eine andere Frage einfallen zu lassen, und als der Ausdruck endlich fertig war, tippte ich:

Nepogat.

Der Schirm informierte mich:

In den Nebeln der Zeit, Volkslegende 894M.

(Piep)! Das hatten wir schon. Ich tippte rasch weiter:

Apparatus-Akten, Festung Dar, in bezug auf Verhör der Mannschaften von zwei von Blito-P3 zurückgekehrten Frachtern.

Die Maschine darauf, wie gehabt:

In den Nebeln der Zeit, Volkslegende 894M.

Ich ergänzte:

Festung Dar, Manco.

Der Schirm erwiderte:

Wenn Sie so an Märchen interessiert sind, schlage ich vor, Sie suchen einen Dichter auf.

Das war eine Art, einem zu sagen, daß der gegenwärtige Benutzer nicht damit rechnen durfte, noch einmal die Worte „In den Nebeln der Zeit" zu lesen zu bekommen. Mit anderen Worten, die Maschine bereitete sich auf einen Abbruch vor!

Ich mußte *irgend etwas* haben, das Heller interessieren würde. Ich versuchte es mit etwas anderem:

Sämtliche Reisen nach und Beobachtungen von Blito-P3 bis vor einhundert Jahren.

Ah, wieder rollte eine lange Liste über den Schirm! Also *war* er überwacht worden, schon seit langem! Mit einem Seufzer der Erleichterung drückte ich den Knopf für *„Ausdruck"*, und erneut begann die Maschine Papier auszuwerfen. Seite über Seite; es wollte kein Ende nehmen! Hastig schnappte ich mir die bereits ausgedruckten Seiten, bevor sie das Pult überschwemmten. Und so ging es zehn Minuten weiter!

„Sie dort!" kreischte der alte Gauner. „Sie verbrauchen ja unser ganzes Papier! Hören Sie auf! Aufhören!" Er stand jetzt über mir und quiekte förmlich! Aber es ist vergebliche Mühe, diese neumodischen Maschinen ausschalten zu wollen, wenn sie einmal in Fahrt sind: Sie sind fehlerlos.

Ich hatte alle Hände voll zu tun, die Ausdrucke zusammenzuraffen. Gute Götter, ich würde einen Karren brauchen. Dann verstummte der Drucker. Der alte Schreiber saß mir fast im Nacken, und ich dachte, er würde auf mich losgehen. Aber ich hatte Zeit zum Nachdenken gehabt. Es ist ja schön und gut, zu fordern, man solle sich die Fragen vorher überlegen. Aber damit schließt man Eingebungen aus. Und ich hatte eine!

Das *Geld* war es, das es Heller erlaubte, den Abflug hinauszuzögern. Solange er die Wachen kaufen konnte, hatte er mich an der Leine. Wenn es eine Möglichkeit gab, ihm den Geldhahn zuzudrehen ...

Ich hielt den alten Schreiber mit einer Hand zurück und tippte:

Jettero Heller. Einkommen und Kredit.

Auf dem Schirm flackerte die Antwort auf:

Offizierssold der Flotte. Ingenieursgehalt. Kampfgefahrenzulage. Siehe Tabellen.

Puh, dachte ich. Ich brauchte keine Tabellen. Heller verdiente allein aus diesen Quellen das Zehnfache meines alten Versorgungsdienstsolds.

Die Maschine fuhr fort:

Geldgebaren: Gibt auf Missionen weniger als üblich aus. Schickt die Hälfte seines Einkommens zur Unterstützung an Mutter und Vater; aber sie sind recht gut gestellt, die Mutter legt das Geld auf einem Treuhandkonto für ihn fest; dasselbe tut sie mit dem von seiner sehr reichen Schwester, Hightee Heller, dem Heimschirmstar, geschickten Geld. Wohnt im Offiziersklub gratis.

Puh, dachte ich wieder. Eine Menge Geld, weit mehr, als ein jüngerer Offizier im Durchschnitt zur Verfügung hat.

Kredit: Sehr gewissenhaft beim Bezahlen von Rechnungen. Keine bekannten Schulden. Völlig vertrauenswürdig.

Puh, puh, puh! Schlechte Nachrichten für mich. Doch dann gab mir die Maschine etwas Erstaunliches zu lesen:

Kreditbewertung: Null! Geben Sie diesem Offizier keinerlei Vorschuß oder Darlehen!

Ich war ehrlich verwirrt. Aber wie es aussah, wollte die Maschine nicht mehr sagen. Also forderte ich sie auf:

Rückfrage.

Sie ergänzte:

Null! Risikoreiche Lebensführung. Kampfingenieure haben eine durchschnittliche berufliche Lebenserwartung von zwei Dienstjahren. Person hat sie um das Dreifache überschritten; Tod statistisch überfällig. Flotte zahlt nur Endprämie für symbolisches Begräbnis.

Nun, das ließ mir keine große Wahl. Umbringen konnte ich ihn nicht, jedenfalls nicht hier auf Voltar. Und es löste mein Problem nicht, denn er *war* am Leben und *hatte* Geld.

Ho, ho! Gute Idee! Wenn ich ihm sein Geld abknöpfen könnte, wäre er am Ende. Der alte Schreiber war in eine Art Apathie gefallen und murrte kaum noch, also tippte ich:

Schlechte finanzielle Gewohnheiten?

Nach dem, was ich bisher erfahren hatte, blickte ich der Antwort nicht sehr hoffnungsvoll entgegen. Aber dann las ich:

Spielt gelegentlich. Würfel und andere Glücksspiele. Entspricht dem Verhalten von Offizieren der Gefahrenkategorien. Nicht als negativ aufgeführt, weil er laut Steuerakten beim Glücksspiel gewöhnlich gewinnt.

Ich hatte es! Das war es! Heller spielte! Aha!

Mehrere Wachmänner waren inzwischen hereingekommen, um zu sehen, was all die Aufregung sollte. Ich wurde meisterlich mit ihnen fertig. Ich sagte einfach: „Bin schon weg!"

Kapitel 7

Ich war wie aufgedreht. Ich war mir sicher, Hellers wunden Punkt gefunden zu haben! Das Spiel! Wenn ich es schaffte, ihm sein Geld abzunehmen, wäre er nicht mehr in der Lage, die Wachen zu bestechen, die Gräfin würde nicht länger in meine Unterkunft gebracht werden, und er würde einfach aus Verdruß auf die Mission gehen. Keine Bedrohung durch Inspektoren der Krone, keine Furcht mehr vor Lombar. Perfekt!

Ich brach alle Rekorde, um in mein Stadtbüro zu kommen, und durchwühlte meinen Schreibtisch. Da waren sie, ganz unten im Geheimfach.

Zwei Monate vorher war einer der Angehörigen der Sektion 451 beim Glücksspiel umgebracht worden. Er hatte versucht, Falschgeld zu setzen, und als ich seine Sachen durchsah, hatte ich ein kleines Würfeletui gefunden. Ich hätte es beinah weggeworfen, aber da ich den Mann gekannt hatte, untersuchte ich die sechs Würfel etwas genauer. Sie sahen aus, wie Zwölfseitenwürfel für gewöhnlich aussehen. Aber sie waren hohl, und eine Densimetermessung ergab, daß die Innenseiten mit einer klebrigen Substanz bestrichen waren und daß sie eine Bleikugel enthielten. Wenn man die Zahl, die man haben wollte, nach oben drehte und dem Würfel einen leichten Schlag versetzte, grub sich die Bleikugel in die Klebemasse. Das Gewicht sorgte dann natürlich dafür, daß beim Würfeln die gewünschte Zahl erschien.

Der alte Bawtch, mein Bürochef, wollte wissen, was ich im Büro zu suchen hatte. Ich gab ihm eine Kopie der Liste meiner neuen

Posten, doch anstatt mir zu gratulieren, schüttelte er traurig den Kopf und sagte: „Jetzt weiß ich, daß alles zum Teufel gehen wird." Niemand kann mit Bawtch auskommen.

Die sengende Hitze der Großen Wüste grillte mein Flugmobil, aber ich achtete nicht darauf. Ich landete in einer Staubwolke im Todeslager und sprintete zu Snelz' Höhle. Ich rannte so schnell, daß sein Türsteher kaum Zeit hatte, aufzuspringen. Aber es war hellichter Tag, und er ließ mich unbehelligt passieren.

Snelz lag, die Hände unter dem Kopf verschränkt, mit dem Rücken auf dem Bett. Eine nicht allzu schlecht aussehende Prostituierte deckte den Tisch. Sie hatte ein neues Kleid an; es schien, als wäre sie ein Dauereinkauf. Essen, eine eigene Frau: Snelz ließ es sich wohl ergehen!

Die beiden fuhren auf, als sie erkannten, wer hereingekommen war. Ich zeigte auf die Prostituierte: „Geh raus! Und daß du dich nicht unterstehst, an der Tür zu lauschen!"

„Brechen Sie mir nicht die Hand!" flehte sie. Aber es lag eher Spott in ihrer Stimme als Angst. Dieser Lagerabschaum lernte nie dazu. Sie spie vor mir auf den Fußboden und ging hinaus. Vielleicht war die andere Hure eine Freundin von ihr gewesen. Komische Leute, diese Huren.

„Snelz", sagte ich, „im Augenblick geht es Ihnen zwar recht gut, aber Sie könnten reich werden."

Er war augenblicklich auf der Hut.

„Wieviel Geld hat Heller noch?"

„Oh, nein", erwiderte er. „Er ist ein netter Kumpel. Rechnen Sie nicht auf meine Hilfe, wenn Sie ihn ausrauben wollen."

„Nein, nein. Sagen Sie mir einfach, wieviel er noch hat."

Er überlegte kurz. „Er hat nicht viel ausgegeben. Eine Verrechnungseinheit reicht hier eine ganze Weile. Er hat nur ungefähr zweihundert ausgegeben."

„Das heißt, er muß noch achthundert haben", sagte ich. „Und die werden *Sie* ihm abgewinnen." Nach einer kurzen Pause fügte ich hinzu: „Und mit mir teilen, versteht sich."

Snelz war ein äußerst mißtrauischer Mann. Ich nahm das Würfeletui aus der Tasche, drehte die Würfel auf der Handfläche so, daß die Zwölfen nach oben zeigten, schlug mit den Knöcheln kurz auf den Tisch und würfelte. Alle sechs Würfel zeigten die Zwölf.

„Präparierte Würfel!" staunte Snelz und wandte sofort ein: „Aber was passiert mit mir, wenn er es herausbekommt? Er kann *kämpfen!* Außerdem braucht man einen zweiten Satz Würfel, die man unter dem Tisch mit den Zwölfern austauscht, und ich bin kein besonders guter Taschenspieler."

„Snelz", sagte ich, „wir leben in einer modernen Welt. Es gibt wissenschaftliche Fortschritte. Haben Sie kein Vertrauen zu mir?"

„Nein."

Ich nahm die sechs Würfel zwischen die ausgehöhlten Hände, schüttelte sie und ließ sie noch einmal über den Tisch rollen. Die Bleikugeln im Innern hatten sich natürlich gelöst, so daß sie ganz zufällige Zahlen zeigten.

Snelz sah verwundert auf die Würfel herunter. Er dachte vermutlich, ich hätte die Würfel ausgetauscht, und probierte es aus. Er nahm die Würfel, drehte die Zwölfen nach oben, schlug mit den Fingerknöcheln auf den Tisch und würfelte. Die Zwölfen lagen oben. Er schüttelte sie noch einmal, ohne auf den Tisch zu klopfen, warf — und erhielt eine Zufallsmischung.

„Gut, was?" Er starrte mit großen Augen auf den Tisch. „Ein neuerlicher Triumph der Wissenschaft, wie Sie sehen. Versuchen Sie es noch ein paarmal."

Er arrangierte verschiedene Kombinationen, klopfte mit den Knöcheln auf den Tisch und erhielt, was er in der Hand vorbereitet hatte. Dann schüttelte er die Würfel ohne Klopfen, und sie zeigten Zufallszahlen.

Das übliche Würfelspiel besteht, bei zwei Mitspielern, einfach aus zwei Würfen. Beide werfen einmal, und der, der die höhere Punktzahl erzielt, hat gewonnen.

„Wie Sie wissen", erklärte ich Snelz, „ist die Höchstzahl 72. Die Hälfte davon ist 36. Wenn Sie also die Würfel so präparieren, daß Sie jedesmal mehr als 40 Punkte haben, werden Sie, auf lange Sicht, gewinnen. Der andere Spieler, der diese Würfel benutzt, erhält Zufallszahlen. Wenn Sie mit Ihren verschiedenen Zahlenkombinationen stets über 40 bleiben, können Sie gar nicht anders, als zu gewinnen und ihm sein ganzes Geld abzunehmen. Und er wird keinerlei Verdacht schöpfen."

„Das werde ich nicht tun", wehrte sich Snelz. „Abgesehen von der Fraternisierung mit einem Gefangenen" — war das ein Seitenhieb gegen mich? —, „mag ich Heller. Ich war Offizier bei den Flotteninfanteristen, bevor ich kassiert wurde. Sogar unter Flottenoffizieren ist er einsame Spitze. Ich werde es nicht tun und einen Freund verlieren."

„Sie werden es tun, oder Sie verlieren Ihren Kopf", erwiderte ich.

Er sah auf meine Hand am Exploder und seufzte. Geschlagen. Doch er zappelte noch. „Aber ich werde nicht mit meinem eigenen Geld spielen. Das können Sie mir nicht befehlen. Sie müssen mich ausstatten."

Das war ein neuer Gesichtspunkt. Ich dachte darüber nach. Doch dann sagte ich mir, daß es eine gute Investition war. Ich griff nach meiner Brieftasche, aber Snelz hob die Hand.

„Ich bezweifle, daß Sie genug bei sich haben", sagte er. „Sie haben sich verschätzt, was Hellers Mittel betrifft. Ich bin mir absolut sicher, daß er mindestens fünftausend bekommen hat. Ich habe ihn öfter mit dem Geld hantieren sehen als Sie."

Puh! Wenn wir zu schwach gepolstert ins Spiel gingen, könnte der Zufall uns zu Fall bringen. Es würden eine Menge Würfe nötig sein, um Heller das Geld abzunehmen, ohne daß er mißtrauisch wurde.

„Um bei einem Ding wie diesem überzeugend zu sein", sagte Snelz, „muß man zuerst verlieren können, bevor man auf die Siegerstraße einbiegt. Ich bin ein Experte darin. Ich bin bei den Flotteninfanteristen wegen Spielbetrugs rausgeflogen. Sie müssen also genügend Geld auftreiben, wenn wir mit ihm mithalten wollen. Fünftausend Verrechnungseinheiten, um sicherzugehen. Sonst wird es nie etwas werden."

Meine Lage war entschieden mißlich. Doch dann fiel mir ein, wieviele Gehaltsschecks ich bekam, und da ich bei den Allgemeinen Versorgungsdiensten auf der Dienstrolle stand und nicht risikobehaftet war, konnte ich leicht einen Vorschuß erhalten. Ich hatte sogar die Bestätigung meiner Ernennungen bei mir.

Also ließ ich mich noch ein bißchen überreden, und dann gingen Snelz und ich ins Zahlmeisterbüro und bestachen den Beamten, seine Pflicht zu erfüllen. Schließlich zahlte er mir auf meine Identokarte fünftausend Verrechnungseinheiten aus. Das war fast ein ganzes Jahreseinkommen. Aber ich war zuversichtlich, bald um einige tausend Verrechnungseinheiten reicher zu sein. Und danach wäre auch die Gefahr der festgefahrenen Mission ausgeräumt.

In meinem Magen rumorte es zwar wieder, aber ich war hoffnungsvoll. Ich gab Snelz das Geld und das Würfeletui und verließ ihn, während er sich in der Handhabung der Würfel übte.

Heller würde binnen kurzem auf dem Weg zur Erde sein!

Kapitel 8

Heller saß untätig in meinem Zimmer und blickte auf den Heimschirm. Es gab jeden Tag drei träge dahinfließende Stunden zwischen seiner Rückkehr aus dem Trainingstrakt und dem Augenblick, in dem die Gräfin zum Abendessen und für die Nacht heraufgeschmuggelt wurde. Offenbar hatte die Gräfin am späten Nachmittag etwas Zeit eingeschoben, um ihre Assistenten zu unterweisen, und anschließend trieb sie vermutlich beim Baden und Ankleiden den typisch weiblichen Aufwand, um sich für ihr abendliches Rendezvous zurechtzumachen.

Heller hatte den vier Fuß hohen Stapel der alten Berichte über Blito-P3 durchgeblättert, mehr um zu sehen, was es war, als um irgendwelche Erkenntnisse aus ihnen zu ziehen. Die Liste der Revolten und Thronprätendenten allein in der einen Provinz von Manco hatte ihm ein Lächeln abgenötigt, aber er hatte auch sie bald beiseite gelegt. Er tat nur eines: auf die Gräfin warten. Er blickte auf seine Uhr: Fast die ganzen drei Stunden lagen noch vor uns. Er seufzte gelangweilt auf.

Ich saß auf einem Stuhl an der Wand und gab vor, die Eintragungen in meinem Notizbuch zu studieren; in Wirklichkeit waren die Seiten leer. Der heutige Abend würde anders verlaufen als üblich!

Es klopfte an der Tür. Snelz kam herein und nahm seine Mütze ab, um zu zeigen, daß er privat hier war. „Offizier Gris", wandte er sich an mich, „gestatten Sie, daß ich ein paar Worte mit Offizier Heller wechsle?"

Es war alles vorher abgesprochen. „Bitte, nur zu!" sagte ich.

Heller sah gelangweilt auf und zeigte auf einen Sessel.

Snelz setzte sich und sagte: „Jettero, ich brauche Hilfe. Wie Sie wissen, würfeln wir unten im Ausdauerlager häufig, und es gibt da einige sehr scharfe Spieler. Nun habe ich, als ich noch bei der Flotte war, gehört, daß Sie ein richtiger Fachmann im Würfeln sind. Könnten Sie mir nicht den Gefallen tun und mir ein paar Tricks beibringen?"

Heller warf ihm einen etwas verwunderten Blick zu. Ich hielt den Atem an. Würde es funktionieren?

Aber Heller lachte auf. „Ich glaube, es gibt nicht viel, was man einem Offizier der Flotteninfanteristen im Würfeln noch beibringen könnte."

„Oh, machen Sie doch", drängte Snelz, sehr überzeugend, wie ich fand. „Es gibt so vieles zu lernen. Ich bin gerade zu etwas Geld gekommen, und ich möchte nicht, daß man es mir mit irgendwelchen Tricks abzieht. Was ich nicht ganz verstehe, sind Wahrscheinlichkeiten und zweite Wette."

In der beliebtesten Variante des damals in Mode befindlichen Spiels gab es immer eine zweite Wette. Die ursprüngliche Wette wurde vor Spielbeginn gemacht, und nach dem ersten Wurf wurde nach den Chancen für oder gegen den zweiten Spieler zum zweitenmal gewettet. Der Spieler, der als erster gewürfelt hatte, meldete dann etwa an: „Zehn Verrechnungseinheiten gegen eine, daß du das nicht überbieten kannst!" Danach würfelte der andere Spieler, und wenn er die Punktzahl seines Gegners übertraf, gewann er beide Einsätze.

„Oh?" meinte Heller, und einen Augenblick sah es so aus, als würde er Snelz nicht helfen wollen. Doch dann zuckte er die Achseln, zog ein Blatt Papier aus seinem Gepäck und schrieb am unteren Rand rasch die Zahlen von 6 bis 72 auf. „Bei sechs Würfeln mit der Höchstzahl 12 erhält man bei einem Wurf irgendeine Summe zwischen 6 und 72."

„Ja, ja", sagte Snelz, großen Eifer vortäuschend.

Heller setzte eine weitere Zahlenreihe untereinander an den linken Blattrand. „Das ist die Anzahl der Kombinationen, aus denen sich jeweils eine Gesamtsumme ergibt. Wie Sie sehen, ist es eine hohe Zahl."

„Interessant“, bemerkte Snelz und blinzelte begierig auf das Papier, als wäre er nicht der Altmeister, der er war.

„Nun“, fuhr Heller fort, „wenn man beide Faktoren zu einer Kurve verbindet, erhält man eine Glockenkurve.“ Er zeichnete sie ein. Sie sah wirklich wie eine in der Mitte stark ausgebeulte Glocke aus.

„Faszinierend“, sagte Snelz, der diese Kurve schon hundertmal selbst gezeichnet haben mußte.

Geduldig zog Heller zwei senkrechte Linien über den Punktzahlen 28 und 50, so daß sie die Glockenkurve kreuzten. „Die Chance, eine Zahl unter 28 oder über 50 zu würfeln, ist, wie man sieht, sehr niedrig, die Chance, etwas zwischen 28 und 50 zu würfeln, dagegen relativ hoch. Bei der zweiten Wette sollten Sie daran denken. Es gäbe noch mehr, aber für den Anfang mag das reichen. Sind Sie sicher, daß Sie all das noch nicht kennen?“

„Oh, ich bin Ihnen wirklich dankbar“, sagte Snelz, der es wahrscheinlich schon mit fünf Jahren gelernt hatte. „Offizier Gris, haben Sie etwas dagegen, wenn Jettero und ich ein kleines Spiel machen?“ Er wandte sich an Heller. „Ich möchte das einfach einmal ausprobieren. Nur mit kleinen Einsätzen, natürlich.“

„Meinen Sie wirklich?“ fragte Heller. „Ich möchte mich nicht dem Vorwurf aussetzen, einen Anfänger übervorteilt zu haben.“

„Nein, nein, nein“, erwiderte Snelz. „Das geht in Ordnung. Was Sie gewinnen, ist ehrlich gewonnen. Was ich verliere, ist eben verloren. Also, was ist? Ich habe zufällig einen Satz Würfel dabei.“

Sie setzten sich einander gegenüber an den Tisch, und Heller nahm die Würfel, die Snelz ihm hinhielt.

„Ich möchte gern etwas tun, bevor wir anfangen“, sagte Heller. „Damit niemand behaupten kann, ich hätte die Würfel während des Spiels ausgetauscht. Also markieren wir sie.“ Er griff nach seinem Werkzeugetui, nahm eine winzige Tintenflasche heraus und machte auf jedem Würfel über der 1 einen mikroskopisch kleinen Punkt. „Diese Tinte verblaßt nach ein paar Stunden. Es ist nur, um sicherzugehen, daß wir die ganze Zeit mit denselben Würfeln spielen. Nichts für ungut! Nur eine Vorsichtsmaßnahme.“

Ich rieb mir im Geist die Hände. Wenn sie bei diesen Würfeln blieben, würde ich als wesentlich reicherer Offizier aus dem Spiel hervorgehen. Ich überlegte schon, wieviel ich Snelz geben würde: hundert Verrechnungseinheiten? Fünfzig? Selbst fünfundvierzig wären für einen Apparatus-Offizier noch ein kleines Vermögen.

Sie fingen mit einer bescheidenen Wette über eine halbe Verrechnungseinheit an. Snelz warf 20. Heller weigerte sich, eine zweite Wette zu machen. Er warf 51 und gewann. Ah, gut. Gute Strategie. Heller sollte ruhig noch eine Weile gewinnen.

„Setzen wir eine Einheit", schlug Snelz vor. „Ich glaube, diesmal habe ich Glück."

Heller nahm die Würfel. Nun haben Würfelspieler so ihre persönlichen Eigenheiten, auch wenn sie unnötig sind. Sie nehmen die Würfel in die ausgehöhlt zusammengelegten Hände und schütteln sie vor dem rechten Ohr; schütteln sie vor dem linken Ohr; dann klopfen sie mit den Knöcheln der einen oder anderen Hand auf den Tisch und lassen die Würfel mit einer Art Schaufelbewegung auf den Tisch purzeln. Und während sie dies alles tun, singen sie auch noch, um die Würfel zu beeinflussen. Heller ließ nichts davon aus. Aber er hatte noch zwei zusätzliche Kniffe: Er pustete auf die hohlen Hände mit den Würfeln darin, ehe er sie schüttelte, und er schüttelte sie länger und kräftiger, als ich es jemals bei einem anderen gesehen hatte. Die Bewegung seiner Hände war dabei so schnell, daß sie zu verschwimmen schien.

Heller warf eine 62 und bot eine zweite Wette an, um sie sofort wieder einzuschränken: „Eine Einheit gegen hundert, daß Sie das nicht überbieten. Aber ich rate Ihnen ehrlich, abzulehnen."

„Nein, ich nehme an", entgegnete Snelz. Er legte die Würfel sorgfältig auf seine Handfläche und schüttelte sie so, daß sie nicht herumrollen konnten. Dann klopfte er mit den Knöcheln auf den Tisch.

Ich dachte, he, das ist etwas früh, um mit dem Gewinnen anzufangen. Der Schlag auf die Tischplatte hatte die Bleikugeln natürlich in die Klebemasse gedrückt. Aber als die Würfel ausgerollt waren, war es eine 10!

Oh, dachte ich. Kluger Junge. Er hielt sich an die ausgemachte Strategie.

„Autsch“, sagte Snelz. „Sieht aus, als sollte ich meinen Einsatz erhöhen, wenn ich den Verlust wieder hereinbekommen will. Gehen zweihundert für die nächste Wette in Ordnung?“

Da Heller nicht den ersten Wurf hatte, war natürlich eigentlich er an der Reihe, den Einsatz für die erste Wette zu bestimmen. Aber er zuckte nur mit den Achseln und übersah die Regelwidrigkeit; einem Anfänger gegenüber, der sich mit den Regeln noch nicht auskennt, läßt man eben Nachsicht walten.

Snelz warf: 50 Augen. Ein erfahrener Würfelspieler erfaßt mit einem Blick, wieviel Punkte geworfen wurden, und ich hielt es für einen Fehler, daß Snelz sofort nach dem Wurf laut „Fünfzig!“ rief. Ich nahm an, daß er zu aufgeregt war, um bei seiner Rolle bleiben zu können. „Fünfzig Einheiten gegen fünfzig, daß Sie nicht mehr schaffen.“

Heller war jetzt ganz bei der Sache. Er pustete auf die Würfel, schüttelte sie vor dem rechten und dann vor dem linken Ohr und sang dabei:

Scheine für die Kleine,
Stoff fürs Allgemeine.
Springt über die Fünfzig,
Auf daß dieser Raummann nicht weine.

Er warf, und als die Würfel ausgerollt waren, juchzte er: „Fünfundfünfzig!“ Dann strich er das Geld ein.

„Sie haben wirklich Glück“, sagte Snelz. „Ich weiß, daß ich nur ein Anfänger bin. Aber ich fürchte, ich muß meinen Einsatz wieder verdoppeln. Sind Ihnen vierhundert recht?“

„Ständig zu verdoppeln, ist ein Teufelsspiel“, erwiderte Heller. „Ich rate Ihnen davon ab.“

„Ich muß darauf bestehen“, sagte Snelz.

Heller zuckte die Achseln, sammelte die Würfeln ein, schüttelte sie ausgiebig und sang dazu:

Versiegelt rasch mir die Tasche,
Verlierer gehn in Sack und Asche.
Zeigt Gewinnerzahlen,
Damit das Glück ich erhasche.

Er schüttelte noch einmal kräftig, dann rollten die Würfel mit gekonntem Rückwärtsdrall über den Tisch. „Vierzig! Die müssen Sie erst einmal schlagen. Zehn Einheiten gegen dreihundertfünfundsiebzig, daß Sie es nicht können."

Snelz legte die Würfel vorsichtig in die Hand, pustete auf sie und gab vor, sie zu schütteln, während er sang:

Äuglein, so tröstlich und bieder,
Schlagt die Lider nicht nieder.
Übertrefft die Vierzig.
Und schafft das Geld mir wieder!

Er warf. „Fünfunddreißig!" Heller scharrte das Geld zu seinem Platz.

Gut. Snelz folgte der Strategie. Bald würde er das Spiel kippen und anfangen zu gewinnen. Und dann würde Heller sich keine Vergünstigungen mehr kaufen können, und wir könnten zur Erde abdampfen.

Es klopfte. Ein Wachmann kam auf Zehenspitzen herein und flüsterte mir zu: „Doktor Crobe läßt Ihnen ausrichten, daß Sie in ernstliche Schwierigkeiten kämen, wenn Sie nicht sofort bei ihm erscheinen."

Das war zu erwarten gewesen. Ich hatte Heller zu ihm bringen sollen, und wir waren — wie lange war es jetzt her? Sieben Tage? — nicht einmal in seine Nähe vorgedrungen. Ich wollte das Spiel nicht aus den Augen lassen. Aber Snelz würde es nach Hause bringen. Wie könnte er mit diesen Würfeln verlieren? Also ließ ich die beiden allein.

Aber sobald ich die Röhre betreten hatte, machte sich mein Magen wieder bemerkbar. Ein stechender Schmerz, gefolgt von einem beißenden Anfall von Übelkeit.

Ich fand Crobe in seinem stinkigen Büro. Als ich eintrat, kratzte er gerade an einem abgeschnittenen Fuß herum. Er hob den Kopf und richtete den Blick an dem Massiv seiner Nase entlang auf mich.

„Sie führen irgend etwas im Schilde", sagte er. „Sie haben diesen Spezialagenten nicht hergebracht, damit ich ihm die Wanze einsetze."

Ich fühlte mich sehr krank. „Ich hatte viel zu tun."

„Ich habe den direkten Befehl von Lombar Hisst, diesen Spezialagenten vorzubereiten. Sie haben ihn nicht zu mir gebracht. Sie führen etwas im Schilde."

Ich mußte mich setzen. Ich fühlte mich wirklich schlecht. Vielleicht lag es an diesem abgehackten Fuß. Er sah unter den grünen Leuchtplatten ganz grün aus. Und er verfaulte bereits.

„Offizier Gris", fuhr Crobe fort, „wissen Sie einen Grund, warum ich es Lombar Hisst nicht melden sollte?"

Mein Magen verkrampfte sich. Ich konnte kaum den Kopf heben. Aber seine verdreckte Hand lag in meinem Blickfeld — offen. Es war unmißverständlich. Zitternd griff ich in meinen Blouson und zog meine Brieftasche hervor. Ich hatte nur fünfunddreißig Verrechnungseinheiten dabei. Ich nahm zehn heraus.

Crobe nahm sie und schnappte sich dann das restliche Geld aus meiner Brieftasche. „Fünfunddreißig", sagte er. „Das wird nicht reichen." Er warf sie beiseite.

Es war eine Menge Geld in den Gedärmen von Spiteos. Dort unten gab es normalerweise überhaupt kein Geld. Aber ich würde ja bald Tausende haben. „Gut", sagte ich. „Machen wir hundert daraus. Ich gebe Ihnen den Rest später."

Crobe griff nach seinem klebrigen Schabeisen und richtete es auf mich. „Sie führen wirklich etwas im Schilde, Offizier Gris. Ist Ihnen klar, in welche Gefahr ich mich begebe, wenn ich Lombar Hissts Befehle nicht ausführe?"

Ich war zu krank, um einen vernünftigen Gedanken fassen zu können. Ich hatte das Gefühl, als würden Dolche in mir herumgedreht.

„Zweihundert", forderte Crobe.

Oh, nein! Aber ich würde reich sein. Ich hatte Schmerzen. Ich wollte hier raus. Also nickte ich ergeben.

Crobe griff nach den fünfunddreißig Verrechnungseinheiten und zählte sie noch einmal. „Sie schulden mir also noch hundertfünfundsechzig. Sie werden sie mir morgen zahlen, oder ich gehe zu Hisst!"

Ich brachte ein „In Ordnung!" zustande und machte, daß ich hinauskam. Als ich in der Röhre war und aufwärtsglitt, fühlte ich mich plötzlich wieder auf dem Damm! Mysteriös. Was war das für eine sonderbare Krankheit?

In der Überlegung, daß meine rasche Gesundung wahrscheinlich mit der Vorfreude auf Snelz' Spielgewinn zusammenhing, ging ich in mein Zimmer zurück. Heller beendete gerade einen beschwörenden Gesang und ließ die Würfel über den Tisch rollen. „Fünfundsechzig!" rief er aus und kassierte den Einsatz.

Ich brauchte einen Augenblick um die Szene zu erfassen. Snelz wirkte sehr angespannt. Dicke Schweißperlen standen auf seiner Stirn. Der Geldstapel auf Hellers Seite war riesig!

Ich starrte auf Snelz. Er dehnte die Pechsträhne entschieden zu lange aus! Er sollte das Glück besser wenden, und zwar schnell!

„Ich setze tausend", verkündete er.

Heller legte die Würfel in die offene Hand, verdeckte sie mit der anderen, pustete ausführlich darauf und sang:

Kaltes Blut, seid auf der Hut!
Nur Mut, ihr macht es gut!
Bringt eine hohe Zahl,
Und seid zwingend wie die Flut!

Er schüttelte sie so heftig, daß seine Hände kaum noch als solche zu erkennen waren. Dann klopfte er auf den Tisch und ließ die Würfel rollen. „Siebzig!"

Snelz war verblüfft und stammelte: „Ich biete keine zweite Wette."

„Sehr klug", kommentierte Heller.

Snelz sammelte die Würfel ein. 70 waren schwer zu übertreffen. Er betrachtete jeden einzelnen Würfel. Er suchte die winzigen Punkte, die Heller über die 1 gesetzt hatte.

„Sie glauben doch nicht, daß ich die Würfel ausgetauscht habe, oder?" fragte Heller.

„Nein", hauchte Snelz. „Es sind dieselben Würfel."

Heller lachte auf. „Da bin ich aber froh", meinte er. „Duelle können so endgültig sein, und Sie als ehemaliger Flotteninfanterist sind sicher ein ausgezeichneter Schütze."

Snelz machte ein gequältes Gesicht. Hellers Witz lag zu dicht an der Realität. Ein Duell mit Heller würde er vermutlich nicht einmal gewinnen können, wenn er eine Exploderkanone auf seiner Seite hätte. Er ordnete die Würfel in seiner Hand. Ich wußte, weshalb. Er ging ein enormes Risiko ein, indem er sie für einen 72er Wurf präparierte. Aber er tat es: sechs Zwölfen! Und erst jetzt bemerkte ich erschrocken, wie sehr sein Geld dahingeschmolzen war. Sein Geld? *Mein* Geld! Er sang:

Aus den Verstecken, ihr Recken,
In der Krise sei jeder ein Riese.
Bitte, bitte, eine große Zahl!
Und bringt heim mir die Prise!

Er warf. Die Würfel rollten aus. Er sah auf sie herunter, als blickt er einer Zitab ins Maul. „Sechzehn“, wisperte er.

Heller strich das Geld ein. „Ich sollte Sie zwar nicht auffordern, Schluß zu machen, da ich der Gewinner bin. Aber Sie sollten darüber nachdenken. Ich habe nicht die Absicht, Sie bis aufs Hemd auszuziehen.“

Snelz war völlig durcheinander; er konnte sich nicht vorstellen, was schiefgelaufen war. Er war verzweifelt. „Ich habe noch zwölfhundert übrig“, sagte er. „Ich setze alles auf einen Wurf.“

„Oh, nein“, stöhnte Heller auf.

„Oh, ja!“ stieß Snelz hervor und schob den Rest meines Geldes in die Mitte, den Rest von *fünftausend Verrechnungseinheiten!* Dann nahm er die Würfel sehr vorsichtig in die Hand, pustete beschwörend auf sie, schüttelte sie leicht und sang:

Eure Kunde mir munde.
Schlechte Nachricht mich bricht.
Zeigt eine Zahl, die STICHT,
Mit dem LICHT der Sterne!

Dann ließ er die Würfel so sanft wie möglich auf den Tisch rollen, damit sich die Bleikugeln in ihrem Innern nicht lösten. Als sie zum Stillstand kamen, riefen die beiden nicht einmal die Zahl. Es war eine *8!* Das war kaum noch zu unterbieten.

„Eine zweite Wette ist nicht möglich, da Sie kein Geld mehr haben. Ich werde also einfach würfeln."

Er machte sich nicht mehr die Mühe, die Würfel richtig zu schütteln. Den Gesang ließ er ebenfalls aus. Er knallte den Wurf einfach auf den Tisch. „Es tut mir schrecklich leid", meinte er. „Neunundvierzig." Er wischte den Einsatz auf seinen Haufen. „Ich sollte Ihr Geld wirklich nicht nehmen. Man könnte mir vorwerfen, ich hätte einen Anfänger ausgenommen."

Ich erhoffte inständig Snelz' „Ich nehme es zurück", aber es kam nicht. Nach dem Kodex konnte er es auch gar nicht. Heller war einfach nur freundlich. „Ich habe das Spiel vorgeschlagen", sagte Snelz, indem er es vermied, zu mir zu sehen.

„Hier liegt eine ganze Menge Geld", sagte Heller, während er es zusammenschob. Und er hatte recht: Damit konnte man sich sämtliche Offizier von Spiteos kaufen, und ein Jagdrevier dazu! Heller zählte es nicht, sondern hielt Snelz die ganzen fünftausend hin. „Sie sollten es zurücknehmen."

Ich schrie innerlich auf: Nimm es, du Idiot, nimm es!

Snelz saß zusammengesunken in seinem Sessel. Dann machte er gute Miene zum bösen Spiel und erwiderte: „Wie gewonnen, so zerronnen." Damit packte er die Würfel ein und raffte sich auch noch zu der üblichen höflichen Geste auf: „Danke für das nette Spiel, Offizier Heller." Danach stand er auf und ging hinaus.

Heller zuckte die Achseln und stopfte das Geld in seine Gepäcktasche. Es war so viel, daß er nachdrücken mußte. Dann gähnte er, griff nach den Ausdrucken, die ich aus Hissts Büro mitgebracht hatte, und begann völlig entspannt darin zu lesen.

Vielleicht war es das Gähnen, das enthüllte, wie wenig ihm der Spielgewinn bedeutete. Jedenfalls traf mich das Mißgeschick, das mich ereilt hatte, erst jetzt mit voller Wucht. Ich stand mit fast einem Jahreseinkommen in der Kreide. Nein! Mit Crobes hundertfünfundsechzig war es mehr als ein Jahresverdienst. Und einen Vorschuß auf mehr als ein Jahr bekam man nicht. Ich war nicht nur geschlagen. Ich hatte Schulden! Ich konnte mir nicht einmal mehr einen Duftschock leisten!

Und dann schlug die zweite Welle über mir zusammen. Ich rechnete mit vier Gehaltsschecks. Das Jahreseinkommen, das ich angesetzt hatte, setzte sich aus allen vier zusammen. Wenn ich die zusätzlichen drei verlor, müßte ich fünf Jahre ohne Geld auskommen, ehe ich wieder im reinen wäre. Wenn man mir die Mission Erde nahm und ich diese Extraschecks nicht erhielt, konnte ich wegen Schuldenmacherei kassiert werden! Ich vermochte mich nicht zu rühren. Ich war wie gelähmt.

Eine halbe Stunde später wurde Gräfin Krak heraufgeschmuggelt. Heller umarmte sie völlig ungeniert. Sie glitzerte ziemlich in ihrem silbernen Anzug und erfüllte das ganze Zimmer mit ihrem Glanz. Sie war außergewöhnlich schön. Ich haßte sie! Heller konnte und würde jetzt für immer hier herumhängen. Ich war erledigt!

Kapitel 9

Am Nachmittag des folgenden Tages stand ich auf den Befestigungswällen von Spiteos. Unter mir erstreckte sich die Große Wüste, ein Panorama von ehrfurchtgebietender, wiewohl erbarmungsloser Schönheit. Früher war sie einmal eine Gartenlandschaft gewesen, ein fruchtbares Grünland der ursprünglichen Bewohner, voller Bäume, Felder und Blumen, von Leben vibrierend. Aber von Humus und Ackerkrume entblößt, bar jeden Lebens und aller Hoffnung, wurde es zu einer endlosen nackten Fläche aus gelbem Sand, Mineralen und weißem Salz, die eher einem überdimensionalen Grabmal gleicht als einem lebendigen Land.

Und dennoch, trotz alledem empfand ich bei dem Anblick, der sich mir bot, einen Hauch von erhabener Größe; zweihundert verdorrte Meilen weit reichte die Wüste bis zu den Bergen, die, im Nachmittagslicht flimmernd, das Reich des Todes von der zivilisierten Welt von Voltar trennten. Hitzetänzer, zweihundert Fuß hohe Staubsäulen, erhoben sich in den glühenden Thermalströmungen mit lässiger Anmut vom Wüstenboden und ließen sich von den Flammenzungen des Windes herumwirbeln, flirrend von blinkendem Eisenglimmer, Feldspat und dem Giftgrün von Kupfersalzen. Sechs dieser Säulen schwebten im Augenblick über der Wüste, mit fast unbeweglichen Spitzen, während ihre mit dem Wüstenboden verbundenen Füße hin und her geweht wurden, mal aufeinander zu, mal voneinander weg. Es wirkte fast wie die witzige Parodie eines Revueballetts, oder doch eher wie eine Versammlung gramgebeugter Trauernder, die sich in Klagegesängen wanden.

Das paßte besser zu dem tödlichen Schlag, den mir Crobe soeben beigebracht hatte, indem er mir eröffnete, daß er mich hinter Gitter bringen würde. Ich überlegte ernsthaft, ob ich mich den Wall hinunterstürzen sollte, um mich Tausende von Fuß unter mir mit den Knochen der vorvoltarianischen Alten und den jüngeren Überresten unglücklicher, auf Abwege geratener Apparatus-Angehöriger zu vermischen.

Wenn man sich so tief in den Fängen des Selbstmitleids verstrickt hat, daß man mit dem Gedanken an Selbstmord spielt, ist man für Unterbrechungen nicht eben dankbar.

„Oh, da sind Sie", hörte ich Snelz' Stimme hinter mir. „Ich habe Sie überall gesucht." Die Stimme war viel zu heiter für meine Grabeslaune und die Todesszenerie der Wüste.

Ich sah ihn zuerst nur aus den Augenwinkeln. Er trug brandneue schwarze Handschuhe und eine ebenso brandneue schwarze Uniform. In der einen Hand hielt er zwei kleine Schachteln und in der anderen ein zerfleddertes altes Buch.

„Sie sehen *hinunter?*" fragte er. „Das gefällt mir gar nicht." Und er nahm einen Duftschock aus einer der Schachteln. Ich schielte auf das Etikett: Sie stammte aus einem der teuersten Geschäfte der Kommerzstadt. Er kappte ihn nicht; es wäre in dem Wind, der hier oben herrschte, auch ziemlich dumm gewesen. „Nein?" sagte er. „Dann nehmen Sie ein Paffstäbchen." Er öffnete den Deckel der anderen Schachtel. Es waren diese vierzehn Zoll langen Stäbchen, mit denen die Reichen gern angeben. Aber sich in dem knatternden Wind eins anzustecken, wäre ebenso unsinnig gewesen, wie einen Duftschock nehmen zu wollen.

Ich überlegte, wie ich es anstellen konnte, Snelz über die Brustwehr in die Tiefe zu schleudern. Aber selbst das vermochte meine Düsternis nicht aufzuhellen. Konnte er nicht einfach verschwinden und mich in meinem Elend alleinlassen?

Er steckte die beiden Schachteln in die weiten Granatentaschen seiner Jacke und zog das ramponierte Buch unter dem Arm hervor. „Ich weiß", sagte er, während er das Buch aufschlug, „daß Sie darüber brüten, was passiert sein mag."

Ich war über den Versuch, es herauszufinden, nicht zum Schlafen gekommen. Aber die Befriedigung wollte ich ihm nicht gönnen. Wenn ich ihm einen Handkantenschlag in den Nacken gab und gleichzeitig den Fuß ausstreckte, würde ich ihn wahrscheinlich über die Brüstung schicken können.

„Als ich gestern abend wieder im Todeslager war", erklärte er liebenswürdig, „habe ich es nach einem Experten für präparierte Würfel abgesucht und schließlich auch einen gefunden. Unglücklicherweise mußte ich auf Ihren Anteil an Hellers heutigen Ausgaben zurückgreifen, um ihn zu schmieren. Aber er hat mir dieses Buch hier gegeben. Ich wußte, daß Sie vor Neugier sterben würden."

Du bist es, der sterben wird, dachte ich. Sobald ich bei dieser Hitze in der Lage bin, einen vernünftigen Schlag anzusetzen und den Fuß auszustrecken.

„Hier steht", sagte Snelz, „daß man diese Würfel 'Rasseln' nennt. Weil man, wenn man sie kräftig schüttelt, hören kann, wie die Bleikugeln im Innern rasseln." Er nahm die Würfel aus der Tasche und schüttelte sie dicht vor meinem Ohr. „Hören Sie es?"

Wie das Rasseln deiner Knochen, wenn du unten aufschlagen wirst, dachte ich.

„Mein Freund hat mir gesagt, daß eine Menge Leute umgebracht wurden, weil sie diese Würfel benutzt haben. Wir haben also Glück gehabt!"

Fünftausend Verrechnungseinheiten schuldiges Glück, dachte ich. Aber er sollte ruhig ausreden. Und *dann* sterben.

„Sie haben eine Klebemasse im Innern, die die Bleikugeln zeitweise festhält. Aber hier in diesem Abschnitt heißt es: *Achtung! Benutzen Sie die Würfel nur für wenige Würfe.* Es scheint, als würde sich die Masse erwärmen und schmelzen, wenn man zu sehr auf die Würfel haucht. Und wenn man sie einige Zeit kräftig schüttelt, entsteht durch die Bewegung der Bleikugeln Reibungswärme. Dadurch wird es im Innern ziemlich heiß, und die Bleikugeln bleiben nirgendwo mehr stecken. Die Würfel rollen ganz normal aus."

Er hob das Buch, so daß ich den Titel sah. Aber ich machte mir nicht die Mühe, ihn zu lesen. „Heller", fuhr Snelz fort, „hat gedacht, es wäre ein ganz normales Spiel, und keinen Verdacht geschöpft. Er wird also nicht hinter unserer Haut her sein. Ist doch fein, oder? Er ist einfach ein guter Würfelspieler und hat eine glückliche Hand. Er wird mich also nicht ausquetschen wollen, und ich werde ihm nicht sagen müssen, wessen Würfel es waren und wie Sie versucht haben, ihn reinzulegen."

Du wirst überhaupt nichts mehr sagen, nachdem du unten aufgeschlagen bist, dachte ich. Ich spannte die Muskeln an, um meinen Vorsatz auszuführen. Aber plötzlich blinkte etwas vor meinen Augen. Snelz hielt mir einige im Wind flatternde, goldfarbene Geldscheine vors Gesicht. Ich griff nach seiner Hand und hielt sie fest.

Am Morgen hatte ich mir die restlichen hundertfünfundfünfzig Verrechnungseinheiten geben lassen, die ich noch als Vorschuß bekommen konnte, und sie Crobe gebracht. Er hatte nur geknurrt und gemeint, es fehlten noch zehn Einheiten. Er würde zu Lombar gehen, wenn ich sie bis zum Abend nicht nachgereicht hätte. Aber da war noch ein Haken. Ich war dort unten wieder krank geworden. Einen weiteren Aufenthalt in Crobes Dunstkreis würde ich nicht durchstehen. Und hier flatterten zehn Verrechnungseinheiten vor meiner Nase!

„Heller hat heute früh einen Mann losgeschickt, um eine Menge einzukaufen", erklärte Snelz. „Es war Timyjo, ein großer Dieb. Er hat das meiste gestohlen und das Geld behalten. Ihr Anteil ist also ziemlich groß. Es waren elf Einheiten, aber eine mußte ich für das Buch bezahlen. He, was ist los?"

Ich hatte mich auf ein Sims sinken lassen. Nach einer Weile sagte ich: „Snelz, zufälligerweise schulde ich Crobe noch zehn Einheiten. Gehen Sie hinunter und geben Sie sie ihm."

„Oh? In Ordnung!"

„Einen Augenblick noch", hielt ich ihn, wieder zu Kräften kommend, zurück. „Geben Sie mir die Würfel."

„Sicher, ja! Ich würde sie sowieso nie wieder benutzen."

Ich nahm die sechs Würfel, sprach ein blasphemisches Totengebet und warf sie über die Brustwehr in die Tiefe. Sollten die Geister der Alten und der exekutierten Apparatus-Missetäter dort unten in ihrem schwarzen Abgrund sich mit ihnen abplagen. Das Leben den Lebenden!

TEIL V

Kapitel 1

Eine halbe Stunde später saß ich am Klubtisch in der Trainingshalle. Mir stand einer der schlimmsten Schocks meines Lebens bevor. Aber für den Augenblick kreisten meine Sorgen noch um das dumpfe Übelkeitsgefühl in meinem Magen und die Erkenntnis, daß mein Gehaltskonto hoffnungslos überzogen sein würde, wenn man mir die Mission nahm. Ich wäre bankrott und stellungslos. Und während ich die Szene in der Halle betrachtete, als könnte sie mir eine Idee eingeben, bemühte ich mich krampfhaft, einen Weg zu entdecken, wie ich Heller aus Spiteos fortschaffen konnte.

Die riesige Halle wirkte wie eine Simultanbühne, auf der unabhängig voneinander die verschiedensten Dinge passierten. Vier Assistenztrainer studierten, jeder in einem anderen Teil der Halle, vier unterschiedliche Nummern ein. Die eine war ein Ringkampf, eine andere ein Jongleursakt; die beiden anderen befanden sich in einem zu frühen Stadium, als daß zu erkennen gewesen wäre, was aus ihnen werden sollte; sie bestanden bislang nur aus einfachen Grundübungen.

Gräfin Krak instruierte rechts am anderen Ende der Halle den Assistenten, der den Jongleur trainierte. Der Mann sollte sechs mittelgroße Echsen durch die Luft werfen; es würde eine gute Nummer sein, sobald sie vollendet wäre, aber die Echsen waren jene mit den rasiermesserscharfen Stacheln, und der Jongleur hatte Angst, sich die Hände zu verletzen. Der Trainer brauchte offenbar Nachhilfe darin, seinen Schützling so zu motivieren, daß er seine Angst durch Selbstvertrauen überwand. Ich konnte nicht hören, was die Gräfin ihm sagte, aber zwischendurch wirbelte sie selbst einige Male ein paar Echsen durch die Luft und fing sie korrekt wieder auf, um sie schließlich dem Trainer zu übergeben, damit er es dem Jongleur zeigte. Ich beneidete den Trainer nicht; so ein Stachel kann einem leicht einen Finger absäbeln. Aber die Gräfin wirkte sehr geduldig und beruhigend. Ihre Kleider schienen neu zu sein, und ich hoffte, sie würde nicht so dumm sein, sie auch bei der Parade der Geschicklichkeitsakte zu tragen. Lombar würde darauf anspringen wie ein hungriger Raubvogel auf eine lockende Beute.

Ich hatte bisher nicht viel auf Heller geachtet, sondern mich, als ich hereinkam, nur versichert, daß er da war, wie es die beiden Wachposten vor der Tür gesagt hatten. Aber jetzt wandte ich mich ihm zu. Da er das heutige Lernpensum bereits bewältigt hatte, vergnügte er sich an der linken hinteren Seite der Halle, der Gräfin gegenüber, mit einigen Ringübungen, um sich in Form zu halten.

Er zeigte gerade das, was man einen „Schocker" nennt — nach der üblichen Reaktion des Publikums, das natürlich im ersten Augenblick meint, der Turner hätte keinen Halt mehr und würde abstürzen. Er wird an einem einzigen Ring ungefähr zehn Fuß über dem Boden ausgeführt: Der Turner macht einen einarmigen Handstand, indem er seinen Körper parallel zum Seil aufwärtsschiebt. Es ist schwierig genug, so einen Handstand an einem Ring zustande zu bringen, — ich habe es nie geschafft. Aber erst danach geschieht, was der Übung den Namen eingetragen hat. Und das führte Heller jetzt aus: Er ließ den Ring fahren und schoß folgerichtig senkrecht in die Tiefe. Doch seine Füße zuckten nach vorn und stoppten abrupt seinen Fall, indem die Fersen, eng aneinandergepreßt, beiderseits des Seils auf dem Ring Halt fanden. Es ist alles andere als leicht, sich in dieser Art an einen Ring aus Eisenrohr zu hängen, noch dazu während eines Falls, aber Heller bewältigte es spielend. Er tat sogar noch mehr: Er krümmte sich aufwärts, griff erneut nach dem Ring und wiederholte die Übung mit der anderen Hand.

Es bereitete ihm nicht die geringsten Schwierigkeiten und sah sehr elegant aus. Für ihn war es nichts als eine Übung unter anderen. Er wiederholte sie noch einige Male, erst mit der rechten, dann mit der linken Hand. Es hatte tatsächlich den Anschein, als wäre er mit seinen Gedanken woanders, — und wahrscheinlich war er das auch: bei dem Abend und der Nacht mit der Gräfin.

Ich wandte mich der Ringkampfnummer zu, die nicht weit von Heller entfernt eingeübt wurde. Der Assistenztrainer, ein großer, muskulöser Typ in dem üblichen Lendentuch, hatte beide Hände voll zu tun — mit Problemen. Die beiden, die er trainieren sollte, kooperierten nicht. Der eine war ein Primat, ein von einem struppigen Fell bedecktes Riesentier, das man im Dschungel irgendeines wilden Planeten eingefangen hatte; der andere war ein Gelbmann und stammte wahrscheinlich aus dem Hinterwaldgebirge: Man sieht Angehörige dieser Rasse häufig bei „Kraftakten" im Zirkus — Ihr wißt schon, diese Typen ohne Körperhaare und mit enormen Muskelpaketen, die zum Brüllen ebenso neigen wie zum Posieren. Sowohl der Primat als auch der Gelbmann waren etwa sechs Fuß, acht Zoll groß und wogen vielleicht dreihundert Pfund. Zwei Brocken!

Die Nummer begann mein Interesse zu fesseln. Die beiden sollten offensichtlich so tun, als kämpften sie um ein großes, rotes Stück einer Fruchtimitation. In Wirklichkeit war es ein artistisch vorgespiegelter Ringkampf, in dem jede Bewegung geprobt und zeitlich exakt abgestimmt war. Die Vorstellung sollte damit beginnen, daß der Primat sich hinhockte, um die Frucht zu verspeisen. Dann sollte der Gelbmann dazukommen und sich auf den Primaten stürzen, um ihm die Frucht zu entreißen. Die beiden sollten sich eine Weile anspringen und herumwälzen, bis der Kampf schließlich sein Ende finden würde, indem der Primat die Frucht halbierte und die Kontrahenten sich einträchtig nebeneinander niederließen, um sie zu essen; der Witz daran war, daß der Primat, ein Affe also, den Streit aus der Welt schaffte.

Mit dem Primaten hatte der Trainer auch keine Probleme. Wie jeder dieser großen Affen konnte er sich mit erstaunlicher Behendigkeit bewegen. Das Problem war der Gelbmann. Und ich muß sagen, ich wäre ihm nur ungern in irgendeiner dunklen Nebenstraße über den Weg gelaufen. Er wurde von so ungestümer Brutalität angetrieben, daß er dem Primaten wirklich wehtat, und es machte den Affen ein bißchen sauer, daß er Hiebe und Tritte einzustecken hatte, die nicht im Drehbuch standen.

An einer Stelle sollte der Gelbmann den Primaten in den Schwitzkasten nehmen, und der Primat sollte sich mit einer Vorwärtsrolle daraus befreien. Offenbar ließ der Gelbmann dem Primaten aber nicht genug Platz, um sich zu rühren; mit Haß in den Augen, setzte er dazu an, seinen Griff zu verengen und den Affen ernstlich zu würgen.

Die Stimme des Trainers drang durch das Klirren und Klappern in der Halle kaum bis zu mir durch, so daß ich nur schwer verstand, was er sagte. „Also“, instruierte er den Gelbmann, „ich werde jetzt den Platz des Affen einnehmen, und du nimmst mich in den Schwitzkasten, damit ich dir zeigen kann, wie du den Griff ansetzen mußt, so daß der Affe freikommen und seine Rolle machen kann.“ Mein lieber Trainer, dachte ich, ich würde das an deiner Stelle nicht tun; dieser Gelbmann ist auf Mord aus.

Der Primat hatte sich abgewendet und rieb sich etwas verärgert die Kehle, während er sich in eine Ecke zurückzog. Der Trainer nahm seinen Platz ein und winkte dem Gelbmann zu, er solle beginnen.

Ich hatte schon einiges an wilder Vorfreude gesehen, aber der Ausdruck, der sich jetzt auf dem Gesicht des Gelbmanns zeigte, schlug alles, was mir bekannt war, um Längen. Er hatte vermutlich unter Mordanklage in einer Zelle der Heimatpolizei gesessen, als man ihn für Spiteos entdeckte, andernfalls wäre er nicht hierhergekommen. In seinen Augen war er wahrscheinlich einem Akt der Ungerechtigkeit zum Opfer gefallen und willkürlichen Mißhandlungen ausgesetzt — erst recht in Spiteos. Und *hier* war seine Chance!

Er sprang den Trainer an wie ein wutschnaubendes Tier! Mit grimmigem Knurren schlug er einen Arm um den Hals des Trainers, packte mit der anderen Hand sein Handgelenk und drückte zu! In seinen Augen stand Mord, die Zähne waren entblößt, und Haß preßte wilde Schreie aus seinem Hals. Ich erwartete jeden Augenblick das Knirschen zu hören, mit dem der Hals des Trainers brach. Um Hilfe rufen konnte er nicht.

Der Radau rundum ging unvermindert weiter; niemand achtete auf den Angriff des Gelbmanns. Vermutlich war es ein ganz alltäglicher Zwischenfall beim Training dieser Nummern, auch wenn ich mir sicher war, daß der Gelbmann in diesem Augenblick seinen nächsten Mord auszuführen gedachte.

Aus den Augenwinkeln nahm ich eine andere Bewegung wahr. Heller war diesmal nicht mit den Fersen auf dem Ring gelandet, sondern mit einer Rolle vorwärts auf die Beine gesprungen und blitzartig neben den Kämpfenden aufgetaucht. Wie nebenbei griff er mit Daumen und Zeigefinger nach dem Ellbogen des Gelbmanns. Das ist eine bekannte Art, sich aus einer Umklammerung zu befreien; sie verursacht eine momentane Lähmung und erhebliche Schmerzen. Woher Heller wußte, an welchen Punkten er bei einem Gelbmann ansetzen mußte, kann ich nicht sagen; jedenfalls kannte er sich offenbar in der Körperbeschaffenheit der Gelbmänner aus.

Aus dem Haßgebrüll des Gelbmanns wurden Schmerzensschreie! Er ließ den Trainer los und wirbelte, mit ebenso rotglühendem Gesicht wie der Trainer, herum, um sich auf Heller zu stürzen. Heller versetzte ihm in aller Ruhe mit der Schuhspitze einen Tritt an den Hinterkopf. Es war kein tödlicher Tritt, aber der Koloß wankte und fiel ohnmächtig zu Boden.

Der Trainer versuchte, auf die Beine zu kommen, und Heller half ihm, indem er ihm die Hand reichte und hochzog. Der Mann war noch nicht in der Lage zu sprechen, aber seine Miene drückte Dankbarkeit aus. Ich konnte nicht hören, was Heller ihm sagte, sah aber, daß er sich fürsorglich um den Hals des Trainers kümmerte und ihm den Nacken rieb.

Der Primat, der aus seiner Ecke die Szene beobachtet hatte, schlurfte zu den beiden hinüber und — es brachte beide, den Trainer und Heller, zum Lachen — drückte Heller feierlich die Hand. Es war in der Tat sehr komisch, da man von einem Affen nicht viel Verstand erwartet. Ich mußte ebenfalls lachen — es sollte das letztemal an diesem Tag gewesen sein!

Der Trainer holte sich eine Elektropeitsche. Der Gelbmann lag immer noch bewußtlos am Boden. Heller sah, daß alles unter Kontrolle war, und entschied offenbar, daß er für heute genug Bewegung gehabt hatte. Er hob seine Jacke auf, schlüpfte hinein und trottete durch die Halle, gab der Gräfin einen Kuß und ging hinaus.

Da ich wußte, daß die Wachen draußen Heller auf den Fersen

bleiben würden und daß er nur duschen und sich umziehen ging, blieb ich, den Blick auf Gräfin Krak geheftet, in der Trainingshalle zurück. *Dort* war mein Feind, *dort* war diejenige, die die Mission behinderte!

Die Unterweisung des Trainers hatte nicht allzu viel bewirkt, aber es schien fast, als hätte sie darauf gewartet, daß Heller die Halle verließ. Und falls ich vorgehabt hätte, ihm zu folgen, wäre ich stehengeblieben, denn es war unverkennbar: Sie kam durch den Lärm der Halle auf mich zu.

Ich muß sagen, daß der Wachmann Timyjo guten Geschmack beim Stehlen bewiesen hatte. Aber vielleicht hatte Heller vorher genau beschrieben, was er haben wollte. Die Gräfin sah in ihrer neuen Gewandung überwältigend aus. Sie trug brandneue, hüfthohe, schwarz schimmernde Stiefel mit glänzenden Messingabsätzen und dazu fleischfarbene Trikothosen, eine bis zur Taille reichende enge Lederjacke, schwarz und mit Pailletten besetzt, und auf dem Kopf, als Krone ihrer nackenlangen blonden Haare, eine kleine, mit spiegelnden schwarzen Scheiben besetzte Schirmmütze, die sich nach oben verjüngte und vorn in der Mitte mit einer kleinen Feder geschmückt war. Die Sachen entsprachen ihrer früheren Aufmachung, waren aber neu und teuer: was für ein Unterschied!

Und sie war schön. Es war unbestreitbar: Sie war von einer märchenhaften, betörenden Schönheit. Meine Feindin. Sie setzte sich, mit dem Rücken zur Halle, in den Sessel mir gegenüber und wandte mir ihr vollkommen geformtes Gesicht zu.

„Soltan“, sagte sie, „Sie müssen mir helfen!“ In ihren Augen standen Tränen!

Eine Alarmglocke schrillte in meinem Kopf. War das die kalte, gefühllose Gräfin Krak? Welche neue Masche zog sie ab? Ich habe Frauen nie vertraut, und was die Gräfin betraf, war ich bestimmt dreimal so mißtrauisch.

„Soltan“, fuhr sie fort, „Jettero ist mit dem Englischen durch. Er kann den Neu-England- und den Virginia-Akzent perfekt sprechen. Ich habe ihm sogar Slangvarianten und Manierismen beigebracht, und auch die beherrscht er inzwischen. Ich bin mit ihm die Planetographie und Planetologie der Erde durchgegangen. Er hat ein Bild von den politischen Strukturen und der Demographie des Planeten. Er hat die Besonderheiten des Sonnensystems studiert ..."

Eine Träne rollte über ihre glatte Wange. „Soltan" — es klang beinah jammervoll —, „ich weiß nicht mehr, was ich ihm noch beibringen könnte!"

Oho und aha! dachte ich. Du weißt also nicht mehr, womit du unsere Abreise weiter hinauszögern kannst!

„Soltan, können Sie mir nicht die Erlaubnis besorgen, ihn in der Spionage zu unterrichten? Es wird sehr gefährlich für ihn werden, wenn er nichts davon weiß. Und ich glaube nicht, daß er auch nur die grundlegendsten Dinge davon kennt."

Mädchen, dachte ich, das ist die Übertreibung des Jahrhunderts.

„Gräfin", sagte ich laut und hoffte, nicht so überlegen und erhaben zu klingen, wie ich mich fühlte, „Lombar hat uns, was das betrifft, eindeutige Anweisungen gegeben."

„Aber warum, Soltan, warum? Er wird in Gefahr kommen, wenn er von einem so wichtigen Gebiet nichts weiß!" Eine weitere Träne rollte über ihre Wange.

„Lombar wird seine Gründe haben", erwiderte ich und fühlte mich merkwürdigerweise krank. „Und seine Gründe sind immer stichhaltig. Ich denke, er will einfach, daß Heller sich ganz natürlich verhält. Sie wissen ja, wie echte Spezialagenten vorgehen: Sie flattern herum, schielen in Mülltonnen und tun alles, um auch ja die Aufmerksamkeit auf sich zu lenken. Im übrigen könnte Lombar uns beide töten lassen für das, was ich bisher schon zugelassen habe. Es ist wirklich eine ganz einfache Mission; es geht nur um ein paar technologische Informationen für den Planeten ..."

Ich wurde von einer Bewegung im Rücken der Gräfin abgelenkt. Der Gelbmann hatte sich erholt. Sein Trainer war nirgends zu sehen. Aber der Koloß kam, sich den Ellbogen reibend, auf uns zu. Er sah sehr verärgert aus. Ich verstummte vor Angst.

Die Gräfin überlegte, womit sie mich umstimmen konnte. Daß ich auf den anrückenden Koloß starrte, bemerkte sie nicht. Vermutlich war meine Reaktion nicht allzu augenfällig. Es mochte auch sein, daß die Hoffnung in mir aufkeimte, daß diese mörderische Bestie von einem Gelbmann die Gräfin umbringen und damit all meine Probleme lösen würde. Sie war unbewaffnet, und ich vermied es geflissentlich, nach meinen Waffen zu greifen.

Sie war in ihrem Sessel in einer ungünstigen Position. Eine der Armlehnen hätte sie sogar behindert, wenn sie hastig aufstehen wollte. Der Koloß baute sich, immer noch an seinem Ellbogen reibend, in all seiner Wut hinter ihr auf. Außer mir achtete niemand auf ihn, und sein Blick sprach von Mord. Meine Hoffnung wuchs.

Die Gräfin setzte mit flehentlichem Gesichtsausdruck dazu an, ein neues Argument ins Feld zu führen, als der Gelbmann von seinem Ellbogen abließ und ihr hart auf die Schulter hieb.

„Halten Sie diesen (piep) Heller von mir fern", röhrte er. „Das nächste Mal breche ich ihm seinen (piep) Hals!"

Sie schwenkte den Sessel herum und blickte an dem Riesen hoch. „Du wagst es, in dieser Art von Jettero zu sprechen?" gab sie giftig zurück.

Fünfzig Kehlen holten hörbar Atem. Dann wurde es grabesstill in der Halle.

Der Koloß hob langsam die Arme, um sie zu packen und zu würgen. „Ich spreche über ihn, wie es mir paßt!" Seine Stimme war rauh, und jedes Wort eine tödliche Drohung. „Zum Teufel mit ihm, er ist nur ein (piep) Königlicher Offizier! Ein dreckiger, widerlicher, stinkender (piep)!" Damit fielen seine Arme herab.

Das Gesicht der Gräfin war blutleer. Ihre Hand griff nach der Rückenlehne des Sessels, er flog kreiselnd zur Seite, und sie stand plötzlich rechts neben dem Gelbmann. Als nächstes hörte ich ein Geräusch wie von einem Exploder. Ich hatte nicht einmal gesehen, wie sie ihren Arm bewegte, aber die linke Hand des Gelbmanns hing schaukelnd herab! Das Handgelenk war gebrochen!

Und dann begann ein Teufelstanz, wie ich ihn nicht noch einmal mitansehen möchte. Die Gräfin war keine gefühllose Statue mehr. Sie war eine lebende Explosivmasse aus rasender Wut!

Sie ließ den Handrücken der linken Hand in das Gesicht des Gelbmanns klatschen. Dann drehte sie sich, und ihr rechter Arm flog auf sein Gesicht zu. Kurz bevor die Hand ihr Ziel traf, stampfte sie mit dem rechten Stiefel auf den Boden, daß der Messingabsatz wie ein Schuß durch die Halle dröhnte. Es schien ihrem Rückhandschwinger eine peitschengleiche Beschleunigung zu geben. Der Schlag endete mit dem Knirschen brechender Knochen!

Sie war durch die Bewegung nach rechts gedreht worden und holte mit dem linken Arm aus. Der linke Stiefelabsatz knallte auf den Fußboden. Dann krachte ihr linker Handrücken auf die Wange des Gelbmanns, und wieder brachen Knochen. Dadurch nach links geworfen, holte sie nun mit der Rechten aus. Der Stiefel knallte! Die Hand krachte auf den Kiefer des Gelbmanns! Links, rechts, Schlag auf Schlag trieb sie ihn wie eine unbarmherzige Maschine rückwärts.

Der Gelbmann hatte sechzig Fuß Raum hinter sich gehabt, die er jetzt Schritt für Schritt ausmaß. Es war ein gespenstisches, exakt ablaufendes Ballett aus Blut und Strafe. Als einzige Geräusche hallten die Stöße der Messingabsätze, das dumpfe Klatschen der Schläge und das Wutgeheul des Gelbmanns durch die Halle.

Fünfzig der sechzig Fuß hatte er taumelnd hinter sich gebracht. Dann raffte er sich zu einem Gegenangriff auf! Er trat nach der Gräfin! Hätte er getroffen, wäre ihr Brustkorb zerquetscht worden. Aber mit perfektem Augenmaß paßte sie seinen Fuß ab und benutzte sein Bein als Hebel, während ihr Fuß auf die Überreste seines Kinns zuschnellte. Der Gelbmann schoß wie ein gigantischer Pfeil rückwärts, dorthin, wo die Elektroschockmaschinen standen. Sein Kopf rammte einen Hebel. Es klang wie eine aufbrechende Melone. Dann sackte er zu Boden.

Gräfin Krak war in diesem Augenblick keine Mörderin. Sie war eine feuerspeiende Rachegöttin. Sie folgte dem Flug des Gelbmanns und stampfte auf seine Brust, seine Arme, sein Gesicht!

Als sie, keuchend und immer noch wutschnaubend, von ihm abließ, richtete sie den Finger auf den zu Stein erstarrten Haufen ihrer Mannschaft und rief: „Ihr da! Bringt ihn ins Krankenrevier und laßt ihn wieder zusammenflicken!"

Ein Assistenztrainer kniete sich neben den Gelbmann und fühlte an der blutigen Masse nach dem Herzschlag. Schließlich blickte er auf. „Er ist tot."

Die Gräfin richtete den Kinnriemen ihrer Mütze, die zur Seite gerutscht war. „Das wird ihn lehren, Jettero nicht wieder zu bedrohen!“ sagte sie grimmig.

Bis zu diesem Moment war ich genauso gelähmt gewesen wie die Mannschaft der Gräfin. Aber als sie das sagte, mitten in dem Blut stehend, das ihre neuen Stiefel überzog, und dabei an ihrer Kopfbedeckung herumfummelte, durchzuckte mich ein heilloser Schrecken.

Ich weiß nicht, wie ich dort weggekommen bin. Das nächste, woran ich mich erinnere, ist, daß ich in der Röhre aufwärtsglitt, weg von der Gräfin. Bevor ich um die Ecke in den Korridor einbog, an dem meine Unterkunft lag, versuchte ich mich zu fassen, hin- und hergerissen zwischen dem Drang zu erbrechen und dem, es nicht zu tun. Meine Hände zitterten unbändig. Ich wollte einen Duftschock öffnen, aber ich bekam die Kappe nicht ab, und er fiel mir aus den Händen.

Ich wurde von einem einzigen Gedanken beherrscht: Auf irgendeine Art und Weise mußte ich es schaffen, Heller aus Spiteos fortzubekommen. Wenn ich auch nur einen Tag länger blieb, würde ich ihn mit absoluter Sicherheit nicht überleben. Wenn die Gräfin auch nur ahnte, was mit Heller geschehen sollte, wäre das, was sie eben mit dem Gelbmann getrieben hatte, ein Kinderspiel gegen das, was mir blühte.

Ich hatte einige Mühe, mich zu überzeugen, daß ich noch nicht tot war. Man sagt, daß man in akuter Todesangst sehr einfallsreich sein kann. Nun, ich mußte es sein, und ich war es.

Ich zog meinen Blouson glatt und ging, so normal wie möglich atmend, an den Wachposten vorbei in mein Zimmer. Heller hatte geduscht und sich mit übergeschlagenen Beinen in einen Sessel gefletzt, um der Musik aus dem Heimschirm zu lauschen. Ich warf meine Mütze aufs Bett und setzte mich an den Tisch. Ich wagte es nicht, einen Getränkebehälter zu öffnen, weil ich meine zitternden Hände nicht sehen lassen wollte. Meine Stimme jedoch hatte ich unter Kontrolle: Darauf wird man im Apparatus trainiert.

„Jettero“, sagte ich, „ist Ihnen noch nicht aufgefallen, wie schmutzig es hier überall ist?“

Er sah gelangweilt zu mir herüber, immer noch auf die Musik

horchend. Dann lächelte er. „Das fragen Sie einen Flottenoffizier?"

„Es ist kein angenehmer Ort. Sie sind eine feinere Umgebung gewohnt."

Er dachte darüber nach. Ich hatte seine Aufmerksamkeit; er hörte nicht mehr auf die Musik. Aber würde es funktionieren? Ein verzweifeltes Stoßgebet ging durch meinen Kopf, und ich hoffte, es würde den Weg zu den Göttern finden.

„Sie haben Ihre Studien beendet", sagte ich mit sorgfältig auf Sachlichkeit und Ruhe getrimmter Stimme. „Es gibt keinen Grund mehr, noch länger hierzubleiben."

Heller sah sich im Zimmer um. Es war, als sähe er es zum erstenmal. Den schwarzen Fußboden, das schäbige Inventar, die fleckigen schwarzen Wände. Dann blickte er wieder zu mir. „Sie haben recht, Soltan! Diese Festung ist *ungemütlich!*"

Er sprang plötzlich aus dem Sessel, machte drei Schritte, kehrte um und machte drei Schritte zurück, wobei er sich jeweils an den Fußenden der Betten abstützte, wie es Raumfahrer tun, um schwankenden Boden auszugleichen.

Seine überraschende Aktivität verwirrte mich. Ich hatte keine Ahnung, wie seine Entscheidungsprozesse abliefen. Ich schmeichelte mir sogar, die Mission auf wunderbare Weise ins Rollen gebracht zu haben!

Er verlor während des ganzen Abends kein Wort mehr darüber. Er lächelte einfach, summte, grinste vor sich hin und war sehr charmant. Er half der Gräfin aus der etwas verdrossenen Stimmung, in der sie sich befand, als die Wachen sie heraufbrachten. Sie spürte, daß sie sich selbst zum Narren gemacht hatte, sagte aber nicht, wie und warum. Und sie gestand Heller, daß sie die neuen Stiefel ruiniert hatte.

Heller erwiderte nur, daß es dort, wo sie herkamen, noch genug andere Stiefel gab, und erzählte einige spaßige Vorkommnisse mit Raumstiefeln. Ich nahm es als Zeichen dafür, daß er sich dem Gedanken der Abreise zugewandt hatte. Als gutes Omen.

Ich bekam sogar noch ein deutlicheres Zeichen. Er holte die Liste der Revolten und Thronprätendenten in der Geschichte von Manco hervor. Die beiden steckten, Behälter mit grünem Sprudelwasser in der Hand, die Köpfe zusammen und stöberten, von der

Musik des Heimschirms begleitet, in dem Material. Ich war so glücklich über die Aussicht, Gräfin Krak bald Lebewohl sagen zu können, daß mir sogar die Geschichte von Manco fast Freude bereitete.

„Siehst du?" sagte die Gräfin, indem sie auf eine Zeile deutete. „Es *gab* eine Nepogat! Hier steht es:

> Und die Magd Nepogat, die fürwahr die prinzliche Moral untergrub, wurde aus der Festung Dar verbannt, und es wurde ihr verboten, jemals dorthin zurückzukehren."

„Oho!" meinte Heller. „Dort steht zwar nicht, welches Prinzchen sie in den Fingern hatte, aber du denkst sicherlich an Prinz Caucalsia, nicht wahr?"

„Oh, er muß es gewesen sein", antwortete die Gräfin. „Eine verschmähte Frau ist zu sehr häßlichen Dingen fähig."

Ich hörte kaum zu. Es war ihre Geschichte, die sie dort entdeckten.

Nach einer Weile sagte Heller: „Hier ist von verstoßenen Prinzen die Rede, ohne daß ein einziger Name genannt wird. Meinst du, daß Prinz Caucalsia einer von ihnen war?"

„Da bin ich sicher!" verkündete die Gräfin. „Es ist doch die richtige Zeit, oder?"

„Stimmt", bestätigte Heller. „Das wäre also bewiesen!" Und beide lachten vergnügt auf.

Ich kicherte aus eigenen Gründen. Was für ein Ingenieur! Ich hoffte, ich würde nie über eine seiner Brücken gehen müssen, wenn das alles war, was er an denkerischen Fähigkeiten zu bieten hatte.

Ich ließ sie allein und ging in das verdreckte, unordentliche Zimmer, in dem ich in letzter Zeit schlief. Ich wiegte mich in der idiotischen Hoffnung, binnen kurzem außerhalb der Reichweite von Gräfin Krak zu sein!

Kapitel 2

Ein Lichtstrahl fiel mir ins Gesicht. „Offizier Gris! Zeit zum Aufstehen."

Ich gähnte und streckte auf dem verdreckten Fußboden meine Glieder. Dann blickte ich auf meine Uhr. Eine halbe Stunde vor Tagesanbruch?

„Zeit zum Aufstehen", wiederholte der Wachmann.

Ich tastete nach meiner Mütze, fand sie unter einigen alten Essensresten und stolperte dem Wachmann hinterher in meine Unterkunft.

Das Zimmer war ein einziges Durcheinander aus munteren Stimmen und emsiger Tätigkeit! Es war voller Kartons! Der Wachzug war normalerweise in zwei Schichten von zwölf Stunden aufgeteilt, das heißt, es waren stets sieben Wachposten gleichzeitig im Dienst; jetzt aber schienen mehr Leute dazusein.

Snelz saß rittlings auf einem umgedrehten Stuhl und gab seinen Männern mit einem Muntermacherbehälter in der Hand Anweisungen. Sie packten! Sie verpackten alles, was im Zimmer war! Und dabei hatten sie ständig irgend etwas zu brabbeln und zu lachen.

Heller verschnürte ein Bündel. Er trug einen Rennfliegeranzug, weiß mit roten Schlitzen, und hatte eine Schirmmütze auf den Hinterkopf geschoben, eine von der Art, wie die Rennflieger sie unter den Helmen tragen. Er sah frisch und munter aus. Wie schaffte er das um diese Zeit?

Als er mich sah, nahm er einen Muntermacherbehälter von der Heizplatte und kam zu mir herüber, um ihn mir zu geben.

Er lachte. Über meine zerknitterte Erscheinung?

Er begrüßte mich, in breitem Virginia-Akzent, mit den Anfangssätzen seines Englischlehrgangs: „Mah name is Rovah. Ah have a George named dawg." (Ich heiße Rovah. Ich habe einen George namens Hund.)

Er hatte es verdreht, und ich korrigierte ihn geduldig: „Es heißt: My name is George. Der *Hund* ist es, der *Rover* genannt wird."

Aus irgendeinem unerfindlichen Grund fand er das zum Lachen. Es war viel zu früh für ein derart herzhaftes Lachen.

„Wollen Sie dieses Zimmer behalten?" fragte mich Snelz. „Wenn nicht, packen wir auch Ihre Sachen ein."

Ob ich das Zimmer behalten würde? Ich hatte immer ein paar persönliche Dinge hier, für alle Fälle. Allerdings kaum mehr, als in eine Tasche paßte. Aber dann ging es mir schlagartig auf. Ich würde das Zimmer, wer weiß, wie lange, nicht mehr brauchen. Genau gesagt, wollte ich Spiteos nie wiedersehen! „Ich ziehe ebenfalls um."

„Packt seine Sachen auch ein", befahl Snelz seinen Männern.

Es war erstaunlich, wieviel sich während unseres kurzen Aufenthalts angesammelt hatte. Der Speiseschrank war voll, die Betten hatten neue Bezüge bekommen, Handtücher ...

Heller nahm den Heimschirm von seinem Platz, und ein Wachmann trug ihn zu einem Karton. „Packt's an, schafft's fort!" sagte Heller. Die Wachen lachten, ohne ihre Tätigkeiten zu unterbrechen. Ich verstand nicht, warum sie gelacht hatten, bis mir einfiel, daß Heller aus einem Lied zitiert hatte: „Raumwärts, ho!"

Zum erstenmal seit dem Aufwachen faßte ich den erfreulichen Gedanken ins Auge. Waren wir wirklich auf dem Weg? Ich nahm einen letzten Schluck von dem Muntermacher und hielt inne. Halt! Warum ließ er den Heimschirm mit einpacken? Er würde auf der Erde nutzlos sein. Hatte er der Gräfin auch nur andeutungsweise irgendwelchen Abschiedsschmus geboten? Nicht, daß ich gewußt hätte. Und warum hatten die Wachen über die Zeile aus dem alten Raumfahrerlied gelacht? Wußten sie etwas, was ich nicht wußte? War da nicht etwas heimlich Belustigtes an Heller? Wenn man längere Zeit im Apparatus dient, lernt man, aufmerksam auf die Zeichen zu achten. Irgend etwas stimmte hier nicht.

Unterdessen war alles verpackt. Die Kartons wurden auf Karren geladen, und kurz darauf bestiegen wir einen Tunnelbus, samt Gepäck und allem.

Außer den Posten an den diversen Kontrollstellen, die mißtrauisch nach dem Plazet für unseren Zug verlangten, schenkte mir niemand Beachtung. Heller deutete jedesmal mit dem Daumen auf mich, und ich präsentierte meine Befehle und Identokarte. Es war nur zu verständlich, daß die Posten aufmerkten: Ein Mann im Rennanzug war weder in Spiteos noch im Ausdauerlager ein gewohnter Anblick. Heller besaß *keinerlei* Sinn für Sicherheitsbedürfnisse. Wäre er ausgebildet gewesen, hätte er etwas Altes und Schäbiges getragen, das besser in die Umgebung paßte, um nicht aufzufallen wie ein Warnfeuer. Und er verschlimmerte es noch, indem er den Wachen Paffstäbchen anbot, ihnen die Hände schüttelte und sich freundlich von ihnen verabschiedete. Aber sie waren keine besonders guten Wachen: Sie lachten und rissen Witze mit ihm. Dennoch, in der Spionage prägte man sich nicht so ins Gedächtnis der Leute ein! Dieser Typ würde keine zwei Minuten der Mission überstehen — falls er sie wirklich antrat, was ich ernstlich bezweifelte.

Wir kamen schließlich zu meinem Flugmobil in der Flugzone des Ausdauerlagers. Mein Fahrer war offenbar unterrichtet worden und begrüßte die Wachmänner, als wären sie alte Freunde von ihm. Für Heller kreuzte er grinsend die Arme zum Salut. Die Morgendämmerung war kaum angebrochen. Was gab es da zu grinsen? Mein Verdacht, daß hier irgend etwas vorging, vertiefte sich.

Mein Fahrer hielt Heller zwar die Fondtür auf, aber der trat zur Seite, und an seiner Stelle luden die Wachen die Kartons auf die Rückbank. Sie ließen kaum noch Platz übrig!

„Hinein mit Ihnen", sagte Heller, und der Fahrer kletterte auf das Gepäck.

Heller selbst stieg auf den Fahrersitz und winkte mir, herumzugehen und vorn auf dem Sitz für den Begleitposten Platz zu nehmen. Er würde fahren!

Die Wachen blieben draußen; es wäre gar kein Platz mehr für sie gewesen. Sie machten auch keine Anstalten, ein anderes

Flugmobil zu nehmen. Aber ich wollte Snelz nicht zu erkennen geben, daß ich nicht wußte, was, bei allen Teufeln, los war. In meiner Verwirrung dachte ich, ich würde zurückkommen und könnte ihm dann neue Befehle geben. Also rief ich ihm zu: „Ich seh' Sie dann später!"

„Ich weiß", gab er zurück.

Ich fragte mich, ob ich unwissentlich an einem Ausbruch von Heller beteiligt wurde. Aber ich war gut bewaffnet. Heller ließ den Antrieb aufheulen — rroh, rroh, rroh —, und ich zwängte mich auf den Beifahrersitz.

Snelz' Männer standen um uns herum und grinsten. Irgendwelche Abschiedsworte riefen sie uns nicht zu. Das Flugmobil schoß aufwärts, und die Gruppe unter uns wurde rasch zu einem Häufchen von Stecknadelköpfen im Dämmerlicht des Wüstenmorgens. Das rote Tagesgestirn blitzte uns blendend in die Gesichter, während wir an Höhe gewannen und dadurch seinen Aufstieg beschleunigten.

Man führt Flugmobile nicht in dieser Weise. Zumindest geistig Gesunde nicht. Apparatus-Fahrzeuge werden nicht sonderlich gut gepflegt. Aber Heller hatte sich bequem in seinem Sitz zurückgelehnt, nur eine Hand am Steuerknüppel und einen Fuß an den Pedalen. „Sitzen Sie einigermaßen da hinten?" fragte er meinen Fahrer über die Schulter.

Er hatte sich zwischen den Kartons eine Art Nest gebaut, aus dem nur seine Füße hervorragten. Dann wurde eine Hand mit einem Muntermacherbehälter sichtbar. Woher hatte er ihn? „Ausgezeichnet, Offizier Heller." Heller kann wirklich jede Disziplin zerstören, dachte ich mißmutig.

Er drehte sich mir zu. Das war meine Chance, diese überstürzt angetretene Reise einigermaßen in den Griff zu bekommen. „Das Frachterdepot des Apparatus liegt südwestlich am Rand der Regierungsstadt", sagte ich. „Wir haben viel Zeit. Vor dem Nachmittag fliegt dort keiner ab."

Er sah mich an, als hätte ich ein schmutziges Wort benutzt. „Frachter?"

Ich öffnete den Mund, um zu erwidern: natürlich ein Frachter; regelmäßig einmal pro Woche ging einer auf die Reise zur

Erde. Doch dann schloß ich hastig den Mund. Es war zu früh am Morgen. Mein Verstand arbeitete noch nicht richtig. Ich mußte Heller oder wem auch immer nicht unbedingt auf die Nase binden, daß der Apparatus einen ständigen Frachtverkehr zur Erde unterhielt. Wenn das herauskam, würde der Apparatus mit Fragen geradezu bombardiert werden! Von sämtlichen Regierungsstellen und vom Großen Rat.

Heller hatte das Flugmobil auf rund zwanzigtausend Fuß hochgezogen und hielt es auf dieser Höhe. Gefährlich! Man kann leicht die Kontrolle über diese Dinger verlieren, wenn man kein Fachmann ist. Sie können auseinanderbrechen. Ich war ziemlich nervös.

„Nun?“ drängte mich Heller. „Sie haben von 'Frachtern' gesprochen.“ Doch dann bemerkte er wohl, daß ich nichts weiter zu sagen hatte, und fuhr selbst fort: „Soltan, soll das heißen, daß das Missionsschiff ein *Frachter* ist? Aber das wäre hirnrissig, Soltan. Ein Frachter bräuchte sechs Wochen, um nach Blito-P3 zu schippern. Und wir müssen kaum etwas mitnehmen. Außerdem ...“

„Wir haben kein Missionsschiff“, unterbrach ich ihn.

„Ah“, machte er und dachte nach, indem er seine Mütze noch etwas weiter nach hinten schob. Das Flugmobil hielt er mit einem Finger im Gleichgewicht, als würde er einen Ball balancieren. Wußte er nicht, daß es auseinanderbrechen konnte? Die Wüste hinter dem Ausdauerlager wurde nach und nach ausgeleuchtet. Bald würde uns die Verkehrskontrolle der Regierung fragen, was, zur Hölle, wir vorhatten. Wir sollten die Aufmerksamkeit nicht so auf uns lenken.

„Geht es Ihnen gut da hinten?“ erkundigte sich Heller bei meinem Fahrer.

Aus dem Nest zwischen den Kartons stieg eine Qualmwolke auf. „Ausgezeichnet, Offizier Heller.“

„Sie müssen doch im Apparatus-Hangar einige Schiffe stehen haben“, wandte sich Heller wieder mir zu, und er schien ein Nicken von mir gesehen zu haben, denn er fuhr fort: „Gut. Fliegen wir hin und sehen sie uns an!“

Das Flugmobil wurde mit ohrenbetäubendem Dröhnen, für das es nicht gebaut war, über den Himmel katapultiert. Heller, immer noch mit nur einer Hand und einer Fußspitze fliegend, griff nach dem Verkehrskontrollkommunikator. „Flugmobil *469-98BRY* vom Ausdauerlager auf dem Weg zum Apparatus-Hangar." Die Nummer hatte er von dem Schild auf dem Kommunikator abgelesen. Jetzt warf er mir die Scheibe herüber, und ich drückte meine Identokarte darauf. Ich hatte das schreckliche Gefühl, daß das meine einzige Aufgabe an diesem Tag sein würde: meine Identokarte vorzulegen! Als Deckung für die Verrücktheit, die Heller nun wieder im Kopf haben mochte. Ein Gutes hatte sie allerdings: Gräfin Krak rückte mehr und mehr in die Ferne!

Die Wüste glitt unter uns dahin. Spiteos hinter uns wurde immer kleiner. Dahinter am Horizont, wo eigentlich die Palaststadt zu sehen sein müßte, aber nicht war, zeichnete sich ein schneebedeckter Berggipfel ab. In der anderen Richtung lag, noch von der Dunkelheit eingehüllt, die Kommerzstadt wie ein Schmutzfleck vor uns. Die Regierungsstadt tauchte erst vor uns auf, als wir das Gebirge erreichten, das die Wüste begrenzt.

„Sie sollten das Ding einmal überholen lassen", sagte Heller. „Ich kann es nicht über fünfhundert Meilen pro Stunde beschleunigen." Dann wiederholte er über die Schulter: „Sie sollten das Ding einmal überholen lassen."

„Das sage ich Offizier Gris schon lange", kam es mitsamt einer Qualmwolke aus den Kartons zurück.

Sie waren beide Idioten. Die Sicherheitsgrenze für Flugmobile lag bei vierhundert. Es zitterte, als hätte es die Schüttellähmung — und vielleicht traf das auch zu: alt genug war es. Ich schloß die Augen. Es war ein bißchen grausam, gerade in dem Moment abberufen zu werden, in dem ich die beste Aussicht hatte, Heller von diesem Planeten schaffen, mich aus der Gefahr und ihn in sie hineinbringen zu können. Der Höhenschub fiel aus!

Ich öffnete die Augen und starrte hinunter, um zu sehen, wo mein Grab sein würde. Statt dessen blickte ich jedoch direkt auf die Landemarkierung auf dem Flugfeld des Apparatus-Hangars. Heller brachte uns mitten im *X* herunter.

Vor uns erstreckte sich der riesige Hangar der Raumfahrtabteilung des Apparatus. Verglichen mit den Hangars der Flotte ist er ein Zwerg, aber immer noch groß genug: Es ist ein fünfhundert Fuß hohes, gebrechliches Bauwerk über einer Fläche von einer Quadratmeile. Überall standen pfleglos behandelte, dem Verfall anheimgegebene Gerüste und Zugplattformen herum.

Schwarz uniformierte Wachposten mit schußbereiten Explodergewehren rannten auf uns zu. Dieses Apparatus-Areal unterliegt strengster Geheimhaltung und wird scharf bewacht.

„Offizier Gris und Begleitung", rief Heller den Männern entgegen. Dann wies er mich mit einer Geste an, meine Identokarte auf das Pult zu drücken, das einer der Wachposten mir hinhielt. „Sie bleiben hier", befahl er meinem Fahrer. „Es wird nicht lange dauern." Und dann zu mir: „Kommen Sie!"

Wir machten uns auf den Weg. Die Wachposten hatten das Interesse an uns verloren und schlurften davon. Ein Rennflieger konnte hier nicht viel Aufsehen erregen; die Männer waren anderes gewohnt. Dennoch ist der Apparatus-Hangar, der höchsten Sicherheitseinstufung zum Trotz, ein finsterer, trostloser Ort.

Heller ging raschen Schrittes auf den Hangar zu, und ich folgte ihm in einigem Abstand. Ich spürte, daß mir die ganze Sache irgendwie aus den Händen geglitten war. Ich war zu einer wandelnden Identokarte degradiert.

Wir betraten die riesige Halle. Überall Raumschiffe, gerade hereingekommene, welche, die repariert wurden, und solche, die nie mehr irgendwohin fliegen würden; weit und breit nichts als schattenwerfende Monster voller Geheimnisse, fluguntüchtiger Maschinen und alter Blutspuren. Ich stöhnte auf bei dem Gedanken, diese endlose Monsterparade abschreiten zu müssen. Meine Füße begannen schon im voraus zu schmerzen.

Heller schaute sich aufmerksam um, was seltsam war, denn mehr als die ersten drei Schiffe konnte man nicht sehen. Dann hatte er irgend etwas entdeckt. Ich verstand sein Interesse nicht. Es war ein gigantischer Kran, der zum Heben schwerer Maschinenteile benutzt wurde.

Der Kranführer saß gelangweilt in seiner Kabine und döste vor sich hin. Heller rief ihn ins Leben, indem er diese schrille Flottenstimmlage einsetzte, wie sie die Flottenoffiziere entwickelt haben, um in den scheunengleichen Raumschiffen das Brummen des Antriebs zu übertönen. Sie geht einem durch Mark und Bein.

„Hallo, da oben im Kran! Machen Sie sich bereit!" kreischte er.

Normalerweise nahmen die Apparatus-Männer in diesem Hangar nicht einmal von ihrem Vormann einen Befehl entgegen. Ich war also einigermaßen überrascht, daß der Kranführer, kaum mehr als ein Fleck in der Kabine, zurückwinkte.

Heller zog ein Paar Handschuhe aus der Tasche, gab mir einen von ihnen und zog den anderen an. Dann ging er zu dem Haken des Krans. Ich fuhr zusammen, als ich begriff, was er vorhatte. Er stellte einen Fuß auf den Haken und griff nach einer Stange an der Platte oberhalb des Hakens. Es war ein gewaltiger Haken, auf dem eine Menge mehr Platz war, als ein Fuß brauchte. Er erwartete, daß *ich* mich neben ihn stellte!

Ich hatte gesehen, wie sich Monteure auf diese Weise auf Gerüste heben ließen. Aber nie im Leben wäre ich auf die Idee verfallen, es selbst einmal auszuprobieren! Heller winkte mir, in Gedanken offenbar mit anderem beschäftigt, zu. Für ihn war es nichts Besonderes, einen Kranhaken als Beförderungsmittel zu benutzen. Das hat man davon, sich mit einem Kampfingenieur einzulassen, stöhnte ich innerlich. Dann zog ich den Handschuh an, stellte meinen Fuß dicht neben seinen, streckte den Arm nach der Stange aus und drückte fest die Augen zu.

„Ganz nach oben!" schrie Heller in dieser schneidenden Flottenstimmlage.

Und aufwärts ging es! Ich ließ meinen Magen auf dem Hangarboden zurück. Nur den Haken unter uns, Leere um uns, kreischende Kranseile über uns, schwebten wir unter die Decke des Hangars. Dort wurde die Luftfahrt so plötzlich gestoppt, daß wir hüpften.

Ich öffnete vorsichtig ein Auge und schloß es wieder. Heller hing mit einem Fuß über dem Abgrund. Ich tastete auch mit der anderen Hand nach der Stange über uns.

„Sehen Sie sich dort um", sagte Heller. Und dann muß er bemerkt haben, daß ich mit geschlossenen Augen dahing. „He, Augen auf! Es sind doch nur fünfhundert Fuß."

Es heißt, man soll nie nach unten schauen. Aber ich konnte nicht anders. Entgeistert starrte ich in die weite Leere unter uns und auf den harten Beton an ihrem Ende. „Wir müssen ein Missionsschiff finden", sagte Heller. „Schauen Sie sich um."

Ich verfluchte die Geheimhaltung, die es mir verbot, ihm zu sagen, daß wir einfach mit einem Frachtenpendler fliegen sollten.

„Wie große Schiffe können die Hangars auf Blito-P3 aufnehmen?" fragte Heller, lässig in der Luft schwebend.

„Fünf Frachter, zwei Kampfschiffe", stieß ich hervor.

„Dann können wir ein großes Schiff nehmen", sagte Heller. Er ließ seinen Blick über die Ansammlung der Raumfahrzeuge des Apparatus schweifen, die im Moment am Boden waren. Doch von seinem Aussichtspunkt aus waren einige immer noch verdeckt.

„Schwenken Sie nach rechts!" rief Heller über die Schulter. Die Kranführerkabine befand sich jetzt direkt hinter uns.

Der Haken wurde mit beängstigendem Schwung zur Seite gerissen. Heller konnte jetzt zwischen die Schiffe sehen, die ihm vorher die Sicht versperrt hatten.

„Frachter. Transporter. Einige alte Kriegsschiffe." Er drehte sich zu mir. „Wo hat der Apparatus diese Schiffe her? Von einem Wohltätigkeitsbasar?"

„Wir sind nicht die Flotte", preßte ich mühsam hervor.

„*Das* können Sie laut sagen!" bestätigte Heller. „Lassen Sie mich nachdenken ..."

Kannst du nicht unten auf dem Boden nachdenken? bettelte ich im stillen. Der Haken schwang immer noch hin und her. Aber Heller schien es zu gefallen, hier oben zu hängen und nachzudenken. Ich verzweifelte. „Man erwartet, daß wir einen Frachter nehmen."

„Oh, nein, nein, nein", entgegnete Heller. „Sechs oder mehr Wochen für den Flug. Und dann kein operatives Missionsschiff dort. Ich hoffe, ich kann Ihre Meinung ändern."

Du hast sie geändert, gestand ich ihm im stillen zu. Nur bring mich zurück auf den Boden. Aber er dachte gar nicht daran.

„Das da unten ist ein Haufen Schrott", sagte er. „Damit können wir nicht fliegen. Und mit einem Frachter auch nicht. Sie stimmen mir doch gewiß zu, daß wir ein richtiges Missionsschiff brauchen."

Meine Hände schwitzten so stark, daß ich in dem Handschuh rutschte. Die andere Hand war schon von der Stange geglitten!

„Ja, ja!" schrie ich. „Wir brauchen ein richtiges Schiff! Ich stimme zuuuuuu!"

Heller drehte sich um, winkte dem Kranführer und gab ihm endlich das Signal, uns hinabzulassen. Wir stürzten wie Blei in die Tiefe! Die Seile kreischten! Es ging so schnell, daß meine Füße vom Haken rutschten. Dann krachte der Stahl auf den Hangarboden. Heller war kurz vor dem Aufprall abgesprungen und stand ganz ruhig da, während ich vom Haken torkelte und mich auf den Betonboden setzte. Meine Beine wollten nicht mehr.

Heller schien es nicht zu bemerken. Er untersuchte den Boden um uns herum und sah auf einen großen leeren Platz. „Aha!" sagte er schließlich. Dann wechselte er die Stimmlage und rief dem Kranführer zu: „Danke. Das haben Sie gut gemacht, Kranmeister!" Der Kranführer winkte.

„Kommen Sie!" sagte Heller zu mir und trottete davon.

Wo, zur Hölle, wollte er nun wieder hin? Ich raffte mich auf und blickte ihm nach. Was hatte er vor? Ich suchte krampfhaft nach einer Möglichkeit, wie ich diesen Rücken unter Kontrolle bringen konnte. Meine Situation war hier unten noch viel wackliger und bodenloser als auf dem Haken unter der Hangardecke. Mein Gefangener stolzierte herum wie ein Würdenträger, und ich hatte nicht einen einzigen Wachmann zur Seite. Er konnte sonstwohin gehen! Aber mir fiel nichts ein. Ich hatte nicht einmal eine Ahnung davon, was in seinem Kopf vorging. Wenn Lombar davon Wind bekam ...

Hilf- und hoffnungslos folgte ich Heller zurück zu meinem Flugmobil.

Kapitel 3

Wir hoben wieder ab. Es war immer noch sehr früh, und der Luftverkehr zwischen den Städten war recht dünn. Das Tagesgestirn stand noch so niedrig, daß die Schatten auf dem Boden wie lange schwarze Finger aussahen. Ich hatte nicht die leiseste Ahnung, wohin wir flogen.

„Ist dieses Ding aufgetankt?" fragte Heller meinen Fahrer.

„Für jeden Zielort außer dem Königlichen Offiziersklub", antwortete der Fahrer. Ich schüttelte, nach hinten gewandt, den Kopf. Heller brauchte davon nichts zu wissen. Er untergrub tatsächlich jede Disziplin: Mein Fahrer hatte einen Behälter mit Sprudelwasser geöffnet und nippte daran, während er die Aussicht genoß.

„Geben Sie mir den Handschuh zurück", sagte Heller zu mir. Ich gab ihn ihm, und er wollte ihn schon in die Tasche stecken, als er bemerkte, daß er feucht war.

Wir waren wieder runde zwanzigtausend Fuß hoch und rasten mit fünfhundert Meilen über den Himmel. Inzwischen hatte auch auf dieser Höhe der Tagesverkehr eingesetzt. Doch das konnte Heller nicht davon abhalten, die Hand vom Steuerknüppel zu nehmen und mit dem Knie weiterzufliegen, um seelenruhig das Handschuhinnere nach außen zu kehren, sein rotes Ingenieurstuch zu nehmen und den Handschuh trockenzureiben. „Sie müssen nervös gewesen sein", meinte er mit verspätetem Bedauern. „Ich vergesse immer wieder, daß Sie an gewisse Dinge möglicherweise nicht gewöhnt sind."

Er legte die Handschuhmanschette wieder um, schüttelte die richtige Seite nach außen und steckte den Handschuh mit dem

Tuch zusammen in die Tasche. „Nun, keine Angst, Soltan. Wir werden schon etwas Nettes und Sicheres für die Reise auftreiben.“

Das war nicht sehr beruhigend, solange er, zugegeben, sehr gelassen, mit einer Fußspitze und einem Knie steuerte und dem zischenden Verkehr auf seiner Flugebene nicht die geringste Beachtung zollte. Das überbeanspruchte Flugmobil verbreitete überdies das unangenehme Gefühl, als wollte es sich jeden Moment in seine Einzelteile auflösen.

Wir näherten uns dem nördlichen Teil des zentralen Flottenstützpunkts. Unter uns glitt ein Hochplateau dahin. Aber das Flugmobil zitterte so stark, daß mein Blick verschwamm und ich nicht erkennen konnte, was es war.

„Da wären wir“, verkündete Heller und vollführte, was in jedem Lehrbuch als Bruchlandung bezeichnet wurde.

Nachdem sich der Staub gelegt hatte, blickten wir auf ein niedriges, weißes Verwaltungsgebäude, das mit antiken Exploderkanonen geschmückt war. Es war sehr still. Niemand war zu sehen. Hinter dem Gebäude erhob sich ein gewaltiger, scheinbar endloser Zaun, an dem ein gigantisches Schild hing:

FLOTTENEINGREIFRESERVE

Heller sprang aus dem Flugmobil, und ich folgte ihm die Treppe zum Eingang des Gebäudes hinauf. Wir betraten eine Halle mit einer Menge leerer Tische, einigen unbenutzten Anschlagtafeln und einem prächtigen Echo.

Heller kannte sich hier offenbar aus. Er durchquerte die Halle und ging, ohne anzuklopfen, in ein gruftähnliches Zimmer. Ein grauhaariger alter Raumoffizier saß in einem Schwerkraftsessel und arbeitete an irgendwelchen Papieren, während er an dem Muntermacher in seiner Linken nippte. Ein unbeleuchtetes Schild auf seinem Schreibtisch verkündete, mit wem wir es tun hatten:

Raumkommandant Crup.

Er blickte mit finsterer Gewittermiene auf, um gleich darauf mit strahlendem Gesicht aus dem Sessel zu springen. „Jettero!“ rief er erfreut. Sie trafen zusammen wie zwei kollidierende Raumschiffe, umarmten sich lachend und klopften sich gegenseitig auf den Rücken. Dann trat der Raumkommandant einen Schritt zurück. „Laß dich ansehen! Wir haben uns seit einem Jahr nicht gesehen!“

In diesem Augenblick geriet ich in sein Blickfeld. Die Gewitterwolke kehrte auf sein Gesicht zurück. „Ein 'Säufer'!“ Woran erkennen sie das bloß immer?

Heller zog die Befehle, die Ermächtigung des Großen Rats und seinen Marschbefehl von der Flotte hervor und übergab sie dem Raumkommandanten. Aber der Gute vermochte den Blick nicht von mir abzuwenden.

„Er ist in Ordnung“, sagte Heller. „Raumkommandant Crup, darf ich vorstellen? Offizier Gris.“

Crup dachte gar nicht daran, mir die Hand zu geben. Aber er entspannte sich etwas und wandte sich den Befehlen zu. Dann fragte er: „Was kann ich für Sie tun, Jet?“

„Wir machen einen Einkaufsbummel“, antwortete Heller. „Habe ich die Erlaubnis, den Stützpunkt zu überfliegen?“

„Mehr als das“, sagte Crup. „Ich werde dich begleiten.“ Er griff nach seiner Mütze und einer Mappe mit Papieren und kam mit uns hinaus.

Die Szene hatte sich etwas belebt. Sechs kräftige Flotteninfanteristen umringten mit finsteren Gesichtern das Flugmobil und fingerten an ihren Elektrodolchen herum. Mein Fahrer lugte, etwas blasser geworden, ängstlich aus dem Fond.

„Alles in Ordnung, Unteroffizier“, sagte Crup zu einem der Männer. „Das ist Jettero Heller.“

Der Infanterist lockerte seine Haltung, lächelte und grüßte beiläufig mit dem einarmigen Salut der Flotteninfanteristen. „Was tun Sie in Begleitung von 'Säufern'?“

Ich hielt den Atem an. Wenn Heller diesen Typen sagte, daß er gefangengehalten worden war und immer noch unter Bewachung stand, würden sie sich auf mich und meinen Fahrer stürzen und uns abschlachten.

„Alles nur Tarnung", antwortete Heller mit vollkommen ehrlichem Gesicht.

Die Männer fanden das aus irgendeinem Grund ausgesprochen komisch.

„Unteroffizier", sagte Crup, während wir uns auf die Vordersitze zwängten, „teilen Sie der Außenverteidigung mit, daß dieses Flugmobil die Erlaubnis hat, den Stützpunkt zu überfliegen."

Wir hoben ab und flogen sehr langsam und niedrig über den Zaun hinweg. Ich hatte dieses Areal schon häufiger bemerkt, allerdings aus großer Höhe, und mich gefragt, was es war. Vor uns erstreckten sich bestimmt fünfzig Quadratmeilen voller aufgebockter, schwarzer Raumschiffriesen, deren lange Morgenschatten ihre Zahl noch größer erscheinen ließen. Hoch aufragende, kurze, breite, schmale, Schiffe aller Art: Was für eine Ansammlung!

Ich verscherzte mir prompt das bißchen an Duldung, das mir Raumkommandant Crup gewährt hatte. „Flotteneingreifreserve", sagte ich. „Es sieht eher nach einem Friedhof aus!"

Crup warf mir einen vernichtenden Blick zu. Er wollte zuerst nicht antworten, doch dann war sein Stolz stärker. „Diese Schiffe sind *kein* Schrott! Sie haben den Status von 'suspendierter Bereitschaft'. Wenn ein Schiff nicht mehr dem modernsten Stand entspricht, aber noch verwendungsfähig ist, wird es der Flotteneingreifreserve zugeteilt."

„Aber ich sehe keine Leute, keine Mannschaften", sagte ich.

„Es gibt genügend Offiziere im Ruhestand und pensionierte Raumfahrer, die einberufen werden können, um diese Schiffe zu bemannen", erwiderte Crup. „Und glauben Sie mir, im Notfall wird die Flotte froh sein, diese Reserve zu haben."

Heller brachte ein neues Thema ins Gespräch. „He, da ist ja die alte *Juba!* Ich wußte gar nicht, daß die Fünftausenderklasse in den Ruhestand geschickt wurde!"

Ich sah in die Richtung. Es war ein riesiges, staubbedecktes schwarzes Monster, das wie ein Gebäude aus der Kommerzstadt aussah. Aber ich hatte keine Zeit, es zu bewundern, weil Heller mit unserem Unterboden fast die Schiffsantennen kappte.

Wir flogen weiter, Reihe um Reihe, an Tausenden und Abertausenden von Schiffen vorbei. Heller sah sich um. Mir wäre es lieber gewesen, er hätte sich mehr aufs Fliegen konzentriert.

„Wenn du mir sagst, was du suchst, könnte ich vielleicht helfen", erbot sich Crup. „Um was für eine Mission geht es denn?"

Naiv, wie er war, dachte ich, würde sich Heller wahrscheinlich verplappern. Aber er erwiderte nur: „Eine ziemlich spezielle. Ich werde mich einfach weiter umsehen."

Wir waren am anderen Ende des Areals angekommen. „Sehen Sie das alte Baby dort in der Ecke, Soltan?"

Es war das Paradebeispiel eines Monsters, offenbar wahllos aus Rechtecken und Würfeln zusammengesetzt, bis sie sich zu einem enormen Berg aufgetürmt hatten. Ein baufälligeres Raumschiff hatte ich noch nie gesehen.

„Das ist der *Himmelsstürmer*. Sie sehen das letzte originale intergalaktische Schlachtschiff vor sich. Es hat zu der Streitmacht gehört, die Voltar angriff. Ein Einwanderungsschiff. Hundertzweiundzwanzigtausend Jahre alt. Es muß inzwischen dreißig Fuß in den Boden eingesunken sein."

„Ich dachte, diese Schiffe wären alle verwendungsfähig", warf ich für Crup bestimmt ein.

Crup hatte nur ein höhnisches Grinsen für mich übrig. „Es ist mit den originalen Zeitantrieben ausgerüstet, die den Austausch zwischen den Galaxien ermöglichen. Akademiekadetten, die gerade die Antriebsarten studieren, werden hierhergebracht, um sie kennenzulernen."

„Das war mein Schwachpunkt an der Akademie", sagte ich lahm. Ich erinnerte mich jetzt, daß es solche Ausflüge gegeben hatte. Ich war aber jedesmal zum Strafexerzieren abkommandiert gewesen.

Ich wurde von einem Aufschrei Hellers aufgestört. „Da ist es! Da ist es! Oh, du mein Baby!"

„Welches?" fragte Crup. „Wo?"

„Dort! Dort!" rief Heller, indem er hinunterzeigte und zur Landung ansetzte.

„Oh, nein!" sagte Raumkommandant Crup. „Jettero! Ich mag dich, mein Junge, aber das kannst du nicht ernst meinen!"

Ich überzeugte mich schließlich, daß das, worauf sie starrten, tatsächlich das war, worauf sie starrten: ein Winzling zwischen all den Monstern, das häßlichste, düsterste Ding, das ich jemals zu Gesicht bekommen habe. Es sah aus wie eine kopflose alte Frau mit ausgestreckten Armen in einem bodenlangen schwarzen Kleid, war unglaublich dickbäuchig und nicht mehr als hundertzehn Fuß lang. Um uns herum standen genügend anmutige, weichkurvige Kreuzer und Patrouillenschiffe, von denen jedes diesem abstoßenden, kleinen Klops vorzuziehen war. Aber der sollte es offenbar sein.

Heller war ausgestiegen und streichelte ihm regelrecht die Flanken. „Oh, mein Liebling", sagte er. „Oh, du wundervolle Schönheit!" Dann rief er Crup über die Schulter ungeduldig zu, er solle ihm die Schlüsselplatte bringen, mit der er den Einstieg öffnen konnte. Crup schüttelte traurig den Kopf.

Ich war inzwischen neben Heller getreten und betrachtete das Unding. „Was ist das?" fragte ich.

„Oh, sehen Sie denn nicht?" erwiderte Heller. „Es ist der *Schlepper Eins!* Das ehemalige Flaggschiff der Schlepper-Abteilung!" Er zappelte wie ein kleines Kind, dem beim Geburtstag gerade sein Herzenswunsch erfüllt worden war. Er mußte mir meine Gedanken korrekt vom Gesicht abgelesen haben, denn er fügte hinzu: „Soltan, er ist ein Kraftpaket! Nichts als Antrieb! Er hat, wie alle Schlepper, die Maschinen der größten Schlachtschiffe, die es im All gibt. Er ist das schnellste Geschoß im Universum!"

Oh, dachte ich, da haben wir dich ja. Geschwindigkeit. Das also ist dein Schwachpunkt, Rennchampion Heller: *Geschwindigkeit!*

Er dachte immer noch, ich hätte nicht begriffen. „Erinnern Sie sich an diese Motorlokomotiven auf den Schnellstraßen, die ein halbes Dutzend Anhänger hinter sich herziehen? Nun, wenn man die Motorlokomotive abkoppelt und ohne Anhänger fährt, müßte sie das schnellste Gefährt dort sein. Bei den Schleppern ist es genauso. Sie sind Schlachtschiffmaschinen mit einer Haut drum herum. Rasant, sage ich Ihnen! Öffne die Luftschleuse, Kommandant! Er soll es selbst sehen!"

„Ich glaube, einen der Wächter in diesem Sektor kennst du,

Jet", sagte Crup, während er ein kleines Pult hervorzog und einige Knöpfe drückte, um unsere Sektorkoordinaten durchzugeben. Danach stellte er eine Leiter an den Schlepper und kletterte hinauf, um den Einstieg zu öffnen.

Staub! Nichts als Staub und Dunkelheit. Aber Heller war, mich mit sich ziehend, im Nu die lange Leiter hoch und im Innern des Schleppers verschwunden. Wir stiegen zuerst hinunter. Ich erkannte in dem schwachen Licht einen großen Gemeinschaftsraum mit vielen Türgriffen und Handstangen an den Wänden, allesamt schwarz verklebt, ein gräßlicher Anblick. Von ihm gingen mehrere Kabinen ab. Wir kletterten über Kreuzleitern, die sich der waagrechten oder senkrechten Lage des Schiffes anpassen. Überall Staub! Wir kamen auf die mit schmutzverkrusteten Instrumenten vollgestopfte Kommandobrücke.

Heller zog endlich eine Lampe hervor; im Schiff gab es offensichtlich keinen Strom. Er öffnete eine Tür, und wir betraten einen kleinen Maschinenraum voller gewöhnlicher Antriebe. „Das sind die Hilfsmaschinen. Man benutzt sie bei Atmosphärenmanövern und bei Flügen unter Lichtgeschwindigkeit." Er warf rasch einen Blick hinter verschiedene Verkleidungen und auf einige der Schalttafeln. „Sie scheinen in Ordnung zu sein."

Wir stiegen hinab zur zweiten Antriebseinheit. Heller ging voran und ließ den Lichtstrahl über die Maschinen streichen. Es waren die gewaltigsten, die ich je gesehen habe. Genau gesagt, war ich noch nie mit etwas Ähnlichem in Berührung gekommen. Es war ein Schlachtschiffantrieb, gewiß, aber er sah anders aus. Ich konnte ihn nicht einordnen.

Heller schien vor Glück überzuquellen. Er tänzelte eine Laufplanke entlang und öffnete eine Tür am anderen Ende des Hauptmaschinenraums. Ich blickte auf sonderbare, riesige Metalltrommeln.

„Das sind die Zugstrahlgeneratoren!" erklärte Heller. „Es sind die stärksten, die jemals gebaut wurden! Damit kann man alles, was man will, ankoppeln und ins Schlepptau nehmen."

Wir gingen durch eine Seitentür hinaus, und er ließ seinen Lichtstrahl noch einmal durch den großen Maschinenraum wandern. Außer der Tatsache, daß alles mit einer schwärzlichen

Schmutzschicht überzogen war, konnte ich nicht viel erkennen. Was für ein verwahrlostes Schiff!

Wir gingen zur Einstiegsluke zurück. Draußen stieg gerade ein uralter Raumfahrer von einem Dreirad. Das mußte der Wächter sein, den Crup herbeigerufen hatte. Er sah zu, wie Heller die Leiter herabstieg. Dann sagte er: „Oh, bei allen Göttern!"

Er und Heller flogen aufeinander zu und umarmten sich. „Atty!" rief Heller.

Schließlich trat der Alte — er mußte mindestens hundertsiebzig Jahre auf dem Buckel haben — einen Schritt zurück und rieb sich mit dem Handrücken eine Träne aus dem Auge. „Oh, Jet, Junge! Es tut gut, dich am Leben zu sehen!"

Heller stellte mich vor, und der Alte sagte: „Ich war Jets Techniker, als er an der Akademie den Rekord aufstellte."

„Jet denkt daran, den *Schlepper Eins* wieder in Betrieb zu nehmen", mischte sich Crup ein.

Der Alte versteifte sich. „Jettero Heller, du weißt genauso gut wie ich, warum er hier liegt und dem Verfall anheimgegeben ist."

„Ich weiß, daß ich sein Schwesterschiff mit Erfolg geflogen bin. Es hat sich gut gemacht!" entgegnete Heller.

„Ah, ja. Die Geschwindigkeit!" sagte der alte Atty traurig. „Jet, du weißt, warum der *Schlepper Eins* hier liegt, oder?"

„Er kann nicht länger als drei Jahre hier sein", sagte Heller, ohne darauf einzugehen.

„Zwei", präzisierte Crup.

„Ich war vor dreieinhalb Jahren an Bord. Kurz nachdem Admiral Wince ihn zu seinem Flaggschiff umgebaut hatte."

„Oh, ja", sagte Crup. „Er hat ihn umgebaut." Er blickte auf ein Blatt Papier, das er in der Hand hatte. „Er hat zwei Millionen Verrechnungseinheiten für eine Spezialüberholung ausgegeben. Ich erinnere mich noch gut, wie er gesagt hat, daß jeder andere Flottillenadmiral ein aufgemotztes Flaggschiff besäße und daß er nicht verstünde, warum er keins haben sollte. Natürlich hat er ihn dann nicht oft benutzt. Er wollte damals genausowenig zuhören, wie du jetzt."

Meine Nackenhaare begannen sich leicht zu sträuben. Heller hatte ein trotziges Gesicht aufgesetzt. In was wollte er uns hineinziehen? „Was ist los mit diesem Schiff?" stieß ich hervor.

„Es ist gefährlich!" antwortete Crup.

Atty wandte sich mir zu. „Es ist nicht mit dem üblichen Schubantrieb ausgerüstet, sondern mit einem War-Werde-Hauptantrieb."

Ich hielt es für den Namen des Erfinders.

„Also mit einem *Zeitantrieb*", erklärte Crup. „Von dem Typ, der für intergalaktische Flüge entwickelt wurde. Da sie derart ungeheure Entfernungen überbrücken müssen, arbeitet man direkt mit der Zeit. Wenn man diesen Antrieb jedoch innerhalb einer Galaxie benutzt, ohne eine schwere Ladung hinter sich, setzt er mehr Energie frei, als verbraucht werden kann. Bei einem Schlachtschiff mit all seinen Möglichkeiten, die überschüssige Energie zu verbrauchen, ist das kein Problem, bei einem Schlepper aber ist es eines. Und Jet weiß das genau."

Ich bin kein Experte, was Antriebe betrifft. Irgend jemand müßte mir eines Tages einmal ausführlicher erklären, was ich gerade gehört hatte. Aber eins hatte ich mitbekommen: daß dieser (piep) Schlepper einen Antrieb besaß, der *gefährlich* war!

Doch erst Atty gab mir den entscheidenden Stoß. „Als dem alten Admiral Wince gemeldet wurde, daß das Schwesterschiff des *Schleppers Eins* bei einem rasanten Flug ohne Schleppzug mit allen Insassen explodiert war, hat er auf der Stelle befohlen, sein Flaggschiff der Flotteneingreifreserve zu übergeben, und seitdem rottet es hier vor sich hin."

„Das wäre also erledigt", sagte ich. „*Schlepper Eins* wird es nicht!"

„Gut", sagte Heller unbeirrt. „Bereite die Papiere vor."

Kapitel 4

Ich versuchte angestrengt etwas zu finden, womit ich diesen Verrückten stoppen konnte. Aber mein Kopf war wie vernagelt! Sein direkter Konter gegen meine Entscheidung hatte mir die gewohnte Geschmeidigkeit geraubt, mit der ich sonst meinen Willen durchzusetzen vermochte. Er hatte mir so gelassen widersprochen und meiner Autorität eine Abfuhr erteilt, die so endgültig wirkte, daß ich mich fühlte, als hätte er einen Exploder gezogen und mich niedergeschossen.

Mir fiel kein einziges brauchbares Argument ein, also holte ich einfach tief Luft, um ihm im nächsten Augenblick mein „NEIN!" entgegenzuschleudern. Doch er mußte das Atemgeräusch gehört und richtig interpretiert haben, jedenfalls sagte er, bevor ich das Wort, das mir auf der Zunge lag, aussprechen konnte: „Soltan, wir wissen beide, daß wir die Geheimnisse des Apparatus nicht vor unbefugten Personen ausbreiten dürfen."

Es war eine unverhohlene, obszöne, nackte Drohung. Wir befanden uns auf Flottenterritorium. Er war unter Freunden. Mit Schrecken erkannte ich, daß er um eines der streng gehüteten Geheimnisse des Apparatus wußte — die Existenz von Spiteos. Mehr wußte er zweifellos nicht, aber es reichte. Etwas in mir schien zu zerbrechen. Ich *hatte* wirklich die Kontrolle verloren. Aber nur für den Augenblick, Heller, gelobte ich mir im stillen, nur für den Augenblick; wenn wir wieder auf Apparatus-Territorium sind, und erst recht, wenn ich dich von diesem Planeten gebracht habe, sieh dich vor; dafür wirst du mir büßen!

Ich hielt den Mund.

Scheinbar blind gegen dieses Geplänkel, hatten Raumkommandant Crup und der alte Atty die Köpfe zusammengesteckt und flüsterten miteinander.

Crup blickte schließlich bedauernd zu Heller. „Jet, ich mag dich zu sehr, um dir dieses Schiff zu geben."

Meine Hoffnung erwachte von neuem!

„Jet, mein Junge", fuhr der alte Raumkommandant fort, indem er auf die Ratsverordnung tippte, „du weißt und wir wissen, daß du keine schwere Ladung zu ziehen haben wirst. Du brauchst einfach irgendein Missionsschiff. Und in eine andere Galaxie wirst du auch nicht fliegen. Du wirst in dieser einen operieren. Der *Schlepper Eins* wird weit mehr Energie liefern, als du nutzen oder verbrauchen kannst, und dann wird es *peng!* machen wie beim *Schlepper Zwei*. Also verschwende keine Zeit mit Bitten. Wir kennen dich."

Heller lächelte entwaffnend. „Und was würdet ihr sagen, wenn ich einen Weg gefunden habe, wie man die überschüssige Energie ablassen kann?"

Meine Hoffnung sank.

„Du meinst", sagte Crup, „du würdest das Schiff vor dem Abflug umbauen?"

„Das würde ich versprechen", bestätigte Heller.

Halt, halt, halt! schrie ich, allerdings nicht laut. Das würde Zeit kosten!

Crup blickte auf den alten Atty. Dann zuckten beide die Achseln.

„Aber es gibt noch einen anderen Haken", sagte Crup.

Meine Hoffnung schoß in die Höhe.

„Normalerweise", fuhr der Raumkommandant fort, indem er mich anblickte, „bräuchte Jet, wenn er das Schiff haben wollte, nur zu unterschreiben und könnte sofort starten. In diesem Fall aber ist es anders."

Ich wartete begierig auf seine nächsten Worte.

„Der Große Rat mag seine Gründe dafür gehabt haben", sagte Crup, indem er auf die Ratsverordnung wies, „die Mission dem

Amt für Äußere Angelegenheiten zu übergeben. Warum das Amt für Äußeres auch noch einen Flottenmann bekommen hat, kann ich mir zwar nicht vorstellen ..."

„Von seinen Leuten weiß wahrscheinlich keiner, wie man ein Raumschiff führt", witzelte der alte Atty. „Jedenfalls nicht so gut wie Jet."

„... aber auf jeden Fall", setzte Crup seinen Satz fort, „ist es unmöglich, daß ich eine Einheit der Flotteneingreifreserve dem Amt für Äußeres überstelle, noch viel weniger den 'Säufern'. Ihre Lordschaften vom Flottenamt würden meinen Kopf fordern."

Erleichterung! Ich war gerettet!

„Allerdings ...", setzte Crup hinzu, indem er einige Papiere aus seiner Mappe zog.

Meine Hoffnung wankte.

Er hatte gefunden, was er suchte, und fuhr fort: „... verkaufen wir häufig überzählige Raumschiffe an kommerzielle Gesellschaften, die im friedlichen interplanetarischen Handel engagiert sind. Wir entfernen einfach die Bewaffnung und bestimmte sicherheitsempfindliche Ausrüstungen und übertragen die Eigentümerschaft. Und was bei einem kommerziellen Unternehmen möglich ist, kann entsprechend auch auf das Amt für Äußere Angelegenheiten angewendet werden. Der *Schlepper Eins* hat weder Kanonen noch sonstige Kampfausrüstungen an Bord ..." Er blickte in eine Liste. „Der Neupreis des *Schleppers Eins* betrug vier Millionen Verrechnungseinheiten ... Die von Admiral Wince angeordnete Überholung belief sich auf rund zwei Millionen ... Das macht zusammen runde sechs Millionen."

Meine Hoffnung erholte sich wieder. Wir hatten nur einen Etattitel von insgesamt drei Millionen. Sechs lagen weit, weit über unseren finanziellen Möglichkeiten.

Crup fuhr mit einem Finger eine Zahlenkolumne hinab. „Aber der Wiederverkaufspreis liegt natürlich nicht so hoch."

Ich hielt den Atem an. Bitte, bitte und nochmals bitte, sag uns eine Zahl, die drei Millionen übersteigt.

„Ah", sagte Crup. „Hier ist eine Anmerkung zum *Schlepper Eins*." Er las vor:

> Aufgrund der Tatsache, daß die Flotte zweitausend Schlepper des normalen Typs zuviel besitzt, und falls der Käufer im Kaufvertrag erklärt, er werde die Flotte nicht zur Verantwortung ziehen, falls dieses Schiff explodieren sollte, wird der Wiederverkaufspreis hiermit auf eine halbe Million Verrechnungseinheiten festgesetzt.

Meine Hoffnung verlor jeden Halt und fiel in sich zusammen.

„Einverstanden", sagte Heller.

„Bist du sicher, daß du ihn umbauen wirst?" fragte Crup.

„Absolut", antwortete Heller.

„Gut", meinte Crup und begann in das fatale Papier, mit dem der *Schlepper Eins* von der Flotte an das Amt für Äußeres überstellt wurde, Zahlen und Zusatzbedingungen einzutragen. Bevor er mich um meine Identokarte bat, um den Vertrag perfekt zu machen, sagte er noch: „Ich glaube nicht, daß du ihn heute mitnehmen kannst, Jet. Du hast keinen Maschinisten dabei."

In der toten Asche meiner Hoffnung rührte sich nicht das geringste Lebenszeichen.

Und natürlich mischte sich der alte Atty ein: „Aber er braucht doch nur jemanden für die Hilfsantriebe. Die sind einfach zu bedienen! Wenn Sie mir den Rest des Tages freigeben, Raumkommandant, bin ich sein Mann!" Er kicherte. „Das heißt, solange er nicht verlangt, daß ich die War-Werde-Maschine anwerfe, und solange wir auf planetarischen Bahnen bleiben. Dann spiele ich den Maschinisten für ihn. Nur für heute."

Ich bin sehr geübt darin, meine Gefühle zu verbergen, und war mir sicher, daß ich nicht den leisesten Hauch meiner Reaktion zeigte. Deshalb konnte ich mir den allem Anschein nach hämischen Unterton in der Stimme des alten Atty nicht erklären, als er sich mir zuwandte und verkündete: „Ich habe eine Frau, Kinder, Enkel und Urenkel, aber ich bin noch viel zu jung, um im Strudel des Zeitantriebs zu sterben!" Eine idiotische Bemerkung. Aber sie schien ihn über alle Maßen zu amüsieren. So hoppelte er vergnügt zu einem der anderen Schiffe, um ein paar intakte Energiestäbe für uns abzuzweigen.

Crup mußte mich zweimal antippen, bevor ich reagierte. Er hielt mir den unterschriftsreifen Vertrag unter die Nase, und ich drückte meine Identokarte darauf. Dabei hatte ich das Gefühl, als würde ich mein eigenes Todesurteil mit meinem Siegel versehen.

Damit war der *Schlepper Eins* zum Missionsschiff der Mission Erde geworden! Und es gab nichts, was ich dagegen tun konnte. Nichts. Jedenfalls nicht auf der Stelle und nicht hier.

Kapitel 5

Heller war zu meinem Flugmobil hinübergegangen. Mein Fahrer schien sich ein ausgiebiges Frühstück aus den Vorräten im Fond genehmigt zu haben. Er blickte mit eifriger Miene zu Heller hoch, während er seinen Instruktionen zuhörte. Was hatte ihm Heller zu sagen? Offenbar gab es ein Verständigungsproblem, denn Heller zog ein Notizbuch hervor, kritzelte irgend etwas hinein, riß die Seite heraus und gab sie dem Fahrer. Ich machte mich auf, um zu unterbrechen, was eine Verletzung der Sicherheitserfordernisse sein konnte, aber bevor ich die beiden erreichte, hatte Heller meinem Fahrer etwas Geld in die Hand gedrückt, und der hob, ohne nach meiner Einwilligung zu fragen, ab. Nun, gut. Ich würde ihn mir später vornehmen.

Der Raumkommandant hatte sich auf das Dreirad des alten Wächters gesetzt. Heller ging zu ihm hinüber, sie schüttelten sich die Hände, und ich hörte gerade noch das Ende von Crups Abschiedsgruß: „... wenn du weißt, was du tust. Vergiß nicht, daß du versprochen hast, ihn umzubauen. Falls ich dich nicht wiedersehen sollte, viel Glück auf den Weg.“ Ich schauderte. Crup setzte mit dem Dreirad zurück, um aus sicherer Entfernung unseren Abflug zu verfolgen.

Heller scheuchte mich in das Schiff, etwa so, wie man Tiere, die ausgebrochen waren, auf die Weide zurücktreibt. Er schob mich die Leiter hoch und weiter zur Kommandobrücke. Wir hatten immer noch kein Licht außer seiner Stablampe; die Staubflächen wirkten in ihrem Licht wie schmutziges Wasser. Aus dem Maschinenraum unter uns drangen schwere Schläge und Flüche herauf.

Der alte Atty schien einige Probleme zu haben; er mußte, nach den Geräuschen zu urteilen, mit einem Vorschlaghammer am Werk sein.

Heller drückte mich sacht in einen der beiden Schwerkraftflugsessel. Staubwolken geisterten durch den Raum. „Das ist der Sitz des Sternennavigators, aber wir fliegen ja noch nicht zu irgendwelchen Sternen. Ich werde mich dort drüben auf den Platz für Kurzstreckenmanöver setzen. Wir haben nicht die Zeit, alle Luken und Sichtschirme um Ihren Sitz herum zu öffnen, aber machen Sie sich keine Sorgen, bloß weil Sie nichts sehen können."

Dann legte er mir die Sicherheitsgurte um. Der Staub war furchtbar. Ich begann zu husten und versuchte, mich aufzusetzen, um leichter husten zu können, aber er drückte mich einfach zurück. „Das hier ist ein Schlepper", sagte er, als ich fest verschnürt war, „und damit eines der reaktionsschnellsten Schiffe im Raum. Also heben Sie den Kopf nicht aus diesen Polstern, sonst könnten Sie sich den Hals brechen. Ein Schlepper kann sich während eines Lidschlags seitwärts, auf und ab, zurück und nach vorn bewegen. Das ist nötig, um die Position um ein Schlachtschiff herum ändern zu können. Also *nicht* den Kopf heben! Sogar mit dem Hilfsantrieb können diese Dinger tödlich schnell sein. Verstanden?"

Alles, was ich verstand, war, daß ich mich zu Tode hustete. Und wenn er sich so um mein Leben sorgte, warum setzte er sich dann nur lässig auf die Kante seines Sitzes?

Unter uns klirrte es immer noch. Dann rief der alte Atty: „Hast du jetzt Energie da oben?"

Heller ließ die Finger über eine lange Reihe von Knöpfen gleiten wie ein Musiker über die Tastatur seines Instruments. „Alles an. Kein Licht!"

Wieder stiegen Flüche aus dem Maschinenraum zu uns herauf. Dann: „(Piep), Jet, wir müssen mit Notlicht vorliebnehmen."

Ein schwaches Glimmern verwandelte den umherfliegenden Staub in eine grüne Suppe.

„Ich habe die (piep) Stangen drin", schrie Atty herauf und ließ zwei weitere gewaltige Schläge folgen. „Ich glaube, die Dinger werden sich jetzt rühren. Ich werde mich hier unten angurten, wo ich sie in Reichweite habe." Danach folgte ein lang anhaltender Hustenanfall; es mußte auch dort unten sehr staubig sein.

„Mal sehen", sagte Heller. „Ich habe seit drei Jahren keinen Schlepper mehr unter den Fingern gehabt." Er hockte immer noch auf der Sitzkante und überflog die Instrumententafel mit ihren sicher zweitausend Knöpfen und Schaltern. Dann rief er: „Bist du bereit, Atty?"

„Bereit wie immer."

„Gib mir Schub und Ortssteuerung."

Ein Zittern ging durch das Schiff, als Atty die Maschinen anwarf.

Heller betrachtete nachdenklich das Instrumentenaufgebot vor sich. „He, die Sichtschirme melden sich. Wer hätte das gedacht." Er drückte auf einen Knopf.

Mir sträubten sich die Haare! Die Folgerung aus seinen Worten konnte nur sein, daß er vorgehabt hatte, den Schlepper blind zu fliegen!

Aber trotz meiner Befürchtungen hob der *Schlepper Eins* sanft vom Boden ab. Ich spürte, wie Heller in meiner Blousontasche fingerte und meine Identokarte hervorzog. Er kündigte uns beim Apparatus-Stützpunkt an und übermittelte meine Identokarte. Danach spürte ich, wie er sie mir wieder in die Tasche steckte.

Ich hätte wissen müssen, daß er wieder etwas ausheckte, aber zu diesem Zeitpunkt war ich, ehrlich gesagt, ganz von der Angst vor diesem Schiff erfüllt und zu sehr vom Staub geplagt. Später ging mir auf, daß es für Heller ein leichtes gewesen wäre, zum nächsten Flottenstützpunkt zu fliegen, mich verhaften zu lassen und den ganzen Apparatus bloßzustellen. Noch später an diesem Tag sollte ich dann erkennen, daß er seine ganz persönlichen Pläne verfolgte.

Das Kommunikationssystem des Schleppers funktionierte, und Heller hatte einen kleinen Strauß mit dem Apparatus-Stützpunkt über die Bereitstellung einer Rollplattform für die Landung auszufechten. Wieder zog er meine Identokarte heraus und bekam schließlich, was er wollte.

Wir waren so schnell dort, daß Heller einige Minuten Schleifen fliegen mußte, bis unten die Rollplattform in Position gebracht war. Dann spürte ich, wie wir absanken, oder vielmehr stürzten.

Wir mußten ziemlich hoch gewesen sein. Mir wurde übel. Dicke Staubwolken wurden aufgewirbelt, so rasant war unsere Talfahrt! Ich begann zu würgen. Und dann dachte ich: Oh, warte nur, bis wir draußen sind auf Apparatus-Boden. Dann wirst du etwas über den Ablauf des heutigen Tages zu hören bekommen! Doch kaum hatte ich das gedacht, krampfte sich mein Magen schmerzvoll zusammen. Ich erbrach mich zwar nicht, aber es war kurz davor.

Dann waren wir am Boden! Heller löste meine Gurte, schob am Einstieg die Leiter nach unten und kletterte hinaus. Ich folgte ihm langsam und unter Schmerzen in einen strahlenden Vormittag. Wir waren tatsächlich auf dem Apparatus-Stützpunkt. Hinter mir auf der Rollplattform glänzte der *Schlepper Eins* in all seiner abstoßenden Häßlichkeit.

Heller hatte die ganze Aufmerksamkeit des Landemeisters, und schon wurden die Signalstäbe geschwungen. Die Rollplattform bewegte sich schwerfällig durch das Tor des Hangars, und der *Schlepper Eins* entschwand langsam unseren Blicken. Sein Gewicht war so groß, daß sich die Plattform durchbog.

Ich hustete und keuchte immer noch, während ich versuchte, nicht zu erbrechen. Eine Weile lang war ich nicht in der Lage, zu beobachten, was um mich herum vorging. Ich lehnte mich gegen das Fenster des Büros im Hangar und versuchte mich wieder zu fassen. Wenn das eine typische Reise im *Schlepper Eins* gewesen war, überlegte ich trübsinnig, wie sollte ich dann jemals auf die Erde gelangen — lebend, heißt das!

Heller war ganz Herr der Situation. Man hätte meinen können, er hätte soeben ein feudales Herzogtum erhalten. Er dirigierte die Rollplattform unter den Kran und half dem Kranführer, den Haken in die großen Stahlschlaufen auf dem Rücken des Schleppers einzuführen. Dann erhob sich das Schiff, sorgfältig von ihm überwacht, in die Luft. Was für ein Kran!

Die Rollplattform wurde fortgezogen, und Heller zeigte den Männern, wo sie die Stützen für das Eindocken anbringen sollten. Und dann senkte sich der Bauch des *Schleppers Eins* auf die Stützen. Er war jetzt in normaler Flugposition horizontal eingedockt, ein übliches Verfahren. Der Kran zog sich zurück.

Der Hangarchef ging zu Heller hinüber. Wie das Apparatus-Personal im allgemeinen war er kein sehr angenehmer Zeitgenosse — nichts als Narben und Großtuerei. „Sie belegen einen der besten Plätze im Hangar", erregte er sich.

„Ich brauche eine Putzkolonne", entgegnete Heller unbeeindruckt. „Eine sehr große, sämtliche verfügbaren Männer."

„Eine was?" röhrte der Hangarchef. Glaubt mir, das letzte, was man beim Apparatus hat, ist eine Putzkolonne.

„Ich will bis zum Nachmittag fertig sein", erklärte Heller.

Es machte den Anschein, als wollte der Hangarchef sich auf Heller stürzen. Es war nur zu klar, was er dachte: Wer, zur Hölle, ist dieser Vogel im Rennanzug, daß er glaubt, mir befehlen zu können! Mir! In meinem eigenen Hangar!

Heller fragte ihn: „Wie, sagten Sie, war Ihr Name?"

Der Hangarchef donnerte: „Stipe, der bin ich! Und ich ..."

Heller streckte ihm die Hand entgegen. Der Hangarchef verstummte und ergriff sie, wahrscheinlich, um die Zug-Schlag-Nummer abzuziehen. Aber bevor es dazu kam, erstarrte er und nahm die Hand mit einem ungläubigen Blick darauf zurück. Ich erhaschte einen Blick auf goldglänzendes Papier.

Stipe schnitt ein merkwürdiges Gesicht, während er die Hand herumdrehte, um sich die Zahl auf dem Papier anzusehen. Dann blickte er auf, und wenn ich jemals jemanden strahlen gesehen habe, dann ihn!

„Sie sagten, Sie wollen Wasser, Saugschläuche und all das, nicht wahr? Eine Putzkolonne, wenn ich richtig verstanden habe. Nun, mein Guter, wir haben hier noch nie eine gehabt, aber jetzt werden wir eine haben!" Damit hastete er, nach Vormännern und Arbeitsgruppen brüllend, davon.

Mein Fahrer wankte, mit mehreren Kartons und Kanistern beladen, herein. „Hier ist es, Offizier Heller. Flottenreinigungsmittel. Ich gehe jetzt die Lappen holen." Er stellte seine Last ab und rannte zum Flugmobil zurück.

Der alte Atty sah der plötzlichen, dem Apparatus so gar nicht ähnelnden Geschäftigkeit eine Weile interessiert zu, ehe er zu Heller hinüberging. Die beiden umarmten sich, und Heller dankte dem Alten für seine Hilfe.

Danach kam der alte Raumfahrer zu mir. „Wie ich vermute, werden Sie mit Jet irgendwohin fliegen. Deshalb möchte ich, daß Sie etwas wissen. Jet ist ein netter Kerl. Jeder mag ihn. Aber er hat einen Tick, wissen Sie. Die Geschwindigkeit. Sie ist wie Essen und Trinken für ihn. Ich denke ab und zu an ihn — man hat viel Zeit als Wächter — und muß dabei oft lächeln, wenn ich an die Dinge zurückdenke, die er getan hat. Aber ich mache mir jedesmal auch ein bißchen Sorgen. Ich werde alt und habe das Gefühl, daß ich Jet nicht mehr wiedersehen werde. *Schlepper Eins* ist ein Mordinstrument."

Er sah mich mit seinen wäßrigen alten Augen bohrend an und fuhr fort: „Halten Sie ihn zurück. Sorgen Sie dafür, daß er die Maschinen nicht voll aufdreht. Stellen Sie sicher, daß *Schlepper Eins* ihn nicht umbringt. Denn, Offizier Gris — ja, ich habe Ihren Namen auf diesen Befehlen gesehen, und auch, daß Sie ein 'Säufer' sind —, falls Jettero Heller etwas zustoßen sollte, das Ihnen zur Last gelegt werden kann, werden eine Menge von uns da sein — und Sie töten, Offizier Gris."

Das war unlogisch! Es war ungerecht! Ich war es schließlich gewesen, der Heller davon abhalten wollte, dieses Schiff zu nehmen! Der alte Raumfahrer mochte senil sein, und sein Verstand mochte nachgelassen haben, aber die Drohung in seiner Stimme war unmißverständlich. Hatte er intuitiv gespürt, daß ich Hellers Feind war?

Ich brachte ihn hastig zu einem Flugmobil und wies den Fahrer an, den alten Mann zur Flotteneingreifreserve zurückzubringen. Ich hoffte inständig, daß er nie herausfand oder erriet, was für Heller vorgesehen war. Ich blickte ihm lange nach.

Ich fühlte mich wieder einmal ausgesprochen elend.

Kapitel 6

Ich hätte mißtrauischer sein müssen. Meine einzige Entschuldigung ist, daß ich etwas durcheinander und betäubt war von den Ereignissen des frühen Morgens. Ich erinnere mich, daß ich auf meine Uhr gesehen und mich gewundert habe, daß es noch nicht später war.

Heller war keineswegs betäubt. Er handelte rasch und bestimmt und brachte die Männer auf Trab. Ich sah, wie er zum Hauptmann der Hangarwache hinüberging. Es gab einen weiteren Geldhandschlag und einen erstaunten Blick des Hauptmanns. „Ja, *Herr!*“ sagte der Sicherheitschef, während er das Geld in die Jackentasche steckte. „Wachen postieren und absolut sicherstellen, daß nichts aus diesem Schiff gestohlen wird. Schon erledigt!“ Er eilte davon und stellte seine Wachen auf.

Ein buntscheckiger Haufen aus Mechanikern, Frachtarbeitern und allem möglichen anderen Personal hatte sich um den geschäftigen Hangarchef versammelt, um als Putzkolonne in Aktion zu treten. Mein Fahrer hatte sich neben dem Haufen aus Schachteln und Kanistern, den er hereingebracht hatte, aufgestellt und händigte den Leuten Lappen und Reinigungsmittel aus, mit denen sie einer nach dem anderen im Schiff verschwanden.

Heller half einem Mechaniker, Saugschläuche abzurollen und durch die offenen Luftschleusen und Luken ins Schiff zu hieven. Eine andere Gruppe legte Energiekabel, Wasser- und Saugschläuche unter das Schiff, um den Unterboden zu bearbeiten.

Es schwirrten so viele Männer herum, die so viele verschiedene Dinge taten, daß mir fast schwindlig wurde. Dann ratterte zu allem

Überfluß auch noch ein großer Laster in den Hangar. Mein Fahrer rannte zu der Führerkabine hinüber, und einige Arbeiter sprangen heraus und begannen, die Fracht abzuladen.

Ein Geschäftstransporter? Die Beschriftung versprach:

Tup! Ein Fest für sich!

Tup? Das war doch das milde, gebraute Gesöff, nach dem die Arbeiter angeblich ganz wild waren.

Die Arbeiter, die mit dem Laster gekommen waren, fanden ein langes Stück einer Rumpfpanzerung und legten es über zwei Stützen, so daß eine Art Theke entstand. Dann entluden sie mehrere Kisten mit Getränkebehältern und stapelten sie hinter der Panzerplatte. Diese Tup-Hersteller boten, wie ich in Werbeanzeigen gelesen hatte, „alles, was Sie für eine Picknickgesellschaft benötigen". Und das schien zu stimmen; im Augenblick jedenfalls wurden mit schreiend bunten Fähnchen geschmückte, zusammenklappbare Stände um die 'Theke' herum verteilt. Dann kletterten die Tup-Leute zurück auf ihren Laster, und er donnerte hinaus.

Heller gab einen durchdringenden Pfiff von sich, wie man ihn auf Schlachtschiffen lernt, und sämtliche Tätigkeiten im Schiff und um es herum wurden abrupt unterbrochen. „Alle mal herhören!" rief er mit dieser jeder Entfernung spottenden Flottenoffiziersstimme. „Wenn dieses Schiff bis heute nachmittag vier Uhr so in Schuß ist, daß keine Flotteninspektion etwas zu bemängeln hätte, sind Sie alle zu einer Tup-Feier eingeladen!"

Ungläubige Gesichter zeigten sich in den Öffnungen des Schleppers Eins. Die Männer schauten sich um. Und dann sahen sie es: die provisorische Theke, die bunten Fähnchen und die Kästen voller Tup-Behälter! Ein gemeinschaftlicher Aufschrei der Begeisterung hallte durch den Hangar.

Wo vorher schlichte Betriebsamkeit geherrscht hatte, war jetzt Feuereifer am Werk! Etwas Ähnliches hatte *dieser* Hangar mit Sicherheit noch nicht erlebt.

Hinter mir grummelte die Stimme des Hangarchefs, und ich drehte mich, halb in der Erwartung, angegriffen zu werden, schnell um. Aber er hatte kein Auge für mich. Sein Blick hing voller Ehrfurcht an Heller. „Wer ist dieser Typ? Er ist Königlicher Offizier, soviel kann ich erraten. Aber mir ist, als hätte ich sein Gesicht schon irgendwo gesehen."

Ohne nachzudenken — ich war an jenem Tag nicht gerade in Hochform — sagte ich: „Jettero Heller."

„Nein!" stieß der alte Hangarchef hervor. „Jettero Heller, der berühmte Rennflieger? Oh, warten Sie nur, wenn ich meiner Frau und meinen Kindern erzähle, daß ich *den* Jettero Heller getroffen habe."

Oh, bei allen Göttern! Wenn dem Großen Rat zu Ohren kam, daß wir noch nicht abgeflogen waren ... Ich hätte den Mann am liebsten am Revers gepackt und mir zur Brust genommen. Aber er war zu kräftig. Also sagte ich nur: „Er ist auf einer absolut geheimen Mission. Es darf mit keinem Wort bekannt werden, daß er hier war!" Ich sah die Inspektoren der Krone schon ausschwärmen, um herauszufinden, warum wir noch hier waren, und nicht auf der Erde! „Vergessen Sie seinen Namen! Das ist ein Befehl!"

Ich hätte genausogut den Mund halten können, so wenig achtete er auf mich. Er stierte immer noch auf Heller. „Meine Güte, er ist schon ein toller Bursche! So tüchtig, und so freundlich!" Dann wandte er sich zum ersten und einzigen Mal mir zu, um mich von oben bis unten zu mustern. „Ich wünschte, wir hätten ein paar wie ihn im Apparatus!" Damit ließ er mich stehen.

Es half meiner Stimmung nicht auf die Beine, und der Anblick von *Schlepper Eins* bewirkte, daß sie noch weiter sank. Ich ließ mich auf eine alte Energiestabkiste nieder und betrachtete ihn. Wie er da auf dem Bauch vor mir lag, war er ungefähr vierzig Fuß hoch und sechzig Fuß breit, was im Vergleich zu den hundertzehn Fuß Länge entschieden unverhältnismäßig war. Und dann die massigen Arme, die auf beiden Seiten des Bugs hervorstachen: Sie sahen schlicht verboten aus.

Der Fahrer der Rollplattform war nicht weit von mir dabei, die Bremsklötze wegzuziehen, um seine Plattform wegzufahren. Ich fragte ihn: „Was sind diese Arme, die aus dem Bug hervorragen?"

Er sah auf das Schiff. „Die sind zum Anstoßen. Das ist ein

Raumschlepper. Im Einsatz stößt er in die Seiten von Schlachtschiffen oder anderem, und wenn er nicht diese breiten Arme hätte, würde er die Hülle des Dings, das er fortbewegen soll, einbeulen. Das Heck kommt ohne Arme aus; es ist selbst großflächig genug. So stößt, schiebt und dreht er die Dinge durch den Raum. Diesen Typ habe ich noch nie gesehen, aber er sieht stärker aus als die gewöhnliche Bauart; und das will einiges heißen. Schon allein der Hilfsantrieb entspricht dem der heutigen Schlachtschiffe. Die Götter mögen wissen, was für einen Hauptantrieb er hat. Und dazu besitzt er noch Zugstrahlkupplungen. Mit diesen Zugstrahlen muß man sehr vorsichtig umgehen: ein ungeschickter Ruck, und sie reißen ein Schlachtschiff glatt in zwei Stücke. Ein Schlepper ist praktisch nichts als gebündelte Kraft. Ich habe gehört, daß vor ein paar Jahren einer explodiert ist; keiner an Bord hat es überlebt. Schreckliche Sache! Mich könnte nichts dazu bringen, auf einem Schlepper anzuheuern. Warum ist das Ding überhaupt hier?"

Das hätte ich auch gern gewußt! Genau wußte ich nur eins: Es war das häßlichste Raumschiff, das mir jemals unter die Augen gekommen war.

Heller schien unterdessen alles organisiert und in Gang gebracht zu haben. Ich sah, wie er zu dem Verwaltungsbüro drüben auf der anderen Seite des Hangars hinüberging, und konnte selbst aus dieser Entfernung erkennen, daß er in einem Notizbuch blätterte, während er auf das Büro zusteuerte. Mir fuhr der Schreck in die Glieder, als mir klar wurde, daß er auf dem Weg zum Kommunikationsraum war: Er wollte offenbar persönliche Gespräche nach draußen führen! Bei seiner Sorglosigkeit den Sicherheitsbedürfnissen gegenüber waren die Folgen kaum auszudenken! Ich raste ihm hinterher.

Da stand er, die rote Rennmütze, unter der seine blonden Haare hervorquollen, auf den Hinterkopf geschoben, und studierte mit gleichmütiger Miene die wie üblich lange Liste der zivilen Vertragsunternehmen, die man in den Hangarbüros auszuhängen pflegt. In diesem Fall war sie abgegriffen, fleckig und von kleinen Karten umgeben, die die Vertragspartner selbst angepinnt hatten, um auf sich aufmerksam zu machen.

Er hatte die Hand schon an der Tastenplatte, um eine Nummer einzugeben, als ich ihm die Hand auf den Arm legte. „Was Sie da vorhaben, widerspricht der Geheimhaltung", sagte ich.

Er sah mich halb abwesend an; seine Gedanken waren noch bei seinem aufgeschlagenen Notizbuch. Dann erwiderte er: „Sie wissen so gut wie ich, daß jedes dieser Unternehmen absolut vertrauenswürdig ist. Sie arbeiten an allen möglichen sicherheitsempfindlichen Anlagen. Ihnen ist durchaus bewußt, daß eine einzige undichte Stelle jedes zukünftige Geschäft ausschließen würde." Er schüttelte meine Hand ab und streckte sie wieder nach der Tastenplatte aus.

Ich hatte inzwischen einen Blick auf die lange Liste geworfen, die er angelegt hatte. „Wir haben nur drei Millionen zur Verfügung, und dieser Schlepper hat bereits eine halbe Million verschlungen. Wenn wir unsere Mittel überziehen ..."

„Was hier auf der Liste steht, macht zusammen keine halbe Million aus", fiel er mir ins Wort.

Ich hatte einen weiteren Blick auf seine Notizen geworfen. „Ich sehe dort keinen Punkt, der mit der Abfuhr der überschüssigen Energie zu tun hat, die diese Dinger explodieren lassen."

„Oh, das", sagte er. „Ich bin noch nicht dazu gekommen, mir etwas auszudenken. Keine Gelegenheit, wissen Sie." Er entzog mir zum zweitenmal seinen Arm und drückte auf die Tastenplatte.

Er bekam seine Verbindung. „Hallo, hallo! Alpy? He, alter Junge, ich bin's, Jet. ... Freut mich auch, dich zu hören. Wie geht es deinem Vater? ... Ich habe den *Schlepper Eins* hier! ... Nein, das ist kein Witz. Er ist wundervoll! ... Nun, Alpy, ich möchte, daß du morgen früh mit einer Reparatur- und Prüfgruppe herkommst. ... Nein, es geht nur um die Steuerinstrumente. ... Ich freue mich auch darauf, dich wiederzusehen." Er unterbrach die Leitung.

Ich versuchte, irgendeinen neuen Einwand zu finden, während Heller auf die Liste an der Wand blickte und eine weitere Nummer eingab. „Hallo, hallo! Ich möchte mit Petalv sprechen. ... Enii? Bist du das? ... Ja, ganz richtig: Hier ist Jet. Enii, könntest du mit einer Reparatur- und Prüfgruppe zum Hangar Eins auf dem Apparatus-Raumstützpunkt kommen? ... Morgen vormittag. ... Ha, ha. Nein, ich habe nicht den Verstand verloren und mich zum Apparatus versetzen lassen. ... Nur eine allgemeine Zustandskontrolle der Antriebe. ... Gut. Ich freue mich darauf."

Der nächste Anruf folgte sofort. Und dann noch einer und noch einer. Lauter Vornamen, lauter alte Kumpel. Kompaßspezialisten. Kabelerneuerung. Sichtschirmüberholung. Neuaufladung der Schwerkraftspulen. Außenarbeiten zur Abschirmung gegen feindliche Aufklärung. Und so weiter und so fort. Er erschöpfte fast die gesamte Liste der Vertragsunternehmen.

Schließlich, zwischen zwei Anrufen, hielt ich es nicht länger aus. „Heller", sagte ich, „wir müssen hier fort! Wir müssen die Mission starten!"

Er sah mich überrascht an. „Ich weiß! Sie wollten einen Frachter nehmen, der Wochen und Wochen brauchen würde, um Blito-P3 zu erreichen. Ob wir nun sofort mit einem Frachter aufbrechen oder in einigen Wochen mit dem *Schlepper Eins,* läuft auf das gleiche hinaus. Mehr noch, auf meine Weise werden wir sogar eher auf der Erde sein! Ich spare uns Zeit!"

Und du bringst uns in die Gefahr, pulverisiert zu werden, murrte ich in mich hinein. Oh, dachte ich, ich könnte dir den Hals umdrehen! Und augenblicklich bäumte sich mein Magen auf; ich konnte dort nicht länger bleiben und suchte mir eine stille Ecke, abseits aller Betriebsamkeit, wo ich in solider Düsternis vor mich hinbrüten konnte.

Nach einer Weile erkannte ich die Ironie meiner Lage. Heller war hier, in Reichweite seiner Freunde, vollkommen sicher. In Gefahr würde er erst auf der Erde kommen. Aber *das* konnte ich ihm gewiß nicht sagen. Irgendwie, auf irgendeine Weise mußte ich ihn von diesem Planeten herunterschaffen. Ich verstand allerdings nicht, warum mich der Gedanke daran so krank machte.

Vielleicht lag das an diesem (piep), häßlichen Scheusal von Schlepper!

Kapitel 7

Die Stunden verflogen, und bald war es Nachmittag. Um vier Uhr inspizierte Heller das Schiff. Alle Augen hingen erwartungsvoll an ihm, als er wieder herauskam.

„Wunderbare Arbeit!" rief er. „Prüfung bestanden! Die Feier ist eröffnet!"

Ein Schrei aus rund zweihundert Kehlen ließ den Hangar erzittern, und in aufgeregten Haufen strebten die Männer der provisorischen Theke zu. Die Tup-Behälter begannen zu knallen. Gebäck war auch vorhanden, bunte Hüte und Wimpel wurden verteilt, und für die nächsten zwei Stunden verwandelte sich der Hangar in ein Tollhaus, das von Schreien und Liedern widerhallte, zwischen denen immer wieder Trinksprüche ausgebracht wurden, auf Heller, auf den *Schlepper Eins,* auf alles, was man sich nur denken kann, außer auf den Apparatus.

Die Hangarwachen waren auf ihren Posten geblieben, hielten aber ebenfalls Tup-Behälter in den Händen. Ihr Hauptmann, schon ein bißchen wacklig auf den Beinen und den Mund voller süßem Gebäck, versuchte mir den Arm um die Schulter zu legen. „Was für ein wunnabarer Knabe, dieser Heller!"

Ich schüttelte ihn ab. Heller war nirgendwo zu entdecken. Vor kurzem hatte ich ihn und meinen Fahrer noch gesehen, als sie das Gepäck aus dem Flugmobil in den Schlepper trugen, einschließlich einiger neu hinzugekommener Schachteln. Heller mußte im Schlepper sein.

Mein Fahrer — zur Hölle, man konnte ihn mit gleichem Recht Hellers Fahrer nennen — hatte einen erfüllten Tag hinter sich. Er mußte ein dutzendmal in die Stadt geflogen sein. Und als die

Feier begann, war er es gewesen, der die Tup-Behälter ausgab. Er war augenscheinlich am Ende seiner Kräfte angelangt. Er hatte sich selbst einen Tup-Behälter genommen und kam, an ihm nippend, zu mir herüber, ein idiotisches glückliches Grinsen auf dem Gesicht. „Haben Sie irgendwelche Befehle für mich?"

„Nein", antwortete ich kühl.

„Dann werde ich es mir jetzt im Flugmobil gemütlich machen und eine Mütze Schlaf nehmen." So, wie er die Worte schleifen ließ, war anzunehmen, daß das Tup in seiner Hand nicht das erste war. Heller konnte wirklich jede Disziplin zerstören. Der Mann hielt es nicht einmal für nötig, mich um Erlaubnis zu fragen oder zu salutieren oder mich als „Offizier Gris" anzusprechen.

Wieviel von Hellers Geld hatte dieser Tag gekostet? Bestimmt nicht weniger als dreihundertfünfzig Verrechnungseinheiten. Von Hellers Geld? Von *meinem* Geld! Und alles für ein stinkendes Stück häßlichen Schrotts!

Die Feier verebbte allmählich. Die Apparatus-Männer zogen sich mit zufriedenem, dummem Grinsen auf den Gesichtern zurück. Es war fast Abend. Zumindest, dachte ich, war es jetzt vorüber. Doch ich irrte mich!

Vor dem Hangar ertönte plötzlich das rhythmische „Hap, jo, hap, hap, jo!" einer Marschkolonne! Es kam näher! Im ersten Augenblick dachte ich, es wären Flotteninfanteristen, die Heller befreien wollten. Nur Flotteninfanteristen zählten den Marschrhythmus in dieser Weise!

Peng, trapp, peng, trapp, peng, trapp: es waren eindeutig Militärstiefel. Doch wer durch das Hangartor kam, war Snelz mit der Hälfte seines Zugs. Acht Mann, die mit ihren schweren Kampfstiefeln auf den Boden donnerten und den Hangar mit knallenden Echos erfüllten; es klang, als würde ein ganzes Regiment anrücken.

Mir fiel ein, daß Snelz ein Ex-Flotteninfanterist war. Er hatte einen Offiziersstab in der Hand — in Wirklichkeit ein langgezogener Exploder —, den er wie zur Parade kunstvoll durch die Luft wirbelte. Er gab das genaue Bild eines perfekten militärischen Exerziermeisters ab.

Und sein Halbzug ... He, die Männer trugen Schutzhelme und Exploderbüchsen! Sie sahen ganz so aus, wie man sich die Angehörigen einer scharfen Elitetruppe vorstellt, alle acht.

„Gruh-peh, halt!" brüllte Snelz. „Wah-ffenn — ab!"

Mit der atemberaubenden, von exaktem Klatschen akzentuierten Perfektion von Flotteninfanteristen riß die Gruppe die Exploderbüchsen von der Schulter, wirbelte sie nach unten und um den Arm, schleuderte sie um den Körper, wirbelte sie mit einer gekonnten Bewegung des Handgelenks wieder herum und stieß den Schaft mit synchronem Krachen neben dem rechten Fuß auf den Boden. Ich hatte so etwas seit den Schauparaden der Infanteristen an der Akademie nicht mehr gesehen.

„Rüh-hert — euch!" bellte Snelz.

Die Exploderbüchsen sprangen ein Stück nach vorn, und die linken Füße bewegten sich einen halben Meter nach links und kamen mit einem ohrenbetäubenden Knall in den Stand.

Snelz meldete dem glotzäugigen Hauptmann der Hangarwache: „Zu-ah AB-LÖSUNG der Waa-che ange-treeh-ten, HERRRR!" Und dann salutierte er gekonnt mit seinem Offiziersstab.

Trotz des etwas verwunderlichen Anblicks dieser acht Exemplare des für gewöhnlich betrunkenen, schmierigen kriminellen Apparatus-Abschaums aus dem Todeslager, war ich ziemlich froh, sie zu sehen. Es war die Gruppe, die die Nachtwache übernehmen sollte. Sie würde im Morgengrauen von der zweiten Gruppe des Zugs abgelöst werden und Tag für Tag zwischen Spiteos und dem Hangar pendeln. Wenigstens das schien zu klappen. Heller würde gut bewacht sein. Die Schutzhelme und die außerordentliche, perfekt gedrillte Präzision der acht Männer stieß mir nur beiläufig auf.

Halt! Acht? Nachdem ich einem der Männer den Kopf eingeschlagen hatte, dürften nur noch sieben in dieser Gruppe sein. Ein geübter Apparatus-Offizier bemerkt solche Dinge sofort. Ich betrachtete die Männer genauer, aber hinter den Helmvisieren waren ihre Gesichter kaum zu erkennen. Ach, was, dachte ich, Snelz hat vermutlich für Ersatz gesorgt.

Der ungläubig dreinschauende Hauptmann der Hangarwache hatte den Salut mit seinem Tup-Behälter erwidert. „Die Waa-che gehört Ihh-henen, Herrr", schnarrte er, den Infanteristenton parodierend.

Snelz drehte sich um. Sein Offiziersstab pfiff durch die Luft. Dann hielt er ihn hoch und bellte: „Ah-chtung! Ei-einteih-lung!"

Der Stab wirbelte wieder herum und zeigte auf einen Mann in der Mitte der Reihe. „Wa-achmann Ip! Ihr Posten ist im Schiff. Abgetreten!“

Der als Wachmann Ip Angesprochene knallte die Hacken zusammen und schulterte mit den gleichen präzisen Bewegungen wie vorhin, nur diesmal in umgekehrter Reihenfolge, seine Exploderbüchse — es war unglaublich, wie leicht er die schwere Waffe um den Körper und die Arme schwingen ließ. Dann vollführte er einen vorschriftsmäßigen, klatschenden Salut und marschierte, korrekt rechtwinklig abbiegend, mit steifen militärischen Schritten zur Luftschleuse des Schleppers, stieg ein und knallte die Luke hinter sich zu.

Danach trat eine verwirrende Wende ein. Wie auf Kommando stießen die verbliebenen Männer der Gruppe, einschließlich Snelz', ein regelrechtes Triumphgeheul aus! Ihre militärische Disziplin war von einer Sekunde zur nächsten wie weggeblasen! Sie sprangen in die Luft, klatschten in die Hände und warfen ihre Exploderbüchsen hoch! Dann packten sie sich bei den Schultern und führten, immer weiter kreischend, einen verrückten Tanz auf. Keine Spur mehr von militärischer Disziplin! Auch bei Snelz nicht. Er lachte und wiegte sich in einem vergnügten Einzeltanz.

Dann rief der Wachhauptmann, der zu der improvisierten Theke hinübergegangen war: „Hier ist noch Tup übrig.“ Und die ganze Gruppe eilte, immer noch lachend, zu ihm.

Erst in diesem Augenblick stieg in mir der Verdacht auf, worum es an diesem Tag eigentlich gegangen war. Ich spurtete zum Einstieg des Schleppers, riß die Luke auf und hastete hinein. Die Luke krachte hinter mir zu. Ich öffnete die zweite Tür und blieb wie angewurzelt stehen. Vor mir im Gang stand Heller, frisch gebadet, in einem kobaltblauen Gesellschaftsanzug.

Neben ihm war einer der „Wachmänner“ gerade dabei, seinen Helm abzunehmen. Darunter kam ein Wust seidiger Haare zum Vorschein, und dann verdeckte es keine Verkleidung mehr: Ich sah mich einer lachenden Gräfin Krak gegenüber!

Kapitel 8

Sie drückten sich, als hätten sie sich seit Jahren nicht gesehen! Wieder und wieder.

Schließlich zog Heller nach einem langen Kuß den Kopf zurück. „Halt, warte“, sagte er. „Wir haben noch die ganze Nacht vor uns.“ Er ließ seine Erregung abklingen; für einen Moment hatte es ausgesehen, als würden die beiden nicht weiter als bis zu der Couch hinter ihnen kommen.

„Liebling“, sagte Heller, immer noch etwas außer Atem, „ich muß dir dieses wundervolle Schiff zeigen!“

Im ersten Augenblick dachte ich, er hätte es sarkastisch gemeint. Ich hatte bisher nur auf die beiden geachtet. Jetzt sah ich mich um. Es war jetzt sauber, aber der Raum unterschied sich kaum von den Offiziers- oder Mannschaftsquartieren auf anderen Flottenschiffen.

„Dort oben“, spielte Heller den Fremdenführer, „ist die Kommandobrücke.“ Sie glänzte vor Sauberkeit und war, obgleich die Systeme nicht aktiviert waren, hell erleuchtet. Sie blinkte zwar ein bißchen mehr als die meisten Kommandobrücken, es gab mehr Kontrollknöpfe und -lampen, aber alles in allem war es auch nur eine Kommandobrücke.

Heller ließ sich Zeit mit der Vorführung. Die Gräfin sah allerdings nicht mehr ganz so glücklich aus wie vorher. Sie war immer noch schön, sogar in der schwarzen Apparatus-Uniform, die sie trug, aber sie schien die Kommandobrücke als etwas zu betrachten, das sie von Heller trennen würde, — ich konnte ihre Gedanken fast lesen.

Heller drückte eine Tür kurz vor der Luftschleuse auf. „Das ist die Offiziers- und Mannschaftskantine." Sie war ziemlich klein und bot höchstens Platz für acht Männer. Heller bemerkte die Verwunderung der Gräfin. „Oh, dieses Schiff hat nur eine kleine Mannschaft: einen Kapitän, zwei Astropiloten und zwei Maschinisten. Damit bleiben sogar noch drei Plätze frei! Du scheinst offenbar in Schlachtschiffkategorien mit fünftausend Mann Besatzung zu denken."

Er führte sie nach achtern und öffnete eine Tür zwischen Gang und Außenhaut. „Das ist die Kapitänskabine." Es war ein wirklich winziger, aber gut ausgestatteter Raum. „Auf der anderen Seite des Schiffs liegt das Pendant hierzu. Es enthält eine kleine Bordbibliothek."

Sie stand da, ließ ihren Helm am Kinnriemen schwingen und blickte, Heller zuliebe, interessiert in die Kabine. Vielleicht versuchte sie, ganz Frau, die unterdrückte Begeisterung, die er für dieses Schiff empfand, zu verstehen. War es ein Rivale für sie?

Heller ging ein paar Schritte nach achtern und öffnete eine andere Tür. „Und das ist die Kombüse. Sie ist zwar winzig, aber mit allem ausgerüstet. Niedlich, was?"

Sie gestand es ihm zu.

„Auf der anderen Seite gibt es noch so eine kleine Kabine, die als Wäscherei und Nähraum genutzt wird."

Warum sagst du ihr nicht, daß die Ausbuchtungen hinter dir die tödlichen Maschinen verdecken — die Antriebe, die explodieren, wenn sie von verrückten Leuten wie dir eingesetzt werden?

„Und hinter den nächsten drei Türen", erklärte Heller, indem er die erste öffnete, „liegen die Mannschaftskabinen." Sie waren sehr klein: ein um dreihundertsechzig Grad drehbares Schwerkraftbett, ein Schrank und eine abgetrennte Dusche und Toilette. „Auf der anderen Seite befinden sich noch drei. Eine *Menge* Kabinen also."

Auf dem Gesicht der Gräfin spiegelte sich die Frage wider, wie man sich in dieser Enge anziehen konnte.

„Über unseren Köpfen und unter unseren Füßen sind Lagerräume und Vorratsschränke, zu denen man gelangt, wenn man diese Platten anhebt. Auf der anderen Seite ist es dasselbe. *Tonnen* von Lagerraum! Ist das nicht schön?“

Die Gräfin gestand ihm auch das zu. Sie wirkte allerdings ein wenig unruhig.

Wir waren weiter nach achtern gegangen und kamen an eine große, luftdichte Tür. „Den Offiziers- und Mannschaftsbereich haben wir gesehen“, sagte Heller. „Jetzt schließt die Augen.“

Sie gehorchte. Ich nicht. Heller drehte ein großes Metallrad, und das Schott glitt lautlos auf. Zuerst dachte ich, die Stromstärke wäre plötzlich hochgeschnellt, so hell wurde es. Was, bei allen Teufeln, war das? Es blitzte und blinkte so stark, daß mir die Augen weh taten!

„Die Augen auf!“ sagte Heller.

Die Gräfin tat es und machte: „Ooooooooooo!“

Es war zwar nur ein weiterer Gang, aber was für ein Unterschied! Die Schließräder an den Türen, die Handstangen und Beschläge waren aus einem glänzenden weißen Metall, und das indirekte Licht wurde von einem Fußboden in prachtvoller blauschwarzer Einlegearbeit widergespiegelt.

„Was für ein Metall ist das?“ fragte ich benommen. „Als ich heute früh hier war, war alles von einer schwarzen Schicht überzogen.“

„Silber“, sagte Heller. „Das ist alles massives Silber. Als das Schiff in suspendierte Bereitschaft versetzt wurde, hat man nicht daran gedacht, es mit Antibeschlag zu bestreichen. Das wird morgen nachgeholt, und danach wird es nie wieder schwarz anlaufen.“

„Massives Silber?“ fragte die Gräfin, den Gang hinunterblickend.

„Ja, genau“, antwortete Heller. „Bei einem Schlepper braucht man nicht aufs Gewicht zu achten. Er ist, umgekehrt, nicht schwer genug. Von hier an bestehen alle Beschläge und Zubehörteile aus massivem Silber.“

Die Gräfin kniete sich auf den Boden und strich mit der Hand über die Steinplatten. „Es ist kaum zu glauben. Sind das nicht Astobolplatten, aus diesem berühmten unverwüstlichen Gestein, das auch im Palast des Imperators verwendet wurde?“ Sie betastete den Fußboden und die Wände.

„Richtig“, bestätigte Heller. „Es brennt nicht, bricht nicht, leitet keinen Strom und reflektiert keine Schallwellen. Die Geräusche der Antriebe dringen nicht hindurch. Die ganze hintere Hälfte des Schiffes ist völlig schallisoliert.“ Und es stimmte: Als sich das Schott hinter uns schloß, erstarben die Geräusche aus dem Hangar.

„Auf diese Weise ist der Admiral mit dem Lärm des Hauptantriebs fertiggeworden. Aber ich sollte dir mehr von diesem Schiff erzählen.“ Er resümierte in geraffter Form die Geschichte von Admiral Wince und seinem Flaggschiff. Den War-Werde-Antrieb und das Schicksal des Schwesterschiffs des *Schleppers Eins* erwähnte er jedoch mit keinem Wort.

„Ich wußte gar nicht, daß er schon in die Flotteneingreifreserve eingegliedert war“, beendete Heller seine Erzählung. „Ich hatte gehofft, das Flaggschiff einer Patrouillenflottille zu finden; die sind manchmal auch ziemlich aufgemotzt. Und da war er, der *Schlepper Eins!* Was für ein Glück! Oh, aber du hast noch nicht alles gesehen. Wince hat zwei Millionen für seine Überholung ausgegeben, und er ist noch keine zehn Jahre alt; er war kaum jemals im Raum. Komm weiter.“

Jetzt berührte er nichts mehr. Vor der nächsten Tür sagte er einfach: „Öffne dich!“, und sie öffnete sich. „Die Chefkombüse“, erklärte er. „Auf der anderen Seite des Rumpfs befindet sich die Uniformschneiderei.“ Er ging zur nächsten Tür, sagte wieder nur: „Öffne dich!“, und sie schwang auf. „Ausrüstungslager. Die Kabine auf der anderen Seite enthält die Datenbank.“

Wir kamen zu einer weiteren luftdichten Tür. Sie hatte offengestanden, als wir das Schiff zum erstenmal besichtigt hatten, und ich hatte nur eine dunkle, staubige Metallhöhle gesehen.

„Schließt die Augen“, sagte Heller.

Die Gräfin tat es. Ich nicht.

„Öffne dich!“ sagte Heller. Das Schließrad drehte sich lautlos, und die Tür glitt auf. Ich traute meinen Augen kaum. „Augen auf“, befahl Heller.

Und wenn die Gräfin vorhin „Oooooooooooo!“ gemacht hatte, so war es jetzt ein Aufschrei. Denn vor uns lag ein großzügig geschnittener Eßraum mit Kreiseltischen, Sesseln und Sofas, mit drehbaren Büchergestellen und Geräten, die offenbar zum Warmhalten und Servieren dienten. Es zeugte alles von bestem Geschmack. Aber nicht das war es, was einem den Atem nahm. Die Teller und Kelche, die Vasen, sogar die Tischecken und Kanten der Sessel waren aus Gold.

„Gold?" fragte ich ungläubig.

„Massives Gold", bestätigte Heller. „Jetzt versteht ihr bestimmt, warum ich Wachen aufgestellt habe. Das Service wurde in den Vorratsschränken aufbewahrt, und die sind nicht schwer zu knacken."

Dann sagte er: „Spiegelt!"

Ich hatte die Spiegel bisher nicht bemerkt. Jetzt wurden sie augenblicklich beleuchtet und spiegelten sich gegenseitig, so daß es aussah, als ginge die Kabine ins Unendliche.

„Lichter!" sagte Heller, und sofort spielte Farbmusik in ständig wechselnden Formen auf den Spiegeln.

„Oooooo!" entfuhr es der Gräfin.

„Du hast noch nicht alles gesehen", sagte Heller wieder. „Dieser hintere Teil ist um die Zugstrahlgeneratoren herumgebaut, und die nehmen nicht annähernd soviel Platz ein wie der Hauptantrieb. Also ließ der Admiral hier etwas verwirklichen, was man in der Architektur einen 'Zellenkreis' nennt. Du wirst in jedem dieser Räume eine Stufe bemerken, die in den nächsten Raum hinaufführt. Darunter liegen die zu den Generatoren zurückführenden Kabel. Der Admiral hat den Raum perfekt ausgenutzt. Geschickt von ihm, nicht wahr? Gehen wir weiter!"

Wir betraten eine weitere geräumige Kabine, ein verschwenderisch mit Gold und Silber verziertes Schlafzimmer mit einem großen Schwerkraftbett. An den Wänden hingen Waldnymphenszenen. Das Bett war neu bezogen und die Decke zurückgeschlagen.

Heller und die Gräfin wechselten einen verschwörerischen Blick. „Gehen wir weiter", sagte Heller. „Die Nacht ist noch lang."

Wir nahmen einen Absatz und kamen in einen Fitneßraum! Er war nicht besonders groß, und wenn man zu hoch sprang, konnte man sich den Kopf stoßen, aber es war ein Fitneßraum.

„Fitneß!" bellte Heller, und aus den Wänden traten Stangen und verschiedene Trainingsgeräte hervor. „Strahlen!" sagte Heller, und eine Liegebank entfaltete sich, während Gestirnlicht von der Decke strahlte. „Massage!" sagte Heller, und eine Massagemaschine glitt über die Bank und begann zu vibirieren. „Kampf!" sagte Heller, und Maschine samt Bank verschwanden.

Ich weiß nicht, was ich erwartet hatte; auf alle Fälle nicht das, was dann geschah. Ein Schrank öffnete sich, und heraus sprang ein lebensechter Kämpfer. Ich nahm wahr, wie die Gräfin instinktiv in Kampfposition ging. Das Ding sah auch bösartig genug aus. Heller streckte den Arm aus und versetzte ihm einen kurzen, gekonnten Schlag, und es wich zur Seite aus.

Dann erkannte ich, was es war: ein dreidimensionales Illusionsbild. Es war durchsichtig; ich konnte Teile des Raums, die eigentlich verdeckt sein müßten, sehen. Es war nur ein Komplex aus Lichtstrahlen, und jetzt bemerkte ich auch die kleinen Strahlenquellen an der Decke. Ich hatte schon von diesen Illusionsbildern gehört. Sie wurden zum Training von Kampftechniken benutzt.

Heller versetzte ihm einen geschickten Tritt, und ein kurzer Blitz zuckte auf. Das Ding schien auf den Boden zu stürzen, und irgendwoher — von ihm? — erklang eine Stimme: „Verschont mich, oh, Herr!"

„Aus!" bellte Heller, und die Illusion erlosch. „Es kämpft mit Elektrodolchen, Schwertern, Keulen oder den nackten Händen. Ich hatte noch nie eins gesehen, bevor dieses hier aus dem Schrank kam. Sie blitzen auf, wenn man ihnen einen tödlichen Treffer versetzt. Nun, gut. Dieser ganze hintere Teil des Schiffs" — er tätschelte die Wand hinter uns, klatschte mit der Hand auf den Boden und zeigte zur Decke — „besitzt Schwerkraftspulen, die sich automatisch der jeweiligen Lage anpassen. Sie verbrauchen so viel Energie, daß man sie für gewöhnlich nicht einbaut, aber der *Schlepper Eins* verfügt über genügend Energie."

Und wenn man sie nicht verbrennt — und zwar laufend —, dachte ich verstimmt, zerfetzt sie dich!

„Es ist also ziemlich sicher, hier zu trainieren und sich zu bewegen", fuhr Heller fort. „Die enormen Schwerkraftstöße, die man sonst bei Schleppern erlebt, werden vollkommen getilgt. Hier hinten gibt es kein 'Raumschwimmen'. Man kann sich also nicht den Kopf stoßen."

„Das ist gut", sagte die Gräfin.

Ich fragte mich, was sie tun würde, wenn sie wüßte, daß er ihr nur ein Zehntel der ganzen Wahrheit eröffnete. Dann fiel mir die Antwort ein: Sie würde alles, was sie an Einfluß auf ihn besaß, einsetzen, um ihn von diesem gefährlichen Schiff fernzuhalten. Ich gelobte mir inbrünstig, es nicht zuzulassen, daß sie erfuhr, in welcher Todesfalle ihr Liebling saß.

„Ich wage es kaum laut auszusprechen", flüsterte Heller. „Wenn dieser Eingang geschlossen wird, verwandelt sich der Raum in ein Dampfbad!"

Er führte uns eine Ebene höher in ein reich geschmücktes Bad. Er nahm ein Handtuch vom Regal, und simulierte Fische in allen Farben schwammen dreidimensional unter der Decke und die Wände entlang. Man fühlte sich wie auf dem Meeresgrund. Es konnte einen Raumfahrer gewiß vergessen machen, wo er sich befand! Heller legte das Handtuch zurück, und die Fische verschwanden.

Wir gingen eine kleine Treppe hinauf und kamen in einen Raum, der am oberen Heckende liegen mußte. Und wieder einmal entfuhr der Gräfin ein „Oooooo!". Sie hatte recht: was für ein gewaltiger Raum! Der Boden war mit kostbarem braunen Stoff ausgelegt. Die Möbel bestanden aus irgendeinem schwarzglänzenden Holz. Es gab einen Schreibtisch mit schwarzer Kardanaufhängung und einen passenden Sessel. Aber es war kein Büro. Daneben standen schwarze Ledersofas. Leder? Ja, echtes Leder! Und die Wände waren große schwarze Flächen, die wie Glas glänzten.

„Setzt euch", sagte Heller. „Denn *jetzt* könnt ihr etwas erleben!"

Ich fragte mich, was es, bei allen Göttern, noch zu sehen geben sollte. Die Gräfin setzte sich erwartungsvoll auf ein Sofa; ihr Helm baumelte immer noch an ihrer Hand.

Heller hob wie ein Zeremonienmeister feierlich die Hand. „Herbstwald!" verkündete er.

Augenblicklich erschien auf den Wänden um uns herum, in brillanten Farben und für das Auge absolut wirklich, eine dreidimensionale Landschaft im farbenfrohen Herbstkleid. Die Bäume bewegten sich sogar, und eine sanfte Brise war zu hören. Gute Götter, es roch sogar nach Feldern! Es war alles so *wirklich!*

„Oooooo!" stieß die Gräfin entzückt hervor.

„Jetzt schaut hin", sagte Heller. „Winter!"

Eine völlig andere Landschaft erschien: majestätische Berggipfel, Schneefelder, kahle Bäume. Und dazu das leise Stöhnen eines Winterwindes. Mich fröstelte plötzlich, und erstaunt sah ich nach, ob die Raumtemperatur nicht abgesunken war.

„Frühling!" sagte Heller, und der ganze Raum verwandelte sich in ein farbenfrohes Blütenmeer. Obstbäume, so weit das Auge blickte, ein junges Tier hüpfte über ein Feld, und der Geruch von frischer Erde und knospenden Pflanzen hing in der Luft.

„Sommer!" sagte Heller, und Vogelgezwitscher erfüllte den Raum, der süße Duft von Blumen strömte herein, und das Seufzen eines lauen Lüftchens erklang. Das Laub der Bäume beschattete den Boden, und ein Liebespaar ging Hand in Hand einen Pfad entlang.

„Oh, das gefällt mir", sagte die Gräfin.

„Es gibt noch viele Jahreszeiten von vielen Planeten. Ich habe für heute Manco ausgewählt, um dir eine Freude zu machen."

„Oh, das hast du! Das hast du!" Dabei sah sie aus, als würde sie gleich anfangen zu weinen, und Heller tröstete sie bekümmert. „Nein, nein", sagte die Gräfin, indem sie sich die Augen wischte. „Es ist nur, weil ich, vor dem Flug heute, drei Jahre lang keinen Himmel und keine Felder gesehen habe." Sie weinte ein bißchen, dann tupfte sie sich die Augen. „Ich störe deine Vorführung."

Er vergewisserte sich, daß es ihr gutging, dann sagte er: „All!"

Ich machte einen kleinen Luftsprung. Ich habe nicht viel für das All übrig und sehe nicht gern aus Raumluken, selbst wenn ich könnte. Die ungeheure, nackte Gewalt der Elementarkräfte, die unvorstellbaren Entfernungen, das unbarmherzige, einsame Schwarz, in dem sie sich verlieren, bewirken Schlimmeres als Ehrfurcht, wenn man mitten drin ist. Für mich ist es eine Übermacht, die mir Angst einjagt.

Jetzt war es um uns: das *All.* Von Sternen und Nebelflecken übersät, mit einem nahen Planeten und dem Mond irgendeines Systems, wirkte es, als würden wir von einer ausgesetzten Plattform ins All schauen. Nur der Anblick der Möbel verhinderte, daß ich meine Fassung verlor.

Laut, mit dem Stimmvolumen, das Heller benutzt hatte, sagte ich: „Herbst!“ Ich dachte, die Landschaft würde wiederkehren. Es war schließlich ein mit der Stimme zu aktivierender Projektor. Aber nichts geschah. „Winter!“ sagte ich. Wieder nichts. Immer noch riß das All sein hungriges Maul auf, um uns zu verschlingen. Nichts als gewalttätiger, mitleidloser Raum. Ich blickte zu Heller. „Warum verändert es sich nicht?“

„Der ganze hintere Teil des Schiffs“, erklärte er mir, „Schränke und alles, ist auf meine Stimmfrequenz und Obertöne eingestellt. Und es gibt keine zwei Stimmen, die sich gleichen.“ Er wandte sich der Gräfin zu. „Aber es gibt die Möglichkeit, zwei oder mehr Schlüsselstimmen einzustellen. Ich werde deine in die Datenbank eingeben.“

„Was ist mit meiner?“ fragte ich. „Sie werden mir zeigen müssen, wie man die Schlüsselstimmen eingibt und löscht. Ich werde auch auf diesem Schiff sein!“

Er sah mich nur mit leerem Blick an. Er hat weder mir noch sonst jemandem jemals gezeigt, wo und wie die Schlüsselstimmen eingegeben wurden. Ich war nie in der Lage, irgend etwas im hinteren Teil des Schleppers zu öffnen oder zu schließen oder sonstwie zu benutzen. Ich glaube, er hat den Eingabemodus so verändert, daß nicht einmal ein Flottentechniker es hätte tun können. Damals, bei der ersten Abfuhr, stieg Wut in mir hoch. Wenn ich ihn von diesem Planeten herunterbekam ... Und in diesem Augenblick meldete sich mein Magen wieder. Es muß diese verflixte Szenerie gewesen sein, in der ich, nur von einem Teppich getragen, im All ausgesetzt war.

„Jetzt“, kündigte Heller der Gräfin an, „habe ich eine kleine Überraschung für dich. Es war vor rund fünfzig Jahren beliebt, aber der Fahrer hat noch ein Band davon aufgetrieben.“ Er zog einen kleinen Stab aus der Tasche und gab ihn unter dem Sofa, auf dem er saß, in den Apparat. Zumindest wußte ich jetzt, wo der Projektor gefüttert wurde!

Das All verschwand. Was für eine Erleichterung! Statt dessen wurden wir in ein Theater versetzt, so als wären wir mitten im Publikum. Unsere Mitzuschauer wirkten sehr lebendig.

Direkt vor uns war die Bühne, auf der eine völlig künstliche

Waldszene aufgebaut war: ein Pfad zwischen Bäumen, die wie flache Laubsägearbeiten aussahen. Das Ganze wurde von der Rampe her beleuchtet.

Musik erklang. Ein Schauspieler in einem Tierfell, dem eines Pantigs, trat von der Seite auf. Er trug Gamaschen und einen Hut und hielt sich ein Rohr vor die Augen, durch das er in den Wald zu spähen schien. Dann, immer noch hierhin und dorthin schauend, vollführte er einen kleinen Tanz und begann zu singen, und während er sang, bewegten sich die Bäume im Rhythmus der Musik.

Im Wald hab' ich heut' eine Flamme entdeckt,
Von der ein Funke sprang über, der mein Feuer erweckt.
Die vollendete Anmut, die dort versteckt,
In die Tatzen zu nehmen! Oh, wie ihr Anblick mir schmeckt!
Oh, du Pantigdame,
Komm in meine Arme,
Komm in meine Arme,
Komm in meine Arme!
Oh, du Pantigdame,
Komm in meine Arme!
Das ganze Leben sich vor uns erstreckt!
Oh, Pantigdame,
Hab Erbarmen,
Hab Erbarmen,
Hab Erbarmen,
Oh, Pantigdame,
Hab Erbarmen!
Denn du hast heut' mein Herz in Brand gesteckt!

Und dann erschien zwischen den Bäumen ein Paar enormer, phosphoreszierender Augen, die zweimal blinzelten, ehe eine kokette Stimme, schnurrend wie ein Tier, sagte: „Warum nicht?"

Der Vorhang schloß sich vor der Szene, und das Publikum begann zu toben.

Die Gräfin lachte so heftig, daß sie an Hellers Brust fiel. Sie brauchte eine Weile, um wieder zu Atem zu kommen. Dann legte sie Heller die Arme um den Hals und sagte: „Oh, du Lieber!“ Und nachdem sie sich von ihm gelöst hatte, fügte sie, die Pantigstimme imitierend, hinzu: „Warum nicht?“ Und wieder fielen sie sich um den Hals und lachten.

„Es gibt noch massenweise andere Streifen“, sagte Heller schließlich. „Und jede Menge Spiele. Aber du hast immer noch nicht alles gesehen. Ich habe noch eine Überraschung für dich.“

Nahmen denn diese Überraschungen überhaupt kein Ende? Ich hatte das Lied albern gefunden. Vielleicht hatte es bei den beiden die Erinnerung an ihre erste Begegnung wachgerufen, als die Gräfin einen echten Pantig zähmte. Ja, so mußte es gewesen sein. Und der Name paßte hervorragend zu dieser absolut tödlichen Gräfin Krak! Sie war wirklich eine Pantigdame!

Wir gingen eine kleine Treppe hinunter und auf der Seite des Schiffs zurück, auf der die Besichtigung begonnen hatte. Heller führte uns einen kleinen Duschraum vor, der sich, als er ein Handtuch anhob, in einen See mit schwimmenden Enten darauf verwandelte. Dann führte Heller die Gräfin eine Stufe höher auf die nächste Ebene und legte ihr die Hand über die Augen, bevor er sie eintreten ließ.

„Jetzt schau!“ sagte er und nahm die Hand von ihren Augen.

Und die Gräfin staunte wieder: „Ooooooo!“ Es war ein zweites Schlafzimmer mit Schwerkraftbett und Kleiderschrank. Und auf dem Bett lagen zwei überaus prächtige Gewänder: ein hauchdünnes Nachthemd aus silberglänzender Spitze und ein goldfarbenes Ballkleid!

Die Gräfin hielt sie sich an und begann wieder zu weinen. Dann gab sie Heller einen Kuß und sagte: „Ich habe noch nie in meinem Leben solche Kleider gehabt.“

Heller streichelte sie zärtlich. Nach einer Weile erklärte er: „Die Frau des Admirals ging für gewöhnlich mit ihm auf Reisen. Aber jetzt gehört alles dir, Liebling.“

Dann, nachdem er sie wieder geküßt hatte, nahm er mich beim Arm. „Nun, wir haben den Kreis abgeschritten. Gehen wir in den Speiseraum hinunter und geben der Dame Zeit, ihre Uniform abzulegen, zu duschen und sich anzukleiden.“

KOSTENLOSES
MISSION ERDE
FARBPOSTER

Name ______________________

Straße ______________________

Ort ______________________

PLZ ______________________

❑ **Rechnung** ❑ **Scheck liegt anbei**

❑ **Nachnahme** (plus DM 7,00 Nachnahmegebühr)

❑ **Bankeinzug:** Buchen Sie diese Rechnung bis auf Widerruf von meinem Konto ab:

____

Bank, Sparkasse, Postgirokonto

Kontonummer

Bankleitzahl

____

Datum / Unterschrift

Bitte freimachen

Antwort

new·era Publications
Deutschland GmbH
Bahnhofstraße 40

D - 21629 Neu Wulmstorf

„Es wird nicht lange dauern!“ versprach die Gräfin, indem sie Heller anbetungsvoll nachblickte.

„Laß dir ruhig Zeit“, rief Heller zurück. „Zeit haben wir genug.“

Wir gingen in den Salon mit dem Goldservice. Zeit, dachte ich mißgelaunt. Ja, du glaubst, du hättest Zeit. Du hast mich über den Tisch gezogen! Es war alles Schwindel: Du hast nie die Absicht gehabt, abzufliegen! Alles, was du wolltest, war ein bequemes, eindrucksvolles Schiff!

„Mir scheint“, sagte ich etwas gehemmt, „Sie haben Nerven bewiesen! Sie haben mich den ganzen Tag über zum Narren gehalten!“

Heller zuckte die Achseln und schenkte mir ein nachsichtiges Lächeln. „Aber, Soltan, Sie haben doch gesagt, daß es in Spiteos zu ungemütlich sei.“

Er machte Anstalten, mir einen Goldkelch mit rosa Sprudelwasser anzubieten. Aber ich wußte, daß ich dort überflüssig war. „Wir sehen uns morgen“, sagte ich und stolzierte hinaus.

Mir war klar, daß ich Heller jetzt nicht einmal mit einer ganzen Tasche voller Exploderladungen von diesem Planeten herunterbekommen würde. Ich saß in der Falle!

TEIL VI

Kapitel 1

Es war dumm, einfach so hinauszugehen. Aber irgendwie hielt ich es in der Nähe der Gräfin nicht aus. Im Schiff hatte ich Magenschmerzen gehabt, draußen im dunkel gewordenen Hangar waren sie verschwunden. Statt dessen verpürte ich Hunger.

Es war jetzt ruhig: Der Aufruhr war vorüber. Der Tup-Lastwagen mußte zurückgekommen sein, um die Dekorationen und die leeren Getränkebehälter abzuholen. Auf der provisorischen Theke wies nicht einmal ein Krümel Gebäck auf die vergangene Feier hin.

Plötzlich kam mir das volle Ausmaß meiner Dummheit zu Bewußtsein. Ich war *ruiniert.* Nicht nur, daß ich keine einzige Verrechnungseinheit in der Tasche hatte, auch meine Identokarte war wertlos: Wenn ich sie benutzte, um Geld zu bekommen oder Einkäufe zu bezahlen, würde ich meinen Sold für das nächste Jahr überziehen und vielleicht sogar wegen Schuldenmacherei kassiert werden.

Offizier zu sein, hat sein Gutes: Man bekommt eine Identokarte, man wird bezahlt; in den unteren Rängen neigen die Zahlmeister dazu, überhaupt keinen Sold auszuzahlen. Aber Offizier zu sein, hat auch seine schlechten Seiten: Man muß für Verpflegung, Unterkunft und Kleidung selbst aufkommen, und zwar nicht nur auf seinem Stützpunkt, sondern auch während der Feldzüge. Wenn ich nicht ein oder zwei Verrechnungseinheiten in die Hand bekäme, müßte ich heute abend hungern! Und morgen genauso.

Drüben neben der Theke, die jetzt wieder zu einer schlichten Panzerungsplatte geworden war, saß jemand in einem ausgebauten Schwerkraftsessel. Das dämmrige Licht reichte aus, zu erkennen, wer es war: Snelz. Aha! Ein Plan formte sich in meinem Kopf. Ich würde Geld aus ihm herauspressen!

Er ließ sich durch mich nicht stören, sondern blieb in den Sessel gefläzt sitzen, spielte abwesend mit seinem Offiziersstab und summte eine Melodie vor sich hin; es war eins der Lieblingslieder der Flotteninfanteristen: „Vier Gaben haben die Mädchen von Alt-Kiboo". Seine träge Miene, die nur zu deutlich machte, wie satt und abgefüllt er war, brachte mein Blut in Wallung.

„Snelz", fuhr ich ihn an, „ist Ihnen klar, daß Sie nicht nur einen Spiteos-Gefangenen hinausgelassen, sondern auch noch mit einer Exploderbüchse bewaffnet haben?"

„Oho!" erwiderte er mit mildem Spott. „Die Autorität beliebt Blitze zu schleudern."

Es war nicht schwer, den Mutigen zu markieren, wenn man mit einem Offiziersstab hantierte, der in Wirklichkeit ein Exploder war. Ich ignorierte seinen Einwurf und fuhr nach meinem Plan fort: „Es ist offensichtlich, daß Sie Geld gehabt haben müssen, um die Tunnelwachen zu bestechen. Andernfalls hätten Sie Gräfin Krak nie herausbringen können, genausowenig, wie Sie hoffen könnten, sie unbehelligt wieder hineinzuschaffen."

„Geld?" entgegnete Snelz und legte den Exploder beiseite, um sich ein Paffstäbchen anzuzünden. „Es wäre viel zu gefährlich gewesen, die Typen zu schmieren: Hisst hätte es mit Sicherheit erfahren." Er sah mich durch die Qualmwolke seines Paffstäbchens hindurch an und bemerkte, daß ich ihm nicht glaubte. Sein Gesicht war in einer Art Hol's-der-Teufel-Mentalität nicht unhübsch; und es verriet, anders als bei früheren Anlässen, nichts von Furcht oder Schrecken. Ich glaubte nicht, daß der Exploder die Ursache dafür war. Er hatte ihn weggelegt. Womit hatte ich es zu tun? Mit wiedererwachtem Stolz? Hatte ihn seine Beziehung zu Heller aus dem Dreck gezogen, in den er abgesunken war? Er duckte sich jedenfalls nicht mehr vor mir weg: Seine Unterwürfigkeit war wie weggepustet!

„Oh, ich verstehe", meinte er gleichmütig. „Sie begreifen nicht, wie wir es anstellen, sie ohne Aufsehen herzubringen und wieder zurückzuschaffen. Nun, ich will es Ihnen sagen, falls es Sie erleichtert. Es gibt da einen Transvestiten ..."

„Snelz", fiel ich ihm ins Wort, „Sie sollten besser nicht versuchen, mir Lügenmärchen zu erzählen!"

Er lachte bellend auf. „Daß gerade Sie das sagen müssen! Aber sei's drum. Sie wissen natürlich, daß das Ausdauerlager, neben seiner Funktion als Tarnung für den Verkehr nach Spiteos, auch dazu dient, Apparatus-Personal, das als 'untragbar' eingestuft wird, loszuwerden, — obwohl ich mir nicht vorstellen kann, wie man noch tiefer als tief sinken kann. Wie kann jemand für den Apparatus untragbar sein? Ich gehöre schließlich dazu. Sie auch."

Ich legte die Hand an die Waffe an meinem Gürtel, aber er lachte nur auf und blies eine Qualmwolke aus. „So wird also, wie Sie in Ihrer erhabenen Position vielleicht wissen, oder auch nicht, der Auswurf anderer Apparatus-Einheiten von diesem und anderen Planeten zur 'Spezialausbildung' ins Ausdauerlager geschickt — zu einer 'Ausbildung', in der sie allenfalls lernen, schnell zu sterben und — als Leichen — in den Abgrund zu stürzen."

„Oh, hören Sie auf, Snelz. Das ist mir bekannt. Deshalb wird es schließlich 'Todeslager' genannt."

„Es freut mich, daß Sie das wenigstens wissen", sagte Snelz. „Ich habe mich schon gewundert." Mir ging flüchtig durch den Kopf, daß Hellers Einfluß absolut ruinös auf die Dienstauffassung unserer Leute wirkte! „Nun, also", fuhr Snelz gleichmütig fort. „Als mir klar wurde, wie diese Operation laufen würde, habe ich meinen Männern gesagt, sie sollten die Augen offenhalten. Und ich hatte richtig gerechnet: In einem Trupp hereinkommender Todeskandidaten entdeckten sie genau das, was wir brauchten."

Er zog an seinem Paffstäbchen, blies den Qualm aus und erzählte weiter: „Es war ein Knabe namens Tweek. Er stand mitten in dem Haufen auf einem der sogenannten 'hereinkommenden Abfalltransporter'. Nach den Akten, in die Timyjo sich Einblick verschaffen konnte, hatte dieser Tweek zu irgendeinem geilen Vorgesetzten nein anstatt ja gesagt. Und da man *so* etwas nicht durchlassen kann, wenn man die Disziplin — und die Willfährigkeit seiner Bettgenossen — erhalten will, wurde er ins Todeslager abgeschoben.

Wir hatten nach jemandem gesucht, der ungefähr so groß und so gebaut war wie Gräfin Krak. Und das traf auf Tweek zu. Er war blond, hatte ähnlich gefärbte Augen und war sogar recht hübsch, auf gröbere Weise natürlich" — er stieß einen bewundernden Seufzer aus —, „kein wirklicher Vergleich mit der Gräfin, der schönsten Frau, die ich jemals gesehen habe. *Oder* die sonst irgend jemand jemals gesehen hat."

„Fahren Sie fort", drängte ich ihn. Bei der Erwähnung der Qualitäten der Gräfin hatte sich mein Magen zusammengekrampft.

„Wir sind also der Transporterladung auf der Spur geblieben. Und als sie am Rand des Abgrunds aufgestellt wurde, blieb einer verschont: Tweek!"

„Es kostet Geld, das Exekutionskommando zu bestechen!" unterbrach ich ihn, mich daran erinnernd, weshalb ich eigentlich mit ihm sprach.

„Nun, nein, hat es nicht", sagte Snelz. „Die Exekutionen finden abends statt, damit sie nicht aus der Luft beobachtet werden können, und als es diesmal so weit war, hatte Tweek, dank Timyjo, eine Sicherheitsleine um den Körper. Nachdem das Exekutionskommando abgezogen war, hievten wir Tweek einfach hoch. Wie abgesprochen, hatte sich Tweek fallengelassen, bevor die Stottergewehre losgingen, und außer ein paar Schrammen hatte er nichts abbekommen.

Wir fütterten ihn heraus — Sie wären erstaunt, zu sehen, wie man diesen 'Abfall' aushungert —, so daß er, als wir ihn schließlich brauchten, wieder in der Lage war, ohne Hilfe zu gehen. Er trug seine Haare ziemlich lang, und sie waren auf dem Flug von Flisten nach Voltar noch länger geworden. Für einen Transvestiten sah er wirklich gut aus.

Heute nachmittag ist nun ein Sonderkommando aus vier Mann, unter ihnen Tweek, durch den Tunnel und zur Kabine der Gräfin marschiert, wo Tweek seine Uniform der Gräfin überließ und sich an ihrer Stelle in ihr Bett legte, und dort dürfte er im Augenblick immer noch friedlich vor sich hin schnarchen."

„Aha!" Ich hatte ihn an der Angel. „Sie müssen diesem Tweek *Geld* gegeben haben, um ihn dazu zu bewegen!"

„Geld?" echote Snelz. „Ich glaube, wir haben ihm etwas viel Wertvolleres gegeben: sein Leben. Und wenn diese Operation vorüber ist, werden wir unter dem Nachschub für das Ausdauerlager einen Toten finden — manchmal kommt es zu Auseinandersetzungen zwischen den Gefängnissen, wo er ausgehoben wird, und den Einheiten, für die er bestimmt ist; Tweek wird seine Papiere erhalten, und danach nehmen wir ihn einfach in meinen Zug auf. Mir fehlen einige Männer, unter anderem der, dem Sie den Kopf eingeschlagen haben. Er erholt sich übrigens wieder. Ich muß Ihnen bei Gelegenheit einmal beibringen, wie man härter zuschlägt. Ah, nun, wo war ich, bevor Sie vom Mammon sprachen?"

Er beantwortete sich die Frage selbst: „Oh, ja. Morgen früh, wenn wir abgelöst werden, läuft das ganze umgekehrt ab: Wir fliegen zurück, marschieren in die Festung, Tweek und die Gräfin wechseln die Sachen, und Tweek kommt mit uns zurück ins Lager. Und so werden wir es von heute an jeden Tag halten. Die Gräfin wird tagsüber in ihrer Trainingshalle sein, und nachts wagt es sowieso niemand, sich ihrer Unterkunft zu nähern. Sie hat sich einen gewissen Ruf erworben, wie Sie wissen."

„Gut, gut", sagte ich. „Aber wie hat sie so schnell gelernt, mit der Waffe zu exerzieren wie ein Flotteninfanterist? *Und* wie einer zu marschieren!"

„Oh, haben Sie neulich nicht gesehen, wie ich es ihr beigebracht habe? Ah, ja, ich erinnere mich: Wir wurden vermutlich von diesen großen Schockmaschinen verdeckt, und Sie sind auch nicht lange geblieben. Sie lernt furchtbar schnell; wahrscheinlich, weil sie selbst so eine gute Trainerin ist. Aber es war überwiegend mein Verdienst: Ich bin ein ziemlich guter Drillmeister. Finden Sie nicht auch, daß ich gute Arbeit geleistet habe? Sie jedenfalls sind vorhin darauf hereingefallen."

Das machte mich wild. „(Piep) Sie! Sie brauchten trotzdem Geld, um sich den Weg durch den Tunnel freizukaufen. Truppenangehörige werden ohne Ermächtigung nicht durchgelassen!"

„Oh, wir haben einen Grund. Abends holen wir die für eine Nachtausbildung angeforderten Trainingsgeräte nach draußen, und morgens bringen wir sie zurück, weil die Trainingsabteilung sie tagsüber braucht."

„Für den Passierschein brauchten Sie trotzdem Geld! Sie können in Spiteos nicht ohne abgestempelten Passierschein aus und ein gehen, wie Sie wollen!"

„Oh, erinnern Sie sich nicht mehr? Sie haben Ihre Identoplatte auf einen Dauerpassierschein für mich und meinen Zug gedrückt." Er sah mich mit einer Spur Geringschätzung an. „Und falls der nicht ausreichen sollte, haben Sie sie zusätzlich auf eine Daueranforderung für Trainingsgeräte gedrückt."

„Ich habe nichts dergleichen getan!"

„Oh, doch, das haben Sie. Heute morgen. Kurz bevor Sie aufgewacht sind."

Ich war wie vor den Kopf geschlagen. Der Wachmann, der mich geweckt hatte! Der dreckige Gauner hatte mir meine Identokarte aus der Tasche gezogen und wieder zugesteckt, bevor er mich weckte!

Ich war außer mir. „Erzählen Sie mir nicht, Heller hätte Sie nicht gut bezahlt, damit Sie das alles für ihn tun, Snelz!"

Er sah mich verwundert an. „Nun, ich nehme an, er wird es irgendwann nachholen. Gris, warum reiten Sie so auf diesem (piep) Geld-Geld-Geld herum? Glauben Sie, ich würde dieses Risiko nur für Geld eingehen? Sie haben eine seltsame Vorstellung vom Leben, Gris. Man macht nicht alles für Geld. Manchmal, so wie heute, macht man es einfach aus Spaß an der Freude. Sie sollten es auch einmal versuchen."

Ich machte auf dem Absatz kehrt und ging dvon. Ich war verzweifelt. Auf seinen Rat konnte ich verzichten. Ich hatte Hunger, und ich war ruiniert!

Kapitel 2

Mein Fahrer schlief friedlich in meinem Flugmobil. Ich betrachtete ihn. Er hatte den ganzen (piep) Tag über gegessen und getrunken!

Plötzlich hatte ich eine Idee. Heller hatte ihm Geld zugesteckt, damit er einkaufen konnte. Dieser Fahrer war früher ziviler Transporterpilot gewesen: Er hatte einen Flugbegleiter umgebracht und war auf einen anderen Planeten geflohen, wo er sich einem Schmuggelring anschloß; aber er hatte den Schmugglern einmal zu oft gestohlene Ware gestohlen und war den Behörden ausgeliefert worden; der Apparatus hatte ihn aus dem Gefängnis geholt und ihm falsche Papiere gegeben, um ihn in seine Diebstahlabteilung zu stecken, aber er war nicht gut genug gewesen, und so war er mir als Fahrer zugeteilt worden. Bei seinem kriminellen Hintergrund mußte er Heller nach Strich und Faden betrogen haben!

Ich öffnete die Tür und versetzte ihm einen Schlag. Das war nicht weiter gefährlich, schmächtig, wie er war. Dann fuhr ich ihn, ohne ihm Zeit zu lassen, sich zu fassen, barsch an: „Geben Sie mir meinen Anteil an dem Geld, das Sie Heller heute abgenommen haben!"

Er setzte sich auf. Er hatte zuviel Tup getrunken. Ohne nachzudenken, versprach er: „Oh, sicher, Offizier Gris."

Ich war gerettet! „In Ordnung", hakte ich nach. „Geben Sie her!"

„Nun, es tut mir leid, Offizier Gris. Bei allen Göttern! Es ist nichts übriggeblieben." Er versuchte, den Schlaf zu vertreiben, und ich half ihm, indem ich ihn hart schüttelte. „Bei den Göttern, Offizier Gris. Lassen Sie das. Ich habe Kopfschmerzen. ... Das Geld? ... Das Geld? Oh, das Geld!"

„Halten Sie mich nicht hin! Geben Sie es einfach her! Sofort!"

Er fingerte in den Taschen seiner Jacke und förderte ein paar Zettel zutage. „Oh, ja. Jetzt erinnere ich mich. Hier sind die Rechnungen. Gute Götter, Offizier Gris, Sie haben ja keine Ahnung, wieviel heute alles kostet! Wußten Sie, daß ich heute für dreihundertzwei Einheiten eingekauft habe? Die Reinigungsmittel hat ihm die Flotte kostenlos überlassen — er hat einen Kumpel beim Nachschub; eine Nachricht von Heller genügte." Er stöberte in den Rechnungen herum. „Der Tup-Laster hat hundertfünfundsiebzig Einheiten gekostet. Oh, ja! Die Kleider! Offizier Gris, ich werde nie heiraten. Sie werden es nicht glauben, aber diese Kleider haben hundert Einheiten gekostet! Oh, das war ziemlich peinlich. Ich hatte noch fünfundzwanzig Einheiten für ein paar andere Dinge ausgegeben ..."

Ich schüttelte ihn noch einmal. „Kommen Sie zum Punkt, und hören Sie auf, mich hinzuhalten!"

„Das versuche ich ja", winselte er. „Wo war ich stehengeblieben? Sie haben mich ganz durcheinandergebracht, und obendrein habe ich eine Rechnung verloren. Ah, da ist sie ja. Es war so ein vornehmes Geschäft; die Leute haben mich angesehen, als wäre ich ein Haufen Dreck. Ich hatte die Kleider ausgesucht, aber nur noch achtundneunzig Einheiten von Hellers Geld, und ich wußte, daß er auf mich zählt. Zum Glück hatte ich noch zwei Einheiten dabei, die ich zu den achtundneunzig von ihm legen konnte. Sonst hätte ich die Kleider vergessen können. Ah, jetzt hab' ich's wieder. Er schuldet mir zwei Einheiten."

Er dachte einen Augenblick nach. „Ich werde ihm die Rechnungen morgen vorlegen, dann wird er mir die zwei Einheiten bestimmt wiedergeben. Aber das ist nicht so wichtig." Ein Hauch von Anbetung schwang in seiner Stimme mit. „Ist er nicht großartig, Offizier Gris?"

So eine Frechheit! Ich antwortete mit einem Schlag, der es in sich hatte. Blut tropfte aus seinem Mundwinkel, während er still die Rechnungen wegsteckte und ohne ein weiteres Wort auf den

Fahrersitz glitt. Genau so muß man dieses Gesindel behandeln. Etwas anderes versteht es nicht. Lombar hatte recht. Man sollte es ausradieren, zum Heil der Konföderation.

Ich stieg in den Fond. „Bringen Sie mich zu meinem Stadthotel", befahl ich. Wenigstens hatte ich einen Platz zum Schlafen.

Wir flogen durch den frühabendlichen Verkehr ans Nordende der Regierungsstadt. Die Gegend ist einem Elendsviertel nicht unähnlich. Deshalb hat der Apparatus seine Zelte dort aufgeschlagen. Die Büros liegen auf den Felsen am Ufer des Wiels, wo der Fluß eine Schleife macht. Hinter den Felsen, ein Stück den Hügel hinunter, befindet sich ein Bordellbezirk, in dem die Apparatus-Beamten ihre freie Zeit verdämmern, und oberhalb davon liegen die Wohnungen einiger Apparatus-Offiziere. Das Viertel ist von einem gräßlichen Gestank erfüllt, der nicht nur vom verseuchten Wiel herübergeweht wird, sondern auch den verwahrlosten Häusern selbst entströmt.

Mein „Hotel" war, streng genommen, keines. Es war vor langer Zeit einmal die Residenz eines Würdenträgers gewesen; später waren an allen Ecken und Enden Bretterverschläge angefügt worden, die jetzt von einer Frau namens Meeley vermietet wurden. Dort hatte ich ein kleines Zimmer.

Das Flugmobil hielt vor dem Eingang im ehemaligen Vorgarten, der inzwischen zu einem wüsten Schuttabladeplatz verkommen war. Mein Fahrer schlief für gewöhnlich unten im Flugmobil, also ließ ich ihn dort zurück und ging die windschiefe Treppe zu meinem Zimmer hinauf.

Die Tür war verschlossen, und nicht nur das, sie war auch verbarrikadiert. Ich ging zum Treppenabsatz zurück und rief nach Meeley. Es freute mich, sofort ihre schlurfenden Schritte zu hören. Sie zerstampfte die Treppe förmlich, so schnell kam sie heraufgeeilt. Im ersten Augenblick war ich froh, sie zu einer so prompten Reaktion bewegt zu haben.

Das Licht war nicht besonders gut, und ich ahnte nicht im geringsten, was mir bevorstand. Der Ausdruck auf Meeleys uraltem, zersäbeltem Gesicht — sie hatte im Laufe ihres Lebens mehrere Messerstiche abbekommen — war nicht zu erkennen.

„Wo ist mein Geld?" keifte sie.

„Aber, Meeley! Sie wissen, daß ich immer bezahle!“

„Immer heißt nimmer!“ krächzte sie. Sie hatte mich nie gemocht. „Sie waren tagelang weg, und kein Wort von Ihnen, die ganze Zeit. Ich dachte schon, wir könnten mit der frohen Botschaft rechnen, daß man Sie umgebracht hat, wie Sie es verdienen! Ihr Apparatus-Kanaillen seid doch alle gleich. Ihr (piep)!“

Und dann schlug sie mich!

„Öffnen Sie das Zimmer!“ sagte ich, vorsichtig einen Schritt zurücktretend.

Sie kramte eine Schlüsselkarte hervor und nahm den Balken weg, mit dem die Tür verbarrikadiert war. Dann drückte sie die Tür auf, schaltete das Licht ein und begann ohne ein weiteres Wort wie rasend meine Sachen einzusammeln, um mit ihnen an mir vorbei auf den Balkon zu schießen. Dort warf sie alles in den Vorgarten hinunter, in Richtung meines Flugmobils.

„Fahrer!“ schrie ich hinunter.

Meeley kam mit einem weiteren Armvoll heraus, ließ die Sachen hinabsegeln und machte kehrt, um kurz darauf ein Paar alter Stiefel und meinen einzigen Bettbezug folgen zu lassen.

„Und jetzt raus hier!“ kreischte sie. „Ich werde jedem Vermieter in der Gegend sagen, daß ich ein Jahr lang nicht einmal eine Anzahlung auf die Miete von Ihnen bekommen habe. RAUS HIER!“

Ich dachte kurz daran, im Zimmer nachzusehen, ob sie nichts vergessen hatte, entschied mich aber dagegen. Es gibt Gelegenheiten, bei denen man kämpfen muß, und solche, bei denen man besser die Beine in die Hand nehmen sollte. Meeley hatte mich aus irgendeinem Grund nie sonderlich gemocht.

Zusammen mit meinem Fahrer sammelte ich meine Habseligkeiten von dem Müllhaufen, reinigte sie, so gut es ging, und warf sie ins Flugmobil.

„Wohin?“ fragte mich mein Fahrer.

Mir fiel nichts ein.

„Wie wäre es mit Ihrem Büro?“ schlug er vor.

„Das würde dem alten Bawtch nicht gefallen“, erwiderte ich.

„Sie haben sonst nichts“, sagte mein Fahrer. „Wenn Sie meine Meinung wissen wollen, so ist ein Schreibtisch immer noch besser als die Gosse. Im Flugmobil ist wirklich nicht genug Platz für zwei. Ich werde Sie zu Ihrem Büro bringen."

Die Kabinen im Schlepper Eins wären eine Möglichkeit gewesen. Aber der bloße Gedanke an das Schiff rief den Widerstand meines Magens hervor. (Piep) diese Mission! Und (piep) Heller! Ich sollte ihn umbringen!

Und dann wurde mir wirklich schlecht. Wenig später mußte mich mein Fahrer sogar in mein Büro schleppen und mir dabei helfen, mich auf dem harten Schreibtisch auszustrecken.

Es war ein *gräßlicher* Tag gewesen!

Kapitel 3

Ich wachte auf, als ich auf den Fußboden krachte. Es war Tag. Jemand hatte mich vom Schreibtisch gestoßen.

„Sie wissen, daß das hier nicht Ihr Schlafzimmer ist“, sagte Bawtch übellaunig.

„Wessen Büro ist das, wenn nicht meins?“ brummte ich auf dem Fußboden seine Beine an.

„Jetzt machen Sie Platz da“, sagte er. „Ich muß an den Schreibtisch heran, um diese Papiere ablegen zu können.“ Und es stimmte. Der Stapel aus Dokumenten und Formularen, den er trug, war gut einen Yard dick. Jetzt verstand ich sein Problem. Er brauchte den Schreibtisch, um sich von dieser Last zu befreien.

Ich krabbelte zur Seite und stand auf. „Das ist ganz schön viel Papier“, meinte ich.

Er hatte es abgeladen und sortierte die Blätter auf einzelne Haufen. „Es reicht, wenn Sie ab und an vorbeikommen, um ein paar Formulare abzuzeichnen. Den Rest Ihrer Arbeit kann ich gut allein erledigen. Nur Ihre Identokarte kann ich *nicht* aufdrücken. Sie wissen doch noch, wie man sie auf ein Blatt Papier drückt, oder?“ Es klang eindeutig höhnisch.

Bawtch hat mich aus irgendeinem Grund nie leiden können. Er ragte — ich sollte besser sagen: krümmte sich — sechs Fuß hoch. Er hatte zwei struppige graue Haarbüschel, die auf beiden Seiten über den Ohren vom Kopf abstanden; seine Nase war so scharf, daß man die Papiere, die er gerade ordnete, mit ihr hätte schneiden können; und er trug schwarze Scheuklappen, um das Seitenlicht von seinen hervorquellenden dunklen Augen abzuhalten. Ich glaube, vor ungefähr achtzig Jahren hatte er einmal den Ehrgeiz gehabt, Offizier zu werden. Aber alles, was er erreicht hatte, war die Position des Bürochefs der Sektion 451. Mir war plötzlich alles klar. Er war einfach neidisch.

Er hatte eine drohende Haltung angenommen, um sicherzustellen, daß ich mich hinsetzte und die Papiere stempelte. „Sie könnten mir wenigstens etwas heißen Muntermacher holen", sagte ich.

„Der Büroetat ist völlig ausgeschöpft", erklärte er. „Als wir hörten, daß Sie auf einen anderen Posten versetzt worden sind, haben wir ein bißchen gefeiert. Dann hörten wir, daß Sie Sektionschef geblieben sind; also haben wir uns zu einer Trauerfeier zusammengefunden. Es gibt keinen Muntermacher, egal, ob heiß oder kalt."

Ich setzte mich, zog meine Identokarte hervor und begann die Papiere abzustempeln. Ich hatte Hunger und fragte mich, ob Papier eßbar sei. Wenn ja, dann würde es ein Festtag werden. Der Apparatus sitzt, geht und schläft auf Formularen, Formularen und nochmals Formularen, die jedoch fast alle reine Lügengespinste sind: Verzeichnisse von Lieferungen, die sich irgend jemand unter den Nagel gerissen hatte; Beglaubigungen von Gehältern, die nie ausbezahlt worden waren; Vergütungen für Informanten, die statt dessen in die Tasche des jeweiligen Agenten geflossen waren; Personallisten, die doppelt so lang waren, wie sie hätten sein müssen; Spesen des Stützpunktchefs in der Türkei, die er in Wirklichkeit für irgendeine Prostituierte „aufgewendet" hatte ... Massen vorgefertigter Formulare, das Alltagsgesicht des Apparatus.

Ich hatte den Stapel nach einer halben Stunde auf die Hälfte reduziert und wollte meine Identokarte schon auf das nächste Blatt knallen, als mir die vielen Währungskürzel in die Augen fielen. Ich war ruiniert, und da füllten sich irgendwelche Leute die Taschen, ohne mich zu beteiligen. Ich starrte auf das Blatt: *Renovierungen, C764.9* hieß es über der Zahlenkolonne.

„Das ist von hier", sagte ich. „Renovierungen? Für dieses Haus?"

Bawtch grummelte etwas darüber, daß ich ein Gedächtnis wie

ein Insekt hätte. Lauter fügte er hinzu: „Das ist die Dachreparatur vom letzten Jahr. *Unser* Dach. Der Regen war auf unsere Papiere getropft. Also wurde es repariert. Sie haben sich sogar über den Krach beschwert. Die Rechnung ist schon mehrere Male präsentiert worden. Aber Sie hatten immer irgend etwas anderes zu tun, ehe Sie den Stapel so weit durch hatten. Die Firma ruft hier zweimal pro Tag an, um sich nach ihrem Geld zu erkundigen. Stempeln Sie es ab!"

„Was verbirgt sich hinter diesen *'Ungenutzten Mitteln'* hier unten?" fragte ich. *„C231."*

„Als ich den offiziellen Antrag auf Mittelzuweisung stellte, war ich so nett, daran zu denken, daß Sie vielleicht auch Ihr Büro aufpoliert haben wollten. Aber Sie haben nie verlauten lassen, was Sie wollten, also ist der Posten nicht genutzt worden."

Ich sah mich um. Die Farbe blätterte hier und da von der Wand ab, und der Wasserfleck oben nahm nur die halbe Decke ein. „Ich habe nie etwas zu monieren gehabt."

Ein reizvoller Gedanke blitzte in meinem Kopf auf, der jedoch erst ein einzelnes Proton aus dem Kern einer Idee war. Die Vertragsunternehmen zahlten Provisionen, wenn man sie dazu aufforderte. „Holen Sie mir die ursprüngliche Anweisung", befahl ich Bawtch mit Nachdruck. „Oh, ich bleibe hier und stemple den Rest ab", fügte ich rasch hinzu, und erst nach dieser Versicherung machte er sich auf den Weg.

Ich hatte den Rest des Stapels erledigt, als er zurückkam. Er wischte sich Muntermacherspuren aus den Mundwinkeln. Aber ich hatte im Augenblick anderes im Kopf. Er gab mir den Zettel über die ungenutzten zweihundertunddreißig Verrechnungseinheiten, und ich sagte: „Ich nehme das jetzt selbst in die Hand."

Er schleppte den dicken Formularstapel davon, und ich betrachtete die beiden Blätter, die vor mir auf dem Schreibtisch lagen. Nun, zuerst würde ich sehen, ob ich von der Firma, die die Dacharbeiten erledigt hatte, eine Provision bekäme. Sie machte sich große Sorgen wegen der Bezahlung ihrer Rechnung.

Ich wählte sie über den Kommunikator an. „Wollen Sie diese Dacharbeit schnell bezahlt haben?" fragte ich den Mann am andern Ende der Leitung und gab ihm die Auftragsnummer.

„Wer spricht dort?“

„Offizier Gris.“

Darauf unterbrach er die Leitung. Nun gut, das war also ein Holzweg gewesen. Bawtch hatte offenbar hinter meinem Rücken getuschelt.

Ich überlegte. Das Büro renovieren zu lassen, wäre pure Verschwendung gewesen. Wen kümmerte es schon, wie die Wände aussahen? Noch dazu, wenn man meinen Beruf in Betracht zog.

Ich mußte auf die Toilette. Nun ist eines der Privilegien eines Sektionschefs eine private Toilette neben dem Büro. Und während ich sie benutzte, sah ich mich um. Ein trüber Ort, voller zerknülltem Papier und allem. Als ich fertig war, riskierte ich es, einen Blick aus dem Fenster zu werfen. Und genau in diesem Moment traf das Proton auf ein anderes, und es machte peng!

Unter dem Toilettenfenster meines Büros geht es fünfhundert Fuß steil die Felsen hinab bis zum Wiel. Auf den Zehenspitzen stehend, konnte ich sogar das Flußufer sehen.

Ich eilte in mein Büro hinüber und rief einen Bauunternehmer an, der noch nicht für uns gearbeitet hatte. Der beste Beweis dafür, daß wir ihn bisher nicht bedacht hatten, war die Tatsache, daß er schon eine Viertelstunde später bei mir war.

„Ich bin ein einflußreicher Beamter“, erklärte ich ihm.

Er blickte sich um. „Oh, das sehe ich“, erwiderte er.

„Ich habe eine ungenutzte Mittelzuweisung über zweihundertdreißig Verrechnungseinheiten zur Verfügung.“

„Recht wenig“, bemerkte er. Doch ich wußte, daß er nur versuchte, den Großunternehmer zu markieren. Sie sind hungrig, diese Leute. Und ich war es auch.

„Kommen Sie mit“, sagte ich und führte ihn in die Toilette. „Sehen Sie diese Wand?“ Ich klatschte darauf. „Ich möchte, daß sie ein Stück versetzt und mit einer nicht zu erkennenden Geheimtür versehen wird. Dahinter soll eine Leiter angebracht werden, die zu einer Luke aufs Dach führt.“

Er inspizierte die Decke und zuckte die Achseln. Es war kein Problem für ihn.

„Jetzt zum Fenster.“ Ich klopfte dagegen. „Ich möchte, daß das Glas durch lautlos brechendes ersetzt wird.“

„Gut, das läßt sich machen. Aber warum?"

„Es kommt manchmal vor, daß jemand hinter mir her ist", antwortete ich.

„Ah, Sie gehören zum Apparatus. Ich verstehe." Dann zögerte er, bevor er hinzufügte: „Aber mir ist immer noch nicht klar, was das alles soll."

„Mein Büro hat keine Hintertür", erklärte ich. „Wenn man mich bis hierher verfolgt, gibt es keinen Ausweg für mich. Nach den Einbauten, die Sie ausführen sollen, könnte ich jedoch in die Toilette verschwinden, das Fenster einwerfen, durch die Geheimtür gehen, die Leiter hinaufklettern und aufs Dach entkommen."

Er wirkte immer noch nicht überzeugt.

„Wenn das Glas lautlos bricht, verschafft es mir die Zeit, durch die Geheimtür hinauszugelangen."

Er stieg auf die Toilette und sah aus dem Fenster. „Das ist ein Sturz von fünfhundert Fuß in einen wilden Fluß!"

„Exakt", sagte ich. „Man wird denken, ich hätte das Unmögliche versucht. Aus diesem Fluß wurden noch nie Leichen geborgen, wie wir vom Apparatus sehr gut wissen. Man wird nicht einmal nach mir suchen! Und dabei bin ich nur auf dem Dach. Nun, zerbrechen Sie sich nicht den Kopf über die Kunst des Spionierens. Das ist mein Gebiet. Können Sie es einbauen?"

Er antwortete, daß er es könne, obwohl die Summe, die ich genannt hatte, etwas knapp bemessen sei.

„Gut", sagte ich. „Dann geben Sie mir jetzt zwanzig Verrechnungseinheiten, und Sie haben den Auftrag."

Nun, so einfach war es nicht. Diese Leute lieben es, zu handeln. Aber ich bin auch nicht ungeübt darin. Wir einigten uns schließlich auf zehn Einheiten Provision.

Ich streckte die Hand aus. Aber er sagte: „Oh, Provisionen werden erst bezahlt, wenn das Finanzbüro die Rechnung beglichen hat. Man erzählt sich so einiges von Ihrem Verein." Er lächelte freundlich. „Ich werde mich an die Arbeit machen, und in sechs Monaten bekommen Sie Ihre zehn Einheiten."

Ich konnte den Auftrag nicht zurückziehen. Es wäre zu offensichtlich gewesen, daß ich ihn nur erteilt hatte, um Geld herauszuschinden.

Er ging, und ich setzte mich niedergeschlagen an meinen Schreibtisch. Die Rechnung des anderen Unternehmers stempelte ich, aus reiner Gehässigkeit, nicht ab. Das sollte ihnen eine Lektion sein! Ein Offizier braucht wenigstens ein *bißchen* Stolz. Sogar im Apparatus.

Kapitel 4

Einige Male war ich fast entschlossen, zum Hangar zu fliegen und nachzusehen, was Heller machte. Doch jedesmal legte mein Magen auf schmerzhafte Weise Widerspruch ein. Aber schmerzhaft oder nicht, ich hatte Hunger, und beim nächsten Mal raffte ich mich auf und ging zu meinem Flugmobil hinaus.

Ich war überrascht zu sehen, daß mein Fahrer es gewissermaßen ausgeweidet hatte und, munter vor sich hin pfeifend, dabei war, es zu putzen. Ein Vorgang ohne Beispiel. Er hatte es noch nie vorher getan. Auch meine Sachen waren auf dem Parkplatz ausgebreitet, damit sie den Müllgestank loswurden.

Als er mich bemerkte, hörte er auf zu pfeifen. „Sie wollen zu Heller?" fragte er.

Mein Magen antwortete darauf, indem er sich aufbäumte, und einen Moment darauf schüttelte ich den Kopf. Mir fiel ein, daß ich ihn zum Hangar schicken konnte. Aber Heller hatte ihn zweifellos schon überreichlich belohnt; die Geschichte von den zwei Verrechnungseinheiten war frei erfunden gewesen. Von dort würde keine Erleichterung für mich kommen, und ich war nicht in der Verfassung für einen Kampf.

Ich verbot ihm, sich dem Hangar auch nur zu nähern. Heller hatte ihn zur Flotte geschickt, um die Reinigungsmittel zu holen. Wer konnte wissen, welche Botschaften Heller der Flotte noch zukommen lassen würde? Mein Gefühl sagte mir, daß ich mich wirklich töten und alles hinter mir lassen sollte, denn es war nur eine Frage der Zeit, bis der Himmel über mir einstürzen würde. Man würde die Gräfin entdecken. Oder Lombar würde erfahren, daß wir noch nicht weg waren. Oder die Inspektoren der Krone würden ausschwärmen. Es gab nichts, womit ich es verhindern konnte. Zur Hölle mit der Leiter aufs Dach. Ich sollte auf der Stelle aus dem Toilettenfenster springen und es hinter mich bringen.

Ich ging zurück ins Haus. Die Sektion 451 nimmt mit all ihren Akten ganze Zimmerfluchten ein. Ich habe aufgrund der frisierten Gehaltslisten und der Unterschlagungen Bawtchs und anderer nie herausgefunden, wieviel Personal sie hatte. Allein im Hauptbüro wühlten einundvierzig Beamte in ihren Papieren. Einige von ihnen kannte ich persönlich, andere vom Hörensagen. Aber ich sprach nicht mit ihnen, und sie sprachen nie mit mir. Ich ging durch den Raum in mein Büro zurück.

Mein Magen tat weh. Ich glühte. Vielleicht lag es daran, daß ich Hunger und Durst hatte. Das letzte, was ich zu mir genommen hatte, war der Schluck Muntermacher gestern Morgen gewesen, und während ich daran zurückdachte, fiel mir ein, daß ich den ganzen Tag davor auch nichts gegessen oder getrunken hatte. Ich war achtundvierzig Stunden ohne Nahrung! Die Schmerzen in meinem Magen wurden stärker, und ich erlebte eine merkwürdige Halluzination: Ich glaubte, in einem Büro unseres Stützpunktes in der Türkei auf Blito-P3 zu sitzen. Ich hatte einen eigenen Schreibtisch, und um mich herum saßen einige der Beamten. Sie lächelten mich freundlich an, während ich Frachtbriefe abstempelte, und jedesmal, wenn ich meine Identokarte auf ein Formular gedrückt hatte, klatschten sie Beifall und ließen mich hochleben. Alles war gut. Voltar war weit, weit weg. Dann kam ein schönes türkisches Mädchen, eine Tänzerin, herein und begann langsam und aufreizend, mit einladend gespitztem Mund und ebenso einladenden Blicken zu tanzen. Sie hatte etwas in den Händen, Geld in der einen und ESSEN, köstliches türkisches *baklava,* in der anderen.

Ich öffnete den Mund, um sie auf türkisch anzusprechen. — und wachte erschrocken aus meinem Tagtraum auf. Ich hatte sie wirklich *gesehen!* Ich hatte die Münzen klimpern gehört und das Gebäck gerochen! Ich wußte, daß ich auf dem besten Wege war, verrückt zu werden.

Woher ich das wußte, ist schnell erklärt. Aber ich hole besser etwas weiter aus: Während ich mich auf der Königlichen Akademie nicht besonders hervortat, war ich auf der Apparatus-Schule eine Kanone, besonders was Sprachen betraf. Die Lehrer sind dort natürlich sehr gut. Das müssen sie auch sein. Immerhin haben sie, allein auf die hundertzehn Planeten der Voltarianischen Konföderation bezogen, rund vierhundert Sprachen zu lehren. Das Voltarianische ist zwar aus seiner Heimatgalaxie exportiert worden und wird überall in den Schulen als Standardsprache gelehrt, aber die Arbeit beim Apparatus bringt einen oft ins Hinterland der Planeten, wo das Standardvoltarianische unbekannt ist. Außerdem gibt es mindestens zehntausend Sprachen von Feindplaneten oder solchen, die für die Invasion vorgesehen sind.

Die Lehrer benutzen ein ausgefeiltes System des graduellen Einstiegs. Es schreitet von kindlichen Sprachklischees zu elementaren Sprachfibeln und dann weiter fort. Im Fall von Blito-P3 sind die Stationen Kindersprache, „Vorschulfibeln", Comic-Bücher, technische Bücher.

Das Comic-Buch, das ich mir aussuchte, hieß *Bugs Bunny*. Ich muß heute noch über den ersten Irrtum lächeln, der mir damals unterlief. Ich dachte, die Hauptfigur namens Bugs Bunny gäbe das Aussehen und das Verhalten der Erdbewohner wieder. Ich war schließlich noch nicht dort gewesen. Wie mein Professor darüber lachte! Er wies mich darauf hin, daß Aussehen und Verhalten der Erdbewohner in demselben Comic-Buch zu finden seien. Sie wurden von einer Figur namens Elmer Fudd dargestellt.

Aber ich muß sagen, Bugs Bunny hat auch einiges für sich. Er ist durchtrieben, und er kann mit den anderen umgehen. Daraus schloß ich, daß man auf der Erde wußte, wie man mit den anderen umgeht. Und als mir einer der Wissenschaftler an der Schule erklärte, daß der Unterschied zwischen den Comic-Büchern und den technischen auf der Erde nicht sehr groß ist, merkte ich es mir gut: Man kann sich an der Schule den Lesestoff auf technischem Gebiet selbst auswählen, und ich suchte mir eine Disziplin aus, die man dort unten „Psychologie" nennt.

Sie ist ein Regierungsmonopol, wird aber an den Universitäten gelehrt. Nach ihr ist jeder böse, jedes empfindende Wesen ein Tier und ohne Seele. Und obwohl das letztere einzig auf der Erde und sonst nirgendwo geglaubt wird und ich oft inbrünstig hoffe, daß ich nie irgendwo ein anderes Leben leben muß, war ich nur zu bereit, es zu akzeptieren. Und natürlich glaubte ich, wie Lombar, daß jeder böse war.

Ich war auf eine echte Goldmine gestoßen. Ich wühlte mich regelrecht durch die Lehrbücher. Was Bugs Bunny vorführt, lehren die Psychologen in der Theorie: wie man *jeden* herumbekommen kann. Diesem eifrigen Studium verdanke ich meine bemerkenswerte Fähigkeit, mit anderen umzugehen.

Ich habe mich zuerst gescheut, dies in meinen Bericht aufzunehmen, und zwar aus zwei Gründen: Erstens wird man denken, ich wäre ein eingebildeter Geck; und zweitens ist es in der Tat das Berufsgeheimnis, auf dessen Grundlage ich im Apparatus auf Voltar gearbeitet habe. Sogar die Primitiven haben ihr Geheimwissen.

Deshalb wußte ich, als ich das türkische Mädchen sah, genau, was passierte: Ich erlebte eine „psychogene Halluzination aufgrund Erfüllungsverweigerung". Genauso klar war mir nach meinem Psychologiestudium natürlich auch, daß alles in mir von diesem Planeten wegstrebte, als wäre er die Hölle. Mein Inneres hatte es mir bildlich vor Augen geführt.

Trotzdem, obwohl ich das richtige Etikett gefunden hatte und die Erscheinung vollkommen verstand, dachte ich von Zeit zu Zeit immer noch, ich wäre auf dem türkischen Stützpunkt; ein-, zweimal streckte ich sogar die Hand aus nach dem Gebäck, das die Tänzerin auf meinen Schreibtisch gelegt hatte.

Das brachte mich schließlich zu dem Problem, wie ich mit dem Papierkram fertig werden sollte, den ich auf der Erde zu erledigen haben würde. Und das wiederum warf die Frage auf, wie all die Formularmassen zur Erde und von dort zurück nach Voltar geschafft werden konnten. Es war kaum vorstellbar, sie mit der normalen Fracht zu schicken; die wurde viel zu schlampig behandelt, und Bawtch würde einen Anfall bekommen, wenn die Ecken umgeknickt wären.

Die Stunden schlichen dahin, und während ich, immer stärker von Durst und Hunger gequält, an der Aussicht knabberte, die Hoffnung auf Nahrung für mindestens ein Jahr (bis zu meiner nächsten Soldauszahlung) zurückstellen zu müssen — und wenn ich meine Gehaltsschecks verlor, für fünf Jahre oder vielleicht auf ewig —, wuchs sich dieses Problem zu einer quälenden Sorge aus. Auf Blito-P3 würde ich völlig abgeschnitten sein. Ich könnte nicht mehr überall herumschnüffeln, und ich hätte kein Chefpult, an dem ich die Zeit totschlagen könnte. Mein Phantasiebild vom friedlichen Wohlleben auf der Erde begann angesichts der Tatsache, daß ich nicht wissen würde, was, bei allen Teufeln, auf Voltar vor sich ging, Risse zu bekommen.

Ich überlegte, was Bugs Bunny unter ähnlichen Umständen getan hätte. Er hätte den Fluchtweg durch die Toilette, den ich gerade bestellt hatte, ausprobiert. Aber obwohl mein Gedächtnis ausgezeichnet ist, konnte ich mich an keine Folge erinnern, in der ein Problem gelöst wurde, das dem meinen entsprach, ausgenommen vielleicht jene, in der er ein Fernrohr auf eine Rampe bringt und mittels vieler Krümmungen und Hebel jemanden ins Visier nimmt, der ihn in einem Streifenwagen verfolgt. Nun, ich besaß kein derart komplexes Fernrohr.

Also riß ich mich, meinen Hunger hintanstellend, zusammen und löste unter Anspannung aller Kräfte — und ich bin geistig nicht eben unterbemittelt — mein Problem. Die Lösung hieß Endow! Er war der Knotenpunkt des Informationsflusses zwischen dem Apparatus und dem Großen Rat. Lombar mußte alles zu Endow bringen. Und Endow hatte eine schwache Stelle: hübsche Jungs!

Ich holte die Erpressungsmaterialien des Ortsbüros hervor, drückte verschiedene Summer, bis schließlich einer funktionierte, und hatte binnen kurzem zwei leicht amüsiert und nachsichtig dreinschauende Beamte der Sektion 451 bei mir im Büro.

Die Spitznamen der beiden waren „Fratz“ und „Oh-Lieb“; in Wirklichkeit hießen sie Twolah und Odur. Sie stammten von Endows Heimatplaneten, Mistin. Sie waren vielversprechende Kinder gewesen, die von ihren Müttern verzärtelt wurden und unter ihren dominierenden Fittichen durch und durch verdarben. Sie hatten mit Bestnoten die Universität von Mistin bezogen und schienen auf dem direkten Weg zu einer brillanten Gelehrtenlaufbahn. Sie waren ausgezeichnete Studenten. Doch dann verliebten sie sich, der eine in einen älteren Professor der Zellulogie, und der andere in den Vorsteher der männlichen Studenten. Sie wurden erwischt und von der Universität verwiesen. Das war ihr Ende gewesen. Für meine Zwecke waren sie jedoch die passende Besetzung: Sie waren sehr hübsch. Den amüsierten Ausdruck jedoch würde ich ihnen rasch von ihren mädchenhaften Gesichtern wischen.

„Sie beide, Twolah und Odur, sind soeben befördert worden."

Das gefiel ihnen, machte sie aber auch argwöhnisch.

„Aufgrund der Vollmachten, die mir als Sektionschef übertragen wurden, ernenne ich Sie beide zu Kurieren nach Blito-P3. Sie werden sich in Intervallen, die der Reisezeit nach Blito-P3 und zurück entsprechen, ablösen. Zuerst wird einer von Ihnen mir die Papiere, die ich abzuzeichnen habe, bringen und mit ihnen zurückkehren, und anschließend wird sich der andere auf die Reise begeben."

Sie schienen sich ungemütlich zu fühlen. Ich besitze einen gewissen Ruf in meiner Sektion. Sie wußten, daß das noch nicht alles war. Drei Monate auf Reisen, gefolgt von drei Monaten dienstfreier Zeit, waren, auch wenn ein Raumfrachter nicht das bequemste Beförderungsmittel ist, eher eine Belohnung.

„In den Wartezeiten zu Hause", fuhr ich fort, „werden Sie als Boten zu Endow persönlich gehen, mit allem, was hier an Neuigkeiten anfällt. Dazu werden Sie sich hübsch machen, und während sie bei ihm auf Antwort warten, werden Sie dafür sorgen, daß er Sie auch bemerkt, so daß Sie beide abwechselnd zu seinem Geliebten werden. Und Sie werden alles, was sich in bezug auf Blito-P3 tut, aus ihm herausholen und mir übermitteln."

„Und wenn Lord Endow sich weigert, in die Falle zu tappen?" zierte sich Fratz.

„Ich glaube kaum, daß das geschehen wird. Denn Sie beide werden sicherstellen, daß er Ihnen ins Netz geht. Haben Sie jemals von magischer Post gehört?"

Das gehörte zwar zum Handwerkszeug, aber die beiden waren, obwohl zu Spionen ausgebildet, mit den höheren Kunstfertigkeiten nicht vertraut. „Ich werde es Ihnen erklären", sagte ich.

„Ich bin sicher, das werden Sie", lispelte Oh-Lieb.

„Eine magische Post ist eine Nachricht oder eine Anordnung,

die in einem Postfach aufbewahrt wird, und zwar für eine festgelegte Zeit, sagen wir: drei Monate. Bevor diese Frist abgelaufen ist, muß eine vorgedruckte Karte mit einem bestimmten Code eingetroffen sein. Wenn das geschieht, wird die magische Post weitere drei Monate unter Verschluß gehalten und nicht ausgeliefert. Bleibt die Verlängerungskarte jedoch irgendwann einmal aus, gelangt die magische Post in den normalen Versand."

Die beiden waren etwas blaß geworden. Immer noch hübsch, aber blaß.

„Jedesmal, wenn Sie mir die Papiere nach Blito-P3 bringen, erwarte ich von Ihnen *sämtliche* Neuigkeiten zu diesem Thema aus dem Apparatus, dem Großen Rat, von Endow und Lombar Hisst zu hören. WENN ich den Eindruck gewinne, daß Sie nicht einfach irgend etwas erfinden, sondern während Ihres Heimataufenthalts gewissenhaft Ihren Auftrag erledigt haben, werde ich Ihnen die Karte mit dem Code aushändigen, damit Sie sie einschicken und die magische Post aufhalten können."

Sie waren noch blasser geworden und gar nicht mehr hübsch.

„An wen wird die magische Post adressiert sein?" fragte Fratz.

„Wen kümmert das?" warf Oh-Lieb ergeben ein.

„Sie wird an den Kommandanten der Messerstecher-Abteilung auf Mistin adressiert sein. Aber Sie haben verstanden, daß sie nie ausgeliefert werden wird, wenn Sie Ihren Auftrag sorgsam erfüllen, oder?"

Sie hatten. Also kam ich zum nächsten Punkt. Die Psychologie ist eine wunderbare Sache. „Sie lieben doch beide Ihre Mutter, nicht wahr?"

Ich schloß das aus den Phasen, die alle Jungen und Männer in ihrer Entwicklung durchlaufen. So steht es jedenfalls in den Erdenlehrbüchern. Zuerst ist man passiv oral orientiert, dann oralerotisch, danach zunächst passiv anal, bevor man analerotisch reagiert. Dieser Stufe folgt die sogenannte „Latenz", bis schließlich die Genitalien in den Vordergrund treten. Die beiden waren auf der analerotischen Stufe stehengeblieben. Mütterchen wechselt die Windeln. Daraus folgte wie der Tag auf die Nacht, daß sie ihre Mütter liebten.

„Sie würden doch nicht unsere Mütter *ermorden* lassen?" sagte Fratz ungläubig.

Ich zog das Messerstecherstilett aus der Scheide in meinem Nacken und schleuderte es zwischen ihre Füße, wo es zitternd im Fußboden steckenblieb. Damit fügte ich der Szene, wie ich aus den Lehrbüchern wußte, das phallische Symbol hinzu. Die beiden fielen sich in die Arme und schluchzten.

Ich rief Bawtch herein, damit er sie hinausscheuchte. Sie weinten so heftig, daß sogar Bawtch beeindruckt war. Er stand eine geschlagene Minute in der Tür und blickte mich schweigend an. Ich erkenne sehr gut, wenn jemand beeindruckt ist.

Danach fühlte ich mich sehr beschwingt. Die Psychologie ist eine wunderbare Sache. Kein Wunder, daß die Regierungen auf der Erde sie benutzen!

Nun, etwas war an diesem Tag wenigstens so gelaufen, wie es sollte. Ich streckte dic Hand nach dem Gebäck aus, das die Tänzerin auf meinem Schreibtisch zurückgelassen hatte, aber es war immer noch nicht wirklicher geworden.

Kapitel 5

Um Mitternacht — ich lag auf dem Schreibtisch in meinem dunklen Büro — wurde ich von dem geräuschvollen Eintritt eines Besuchers rüde geweckt. Es war ein Manco-Teufel. Ich wußte sofort, daß er von Manco stammte, da die Teufel dort keine gewöhnlichen Waldteufel sind wie auf anderen Planeten. Manco-Teufel haben Hörner und einen langen Schwanz, der in einem Dorn ausläuft, und sie sind flammend dunkelrot gefärbt.

Ich überlegte einen Augenblick, wie es kam, daß Bawtch ihn ohne formelle Ankündigung eingelassen hatte, aber ein Blick auf meine Uhr sagte mir, daß es Mitternacht war: Bawtch war um diese Zeit natürlich nicht im Büro.

Ich sagte dem Teufel, er solle nicht solchen Lärm veranstalten; er würde nur die „Schmeißfliegen" — die Heimatpolizei — oder, noch schlimmer, einen Inspektor der Krone auf uns aufmerksam machen. Aber er schenkte dem nicht viel Beachtung, also raffte ich mich auf und versuchte ihm die Höflichkeit entgegenzubringen, die ihm als Besucher zustand.

Er hatte ein Formular in der einen Hand und einen Stift in der anderen und setzte sich auf den Verhörstuhl. Dann begann er, indem er sich hin- und herrutschend eine bequeme Stellung suchte, mit seiner Befragung.

„Name?" sagte er, und als ich ihn nannte, trug er ihn natürlich oben in sein Formular ein.

Ich war neugierig geworden. „Was ist das für ein Formular?"

„Nummer 345-678-M", antwortete er.

Ich sagte ihm, daß mir dieses Formular nicht bekannt sei, und er lehnte sich, die Beine übereinanderschlagend, zurück und erklärte mit geduldiger Stimme: „Es ist das Formular, das man ausfüllt, um zu sehen, ob Sie wissen."

„Was soll ich denn wissen?" fragte ich weiter. Ich bin meinerseits nicht gerade unerfahren in der Verhörtechnik.

„Das wird sich herausstellen", antwortete der Manco-Teufel. Meine Schwerfälligkeit schien ihn etwas zu verärgern.

Mir wiederum mißfiel seine Unbestimmtheit. „Wie soll ich antworten, wenn ich nicht weiß, worum es geht?"

Das berührte ihn nicht im geringsten. Er wedelte nur mit seinem langen, dornbesetzten Schwanz, und das schien das Signal dafür zu sein, daß sich die Toilettentür öffnete und die gesamte Besatzung des Patrouillenschiffes *B-44-A-539-G,* mit dem Heller den Flug nach Blito-P3 unternommen hatte, hereintrat. Ich war ein bißchen erstaunt, denn ich hatte angenommen, die Männer säßen in den Eingeweiden von Spiteos auf Nummer Sicher. Doch dann fiel mir ein, daß Snelz ihnen einen Passierschein besorgt hatte; es ging also in Ordnung. Es waren zwanzig Mann; sie hatten offenbar den Fluchtweg benutzt, der morgen gebahnt werden sollte. Das beruhigte mich.

Sie stellten sich im Kreis auf und setzten sich dann, auf ein Zeichen ihres Schiffsführers, in gespannter Aufmerksamkeit auf den Fußboden.

„Er behauptet, er wüßte nicht, was er nicht wissen soll", informierte sie der Manco-Teufel.

Der Schiffsführer musterte mich kritisch, ehe er sich wieder dem Teufel zuwandte. „Sehr gut. Dann werden wir es ihm auch nicht sagen."

Die Schiffsbesatzung erhob sich und bediente sich von dem *baklava*, das die türkische Tänzerin auf meinem Schreibtisch zurückgelassen hatte. So gestärkt, holten die Männer Elektropeitschen hervor und begannen, mich zu schlagen.

Ich krümmte mich vor Schmerz und blickte hilfesuchend zu dem Teufel. Aber der hatte sich in Lombar Hisst verwandelt!

Ich hatte keine Alternative, als mein Betäubungsgewehr zu ziehen. Doch ich erlebte nur einen weiteren Schock: Ich bekam es nicht aus dem Halfter!

Die Elektropeitschen zischten auf mich nieder, und ich blickte flehentlich zu Lombar. Aber jetzt war es Crobe! Ich wünschte inständig, das Wesen auf dem Verhörstuhl würde damit aufhören, sich ständig zu verwandeln. Wie sollte ich irgendwelche Fragen beantworten, wenn alle naselang ein neuer Verhörer auftauchte?

Die Besatzung hatte das *baklava* aufgegessen und blickte erwartungsvoll auf den Verhörer. Jetzt war es der alte Atty!

„Er weiß nicht, daß er es nicht weiß", sagte der Alte.

Der Schiffsführer salutierte flottenmäßig vor ihm, was ich sehr nett von ihm fand, weil es Respekt vor Attys Alter bezeugte. „Herr", sagte er dann, „wir werden es ihm unter keinen Umständen sagen, es sei denn, wir werden großzügig bestochen."

Das stellte Atty zufrieden, weshalb er sich vermutlich wieder in den Teufel zurückverwandelte, der mir verkündete: „Kommen wir nun, in bezug auf Ihre Berufung zum Führer der Geheimmission des Königs der Unterwelt, auf die Bezahlung zu sprechen."

Die Besatzung des Patrouillenschiffs war verschwunden.

„Ich brauche eine Aufbesserung meiner Bezahlung", sagte ich. „Ich stecke bis zum Hals in Schulden; genauer gesagt, habe ich den Sold für die nächsten fünf Jahre ausgeschöpft. Nachdem man mir diese Mission abgenommen hatte, stand ich mit völlig leeren Taschen da, und mein Fahrer konnte mir auch nichts borgen. Und als die Nachricht kam, daß man mich geschaßt hatte, hat mich Meeley den Schmeißfliegen übergeben."

„Genau deshalb bin ich hier", eröffnete mir der Teufel. „Um die Rechnung für dieses Gespräch zu kassieren."

Ich versuchte ihm zu erklären, daß seine Aufstellung fehlerhaft war, daß er eine Lastwagenladung Tup dazugezählt hatte, aber er hörte mir nicht zu. Er sprang auf die Füße, und sein Stift verwandelte sich in eine Stablampe.

Die Wand war direkt hinter mir. Ich konnte nicht weiter zurückweichen! Er rammte die flammende Lampe in meinen Magen: Was für ein Schmerz!

Mit letzter Willensanstrengung versuchte ich, mein Betäubungsgewehr aus dem Halfter zu ziehen, um ihn niederzuschießen, aber es war wie festgewachsen. Ich hüpfte auf den Schreibtisch. Doch jetzt kreischte der *Schlepper Eins* durch das Büro, stieß mich vom Schreibtisch und explodierte, ohne Überlebende, mitten im All.

„Das ist Ihre Schuld“, sagte Raumkommandant Crup. „Ich wasche meine Hände in Unschuld.“

Dann war wieder der Teufel da. Er hatte zwei Pantigs bei sich, auf jeder Seite einen, und vermochte sie kaum zurückzuhalten. Er rief mir zu: „Wenn Sie es herausfinden, lasse ich diese Tiere los. Sie werden Ihnen die Eingeweide herausreißen!“

Das überzeugte mich. „Ich bezahle die Rechnung!“ schrie ich zurück, hastete zu einem Aktenschrank hinüber und holte eine Handvoll Falschgeld hervor, das ich ihm zuwarf.

Doch mein Büro lag plötzlich verlassen da. Stöhnend legte ich mich wieder auf den Schreibtisch und erholte mich etwas. Dann blickte ich hinunter, um zu sehen, ob die Flamme die Geheimpapiere, die ich für den Imperator aufbewahrte, verschont hatte.

Es war alles in Ordnung. Dankbar fiel ich in einen unruhigen Schlaf.

Kapitel 6

Es war heller Vormittag, als ich unsanft auf dem Fußboden landete und wie aus weiter Ferne Bawtchs Stimme vernahm: „Sie haben gestern nur die Hälfte abgestempelt. Ich wollte Sie nicht überlasten. Aber die unerledigte Arbeit sammelt sich schon seit Monaten an."

Ich schaffte es, die Augen zu öffnen. Bawtch stand mit einem Papierstapel von einem Yard neben mir und versuchte, über mich hinwegzusteigen, um ihn auf dem Schreibtisch abzuladen. Ich rappelte mich auf die Beine.

Dann muß ich ohnmächtig geworden sein, denn als ich wieder zu mir kam, waren zwei weitere Beamte in meinem Büro. Bawtch sagte gerade: „Wenn er uns wegstirbt, bekommen wir diese Formulare nie abgestempelt."

Wahrscheinlich bin ich dann wieder weggetreten. Als ich zu mir kam, lehnte ich mit dem Rücken an der Wand, und vier Beamte standen um mich herum.

„Ich glaube, er ist krank", sagte einer von ihnen. „Seine Stirn ist ganz heiß."

„Das sieht ihm ähnlich, uns allen eins von diesen neuen Fiebern anzuhängen", bemerkte Bawtch.

„Ich glaube, wir sollten einen Arzt rufen", meinte ein anderer.

„Ja, wir können ihn nicht einfach hier sterben lassen", stimmten die anderen zu. „Es würde nur das Büro verpesten. Ist so schon schlimm genug."

Als ich wieder zu Bewußtsein kam — es mochten Stunden vergangen sein —, lag ich flach auf dem Rücken. Ein Arzt war gekommen — ich erkannte ihn: Es war einer der sogenannten „Pillendoktoren", die so heißen, weil sie mit Medikamenten um sich werfen. Der hier wurde von den Prostituierten der Gegend aufgesucht; er gab ihnen Tabletten, die einen Abort bewirkten, wenn sie schwanger waren. Er verteilte gerade den Inhalt seiner Tasche auf meinem Schreibtisch.

Dann beugte er sich über mich und legte ein Band auf meine Stirn. Ich versuchte, den Kopf wegzudrehen, da ich dachte, er wollte mir einen Schock verpassen. Vielleicht kümmerte er sich nicht um die Strafe, die darauf stand, einen Offizier mit Schocks zu behandeln. Diese Pillendoktoren sind ziemlich kriminell.

Aber das Band stellte sich als Temperaturmesser heraus. „Er hat Fieber", stellte der Arzt fest.

„Wahrscheinlich hat er uns alle angesteckt", sagte Bawtch.

Der Arzt befahl mir: „Öffnen Sie den Mund!", und drückte ihn mit Gewalt auf. „Aha! Geschwollene Zunge!" Er stand auf, um mit Bawtch zu reden. „Es ist offenbar ein Fall von *diploduktus infernam*", sagte er gelehrt. „Diese neue Krankheit, die aus Flisten zu uns kam", fügte er ebenso hochtrabend hinzu. „In zwei Tagen wird er schwarzen Ausschlag bekommen, der später eitern wird."

„Ist es ansteckend?" wollte einer der Schreiber wissen.

„Sehr", antwortete der Arzt.

Die Schreiber machten, daß sie aus dem Büro kamen.

„Wie soll ich nun diese Papiere gestempelt bekommen?" fragte Bawtch.

Das war nicht sein Feld, also sagte der Arzt: „Ich werde Ihnen einige Tabletten, Puder und Wunderdrogen aufschreiben. Sie wirken zwar nicht, aber er wird sich besser fühlen."

„Wir können sie nicht kaufen", sagte Bawtch. „Er hat kein Geld bei sich. Ich habe nachgesehen."

„Was?" donnerte der Arzt. „Sie wollen sagen, Sie haben mich den ganzen Weg hierher ..." Oh, war der wütend!

Er zerriß die angefangene Liste, sammelte seine Utensilien ein und stapfte hinaus. Als nächstes war zu hören, wie die Außentür zukrachte.

„Jetzt sehen Sie, in welche Lage Sie mich gebracht haben", sagte Bawtch zu mir und ließ mich allein. Nun war *er* es, hinter dem die Tür ins Schloß krachte.

Ich blieb einfach liegen und erwartete den schwarzen Ausschlag, der dann vereitern sollte. Wahrscheinlich war ich lange Zeit bewußtlos, denn als ich aufwachte, war es schon ziemlich spät am Tag. Die Besatzung des Patrouillenschiffs hatte die Toilettentür offen gelassen, so daß das Nachmittagslicht ins Büro fallen konnte.

Mein Fahrer kniete neben mir. Er hatte mich an den Schultern wachgerüttelt. Er verwandelte sich kurzzeitig in einen Inspektor der Krone und dann zurück in meinen Fahrer.

„Ich weiß, daß Sie mir gesagt haben, ich sollte nicht dorthin. Aber heute mittag, als ich endlich hörte, daß Sie krank sind, hielt ich es für besser, zum Apparatus-Hangar zu fliegen und es denen dort zu sagen."

An dieser Stelle muß ich erneut ohnmächtig geworden sein. Er schüttelte mich, bis ich wieder wach war, und setzte seinen Bericht fort: „Als ich es Heller erzählte, hat er gesagt, daß es ihm leid tut, das zu hören. Ich soll Ihnen ausrichten, wie sehr er hofft, daß es Ihnen bald wieder gutgeht, und er läßt fragen, ob er irgend etwas tun kann, um Ihnen zu helfen."

Wahrscheinlich war ich wieder weggetreten, denn er rüttelte mich von neuem. Dabei verwandelte er sich in die türkische Tänzerin. Sie schob einen Arm unter meine Schultern und hob mich etwas an.

„Heller hat mir etwas für Sie mitgegeben", sagte sie. „Einen ganzen Kasten Sprudel und zehn Pfund Gebäck. Hier, nehmen Sie diesen Schlauch in den Mund. Er gehört zu einem Raumbehälter. Es ist grünes Sprudelwasser. Und jetzt saugen Sie. So ist es richtig."

Es schmeckte wie *boza,* ein Getränk, das man in der Türkei aus Hirse braut. Das bewies, daß es sie tatsächlich gab und daß sie eine türkische Tänzerin war. Ich hatte schon befürchtet, es wäre alles nur Einbildung gewesen.

Danach muß ich wieder das Bewußtsein verloren haben, denn als ich das nächstemal die Augen aufschlug, schien einige Zeit vergangen zu sein. Mein Fahrer stützte mich mit einem Arm unter den Schultern und brachte mich dazu, noch ein paar Schlucke zu nehmen.

Er mußte ein oder zwei Stunden bei mir gekniet haben, denn

als er sagte: „So, dieser Behälter wäre ausgetrunken“, und mich wieder auf den Boden sinken ließ, war das Tageslicht erloschen.

Meine Zunge war nicht mehr so stark geschwollen. „Was ist mit der Tänzerin passiert?“ flüsterte ich. „Ist sie gegangen, weil ich sie nicht bezahlen konnte?“

Das Büro war in Dunkelheit gehüllt, als ich das nächstemal aufwachte. Mein Kopf wirkte schon viel klarer, und meine Zunge war überhaupt nicht mehr geschwollen. Mein Fahrer zog mich wieder hoch und stützte mich. „Das ist ein Stück von dem Gebäck, das Heller mir mitgegeben hat. Wir haben jede Menge davon. Beißen Sie etwas davon ab, aber nicht zuviel, und kauen Sie gut, damit Sie sich an den Krümeln nicht verschlucken.“

Ich folgte seinen Anweisungen, und bald schien mein Kopf ganz klar zu werden. Aber dafür setzten die Magenschmerzen wieder ein.

„Ich kann den Arzt und seine Tabletten nicht bezahlen“, sagte ich frei heraus.

„Welchen Arzt?“ fragte mein Fahrer verwundert. „Oh, Sie meinen den Pillendoktor. Wir haben ein bißchen nachgedacht, und dabei ist uns eingefallen, daß Sie wahrscheinlich seit drei Tagen nichts mehr gegessen oder getrunken haben. Zwei Tage ohne Wasser machen jeden verrückt. Und fiebrig. Heller hat es auch so gesehen. Er hat mir gesagt, was ich tun soll. Snelz meinte, Sie würden sich nur aufregen, wenn er den Hangar verließe, weil es doch eine geheime Mission sei, und all das. Er konnte also nicht selbst kommen, und deshalb hat er mir gesagt, was ich tun soll.“

Mein Fahrer kramte in seiner Jacke und zog etwas heraus. „Schauen Sie, er hat mir die zwei Einheiten ersetzt, die ich für ihn ausgelegt habe. Und er hat noch zwanzig Einheiten als Belohnung für die viele Arbeit, die er mir aufgehalst hat, dazugelegt. Hier ist Ihr Anteil.“

Er wedelte mit einem Fünfer vor meiner Nase herum, und ich beschloß unverzüglich, Heller heute noch nicht umzubringen. Danach waren meine Magenschmerzen wie weggeblasen!

Kapitel 7

Bawtch wartete zwei Tage lang darauf, daß sich schwarze Pusteln auf meiner Haut bildeten, die später zu Eiterbeulen werden würden. Er muß ein Guckloch in der Tür gehabt haben, denn er war ganz der alte, selbstsichere Widerling, als er sich endlich in mein Büro traute.

Ich hatte keine Halluzinationen mehr gehabt, nur ein paar Alpträume, und die meiste Zeit geschlafen, wenn ich mich nicht gerade an Sprudelwasser und Gebäck labte.

Bawtch packte den dicken Stapel vom letzten Mal auf meinen Schreibtisch. „Ich bin wirklich froh, daß wir diese Formulare jetzt abstempeln können", sagte er. „Die ganze Sektion arbeitet wie verrückt daran, sie aufzusetzen, und es ist sehr schlecht für die Moral der Leute, wenn sie am Ende nicht abgestempelt werden."

Ich fühlte mich recht gut, also stempelte ich mich durch den Stapel. Er war in einer Stunde abgetragen.

„Mehr Arbeit gibt es hier nicht für Sie", sagte Bawtch ziemlich feindselig. „Wann gedenken Sie also, von hier zu verschwinden?" Er mußte bemerkt haben, daß ich mit etwas anderem beschäftigt war, und bohrte weiter. „Ihr Fahrer hat Meeley fünf Verrechnungseinheiten gebracht. Sie haben also Ihr Zimmer wieder."

Ich durchsuchte hastig meine Taschen. Und natürlich hatte dieser (piep) Fahrer die fünf Einheiten nicht mir gegeben, sondern Meeley! Das hieß, daß ich aus dem Büro heraus mußte. Und das wiederum bedeutete, daß ich mich unter die Leute mischen mußte, daß ich sichtbar sein würde! Meine gute Laune verflog.

Ich hatte das Gefühl, als wartete Lombars Geist draußen vor dem Gebäude auf mich.

„Dies hier ist *nicht* Ihre Unterkunft!" sagte Bawtch, beinahe außer sich, wie seine zitternden Scheuklappen anzeigten.

Ich entschied mich für die harte Linie ihm gegenüber. Gleichzeitig erkannte ich, daß ich mich hier versteckt hatte; darauf war es jedenfalls hinausgelaufen. Da ich mich nie in meinem Büro aufhielt, würde es niemandem einfallen, hier nach mir zu suchen. „Ich habe einige strategische Entscheidungen zu treffen", verkündete ich Bawtch. „Im übrigen *ist* dies immer noch mein Büro! Ich habe das Recht, hier zu sitzen und nachzudenken."

Seine Erwiderung bestand aus einem Geräusch, das wie „Hmmpp!" klang. Dann machte er kehrt und ließ mich allein.

Kurz darauf wurde mir klar, warum Bawtch mich aus dem Büro haben wollte. Die Bauleute! Sie kamen gerade herein und warfen mir, ehe sie sich daran machten, die Toilette auszumessen und umzubauen, scheele Blicke zu, die wahrscheinlich den Vorwurf ausdrücken sollten, daß ich Ihnen einen Teil des Tages gestohlen hatte.

Oh, nun, solche Nebensächlichkeiten vermochten mich nicht ins bedrohliche Tageslicht zu treiben. Der Fluchtweg, an dem die Bauleute arbeiteten, erinnerte mich jedoch wieder an den lieben Bugs Bunny. Ich fragte mich, was *er* tun würde, wenn er in eine ähnliche Situation geriete wie die, in der ich steckte. Ich konnte mich an keine irgendwie vergleichbare Episode erinnern, doch das Nachdenken darüber rief mir unglücklicherweise Heller und die Mission ins Gedächtnis zurück.

Nicht, daß ich irgend etwas an meiner Situation hätte ändern *können,* wie immer sie auch aussah; ich brauchte einfach etwas, um meinen Kopf zu beschäftigen. Ich fühle mich nicht sehr wohl, wenn mein Verstand untätig ist. Ihm freien Lauf zu lassen, ist gleichbedeutend mit der Gefahr, daß er in Schreckensvisionen abgleitet.

Von Zeit zu Zeit hatte ich noch kleine Reste des euphorischen Gefühls verspürt, auf der Erde und damit in Sicherheit zu sein. In einer solchen Phase hatte ich an diesem Vormittag die administrativen Details der magischen Post erledigt, die ich Fratz und

Oh-Lieb versprochen hatte. Bawtch würde nicht dazwischenfunken, da sonst seine Duplikatzählung nicht aufginge. Falls ich jemals auf die Erde gelangen sollte, würde ich über einen regelmäßigen Kurierdienst und intime Kenntnisse verfügen, und Bawtch würde sich nicht darüber beklagen können, daß die Ecken der Formulare umgeknickt seien.

Aus Mangel an Beschäftigung rief ich mir die mitternächtliche Erscheinung in Erinnerung. Ich schreckte zuerst vor ihr zurück, doch dann fiel mir ein, warum. Ich hatte sie nicht analysiert!

Als erstes mußte ich klären, ob es ein Traum oder eine Halluzination gewesen war. Da es unmöglich ist, eine Halluzination mittels Traumanalyse zu untersuchen, entschied ich mich für den Traum. Dann machte ich mich an die Arbeit. Dabei kritzelte ich ständig etwas auf ein Blatt Papier, ohne darauf zu achten, was. Das ist ein Trick, den ich mir von einem Professor der Ethnologie der Primitiven abgeschaut habe. Man nennt es „Krakeln". Mit der Traumanalyse hat es nichts zu tun.

Der Teufel war natürlich eine Vaterfigur. Das war ziemlich offensichtlich. Die Peitschen der Besatzung des Patrouillenschiffs waren Phallussymbole. Ah, das brachte mich weiter. Die Stablampe, die die Vaterfigur geschwungen hatte, war ein Zeichen von (piep) Neid. Daraus folgte logisch, daß ich Geschlechtsverkehr mit meiner Mutter wollte und demgemäß meinen Vater haßte. Das war's! Dieser Traum würde mich nicht wieder quälen.

Unglücklicherweise hatte diese Traumanalyse, trotz Krakelns, kaum Zeit gebraucht. Ich bin eben zu beschlagen in der Psychologie. Meine Gedanken begannen sich wieder meinen Problemen zuzuwenden.

Plötzlich ergriff mich eine Vorahnung kommenden Schreckens! Das Patrouillenschiff! Ich war mehrere Male hin und her über die Große Wüste geflogen, hatte aber nirgendwo ein Wrack bemerkt! Die schlimmsten Befürchtungen im Nacken, fragte ich mich, was aus der Besatzung geworden war. Wenn diese Raumfahrer freikamen, wenn die Flotte von ihrer Entführung Wind bekam: Die Prügel, die ich im Offiziersklub bezogen hatte, wären nichts gegen das, was mir dann bevorstand!

Ich drückte auf diverse Summer, und ein Schreiber holte mir, wenn auch mürrisch, die neuesten Auswertungen der Nachrichtenblätter. Ich blätterte sie aufgeregt durch: Nicht die leiseste Erwähnung eines verunglückten Patrouillenschiffs!

Was war geschehen? Hatte der Kommandant des 2. Todesbataillons, dessen Männer an Bord gegangen waren, das Schiff samt Besatzung an Schmuggler verkauft? Die Flotte schützte die Planeten vor dem Schmuggel. Was, wenn sie ihr eigenes Schiff aufbrachte? Es würde ausreichen, um einen Bürgerkrieg zu entfachen. Und ich wäre mitten drin!

Ich kämpfte die hochschießende Angst nieder. Die Psychologie lehrt einen, was man zu tun hat: langsam zählen — das hilft immer. Aber als ich bei zwanzig war, sprang ich auf und begann durch das Büro zu wandern. Ich prallte mit einem Arbeiter zusammen, der in seinem ultramarinblauen Aufzug wie der Schiffsführer in meinem Traum aussah.

Zitternd setzte ich mich wieder hin, um nicht die Aufmerksamkeit auf mich zu lenken und um meine flatternden Hände auf die Tischplatte pressen zu können. Ich zwang mich dazu, den Traum noch einmal durchzugehen. Der Schiffsführer hatte gesagt: „Herr, wir werden es ihm unter keinen Umständen sagen, es sei denn, wir werden großzügig bestochen." Aha! Das Schlüsselwort war „bestochen". Ein anderer Hinweis: Der Teufel war erst verschwunden, als er das Falschgeld bekommen hatte! Als er bestochen worden war!

Ich drang, die Zähne zusammenbeißend, um nicht zurückzuscheuen, tiefer in mein Inneres vor und erkannte, daß all diese Gestalten in meinem Traum der Meinung gewesen waren, ich wüßte etwas, was ich nicht wußte. Aber was?

Klar war nur, daß sie bestochen werden wollten. Ich ließ den Traum noch einmal vor mir ablaufen, und plötzlich ging es mir auf: Die Schiffsbesatzung wußte etwas über Heller. Warum auch nicht? Sie hatte fünfzehn Monate mit ihm zusammen verbracht!

Bestechung? Ja, aber ich wußte nicht, ob sie jemals in Spiteos eingetroffen war. Und darüber hinaus hatte ich kein Geld, um irgend jemanden zu bestechen!

Ich krampfte die Hände so fest zusammen, daß die Knöchel

weiß anliefen. Das war ein Weg, meine Nerven zu beruhigen. Ich mußte nachdenken!

Das Todesbataillon. Irgendwo schrillte eine Glocke in meinem Kopf. Dann erinnerte ich mich an den Teil des Traums, in dem ich den Teufel bestach — mit *Falschgeld!*

Ich lachte unwillkürlich auf. Mein Unterbewußtsein war von meinem inneren Zensor unterdrückt worden. Tief in dem uranfänglichen Reptilhirn, das jedes empfindende Wesen besitzt, hatte ich bereits alles gelöst! Aber aufgrund der üblichen Furcht vor erotischer Zügellosigkeit hatte ich mir nicht erlaubt, es ins Bewußtsein zu heben.

Hatte sich meine Angst vorhin noch darauf bezogen, mein Büro verlassen zu müssen, so bewog sie mich jetzt dazu, nicht länger zu bleiben. Ich arbeitete eine hieb- und stichfeste Maskerade aus, um meine Fahrt zu tarnen. Ich würde Bawtch sagen, ich ginge zur Jagd. Das ist meine einzige Extravaganz: Jagdausflüge. Es bereitet mir Vergnügen, kleine Singvögel zu erlegen. Und das kann man in allen möglichen Gegenden tun; niemand würde mich aufspüren können.

Ich holte meine Jagdausrüstung aus dem Büroschrank und schlenderte, Jagdtasche und Zündnadelexploder umgehängt, so daß jeder sie sehen mußte, aus dem Büro.

„Falls jemand anruft: ich bin auf der Jagd, um meine Gesundheit wiederherzustellen", rief ich Bawtch zu, als ich an seinem Verschlag vorbeikam.

„Welch frohe Botschaft", hörte ich ihn brummen. Meine List funktionierte.

TEIL VII

Kapitel 1

Das Flugmobil war blitzblank poliert — Flottenreinigungsmittel. Mein Fahrer hatte eine neue Uniform an — und er war sogar gebadet. Das war Hellers Einfluß, (piep) ihn. Mein Magen bestätigte es mit einem kräftigen Stich.

„Freut mich, daß es Ihnen besser geht", sagte er.

Ich erkenne Spott, wenn ich ihn höre, aber ich ging nicht darauf ein. „Zur Provokationsabteilung!" befahl ich ihm mit kalter Stimme.

Er zog die Tür zu, und wir hoben ab. Niemand war in der Nähe gewesen. Ich bin geübt in solchen Dingen. Wir wurden nicht verfolgt. Für den Augenblick war ich außer Gefahr und konnte mich erleichtert zurücklehnen.

Ich war nicht ohne Hilfsquellen. Durch einen glücklichen Zufall war ich vor einem halben Jahr auf eine Festivität einiger hoher Apparatus-Offiziere gestoßen. Solche Zusammenkünfte sind selten, da sie ziemlich vulgär werden können und hinterher regelmäßig Skandale zu vertuschen sind. Das Ganze fand in einem alten, baufälligen Hotel draußen auf dem Lande statt, das seine besten Tage schon lange hinter sich hatte. Es war umgeben von einer Landschaft aus abgestorbenen Sträuchern und ruinierten Bäumen. Ich hatte eine dieser winzigen Reverskameras bei mir. Kurz zuvor hatte man mich bei der Beförderung übergangen, und ich war enttäuscht auf die Suche nach irgendeiner Peinlichkeit gegangen, die für eine Erpressung herhalten und auf diesem Umweg meiner Karriere förderlich sein konnte.

Ich hatte beobachtet, wie sich jemand heimlich in die Büsche schlug, und war ihm gefolgt. Und was für ein Glück! Er schlich zu einer Frau, die auf einer versteckten Bank wartete. Was danach geschah, war mir im ersten Augenblick nicht klar. Aber aus dem Streit, in den die beiden gerieten, entnahm ich, obwohl er mit dem Lärm aus dem Hotel verschmolz, daß die Frau zwar auf einen der hochrangigen Offiziere gewartet hatte, aber nicht auf diesen! Sie drohte ihm, seine Zudringlichkeit zu melden. Ob ihn das in Rage gebracht hatte oder ob er nur einfach furchtbar betrunken gewesen war, vermag ich nicht zu sagen, jedenfalls fuhr er fort, die Frau zu vergewaltigen. Ich machte aus einem nahen Busch ein paar gute Schnappschüsse. Doch das Beste sollte erst noch kommen, als der Mann zu guter Letzt ein Messer zog und der Frau die Kehle durchschnitt, um sie ein für allemal zum Schweigen zu bringen! Auch davon schoß ich mehrere Bilder.

Es ergaben sich noch einige andere mögliche Ansatzpunkte an diesem Abend. Danach schloß ich mich im Labor ein und entwickelte das ganze Material selbst. Die Kamera, die ich benutzt hatte, war sehr lichtempfindlich; die Bilder waren recht gut geworden.

Anschließend machte ich mich an die mühselige Arbeit, herauszufinden, wer die Würdenträger waren. Es ist nicht leicht, an die Apparatus-Personalakten heranzukommen, aber nach einiger Zeit hatte ich die Namen zusammen. Und Wunder über Wunder, die Frau entpuppte sich als die Geliebte des Kommandanten des Todesbataillons! Und der Mann in der Szene aus Vergewaltigung und Mord, die ich dokumentiert hatte, war niemand anders als der Chef der Provokationsabteilung!

Als nächstes vergewisserte ich mich, daß der Kommandant des Todesbataillons es nicht selbst arrangiert hatte, weil er der Frau überdrüssig geworden war. Doch wie ich erfuhr, stellte er verdeckte Nachforschungen an. Der Vorfall kam nie in die Nachrichtenblätter: Der Schatten des Apparatus reicht weit. Aber der Provokationschef hatte sich davon nicht aufhalten lassen und war sogar zu den Schmeißfliegen — der Heimatpolizei — gegangen, um eine Liste bekannter Vergewaltiger und Mörder zu erhalten.

Folglich war ich eines Tages, als ich nichts Besseres zu tun hatte, zur Provokationsabteilung gefahren. Ihr Chef hieß Raza Torr. Die Schmeißfliegen von Flisten hatten mehrmals wegen des Verdachts der Vergewaltigung mit anschließendem Mord gegen ihn ermittelt, aber sie hatten nie einen Beweis gefunden. Er war schließlich vom Apparatus angeworben worden, wo er zum Provokationschef aufgestiegen war.

Ich traf ihn allein an, übergab ihm Kopien der Bilder — andere hatte ich an einem sicheren Platz hinterlegt — und sagte ihm: „Sie sind völlig sicher. Denjenigen, der die Aufnahmen gemacht hat, habe ich auf dem Dienstweg exekutiert und die Originale an mich genommen. Sie sind nicht in die zentrale Datenbank eingegeben worden. Ich will kein Geld haben" — ich wußte, daß er tief verschuldet war und nicht zahlen konnte, und wenn er es hätte tun müssen, hätte er eher gemordet, als zu zahlen —, „das einzige, was ich will, ist, daß wir Freunde werden, und zum Zeichen meiner Freundschaft, wollte ich, daß Sie erfahren, daß ich Ihren guten Ruf geschützt habe."

Er zerriß hastig die Bilder. Im Ergebnis gehörte die Provokationsabteilung praktisch mir. Keiner der anderen Schnappschüsse würde zu meiner Beförderung führen, und auch diese Geschichte nicht. Also mußte ich mich mit dem abfinden, was ich bekommen konnte.

Diese Abteilung ist aufs Fallenstellen spezialisiert. Wenn die Regierung jemanden aufs Korn nimmt, überträgt sie die Angelegenheit der Provokationsabteilung. Sie infiltriert Banden und veranlaßt sie, lächerlich verwegene Verbrechen zu begehen, aufgrund derer sie verhaftet und hingerichtet werden können. Sie setzt Prostituierte ein, um Männer, die gefährlich werden könnten, zu kompromittieren, und ruiniert ihre Leben, indem sie den Skandal an die Nachrichtenblätter durchsickern läßt. Mit anderen Worten, ziemlich alltägliche Polizeiarbeit. Die Schmeißfliegen arbeiten genauso, aber nicht auf der Ebene des Apparatus, der es meistens mit politischen Fällen zu tun hat.

Ein Stück den Wiel hinab, dort, wo er auf die schlammigen Ufer ausgreift, befindet sich ein ausgedehntes Areal voller baufälliger Lagerhäuser, von denen es heißt, sie seien früher, als im Fluß noch Fische lebten, ein Fischmarkt gewesen. Einige von ihnen werden noch von großen Geschäften genutzt. Und mitten unter ihnen befindet sich, vor der Öffentlichkeit verborgen, die Dienststelle der Provokationsabteilung.

Wir flogen den reißenden, braunen Fluß entlang zu dem Tunnel, der zu der Abteilung führt. Als wir gelandet waren, stieg ich aus und lief die wacklige Treppe zum Chefbüro hinauf.

Als Raza Torr bemerkte, wer ihn besuchte, nahm sein Gesicht einen etwas gehetzten Ausdruck an. Ich hatte seine Dienste ein-, zweimal in Anspruch genommen. Er brauchte sich nicht bedroht zu fühlen. „Wie ich sehe, sind Sie befördert worden", sagte er ein bißchen griesgrämig. Er war ein verschlagener Typ, der die Hand nicht aus der Schublade nahm, wenn er mit einem sprach.

Was seine Bemerkung betraf: Ja, ich trug meine neuen Rangabzeichen. Mein Fahrer hatte mir zwar vorgeschlagen, sie insgesamt zu verkaufen oder falsche Steine einsetzen zu lassen und die echten zu versilbern, aber Lombar hätte es gemerkt, wenn er mich das nächste Mal an sich zerrte. Es ist weit besser, zu verhungern, als Lombar Hissts Aufmerksamkeit auf sich zu ziehen. Verhungern ist weniger schmerzlich!

Ich begrüßte Raza Torr ziemlich leutselig. „Nette Mädchen getroffen in letzter Zeit?" Ich wollte nur freundlich sein, um ihn zu beruhigen.

Aber er war alles andere als freundlich. Sein Arm rutschte noch tiefer in die Schublade. „Was wollen Sie?"

„Oh, nur freien Zutritt."

Er hieb grimmig auf einen Summer, und ein Beamter kam herein. „Geben Sie ihm, was er will", sagte ihm Raza Torr.

Ich folgte dem Beamten hinaus und hörte, wie hinter mir der Schubkasten zugestoßen wurde. Dann erklang Raza Torrs übellaunige Stimme: „(Piep)!" Er mußte sich die Hand eingeklemmt haben.

Ich wußte genau, was ich wollte. Einer der beliebtesten Tricks der Provokationsabteilung ist es, der jeweiligen Zielperson Falschgeld unterzujubeln. Es sind ziemlich gute Blüten. Im Alltagsverkehr wird sie nie jemand erkennen. Ein geübter Verkäufer oder ein Kassierer mit einem Prüfgerät weiß allerdings sofort, womit er es zu tun hat. Er bittet den ahnungslosen Kunden dann für gewöhnlich, einen Moment zu warten, während er auf einen Knopf auf dem Fußboden tritt, der die Finanzpolizei alarmiert, und wenig später findet sich der Ärmste im Gefängnis wieder, wo er ein bißchen gefoltert wird, ehe man ihn nach einem kurzen Prozeß schließlich exekutiert. Es ist eine nette, reibungslos funktionierende Methode, den Staat von Unzufriedenen, Kritikern oder Rivalen zu befreien. In diesen falschen Geldnoten steckt echte Macht!

Wir gingen an endlosen Depots von Kostümen aller Art und Größe entlang, am Schuhlager und vielen anderen Reichtümern. Das meiste davon stammte aus Leichenhallen, aus Unfällen und von Schlachtfeldern. Die Sachen werden selten gereinigt, und der Gestank ist selbst nach Apparatus-Maßstäben etwas streng. Wir kamen an den Effektenschränken vorbei: Tausende Quadratyards, angefüllt mit allen erdenklichen Gegenständen von allen erdenklichen Orten, die meist Toten abgenommen und dazu bestimmt waren, den Agenten der Provokationsabteilung ein authentisches Aussehen zu verleihen. Ich stöberte ein wenig im Brieftaschenschrank, da dort manchmal noch echtes Geld zu finden ist, aber irgendein Beamter war vor mir auf denselben Gedanken gekommen.

Wir schritten die zweihundert Yard des Waffenarsenals ab, in dem jede noch so verrückte Waffe, die jemals bei einem Verbrechen benutzt wurde, zu finden ist. Sie werden an „Revolutionsarmeen" verteilt, die dann irgendeinen idiotischen Staatsstreich vom Zaun brechen. Die meisten der Waffen explodieren, sobald sie eingesetzt werden, und das wär's dann. Wirklich geschickt. Trauen kann man nur den Messern, doch selbst bei denen sollte man sich die Griffe auch von innen ansehen, um sicherzugehen, daß sie keine Sprengladung enthalten, die bei der Berührung mit Fleisch in die Luft geht.

Schlußendlich gelangten wir zum „Köderlager". Es beherbergt Tresore voller Fälschungen: falsche Steine, mit denen man, wen auch immer, hinter Gitter bringen kann, falsches Gold, falsche Identokarten, die bei Benutzung einen Polizeialarm auslösen, sogar falsche Urkunden, die manchmal an Studenten ausgegeben werden, die sich tatsächlich graduiert haben, aber irgendwo in Ungnade gefallen sind. Alles hochintelligentes Material.

Und Geld! Ich stand jetzt direkt vor dem voluminösen Tresor und winkte dem Verwalter des Köderlagers zu, ihn zu öffnen. Meine Eskorte sagte: „Geben Sie ihm, was er will." Und dann schwang die Tür auf.

Ehrlich, das Zeug sah wunderschön aus. Der im Apparatus

gängige Terminus dafür ist „Toilettenpapier". Aber wenn man in diesen riesigen Tresor blickt und die Stapel über Stapel aus goldglänzenden Scheinen betrachtet, kann man ziemlich euphorisch werden, auch wenn man weiß, daß alles nur Lug und Trug ist.

Und in der Tat, geldhungrig, wie ich war, übertrieb ich es wohl ein wenig. Ich griff zuerst nach Vierteleinheiten und legte sie dann wieder zurück, weil sie mir zu unbedeutend erschienen. Danach bediente ich mich bei den Einer-Noten. Sie waren relativ sicher: Niemand würde sie sich genauer ansehen. Aber keinen zu dicken Packen, sagte ich mir, da ich nicht soviel Platz in meinen Taschen hatte. Als nächstes griff ich mir einige Bündel Fünfer, dann Zehner, dann Zwanziger, Fünfziger und Hunderter. Bis meine Taschen voll waren.

„Mir scheint, Sie wollen einen ganzen Zug aus dem Verkehr ziehen", meinte meine Eskorte.

Keine schlechte Idee, dachte ich, während ich versuchte, meine Taschen zu verschließen. Es ging nicht. Also legte ich den größten Teil der Einer zurück in den Tresor.

Der Verwalter hielt mir sein Pult hin, damit ich ihm den Empfang bestätigte. Ich winkte ab. „Streng geheime Operation."

„Bei dieser Menge wird man eine Untersuchung einleiten", erwiderte der Verwalter.

„Der Chef hat gesagt, daß er bekommen soll, was er haben will", sagte meine Eskorte. Dann wandte er sich an mich: „Da muß noch jemand im Hintergrund sein. Richtig?" Er verschaffte Raza Torr Rückendeckung. Kluger Junge.

Ich konnte es mir nicht verkneifen, sie zu überrumpeln. „Der Imperator", flüsterte ich.

„Nun, Rivalen genug hat er ja", sagte der Lagerverwalter. „Wie ich gehört habe, ist Prinz Mortiiy drüben auf Calabar auf dem Vormarsch. Wollen Sie es benutzen, um ein paar von seinen Anhängern zu leimen?"

Ich runzelte die Stirn. Das war das Beste, was ich tun konnte. Es vermittelte ihm das Gefühl, er wäre der Wahrheit zu nah gekommen. Er nickte wissend und sagte dann: „Verteilen Sie nicht zu viele von den Hundertern. Sogar die Schmeißfliegen erkennen sie. Mortiiys Agenten könnten es ebenfalls tun und *Sie* ausschalten."

„Ich werde vorsichtig sein", versprach ich. „Kein Wort davon, zu niemandem! Und keine Aktennotiz!"

„In Ordnung. Ungeziefer wie dieser Mortiiy muß vertilgt werden. Wußten Sie, daß er angekündigt hat, den Apparatus aufzulösen?"

„Blöder (piep)!" sagte meine Eskorte. „Wie kann eine Regierung ohne den Apparatus auskommen?"

„Seien Sie sich da nicht so sicher", warf ich ein.

Das verwies ihn in seine Schranken, und er war plötzlich darauf bedacht, gefällig zu sein: „Diese Uniform sieht schrecklich abgenutzt aus. Letzte Woche wurden ein paar Versorgungsdienstoffiziere getötet, als sie eine undichte Gasleitung untersuchten. Vielleicht ist Ihre Größe dabei."

Sie war vorhanden. Er brachte mir die nur leicht nach Gas riechende Uniform, und ich zog mich um. Dabei bemerkte ich in einem Regal ein Gepäckstück. Gut ausgebildet, wie ich bin, wußte ich sofort, was es war: ein sogenannter „magischer Koffer". Wenn ein Kontrolleur ihn öffnet, dreht sich sein Inneres so schnell, daß er, ohne daß es ihm auffällt, stets die gleiche Seite zu Gesicht bekommt.

„Nehmen Sie ihn", sagte meine Eskorte freundlich.

Ich stopfte das Falschgeld hinein und nahm dann, da mir noch etwas fehlte, das den Rotationsmechanismus in Gang setzen würde — etwas zum Vorzeigen —, einige Büchsen von einem Regal mit der Aufschrift *Vergiftete Lebensmittel* und packte sie ein. Der Apparatus denkt einfach an alles.

„Bieten Sie mir keine dieser Blüten als Trinkgeld an", sagte meine Eskorte. „Ich bin noch viel zu jung zum Sterben."

Ich lachte schallend darüber. Ein wirklich guter Witz. Erst später erkannte ich, daß er auf ein Trinkgeld in echtem Geld angespielt hatte. Das erklärte die saure Miene, mit der er mich hinausgeleitete.

Aber ich hatte anderes im Kopf. *Wenn* die Besatzung des Patrouillenschiffs in Spiteos war, würde sie binnen kurzem nicht mehr in der Lage sein, irgend etwas zu bezeugen. Ich würde mir die Informationen holen, die ich über Heller brauchte, und bald danach würde sie tot sein, wenn nicht von den vergifteten Konserven, dann infolge des Versuchs, die Wachen mit Falschgeld zu bestechen.

Man muß konsequent sein. Man muß wendig sein im Apparatus.

Kapitel 2

Wir brachen auf zu unserer Gnadenmission; und tatsächlich ist es besser, tot zu sein, als gefangen in den Gedärmen von Spiteos. Es war also kein verbrecherisches Vorhaben, wie ich jetzt voll erkannte. Es war eher eine Art Freundschaftsbeweis.

Im übrigen würde Heller mich umbringen, wenn er wüßte, daß an dem Abend, an dem wir ihn entführt hatten, auch eine Flottenbesatzung verschwunden war. Tote Besatzungen plappern nicht, wie mein Lieblingsausbilder an der Apparatus-Schule zu sagen pflegte.

Daneben bestand, wie gesagt, die Möglichkeit, daß die Besatzung etwas über Hellers Gewohnheiten wußte, das mich in die Lage versetzen würde, die Kontrolle über die Geschehnisse wiederzuerlangen. Der Schiffsführer in meinem Traum hatte es behauptet, und wie die Psychologie lehrt, lügen Träume nie.

„Ich rieche Gas!" meldete sich mein Fahrer, indem er sich schnüffelnd umsah. Dann drehte er, trotz des starken Luftschraubenstrahls, ein Fenster herunter und hielt die Nase hinaus. Er entschied, daß der Geruch von drinnen kam. „Oh, *Sie* sind es", sagte er. „Es riecht wie eine Mischung aus Faulgas und Kadaverausdünstungen. Und ich habe gerade alles saubergemacht."

Ich ignorierte ihn. Wir überflogen eben die letzten Ausläufer der Regierungsstadt und hatten die Berge, die die Große Wüste begrenzen, noch nicht hinter uns gebracht. Ich mußte diesen magischen Koffer vorbereiten, also leerte ich ihn auf den Boden. Es war ein phantastischer Anblick, obwohl die Scheine nicht nur falsch waren, sondern auch todbringend. Was für eine Menge! Ich verteilte sie um mich herum und bewunderte das goldglänzende Papier.

„Bei den Göttern!“ sagte mein Fahrer. „Haben Sie ein eigenes Finanzbüro aufgemacht?“

In seiner Stimme klangen Erstaunen und unerwarteter Respekt mit, an dem es bei ihm für gewöhnlich mangelte. Es tat mir leid, ihn enttäuschen zu müssen. Aber es war nötig, für den Fall, daß er an einen Griff in diese Kasse dachte. „Sie lassen besser die Finger von diesem Geld“, sagte ich. „Jede einzelne Einheit davon ist gefälscht.“ Ich gab ihm einen Schein, damit er sich selbst überzeugen konnte.

„Sieht echt aus“, sagte er, indem er ihn mir hastig zurückgab, als wäre er giftig. „Wen wollen Sie ausschalten? Das gesamte Ausdauerlager?“

Das ging ihn nichts an, und er wußte es. So begann ich, die Scheine auf einzelne Stapel zu verteilen. Aber je länger ich sie mir ansah, desto weniger gefiel mir der Gedanke, sie einfach wegzugeben. Sparsamkeit ist eine Tugend.

Ich entschied, daß ich besser nicht mit einer so leer aussehenden Brieftasche herumlaufen sollte. Also nahm ich zwei Hunderter, mehrere Fünfziger, zwei Zwanziger, einige Fünfer und einen Packen Einer. Meine Brieftasche sah jetzt hübsch dick aus. Das würde Eindruck machen, auch wenn ich getötet werden konnte, wenn ich das Geld ausgab. Ich steckte die Brieftasche in meinen Blouson zurück; sie fühlte sich sehr angenehm an.

Dann wandte ich mich dem Problem des Informationskaufs von der Besatzung zu. Ich war eindeutig unwillig, dieses Geld mit allzu vielen zu teilen. Es sah so *echt* aus.

Unter der Bodenabdeckung des Fonds von Flugmobilen befindet sich ein Fach für das Werkzeug. Mein Fahrer hatte es natürlich schon vor langer Zeit verkauft, und das Fach war ziemlich groß. Ich hob den Deckel und inspizierte es. Dann traf ich eine rasche Entscheidung. Ich nahm die verbliebenen Einer und Fünfer und packte sie zurück in den magischen Koffer. Den ganzen Rest des verführerischen, tödlichen Geldes verstaute ich im Werkzeugfach; dann schloß ich es ab. In mir hatten sich zwei Gedanken eine Schlacht geliefert: der, das Geld wegzugeben, und der, es zu behalten; der erstere hatte verloren. Ich sortierte die Einer und Fünfer im Geheimfach des magischen Koffers und legte dann, einem plötzlichen Einfall folgend, die vergifteten Konserven dazu. Ich hatte mich soeben für eine neue Art der Bestechung entschieden.

Wir hatten die Berge inzwischen hinter uns gelassen, und ich suchte den Wüstenboden ab. Nach Lombars Befehl hätte dort irgendwo das ausgebrannte Wrack eines Patrouillenschiffs liegen müssen. Die weißliche Ebene war weiß und endlos, die Hitzetänzer tanzten, aber nicht über ein Schiffswrack. Egal, erst würde ich sehen, ob die Besatzung jemals in Spiteos eingetroffen war, danach konnte ich dann immer noch nach dem Wrack suchen. Vielleicht hatten die Nachrichtenblätter nichts davon erfahren: Sie sind schließlich nur Nachrichtenblätter, also überwiegend Schund.

Wir landeten im Todeslager, mein Fahrer rollte die holprigen, mit Abfall übersäten Straßen entlang und hielt, auf meine Anweisung, vor der Bordellverwaltung. Ich ging, den magischen Koffer in der Hand, hinein.

Der Kommandant des Ausdauerlagers mag ein Vermögen mit diesem Haus machen, die ausrangierten Frauen, die es leiten, schert es jedoch herzlich wenig, ob das Geschäft läuft oder nicht. So etwas von schlampig! Der Fußboden lag voller Müll, und das schwarze Brett war seit Jahren nicht mehr auf dem laufenden. Die diensthabende Madam hatte nicht einmal einen Tisch.

Sie mochte einst schön gewesen sein, jetzt hatte sie das Aussehen eines Exekutors. Vierhundert Pfund Fett quollen über einen Stuhl mit halb zurückgeklappter Lehne; sie hatte sich ein schmutziges Handtuch um den Körper geschlungen und löste sich erst aus ihrer Versenkung, als ich mit dem Fuß aufstampfte.

„Ich möchte eine Stumme für einen Einsatz in der Festung", sagte ich. Es ist üblich, Mädchen aus den Bergen oder von anderen Planeten zu holen und ihnen den Kehlkopf herauszuschneiden; sie sprechen sowieso kein Voltarianisch, und nur stumme Prostituierte dürfen den Tunnel passieren. Auch wenn die anderen im Todeslager ahnen, was in Spiteos vorgeht, muß ausgeschlossen werden, daß jemand darüber spricht. Was den Einsatz betrifft, so ist es nichts Ungewöhnliches, daß ein Gefangener mit einer Frau zusammengebracht wird, wenn man annimmt, daß er unter der

Folter nicht zu erweichen sein wird. Ein Großteil des Gesindels ist zu allem bereit, wenn als Preis eine Frau winkt.

Die Madam musterte mich geringschätzig. Dann streckte sie fordernd eine schmutzige Hand aus. Ihr Verhalten erleichterte mir die Entscheidung, sie ins Jenseits zu schicken. Ich zückte meine Brieftasche und legte, großes Widerstreben vortäuschend, einen falschen Fünfziger auf ihre Handfläche.

Es war, als hätte ich mit einem Exploder in eine Geleeschüssel geschossen, so gerieten ihre Fettmassen durcheinander, bis sie ihr Gesicht zu einem einschmeichelnden Grinsen geordnet hatte. Sie war eben keine erfahrene Kassiererin; sie schmachtete den Fünfziger regelrecht an.

„Ich werde Sie möglicherweise für einige Zeit brauchen", sagte ich.

Das war bedeutungslos. Sie kreischte etwas in Richtung des Korridors, und kurz darauf zerrten zwei weitere alte Hexen ein junges Mädchen zu uns. Obwohl dreckig und ungepflegt, war sie doch recht hübsch. Ich sah am Hals nach: Der Kehlkopf war entfernt worden. Sie wirkte niedergeschlagen. Aus dem Hinterland von Flisten, vermutete ich; sie mußte während eines Raubzugs der Regierung ins Gebiet der Primitiven entführt worden sein. Und so hübsch sie war, sie machte nicht den Eindruck, als könnte sie irgend jemanden erregen.

„Und noch ein paar Hilfsmittel", forderte ich. Sie haben eine Menge erotischer Geräte, die vibrieren oder irgend etwas anderes tun.

Das war kein Problem. Ein weiterer Schrei ins Innere des Hauses, und eine neue Schlampe erschien mit einem Armvoll verschiedener Geräte. Ich packte sie in den sichtbaren Teil des magischen Koffers.

Das Mädchen trug nur einen schmutzigen Lendenschurz. Aber Kleider waren nicht so wichtig. Mir fiel etwas anderes ein: „Es sind eine Menge Männer. Sie wird also ziemlich abgenutzt werden."

Die fette Madam erwiderte: „Wir bekommen sie zu Hunderten." Sie knallte einen Kuß auf den Fünfziger. „Wenn sie es nicht überlebt, wen kümmert's?"

Eine der anderen alten Hexen sah mich kokett an und schlug ihr Lendentuch zurück. „Willst du nicht selbst einmal, Süßer?"

Keine Lagerprostituierte! Ich machte, daß ich hinauskam.

Ich gab dem Mädchen den Koffer zu tragen. Das war ein geschickter Zug. Wenn die Spur der Blüten zurückverfolgt würde, dann zu ihr.

An der Kontrollstelle vor dem Tunnel sagte ich den Posten: „Für den Festungseinsatz. Ich wäre Ihnen dankbar, wenn Sie sie auf Waffen und all das untersuchen würden. Sie ist zu dreckig."

Einer der Wachposten zog sich, mit einem breiten Grinsen auf dem Gesicht, Handschuhe an, nahm sie zur Seite und verschaffte sich ein paar angenehme Gefühle. Er und der Kontrolloffizier waren so in die Untersuchung des Mädchens vertieft, daß ich sie erst auffordern mußte, auch den Koffer zu durchsuchen. Natürlich fanden sie nur das erotische Spielzeug.

Als sie schließlich fertig waren, sagte ich: „Notieren Sie die Durchsuchung auf dem Passierschein."

„Für wie lange?" fragte der Kontrolloffizier.

„Auf unbestimmte Zeit", antwortete ich. „Die Leute werden möglicherweise nicht reden, wenn Ihnen nur eine Nummer versprochen wird."

Der Offizier lachte auf. „Ich wünschte, ich hätte ein Geheimnis, das dafür gut wäre." Dann ließ er mich meine Identokarte auf den Passierschein drücken und überreichte ihn mir.

Das Mädchen wirkte noch deprimierter als vorhin. Ich hatte überrascht bemerkt, daß sie rot geworden war, als der Wachposten sie an gewissen Stellen abtastete. Die Prostituierten sind für gewöhnlich nicht so empfindlich. Gesindel.

Im Zischbus nahm ihr Gesicht einen verängstigten Ausdruck an. Vielleicht war sie noch nie in einem gefahren. Es stimmt, daß hin und wieder eine der Prostituierten, die in die Festung gebracht werden, nicht zurückkehrt, weil sie an Überanstrengung gestorben ist oder im Feuer des Gefechts einfach umgebracht wurde. Aber woher sollte sie das wissen? Sie verstand kein Voltarianisch, und sprechen konnte sie auch nicht.

Als wir in der Festung ankamen, wollte sie nicht aussteigen. Ich mußte sie hinausschieben und -stoßen, und draußen hatte ich Mühe, sie aufrecht zu halten. Ich versetzte ihr einen Tritt und zwang ihr den Koffer in die Hand. Aber auch dann noch múßte ich sie mit Stößen in den Rücken vorwärtstreiben.

Langsam dämmerte mir, daß ich betrogen worden war. Sie war eine dieser sich verweigernden, *unwilligen* Frauen, die von den Kunden zurückgewiesen werden. Die Madam hatte mir dieses Mädchen angedreht, weil sie unbrauchbar für sie war! Ah, nun, ich hatte meine Rache schon. Diese fette Madam würde nichts mehr zu lachen haben, wenn sie versuchte, den Fünfziger auszugeben. So gefiel es mir: Ärger für Ärger, ein fairer Tausch!

Aber ein Ärger scheint den nächsten auszubrüten. Der halbnackte Gelbmann im Verwaltungsbüro durchforstete seine Akten, ohne etwas zu finden. Die Akten von Spiteos sind sicher nicht die ordentlichsten — ausgetragen wird nie jemand. Aber daß ein Neuzugang nirgendwo erwähnt sein sollte, war doch ungewöhnlich.

Ich gab dem Mann das wahrscheinliche Datum samt Uhrzeit. Nein, nichts. Doch als ich mich gerade mit dem Gedanken vertraut machte, daß die Besatzung nie in Spiteos eingetroffen war, ereiferte sich der Beamte: „Militär? Sagten Sie Militär? Das hätten Sie mir gleich sagen sollen. Die Männer werden in der Militärabteilung sein."

Mit einer bemerkenswerten Wegbeschreibung versehen, nahm ich wieder verschiedene Röhren, bis mir auffiel, daß ich zu tief ins Innere der Festung vorgedrungen war, und umkehrte, um schließlich — unablässig das Mädchen vor mir her stoßend — zu einem Büro zu gelangen, das dem Eingang sogar näher lag als das, in dem ich zuerst gewesen war. Spiteos ist ein ziemliches Labyrinth.

Ich befand mich in einem Wachraum, in dem sich vielleicht vier- oder fünfundzwanzig uniformierte Wachmänner mit Schutzhelmen auf dem Kopf aufhielten. Ein paar von ihnen saßen beim Würfelspiel, andere hatten sich ausgestreckt und machten ein Nickerchen.

Ihr Offizier war ein schäbiger Typ, wie beim Apparatus nicht anders zu erwarten. Er führte offenbar ein Kontingent der Tageswache des Lagers. Das waren nicht die üblichen Wärter. An dem

Mädchen hatte er kein Interesse — wahrscheinlich waren Knaben eher sein Geschmack. Er zeigte freilich überhaupt keinerlei Interesse, es sei denn das, seine zwölfstündige Schicht hinter sich zu bringen und ins Lager auf sein eigenes Gebiet und zu seinen eigenen Vergnügungen zurückzukommen.

Er erklärte mir gähnend, daß es vor einem Jahrhundert einen Aufstand der Gefangenen im Mannschaftsrang gegeben hatte und seither auch die Nichtoffiziere, die zukünftig von Wert sein konnten, der Militärabteilung übergeben wurden.

Ich nannte ihm die Anzahl der Männer, das Datum und die Zeit, zu der sie eingetroffen sein mußten. Er blickte auf seine Uhr, als würde ich wertvolle Maschinenzeit in Anspruch nehmen. Doch dann sagte er nur: „Noch zwei Stunden in diesem stinkenden Loch", und fing an, nach dem Dienstbuch zu suchen. Schließlich zog er es unter einigen verrotteten Ausrüstungsgegenständen hervor, setzte sich an einen dreckstarrenden Tisch und blätterte es durch.

Er schüttelte den Kopf, und ich fand mich damit ab, daß die Besatzung nie angekommen war. Doch dann fuhr er mit dem Finger eine Seite hinunter und meinte griesgrämig: „Ihr Datum ist falsch. Achtundvierzig Stunden zu früh. Hier ist sie, aber zwei Tage nach dem Datum, das Sie mir genannt haben. Sie sollten Ihre Akten besser in Schuß halten!" Als ob ich ihre Verwaltung unter mir gehabt hätte! „Die Männer sind im Block Fünf. Mehr kann ich Ihnen nicht sagen. Nicht weil es geheim wäre, aber sie sind einfach nicht hier. 'Zwanzig Mann', heißt es hier. 'Militärpersonen, potentiell gefährlich. Bis auf weiteres gefangenzuhalten.' Sonstige Befehle sind nicht eingetragen, also müssen sie noch dort sein. Jeemp!" rief er einem dösenden Unteroffizier zu. „Zeigen Sie dem Offizier, wo Block Fünf ist."

Mir war aufgefallen, daß keiner der Wachmänner die Prostituierte beachtet hatte. Sie pendelten offenbar täglich zwischen hier und dem Lager. Um so besser. Die Besatzung des Patrouillenschiffs würde mit ihnen nicht so leichtes Spiel haben wie mit den üblichen Wärtern, wenn sie mit meinem Geld einkaufen wollte. Die Blüten, obwohl gute Fälschungen, würden sehr schnell erkannt werden. Und diese Schlägertypen würden sich gewaltig zu rächen verstehen. Kampfhelme. Ich fand es ermutigend.

Ich stieß die Prostituierte Jeemp hinterher, und wir gingen durch mehrere schwarze Gänge, bis Jeemp stehenblieb und nach vorn zeigte. „Es ist irgendwo da hinten“, sagte er und ließ uns allein.

Dieser düstere Ort machte mich nervös. Ich lockerte das Betäubungsgewehr im Halfter, vergewisserte mich, daß das Messer noch in der Scheide im Nacken steckte, und tastete nach den Explodern in meinen Taschen. Die meisten Leuchtplatten, die den Gang eigentlich erhellen sollten, waren ausgefallen. Irgendwo tropfte Wasser von der Wand. Ein riesiges Ungeziefer sprang aus einer der modrigen Zellen. Ich zuckte unwillkürlich zusammen.

All diese schwarzwandigen Zellen waren, von einigen Knochen abgesehen, leer. Es war ein ziemlicher Unterschied zu der Abteilung, in der Heller gesteckt hatte. Die Militärabteilung war alles andere als militärisch! Es war eine gute Idee gewesen, mich um diese Sache zu kümmern. Tote Besatzungen plappern nicht.

Kapitel 3

Ich blickte durch ein Gitter am Ende des Gangs. Und da waren sie, alle zwanzig! Die Kleidung hatte man ihnen natürlich gestohlen; sie waren nackt. Aber wie sie dort auf den Steinbänken lagen, schienen sie nicht in allzu schlechter Verfassung zu sein. Ich sah auch, warum: In der Mitte der Zelle lag ein Haufen Ungezieferknochen, und ein schwärzliches Rinnsal floß beständig an einer noch schwärzeren Wand herab, offenbar durchsickerndes Wasser.

Ich schob die Prostituierte in eine leere Nachbarzelle; ich wollte sie mir als Überraschung aufheben. Dann beschloß ich, mich aufgeräumt zu geben, und rief durch das Gitter: „Wer ist hier der Anführer?"

Ein langer, stämmiger Kerl erhob sich von einer der Bänke und kam zum Gitter herüber. „Und wer, zur Hölle, sind Sie?" fragte er zurück.

Er wirkte nicht sehr mürbe. Nun, sie hatten das Ungeziefer und konnten an der Wand Wasser auffangen. Wahrscheinlich sahen sie nur einmal am Tag eine Wache, und nun stand da jemand am Gitter und markierte den großen Mann.

Ich entschied mich für militärisch strenges Auftreten. „Die Nummer Ihres Patrouillenschiffs, bitte."

„Dann wissen Sie also, daß wir eine Flottenbesatzung sind", sagte er. „Was passiert, wenn die Flotte schließlich herausfindet, was man mit uns angestellt hat?"

„Oh, lassen Sie das", erwiderte ich. „Ich bin hier, um Ihnen zu helfen. Sie vergreifen sich im Ton, mein Guter. Und jetzt geben Sie mir Ihre Schiffsnummer und Ihren Namen und Rang."

Einer der anderen rief: „Das kann nichts schaden. Er weiß es sowieso."

Der Große am Gitter zuckte die Achseln. „Schiffsführer Soams, Flottenpatrouillenschiff *B-44-A-539-G*. Und wer sind Sie? Und wo sind wir?"

Ah, sie wußten nicht, wo sie waren. Ausgezeichnet.

Es gab nun zwei Möglichkeiten für mich: Ich konnte freundlich sein oder erzwingen, was ich wollte. Die freundliche Tour braucht jedoch Zeit.

„Im Gegenzug für bestimmte Informationen kann ich Ihnen etwas geben, das Ihr Leben vereinfachen wird. Feilschen Sie nicht. Ich habe nicht viel Zeit."

Die anderen waren inzwischen nähergekommen und bildeten einen Halbkreis um ihren Schiffsführer. Ich ging in die Nachbarzelle, um etwas von dem Falschgeld aus dem Koffer zu holen. Das Mädchen ließ ich, wo es war. Als ich zurückkam, wedelte ich mit den Geldscheinen.

„Wenn Sie mir alles erzählen, was Sie über einen gewissen Jettero Heller wissen, einen Kampfingenieur, der Sie auf Ihrem letzten Patrouillenflug begleitet hat, gehört das hier Ihnen."

Der Schiffsführer wandte sich ab und tuschelte mit den anderen. Es dauerte recht lange. Ich konnte ihre Rangunterschiede an ihrem Verhalten ablesen. Unter der Besatzung eines Flottenpatrouillenschiffs ist kein Königlicher Offizier — es gibt zu viele Patrouillenschiffe. Der „Kapitän" wird „Schiffsführer" genannt. Er hat zwei Unteroffiziere als Piloten, einen als Ingenieur, mehrere Spezialisten, die für Dinge wie die Finanzen oder die Verpflegung zuständig sind, und dazu noch einige einfache Raumfahrer unter sich.

Man konnte den Unterschied an dem Grad der Beachtung messen, die ihr Flüstern fand. In gewisser Weise hielten sie sich an die Befehlskette. Aber furchtbar demokratisch. Wie man sagt, unterscheiden sich diese Besatzungen stark von Armee-Einheiten, weil sie während ihrer Flüge lange Zeit auf engstem Raum zusammenleben.

Sie schienen unschlüssig, also sagte ich: „Damit können Sie sich Essen kaufen."

Soams trat wieder ans Gitter und blickte auf das Geld, das ich in der Hand hielt. „Es ist nicht genug", sagte er.

Ich ging noch einmal in die Nachbarzelle und holte mehr Blüten. Diesmal schien es zu reichen. Aha, dachte ich, Hellers Charme ist nicht groß genug, um die Vögel vom Singen abzuhalten.

Sie machten eine Parade daraus. So ist die Flotte nun einmal. Ein Mann nach dem anderen trat vor und sagte, was er vorzubringen hatte, um danach wieder ins Glied zurückzutreten. Was sie mir zu verkünden hatten, übertraf denn auch alles, was ich in meinem Leben an entnervendem Gefasel gehört hatte: Heller sei ein großgewachsener, gutaussehender Offizier. Heller wisse genau, was er tue. Heller sei mutig und habe vor nichts Angst. Heller besitze eine ausgezeichnete Singstimme. Heller sei sehr aufmerksam und rücksichtsvoll, wie sein Verhalten zeige, als er einen Sanitäter verband, nachdem der von der Luke der Luftschleuse getroffen worden war. Heller sei amüsant und heitere die Besatzung auf, wenn die Lage düster wirke. Dazu Beispiele in Massen.

Kurz, es war absolut entnervend! Schließlich, als der letzte seiner Männer gesprochen hatte, griff Soams nach dem Geld. Ich hatte eigentlich die Hand zurückziehen wollen, aber er war zu schnell. Ich betrachtete die Männer hinter dem Gitter. Nach meinem Traum — und es war erstaunlich, wie ähnlich sie sich im Traum gewesen waren — wußten sie mehr als das. Ich war mir sicher, daß sie mehr wußten.

Ich ging wieder in die Nachbarzelle, um neues Geld zu holen. Sich vorzustellen, daß ich für solche nutzlosen Trivialitäten bezahlt hatte! Aber ich hatte keine Wahl. Am Ende würde ich sie doch noch austricksen.

Parade Nummer zwei begann: Heller sei sehr sportlich. Er halte einen Rennrekord. Er habe sie einmal in Angst und Schrecken versetzt, als er mit nichts als Magnetschuhen außen auf dem Schiffsrumpf spazierte, nur um Wellen messen zu können, die im Innern des Schiffs nicht empfangen werden konnten: Er habe keine Sicherheitsleine gefunden, die lang genug gewesen wäre, also sei er, vierhundert Meilen über Blito-P3, ohne Sicherheitsleine mit seinem Meßgerät auf der Schiffshülle herumgewandert. Und so weiter und so fort. Lauter schwachsinniges Gefasel!

Als die zweite Runde zu Ende war, griff Soams durch die Gitterstäbe und nahm mir das Geld ab. Aber ich konnte spüren, daß sie mit etwas hinterm Berg hielten. Jetzt gerade warfen sich zwei von ihnen einen versteckten Blick zu.

Ich ging und holte die Konserven. Ich war inzwischen aufgebracht genug, um Befriedigung daraus zu ziehen, daß sie bald tot sein würden. Aber anstatt von den bunten Verpackungen beeindruckt zu sein — das, was sie enthielten, würde schmecken, wie es schmecken sollte, und wenige Minuten später würde der Tod eintreten —, sagte Soams: „Woher holen Sie das alles? Mit den bloßen Händen können Sie es nicht hergebracht haben."

Ich ging wieder in die Nachbarzelle und holte den Koffer, um ihn Soams zu zeigen. Daß es ein magischer Koffer war, zeigte ich ihm allerdings nicht.

Und dann geschah es! Eine Katastrophe! Dieses (piep) Mädchen steckte den Kopf aus ihrer Zelle, um zu sehen, wohin ich jedesmal verschwand, oder vielleicht auch auf der Suche nach einer Fluchtmöglichkeit. Soams sah sie! (Piep) Nutte! Sie hat das, was danach mit ihr geschehen sein muß, voll und ganz verdient.

„Ein Mädchen?" stieß Soams hervor.

„Ein Mädchen?" echoten die anderen Idioten und strömten zum Gitter, um über die Schultern der vor ihnen Stehenden hinauszulinsen.

Oh, nun, jetzt hatte ich sie. Sie gingen zurück in die Zelle und steckten die Köpfe zusammen; wieder konnte ich beobachten, wie das Flüstern die Befehlskette hinauf- und hinablief. Dann kam Soams zum Gitter zurück.

„Sie wollen doch etwas über Heller erfahren, nicht wahr?" fragte er mich. Und da er mir das Ja vom Gesicht ablesen konnte, fuhr er fort: „Gut, wir wissen etwas über Heller, das lebenswichtig für *Sie* ist. Es zu wissen, könnte Ihr Leben retten!"

Das war genau das, was ich wollte.

„Hier unten" — er trat mit dem Fuß an die Gittertür — „ist eine Verpflegungsluke. Sie wird zwar selten benutzt, ist aber groß genug, damit das Mädchen hindurchschlüpfen kann. Sie sieht recht schmal aus. Die Luke ist auch groß genug, um den Koffer, den Sie in der Hand haben, durchzuschieben."

„In Ordnung", sagte ich. „Sie sagen es mir, und dann bekommen Sie, was Sie wollen."

„Oh, nein", entgegnete er. „Sie könnten einfach weggehen. Außerdem sind Sie bewaffnet. Sie können die Tür öffnen und uns das Mädchen und den Koffer wieder abnehmen, wenn Ihnen das, was ich Ihnen sage, nicht paßt."

Was konnte ich tun? Ich schob den Koffer durch die Luke. Dann versuchte ich, ohne mich allzusehr anzustrengen, das Mädchen auf den Boden zu drücken. Sie hatte diese langen Fingernägel, wie sie im Hinterland von Flisten als Zeichen dafür, daß ihre Träger nicht zu arbeiten brauchen, üblich sind. Ich wollte *nicht* gekratzt werden.

Einer der Raumfahrer kam mir zu Hilfe, indem er ihr etwas in einer dieser exotischen Sprachen sagte, die kaum jemand versteht, und sie beruhigte sich augenblicklich. Ich dachte bei mir selbst, daß diese Raumfahrer ganz schön herumkamen. Das Mädchen glitt jedenfalls ohne weiteren Widerstand auf die andere Seite.

Soams nahm mir die Konserven ab. Dann sah er auf das Geld, auf den Koffer, auf die erotischen Hilfsmittel, auf das Mädchen, das sich in aller Ruhe auf einer der Steinbänke niedergelassen hatte. Ich hielt den Atem an. Ah, er nickte.

Er trat dicht ans Gitter und sagte: „Und hier ist Ihre Information. Halten Sie sich daran, und es wird Ihr Schaden nicht sein."

Ich war ganz Ohr.

„Wenn Heller", fuhr er fort, „jemals erfahren sollte, was mit uns geschehen ist, wird er Sie mit bloßen Händen umbringen! Also rennen Sie um Ihr Leben! Vielleicht können Sie es auf diese Weise noch retten!"

Natürlich war mein erster Impuls, die Tür aufzuschließen und mir zurückzuholen, was ich ihm gegeben hatte. Ich konnte auch durch die Gitter schießen. Aber ich konnte nicht hinter all die Wände in der Zelle schauen, und sie machten einen gefährlichen Eindruck. Zur Hölle mit ihnen!

Ich stapfte den Gang zurück und achtete nicht auf die Pfiffe hinter mir und die „Säufer!"-Rufe. Ich hätte mich streng an die Psychologie halten sollen. Meine ursprüngliche Traumanalyse war korrekt gewesen. Nur der Durst hatte mich in eine andere Richtung gelenkt. Der eigentliche Grund war das unterdrückte Verlangen nach geschlechtlicher Vereinigung mit meiner Mutter.

Ich sagte dem Wachoffizier, daß ich fertig sei. Ich legte ihm sogar den Passierschein des Mädchens vor, obwohl sie ihn nicht mehr brauchte. Sie würde natürlich auch von den Konserven essen! Und bald würden sie alle tot sein! Ich war zuversichtlich, alles perfekt geregelt zu haben.

Kapitel 4

Von einer Sorge weniger belastet, wandte ich meine Aufmerksamkeit dem Absturz des Patrouillenschiffs zu. Es entsprach einfach nicht der Art des Apparatus, ein Projekt nicht bis zu Ende durchzuziehen. Außerdem wollte ich nicht, daß Lombar irgendwann auf mich losschoß und mich fragte: „Warum haben Sie sich nicht darum gekümmert?", so wie er es bei der Entführung getan hatte.

Also befahl ich meinem Fahrer zu seinem Entsetzen, anstatt zurück in die Regierungsstadt eine wenig beflogene Route zu den Schwarzen Bergen zu nehmen. Wir hatten jede Menge Treibstoff und, dank Heller, auch genügend zu essen und zu trinken. Ich hatte meinen Zündnadelexploder und die Jagdtasche dabei. Aber ich redete mir ein, daß dieser Ausflug Dienst war, nichts als Dienst. Und daß wir in Erfüllung unserer Pflicht weiter und weiter flogen.

Von einem abgestürzten Raumschiff war nirgendwo etwas zu sehen. Ich überlegte. Wenn die Besatzung achtundvierzig Stunden zu spät angekommen war, ergab sich, an der Reichweite von Lastwagen gemessen, ein Achtundvierzig-Stunden-Kreis mit Spiteos als Mittelpunkt. Man kann nun aber in der Großen Wüste nicht auf gut Glück herumfahren, selbst wenn man Sandlaster zur Verfügung hat; falls das Wrack also nicht zwischen der Regierungsstadt und dem Ausdauerlager zu finden war, mußte es auf einer selten benutzten Piste achtundvierzig Stunden *hinter* dem Lager liegen. Schlichte Logik. Und wenn es dort auch nicht war, hatten die Männer des Todesbataillons das Patrouillenschiff an Schmuggler verkauft und waren mit einem Flugmobil ins Ausdauerlager zurückgekehrt. Dann wußten allein die Götter, wo das Patrouillenschiff abgeblieben war. Aber obwohl diese Möglichkeit ebenso beunruhigend wie naheliegend war, würde ich, was die Suche nach dem Wrack betraf, meine Pflicht tun. Falls ich es finden sollte, könnte ich die Information an die Nachrichtenblätter durchsickern lassen.

Mein Fahrer zeigte sich hilfsbereit, nachdem er mir aus der Nase gezogen hatte, was wir eigentlich taten. Er sichtete etwas, und wir landeten. Aber das Wrack war schon so alt, daß es fast ganz im Untergrund versunken war.

Während wir es inspizierten, entdeckte ich einen Singvogel, einen von der Art, die man „Zitterer" nennt — eine Wüstenspezies —, und erlegte ihn. Er war nur ein paar Fuß entfernt und saß still, aber es war dennoch ein guter Schuß. Ich verstaute ihn in meiner Jagdtasche.

Weiter in Richtung der Schwarzen Berge gab ich vor, ein weiteres Wrack entdeckt zu haben. Es stellte sich als ein Felsen heraus, aber ich konnte zwei weitere Zitterer erlegen.

Die Berge wurden höher und höher. Es sind vereiste Riesen, zwar nicht die höchsten auf Voltar, aber mit achtunddreißigtausend Fuß sind sie gewaltig genug. Man kann sie nicht besteigen. Die Luft auf den Gipfeln ist zu dünn. Sogar auf den Pässen ist sie noch zu dünn.

Nach den nächsten beiden Fehlsichtungen, die mir weitere sechs Zitterer eingebracht hatten, fragte mich mein Fahrer: „Offizier Gris, suchen wir nun nach einem Wrack, oder sind wir auf der Jagd?"

Erst jetzt bemerkte ich, daß ich tatsächlich auf die Jagd ging. Je mehr Abstand und je mehr Zeit ich zwischen mich und Heller samt seinem *Schlepper Eins* legen konnte, desto besser fühlte ich mich!

Natürlich antwortete ich meinem Fahrer nicht. Seine Interpretation hätte sicherlich gelautet, daß ich weglief!

Es wurde sehr kalt, als wir die erste Bergkette überquerten. Wir froren, waren aber bald im Tal dahinter. Dieses Land ist fast ganz in Jagdreviere aufgeteilt, die den Lords gehören und gut bewacht werden. Aber das Gebirge ist so weiträumig, es gibt so viele Plateaus und Schluchten, daß man darin verlorengehen kann, ohne jemals wieder aufgespürt zu werden, wenn man es nicht will. Es ist voll von jeder Art von Wild, sogar solchem, das von anderen Planeten eingeführt wurde.

„Uns ist jemand über diesen Bergrücken gefolgt", sagte mein Fahrer.

Ich blickte mich um, aber der Himmel hinter uns war leer. Flugmobile haben keine Ortungsgeräte an Bord. Ich war etwas beunruhigt.

„Im Moment sehe ich nichts", sagte mein Fahrer.

Ich biß die Zähne zusammen und sagte mir, daß es nur meine Nerven waren; schließlich hatte ich eine schwere Zeit hinter mir. Meine Reaktion bewies, wie sehr ich einen Jagdausflug nötig hatte!

Wir kamen überraschend in die Dämmerung hinein. Vielleicht tritt sie dort im Gebirge früher ein. Es war jedenfalls plötzlich furchtbar dunkel, und das Land dort ist für Landungen im Dunkeln nicht sehr geeignet. Ich wählte rasch einen Landeplatz aus, ein kleines, mit Gras und strauchähnlichen Bäumen bewachsenes Plateau. Darunter fiel der Berg dreitausend Fuß steil zu einem weiß schäumenden Fluß hinab. Aber eine Reihe von Felsen schloß das Plateau wie eine Brüstung ab.

„Landen!" befahl ich meinem Fahrer.

Er tat es und schaltete den Antrieb aus. Was für eine wunderbare Ruhe! Außer dem Säuseln des Windes im Gestrüpp der Bäume und dem entfernten Rauschen des Flusses in der Schlucht unter uns war nichts zu hören. Ich entspannte mich. Herrlich! Nach einer Weile stieg ich aus und ging zu den Felsen am Rand des Plateaus hinüber, stieg ein Stück hinauf und blickte auf die andere Seite. Ich sah einen Tierpfad, zwei Höhlen und weit, weit unten den reißenden Fluß. Meine Güte, es war inzwischen so dunkel geworden, daß nur noch ein paar weiße Schaumkronen ahnen ließen, wo er sich befand.

Mein Fahrer hatte einige Zweige zusammengetragen. Ich streute etwas Feuerpuder darauf, und als er genügend Luft aufgesaugt hatte, begann ein lustiges Feuer zu prasseln. Es war kalt und wurde immer dunkler. Mein Fahrer rupfte die Zitterer, und wir spießten sie auf Stöcken auf, um sie zu rösten. Nach einer halben Stunde verträumten Schmorens waren sie gar, und ich setzte mich zum Essen auf einen Felsblock.

Im Licht des Feuers sah ich, daß mein Fahrer auf der anderen Seite sich ebenfalls einen Zitterer vorgenommen hatte. Dann kam es! Ich hatte mich gerade vorgebeugt, um mir einen zweiten Vogel zu nehmen.

WAFF!

Ein Exploderschuß, genau dort, wo eben noch mein Kopf gewesen war! Die Druckwelle blies das Feuer bis auf den letzten Funken aus!

Oh, wie bin ich geklettert! Mein Fahrer mußte es gehört haben, jedenfalls folgte er mir. Ich stieg über die Felsen am Rand des Plateaus auf die andere Seite, und wenn mein Fahrer nicht in mich hineingelaufen wäre, daß *ich* fast das Gleichgewicht verloren hätte, wäre er dreitausend Fuß in die Tiefe gerauscht!

Ich hockte mich auf den Tierpfad. Ich würde nicht über diese Felsen spähen, um zu sehen, was los war. Oh, nein!

„Ich hatte recht", sagte mein Fahrer. „Es ist uns jemand gefolgt!"

„Klettern Sie hoch, und sehen Sie nach!" befahl ich ihm.

Er kroch ein Stück hinauf. Dann stieß er einen Stein los, der eine kleine Lawine auslöste. Darauf schien man oben gewartet zu haben: Die Feuergarbe eines Exploders donnerte über die Felsen. Die Druckwelle war furchtbar! Wer immer dort oben sein mochte, er benutzte ein Fächergewehr! Das ist eine große Waffe, die ihr elektrisches Feuer über einen Sektor von vierzig Grad streut! Jedenfalls keine Jagdwaffe! Keine, die ein Wildhüter für gewöhnlich bei sich trägt. Das war Militärausrüstung! Gute Götter, wer war da hinter uns her? Die Armee?

„Vielleicht haben sie sich geirrt", meinte mein Fahrer, und dann schrie er, bevor ich ihn zurückhalten konnte: „He! Wir sind's nur!"

Noch eine Fächergarbe! Diesmal fegte sie einen Teil des oberen Randes der schützenden Felsen weg. Die Bruchstücke — geschmolzenes Gestein — regneten auf uns herab. Aber unser Feind, wer er auch sein mochte, hatte einen Fehler gemacht. Er — oder sie, falls es mehrere waren — hatte unsere Umgebung erleuchtet.

Wir hockten immer noch auf dem Tierpfad. Linker Hand, ungefähr zehn Fuß von uns entfernt, war eine Höhle. Dreitausend Fuß unter uns schäumte der Fluß; er war allerdings nicht mehr zu sehen. Uns umgab inzwischen die schwärzeste Nacht!

„Das sind Räuber", sagte mein Fahrer, vermutlich zu Recht. In diesen Bergen sind Überfälle an der Tagesordnung. Aber er schien nicht viel darüber zu wissen, wie man sich zu verhalten hat, wenn man es mit diesen Gesetzlosen zu tun bekommt.

ROOOOOOOOAR!

Sie, wer auch immer, schossen auf seine Stimme!

Aber ich weiß mit solchen Dingen besser umzugehen. „Können Sie einen abebbenden Schrei ausstoßen?" flüsterte ich meinem Fahrer zu.

„Nein", antwortete er.

„Nun, dann versuchen Sie es einfach so zu machen wie ich. Sobald ich geschrien habe, werde ich in diese Höhle dort springen, und sobald ich angekommen bin, schreien Sie und folgen mir in die Höhle. Verstanden?"

„Ich weiß nicht, wie ich es machen soll!" wisperte er. Der Idiot. Es gehört zur Ausbildung und steht in jedem Lehrbuch.

Ich schrie die Felsen hinauf: „Haut ab!"

ROOOOOOOOAR!

Darauf gab ich einen abebbenden Schrei von mir. Wenn man es richtig macht, hört es sich an, als würde er in der Ferne verklingen. Wer immer dort oben stehen mochte, mußte denken, er hätte getroffen und mich in den Abgrund geschickt. Ich hastete in die Höhle.

Mein Fahrer imitierte mich nach Kräften, weil es notwendig war und weil ihm der Schrei wahrscheinlich sowieso in der Kehle gesessen hatte. Er übertrieb es ein bißchen, denn als er neben mir in der Höhle landete, sagte er: „(Piep)!"

Wir warteten ab. Nach ein paar Minuten strich ein Lichtschein über den Pfad, auf dem wir gewesen waren, und wir drückten uns tiefer in die Höhle. Der Lichtstrahl verschwand.

Dann hörten wir verwundert zwei leisere Schüsse und kurz darauf das Knistern von Feuer. Danach röhrte etwas weiter weg der Antrieb irgendeines Gefährts auf, und dann hallte ein durchdringendes Brummen durch die Täler und Schluchten, das langsam leiser wurde und schließlich erstarb. Der Feind war fort.

Mein Mut erwachte, und ich schickte meinen Fahrer hinaus, um nachzusehen.

„Gute Götter!“ rief er, oben auf den Felsen stehend, aus.

Als ich aus der Höhle kam, stand er immer noch dort; niemand hatte ihn heruntergeschossen. Also kletterte ich zu ihm hinauf.

„Wir sind in den Schwarzen Bergen gestrandet!“ sagte er.

Das Flugmobil brannte.

„Gut“, sagte ich.

„Aber wir können nicht über diese Berge! Selbst auf den Pässen ist die Luft viel zu dünn.“

Mir fiel plötzlich ein, daß mein Fahrer auch einen Namen hatte. Ich benutzte ihn nie, aber jetzt schien der Zeitpunkt dafür gekommen. „Ske, haben Sie noch nie davon geträumt, in der Wildnis zu leben? Von Wäldern, Bäumen und reißenden Flüssen umgeben? Sich von den Gaben der Natur zu nähren? Ohne Sorgen zu leben?“

Es fand bei ihm offenbar wenig Anklang. Er begann wild zu fluchen und rannte hinunter, um das Wrack mit Sand zu bewerfen. Es half nichts mehr. Die Maschine war ausgebrannt. Wer immer es gewesen war, hatte ganze Arbeit geleistet: Ein Schuß hatte die Treibstofftanks getroffen, ein zweiter den Stromwandler. Die Maschine würde nie wieder laufen.

Ich summte glücklich vor mich hin. In einem Busch fand ich meinen Zündnadelexploder, dann auch meine Jagdtasche und die Munition. Anschließend zog ich geröstetes Gebäck und gekochtes Sprudelwasser unter dem Fahrersitz hervor. Dabei fiel mir der aufgeklappte Deckel des Werkzeugfachs in die Augen: Das Fach war leer.

Ich ließ mich auf den Boden sinken und begann zu lachen. Ich konnte überhaupt nicht mehr aufhören. Es war das erstemal seit langer Zeit, daß ich lachte. Mein Fahrer, der die brennende Maschine fast gelöscht hatte, so daß das Feuer nur noch leicht flackerte, warf mir einen erschrockenen Blick zu. Nun, vielleicht klang ich wirklich ein bißchen hysterisch.

„Was ist so lustig?“ fragte er verstimmt.

„Das Geld! Es ist weg!“ Ich wurde von einem neuen Lachkrampf geschüttelt. „Sie sind uns gefolgt, um uns auszurauben. Sie haben ihre Antriebe ausgeschaltet, damit wir sie nicht hören, sind das letzte Stück gesegelt und dann vorsichtig zu uns heraufgeklettert. Sie denken, sie hätten uns getötet. Und ...“ Es war so komisch, daß ich wieder lachen mußte. Mein Fahrer griff nach meinen Schultern, um mich zu stützen oder zu schütteln, oder was auch immer — es war mir egal. Ich saß nur da und gab mich meinem Lachen hin. Schließlich konnte ich wieder sprechen. „Und das alles, um Falschgeld zu stehlen! Wenn sie dieses Geld unter die Leute bringen, lösen sie eine Großfahndung aus. Man wird kurzen Prozeß mit ihnen machen!“

Ske fand das nicht sehr komisch. „Ich weiß nur, daß wir weit entfernt von jedem Verkehrsweg sind, daß wir keine Kommunikationsmöglichkeit haben, daß wir hier zu Fuß nicht herauskommen und daß wir von nichts als tiefen Schluchten und Wäldern voller wilder Tiere umgeben sind.“

„Das ist das Schöne daran“, sagte ich.

Er wandte sich ab und zündete das Feuer wieder an. Falls die Räuber zu dem Ort ihres Verbrechens zurückblickten, würden sie einen Lichtpunkt, kaum größer als ein Stecknadelkopf, sehen und denken, daß das Flugmobil immer noch brannte. Ske fand einige der Zitterer wieder und schnippte Schmutz und Steine von der geschmorten Haut. Ich setzte mich grinsend zu ihm.

Kein *Schlepper Eins* mehr. Kein Heller. Gräfin Krak war in weiter Ferne. Und wenn man uns fand, konnte ich Lombar erklären, daß wir abgestürzt waren, während wir nach dem Patrouillenschiff suchten, das nach seinen Befehlen verbrannt worden sein sollte. Ich blickte glücklichen Jahren in dieser Wildnis voller Jagdbeute entgegen. Alle meine Probleme waren gelöst.

Im Rückblick wünschte ich, es wäre so gewesen. Wie trügerisch war doch das Glücksgefühl jener Nacht!

Kapitel 5

Nach drei Wochen wurde meine „Idylle des primitiven Atavismus“ abrupt beendet. Als ich eines Tages aus wunderbarem, traumlosem Schlaf erwachte, fand ich einen Jagdexploder auf mein Kinn gerichtet.

Diese Täler zwischen den Bergrücken waren das Paradies: grasbewachsene Plateaus, prächtige Wälder, pittoreske Felsgebilde, Flüsse, die in interessanten Windungen leise plätschernd oder donnernd dahinflossen, und das alles umgeben von majestätischen, schneebedeckten Gipfeln!

Singvögel und eine unendliche Vielfalt von Wild waren im Überfluß vorhanden und erfreuten Magen, Augen und Ohren gleichermaßen. Tag für Tag waren wir von einer verlockenden Lagerstelle zur nächsten gewandert, eine immer entzückender als die andere.

Ich hatte etwas Ärger mit meinem Fahrer Ske. Weil man die in den Rahmen des Flugmobils eingestanzte Nummer braucht, um es ersetzt zu bekommen, hatte er darauf bestanden, den Rahmenteil auszubauen. Ohne Werkzeug, nur mit Felsbrocken und den bloßen Händen das Metall verbiegend, damit es sich erhitzte und brach, war es eine anstrengende Arbeit gewesen, die Stunden und Stunden dauerte. Das Ergebnis war, daß er ein zwanzig Fuß langes Stück des Fahrzeugrahmens mitschleppte. Es war ziemlich schwer und unhandlich, so daß es ihm ständig im Wege war, wenn er Felsen hinunterkletterte oder durch dichten Wald ging.

Außerdem hatte er noch das geröstete Gebäck und das restliche Sprudelwasser in seinen verzogenen Behältern sowie die versengten Polsterbezüge zu tragen, die wir als Decken benutzten. Wenn man dazu das Gewicht der jeweiligen Jagdbeute hinzurechnet, kann man sich vorstellen, was für eine Last das war. Und während ich weiterwanderte und hin und wieder stehenblieb, um die Aussicht zu genießen, den kräftigen Duft der Wälder auszukosten oder einen Singvogel zu erlegen, war ich mir bewußt, daß er, wenn er sich unbeobachtet fühlte, meinen Rücken mit mißmutigen Blicken durchbohrte.

Eines Tages, als wir einen aufgeweichten Pfad entlangschlenderten und er zum drittenmal von der Neigung des Fahrzeugrahmens, im Untergrund steckenzubleiben, zu Boden gerissen worden war, hörte ich ihn wieder einmal murren. Also nahm ich mir, während er auf dem unsicheren Boden Halt zu finden versuchte, die Zeit, ihn ins Bild zu setzen. Ich setzte mich auf einen Stein und versuchte ihm zu erklären, was eigentlich vorging.

Ich sagte ihm, daß jeder einen Rückschlag in sich habe, einen Atavismus, den Zug zum Primitiven. Ich ging ziemlich in die Einzelheiten, alles in der besten Tradition der Erdenpsychologie. Ich stellte bei ihm sogar ein Atavismusdefizit fest. Aber sein ganzer Dank bestand darin, daß er wieder den Pfad hinunterkullerte; der einzige Unterschied war der, daß er es diesmal mit kräftigen Flüchen quittierte.

Ich nahm unerschrocken einen zweiten Anlauf. Als er zu mir zurückgekommen war, erklärte ich ihm, daß jedes empfindende Wesen von unserer Art unter und zwischen den Hirnlappen aus der Evolution ein Reptilgehirn übrigbehalten habe. Dieses Gehirn beanspruche blinden Gehorsam. Ich zeichnete ihm sogar ein Schema in den Matsch. Und dann diagnostizierte ich sein Problem als Reptilhirndefizit, das ihn für die Notwendigkeit, meiner Führung blind zu folgen, uneinsichtig mache. Sein Dank äußerte sich wiederum nur darin, daß er zu Boden ging.

Mochte er damit zurechtkommen, wie er wollte, ich ließ mir das Vergnügen, das es mir bereitete, durch dieses weite Land zu streifen, von seinem Problem nicht schmälern. Hier würden mich weder der *Schlepper Eins* noch Heller oder Gräfin Krak stören, und auch der Schatten von Lombar Hisst war kaum noch zu ahnen.

Im Lauf der Tage muß ich mindestens fünfhundert Vögel geschossen haben. An einige war, nachdem sie vom Himmel gefallen waren, nur schwer heranzukommen andere waren nur verletzt, und mein Fahrer hatte, von seiner Last behindert, oft Schwierigkeiten, sie einzusammeln. Er machte es sich selbst schwer. Ich hatte ihm gesagt, er solle das Rahmenstück wegwerfen: Wir würden nie wieder ein Flugmobil benötigen, warum also die Rahmennummer mitschleppen, die man brauchte, um Ersatz zu bekommen? Aber ich schien in diesem Punkt nicht zu ihm durchdringen zu können.

Auch bei anderen Dingen war er unbelehrbar. Jedesmal, wenn wir unser Lager aufschlugen, suchte er sich regelmäßig frische grüne Zweige, um Feuer zu machen, anstatt trockenes Holz zu nehmen, so daß die letzte halbe Stunde des Tages dicke weiße Rauchwolken wie aufgeplusterte Kissen in den Himmel quollen und sich zu riesigen Säulen auftürmten. Ich versuchte es immer wieder, aber er ließ sich nicht davon abbringen. Er litt tatsächlich an einem Atavismusdefizit!

So war ich, als mich die kalte Explodermündung an jenem Morgen weckte, nicht allzu überrascht, meinen Fahrer mit hoher eindringlicher Stimme auf die Störenfriede einreden zu hören. Er mußte schließlich seine atavistischen Impulse übertönen!

„... Und dann, als wir die Räuber fast hatten, standen sie auf und schossen auf uns!“ erzählte Ske gerade. „Aber wie es unsere Pflicht war, sind wir Tag für Tag ihrer Spur gefolgt. Sie hinterließen eine Menge Hinweise. Sehen Sie nur diese Jagdtasche! Wir haben sie gestern abend gefunden. Sie ist voller Vögel!“

Man sollte sich seine Feinde stets genau ansehen. Die beiden die uns aufgestöbert hatten, trugen das Grün von Wildhütern. Auf der Brust war das Emblem irgendeines Lords zu sehen. Ausgesprochen häßliche Typen. Und schwer bewaffnet. Ich hörte einen brechenden Zweig zwischen den Bäumen in unserem Rücken und schloß, daß dort ein dritter uns den Fluchtweg abschnitt.

„Und hier ist noch ein Beweis dafür“, fuhr Ske fort, „daß wir sie aufgescheucht haben und sie in heller Angst vor uns geflohen sind: Sehen Sie sich diesen Zündnadelexploder an, den sie zurückgelassen haben!“

„Ah“, sagte einer der beiden, ein Schlägertyp von gut dreihundert Pfund, während sein Kollege weiter seinen Exploder auf mein Kinn richtete, und hob die Zündnadelbüchse auf. „Sie ist konfisziert. Nette Büchse."

„Das ist ein Beweismittel der Krone", meldete ich mich hastig zu Wort. „Sie sind nicht befugt, sich an einem Beweismittel zu schaffen zu machen!"

„Das hier", informierte mich der Dreihundertpfünder gewichtig, „ist das Revier von Lord Mok. Eine halbe Million Morgen im Umkreis. Und alles, was darauf gefunden wird, gehört Lord Mok!"

Für „Lord Mok", dachte ich bei mir, ist wohl „Wildhüter" einzusetzen.

Die Explodermündung schrammte über mein Kinn. „Aufstehen! Wir nehmen Sie fest!"

Erst jetzt bemerkte ich, daß sie Ske eine Schlinge um den Hals gelegt hatten. Das „Sie" schien ihn nicht einzubeziehen, denn der Dreihundertpfünder blickte sich nach einem Ast um, an dem er ihn aufhängen konnte. Oh, nun, dachte ich. Ein Fahrer ist leicht zu ersetzen.

Ske schien sich mit der Aussicht, gehängt zu werden, nicht abfinden zu wollen. Anstatt sich am Boden zu wälzen und zu betteln, griff er sich an den Hals, um die Schlinge zu lockern, und reckte sich zu voller Größe auf. Er ist allerdings nicht gerade ein Riese.

Dann rief er, indem er mit einer dramatischen Geste auf mich zeigte: „Das ist Offizier Gris vom Apparatus! Er befindet sich auf geheimer Mission für den Imperator!" Er mußte eine Meile weit zu hören gewesen sein!

Die Wirkung war interessant. *Drei* Männer traten zwischen den Bäumen hervor und stürmten mit vorgehaltenen Explodern auf uns zu! Es sah ganz danach aus, als würde es gleich eine doppelte Hinrichtung geben!

Ske hatte sich befreien können und eilte zu mir, um die Klappe einer Tasche aufzureißen, meine Kommunikatorscheibe herauszuziehen und hineinzuschreien: „Um der Götter willen, nicht feuern! Offizier Gris ist im Schußfeld!" Das war ziemlich idiotisch; wir hatten die Reichweite dieses Kommunikators sicher um das Zehnfache überschritten.

„Sagen Sie denen, daß sie unter Arrest stehen!" flüsterte mir Ske aufgeregt zu.

Ich blinzelte. Die Tölpel hatten sich tatsächlich zurückgezogen und blickten sich ängstlich nach allen Seiten um. Was für Idioten. Lord Mok schien sich nicht gerade die Klügsten als Wildhüter auszusuchen.

Ich erhob mich. „Sie stehen alle unter Arrest!" verkündete ich.

„Weil Sie sich als Wildhüter ausgegeben haben!" ergänzte Ske.

Danach löste sich der Kampf, oder was immer es geworden wäre, in Rufe wie „Wir haben Papiere!" oder „Woher sollen wir wissen, daß Sie wirklich Offizier Gris sind?" auf. Jeder zeigte jedem seine Dienstmarke, und Ske rannte herum und hielt den Männern meine Identokarte vors Gesicht.

Schließlich sagten sie mir, daß sie den Zündnadelexploder und die Jagdtasche als „Beweisstücke" dafür, daß wir tatsächlich Wilderer verfolgt hatten, behalten müßten. Dann erzählten sie uns, daß am nächsten Morgen von ihrem Revierhauptquartier ein Versorgungsflug in die Regierungsstadt abginge. Wir könnten bestimmt mitfliegen.

Ske schien erfreut zu sein, fast ausgelassen. Ich nicht. Ich hatte das Gefühl, als wäre der Himmel über mir eingestürzt. Ich war mir sicher, daß mich eine Katastrophe erwartete, und allein schon der Gedanke, zurückkehren zu müssen, ließ meinen Magen plötzlich wieder revoltieren.

Kapitel 6

Deprimiert saß ich dem Beamten in der Fahrzeugausgabe gegenüber und beobachtete sein Tun.

Die Wildhüter hatten uns im Apparatus-Fahrzeugdepot in der Regierungsstadt abgesetzt, ohne sich auch nur mit einem Wort für meinen Zündnadelexploder und die Jagdtasche zu bedanken. Ske hatte das Rahmenstück aus dem Wrack meines Flugmobils vorgelegt, und der Beamte war, anstatt ihn anzufahren, geradezu überschwenglich gewesen. Ske hatte einen Bericht geschrieben — *Absturz in Ausübung des Dienstes* — und dann die Anforderung für ein neues Flugmobil ausgefüllt.

„Uuuhuh! Eine Beförderung!" rief der Beamte aus. „Wir sind jetzt im Dienstrang Elf!" Er tatschte auf Skes Handgelenk. „Sie Schlimmer. Sie hätten doch das alte nicht *ruinieren* müssen, um ein neues zu bekommen. Sie hätten es nur herzubringen brauchen. Was für unnötigen Papierkram ihr Fahrer immer verursacht!"

Dann hatte er den Zulieferer in der Kommerzstadt am Kommunikator — Schmissig/Schnell, Herstellerauslieferung. „Uuuhuh, Chalber, mein Lieber", flötete er in die Leitung. „Wir haben hier eine Beförderung und brauchen dringend ein Modell 794-86." Er legte die Hand auf die Scheibe und wandte sich an Ske. „Sie haben nur noch eins mit Purpurpolstern und grünen Quasten. Geht das in Ordnung?" Ske dachte offenbar, es ginge, denn der Beamte überredete den „lieben Chalber", es gleich selbst herüberzubringen.

„Oh, Sie haben ein Glück", sagte der Beamte zu Ske. „Das Modell 794-86 ist absolut entzückend! Es hat hinten eine runde

Bank, die man zu einem Bett umklappen kann." „Bei allen Heiligen!" entfuhr es Ske, vermutlich in dem Gedanken, daß er meistens in meinem Flugmobil schlief.

„Oh, ja", säuselte der Beamte. „Außerdem hat es Fensterverdunkler und eine allerliebste Bar. Sie und ich müssen einmal einen Ausflug zusammen machen" — zwinker, zwinker —, „ja?"

Mir schien, daß Ske verborgene Seiten besaß, die ich noch nicht kannte.

Kurz darauf traf der „liebe Chalber" ein und begab sich zunächst zu dem Beamten. Sie flüsterten verstohlen miteinander, und ich bemerkte, wie goldglänzendes Papier den Besitzer wechselte. Aha! Deshalb also hatte der Apparatus so merkwürdig viele Fahrzeugverluste!

Der Beamte gab dem „lieben Chalber" einen Kuß, und nachdem ein Begleitmobil mit ihm abgeflogen war, wandte er sich an Ske. Wieder fand ein hastiger Händedruck statt, und ich sah deutlich ein etwas weniger glänzendes Papier aus der einen in die andere Hand wandern.

Das neue Flugmobil war ziemlich elegant. Purpurne Lichtkreisel, grüne Landungsräder, eine rote Bauchbinde: kaum das geeignete Gefährt für verdeckte Arbeit! Und das Innere war so *sauber,* daß es abstoßend wirkte. Ich stieg widerstrebend ein.

„Auf das nächste Wrack, mein Lieber", hörte ich den Beamten meinen Fahrer verabschieden. Aber ich hatte unrecht gehabt, was Ske betraf. Er wischte sich heftig den Kuß des Beamten vom Gesicht, während er sich hinter den Steuerknüppel klemmte. Dann hoben wir ab, um zu meinem Büro zu fliegen.

„Ich glaube, Sie schulden mir etwas", sagte ich. Aber ich mußte es, obwohl das neue Flugmobil leiser war als das alte, noch einmal mit mehr Nachdruck wiederholen, ehe er reagierte.

„Oh, Sie meinen das Geld", sagte er schließlich. „Das war nur eine Einheit, die er mir schuldig war."

Er wandte noch ein, daß er sie brauche, um Essen zu kaufen, aber er wußte, wie unnachgiebig ich sein konnte und warf sie mir über die Schulter nach hinten. Ich war mir zwar ziemlich sicher, daß er den Schein von einer ganzen Rolle gezogen hatte, gab mich aber damit zufrieden. Wir schaukelten inzwischen mitten im Verkehr, und die hinteren Fenster waren heruntergekurbelt und ich nicht angeschnallt. Der Geldschein wäre beinah hinausgesegelt! Es war wirklich knapp!

In meiner Dienststelle angekommen, stolperte ich als erstes über die beiden Burschen Fratz und Oh-Lieb: ein Blick auf mich, und sie fielen sich weinend in die Arme! Die anderen Schreiber des Hauptbüros gingen hinaus; dabei war es noch nicht einmal Mittag. Es war später Vormittag. Reichlich früher Dienstschluß, dachte ich.

Bawtch schob sich aus seinem Verschlag. „Oh, Sie sind es!" sagte er, als er mich erblickte. „Weshalb können Sie nicht aufhören, hierherzukommen und alles durcheinanderzubringen?"

Ich versuchte ihn darauf hinzuweisen, daß ich drei Wochen *vermißt* worden war. Aber er brabbelte nur etwas davon, daß ich ihm ständig im Weg herumstände.

Ich zog mich in mein Büro zurück und vergewisserte mich mit einem Blick, daß kein Haftbefehl gegen mich auf dem Schreibtisch lag. Ich hatte fast damit gerechnet. Aber nichts. Nur der übliche Staub.

Die Baufirma hatte ihre Arbeit beendet. Ich ging in die Toilette, und tatsächlich: Wenn man gegen die Wand drückte, gab sie den Weg zu einer Leiter frei, die zu einer Luke in der Decke führte. Das lautlos brechende Glas war ebenfalls eingesetzt worden. Und fünfhundert Fuß unter mir schäumte der Fluß.

Als ich in mein Büro zurückkam, hatte Bawtch, inkonsequent, wie er manchmal sein konnte, einige Formulare auf meinem Schreibtisch aufgestapelt. „Da Sie nun einmal hier sind, können Sie gleich diese Formulare abstempeln. Sie haben die Rechnung des ersten Unternehmers nie abgestempelt, so daß es jetzt *zwei* sind. Ich habe eine neue Gehaltsliste angefertigt und die Bewilligung der Mittel vorbereitet, die Twolah und Odur brauchen werden. Außerdem ist eine weitere Lieferung von Blito-P3 eingetroffen, deren Erhalt und guter Zustand bestätigt werden müssen. Die Büroaufwendungen sind ebenfalls gestiegen." Er drängte mich zu meinem Schreibtisch. „Es ist mir unbegreiflich, warum Sie, wenn Sie schon dauernd hier hereinplatzen müssen, nicht wenigstens Ihre Arbeit erledigen können!"

Also begann ich zu stempeln, indem ich mit ihm Schritt zu halten versuchte. Ich las mir nicht einmal durch, was ich absegnete. Die Haltung zu bewahren, ist immer das beste Mittel! Es verweist das Gesindel auf seinen Platz!

Dann fiel mir plötzlich auf, daß ich Blankoformulare abstempelte. So ging das nicht. Sie müssen erst ausgefüllt werden! Ich nahm meinen Mut zusammen. „Bawtch, Sie werden weich im Kopf. Sie haben vergessen, diese Formulare auszufüllen, bevor Sie sie mir gebracht haben! Das Alter, Bawtch! Verkalkung!"

Er schnappte sich den Papierstapel und stapfte wütend hinaus. Ich hatte ihn getroffen. Man muß diesem Gesindel gegenüber sehr bestimmt auftreten. Lombar hatte recht, als er sagte, daß nur sehr wenige Akademieoffiziere unter uns wären; und diese wenigen mußten sich ehrlich schinden, damit der Apparatus so gut funktionierte, wie er es tat!

Ich stand auf und ging in das Hauptbüro hinüber. Merkwürdigerweise leerte es sich sofort wieder, als ich es betrat. Aber ich spürte, daß jemand links hinter mir war, und drehte mich um. Es waren Fratz und Oh-Lieb. Sie saßen in der Falle: Wenn sie hinaus wollten, mußten sie an mir vorbei. Sie waren schreckensstarr.

Hinter ihnen stand ein Dritter, ein Einrichter vom Ausbildungskommando des Apparatus. Und was soll ich euch sagen, er saß an einem brandneuen Chefpult! Es wirkte mit all seinen hellen, glänzenden Knöpfen und Tasten und dem glitzernden Schirm zwischen dem Dreck und der abgenutzten Einrichtung des Büros völlig fehl am Platz.

Dann begriff ich die Situation und fragte Bawtch, der inzwischen dazugekommen war: „Was macht dieses Chefpult hier?"

Bawtch, der in manchen Dingen, zum Beispiel in der Geheimhaltung anderen Teilen des Apparatus gegenüber, recht pingelig ist, bedeutete dem Einrichter, hinauszugehen. Als er draußen war, wandte er sich mir zu: „Sie haben die Anforderung vor drei Wochen abgestempelt. In Ihrem neuen Rang steht Ihnen eins zu, obwohl ich mir nicht vorstellen kann, weshalb man Sie befördert hat."

Ich wußte, daß das nicht der eigentliche Grund war. Es war nur sein übliches Geschwätz in Erinnerung an die achtzig Jahre alte Unfähigkeit, Offizier zu werden. „Sie haben es besorgt, damit diese beiden Burschen es benutzen können!" Jetzt ging Bawtch in die Luft. „Sie Scheusal! Sie erwarten doch nicht, daß die beiden ihre Informationen von einem schmutzigen alten Lord beziehen, oder?"

„Und wie ich das tue! Was Endow weiß, erfährt man nicht von diesen Maschinen. Die beiden sollten zusehen, daß sie in sein Bett kommen, oder ich nehme irgendwelche anderen Schwestern!"

Das gab den beiden, die sich bereits wieder in die Arme gefallen waren, den Rest. Sie wurden ohnmächtig.

Bawtch ging, die Stühle aus dem Weg schleudernd, davon und warf die Tür seines Büros hinter sich zu. Er schien wirklich die Fassung verloren zu haben.

Ich stieg über die beiden Burschen hinweg und setzte mich an das Pult. Gut, gut. Ein eigenes Chefpult! Ich schaltete den Lernkurs ab und auf Betriebsbereitschaft um, zog Bawtchs Bürochefidentokarte heraus und wollte schon meine eigene hineinschieben, als ich es mir anders überlegte und seine in den Schlitz zurücksteckte. Er hatte in der Aufregung vergessen, sie mitzunehmen.

Dann tippte ich meinen Namen und meine Identifikation ein. Es dauerte einen Moment; schließlich gibt es unter den Abermillionen voltarianischer Offiziere aller Waffengattungen zweiundzwanzigtausendsechshunderteinundachtzig namens Soltan Gris, und ich wollte nicht den falschen erwischen.

Als die Maschine soweit war, fragte ich sie:

> Steckbriefe?

Die Antwort lautete:

> Noch keine.

Ich fragte weiter:

> Soldbilanz?

Und auf dem Schirm flackerte es prompt rot auf:

> Achtung, Achtung! Durch Rechenfehler hat dieser Offizier eine Verrechnungseinheit mehr als den Vorschuß auf einen Jahressold erhalten. Bis zur Rückerstattung sind weitere Zahlungen ausgeschlossen.

Ich hatte gedacht, ich hätte jetzt über den Sold für drei Wochen verfügen können. Aber nichts dergleichen! Dennoch, was für ein

Glück! Ich hatte eine Einheit, die ich einzahlen konnte. Doch als ich gerade nach dem Geldschein greifen wollte, erschien eine weitere Textseite auf dem Schirm:

Warnung! Falls besagter Offizier aus irgendeinem Grund einen seiner vier Gehaltsschecks verlieren, degradiert werden oder mit einem Bußgeld belegt werden sollte, teilen Sie es sofort der Finanzverwaltung des Kriegsgerichts mit.

Ich fröstelte. Was, wenn ich die Mission Erde verlor? Die Berge hatten ihre Wildhüter, und die Regierungsstadt ihre Finanzverwaltung. Es gab kein Entrinnen!

Mir war zwar nicht unbekannt, was mich erwarten konnte, aber die bedrohliche Aussicht, möglicherweise in der Gosse irgendeines Elendsviertels zu landen und vom Abfall leben zu müssen, wenn überhaupt, enervierte mich doch derart, daß die Fünf-Sekunden-Warnung aufblinkte, bevor mir einfiel, daß ich nicht verhindert hatte, sofort wieder aus der Leitung geworfen zu werden. Hastig tippte ich:

Betrag unterwegs.

Dann kritzelte ich meinen Namen samt Kennzeichnung auf einen Zettel, rollte ihn mit der Einer-Note zusammen ein und steckte beides in eine Kapsel, die ich eilig in die Eingabeöffnung steckte. Dazu tippte ich den Empfänger ein:

Finanzverwaltung.

Und sofort erlosch der Schirm, um mir kurz darauf mitzuteilen:

Rückerstattung erhalten.

Ich fragte erneut:

Soldbilanz?

Die Maschine erwiderte:

Es tut mir leid, aber es braucht zwei Monate, um einen Zahlungsfehler zu korrigieren.

Und ehe ich protestieren konnte, wiederholte die Maschine:

Warnung! Falls besagter Offizier aus irgendeinem Grund einen seiner vier Gehaltsschecks...

Ich hämmerte auf die Tasten und schaltete die Maschine aus. (Piep)! Ich hätte mit einer Blüte bezahlen sollen! Das hätte es ihnen gezeigt!

Ich war so wütend und durcheinander, daß ich die beiden

Ohnmächtigen hinter mir vergaß und über sie stolperte, als ich das Büro verließ. Draußen atmete ich tief durch, um mich zu beruhigen. Der säuerliche Geruch des Apparatus-Areals und der Gestank des Wiels waren allerdings nichts im Vergleich mit den Schwarzen Bergen.

„Offizier Gris", schreckte mich Ske im Schatten des Gebäudes auf, „meinen Sie nicht, daß wir zum Apparatus-Hangar fliegen sollten? Wir haben immerhin ein paar Tage verloren."

Wir könnten auch ein paar Gehaltsschecks verloren haben, dachte ich, während ich hastig in mein Flugmobil stieg. Ich mußte diese Mission in Gang bringen, selbst wenn es mich das Leben kosten sollte, was wahrscheinlich auch geschehen würde.

Kapitel 7

Wir zogen Warteschleifen über dem Apparatus-Hangar, während unten der Landekreis geräumt wurde, und das machte mich nervös, so begierig war ich, die Mission zu beschleunigen. Dabei war es recht angenehm, dort oben im Nachmittagslicht zu schweben und aus dem prunkhaften Sitz des neuen Flugmobils den Ausblick zu genießen. Aber das konnte mich nicht davor retten, in irgendein dreckiges Loch abzustürzen. Weit, weit drüben im Westen war Ardaucus zu sehen, wie man die Elendsstadt protzig nennt. Sogar aus dieser Entfernung sah sie verdreckt und schmierig aus. Lombar hatte recht: Sie sollte geschleift werden! Aber nicht mit mir als Bewohner!

„Was hält uns auf?" fragte ich schließlich.

Ske zuckte die Achseln. „Es ist dieser Frachtschlepper der Flotte."

Schrecken durchzuckte mich. Ich hatte sorgfältig darauf geachtet, daß Heller in keiner Weise mit der Flotte in Berührung kam! Und dort unten auf dem Landekreis stand tatsächlich ein Frachtschlepper, der etwas Riesiges, Messingfarbenes hin- und herschaukelnd auf eine Rollplattform entlud — eine Art Zylinder.

Kaum war das geschehen, löste der Flottenpilot die Haken, und die Kabel wurden aufgerollt. Er wartete jedoch nicht ab, bis sie ganz eingezogen waren, sondern startete sofort durch, so daß der blaue Frachter regelrecht in den Himmel zischte.

Die Rollplattform wurde in den Hangar gezogen, und mein Fahrer brachte uns auf das Landekreuz hinunter.

Ich war ziemlich beunruhigt, daß die Flotte, wenn auch nur

am Rande, mit der Mission in Berührung gekommen war. Der Gedanke an die Besatzung des Patrouillenschiffs, die wahrscheinlich schon lange tot war, und die Worte von Soams genügten fast, um mich zum Umkehren zu bewegen. Aber die Erinnerung an die Bedrohung, die mir das Chefpult klar vor Augen geführt hatte, war noch frisch, also sprang ich aus dem Flugmobil und rannte der Rollplattform hinterher, die inzwischen im Hangar verschwunden war. Der Kranhaken senkte sich gerade zu dem Zylinder hinunter. Und dort war auch Heller, der die Bewegungen des Hakens dirigierte. Ich zog mich ein Stück zurück.

Am *Schlepper Eins* waren einige der oberen Panzerungsplatten entfernt worden, direkt in der Mitte des Hecks. Heller gab dem Kranmeister mit Handzeichen zu verstehen, wie er den Haken zu steuern hatte. Dann sprang er auf die Rollplattform und kletterte den Zylinder hinauf, um den Haken mit einer behandschuhten Hand an dem riesigen Ring zu befestigen. Danach winkte er dem Kranmeister und ließ sich mit dem Zylinder hoch in die Luft ziehen.

Ich entdeckte ein Schild auf dem Zylinder. Es besagte:

GEFÄHRLICH!
HOCHEXPLOSIV!
NICHT ÖFFNEN!

Gütige Götter, murmelte ich vor mich hin. Ist der Schlepper denn nicht so schon eine Bombe?

Der Fahrer der Rollplattform stieg herunter. Seine Arbeit war beendet, und er steckte sich ein Paffstäbchen an.

„Sind in letzter Zeit noch andere Flotteneinheiten hiergewesen?“ fragte ich ihn.

„Spielt das eine Rolle? Haben Sie es nicht gesehen?“ Er hatte offenbar nicht mitbekommen, daß ich drei Wochen abwesend gewesen war.

„Nun, sind welche dagewesen?“ beharrte ich.

„Nö, das war die erste seit zwei Tagen. Sonst war keine hier, gestern und heute.“

„Was ist das, was da gekommen ist?“ fragte ich weiter.

„Ein (piep) unangenehmes Gerät", antwortete er mit einem Blick auf den in der Luft schwebenden Zylinder. „Man kann einen Zeitwandler nicht im Flug auswechseln. Der zusätzliche kann also nur bedeuten, daß sie zu einem gutausgerüsteten Reparaturstützpunkt unterwegs sind. Ich war früher Antriebsingenieur, wissen Sie. Bevor der Raum mir Angst einjagte."

Heller hatte den Zylinder unterdessen in das Loch im Heck des Schleppers gelenkt.

„Er wollte keinen anderen heranlassen", sagte der Fahrer der Rollplattform. „Vielleicht haben die anderen es auch abgelehnt. Diese (piep) War-Werde-Maschinen! Sie sind sogar in einem Schlachtschiff gefährlich. Und für die sind sie konstruiert, wissen Sie, nicht für einen (piep) Schlepper. Ich frage mich, was er mit einem zweiten Zeitwandler will."

Heller dirigierte gerade das letzte Absenkmanöver. Von meinem Standpunkt aus war er nicht mehr als ein Punkt, der mit dem massigen Zylinder hin- und herschaukelte.

„Wenn Sie meinen Rat hören wollen", fuhr mein Gesprächspartner fort, „so versuchen Sie nie, einen dieser Zeitwandler zu öffnen. Sie können glauben, was auf dem Warnschild steht. Es könnte Sie Ihre Hand kosten! Ich kann Ihnen sogar noch einen besseren Rat geben: Gehen Sie nie an Bord dieses (piep) Schleppers!"

Er verbreitete nicht gerade die beste Laune, also ließ ich ihn stehen und ging weiter in den Hangar hinein. Der Halbzug der Tageswache lungerte herum, ohne mir auch nur einen Blick zu gönnen. Ich trat an den Unteroffizier heran.

„Sind noch mehr Dinge von der Flotte gekommen?" fragte ich ihn.

Er blickte sich um. „Die meisten Leute von den Zulieferern scheinen gegangen zu sein."

Das war keine Antwort. „Wie sehen die Sachen aus?" hakte ich nach.

„Wie sehen lange Kisten wohl aus?" fragte er genervt zurück.

„Wo werden sie aufbewahrt?" fragte ich.

„Im unteren Frachtraum natürlich. Sagen Sie" — und damit faßte er mich scharf ins Auge —, „können Sie nicht sehen, oder was?" Es war klar, daß er meine Abwesenheit ebenfalls nicht bemerkt hatte.

Der Haken wurde aus dem Loch in der Außenwand des Schleppers gezogen. Der Zylinder war offenbar an seinem Lagerplatz verstaut. Heller stand jetzt auf dem Haken. Er sauste hinunter wie eine Bombe, und Heller sprang ab, kurz bevor er mit lautem Krachen auf den Boden auftraf.

„Oh, hören Sie, Soltan", sagte er, als würde er eine Unterhaltung fortsetzen, in der wir vor einer halben Stunde unterbrochen worden waren, „wie ich Ihnen schon gesagt habe, vermisse ich all diese kulturellen Notizen und Beobachtungen der früheren Expeditionen zu Blito-P3. Könnten Sie nicht versuchen, sie wiederzubeschaffen?" Dann blickte er zu der Kabine des Kranführers hoch, rief: „Gut gemacht! Danke, Kranmeister!", und trottete mit einem freundlichen Winken für ihn zum Schlepper, um durch die Luftschleuse in seinem Innern zu verschwinden.

Für heute war die Arbeit beendet, und die Leute verließen den Hangar. Das Tagesgestirn war bereits untergegangen. Und dann kam es: „Hap, jo, hap, hap, jo!" Der Marschrhythmus der Flotteninfanteristen, das fremdeste Geräusch, das es auf Apparatus-Gelände geben konnte. Dazu das Knallen der Stiefel. So marschierten sie herein und salutierten vor dem Unteroffizier der Tagesschicht. Dann: „Ei-ein-teilung! Wachmann Ip, Sie postieren sich im Schiff!" Gräfin Krak knallte zackig mit den Hacken und trabte ab. Alles wie gehabt!

Snelz schlenderte zu dem alten Schwerkraftsitz hinüber und setzte sich. Ich ging zu ihm. Er zündete sich gerade ein Paffstäbchen an.

„Ein bißchen windig heute in der Wüste", sagte er, und dann, nach einer kurzen Pause, fügte er hinzu: „Wollen Sie ein Paffstäbchen?"

„Ich glaube, Sie schulden mir mehr als das", entgegnete ich mit drohendem Unterton.

„Oh?" Er fingerte in den Taschen seines Blousons und förderte eine Fünfer-Note zutage. „Ich dachte, ich hätte sie Ihnen schon vor ein paar Tagen gegeben. Nun, hier ist sie."

Er schuldete mir wahrscheinlich mehr, aber die Erkenntnis, daß er nicht einmal wußte, daß ich weggewesen war, raubte mir irgendwie den Mut. Ich steckte die fünf Einheiten ein und ging davon. Ich hatte jetzt also fünf Einheiten, und das ermutigte mich, „nach Hause“ zu fliegen.

Dort stieg ich, sorgfältig die zerbrochenen Stufen vermeidend, die Seitentreppe hinauf. Oben hörte ich Schritte im Flur. Es war dunkel, und ich schlich so leise wie möglich an der Wand entlang zu meinem Zimmer. Ich kannte den Weg; ich war ihn oft genug gegangen, und ich bin ein Meister im lautlosen Anschleichen.

An meiner Tür war kein Riegel, und ich drückte sie auf. Eine niedrig hängende Leuchtplatte brannte, und in ihrem Licht sah ich, keine drei Fuß von mir entfernt, meine Wirtin. Es sah aus, als würde sie meine Sachen filzen. Ich zog hastig den Fünfer aus der Tasche und übergab ihn ihr.

Sie sagte weder danke noch ein einziges Wort darüber, daß ich ihr immer noch die Miete eines Jahres schuldete. Statt dessen meinte sie: „Ich wünschte, Sie würden ab und zu den Fußboden wischen! Der Gestank ist fürchterlich!“ Dann wackelte sie hinaus.

Später, als ich auf dem ramponierten Bett lag und in die Dunkelheit starrte, dachte ich daran, daß ich drei Wochen fort gewesen war. Ich hätte tot sein können. Aber nicht einer, mit dem ich an diesem Tag zusammengekommen war, hatte gefragt: „Wo sind Sie gewesen?“

Kapitel 8

Aber wenn ich dachte, ich würde unbemerkt bleiben und es würde alles auf ewig so weiterlaufen wie bisher, hatte ich mich geirrt. Nichts jedoch wies darauf hin, daß Hellers verrückte, unverantwortliche Handlungen an diesem Tag allem die Krone aufsetzen und, wenn auch unbeabsichtigt, die Wende einleiten sollten, die uns alle auf den Weg in die Katastrophe brachte.

Ich wachte einige Zeit vor Tagesanbruch, von rasendem Hunger geplagt, auf. Der Gedanke, mich selbst so sehr auszuhungern und dem Durst auszusetzen, daß ich wieder von einem Manco-Teufel träumen würde, versetzte mich in Panik: Aufgrund meiner Armut hatte ich am vergangenen Tag nichts zu mir genommen. Ich wollte nicht noch einmal einen Posten beim König der Unterwelt angeboten bekommen.

Folglich stürzte ich aus dem Bett, zog mich an und rannte hinunter in den Hof, trat meinen Fahrer wach und drängte ihn wie verrückt, sofort zu meinem Büro zu fliegen, obwohl es noch dunkel war. Ich hoffte, dort vor Bawtch einzutreffen und mich vom Muntermacher der Schreiber bedienen zu können. Es war ein geschickter Plan; ich hatte alles bedacht, einschließlich des Vorwands, das Chefpult benutzen zu müssen. Ich hatte den Plan sogar mit der phantastischen Geschichte ausgeschmückt, daß ich die ganze Nacht wie ein Sklave geackert hätte, aber ich glaubte nicht, daß Bawtch sie mir abkaufen würde, also ließ ich sie fallen.

Im Büro angekommen, machte ich nur wenig Licht und hantierte mit einem Satz magnetischer Frequenzplättchen, um das Schloß des Speiseschranks zu knacken. Ich bin ein sehr geübter

Schloßknacker — das ist die in unserer Branche übliche Bezeichnung dafür —, und im Handumdrehen hatte ich nicht nur einen Behälter mit Muntermacher in der Hand, sondern auch eine dünne, trockene Gebäckkruste, die jemand im Schrank zurückgelassen hatte.

Ich trank den Muntermacher, die ersten Schlucke im Mund spülend, rasch aus und ging, vorsichtig an dem Gebäck knabbernd, um mir keinen Zahn abzubrechen, zum Chefpult hinüber. So weit, so gut: Ich war vor den anderen im Büro angekommen, und niemand hatte mich beobachtet. Meine vorzügliche Ausbildung hatte sich als nützlich erwiesen.

Ich setzte mich ans Pult. Bei der Planung meines Vorgehens hatte ich es vernachlässigt, zu entscheiden, was ich die Maschine fragen sollte. Bawtch hatte seine Identokarte inzwischen entfernt, also mußte ich meine eigene benutzen. Ich steckte sie in den Schlitz, doch der Schirm erlosch fast sofort wieder, da ich immer noch überlegte, was ich eingeben sollte. Es war viel zu früh, um schon klar denken zu können, Muntermacher hin oder her.

Dann fiel mir Hellers Bemerkung von gestern ein, und ich tippte, nachdem ich die Maschine erneut aktiviert hatte, hastig ein:

> Blito-P3, sämtliche kulturellen und ethnologischen Berichte von sämtlichen Beobachtungsflügen bis vor einhundert Jahren.

Die Maschine wirkte unschlüssig. Dann blinkte Text auf, und der Meister verkündete:

> Tut mir leid. Das angeforderte Material ist aus der Datenbank gelöscht.

Was war das? Ich hätte es verstanden, wenn neues Material gelöscht worden wäre. Aber Daten aus längst vergangenen Jahrhunderten? Heller hat speziell dieses Material verlangt. Ich mußte ihm irgend *etwas* bringen, das zeigte, daß ich die Tage nicht nutzlos vertat. Also tippte ich:

> Korrektur: Sämtliches Material bis vor zwanzig Jahren.

Die Maschine erklärte wiederum:

> Tut mir leid. Gelöscht.

Langsam verärgerte es mich. Diese Maschinen können einen schon nerven, besonders früh am Morgen. Ich hakte gereizt nach:

Korrektur: Sämtliches Material bis in die Gegenwart.

Der Schirm, wie gehabt:

Tut mir leid. Nach dem Vergleich der Frage mit der Identokarte wissen Sie sehr gut, daß es nicht verfügbar ist. Absolut gelöscht!

(Piep)! Das regte mich nun wirklich auf, hieß es doch, daß ich Heller nichts bringen konnte, das ihm demonstriert hätte, wie hilfreich ich war. Aha! Ich tippte:

Bitte die Kopien des Gelöschten.

Das verursachte eine kurzzeitige Verdüsterung des Schirms. Dann las ich:

Wie kann man mit einem Nichts ein Nichts zeigen?

(Piep) Maschinen! Sie sind so unlogisch. Können nicht denken. Ich zupfte an meiner Augenbraue, dann hatte ich es.

Bitte die Nummer und Identität desjenigen, der die Löschung vorgenommen hat.

Die Maschine dachte darüber nach, doch dann gab sie mir erstaunlicherweise, was ich wollte:

Lombar Hisst.

Es war alles da: Name, Rang und ein Faksimile der Identokarte! Man stelle sich vor, der große Lombar Hisst hatte seinen Namen in der Datenbank hinterlassen!

Hastig drückte ich den Knopf für *„Ausdruck"*, und prompt wurde das Papier herausgeschoben. Es war ein beglaubigter Ausdruck. Er besagte:

Sämtliche vorhandenen und weiterhin eintreffenden kulturellen, ethnologischen, politischen und sonstigen auf Blito-P3 bezogenen Daten wurden mit dem unten angegebenen Datum vor fünfundzwanzig Jahren gelöscht auf Befehl von Lombar Hisst, Chefexekutor des Coordinierten Informations-Apparatus, Amt für Äußere Angelegenheiten, Konföderation von Voltar.
Das Faksimile der Identokarte ist beigefügt.

Nun hatte ich doch etwas, das Heller beweisen würde, *daß* ich arbeitete und mich umtat. Ich faltete den Ausdruck zusammen und steckte ihn in die Tasche.

Als ich dabei war, die Maschine abzuschalten, hörte ich aus einem der Nebenbüros Stimmen.

„Aber ich will nicht dorthin!" Das war Fratz.

„Armes Ding! Ich weiß, wie du dich fühlst." Ich erkannte Bawtchs Stimme. „Aber dieses Scheusal ist zum Schlimmsten fähig." Ich konnte mir nicht vorstellen, auf wen er sich damit bezog.

Ich hörte jemanden heulen.

„Beruhige dich doch." Das war wieder Bawtch. „Hier ist ein Taschentuch. Schnaub dir die Nase. Du verschmierst ja den ganzen Gesichtspuder."

Danach erklang das zu erwartende Schnauben.

„Hier", war wiederum Bawtch zu hören, „das sind ein paar wertlose Informationen. Das gleiche Material wird auf dem normalen Dienstweg auch an Hisst gehen. Aber du gehst mit diesem Päckchen — hier, ich lege es in diese Amtsmappe — direkt zum Büro von Lord Endow. Übergib es weder dem Mann am Empfang noch irgendeinem Sekretär. Bestehe darauf, daß du es Lord Endow persönlich aushändigen mußt, unter vier Augen. Man wird dich nach Waffen durchsuchen — wehre dich nicht dagegen — und dann vorlassen. Lord Endow wird die Amtsmappe öffnen und natürlich sofort erkennen, daß das Material unwichtig ist. Er wird dich fragen, was das soll. Und du wirst ihm antworten, daß du ihn bei der letzten Parade gesehen und dich in ihn verliebt hast."

Schluchzen. Dann erneut Schnauben. Schließlich Fratz' Stimme: „Aber es heißt, er ist zu groß!"

„Ja, du armes Ding, ich weiß. Hier hast du etwas Fett. Und nun mach dich auf die Socken, bevor sich dieser unaussprechliche (piep) etwas noch Schlimmeres ausdenkt!"

Ich war wirklich schockiert. Dafür, daß er einen Lord als unaussprechlichen (piep) bezeichnete, konnte Bawtch ins Gefängnis kommen. Aber es hatte auch sein Gutes. Er brachte das Projekt auf den Weg. Ich stand auf. Ich dachte sogar daran, ihm zu sagen, wie erfreut ich über seinen Sinneswandel sei, als ich eine fürchterliche Schimpfkanonade vernahm.

Ehrlich, sie war noch deftiger, als es ein Raumpirat gekonnt hätte! Sie endete mit den Worten: „... Ich werde eine interne Untersuchung einleiten, um herauszubekommen, was mit dem Speiseschrank passiert ist!"

Ulp. Ich hatte vergessen, ihn wieder zuzuschließen, und überlegte, ob jetzt der Augenblick gekommen war, den Fluchtweg zu benutzen. Aber, von dem Muntermacher und dem trockenen Gebäck gestärkt, stapfte ich mutig hinüber, an dem offenen Speiseschrank vorbei, und fragte Bawtch beiläufig: „Wie wäre es mit einem Muntermacher?"

Er starrte mich nur wie einen Geist an, und ich verließ das Büro. Ich glaube, er vermutete etwas.

Draußen weckte ich meinen Fahrer zum zweitenmal an diesem Tag und befahl ihm, zum Apparatus-Hangar zu fliegen. Damit war ich, ohne es zu wissen, auf dem Weg zu einem verheerenden Treffen mit den Waldgöttern eines schrecklichen Schicksals. Die Zeit arbeitete gegen mich. Erbarmungslos!

TEIL VIII

Kapitel 1

Der Hangar schwirrte von betriebsamer Tätigkeit. Wir waren gleichzeitig mit den Männern der Vertragsunternehmen eingetroffen, und wo man auch hinsah, überall gingen Gruppen in den verschiedenfarbigen Arbeitsanzügen ihrer Firmen ans Werk. Wie sie dort durcheinanderwirbelten und ihre jeweiligen Aufgaben in Angriff nahmen, gaben sie ein munteres, farbenfrohes Bild von Fleiß und Arbeitseifer, wie es für einen Apparatus-Hangar nicht untypischer sein konnte.

Heller war nirgendwo zu sehen. Der Halbzug der Tagesschicht hatte seinen Dienst angetreten, die Gräfin war also weg. Ich hatte schließlich die Nase voll davon, herumgestoßen zu werden, und zog mich, nachdem mich ein vorbeirauschender Lastkarren fast umgefahren hatte, aus der Schußlinie zurück. Ich fand einen Haufen von altem Apparatus-Schutt und ließ mich, einigermaßen vom Lärm und Getriebe abgeschirmt, darauf nieder. Diesem Tumult zuzuschauen, war ausgesprochen anstrengend.

Eine der Arbeitsgruppen befand sich im Hauptmaschinenraum, offenbar, um den zweiten Zeitwandler zu befestigen, und ihr Vormann kam immer wieder herausgerannt, um sich lauthals zu beschweren, daß in dem Raum zu wenig Platz sei.

Jetzt tauchte auch Heller auf, der wohl am Kommunikator im Büro gewesen war. Er machte einen sehr ruhigen und befähigten Eindruck. Er trug wieder seine rote Rennkappe auf dem Hinterkopf und stopfte sich eine Liste in die Tasche. Ich wollte schon zu ihm gehen, um ihm die Löschnotiz zu bringen, als er den aufgeregten Vormann erblickte und zu ihm hinübertrottete.

„Das Ding ist nicht dafür gebaut, um dort untergebracht zu werden!“ jammerte der Vormann. „An Bord ist nicht genug Platz, weder dort noch sonstwo.“

„Ich glaube, wenn wir das Verstärkerschaltbrett um zwei Fuß versetzen“, sagte Heller, „müßten wir ihn hineinquetschen können. Holen Sie die War-Werde-Spezialisten her. Ein Verstärkerschaltbrett umzusetzen ist ziemlich knifflig, aber wir schaffen es schon.“

„Knifflig!“ erwiderte der Vormann. „Wenn man auch nur ein Kabel falsch anschließt, ist es nicht mehr knifflig. Dann macht es peng! Aber gut, es ist Ihr Hals, Offizier Heller.“ Damit eilte er davon, um die War-Werde-Leute zu suchen.

Ich war verzweifelt. Nicht genug damit, daß wir gefährliche Antriebe hatten, mußte jetzt auch noch an den Schaltungen herumgefummelt werden! Ich sackte in mich zusammen.

Die Antriebsfachleute verschwanden im Hauptmaschinenraum und hämmerten, fluchten, sprühten Funken, und nach einer Stunde etwa erklang ein gemeinsames Freudengeheul. Heller kam mit den beiden Vormännern heraus. Alle drei lachten: Was immer sie getan hatten, es schien ein voller Erfolg geworden zu sein.

Auf ein Zeichen von Heller hin kletterte eine andere Arbeitsgruppe auf den Schlepper und setzte die Panzerungsplatten wieder ein, die abgenommen worden waren, um den zusätzlichen Zeitwandler in den Hauptmaschinenraum zu bekommen. Sie sahen dort oben wie kleine Puppen aus. Der *Schlepper Eins* war zwar nicht sonderlich groß, aber ein Sturz aus vierzig Fuß Höhe kann doch einigen Schaden anrichten. Ich wandte den Blick ab. Ich vertrage keine Höhe.

Der Hangar toste immer noch von Geschäftigkeit. Nach den Farben der Arbeitsanzüge zu urteilen, mußten es achtzehn Gruppen sein, die sich an dem Schlepper zu schaffen machten. Aber Heller konnte mich nicht täuschen. Er zögerte nur den Abflug hinaus. Ich wußte, daß man ein Raumschiff endlos überholen kann. Man kann sogar heute rückgängig machen, was man gestern erst eingebaut hat! Heller, so sagte ich mir, hatte nicht die geringste Absicht, die Mission zu starten. Warum auch? Er hatte ein schönes Quartier, auch wenn es gerade renoviert wurde. Er hatte die Gräfin. Warum sollte er irgendwo anders hin?

Und dann entdeckte ich etwas, das mich umwarf. Draußen vor dem Hangar hielt ein Flottenlaster, aus dem sechs Raumfahrer der Flotte sprangen. Bevor Heller erschien und die Gemüter beruhigte, kam es fast zu Handgreiflichkeiten mit der Hangarwache.

Die Raumfahrer luden eine lange und offenbar schwere Kiste vom Lastwagen, trugen sie mit schweren Schritten zum Schlepper und hievten sie durch die Luftschleuse hinein. Nach einer Weile kamen sie wieder heraus, und einer der Vormänner des Hangars ließ seinen Spott an ihnen aus. Daraufhin machte der Anführer der Gruppe einen kleinen Umweg und schlug ihn kurzerhand zu Boden!

Wildes Geschrei war die Folge, „Säufer!" auf der einen Seite und „Bläulinge!" auf der anderen — so nennt man beim Apparatus die Flottenangehörigen; Bläulinge sind eine Insektenart. Und wieder war es Heller, der die Situation entschärfte, bevor es zur Explosion kam. Die Raumfahrer verzogen sich, und Heller schnappte sich den Apparatus-Vormann, der hastig beteuerte: „Ich habe nicht Sie gemeint, Offizier Heller." Und so war alles schnell wieder im Lot.

Mich interessierte jedoch etwas anderes: die Kiste! Ich schlenderte unauffällig zum Schlepper hinüber und schlüpfte hinein. Die Kommandobrücke war ein ziemliches Durcheinander — wie es schien, wurden Spulen zur Schwerkraftsimulation in die Wände eingebaut —, eine Menge Drähte hingen wirr herum. Aber das war mir im Moment egal.

Die Bodenplatten des Gangs waren aufgeklappt und gaben den Blick in die niedrigen Lagerräume und auf die Unterseite des Hauptantriebs frei. Ich ließ mich rasch hinunter. Es standen sechs dieser Kisten dort. Die Beschriftung auf ihnen bezeichnete sie als *Kiste A*, *Kiste B* und so weiter. Sie waren so fest verankert, daß ich sie mit aller Anstrengung nicht anheben oder gar öffnen konnte. Was, bei allen Teufeln, bewahrte Heller in ihnen auf? Welche Bedrohung bedeuteten *sie* für eine Mission, die inszeniert wurde, um zu scheitern?

Ich fand keine Antwort darauf, also kletterte ich, um nicht hier unten eingeschlossen zu werden, zurück — und Heller direkt in die Arme! Er kniete auf den Trägern des Gangs und sah neugierig zu mir herunter. Nun, dachte ich, das habe ich gründlich verpatzt.

Heller beugte sich herunter und reichte mir eine Hand, und im Nu balancierte ich neben ihm auf den Trägern des Gangs. Ich wartete geduldig auf seinen Ausbruch. Er betrachtete mich forschend, und daß er augenscheinlich keinerlei Schwierigkeiten hatte, mit diesem Nichts unter den Füßen auszukommen, während ich ständig befürchtete, abzurutschen und mit gebrochenen Beinen unten im Lagerraum zu landen, machte es für mich auch nicht einfacher.

„Soltan", sagte er schließlich sanft, „ich glaube, Sie sind mir in letzter Zeit ausgewichen."

Ausgewichen? dachte ich. Du unaufmerksamer Idiot! Ich bin drei Wochen lang nicht hiergewesen!

Heller machte ein trauriges Gesicht. „Ich habe an jenem Abend offenbar etwas gesagt oder getan, das Sie verletzt hat. Wenn es so ist, tut es mir sehr leid."

Er bemerkte, daß ich Schwierigkeiten hatte, auf den dünnen Stangen zu stehen, und führte mich auf festeren Untergrund. „Soltan, ob es uns nun gefällt oder nicht, wir sind für diese Mission zusammengeschweißt. Und ich für meinen Teil möchte sie zu einem Erfolg machen."

Ich zuckte zusammen. Das war genau das, was er nicht tun sollte! Mir gefiel die Richtung, in die dieses Gespräch lief, überhaupt nicht. Er durfte nicht argwöhnen, wie diese Mission sabotiert wurde.

„Oh, ich auch", log ich eifrig, indem ich in meine Tasche griff und die Notiz, die mir die Maschine ausgedruckt hatte, hervorholte. „Ich bin heute schon vor Tagesanbruch aufgestanden, um mich um das Material zu kümmern, das Sie haben wollten. Hier der Beweis." Damit übergab ich ihm den Ausdruck.

Er las ihn sorgfältig durch, drehte ihn um und betrachtete die Rückseite. Dann zuckte er die Achseln und steckte ihn ein.

„Ich bin sicher, daß Sie zu helfen versuchen, so gut Sie können. Und ich danke Ihnen dafür." Er überlegte einen Augenblick, dann fuhr er fort: „Soltan, erinnern Sie sich an den alten Akademiespruch 'Sausen ohne Pausen führt ins Unglück'? Ich denke mir, Sie haben vielleicht zu hart gearbeitet."

Was er nicht sagte! Ich hatte überhaupt nichts getan! Nichts, das geholfen hätte. Niemals!

Er schnippte mit den Fingern. „Ich hab's! Sie schulden mir noch ein Essen!" Ich muß ihn verständnislos angesehen haben. „Wissen Sie nicht mehr? Ich war der erste Offizier, den Sie am Tag nach Ihrer Beförderung getroffen haben. Sind Ihnen an jenem Tag noch andere Offiziere über den Weg gelaufen?"

Ich schüttelte den Kopf, mehr um den überraschenden Schlag zu überwinden, den er mir versetzt hatte, als um nein zu sagen.

„Großartig!" meinte Heller. „Dann fordere ich hiermit meine Schuld ein. Auf der Stelle, das heißt heute abend!" Er lachte vergnügt auf und klopfte mir auf die Schulter.

Ich wußte, was als nächstes kam. Solch ein Essen schloß die Freundinnen, soweit vorhanden, ein.

„Sie brauchen nur dafür zu sorgen", sagte er, „daß Ihr Flugmobil eine Stunde nach Dunkelwerden bereit ist, damit wir alle in einen netten Nachtklub fliegen können, wo Sie uns ein Essen spendieren! *Das* wird Sie aufheitern und Ihren Seelenfrieden wiederherstellen!"

Hastig erwiderte ich: „Warten Sie! Ich kann doch nicht in der Uniform gehen." Ich sah an mir herunter. Nach drei Wochen in den Wäldern bot ich, angefangen mit der Uniform, einen nicht sehr ansehnlichen Anblick.

„Oh, machen Sie sich darüber keine Gedanken", sagte Heller. „Seien Sie einfach bei Dunkelwerden hier" — er zeigte auf eine Offizierskabine —, „dann können Sie ein Bad nehmen, und ein ziviler Abendanzug wird auch bereitliegen."

Er gab mir einen kräftigen Schlag auf die Schulter. Ihn jedenfalls hatte sein Einfall glücklich gemacht. „Die Verabredung gilt! Ich bin froh, daß wir wieder Freunde sind! Auf heute abend also!" Damit ging er frohgemut davon.

Meine Stimmung war in die entgegengesetzte Richtung abgetaucht! Ich hatte nicht eine einzige echte Verrechnungseinheit. Meine Identokarte war, was Rechnungen betraf, völlig wertlos. Und wenn ich das Falschgeld einsetzte, würde ich unverzüglich verhaftet und hingerichtet werden. Heller nahm an, daß ich, als Offizier, flüssig wäre — Geld ist für Offiziere normalerweise kein Problem. Aber er hätte mir nichts Schlimmeres antun können.

Ich hatte eine Idee. Hinter diesem Schott am Ende des Gangs waren silberne Handstangen und Riegel, von dem Service aus Gold ganz zu schweigen. Ich ging auf Zehenspitzen zu dem Schott und sagte in jeder verfügbaren Stimmlage: „Öffne dich!"

Es rührte sich nicht. „ÖFFne dich! Öhffne DICH! ÖFFNE DICH, (piep)!"

Von der Kommandobrücke erkundigte sich ein Arbeiter: „Haben Sie mich gerufen?"

Ich machte, daß ich fortkam. Vielleicht konnte ich heute abend einen überzeugenden Unfall arrangieren. Vielleicht einen freien Fall aus zehntausend Fuß Höhe! Das war alles, was ich mir leisten konnte.

Kapitel 2

Um neun Uhr an diesem fatalen Abend wurde Gräfin Krak in Schutzhelm und Gascape aus dem Schlepper geschmuggelt, während Snelz und seine Wachmänner sich in einer Ecke des dunklen Hangars ganz dem Würfelspiel hingegeben hatten.

Die Fenster des Flugmobils waren verdunkelt und mein Fahrer nirgendwo zu sehen. Heller blieb bei den Würfelspielern stehen und sagte etwas zu Snelz. Danach schlenderte er zu uns herüber und setzte sich hinter den Steuerknüppel. Ich stieg in den Fond. Ich war es nicht gewohnt, so sauber zu sein, und fühlte mich entschieden unwohl in dem glitzernden einteiligen Abendanzug. Ich versuchte, ein gleichmütiges Gesicht zu zeigen, war aber in Wirklichkeit ziemlich verängstigt, so nah neben der Gräfin zu sitzen.

Das Flugmobil erhob sich in den Nachthimmel und nahm in Hellers typischer Flugweise Geschwindigkeit auf, während die Gräfin den Helm und das Gascape ablegte. Sie sah bewundernswert aus: Ihr Gesicht war die Perfektion selbst, ihre Locken wirkten wie ein Heiligenschein, und ihre Abendrobe war in einem ganz hellen Orange gehalten und mit diesen Lichterketten durchwirkt, die im Sprechrhythmus der Trägerin aufleuchten. Ihre Augen glänzten unschuldig wie die eines Kindes. Wie das Aussehen doch täuschen kann — ich hoffte, ich würde den Abend überstehen, ohne wegen irgendeines grammatikalischen Fehlers oder mangelhafter Tischsitten von ihr umgebracht zu werden. Die Götter allein wußten, was passieren würde, wenn sie herausfand, daß ich die Rechnung nicht bezahlen konnte.

„Oh, Soltan!“ sagte sie. „Sie haben einen neuen Himmelsflitzer!

Und alles frisch poliert!" Sie lehnte sich auf der luxuriösen runden Rückbank zurück und reckte sich wie eine Katze. Dabei stieß sie ihre glänzenden goldenen Stiefel zusammen. „Wie gefallen Ihnen meine neuen Stiefel?"

Während sie sprach, blinkten die Stiefel auf. Ich rückte ein Stück von ihr ab. Ich kannte ihre Beinarbeit. Tödlich!

Heller hatte die Fenster aufklaren lassen, so daß in der Ferne unter dem Sternenhimmel das glitzernde Panorama der verschiedenen Funktionsstädte von Voltar zu erkennen war. Unter uns zeichnete der Strom des abendlichen Verkehrs verwickelte Muster hin. Ich war für einen Augenblick wie verzaubert. Es war ein herrlicher Abend.

Doch dann fiel mir auf, daß wir in die falsche Richtung flogen! War ich Zeuge einer Flucht? Jedenfalls ging es nicht zur Vergnügungsstadt, sondern nach Pauschbergen!

„Haben Sie nicht den falschen Kurs eingeschlagen?" fragte ich Heller. „In Pauschbergen gibt es keine Nachtklubs! Nur die Stinkreichen!"

Heller lachte auf, ohne sich nach mir umzusehen. Er hatte das Flugmobil auf fünfhundert beschleunigt. Aber, den Göttern sei Dank, das neue vibrierte nicht. Möglicherweise war es ja für fünfhundert ausgelegt. „Wir wollen nur eine Gesellschafterin für Sie abholen", informierte er mich. „Ein einzelner Mann am Tisch könnte die Feststimmung verderben, auch wenn er der Gastgeber ist."

Oh, Götter! Ich konnte schon für uns drei nicht bezahlen, noch viel weniger für vier. Und eine Frau, die in Pauschbergen wohnte, war mit Sicherheit extrem anspruchsvoll, und damit teuer. Ich begann zu ahnen, was für eine Rechnung mich erwartete.

Neben den Wolkenkratzern von Pauschbergen hat man künstliche Flüsse und Seen angelegt, deren Wasser die Berge hinaufgepumpt wird. Es ist ein faszinierender Anblick in der Dunkelheit. Die teuersten Wohnungen befinden sich, wie anderswo auch, oben auf den Wolkenkratzern. Und meine Beunruhigung wuchs, als ich bemerkte, daß wir nicht auf einen der Hauseingänge zustrebten, sondern zu einem Grundstück auf dem höchsten Gebäude, mit einem enormen Kuppelbau in der Mitte der zwei Morgen großen Fläche. Von dort aus konnte man entweder die weite Aussicht genießen oder so tun, als begrenzte der Garten eine eigene, abgeschlossene Welt. Kostspielig!

Was für eine Frau konnte dort wohnen? Eine, die es sich leisten konnte, den Jahressold eines jüngeren Offiziers für eine Schachtel Glitzerpuder auszugeben! Meine Schätzung der Rechnung, die unausweichlich auf mich zukam, wuchs auf beängstigende Weise an.

Heller sprach ein Codewort ins Mikrophon, und sofort erloschen die Lichter im Haus und im Garten. Was für ein Mangel an Sinn für Sicherheit und die Regeln der Spionage. Das plötzliche Erlöschen der Lampen mußte meilenweit im Umkreis Aufmerksamkeit erregen.

Heller brachte das Flugmobil auf den Landeplatz im Garten herunter, und eine in Mantel und Kapuze gehüllte Gestalt kam aus dem Schatten eines Baums hervor und stieg zu uns ein. Kaum war die Tür zugefallen, schossen wir wieder in den Abendhimmel hinauf.

Der neue Passagier lachte fröhlich auf. „Was für ein Spaß!" stieß er, das heißt sie, hervor und streifte Mantel und Kapuze ab. Meine Güte, es war Hightee Heller! Seine Schwester! Das bekannteste Gesicht von Voltar! Und obwohl meine Lebensgeister unter dem Eindruck dieser neuen Entwicklung völlig durchhingen, nahm ich doch wahr, daß ihre Schönheit sogar einen Stein von zitterndem Verlangen erfüllen konnte. Sie trug ein dunkelglänzendes Abendkleid, das zu ihrer hellen Haut und den hellen Haaren kontrastierte, aber fast die Farbe ihrer wunderschönen Augen wiedergab. Ein Blick auf jemanden wie Hightee Heller, und jeder Mann an meiner Stelle hätte vor Aufregung geschluckt.

Ich hatte die Absicht, Heller und die Gräfin zu warnen, niemandem gegenüber ihren Namen zu erwähnen. Wir einigten uns auf den Namen ihrer Mutter: Lindus. Ich hoffte nur, Heller würde genug Verstand besitzen, sich bei etwaigen Vorstellungen daran zu erinnern.

„Hightee", rief er über die Schulter, „das ist dein Tischnachbar, Offizier Soltan Gris. Und das ist *das* Mädchen! Nennen wir sie für heute 'Lindus'."

Hightee machte es sich auf dem Rücksitz bequem und nickte mir zu. Wahrscheinlich war sie daran gewöhnt, immer neue Freunde ihres Bruders zu treffen. Dann wandte sie sich neugierig der Gräfin zu. Heller, (piep), schaltete sogar die Innenbeleuchtung ein, damit sie sie richtig in Augenschein nehmen konnte.

„Jettie", sagte sie schließlich, „*du* hast den besten Geschmack des ganzen Planeten."

Die Gräfin strahlte, und die beiden Frauen gaben sich die Hand.

„Mein lieber Mann!" sagte Hightee, immer noch beeindruckt.

Bei allen Himmlischen, stöhnte ich innerlich auf. Diese Frau, mit der du da redest und über die du deinem Bruder Komplimente machst, ist eine verurteilte Mörderin, die illegal für kurze Zeit aus den Gedärmen von Spiteos entkommen ist! Hightee, du magst ja die schönste Frau von Voltar sein, aber du bist auch eine komplette Närrin!

„Sie sehen aus, als kämen Sie von Manco", sagte Hightee.

„Kommt sie auch", mischte sich Heller ein. „Ihrer Familie gehörte ein Besitz in Atalanta."

„Kenne ich Ihre Familie?" fragte Hightee freundlich.

„Ich glaube nicht", antwortete die Gräfin. „Sie hat ihren Besitz schon vor Jahrhunderten verloren und nur den Titel behalten. Wir besitzen nicht einmal mehr einen Quadratyard, um einen Grabstein darauf zu errichten."

Das brachte die beiden zum Lachen. Vermutlich verbarg sich ein auf Manco gängiger Witz dahinter.

„Nach Ihrem Akzent zu urteilen, würde ich sagen, daß Ihre Familie ihren Adel ganz gut bewahrt hat", sagte Hightee. Ich fragte mich, worauf sie hinauswollte. Sie klang wie eine Heiratsvermittlerin. Und dann dämmerte mir, daß Heller vom Hangar-Büro aus mit ihr gesprochen haben mußte, und nach der Art ihres Interesses mußte er ihr gesagt haben — oh, Götter —, daß er sie mit der Frau bekanntmachen wolle, die er zu heiraten beabsichtige! Mir wurde fast schwarz vor den Augen bei dem Gedanken an die Schwierigkeiten, die sich daraus ergaben.

„Wohl kaum", seufzte die Gräfin. „Meine Mutter besaß bemerkenswertes Geschick für die Dressur von Tieren. Ihr Familiensitz lag in einer Waldgegend; da hat man so etwas im Blut. Mein Vater fiel noch mehr aus dem Rahmen. Er wurde Bühnenzauberer. Sie sind zusammen überall auf Manco und auch auf einigen anderen Planeten aufgetreten." Sie lachte auf. „Ich fürchte, wir haben beide den gleichen Hintergrund, Hightee: die Bühne. Ich bin mit sechs Monaten zum erstenmal aufgetreten, in einer Nummer, in der ich scheinbar von einem *Reißtier* gefressen wurde, um am Ende wunderbarerweise auf ihm reitend wieder aufzutauchen."

Hightee lachte vergnügt. Dann schien sie zu überlegen, in ihrem Gedächtnis zu kramen. Oh, Götter, dachte ich. Wie ich diese Bühnenleute kannte, erinnerten sie sich an alles! Die Gräfin hatte alles verdorben!

Hightee schlug plötzlich die Hände zusammen. „Die Kristalle! Die Kristalle!"

Die Gräfin war dumm genug, zu lachen und eifrig mit dem Kopf zu nicken. „Genau die! Das war ihr Bühnenname."

„Dann war Graf Krak Ihr Vater!" krähte Hightee. „Und Ihre Mutter war Ailaena! Huh, sie war die größte Tierbändigerin aller Zeiten! Absolut furchtlos!"

Ich wartete darauf, daß Hightee sagte, sie erinnere sich an eine Tochter, eine Tochter namens Lissus Moam, die auf die Universität und dann zum Amt für Erziehung ging, wo sie Kinder zu Räubern und Mördern ausbildete.

Aber Hightee sagte nur: „Oh, das war eine großartige Nummer! Ich freue mich so, Sie kennenzulernen. So bleibt das Talent in der Familie!"

Die letzte Bemerkung verwirrte mich. In welcher Familie? Doch dann wurde es mir endgültig klar: Heller beabsichtigte die Gräfin zu heiraten! Unmöglich!

Hightee dagegen war mit allem einverstanden. Sie tätschelte der Gräfin freundlich die Hand und rief nach vorn zu Heller: „Wo bringst du uns mit solcher Geschwindigkeit hin?" Dann klärte sie die Gräfin, ohne die Antwort abzuwarten, auf: „Jettie kennt nur zwei Geschwindigkeiten: Bleifuß und Bleifuß. Damit müssen Sie sich abfinden, meine Liebe. Er ist eben ein richtiger Schatz."

Heller kicherte. „Hört euch dieses Mädchen an! Sie war es, die mich immer gedrängelt hat, schneller zu fliegen! Im übrigen sind wir zum Künstler-Klub unterwegs."

„Oh, mein Lieber!" sagte Hightee. „Ist das nicht der an der

Klub-Allee? Ganz am Ende dieses Karrees voller Klubs? Dort hängen doch immer irgendwelche Reporter herum und hoffen, daß irgendeine Berühmtheit vorbeischaut. Ich hätte mir einen ruhigeren Ort gewünscht."

Ganz meine Meinung. Ich begann mich für sie zu erwärmen.

„Soltan hat den Künstler-Klub ausgesucht", sagte Heller. Dann lachte er auf, bevor ich protestieren konnte. „Weil dort jeder eine Maske trägt. Man wird dich kaum erkennen. Die Masken müßten dort in dem Fach sein."

Und so war es. Ich zog sie heraus. Es waren vier dieser Masken mit Druckfolien im Innern: von der Art, die man sich aufs Gesicht preßt, um dann an der Heizschnur zu ziehen, der den Mechanismus auslöst, mit dem die Farbe auf die Haut übertragen wird. Einfacher geht es nicht: Die Farbe sickert einfach heraus. Ich drehte sie hin und her. Mein Fahrer mußte sie ausgesucht haben. Sie waren beschriftet: *S. G.*, *J. H.*, *H. H.* und *G. K.* Viel auszuwählen gab es da nicht, also reichte ich die Masken einfach weiter.

Sehr zu meiner Überraschung waren über der Rückbank Spiegel angebracht, und die beiden Frauen strichen sich die Haare aus dem Gesicht, um sich die Masken anzupassen. Auf der Rückseite zeigte ein kleines Bild, wie die Masken aussahen, und plötzlich sagte Hightee zu mir: „Oh, warum haben Sie die erotische Waldnymphe für mich ausgesucht? Ich weiß, ich habe in meinen letzten drei Filmen immer die Unzüchtige gespielt. Ich kenne tatsächlich kaum noch andere Lieder als die erotischen, die ich dafür lernen mußte. Aber ich hätte trotzdem gedacht, Sie hätten mir die Maske einer sanften Nymphe ausgewählt."

(Piep) meinen Fahrer!

Sie legte die Maske aufs Gesicht und zog an der Heizschnur. Dann legte sie die Form in das Fach zurück, betrachtete sich im Spiegel und lachte. „Ich bin wirklich keine männermordende Frau. Aber jetzt sehe ich mit Sicherheit wie eine aus!" Ihr Blick strahlte eine träge Sinnlichkeit aus, die Lippen waren zu einem enormen Kußmund geschürzt, und die Wangen waren, Verlangen symbolisierend, blau eingefärbt. Aber das alles machte sie nur noch hübscher. Nichts könnte die Schönheit von Hightee Heller auslöschen. Ich fühlte mich ungemütlich. Das alles wirkte nicht so, als könnte es ein Wiedererkennen verhindern.

Die Gräfin hatte inzwischen ebenfalls die Maske angelegt: riesige, leuchtende Augen, ein schwarz-orangenes Fell — die Pantigdame! Als ob es noch eines zusätzlichen Zeichens für ihre Gefährlichkeit bedurft hätte! Aber es war wenigstens eine gute Verkleidung. Und sie paßte zu der hellorangenen Abendrobe.

Heller, wieder einmal nur mit einem Knie und einer Zehe fliegend, nahm gerade die Form vom Gesicht, und ich erkannte im Glas der Windschutzscheibe, daß seine Maske jene Bühnenfigur darstellte, die als Stahlmann bekannt ist: Sie bestand einfach aus zwei gewaltigen Stahlsternen über den Augen. Eine Verkleidung war das kaum zu nennen, und sein Foto war oft genug durch die Nachrichtenblätter gegangen. Es machte mich nervös.

Sie drängten mich, meine Maske anzulegen. Ja, mein Fahrer mußte sie ausgesucht haben: Es war die als Raffzahn-Dämon bekannte Figur! Seine Häßlichkeit ist geradezu furchteinflößend! Ske hat wirklich keinen Geschmack. Aber die andern lachten vergnügt über unsere Masken, und dann begannen Hightee und die Gräfin munter über das Theater und über Manco zu schwatzen. Es war klar zu sehen, daß die beiden schnell die besten Freundinnen geworden waren.

Vor uns, unter einem Wirrwarr von Scheinwerferstrahlen, tauchten die glitzernden Lichter des Klub-Viertels auf, das sogar in der Vergnügungsstadt von seiner Umgebung abstach. Ich sank ein Stück tiefer in den Sitz. Dieser Ort war viel zu belebt, viel zu öffentlich. Lombars Schatten schien darüber zu hängen. Wohin sollte das bloß führen? Wenn ich auch nur halbwegs bei Verstand gewesen wäre, hätte ich dieses Flugmobil außer Betrieb gesetzt, solange noch Zeit dazu gewesen war! Jetzt war es zu spät! Ich glitt bereits die Rutschbahn in die Grube des Verderbens hinab.

Kapitel 3

Heller brachte das Flugmobil hinunter, als wäre es einer der Kranhaken, die er als Fortbewegungsmittel zu benutzen pflegte. Ich war von den Scheinwerfern geblendet, so daß ich nicht weiß, wie er es geschafft hat, aber das Flugmobil landete sanft wie eine zu Boden schwebende Feder in der Mitte des Fahrzeughebers des Klubs. Die Frauen hüpften hinaus, und ich wollte ihnen gerade in den Klub folgen, als ich bemerkte, daß Heller auf der Rampe stehengeblieben war. Er beobachtete, wo der Ausleger des Fahrzeughebers mein Flugmobil absetzte, merkte sich die Stelle und drehte sich erst dann weg, um zur Tür zu gehen.

Die Fassade des Künstler-Klubs sah genauso aus wie die der anderen Klubs am Platz — nichts als Lichtröhren und Schriftzüge, die bunte Funken sprühten.

Die Frauen waren in die Damentoilette verschwunden, um ihre Masken zu überprüfen — wie Frauen eben sind. Gleich am Eingang stand ein Angestellter des Klubs in einem weißen Abendanzug, der leicht die Hand ausstreckte. Ich wußte, was er wollte: fünf Verrechnungseinheiten, mit denen wir uns seine Begleitung an einen der besseren Tische erkauft hätten. Aber von den Blüten abgesehen, besaß ich keine einzige Verrechnungseinheit, von einer Fünfernote ganz zu schweigen! Ich blieb wie angewurzelt stehen.

„Ich gehe kurz in die Toilette, um meine Maske zu richten", sagte Heller und ließ mich mit dem wilden Tier — als solches betrachtete ich den Klubangestellten — allein, und das mit bloßen Händen! Es war nicht das erstemal an diesem Abend, daß sich mir die Haare sträubten.

Dann winkte mir, aus irgendeinem Grund, den ich nicht kannte, aus dem Inneren des Klubs ein anderer Angestellter — der Geschäftsführer? — zu, und ich hastete an der geöffneten Handfläche vorbei hinein. Heller gesellte sich kurz nach mir dazu, und als wenig später auch die Frauen bei uns waren, führte uns der Geschäftsführer (?) in den Klubsaal.

Es war noch früh am Abend, aber die meisten Tische waren bereits besetzt. Masken, überall Masken, jeder Art, Form und Größe, es flimmerte nur so von versteckten Gesichtern. Dazu eine Flutwelle aus lauter Musik, und Stiefel, überall Stiefel, in jeder nur erdenklichen Farbe, die von den kreisenden Lichtern unter dem Fußboden mit bunten Streifen und Flecken überzogen wurden.

Tische, überall Tische. Der Geschäftsführer brachte uns zu einem von ihnen, der etwas erhöht an der Wand stand. Ich sah mich rasch um. Der nächste Notausgang war nicht weit.

Wir setzten uns und schauten über den Klub. Auf der anderen Seite befanden sich das Podium der Kapelle und eine Bühne. Und rechter Hand lag, im Hintergrund von einem Vorhang abgeschlossen, die Tanzfläche. Eine Balladensängerin mit geschwärztem Gesicht und blutroten Tränen darauf stand vor der Kapelle und jammerte sich, mehr schlecht als recht, das Herz aus dem Leib.

Ich fragte mich, wo die Preisliste angebracht war. Obwohl es für mich rein akademisch war, wollte ich doch wissen, wieviel man hier verlangte. Dann bemerkte ich, daß sie in die Tischplatte eingelassen war; sie konnte auf Knopfdruck beleuchtet werden, aber die Buchstaben und Zahlen waren auch ohne das Licht recht gut lesbar. Ich machte lauter Beträge von fünf und zehn Einheiten aus! Ganze Spalten davon! Es gab in diesem Klub nichts, was weniger als fünf oder zehn Einheiten pro Person kostete! Autsch!

Die Balladensängerin war fertig und wurde mit schütterem Applaus bedacht, während sie zu dem Tisch, an dem ihre Gesellschaft wartete, zurückging. Ein Mann stand auf und stapfte auf die Tanzfläche. Er zog einige Ringe aus seinem Abendanzug und schien sie anzuzünden, bevor er mit ihnen zu jonglieren begann.

Man hätte denken können, er würde sich die Finger verbrennen, aber es war nur simuliertes Feuer.

„Deshalb heißt der Klub Künstler-Klub", erklärte Heller der Gräfin. „Jeder der Gäste muß etwas vorführen. Das geht so die ganze Nacht durch."

„Und was ist, wenn jemand Angst davor hat, aufzutreten?" fragte ich.

„Die Geschäftsführung hat auch daran gedacht", antwortete Heller. „Sie führt eine Liste, und wenn sich an einem Tisch auch nur ein einziger Gast ausschließt, wird die Rechnung für den ganzen Tisch verdoppelt."

„Was für eine hübsche Idee", bemerkte die Gräfin — und lachte. Mir war nicht danach! Ich konnte zwar überhaupt keine Rechnung bezahlen, aber der Gedanke daran, daß sie sich verdoppeln könnte, versetzte mich trotzdem in Schrecken.

„Ich habe Hunger", verkündete Hightee.

Und ich spielte den höflichen Gastgeber: „Was möchten Sie denn gern?"

Heller rief einen der Gelbmänner, die hier als Kellner arbeiteten, und drückte den Knopf, mit dem die Beleuchtung der Tischplatte eingeschaltet wurde. Die Menükarte erschien erstaunlicherweise senkrecht vor jedem von uns, und ich fühlte mich todunglücklich, als ich all diese Preise über fünf und zehn Einheiten sah. Ich räusperte mich und sagte, so unbekümmert wie möglich: „Wählen Sie." Es klang allerdings eher wie eine Wehklage.

Sie entschieden sich alle für Bergspringer — die kleinen Wildtiere, die vom Nachbarplaneten Chimpton eingeführt werden. Unerschwinglich! Zehn Einheiten pro Teller!

Nach einer ernsten Beratung kam als Getränk rotes Blasengebräu hinzu. Zu zehn Einheiten pro Behälter!

Als Dessert wählten sie flammende Eistorte! Fünfzehn Einheiten pro Portion!

Blitzschnell, wie ich im Kopfrechnen bin, kam ich auf eine Summe von einhundertundvierzig Verrechnungseinheiten!

Die Geschäftsführung servierte uns als kostenlose Beigabe geröstetes Trockengebäck. Wie nett von ihr! Es mußte der teuerste Klub von ganz Voltar sein!

Ich ließ die anderen für mich das gleiche bestellen. Wenn ich schon kassiert und exekutiert werden sollte, dann konnte das auch mit vollem Magen geschehen. Ich hatte schließlich nur die Wahl, entweder meine Identokarte zu benutzen und vors Kriegsgericht zu kommen oder mit dem Falschgeld, das ich bei mir hatte, zu bezahlen und exekutiert zu werden!

Die Bergspringer kamen, und ich pickte vorsichtig an meinem, um zu sehen, ob vielleicht Diamanten darin eingebettet waren.

„Schauen Sie nicht so mürrisch drein", flüsterte mir Heller zu. „Es ist alles in Ordnung. Genießen Sie den Abend. Verderben Sie ihn den Frauen nicht."

Was er nicht sagte! Diese (piep) Feier würde mich ruinieren. Doch dann fiel mir ein, daß eine Menge Offiziere nach ihrer Beförderungsfeier ein oder zwei Monate hungern mußten. Ich trank von meinem Blasengebräu. Aber weder das eine noch das andere war in der Lage, meine Stimmung zu heben.

Die anderen schwatzten und machten Witze; sie schienen das Essen wirklich zu genießen. So begann ich auch zu essen. Ich hatte Hunger.

Als das letzte flackernde Feuer der Eistorte die Kehlen hinuntergerutscht war, winkte Heller einem herumstehenden Gelbmann zu, eine weitere Runde rotes Blasengebräu zu bringen. Das erhöhte die Rechnung auf hundertundachtzig Einheiten!

Die anderen tranken auf klares Wetter und strahlende Sterne. Sie tranken auf Erfolg, auf weitere Beförderungen, auf eine nicht im geringsten verschleierte „Mission" und auf Hightees nächstes Stück.

Heller bestellte eine neue Runde Blasengebräu! Zweihundertundzwanzig Einheiten!

Die anderen hatten sich zurückgelehnt und sahen den Darbietungen der übrigen Klubgäste zu. Einige waren gut, andere schlecht, einige bekamen kurzen Applaus, andere nur sehr spärlichen.

Ich war in eine Art Betäubung gefallen. Die Unvermeidlichkeit der Wahl, die keine war, lastete auf mir. Es hätte nicht schlimmer sein können.

Und dann kam es! Ein Lichtstrahl flackerte unruhig über

unseren Tisch, und Hightee klopfte mir auf die Schulter. „Sie sind der erste von unserem Tisch."

„Ich?"

„Natürlich", bestätigte Hightee mit einem Lächeln. „Und Sie sollten sich etwas Gutes ausdenken!" Sie lachte auf. „Wenn Sie nicht auftreten, verdoppelt man unsere Rechnung!"

Der ganze Tisch fand das offenbar zum Schreien komisch. Es muß am Blasengebräu gelegen haben! Für mich war es eine reine Tragödie. Ich erhob mich angstschlotternd von meinem Stuhl, um mich von der Menge schlachten zu lassen.

Kapitel 4

Ich war von der Drohung der verdoppelten Rechnung zu diesem unsinnigen Gang gezwungen worden, bevor mir, nach drei Vierteln des Wegs zur Bühne, wieder bewußt wurde, daß die Verdoppelung etwas betraf, das ich ohnehin nicht bezahlen konnte. Was wollte ich also da vorn? Den Mut im Angesicht des Mobs habe ich nie verstehen können. Wie ein Schauspieler oder Sänger oder Tänzer sich *allein* auf eine Bühne stellen und auf ein Publikum hinunterschauen kann, das ihn anstarrt, ist mir unbegreiflich.

Auf der Bühne angekommen, drehte ich mich um. Ein riesiger, gleißender Scheinwerfer nahm mir praktisch die Sicht. Alles, was ich sah, waren verschwimmende, körperlose Masken und nochmals Masken, und darunter Stiefel, Stiefel, Stiefel, die im bunten Flackerlicht auf den Boden zu stampfen schienen, bereit, da war ich mir völlig sicher, mir im nächsten Augenblick die Lebensgeister aus dem Leib zu treten. Was, wenn sie alle auf einmal auf mich losgingen und mich in die Mangel nahmen? Kurz, ich hatte erhebliches Lampenfieber.

Ich hatte mich halb entschlossen, ein Gedicht zu rezitieren. Als Kind hatte man mir mehrere beigebracht. Für den „Helden Bec in der Schlacht von Blim" war ich sehr gelobt worden, als ich sechs Jahre alt war. Ich öffnete den Mund, aber — die Götter mochten mir beistehen — mir fiel der erste Vers nicht ein.

Hastig ließ ich die Anekdoten, die ich kannte, Revue passieren. Da war eine von zwei Apparatus-Agenten, die beide dachten, der andere wäre eine Frau, bis sie im Bett herausfanden, daß es nicht so war. Ich öffnete wieder den Mund, um sie zu erzählen. Ulp, schluckte ich, das letzte, was ich hier erwähnen durfte, war der Apparatus!

Mir schlotterten die Knie. Das Publikum wurde unruhig, und der Scheinwerfer ergoß weiter sein gnadenloses Licht über mich; ich hatte das Gefühl, als würde mir der Raffzahn-Dämon vom Gesicht wegschmelzen. Dann hatte ich plötzlich eine Eingebung. Natürlich! Ein Jäger, der auf Singvögel geht, benutzt ihre Rufe, und ich war ziemlich gut darin; ich konnte sie bis auf ein paar Fuß heranlocken, ehe ich auf sie schoß.

Mit einer Stimme, die meine Unerschrockenheit demonstrieren sollte, dann aber doch eher dünn und tremolierend war, kündigte ich an: „Der Bergzitterer!"

Mein Mund war schrecklich ausgetrocknet, doch ich schaffte es, mein Lippen zu schürzen und den Vogelruf herauszubringen.

Stille. Nichts tat sich im Publikum.

„Der Wiesensänger!" sagte ich und imitierte seinen Ruf.

Stille!

„Die Sumpfhenne!" sagte ich und ließ ein heiseres Quäken hören.

Stille! Nicht eine Hand rührte sich!

Ich dachte fieberhaft nach, aber mir fiel kein weiterer Vogelruf ein. Das Publikum schien zu denken, es müsse noch mehr kommen, oder es wartete darauf, daß ich in den Handstand ging oder Saltos machte oder sonst irgend etwas.

Ich hielt die Stille nicht länger aus. Sie versetzte mich plötzlich in Wut, und so starrte ich hinunter und sagte trotzig: „Nun, den Vögeln gefällt es!"

Das löste augenblicklich einen wahren *Sturm* von Gelächter aus! Die Leute trampelten mit den Füßen und hielten sich die Seiten. Sie lachten und lachten und konnten gar nicht mehr aufhören!

Ich schlich zu unserem Tisch zurück, mitten durch das Gelächter. Hightee tippte mir auf den Arm und sagte: „Sie haben sich gut gehalten, Soltan."

Der nächste Gast, der auf die Bühne trat, jonglierte ein Licht-Schall-Schlagzeug, während er es gleichzeitig spielte. Als er fertig war, rief ihm das Publikum zu: „Und den Vögeln gefällt das?" Und wieder schrien die Leute vor Lachen.

Dann rollte ein Mann ein Faß unter seinen Füßen, und als er sich verbeugte, fragte die Menge auch ihn: „Und den Vögeln gefällt das?"

„Sie waren ein Knüller", sagte Hightee.

Ich freundete mich mit dem Gedanken an; es mußte wohl so gewesen sein. Ich begann sogar, mir etwas darauf einzubilden. Selbst eine neue Runde Blasengebräu vermochte mich nicht aus meiner gehobenen Stimmung zu reißen.

Aber, ah, wie kurzlebig sind doch die seltenen Momente des Glücks im Leben. Es geschah, als ich den Kopf zurücklegte, um zu trinken. Etwas stach mir in die Augen: ein Pressebalkon, der sich über der Menge in den Raum wölbte. Ich entdeckte drei Reporter und, oh, Götter, ein Heimschirm-Kamerateam!

Hightee folgte meinem erstarrten Blick. „Oh", sagte sie und zuckte die Achseln. „Sie treiben sich ständig hier herum. Auf der Suche nach Talenten, nach irgend etwas Neuem. Nebenbei verschaffen sie sich Pausenfüller, wie wir es nennen: Material, das, wenn überhaupt, nur benutzt wird, falls einmal Leerlauf eintreten sollte. Wenn sonst nichts Aufregendes passiert ist." Sie lachte auf. „Ich glaube, die Reporter drücken sich hier einfach vor der Arbeit."

Meine Stimmung sank auf Null. Wenn man im Apparatus etwas verabscheut, dann sind es Reporter, und wenn es etwas gibt, das dort noch mehr Abscheu erregt, dann sind es Reporter mit Kameras! Lombar war sehr bestimmt in diesem Punkt. Ich hatte das Gefühl, als würde sich sein Gespenst draußen in der Dunkelheit verdichten.

Und dann war das Scheinwerferlicht, mit dem der nächste Gast zu seinem Auftritt aufgefordert wurde, wieder auf unseren Tisch gerichtet. Hightee lehnte sich zurück, und Heller berührte den Arm der Gräfin. Sie standen auf und gingen leichtfüßig zur Tanzfläche, die Gräfin in schimmerndem Orange und Pantigmaske, Heller in glitzerndem Ultramarinblau und mit den enormen Stahlmannsternen vor den Augen. Der Scheinwerferstrahl glitt von unserem Tisch und folgte ihnen.

Die Gräfin hob eine Hand. Rechts von ihr stand ein Serviertisch voller Blasengebräuflaschen und zerbrechlicher Trinkbehälter, so daß das Glitzertuch darunter kaum noch zu sehen war. Sie ging darauf zu und griff nach einer Ecke des Tuchs. Ich dachte, sie wollte den Tisch umstürzen! Doch dann riß sie das Tuch mit einer geschickten Bewegung des Handgelenks unter den Flaschen und Behältern weg. Es zischte kurz, und dann hing es von ihrer Hand herab. Die Flaschen und Behälter hatten nicht einmal gewackelt!

Die Menge dachte vermutlich, das wäre die Nummer gewesen, denn sie applaudierte leise. Aber sie irrte sich. Die Gräfin, mit Heller inzwischen in der Mitte der Tanzfläche angekommen, rief der Kapelle etwas zu und wedelte mit dem großen weißen Glitzertuch durch die Luft; es war ungefähr einen Yard in der Diagonale groß. Dann faltete sie es rasch zusammen, steckte eine Ecke zwischen Hellers Zähne und biß sich selbst in der gegenüberliegenden Ecke fest. Ihre Gesichter waren jetzt vielleicht sechs Zoll voneinander entfernt.

Die Kapelle intonierte ein leichtes, volksliedhaftes Tanzliedchen, und Heller und die Gräfin legten die Hände in den Nacken und begannen mit komplizierten Schritten zu tanzen.

„Der Manco-Mancho!" sagte Hightee erfreut und klatschte wie ein kleines Mädchen bei einer Überraschung in die Hände. „Sehen Sie!" stieß sie mich an. „Das ist der Kindervolkstanz von Manco! Sie kennen ihn natürlich beide!"

Das Tuch im Mund, vollführten sie mit ernsten Gesichtern die geometrischen Figuren, in perfektem Einklang und Rhythmus. Doch plötzlich, nach einem Melodiebogen, ließen sie eine Falte des Tuchs fallen, so daß ihre Gesichter einen Fuß voneinander entfernt waren. Die Kapelle spielte weiter, aber jetzt tanzten sie nicht mehr im Gleichklang der Schritte, sondern schienen sich gegenseitig mit weiten Beinschwüngen abwechselnd aus dem Stand bringen zu wollen, nur daß der andere jedesmal in die Luft hüpfte, wenn das Bein unter ihm hindurchschwang. So ging es hin und zurück.

Hightee war etwas verwirrt. Der Tanz war plötzlich komplexer geworden. „Das ist nicht der Manco-Mancho!"

Und sie hatte recht. Es war, rhythmisiert und als Tanz verschleiert, die erste elementare Übung des Fußkampfes! Sie sollten es besser nicht weiter treiben, dachte ich. Diese Heimschirmkamera dort oben hat sie ständig im Visier! Das letzte, was wir gebrauchen konnten, war, daß man Heller erkannte, ganz zu schweigen von Gräfin Krak!

Das Publikum raunte beifällig, während ich mit den Zähnen knirschte und innerlich flehte: Verflucht, fallt hin oder macht sonst irgend etwas, bloß bringt euch nicht ins Heimschirmprogramm!

Wieder ging eine Melodielinie zu Ende, und die beiden ließen, von einem leisen Tusch der Kapelle unterstrichen, eine weitere Falte fallen, so daß sie sich auf einen Yard voneinander entfernten. Heller mußte ihr währenddessen ein Zeichen gegeben haben, denn jetzt gingen sie in den Kopfstand! Dann machten sie eine halbe Drehung, so daß sie, immer noch durch das Tuch verbunden, Rücken an Rücken standen! Und so, sich mit den Köpfen und Händen abstützend, begannen sie ihre Füße im Rhythmus gegeneinander zu schlagen! Das Publikum applaudierte! Das gefiel mir gar nicht!

Und dann, exakt am Ende einer Musikphrase, sprangen sie beide auf und drehten sich noch im Sprung, so daß sie Seite an Seite, Gesicht an Gesicht zum Stand kamen! Turnübungen, als Tanz dargeboten. Aber die anderen Gäste des Klubs hatten so etwas noch nie gesehen. Sie klatschten noch lauter, und das Kamerateam oben auf dem Pressebalkon arbeitete wirklich hart! Gräßlich!

Wie er es machte, weiß ich nicht, jedenfalls rief Heller, trotz des Tuchs in seinem Mund, dem Kapellmeister etwas zu. Und danach begann das Raffinierteste, was ich, glaube ich, jemals auf der Bühne gesehen habe! Es gibt eine Übung im unbewaffneten Kampf, bei der man mit einem Kreisschwung nach dem Kopf des Gegenübers tritt und der andere radschlagend ausweicht. Und dieses verrückte Paar, von einem Tuch in einem Yard Abstand gehalten, fing an, es abwechselnd zu tun, wieder und wieder! Sie begannen langsam, der eine trat, der andere schlug ein Rad, dann trat der, der eben noch radschlagend ausgewichen war, und so fort.

Sie wurden nach und nach immer schneller, und plötzlich bemerkte ich, daß sie mit den Händen nicht mehr den Fußboden berührten! Zugleich wurde die Musik schneller und schneller. Tritt, Rad, Tritt, Rad ... Und dann waren sie nur noch schwirrende Farbflecken, ein orangener und ein blauer, zwei von einem Tuch verbundene rasende Scheiben!

Das Publikum tobte! Die Leute sprangen auf die Füße und jubelten begeistert! Turnübungen und unbewaffneten Kampf als Tanz: das hatten sie noch nicht erlebt!

Die Kapelle konnte nicht mehr schneller spielen. Langsam und sehr anmutig stoppten die beiden Farbscheiben ihre Bewegung ab. Die Kapelle hielt einen langen Ton, und dann standen Heller und die Gräfin getrennt nebeneinander, das Glitzertuch hing an der linken Hand der Gräfin, und Heller verbeugte sich.

Ich dachte, das wäre jetzt alles gewesen. Ebenso das Publikum, das schreiend applaudierte.

„Oh, sie *hat* Bühnenerfahrung", hörte ich Hightee dicht an meinem Ohr sagen. Denn die Gräfin war gerade dabei, die zwei Schritte nach rechts und nach links, mit der Verbeugung dazwischen, zu vollführen, die formelle Geste von Bühnenleuten, um sich für den Beifall des Publikums zu bedanken. Es ist eine Art kleiner Tanz, sehr hübsch anzuschauen. Sie hielt das Glitzertuch immer noch in der Linken, und es flackerte und blitzte im Scheinwerferlicht.

Dann war die Gräfin plötzlich WEG! Sie war nicht abgegangen. Kein Schimmern hatte ihren Weg angezeigt. Doch dort, wo sie sich eben noch verbeugt hatte, war jetzt nichts als Leere! Das Publikum staunte und sog hörbar den Atem ein. Ich war mehr als erstaunt. Eine Gefangene war entflohen!

Das Quadrat des Glitzertuchs flatterte zu Boden. Ich glaube, Heller war wirklich überrascht. Jedenfalls sah er ganz so aus! Er starrte auf das Glitzertuch, trat einen Schritt zurück und ging auf alle viere, um sich verstohlen dem Tuch zu nähern. Dann hob er vorsichtig eine Ecke an und schob sich unter das Tuch. Als er wieder zum Vorschein kam, schüttelte er den Kopf und schien zu überlegen. Das Ergebnis war, daß er sich auf das Tuch stürzte und aufgeregt um die Stelle krabbelte, auf der es gelegen hatte, um sicherzugehen, daß ihm nichts von dem, was es enthalten mochte, verlorengegangen war. Schließlich stand er, mit dem Tuch in der Hand, vorsichtig auf.

Auch das stumpfsinnigste Publikum mußte verstanden haben, daß er in diesem Tuch nach seiner verschwundenen Partnerin suchte. Er faltete es sorgfältig auseinander. Das Publikum begann zu kichern. Er fand natürlich nichts und schüttelte das Tuch verwundert aus. Danach blickte er auf den Fußboden, um zu sehen, ob irgend etwas herausgefallen war. Nichts. Er ließ deprimiert die Schultern hängen. Das Publikum quittierte es mit donnerndem Gelächter.

Heller warf das Tuch weg und stapfte grimmig auf den nächsten Tisch zu, um darunter nach der Gräfin zu suchen. Ohne Erfolg.

Er hob einen Trinkbehälter an. Nichts. Er blickte unter einen Teller. Wieder nichts. Dann schien er plötzlich eine Idee zu haben und lüftete den Maskenhut eines der Gäste, um darin nachzusehen. Das Publikum schrie vor Lachen.

Ich hörte ein dumpfes Geräusch neben mir. Verwundert drehte ich den Kopf zur Seite: und sah genau in das grinsende Gesicht der Gräfin Krak!

Heller blickte unterdessen, hoffnungslos, wie es schien, in die Ärmel seines Abendanzugs. Dann sah er auf und zu unserem Tisch herüber und bedeutete dem Beleuchter mit einer ausholenden Geste, den Scheinwerfer auf ihn zu richten.

Die Menge starrte auf die Gräfin. Für einen Augenblick war es absolut still. Dann erklangen ungläubige Rufe, und schließlich brach ein Sturm der Begeisterung los!

Die Gräfin sprang auf und verneigte sich. Heller kam an unseren Tisch zurück, und die anderen Gäste wandten sich widerstrebend der nächsten Darbietung zu.

„Wie haben Sie das gemacht?" fragte Hightee aus beruflichem Interesse.

Die Gräfin lachte. „Sehen Sie diese Drapierung hinter der Tanzfläche? Ich habe einfach die Aufmerksamkeit der Leute auf das wehende Tuch gelenkt und dann das, was man einen schnellen Abgang nennt, vollführt, eben hinter diese Drapierung. Von dort bin ich einfach quer über die Bühne zur Wand gegangen und dann auf allen vieren hinter den Tischen entlanggekrochen. Schließlich noch ein Salto vorwärts, und schon war ich hier. Ganz einfach."

Heller atmete nicht einmal schwerer als gewöhnlich; die Gräfin übrigens auch nicht. Er bestellte eine neue Runde Blasengebräu. Ich hatte inzwischen den Anschluß verloren, was die Rechnung betraf. Tote können nicht rechnen. Ich sah zu dem Kamerateam hoch: lauter grinsende Gesichter!

Lombars Gespenst hatte es offenbar nicht draußen in der Dunkelheit gehalten. Es stand schon mit einem Fuß im Klub.

Kapitel 5

Ich sah mir diese beiden Idioten an, wie sie dort saßen, gegenseitig an dem Trinkbehälter des anderen nippten und Hightee in ihr Lachen mit einbezogen. Sie waren sehr schön. Aber sie wußten nicht, daß Lombar sie kurzentschlossen umbringen lassen konnte, sobald er keine Verwendung mehr für sie hatte. Und er würde es mit Sicherheit tun, wenn sie die Aktivitäten des Apparatus auf Blito-P3 blößzustellen drohten. Doch ich konnte es ihnen nicht sagen.

Währenddessen spielte die Musik weiter, und eine Darbietung folgte der anderen. Bis plötzlich der Lichtstrahl wieder auf unseren Tisch gerichtet war.

„Oh, nein", sagte Hightee. „Ich habe gehofft, sie würden mich übersehen. Ich bin die letzte von unserem Tisch." Sie stand auf. „Keine Bange, Soltan. Man wird die Rechnung nicht verdoppeln. Ich werde für mein Essen singen."

Sie schlängelte sich an den Tischen vorbei zur Bühne. Die anderen Gäste hatten schon so viele „Künstler" erlebt, daß sie ihr kaum Beachtung schenkten. Sie sprang auf das Podium, ihr blaues Kleid glitzerte im Scheinwerferlicht. Sie sagte etwas zum Kapellmeister, der sich daraufhin umdrehte und einem seiner Leute etwas zurief, und der Musiker kramte in einem Stapel Instrumente und reichte eins von ihnen nach vorn.

Es war eine dieser elektronischen Halbkugeln, die man „Akkordschläger" nennt. Sie mißt ungefähr achtzehn Zoll im Durchmesser. Hightee drückte die gekurvte Seite gegen ihren Bauch und zog den Gurt gekonnt über den Rücken. Dann nahm sie den „Schläger" in die Rechte. Die Akkorde, für gewöhnlich enharmonische, erhält man, indem man die gespreizten Finger der linken Hand an verschiedenen Stellen und in unterschiedlichen Abständen auflegt. Wenn man nun mit dem Schläger wirbelt, als wollte man die Luft verprügeln, erhält man einen hämmernden Rhythmus. Richtig gespielt, klingt die Musik der Akkordschläger ebenso wild wie gewunden und sinnlich.

Hightee sprach wieder mit dem Kapellmeister. Er schien überrascht zu sein und faßte sie genauer ins Auge. Oh, gute Götter, dachte ich, er hat sie erkannt! Entweder durch ihre Stimme oder aufgrund des Liedes, um das sie gebeten hat. Ich wäre beinah aufgesprungen, um ihr zuzurufen, sie solle an unseren Tisch zurückkommen. Aber ich riß mich zusammen und warf nur einen Blick zu dem Kamerateam hinauf. Es schien nichts zu ahnen, und die Reporter ebensowenig. Sie hatten gewissermaßen wieder alle viere von sich gestreckt und ließen die Götter gute Leute sein.

Hightee stand jetzt in vollem Scheinwerferlicht auf der Bühne. Ihr blaues Abendkleid sprühte förmlich Funken, und ihre lüsterne Waldnymphenmaske hatte endlich die Aufmerksamkeit des Publikums auf sie gelenkt. Sie hob die rechte Hand. Der Kapellmeister nahm es als Zeichen und wartete, bis sie ihm den Einsatz gab.

Spraaaang! machte der Akkordschläger. *Jaul-Jaul!* antwortete die Kapelle. Und dann spielte Hightee zunächst nur die Melodie des Liedes, ohne zu singen. Aber sexy! Ihr Körper bog und wiegte sich im Rhythmus, und ihre linke Hand schien anderes anzuzeigen als nur Akkorde, während die rechte im Takt durch die Luft wirbelte. Es war SEXY!

Die Spannung des Publikums lag wie Elektrizität in der Luft. So wie Hightee den Akkordschläger spielte, wie sie ihre Hüften schwang, war klar, daß sie kein Amateur war. Ihre professionelle Präsenz schien das Publikum zu hypnotisieren. Außer der Kapelle und dem Akkordschläger war kein Laut mehr im Klub zu hören.

Sie begann die Melodie zum zweitenmal zu spielen, und diesmal sang sie dazu, mit einer kehligen, lockenden Stimme, die zugleich jedoch auch eine deutliche Spur von Komik enthielt.

Mir sagte, als ich jung war, einst ein Mann,
Eine Sprache, eine fremde, habe ihn im Bann —
Ich sollt' sie lernen!

„Oh, Götter!" stieß ein Mann hervor. „Es ist Hightee Heller!" Andere fielen ein und übertönten die Musik mit ihren Schreien: „Hightee! Es ist Hightee Heller!" Ein Tollhaus!

Sie wär', so sagte er, ein lustig Ding,
Das schon den Alten von der Zunge ging —
Ich sollt' sie lernen!

Wieder folgte ein Zwischenstück mit Akkorden und sexy Hüftschwüngen, während der Klub sich zusehends in ein lärmendes Tollhaus verwandelte. Dennoch hörte ich einen gellenden Schrei von draußen: „Da drin ist Hightee Heller!"

Er müßte meinen Kopf, meint' er sehr nett,
Fein lagern auf ein weiches Bett —
Um sie mich zu lehren!

Das Heimschirmteam ackerte wie verrückt! Wieder drangen Rufe von draußen herein. Hatte es sich herumgesprochen? Leerten sich die anderen Klubs? Genau das! Eine kreischende Menge strömte in den Klub! Und das bisherige Publikum, schon lange auf den Beinen, drängte nach vorn zur Bühne!

So suchten wir uns einen Platz im stillen,
Und er befreite mich von meinen Hüllen —
Um sie mich zu lehren!

„Hightee! Hightee Heller!" Das tollste Tollhaus!

So stimmten wir uns ein in den Gesang,
Er gab den Ton und hielt ihn dann so lang —
Wie er mich lehrte!

Die Verstärker wurden immer weiter aufgerissen, damit ihre Stimme den ohrenbetäubenden Lärm der tobenden Menge übertönte.

Heißa, hussa, geiljahuh,
Keuchen, Hüpfen, immerzu —
Ohne Rast und Ruh'!

Der Klub war eine einzige, sich ständig vergrößernde kreischende Masse, die Leute vorn versuchten auf die Bühne zu klettern, und aus jeder Kehle schrie es: „Hightee! Hightee! Hightee Heller!" Wieder wurde der Verstärkerknopf ein Stück weiter aufgedreht.

Die Sprache ist so schwer zu lernen nicht,
Ich lad euch alle, seid ihr drauf erpicht,
Zum Unterricht!

Zwischenspiel. Arme, die sich nach ihr reckten, Kletterer auf der Bühne! Heller mitten in der Menge, sich durchkämpfend, um sie davor zu bewahren, zerrissen zu werden! Das gleißende Scheinwerferlicht, das geschäftige Heimschirmteam!

Heißa, hussa, geiljahuh —

Die Menge drückte sie zurück zur Kapelle. Dutzende Hände versuchten sie zu berühren. Dann war sie in der Masse untergegangen! Gerade, als Heller sie durchquert hatte und bei ihr ankam.

Keuchen, Hüpfen, immerzu —

Sie sang und spielte immer noch! Heller hatte sie erreicht und hob sie hoch über den Mob und die gierigen Hände.

Seht nur her!

Das war der Moment, in dem ich meine Handwaffe zog, den Hebel auf Nadelkopf umlegte und mit einem fachmännischen Druck auf den Abzug den Hauptscheinwerfer ausschaltete. Das geschah nicht, um Heller zu helfen, sondern weil ich hinter der Menge einen Gelbmann direkt auf mich zukommen sah, der etwas in der Hand hielt, das nur die Rechnung sein konnte!

Die Explosion der Glühfäden überlagerte für einen Augenblick den Lärm der Menge. Ich schwenkte herum. Das Hauptschaltbrett hinter der Tanzfläche hatte ich bereits früher bemerkt. Jetzt schoß ich es mit unfehlbarer Zielgenauigkeit in Stücke! Danach war es völlig dunkel im Klub.

Unter dem Gekreisch der Menge stach mir ein neuer Ruf ins Ohr: „Polizei! Die Polizei kommt!"

Trübes Notlicht flackerte auf, und tatsächlich entdeckte ich einen blauen Farbpunkt, der mir nur zu bekannt war. Es war Polizei, die sich dort den Weg frei knüppelte und den Aufruhr einzudämmen versuchte!

Dann wurde ich von einer kräftigen Hand am Kragen gepackt und so heftig aus dem Sessel gerissen, daß ich für einen Moment horizontal in der Luft lag. Kaum war ich auf den Beinen, wurde ich vorwärtsgestoßen. Der Notausgang flog krachend auf, und ich wurde die Gasse hinter dem Klub entlanggetrieben. Ich war kaum fähig, den Exploder festzuhalten!

Wir kamen zu meinem Flugmobil. Die Tür schwang auf, und ich wurde förmlich hineingeworfen. Und erst jetzt erkannte ich, wer mich aus dem Klub gezerrt hatte: Gräfin Krak!

Ich sah mich ängstlich nach dem Notausgang um. Lärm und Lichter fielen durch die offene Tür in die Gasse. Dann tauchte Heller auf! Er trug seine Schwester immer noch hoch über dem Kopf. Und hinter ihnen erschien eine kompakte blaue Welle! Oh, Götter, die Polizei war ihnen auf den Fersen!

Die Gräfin schlüpfte ins Flugmobil und drängte mich zur Seite. Als Heller bei uns ankam, schob er seine Schwester zu uns hinein, und die Gräfin nahm sie ihm wie einen Gegenstand ab, um sie vorsichtig auf der Rückbank abzusetzen.

Heller glitt gerade hinter den Steuerknüppel, als ein Polizeihelm an der Fahrertür erschien.

„Wir werden noch vor ihnen am Hangar sein, Jet. Es ist alles unter Kontrolle!"

Es war Snelz! Snelz in einer Polizeiuniform!

Das Flugmobil zischte aufwärts! Wir hatten uns freigekämpft!

Vielleicht war es das Lachen von Hightee Heller, das klang, als stände es auf der Kippe zum Krampf, — man braucht Nerven wie Drahtseile, wenn man in der Konföderation zu einer Berühmtheit geworden ist. Vielleicht lag es aber auch daran, daß ich immer noch ein bißchen berauscht war von dem Blasengebräu, das ich getrunken hatte. Jedenfalls befand ich mich in fast ausgelassener Stimmung. Indem ich die Rechnung nicht bezahlt hatte, war ich der Gefahr entgangen, entweder als Bankrotteur kassiert oder wegen der Weitergabe von Falschgeld exekutiert zu werden. Und soweit ich wußte, war außer Hightee keiner von uns erkannt worden, und bei ihr spielte es keine Rolle. Was für ein Glück!

Wir landeten in Hightees Garten in den Wolken. Sie löste den Gurt des Akkordschlägers, und Heller sagte, er würde ihn für sie dem Klub zurückschicken. Sie gab ihm und der Gräfin einen Kuß auf die Wange und mir die Hand. Unter den Bäumen drehte sie sich noch einmal um und rief: „Danke für den wundervollen Abend! Viel Glück, ihr zwei! Und, Jet! Ich bin *einverstanden!*" Dann war sie fort.

Auf dem Weg zum Apparatus-Hangar wurden wir routinemäßig von der Flugüberwachung des Nachtverkehrs gebeten, uns zu identifizieren, und ich mußte Heller in den Arm fallen, der automatisch nach seiner eigenen Identokarte griff. Ich gab ihm meine. Es war nicht nötig, daß wir selbst eine Spur legten, die uns mit diesem Abend verband!

Schließlich rollten wir in den Apparatus-Hangar und parkten neben dem Flugtransporter der Wache. Snelz und seine Männer saßen im trüben Licht in den Tiefen des Hangars herum, schwatzten und nahmen einen Nachttrunk zu sich. Die Gräfin, wieder in Helm und Gascape, eilte in den Schlepper.

Heller war hinter dem Steuerknüppel sitzen geblieben. Mein Fahrer kam mit einigen großen Schachteln auf uns zu. Heller wartete offenbar auf ihn. Aber mein Fahrer ließ sich Zeit, die Heller nutzte, um sich zu mir umzuwenden und zu sagen: „Ich glaube, ich muß mich bei Ihnen entschuldigen. Ich wußte heute nachmittag nicht, daß ich zu einem falschen Zeitpunkt auf Ihre Beförderungsfeier gedrängt habe. Aber, keine Angst, Sie brauchen morgen nicht zum Klub zu fliegen, um die Rechnung zu begleichen. Als wir ankamen und der Portier uns die Hand hinhielt, um das Geld für einen Tisch einzufordern, war nicht zu übersehen, daß Sie zurückzuckten. Da wurde mir klar, daß Sie zur Zeit recht klamm sein müssen und daß es Ihnen wie ein übler Trick vorgekommen sein muß, als ich auf dieser Feier bestand. Also bin ich ins Büro des Geschäftsführers gegangen und habe meine Identokarte unter eine Blankorechnung gedrückt."

Ich dachte, mein Herz würde aufhören zu schlagen.

„Ich konnte es Ihnen vor den Kellnern und den Frauen nicht offen sagen, aber ich habe Ihnen mehrmals zu verstehen gegeben, daß Sie sich keine Sorgen zu machen brauchen. Ich wollte, daß Sie den Abend genießen."

Ske stand jetzt mitsamt seinen Schachteln an der Fahrertür, und Heller sagte ihm, er solle die Bühnenuniformen morgen zu dem Kostümverleih und den Akkordschläger in den Klub zurückbringen. Dann stieg er aus und rief mir zum Abschied zu: „Es war eine tolle Feier. Ich hoffe, es hat Ihnen Spaß gemacht. Gute Nacht!"

Und weg war er. Ich wußte, was diese Identokarte auf der Rechnung für Folgen haben würde. Sie war das gefundene Fressen für die Nachrichtenblätter und den Heimschirm. Der Große Rat würde erfahren, daß wir nicht abgeflogen waren, und sich auf Endow stürzen. Und Lombar würde sich auf mich stürzen! Es konnte die ganze Operation, die er für Blito-P3 im Sinn hatte, gefährden!

Rasende Wut schoß in mir hoch. Ich spürte das unwiderstehliche Verlangen, Heller umzubringen! Im gleichen Augenblick waren auch die Magenkrämpfe wieder da.

Kapitel 6

Nach einer Nacht voller Alpträume, von Kopfschmerzen geplagt und mit einem Magen, der sogar den Gedanken an Muntermacher ablehnte, saß ich am Mittag des folgenden Tages auf einem Stapel alter Panzerungsplatten und betrachtete stumpf die fast unverzeihliche Geschäftigkeit im Apparatus-Hangar. Ich erwartete das Schlimmste. Was dann geschah, war noch schlimmer!

Mein Fahrer kam gerade von der Rückgabe der Uniformen und des Akkordschlägers zurück und trottete auf mich zu. Sein blasiertes Grinsen hätte mir eigentlich eine Warnung sein müssen. Er gab mir weder die Kopfschmerztabletten, die er hatte besorgen sollen, noch die Medizin, die ich für meinen geschundenen Magen bei ihm bestellt hatte. Er warf mir nur ein Nachrichtenblatt in den Schoß und drehte wieder ab. Ich sollte allein an dem leiden, was mir aus dem Blatt entgegenschlug.

Auf der Frontseite war ein großes Foto von Heller! Wie er seine Schwester hoch über der tobenden Menge davontrug! Die Beleuchtung hatte die Stahlmannsterne irgendwie weggewischt: Es war unverkennbar Heller, wie er leibte und lebte! Und die Geschichte dazu war kein Lückenbüßer auf einer der hinteren Seiten: Sie war die Schlagzeile!

SCHÜSSE GEFÄHRDEN DAS LEBEN VON HIGHTEE HELLER!

BERÜHMTER BRUDER RETTET HS-STAR VOR GESCHOSSEN!

AUFRUHRPOLIZEI GEBIETET EINEM STURM FEINDLICHEN FEUERS EINHALT!

WÜTENDE MENGE SUCHT DEN MEUCHELMÖRDER!

Gestern abend schlug im Künstler-Klub in der Vergnügungsstadt der bei Auftritten von Hightee Heller, dem beliebtesten Heimschirm-Star von Voltar, übliche Begeisterungstaumel des Publikums unerwartet in einen Tumult um, als ein unbekannter Wahnsinniger mit militärischen Multiexplodern um sich schoß und das Leben von Tausenden bedrohte.

Die Aufruhrpolizei war sofort zur Stelle und brachte die Situation unter Kontrolle. Dem tödlichen Sperrfeuer trotzend, trug Jettero Heller, Königlicher Offizier und berühmter Kampfingenieur, seine Schwester mit fast übernatürlicher Kraft aus dem Gefahrenbereich. Die Aufruhrpolizei kämpfte, mit Knüppeln vorgehend, heldenhaft um die Wiederherstellung der Ordnung. Die Zahl der dabei verletzten Männer wurde bislang nicht bekanntgegeben.

Dem Zufall ist es zu verdanken, daß ein Heimschirm-Kamerateam, das aus beruflichen Gründen den Künstler-Klub regelmäßig aufsucht, einen Teil des Tumults aufnehmen konnte. Die Aufnahmen werden seit 3 Uhr Frühzeit von allen Heimschirmkanälen in ständigen Wiederholungen gesendet.

In einem Interview, das Hightee Heller heute bei Morgengrauen in ihrem Heim in Pauschbergen gab, dementierte sie mit dem echten Mut der Künstlerin, persönlich eine Verletzung davongetragen zu haben. „Bitte versichern Sie den Milliarden meiner Anhänger, daß mir nicht das geringste geschehen ist", war der einzige Kommentar, zu dem sie sich bereitfand. Der Reporter, der sie interviewte, bemerkte allerdings etwas an ihrem Auge, das einer Platzwunde recht ähnlich sah.

Jettero Heller konnte bisher nicht gefunden oder interviewt werden. Es war allgemein angenommen worden, daß er in einer geheimen Mission des Großen Rats Voltar schon vor langer Zeit verlassen hätte. Ein Sprecher der Krone, der ebenfalls im Morgengrauen befragt wurde, stritt die weitere Anwesenheit Hellers auf unserem Planeten kategorisch ab und stellte fest: „Wir wissen von verläßlichster Seite, daß Jettero Heller Voltar vor einiger Zeit verlassen hat. Die Angelegenheit wird dennoch auf die Tagesordnung der heutigen Vormittagssitzung des Großen Rats gesetzt werden."

Polizeichef Chalp aus der Vergnügungsstadt nahm mit Bescheidenheit die Anerkennung für die schnelle Beendigung des Aufruhrs entgegen. „Meine Männer sind überall", erklärte er. „Und sie sind zu jedem Zeitpunkt zu jedem möglichen Einsatz bereit."

Als unser Reporter dem Geschäftsführer des Künstler-Klubs gegenüber davon sprach, daß die Ereignisse des gestrigen Abends auch ein Werbetrick gewesen sein könnten, der den Bekanntheitsgrad des Klubs steigern sollte, wies dieser erzürnt darauf hin, daß er nicht die geringste Ahnung gehabt habe, daß Jettero Heller oder seine Schwester gestern abend Gäste seines Klubs gewesen seien, und daß ihm in jedem Fall im Traum nicht einfallen würde, das Leben des Idols von Milliarden aufs Spiel zu setzen.

Von der Bande, die den Tumult im Klub auslöste, fehlt bis zum Augenblick noch jede Spur.

(Lesen Sie auch die Feuilletons in der heutigen und morgigen Ausgabe unseres Blattes: HIGHTEE HELLER — FRAU ODER GÖTTIN? und LEBEN UND TATEN DES JETTERO HELLER, DES BESCHEIDENEN HELDEN, DER ZUM IDOL DER FLOTTE WURDE.)

Ich war völlig betäubt. Irgend jemand schien da etwas in die falsche Kehle bekommen zu haben. Ich war keine *Bande!* Ich war nur ein einzelner Mann.

Es war alles Snelz' Fehler, wie ich schließlich feststellte. Wenn er nicht diese dumme Verabredung mit Heller getroffen hätte, zu jeder Zeit als Wache zur Stelle zu sein, hätte er nie diese Polizeiuniformen ausgeliehen, nur um in Hellers Nähe zu sein. Snelz war zu gewissenhaft. Daß er Schüsse, splitterndes Glas und Schreie gehört hatte, war noch kein Grund zu glauben, daß Heller Hilfe bräuchte. Wegen so einer dummen Schlußfolgerung den Klub zu stürmen! Snelz hatte das alles verursacht. Ich würde ihn zur Ordnung rufen müssen.

Aber zugleich stand mir die pure Sinnlosigkeit jeden Tuns klar wie nie zuvor vor Augen. Ich war nur ein Holzsplitter im reißenden Fluß des Schicksals. Was hätte es für sich, wenn ich offen zur Schau stellte, daß insgeheim alle gegen mich waren?

So blieb ich sitzen, wo ich war, und wartete darauf, daß die Axt fiel, wie sie mußte: unabänderlich und endgültig. Ich rührte mich nicht von der Stelle. Starr und taub.

Ich hätte beinahe sogar den großen Lastwagen überhört, der am Nachmittag in den Hangar donnerte. Seine Beschriftung verkündete:

Erziehungshilfen machen Spaß —
auch wenn Ihre Schüler noch Kinder sind.
Unterhaltung ist das Rückgrat der Aufklärung!

Zwei Arbeiter sprangen aus dem Fahrerhaus und zogen eine lange Kiste von der Ladefläche. Jemand rief nach Heller, und er kletterte vom Schlepper Eins herunter, dessen Panzerungsplatten gerade ausgebessert wurden. Er war, die notorische rote Rennkappe auf dem Hinterkopf, vergnügt und springlebendig. Was wußte *er* schon von den Nöten des Lebens? Die Axt hing jedoch auch über ihm. Dieser Gedanke war so etwas wie ein Silberstreif am Horizont, vermochte mich aber nicht aufzuheitern, da sich sofort meine Magenkrämpfe wieder zu Wort meldeten.

Er wies die Erziehungsgehilfen an, die Kiste durch die Luftschleuse in den Schlepper zu bringen. Ich wußte, wo sie eingelagert werden sollte: in diesem Raum unter dem Gang.

Auch der nächste Laster, der eine halbe Stunde später eintraf, weckte mich nicht aus meiner Betäubung. Träge las ich seine Beschriftung:

Bergbauausrüstungen.
Wenn Sie glauben, Ihre Ausrüstung sei zu teuer,
kaufen Sie zu Ihrem eigenen Preis.
Verkauf nur mit Regierungserlaubnis
an anspruchsvolle, qualifizierte Metallurgen!

Wieder stiegen zwei Arbeiter aus und luden eine lange, schwere Kiste ab, die sie auf Hellers Geheiß in den Schlepper trugen.

Ich saß auf den Panzerplatten und wartete. Ich wußte, daß etwas passieren und daß es nichts mit den Kisten zu tun haben würde.

Dann endlich war es soweit. Ich fühlte es. Als würde schwarzes Giftgas in die Szene gepumpt.

Es war eine Stimme, ein schreckliches Flüstern, das hinter einem Stapel Holzkisten hervordrang: „Offizier Gris!“

Kapitel 7

Lombar Hissts schreckliches Gesicht lugte hinter den verrotteten Kisten hervor. Er war als Arbeiter verkleidet und sah sich, ein Notizbuch in der Hand, eifrig um. Von seinem Versteck aus hatte er einen guten Blick auf den Schlepper und die Schwärme von Arbeitern der Vertragsunternehmen, die wie Insekten um ihn herumschwirrten. Bunte Insekten, denn sie trugen ja die Arbeitsanzüge in den Farben ihrer Firmen. Lombar konnte in aller Ruhe die Firmennamen von ihnen ablesen und in seinem Notizbuch auflisten.

Ich ging zu ihm hinüber und wartete zitternd auf das, was kommen mußte. Und er ließ mich warten. Dann riß er plötzlich ein Nachrichtenblatt aus seiner Arbeiterjoppe und warf es mir ins Gesicht. Ich fing es auf. Zu lesen brauchte ich es nicht. Es war zwar ein anderes Blatt als das, das ich gelesen hatte, aber auf der Frontseite prangte das gleiche Bild von Heller als heldenhaftem Retter seiner Schwester.

Lombar fuhr indessen fort, seine Liste zu vervollständigen. Schließlich klappte er das Notizbuch zu und zog mich in die Deckung der Kisten.

„Sie widerlicher (piep)!" preßte er hervor. „Ich sollte Sie auf der Stelle umlegen!" Er klatschte auf sein Notizbuch. „Alle diese Vertragsfirmen arbeiten und arbeiten — für Unsummen! Und Sie, was tun Sie? Sie halten es geheim, damit Sie die Provisionen in die eigene Tasche stecken können!"

Das hatte ich nicht erwartet. Es war so ungerecht! Wenn ich versucht hätte, auch nur aus einem der Unternehmer etwas herauszuquetschen, wäre er postwendend zu Heller gerannt, und der, mit seinen vertrackten Vorstellungen von der Ehre eines Königlichen Offiziers, hätte mich in der Luft zerrissen! Aber ich wagte es nicht, den Mund zu öffnen.

„Nun, was haben Sie zu Ihrer Entschuldigung zu sagen?“ hakte Lombar mit einem verrückten Funkeln in seinen Bernsteinaugen nach. Eine Antwort schien er nicht haben zu wollen; jedenfalls wartete er nicht darauf, daß ich etwas sagte. „Es war (piep) Glück, daß heute der Große Rat tagte. Wissen Sie eigentlich, in welche Situation Sie uns gebracht haben? Die Krone kam gleich als erstes damit an! Oh, Endow kann sich glücklich schätzen, daß er mich hat. Als die Krone wissen wollte, warum Heller noch nicht abgereist sei, war ich in der Lage zu kontern. Aber das war nicht Ihr Verdienst! Ich ließ Endow darauf hinweisen, daß die vom Großen Rat bereitgestellten Mittel zu gering gewesen seien, so daß sich die Mission nach Blito-P3 verzögern mußte. So habe ich es erreicht, daß unser Fonds von drei auf dreißig Millionen erhöht wurde. Jetzt können wir vorgeben, es seien noch andere Firmen beschäftigt worden, welche, die uns gehören. Und Sie werden (piep) so nett sein, die falschen Rechnungen mit Ihrer Identokarte abzustempeln! Haben Sie verstanden?“

Alles, was ich verstand, war, daß ich nicht zu seinen Füßen am Boden lag — als Leiche. Und dafür war ich dankbar.

„Als Gegenleistung, Sie widerwärtiges Stück Dreck, bringen Sie diese Mission in Gang, und zwar zu meinem Termin! Das mußten wir versprechen! Also seien Sie dankbar!“

Ich war sehr dankbar.

„Was ist in diesen Kisten, die vorhin in den Schlepper getragen wurden?“ fragte er. „Er hat sich Sachen besorgt, um die Mission zu einem Erfolg zu machen. Da bin ich mir sicher. Sie wissen sehr gut, daß sie scheitern muß. Ich habe Ihnen das immer wieder gesagt. Wir dürfen es nicht zulassen, daß sie zum Erfolg wird!“

Eine Erwiderung erwartete er nicht. Er überlegte einen Moment. Dann sagte er: „Sehr gut. In zwei Tagen werde ich ein paar Spezialisten herbringen, und Sie werden Heller aus dem Weg schaffen, damit wir nachsehen können, was sich in diesen Kisten befindet.“

Durch einen Spalt zwischen den Holzkisten konnten wir den Schlepper sehen. Heller rutschte gerade an einem Seil hinunter und sprang leichtfüßig auf den Boden. Dann rief er irgend etwas über die Schulter, und fünf Männer der Hangar-Mannschaft eilten zu ihm, hörten ihm aufmerksam zu, lachten ein paarmal und stoben auseinander, um auszuführen, was Heller angeordnet hatte. Das alles war für Apparatus-Angehörige höchst ungewöhnlich.

Ich blickte zu Lombar. Er hatte in unvermischtem Haß die Oberlippe hochgezogen. Seine Augen glühten. Und dazu murmelte er unter einem Wust von Flüchen etwas von „Sportlern", „Königlichen Offizieren" und „Großtuern". Es war kein Zweifel möglich: Er haßte Heller und alle seiner Art.

Plötzlich wandte er sich zu mir um. „Sie werden Probleme mit der Mannschaft haben. Dieser (piep) wird sie umgarnen. Er wird ihr Loyalität einflößen und Ihre Befehlsgewalt über sie unterminieren. Ich glaube, ich werde mich darum kümmern müssen." Er dachte kurz nach. „Ja, ja, das werde ich tun. *Ich werde* den Kapitän und die Mannschaft am Tag der Abreise an Bord bringen."

Zum erstenmal fand ich den Mut, etwas zu sagen. „Der Schlepper", krächzte ich, „hat eine War-Werde-Maschine als Hauptantrieb. Er ist sehr schnell und unberechenbar. Ein gefährliches Schiff!"

„Um so besser", erwiderte er. Er hatte mich gehört! „Also einen War-Werde-Hauptantrieb. Das wird es ein bißchen erschweren, aber ich werde schon eine Mannschaft zusammenbekommen."

Ich hielt immer noch das Nachrichtenblatt in der Hand. Er entriß es mir und stopfte es zurück in seine Jacke. „Da ist noch etwas. Haben Sie irgend etwas darüber gehört, wie die Information über Heller und die Mission durchgesickert ist? Vermutlich nicht. Ich habe gesucht und gesucht. Ich muß ja alles selbst machen. Aber ich werde es herausfinden!"

Heller dirigierte gerade ein Stück der Außenhülle auf den Schlepper. Lombar beobachtete es durch den Spalt zwischen den Kisten und fing wieder an zu fluchen. Der Anblick machte ihn rasend.

Dann wandte er sich ab und zerrte mich am Kragen dicht an sich heran. Wie aus dem Nichts war auch der Dorn plötzlich in seiner Hand, und er unterstrich jedes seiner Worte mit einem schmerzvollen Hieb.

„Sie werden diese Mission termingerecht auf den Weg bringen! Wenn nicht, könnte es wirklich noch dazu kommen, daß sich die Inspektoren der Krone in diesem Hangar umsehen, und das wäre für uns alle die Hölle! Diese Mission gefährdet das ganze Blito-P3-Projekt! Vierundzwanzig Stunden vor dem Start werden wir uns noch einmal treffen. Also strengen Sie sich an! Schaffen Sie Heller weg! Schaffen Sie ihn runter von diesem Planeten! Falls Sie meinen Termin nicht einhalten sollten, werde ich Sie eigenhändig umbringen, ganz langsam!" Der Dorn bestätigte es. „Und noch eins zum Schluß: Als Strafe dafür, daß Sie versucht haben, die Provisionen in die eigene Tasche zu stecken, werden Sie nicht eine einzige Verrechnungseinheit von der zusätzlichen Mittelzuweisung zu sehen bekommen! Sie sind ein Dieb!"

Er ließ von mir ab, und ich blieb eine Weile schmerzbetäubt stehen, wo er mich abgesetzt hatte. Schließlich bemerkte ich, daß er fort war: Ein getarntes altes Flugmobil hatte sich draußen in den Himmel erhoben.

Ich atmete erleichtert auf, setzte meine Beine in Funktion und ging zu dem Stapel rostiger Panzerplatten zurück, um mich erschöpft darauf niederzulassen. Es erstaunte mich, daß ich noch am Leben war und noch immer vier Gehaltsschecks bekam. Meine Stimmung begann sich schon zu heben, als mir etwas einfiel, was mich wieder zurückwarf: Er hatte von einem „Termin" gesprochen, sogar von seinem, bis zu dem wir abgeflogen sein sollten. Aber er hatte nicht gesagt, wann dieser Termin *war!*

Ich versuchte, den verbleibenden Zeitraum zu schätzen. Unser Fonds war um siebenundzwanzig Millionen aufgestockt worden. Das bedeutete, daß er und Endow ein paar Tage brauchen würden, um sich einige Tarnfirmen einfallen und sie registrieren zu lassen. Anschließend würden sie, um des lieben Scheins willen, noch einige Tage verstreichen lassen, um ihre Rechnungen zu datieren und — von mir — abstempeln zu lassen. Ich war mir sicher, daß sie in diesen Details nicht sorglos vorgehen würden. Allein die Gelegenheit eines persönlichen Anteils von siebenundzwanzig

Millionen Verrechnungseinheiten hatte mir das Leben gerettet; ich machte mir darüber keinerlei Illusionen. Aber wann war der Stichtag?

Dann traf mich ein weiterer Schlag. Ich bezweifelte stark, daß ich Heller dazu bewegen konnte, die Arbeiten zu beschleunigen, den Schlepper fertigzustellen und abzufliegen. Das war das Hauptproblem! Mit anderen Worten, ich mußte mich dahinterklemmen. Doch der bloße Gedanke, Heller den nötigen Anstoß versetzen zu müssen, bewirkte, daß ich mich krank fühlte! Sehr krank!

TEIL IX

Kapitel 1

Wahrscheinlich hätte ich abwarten sollen, bis sich der Schock von Lombars Besuch etwas gelegt hatte. Aber ich wußte, daß ich handeln mußte, solange mein soeben erneuerter Drang, von diesem Planeten herunterzukommen, noch frisch war und anspornend wirkte. Wollte ich Heller dazu bringen, meinem Wunsch nachzukommen, mußte ich ihn allerdings von der Gräfin loseisen!

Meine Not war so schreiend, daß sie mir eine Tatsache aus Hellers Leben in Erinnerung rief, die ich bisher nicht benutzt hatte. Er war zu Beginn seiner Karriere einmal gemaßregelt worden, weil er es abgelehnt hatte, daß seine Besatzung mit Hilfe von Elektroschocks ausgebildet wurde. Er hatte sogar gesagt, daß er eine Besatzung mit „gegrillten Hirnen" nicht verwenden würde. Und mit wem hatte er sich eingelassen? Mit einer Trainerin, die ständig damit arbeitete!

Ich sah, wie Heller in den Schlepper ging. Jetzt oder nie, sagte ich mir! Ich strich meinen Blouson glatt und vergewisserte mich, daß mein Betäubungsexploder locker im Halfter steckte, so daß ich ihn gegebenenfalls ziehen konnte. Dann stiefelte ich festen Schritts durch die Luftschleuse.

Heller war auf der Kommandobrücke. Die Schalttafeln und Instrumente waren mehr oder weniger wieder an ihrem Platz, und Heller war mit einem kleinen aufrollbaren Maß dabei, den Sockel unter dem Steuerausguck vor dem Sitz des Astropiloten zu vermessen.

Ich stand mit dem Rücken zum Gang. Außer uns beiden war

niemand zu sehen. Ich mußte es hinter mich bringen. Jetzt oder nie!

„Heller", fing ich an, „es gibt etwas, das Sie nicht wissen."

„Wahrscheinlich ein ganzes Universum voll", meinte er, ohne aufzublicken.

„Erinnern Sie sich noch daran", fuhr ich fort, „daß Sie um ein Haar vors Kriegsgericht gekommen wären, weil Sie es abgelehnt hatten, daß ein Ausbilder Ihre Mannschaft mit Elektroschocks behandelte?"

Jetzt besaß ich seine volle Aufmerksamkeit. Er drehte sich leicht zur Seite, um mich mit gerunzelter Stirn fragend anzusehen.

„Wie gesagt, es gibt etwas, das Sie wissen sollten. Sie hassen die Ausbildung mittels Elektroschocks. Die Gräfin hat Sie genarrt! Sie benutzt sie ständig! Sie ist nichts weiter als eine schmutzige Lügnerin, das ist ..."

Er bewegte sich so schnell, daß ich seine Hand nicht einmal kommen sah! Sein Handrücken wischte mir hart über den Mund, und ich stolperte in den Gang zurück, als hätte mich ein Zischbus gestreift. Er kam rasch auf mich zu, und sein Gesicht sagte mir, daß er mich umbringen würde!

Ich griff nach dem Exploder im Halfter. *Meine Hand konnte ihn nicht herausziehen!* Ich versuchte es noch einmal. Aber ich konnte die Muskeln dieses Arms *nicht* in Funktion setzen! Es war, als wäre ich plötzlich von der Schulter bis zu den Fingerspitzen gelähmt!

Ich war immer noch sicher, daß mein letztes Stündlein geschlagen hatte, als er sich zu mir auf den Gang kniete. Aber was tat er? Er redete mit mir.

„Es gibt auch etwas, was *Sie* nicht wissen! Als ich damals zum erstenmal in die Trainingshalle kam, habe ich diese brutalen Schockmaschinen gesehen, und ich bin um sie herumgegangen, um jede einzelne von ihnen. Ich habe mir die Kontakte und Schalttafeln angesehen. *Diese Maschinen waren seit Jahren nicht mehr benutzt worden! Keine einzige von ihnen! Sie waren nicht betriebsbereit!*" Seine Stimme wurde sehr scharf. „Sie sollten sich besser vorsehen und keine Lügen über Gräfin Krak verbreiten!"

Ich war mir sicherer denn je, daß er mich töten würde, und versuchte wieder, meinen Exploder zu ziehen. Vergeblich! Mein Arm funktionierte einfach nicht!

Seine Augen flammten auf wie blaue Gasflammen. Ich hatte das Gefühl, als würden sie mir Löcher in den Schädel brennen. Seine Hand fuhr an eine seiner Brusttaschen. Es war soweit: Jetzt holte er einen Exploder oder ein Messer hervor, um mir den Rest zu geben.

Ich machte eine verzweifelte Anstrengung, um doch noch meine Waffe zu ziehen. Aber wie gehabt: Mein Arm wollte nicht gehorchen!

Er aber hatte nur ein Blatt Papier aus der Tasche gezogen. Nein, genaugenommen war es die Kopie eines Artikels aus einem Nachrichtenblatt.

„Ich habe diesen Fall in den Archiven der Nachrichtenblätter überprüfen lassen. Dabei ist auch dieses Geständnis gefunden worden, das der vormalige für Manco zuständige Zweite Lord des Amts für Erziehung auf dem Totenbett abgelegt hat. Lesen Sie selbst." Er hielt mir den Artikel vor die Augen. Es war, wie er sagte. Aber mein Blick glitt angstvoll zu seinem Gesicht zurück, und ich versuchte noch einmal, meine Waffe zu ziehen. Aber meine Muskeln blieben untauglich!

Heller blickte auf das Blatt Papier hinunter. „Hier steht, daß die Heimatpolizei von Manco einen Einbruch unterband und dabei einen Flüchtenden anschoß, der sich als der für Manco zuständige Zweite Lord des Amts für Erziehung entpuppte! Er starb an seinen Verletzungen. Aber vorher wollte er ein Geständnis ablegen, und das hat er dann auch getan. Nach seiner Aussage war ihm eine der Universitätsabgängerinnen aufgefallen, weil sie über außergewöhnliche Trainerfähigkeiten verfügte. Ihr Vater, Graf Krak, war kurz zuvor bei einem Flugunglück ums Leben gekommen, und die Mutter, eine bekannte Trainerin namens Ailaena, hatte sich aus Kummer um ihren Mann von allem zurückgezogen.

Dieser Zweite Lord des Erziehungswesens gab weiter zu, daß er, weil er aufgrund von Spielschulden kurz vor dem Bankrott stand, einen Plan ausheckte, um sich zu sanieren. Er entführte Ailaena und teilte ihrer Tochter, Lissus Moam, mit, daß er ihre

Mutter zu Tode foltern würde, wenn sie nicht die Kinder ausbildete, die er ihr aus den Armenvierteln zuführen würde. Es sollten dreiundvierzig werden. Er gab zu Protokoll, daß er ihr gesagt habe, es handle sich um ein vom Apparatus angeordnetes Regierungsprojekt. Man wolle kleine Agenten gewinnen, die in feindliche Befestigungen eindringen und dort Informationen sammeln könnten. Er versprach ihr, ihre Mutter, Ailaena, freizulasssen, wenn sie die Kinder dafür vorbereitete.

Als die Kinder dann ausgebildet waren, ließ er sie Banken ausrauben. Und da er eine enorme Angst vor eventuellen Zeugen für diese Raubzüge hatte, gab er den Kindern Waffen und sagte ihnen, sie sollten jeden Wachmann töten. Als die Kinder das nicht tun wollten, machte er sich die Tatsache zunutze, daß die Kinder Lissus liebten. Er sagte ihnen, daß er Lissus Moam töten würde, wenn sie die Wachmänner nicht umbrachten. Die Kinder waren sicher, daß er es ernst meinte. Auch für den Fall, daß sie etwas ausplaudern oder jemals seinen Namen erwähnen sollten, drohte er ihnen damit, Lissus Moam erst zu foltern und dann umzubringen.

Nachdem Lissus die Kinder ausgebildet hatte, tötete dieser Wahnsinnige ihre Mutter und nahm Lissus an ihrer Stelle gefangen, für den Fall, daß die Kinder erwischt wurden. Und so geschah es auch, vermutlich weil er falsch informiert oder zu gierig gewesen war. Jedenfalls schaffte er es, Lissus Moam als die Anstifterin der Kinderbande zu denunzieren und selbst mit reiner Weste davonzukommen.

Die Kinder wurden hingerichtet und Lissus Moam ebenfalls zum Tode verurteilt. Aber der Apparatus ließ sie entführen — er wollte ihre Fähigkeiten nutzen — und an ihrer Stelle irgendeine andere Kriminelle hinrichten.

Der Apparatus hat fast drei Jahre lang eine Unschuldige festgehalten! Und ihr habt nicht einmal soviel Anstand gehabt, es ihr zu sagen!"

Ich war sicher, daß ich selbst in den nächsten Sekunden oder Minuten sterben würde, so wildentschlossen war sein Blick! Tapfer versuchte ich erneut, meinen Arm zu bewegen. *Aber er wollte und wollte nicht gehorchen!*

„Ich werde mich an einen Anwalt wenden", sagte Heller. „Ihr Name wird von jedem Verdacht gereinigt werden. Und ich werde sie heiraten!"

Er streckte die Hand nach mir aus. Das war der Augenblick, dachte ich. Ich versuchte wieder, meine Waffe zu ziehen. Aber er half mir nur auf die Füße, schob mich in den Mannschaftssalon und setzte mich auf einen Stuhl. Dann ging er zu einem Schrank, holte eine Serviette heraus und feuchtete sie an der Wasserbar an.

Er stand mit dem Rücken zu mir, so daß ich unbemerkt meinen Exploder hätte ziehen können. Es war zwecklos. Ich konnte weder den Arm noch die Hand rühren. Ich war gelähmt!

Er kam zurück zu mir und begann mir das Blut aus dem Mundwinkel zu tupfen. „Es tut mir leid, daß ich Sie geschlagen habe. Es war gedankenlos. Ich habe einfach reagiert. Ich versichere Ihnen, das ist sonst nicht meine Art. Sie sollten nur aufhören zu reden. Ich wollte Sie nicht niederschlagen."

Die Götter mochten mir helfen, wenn er einmal richtig zuschlug!

„Ich habe das erst heute morgen erhalten", sagte er. „Ich wollte es ihr heute abend sagen, als Überraschung, und sie bitten, mich zu heiraten. Wir können diese Mission doch sicherlich so lange aufschieben, bis ihr guter Ruf wiederhergestellt ist und wir geheiratet haben. So dringend ist sie nicht. Ein Planet geht nicht an einem Tag zugrunde."

Vielleicht war es das kalte Wasser, vielleicht auch sein weicherer Ton. Jedenfalls fand ich, angesichts einer drohenden weiteren Verzögerung, den Mut zu sprechen. „Nein, nein, nein", widersprach ich. „Sie dürfen nicht versuchen, ihren Namen reinzuwaschen."

Er trat zurück.

„Sie verstehen die Gesetzeslage nicht", sprudelte es aus mir heraus. „Wenn jemand als tot geführt wird, werden sämtliche Akten zerstört! Man wird aus der Zentralen Datenbank gelöscht! Und dieser Zweite Lord des Amts für Erziehungswesen ist auch tot. Sein Geständnis bezieht sich auf Tote. Die Heimatpolizei hat mit Sicherheit alle betreffenden Akten zerstört. Sie wollen für eine

Unperson kämpfen. Lissus Moam und Gräfin Krak existieren in der Sphäre der Lebenden nicht mehr! So ist es in der Datenbank gespeichert. Ich habe es überprüft!"

Seine Verwirrung ermutigte mich. Die Flotte unterrichtet ihre Offiziere nicht in den Gepflogenheiten des zivilen Rechts. Im übrigen sagte ich nichts als die Wahrheit.

Ich hastete weiter. „Nach dem Gesetz können Sie eine Tote nicht wieder zum Leben erwecken, sie mit Papieren oder Rechtsfähigkeit ausstatten. Und eine Tote zu heiraten, ist rechtlich genauso unmöglich! Der einzige Beweis, den Sie haben, ist dieser Artikel — und der gilt vor Gericht nicht als Beweis!"

Was ich ihm verschwieg, war, daß der leiseste Hinweis darauf, daß ein Spiteos-Gefangener entlassen werden könnte, seinen Tod bedeutete. Heller konnte von Glück sagen, daß er Spiteos kennengelernt hatte und trotzdem noch am Leben war. Das war nur möglich gewesen, weil Lombar glaubte, er würde bald nach Blito-P3 verschwinden, und weil der Große Rat seinen Namen kannte. Er war glücklicher, als er wußte!

Er zögerte. Wenn ich ihn von diesem Planeten herunterbekam, brauchte er sich keine Sorgen mehr um Gräfin Krak zu machen. Ich hatte einen brillanten Einfall.

„Ich bin in diesen Dingen geübt, und Sie nicht", sagte ich. „Wenn wir so schnell wie möglich auf die Mission gehen, schwöre ich Ihnen einen feierlichen Eid, daß ich Ihnen nach unserer Rückkehr in dieser Sache helfen werde. Ich werde Ihnen den richtigen Weg weisen. Ohne meine Hilfe werden Sie es nie schaffen, sie zu befreien und ins Leben zurückzuführen."

Es war ein leerer Schwur. Er würde nie zurückkommen. Ich wunderte mich bloß, warum mein Magen sich plötzlich zusammenzog. Vermutlich der Schlag, dachte ich.

Er sah mich unschlüssig an. Er war verwirrt und zweifelte. Schließlich sagte er: „Ich werde darüber nachdenken."

Mehr konnte ich wohl nicht erwarten. Ich hatte immer noch Angst vor ihm. Meine Hand lag nutzlos am Griff des Exploders. Ich machte, daß ich hinauskam! Ich hatte mich im Angesicht des Todes befunden — wehrlos! Das pure Grauen, sage ich Euch!

Kapitel 2

Draußen im dämmrigen Hangar versuchte ich meinen Arm zu bewegen. Er sprach nicht an. Ich konnte ihn zwar hin- und herschlenkern, aber weder der Ellenbogen noch das Handgelenk oder die Finger krümmten sich auf meinen Befehl. Das konnte mein Ende bedeuten!

Meine Sorgen über eine weitere Verzögerung der Mission, über die Todesdrohung von Lombar, den möglichen Verlust meiner Gehaltsschecks und den folgenden Abstieg zum Gossenbewohner in der Elendsstadt waren drängend, aber sie traten für den Augenblick zurück. Meine ganze Sorge war jetzt dieser Arm.

Man hat im Apparatus keine persönlichen Kümmernisse oder Behinderungen. Wird man verletzt oder ist man physisch nicht mehr in der Lage, seine Arbeit zu tun, dann ist es aus. Pensionierungen gibt es nicht. Hat man einen sicherheitsempfindlichen Posten innegehabt, wird man nicht von ihm entbunden und in den Ruhestand versetzt. Man bekommt einfach einen Schuß in den Kopf und wird in den nächsten Straßengraben geschmissen.

Die Vorstellung, von einer Horde wilder Tiere umzingelt zu sein und mich nicht verteidigen zu können, brachte mich an den Rand der Panik. Wenn ich nicht in der Lage war, eine Waffe zu ziehen und abzufeuern, war ich der Gnade jedes beliebigen Apparatus-Angehörigen ausgeliefert, auf den ich traf. Und ich kannte einige, die mich liebend gern aus dem Weg gehabt hätten.

Ich verbarg meine Behinderung, so gut es ging, und schlich zu meinem Flugmobil. Es war später Nachmittag, die Betriebsamkeit war abgeflaut, und der Hangar hatte sich geleert. Mein Fahrer hatte offenbar einen harten, mit Hellers Aufträgen angefüllten Tag hinter sich. Er hatte sich auf der Rückbank ausgestreckt und machte ein Nickerchen. Ich blieb einen Augenblick an der Tür stehen und betrachtete ihn durch das Fenster. Dann streckte ich die linke Hand aus, um die Tür aufzuziehen und ihm zu sagen, er solle mich irgendwo hinfliegen. Doch ein neuer Gedanke ließ mich innehalten: Ich hatte kein Geld!

Ich brauchte ärztliche Behandlung, soviel war klar. Aber ich erinnerte mich nur zu gut an den fluchtartigen Abgang des Nuttenpraktikers, nachdem er herausgefunden hatte, daß ich keine müde Verrechnungseinheit besaß.

Wenn Ske in Hellers Auftrag unterwegs gewesen war, mußte er Geld bei sich haben. Ich öffnete leise die Tür und beugte mich vorsichtig, um das Gefährt nicht in Erschütterung zu versetzen, über ihn. Mit geübter Leichtigkeit durchsuchte ich die oberen zwei Außentaschen seiner Jacke. Und welch ein Glück! Meine erfahrenen Finger fischten einen Zehnerschein heraus!

Ich richtete mich auf und wollte mich schon umdrehen, als Ske mit wehleidiger Stimme sagte: „Halt, warten Sie eine Minute! Das ist nicht mein Geld! Es ist die Kaution, die ich beim Kostümverleih hinterlegt habe. Ich muß es Offizier Heller zurückgeben!"

Er log. Er log immer. Ich hoffte, daß er meinen untüchtigen Arm nicht bemerkt hatte. Er hätte mich angreifen können. Also trat ich noch einen Schritt zurück, um aus seiner unmittelbaren Reichweite zu kommen.

Das Problem war jetzt, einen Arzt zu finden. Es durfte keiner sein, der meine Behinderung weitermelden könnte. Doch während ich mir den Kopf darüber zerbrach, fiel mein Blick auf einen Raumtransporter, der draußen vor dem Hangar in den Stützklauen einer riesigen, fahrbaren Abschußrampe stand. So auf dem Heck ruhend, reckte er sich vielleicht vierhundertfünfzig Fuß in die Höhe. Er war schwarz, alt, verbeult und schäbig. Ein Truppentransporter des Apparatus!

Wenn so ein Transporter aufgetankt oder reapariert worden ist, oder was immer mit ihm angestellt worden sein mochte, wird er für gewöhnlich am Abend vor dem Abflug von der Rampe auf die Startposition geschleppt. Danach wird die Besatzung aus ihren Barracken herangekarrt und geht an Bord, um bis zum Start im Morgengrauen klar Schiff zu machen.

Dieses hier stand vermutlich vor dem Abflug zu einem der Planeten der Konföderation. Es mußte etwa fünfzig Mann Besatzung haben. Vor Tagesanbruch würden Apparatus-Truppen in der Stärke zwischen zwei- und fünftausend Mann am Schiff aufmarschieren, um wie Gepäckstücke in den Transportregalen verstaut zu werden. Das Schiff würde monatelang unterwegs sein, und mit etwas Glück würde ich im Verlauf dieser Monate ebenfalls auf die Reise gehen.

Sie mußten einen Sanitätsoffizier an Bord haben! Es war das Beste, was mir passieren konnte. Er würde meinen Arm in Ordnung bringen, und niemand würde etwas davon erfahren.

Ich ging auf die Abschußrampe zu und trat in den Schatten des Monstrums. An der Mannschaftsladeluke stand ein gelangweilter Wachmann, der mir den Weg versperrte.

„Ich muß das Schiff vor dem Abflug inspizieren", sagte ich und fingerte mit der linken Hand meine Identokarte hervor.

Der Wachmann machte sich nicht die Mühe, sie sich anzusehen, und ich ging in die Luftschleuse. Der Gestank eines Apparatus-Schiffs schlug mir entgegen. Die Vorbereitung auf eine Reise schließt die Reinigung des Inneren nicht mit ein. Die Schwerelosigkeit kann Übelkeit und Erbrechen hervorrufen, und dieses Schiff schien die stinkende Hinterlassenschaft der Mägen sämtlicher Truppen, die in den Jahrzehnten seit seinem Jungfernflug an Bord gewesen waren, mit sich zu führen.

In der Hecklage, in der das Schiff stand, verliefen die Gänge senkrecht, so daß ich sie hochklettern mußte, was mit einer Hand ziemlich schwierig war, zumal ich ständig umgreifen mußte, wenn wieder einmal ein Seitengang abzweigte. Und die Mannschafts- und Offizierskabinen lagen weit oben, waagerecht gesehen also vorn, nicht weit von der Nase. Man konnte sich in diesem riesigen, fettbauchigen Ding leicht verirren. Die Wegweiser waren überwiegend bis zur Unkenntlichkeit verdreckt und ebenso unleserlich wie die anderen Schilder und Aufschriften. So kämpfte ich mich aufwärts und war froh, als ich Stimmen vernahm.

Es war ein Lied. Weit davon entfernt, das Schiff für die Reise vorzubereiten, saß ein Teil der Besatzung irgendwo über mir, wahrscheinlich in ihrem Eßraum, und vertrieb sich die Zeit mit einem weinerlichen Singsang. Jetzt hörte ich auch das Pochen einer tragbaren Luftorgel. Sie begann gerade die Akkorde eines neuen Liedes anzustimmen. Raumfahrer, das habe ich schon immer behauptet, sind keine normalen Leute. Und die des Apparatus sind Geisteskranke.

Das Lied, das jetzt zu mir herunterklang, hieß „Das Los des Raumfahrers". Ein Klagelied! Warum werden vor dem Start zu einer Reise ins All eigentlich immer Klagelieder gesungen? Aus Wehmut? Aus Bammel?

Es hob meine Stimmung jedenfalls um keinen Deut, dieser tristen, melancholischen Melodie entgegenzuklettern. Ich hatte auch ohne sie schon genug zu kämpfen! Das Jammern hallte zu mir herunter, als käme es aus einem Grabmal!

Wir fliegen zu toten Planeten,
Zu Sternen ohne Licht.
Wir kreuzen durch endlose Weiten,
Wo nichts als Nacht in Sicht.

Ich verfehlte eine Stange und wäre beinah zweihundert Fuß tief gefallen.

Kein Auge, das uns vermißt,
Kein Herz sich trauernd härmt.
Uns gilt, wo wir sind gewesen,
Kein Segen, der uns wärmt.

Ich versuchte, meinen Aufstieg zu beschleunigen. Der gräßliche Grabgesang deprimierte mich.

Die Mächte des Firmamentes
Bereiten uns das Heim.
Wir sind Verlorene, Verdammte —
Im Dunkel des Raums allein.

Ich wäre fast wieder abgestürzt. Die Echos in diesem Gang ließen das Lied noch düsterer und schrecklicher klingen, als es ohnehin schon war. Vielleicht würden sie ja aufhören zu singen, wenn ich dazukam. Ich fühlte mich schlecht genug.

Drum hört uns und meidet das All!
Verlaßt nicht ohne Not
Den sicheren Halt eurer Schwerkraft!
Das Leben im Raum ist der TOD!

Ich steckte, mich mit einer Hand krampfhaft festhaltend, den Kopf durch die Kabinentür. Das Lied war zu Ende, und die rund zwanzig Männer, die dort saßen, waren allesamt in Tränen aufgelöst.

„Ist ein Arzt an Bord?" fragte ich in die Runde.

Ein großer, kräftiger Primatentyp, der vermutlich auf der Hälfte der konföderierten Planeten wegen aller möglichen Verbrechen gesucht wurde, wandte mir sein tränenüberströmtes Gesicht zu und wies ohne ein Wort auf die andere Seite des Gangs. Dann setzte die Handorgel wieder ein.

Ich machte ein schmutzverkrustetes Schild aus: *Sanitätsoffizier. Nicht öffnen!* Mit einhändiger Anstrengung öffnete ich die Türhebel und trat ein. Eine Wolke von Fäulnisgeruch und säuerlichen Tupdünsten schlug mir entgegen. Jemand schnarchte auf dem Kardanbett. Ich weckte ihn mit einiger Mühe aus dem Schlaf.

Dieser triefäugige Mann war das typische Beispiel seines Standes, nicht so, wie die Ärzte in Liedern und Geschichten dargestellt werden, sondern wie sie in Wirklichkeit sind: stinkende Wracks.

„Mein Arm", sagte ich. „Er ist plötzlich wie gelähmt!"

„Dann kaufen Sie sich einen neuen", sagte er und wollte sich umdrehen, um weiterzuschnarchen.

Ich brachte ihn mühsam dazu, daß er sich aufsetzte. „Ich habe Geld", sagte ich.

Das drang endlich zu ihm durch. Er wurde beruflich.

„Ich möchte, daß Sie mir sagen, was mit ihm nicht stimmt", forderte ich ihn auf.

Ich streifte das Halfter ab und schaffte es irgendwie, ohne die geringste Hilfe von ihm, meinen Blouson auszuziehen. Er fing an, den falschen Arm zu untersuchen, und ich mußte ihn auf den richtigen verweisen. Unter viel Gähnen und mit einigen Unterbrechungen, in denen er verschwand, um sich einen Schluck Tup zu genehmigen, stellte er ein paar Fragen und drückte an meinem Arm herum. Die Fragen erschöpften sich meist in einem hoffnungsvollen „Tut das weh?", wenn er wieder einmal irgendeine Partie meines Armes quetschte.

Er verfügte auch über einige Maschinen, vor die ich mich stellen mußte. Ich hoffte, er würde sich auf der anderen Seite die Augen ausgucken, aber nach den Geräuschen zu urteilen, hatte er sich wieder dem Tup zugewendet.

„Keine Schläge, keine gebrochenen Knochen, keine Verbrennungen", verkündete er schließlich mit einem Achselzucken und bedeutete mir mit einer Handbewegung, daß ich meinen Blouson wieder anziehen konnte.

Dann sah er mich ziemlich merkwürdig an und meinte: „Nun, gut. Ich weiß jetzt, was Ihnen fehlt."

Ich war gerade dabei, das Halfter umzulegen. Seine Finger schnippten im Zeitlupentempo, und ich zog den Zehnerschein. Ich hatte ihn eigentlich fragen wollen, ob er ihn wechseln könne; das, wozu er sich aufgeschwungen hatte, kostete allenfalls zwei Einheiten. Aber er nahm mir den Schein ab und steckte ihn ein.

Danach ließ er mich ein enormes Gähnen sehen und sagte: „Die Diagnose ist, daß Sie Ihren Arm nicht benutzen konnten."

Das schien alles zu sein, denn er machte Anstalten, sich auf sein Bett zurückzubegeben. Ich verstellte ihm den Weg. „Sie werden schon etwas mehr tun müssen!"

Er warf mir einen gelangweilten Blick zu. „Sie wollen einen technischen Begriff? Sollen Sie haben: Sie haben unter einer temporären hysterischen Lähmung der oberen Gelenkmuskulatur gelitten." Damit drängte er weiter auf sein Bett zu.

„Das ist keine Behandlung!" schrie ich ihn an.

„Sie brauchen keine Behandlung", erwiderte er. „Ihnen ist offenbar entgangen, daß Sie den Arm ganz normal benutzt haben, als Sie sich wieder anzogen."

Ich starrte an mir herunter. Ich bewegte den Arm, krümmte die Finger. Es war alles in Ordnung! Ich konnte ihn ganz normal benutzen!

Er strebte wieder ins Bett. „Halt, warten Sie! Was könnte das verursacht haben?"

„Die Maschine hat mir gezeigt, daß sie keinen Schlag auf den Kopf bekommen haben und daß keine fremde Materie die Nervenstränge eingezwängt hat. Es gibt also keine Ursache."

Ich nahm einen tödlichen Tonfall an. „Sie sollten mir besser sagen, wie es dazu gekommen ist!"

Er sah wohl ein, daß es nur zwei Möglichkeiten für ihn gab, in sein Bett zu kommen: entweder indem er mich beiseite drängte, oder indem er mir etwas sagte, das ich akzeptierte. Er zuckte die Achseln. „Hysterie? Kriegsschock? Sie sind Offizier, also können sie nicht mit Elektroschocks behandelt worden sein. Es gibt eine Menge möglicher Ursachen."

„Die wären?"

Ich blockierte immer noch den Weg zu seinem Bett. Er sah mich unschlüssig an und antwortete: „Neurotische Disposition, die sich in einer temporären Manifestation geäußert hat? Hypnoseeinwirkung?"

„Sie müssen sich schon etwas mehr anstrengen!" drängte ich.

„Für ganze zehn Einheiten? Ich bin doch kein Seelenklempner aus der Elendsstadt."

„Das ist das Fünffache des üblichen Honorars!" sagte ich.

„Sie waren fünfmal so besorgt wie üblich", erwiderte er und stieß mich zur Seite, um endlich in sein Bett zu kommen. Kurz darauf schnarchte er schon wieder. Ein echter Vertreter seines Berufs.

Kapitel 3

Als ich wieder bei meinem Flugmobil war, ging ich mehrere Male um es herum und dachte nach. Ab und an krümmte ich meinen rechten Arm und die Finger. Sie funktionierten, wie sie sollten.

Ich versuchte auf die Reihe zu bekommen, was dieser Fleischhacker gesagt hatte. Bewandert, wie ich in der Erdenpsychologie war, wußte ich sehr gut, daß er mit der „neurotischen Disposition“ falsch gelegen hatte. Ich war *nicht* neurotisch. Blieb also nur noch Hypnose. Aber außer beim Sprachtraining war ich nicht hypnotisiert worden.

Sicher war, daß ich in ernster Gefahr schwebte. Was, wenn es wieder passierte? Wenn mein Arm gerade in dem Moment den Dienst verweigerte, wenn ich jemanden niederschießen mußte? Mir standen die Haare zu Berge!

Ich wagte es nicht, zu einem Apparatus-Praktiker zu gehen. Ein Vordringen in mein Unbewußtes konnte zu viel freilegen. Der Praktiker würde berichten, daß ich Staatsgeheimnisse ausplauderte, und das wäre dann mein Ende.

Was hatte dieser (piep) Fleischhacker noch gesagt? Ah, daß er kein „Seelenklempner aus der Elendsstadt“ sei. Das war der Schlüssel. Ich hatte ihre Praxisschilder oft gesehen. Ich bediente mich meiner erprobten Fähigkeit im Pläneschmieden und legte mir mein Vorgehen zurecht. Dann ging ich auf die andere Seite des Flugmobils, um einzusteigen.

Mein Fahrer empfing mich mit der Frage: „Wie soll ich Offizier Heller erklären, daß ich ihm die Kaution nicht zurückgeben kann?“

Ich versetzte ihm einen Schlag, mit der Linken zwar, da ich mich auf die Rechte nicht verlassen konnte, aber es war ein Schlag. Dann stieg ich ein und befahl ihm: „Bringen Sie mich zur Provokationsabteilung! Und zwar dalli!"

Wir flogen durch die Dämmerung über der Regierungsstadt, sanken fast auf Wasserhöhe des Wiels und bogen bald in den Tunnel ein, der zu den verfallenen Lagerhäusern führte.

Ich stieg aus und eilte die Treppe hinauf. Raza Torr wollte offenbar gerade aufbrechen und erstarrte, als er mich kommen sah. Er schien knochenweiß geworden zu sein, aber das war in dem schummrigen Licht schwer zu sagen.

Ich entschied mich für Freundlichkeit. „Nette Mädchen getroffen in letzter Zeit?" fragte ich im Konversationston.

Meine Eskorte vom letzten Mal stand hinter mir. Sie mußten vor kurzem einen Einbruch oder sonst irgendwelche Probleme gehabt haben, denn er hielt einen Exploder in der Hand.

Raza Torr sagte mit einer wie abgewürgt klingenden Stimme: „Ich kümmere mich darum."

Ich führte. Ich kannte die Abteilung inzwischen in- und auswendig. Ich wollte in die zivile Kleiderkammer. Raza Torr folgte mir. Die Eskorte war verschwunden.

„Ich brauche einen Schnellradanzug", sagte ich. „Wie ihn die Straßenbanden tragen. Aber schlicht."

Raza Torr schien sich etwas erholt zu haben. Wahrscheinlich, dachte ich, hat er einen schweren Tag hinter sich. Er war von Natur aus ängstlich. Das ist wohl der Grund, warum sein Verstand nicht immer auf der Höhe ist. Er ging zu einem Regal und zog einen Anzug hervor. Sie werden aus schimmerndem, glattem Körperschutzmaterial hergestellt, und der, den Raza Torr mir zeigte, war über und über mit scharlachroten Flammen bedruckt. Er mußte auf eine Meile zu sehen sein und selbst dann noch in den Augen schmerzen.

„Nein, nein", sagte ich und ging selbst zu dem Regal. Ich fand einen einfarbig schwarzen Anzug in meiner Größe. Er hatte am Kragen ein paar Blutflecken von irgendeinem Unfall, aber man soll nicht zu wählerisch sein, und ich war in Eile.

„Jetzt einen Helm", sagte ich und wartete erst gar nicht ab, was Raza Torr mir anbieten würde. Er tat es trotzdem und hielt mir einen Helm mit einer Flamme darauf und ohne Visier hin. Ich stieß ihn zur Seite und griff nach einem glattschwarzen Helm mit dunklem Visier.

„Jetzt ein Tri-Messer“, sagte ich und ging voraus in die Waffenkammer, wo ich auch eines fand. Es sind großartige Waffen. Die Verbrecher benutzen sie, wenn ihnen der Sinn nach einem besonders blutrünstigen Mord steht. Diese Messer sind dünn wie eine Nadel, wenn sie in den Körper eindringen. Sobald aber der Schaft auftrifft, entfalten sie sich zu einem Fächer aus drei rasiermesserscharfen Klingen. Zieht man sie heraus, reißt man eine Menge von den Eingeweiden mit. Sie haben sogar einen Ring am Heft, so daß man sie mit einem Ruck herausziehen kann. Es gibt zwar Messerkämpfer, die behaupten, sie seien nur schwer aus einem aufgeschlitzten Körper herauszubekommen, aber das ist nur Gerede.

„Gute Götter“, sagte Raza Torr. „Wen wollen Sie umbringen?“

„Ich glaube kaum, daß ich das hier zurückbringen werde“, sagte ich.

„Dazu wäre es sowieso nicht gekommen“, meinte er. Ich ignorierte seinen unbegründeten Zweifel an meiner Ehrlichkeit. Ich war ganz auf meinen Plan fixiert.

Als ich wieder im Flugmobil saß, befahl ich Ske, einen Bogen zu den Randbezirken der Elendsstadt zu fliegen. Der Abend war inzwischen angebrochen. Aber der abendliche Verkehr hatte noch nicht eingesetzt. Die Leute in den anderen Städten saßen jetzt beim Abendessen. In der Elendsstadt gab es vermutlich nicht allzu viele, die sich ein Abendessen leisten konnten.

Aber mögen die Bewohner der Elendsstadt auch arm sein, Untätigkeit kann man ihnen nicht vorwerfen. Sie sind eifrig bemüht, alles um sich herum zu zerstören und auszuweiden, um Brennmaterial zu gewinnen, das ihnen Licht und Wärme gibt. Die Nadelpunkte grellen Lebens schienen allerdings die intensive Düsternis eher zu verstärken als zu erhellen. Fünfzig verkommene Quadratmeilen weit dehnt sich die Stadt um einen übelriechenden See. Niemand kann belegen, wann die Elendsstadt gebaut wurde, aber sie mußte sofort nach der Fertigstellung alt gewirkt haben.

Es gibt ein Gerücht, nach dem Lombar in seiner Jugend dort zum Zeitvertreib Feuer gelegt haben soll. Ich bezweifle das allerdings. Lombar war weit gründlicher in der Zerstörung, und er haßte Elendsviertel. Sein Ziel war es, sie zu schleifen und ihre Bewohner auszulöschen. Und in der Tat, der Ort sah aus, als wäre er überreif für diese Behandlung.

Ich entdeckte, was ich wollte. Es war einer der hellen Plätze, eine der Höhlen, in denen die Jugendlichen der Elendsstadt herumzuhängen pflegen. Manchmal gibt es in diesen Höhlen sogar Kapellen, allerdings ziemlich miese. Ein Tup-Behälter kostet ein Zwanzigstel einer Verrechnungseinheit, ist aber ebenfalls ungenießbar.

An diesem Platz mußte es auch Schnellräder geben. Ich dirigierte meinen Fahrer zu einem Landeplatz in einiger Entfernung von den Lichtern eines Reviers der Schmeißfliegen. Unsere Umgebung mochte ehedem ein Park gewesen sein. Ich befahl Ske, die Lichter auszuschalten, so daß nicht einmal er sehen konnte, was ich tat.

Ich ging um das Flugmobil herum, zog meine Uniform aus und den Schnellradanzug an, setzte den Helm auf und klappte das schwarze Visier herunter. Alles, was mich identifizieren konnte, einschließlich der Apparatus-Waffen, ließ ich bei meiner Uniform zurück. Ich steckte nur das Tri-Messer und einen kleinen Packen Falschgeld ein. Dann sagte ich meinem Fahrer, er solle hier auf mich warten und kein Licht machen, und rannte auf leisen Sohlen auf den Lärm der Kapelle zu. Außerhalb des Lichtscheins blieb ich stehen und sah mich um. Eine Horde Jugendlicher tanzte zu der Musik.

Tief im Schatten fiel mir ein Schnellrad der kräftigeren Sorte ins Auge. Ich knackte das Schloß. Es war so einfach, daß sein Besitzer verdiente, daß es ihm gestohlen wurde. Ich schob es ein Stück weg, und als ich vor Entdeckung sicher war, zischte ich eilig durch den Unrat auf dem, was man in der Elendsstadt sarkastisch einen Boulevard nennt. Der Gestank des Sees stand fast wie eine Wand in der Nachtluft.

Das Viertel, das ich in rasanter Fahrt erreichen wollte, ist bekannt für seine Sexmaschinen, Elektroschauer und Seelenklempner. Nach zehn Minuten flogen die ersten der schwach erleuchteten Geschäftsschilder an mir vorüber. Ich verlangsamte das Tempo.

Die Fassaden der Häuser waren mit verwahrlosten Schildern gespickt, die *Darmspülungen* anboten, in den *Kitzel-Palast* einluden oder verkündeten: *Hier elektrische Penisstimulation.* Schließlich kam ich zu einem Haus, das, wenn möglich, noch verkommener war als die anderen. Vor ihm stand unter anderem ein gekritzeltes Standplakat, auf dem ich las: *Mentalarzt; Gehirnexamination; Physiologischer Nervenspezialist; Hypnotiseur; Darmentschlackung. Kommen Sie zu Doktor Cutswitz, bevor es zu spät ist.* Das war mein Mann.

Ich zögerte jedoch, weil das Haus etwas zu dicht an einem Posten der Schmeißfliegen lag. Der Hauseingang war tatsächlich nicht mehr als dreißig Fuß von dem Posten entfernt. Das war praktisch, weil die Polizei viele von denen, die sie aufgriff, wahrscheinlich an Doktor Cutswitz weitergab. Aber für mich war es ein wenig zuviel an Öffentlichkeit.

Ich war sehr langsam herangefahren. Also kehrte ich um, bog in eine Seitengasse ein und stellte das Schnellrad ab. Die Wohnblocks, an denen ich vorbeikam, als ich die Gasse zurückging, waren schaurige Skelette, und aus der Mauer, die zu dem Stockwerk, auf das ich wollte, hinaufführte, steckten spitze Balkenenden. Dort oben war auch ein Fenster, und es war erleuchtet.

Mit der Behendigkeit eines Pantigs kletterte ich die Mauer hinauf und stieg durch das Fenster hinein. Ich befand mich in einem Flur. Es waren Leute in der Nähe. Den Flur herunter kam eine Frau aus einem Zimmer und ging in ein anderes. Sie sah mich natürlich nicht. Ich bin gut in solchen Dingen.

Ich glitt den Korridor entlang und fand die Tür von Doktor Cutswitz. Der Raum dahinter war erleuchtet. Forsch öffnete ich die Tür und trat ein.

Kapitel 4

Der Mann lag auf einer Sexmaschine und war zu engagiert, um zu bemerken, daß ich hereingekommen war. Ich ließ die Tür geräuschvoll ins Schloß fallen. Er sprang erschrocken von der Maschine, ordnete seine Kleider und sagte erklärend: „Ich habe gerade ein neues Modell geprüft, um zu sehen, ob es für meine Klienten geeignet ist."

Er log. Die Maschine war schmutzverkrustet und abgenutzt. Er trug Scheuklappen, was mich unangenehm an Bawtch erinnerte, und sah aus, als hätte er ein Jahr in Öl gelegen. Nach dem Geruch, den er ausströmte, zu urteilen, mußte es ranziges Öl gewesen sein.

Ich sah mich in seiner Praxis um. Sie starrte vor Dreck. An zwei Wänden waren jeweils fünf Regalbretter angebracht, auf denen durchsichtige Gefäße standen, Hunderte von Gefäßen, die etwas in eine verfärbte Flüssigkeit Eingelegtes enthielten. Ich zuckte zusammen. Es waren Gehirne.

Er umfing die Gefäße mit einer Geste und sagte liebenswürdig: „Meine allerbesten Klienten." Seine Stimme klang, als wäre sie ebenfalls geölt worden. „Ich bin sicher, daß wir Ihre Beschwerden lindern werden."

Ich sagte ihm, mein Name sei Ip — weil es einer der gebräuchlichsten auf Voltar ist. Dann erzählte ich ihm eine Geschichte von einem Freund, der ein Problem habe. Ich wolle nun von ihm, Cutswitz, einen Rat, den ich an meinen Freund weitergeben könnte. Ich erzählte ihm, daß mein Freund keine Metallsplitter im Körper und keine gebrochenen Knochen habe und daß er auch nicht an einer Neurose leide. Trotzdem sei ihm etwas Schreckliches passiert: Er habe, um sich zu verteidigen, versucht, seine Waffe zu ziehen, aber bemerken müssen, daß sein Arm und seine Hand ihm den Dienst verweigerten. Kaum eine Stunde später sei alles wieder in Ordnung gewesen. Mein Freund habe eine gefährliche Arbeit, und er könne es sich nicht leisten, in bestimmten Situationen keinen Gebrauch von seiner Waffe machen zu können.

Cutswitz zeigte sich sehr mitleidig. Er tätschelte mir sogar — eine Schmutzspur hinterlassend — die Hand. Dann stand er auf, ging zu einem Schrank hinüber und kam mit einem Hypnohelm zurück. Ein Schild hinten auf dem Helm, das, obwohl abgekratzt, noch lesbar war, besagte:

Gestohlen aus der Universität von Voltar.

„Ich glaube", sagte er, „daß Ihr Freund hypnotisiert wurde. Setzen Sie einfach diesen Helm auf, dann werden wir sehen, ob wir nicht noch mehr erfahren können, Bürger Ip."

Das leuchtete mir ein. Der Helm paßte gut. Er schnallte den Riemen unter meinem Kinn fest und schaltete den Strom ein. Und sofort hörte ich seine Stimme nur noch als Hauch im Hintergrund. Er fragte mich etwas, und mein Mund schien zu antworten. Ich achtete nicht weiter darauf. So ging es eine lange Zeit. Ich wechselte in andere Zeiten und andere Räume. Aber mein Mund sprach immer weiter.

Dann hörte ich plötzlich eine andere Stimme. Auch sie schien aus der Praxis zu kommen, so laut und deutlich war sie zu vernehmen.

„Sie werden jetzt einige Befehle hören. Diese Befehle sind etwas, worüber Sie keine Kontrolle haben. Denken Sie an den Namen Jettero Heller. Stellen Sie ihn sich vor.

Der erste Befehl lautet, daß Sie jedesmal, wenn Sie daran denken, Jettero Heller zu verletzen oder ihm sonst ein Übel zuzufügen, Magenschmerzen bekommen.

Der zweite Befehl lautet, daß Sie jedesmal, wenn Sie planen, Jettero Heller physisch zu verändern oder zu schaden, oder einem solchen Vorhaben zustimmen, Magenschmerzen bekommen.

Der dritte Befehl lautet, daß Sie jedesmal, wenn Sie planen, Jettero Hellers Karriere zu stören, oder ein solches Vorhaben dulden, die Erscheinung eines Manco-Teufels erleben und verrückt werden.

Der vierte Befehl lautet, daß jedesmal, wenn Sie versuchen, Jettero Heller zu vergiften oder ihn zu schlagen oder eine Waffe gegen ihn zu ziehen, Ihr Arm gelähmt ist.

Nachdem Sie aufgewacht sind, werde ich Ihnen etwas zu lesen geben. Darin wird das Wort *obedience* vorkommen. In dem Augenblick, in dem Sie es lesen, werden diese Befehle tief in Ihrem Geist und Körper verankert. Sie werden völlig außerstande sein, ihnen zu widerstehen, und Sie werden ihnen von heute an in alle Ewigkeit gehorchen.

Sie vergessen jetzt alles, was ich Ihnen gesagt habe, und verbannen es aus Ihrem Bewußtsein, ohne daß dessen Wirksamkeit irgendwie beeinträchtigt wird. Vergessen Sie! Sie wissen nicht, woher diese Befehle gekommen sind. Vergessen Sie!"

Die Worte waren scharf und klar. Durch den Nebel der Vision erkannte ich ein Gesicht. Es war das Gesicht der Gräfin Krak! Damals im Trainingstrakt! Als sie alle anderen weggeschickt und mir angeblich eine „Sprachauffrischung" zugedacht hatte.

Damals hatte sie mich hinterher einen Text lesen lassen, in dem das Wort *obedience* — englisch für Gehorsam — mehrmals auftauchte.

Mir war, als hätte sich in meinem Kopf ein Fixstern in eine Supernova verwandelt!

Der Hypnohelm war abgeschaltet. Ich war hellwach. Die Gräfin! (Piep), (piep)! Sie, und sie allein, hatte mir aus dem blödsinnigen Impuls, Heller zu schützen, das Leben über Wochen hin zur Hölle gemacht! Und das nur, weil ich meine Pflicht tat, nichts als meine alltägliche Pflicht!

Die sonderbare Krankheit, die jedesmal auftauchte, wenn ich beiläufig daran dachte, Heller etwas anzutun! Der Manco-Teufel in meinem Alptraum! Die Flucht in die Berge! Die Lähmung meines Arms! Meine ganze Unfähigkeit, diese Mission in Gang zu bringen! Oder auch nur ich selbst zu sein! All das war erklärt! Die Wirkung war verpufft! Die Befehle waren außer Kraft gesetzt!

(Piep) dich, Gräfin Krak! Ah, warte nur! Du wirst schon sehen, was mit diesem (piep) Heller geschehen wird! Und mit dir! Jede Hölle von jedem Planeten, von dem man jemals gehört hat, wird ein lieblicher Ort sein, verglichen mit den Höllen, durch die ihr beide jetzt wandern werdet!

Kapitel 5

Ich blieb eine geschlagene halbe Stunde wie benommen sitzen und brütete vor mich hin. Erst nach und nach drang die Anwesenheit von Doktor Cutswitz in mein Bewußtsein. Den Hypnohelm hatte er mir schon vor einer Weile abgenommen und mich danach in Ruhe gelassen. Er saß auf einer Bank auf der anderen Seite des Zimmers und beobachtete, wie ich langsam wieder zu mir kam.

Ich wollte weg, zurück zu meiner Arbeit. Deshalb griff ich in meine Tasche und holte einen falschen Fünferschein hervor. Er war kein ausgebildeter Kassierer. Mochten ihn seine Freunde vom Schmeißfliegen-Posten umbringen — es konnte mir nur recht sein. Ich hielt ihm die Blüte hin.

Er lächelte. „Das wird nicht genügen, Offizier Gris."

Ich erstarrte. Woher kannte er meinen Namen? Ich hatte nichts bei mir, was mich identifizieren konnte!

„Keine fünf Einheiten", fuhr er freundlich fort. „Fünftausend kämen der Sache schon näher."

Ich dachte rasch nach. „Ich habe nicht so viel Geld."

„Oh, ich glaube, Sie können es besorgen. Und für den Augenblick könnten Sie mir alles geben, was Sie bei sich haben. Den Rest bringen Sie mir dann ratenweise — sagen wir, während der nächsten Woche."

„Sie wissen nichts als meinen Namen!"

„Oh, den und noch ein paar andere Dinge. Von zwanzig Raumfahrern der Flotte zum Beispiel, die tot in einem Verlies liegen. Ich glaube, die Flotte würde sich freuen, von ihnen zu hören."

Ich tat, als würde ich mich geschlagen geben, setzte mit einer matten Bewegung den Schutzhelm auf und klappte das Visier herunter. Dann zog ich mutlos den Rest des Falschgelds aus der Tasche, stand auf und ging zu ihm hinüber. Er war ebenfalls aufgestanden und streckte die Hand aus.

Mein Arm war wieder völlig in Ordnung und würde mir nie wieder den Dienst verweigern. Ich zuckte leicht mit der Hand, die das Geld hielt. Das Tri-Messer, zehn Zoll tödlichen Erfindungsgeistes, glitt aus dem Ärmel in meine Handfläche. Der (piep) Narr lächelte immer noch; er dachte, er hätte gewonnen.

Ich stieß zu. Zehn Zoll nadelfeinen Stahls fuhren ihm ins Herz. Überraschung trat in seinen Blick. Und das Wissen, daß er tot war. Ich machte einen Schritt zur Seite und riß das Messer heraus. Es hatte sich in seinem Körper entfächert. Ein Sturzbach aus Blut und Eingeweideteilen ergoß sich auf den Fußboden.

Er fiel vornüber, und ich kniete mich zu ihm, um nach seinem Puls zu fühlen. Er war tot. Er lag tot in seinem Blut.

Die Geldscheine waren auf den Fußboden geflattert. Ich sammelte sie ein und wischte am Rücken seines Kittels das Blut von dem glänzenden Papier. Dann steckte ich sie ein und durchsuchte den Raum. Das versteckte Bandgerät, mit dem er meine Hypnoseantworten mitgeschnitten hatte, war nicht schwer zu finden. Ich zerstörte die Aufnahme.

Er hatte keinen Laut von sich gegeben, als ich zustach, und ich war leise gewesen. Niemand konnte aufmerksam geworden sein. Ich schlich zur Tür und öffnete sie einen Spaltbreit. Im ersten Augenblick war mir, als hätte ich jemanden am Ende des Flurs gesehen, der sich hastig in Deckung begeben hatte. Ein Zeuge?

Von der anderen Seite näherten sich Schritte. Es war eine Frau mittleren Alters. Sie schien in diesem Gebäude zu arbeiten. Ich trat, das blutige Messer in der Hand, kurz vor ihr auf den Flur. Sie blieb stehen, und ich drückte ihr das Messer in die Hand.

„Schnell“, flüsterte ich dringlich. „Nehmen Sie das und laufen Sie zum Polizeiposten. Sagen Sie ihnen, daß Doktor Cutswitz ermordet wurde.“

Sie hätte bestimmt geschrien. Aber eine gedämpfte, geheimnisvolle Stimmlage, richtig eingesetzt, pflegt Schreie auszuschließen.

Ihre Augen weiteten sich und wurden glasig. Sie umklammerte den Griff des Messers und eilte in Richtung Polizeiposten davon.

Wieder hatte ich das Gefühl, als hätte sich im Schatten am Ende des Flurs etwas bewegt. Wurde ich beobachtet? Nun, wen kümmerte das. Es würde nichts hergeben. Wer sollte mich unter dem Helm erkennen? Zumal das schwarze Visier heruntergeklappt war. Ich sprang mit wenigen Sätzen zum Fenster. Niemand folgte mir.

Ich hangelte mich wie ein Insekt die Wand hinunter und schloß das Schnellrad los. Vom Polizeiposten klang der Ruf nach einem Gefangenenwagen herüber. Ich schob das Schnellrad lautlos zum anderen Ende der Gasse und ließ es erst zwei Blocks entfernt in einer anderen Straße aufheulen.

Man würde sich natürlich an den Polizeigrundsatz „Der geringste Aufwand ist die Verhaftung der greifbarsten Person" halten und die Frau verhaften. Das ist der sicherste Weg, sich mit der Aufklärung eines Verbrechens hervorzutun. Arbeite sauber, sage ich immer. Laß keine losen Enden zurück.

An der Vergnügungshöhle der Jugendlichen angekommen, stellte ich das Schnellrad an der gleichen Stelle ab, von der ich es entwendet hatte. Ich schloß es sogar wieder an.

Kurz danach glitt ich in mein Flugmobil. Während ich mich umzog, wachte mein Fahrer auf. Wir flogen auf leisen Schwingen davon, und als wir über den Wiel kamen, warf ich den Schnellradanzug samt Helm in das reißende Wasser.

In dieser Nacht lag ich, mit Plänen beschäftigt, wach auf meinem Bett. Was jetzt mit Heller und der Gräfin geschehen würde, hatten sie sich selbst zuzuschreiben. Ich war in meinem ganzen Leben noch nicht derart voller Todesgedanken gewesen. Kein Dämon in irgendeiner Hölle, dachte ich, dürfte so voller Haß sein wie ein Mann, der insgeheim hypnotisiert worden ist. Und kein Dämon hätte es gewagt, solche ausgefeilt häßlichen Pläne zu schmieden wie ich in jener Nacht.

Heller war jetzt ganz meiner Gnade ausgeliefert, und ich gedachte mir volle Genugtuung zu verschaffen!

Kapitel 6

Ich war bei Tagesanbruch auf den Beinen. Überlegen ignorierte ich die kleinlichen Sorgen meines Fahrers wegen der Kostümkaution — Heller hatte ihm, wie es schien, verziehen, aber er fühlte sich *schuldig!* Ausgerechnet er! Ich ließ mich zu meinem Büro fliegen, wo ich den Frühaufsteher Bawtch mit einem Behälter Muntermacher in der Hand vorfand. Ich nahm ihn ihm aus der Hand und trank ihn aus. Danach ließ ich ihn stehen, ohne mich weiter an seiner Überraschung zu weiden.

Ich strebte in die versteckten Kellerräume hinunter, in denen die Fälschereinheit hauste. Jede Apparatusabteilung besitzt ihre eigene Fälschereinheit — ohne sie käme man nicht zu Rande. Ihre Produkte sind für gewöhnlich Aktionen gegen aufsässige oder abweichende Bürger vorbehalten; nur wenige wären mutig genug, Fälschungen auszuführen, wie ich sie im Sinn hatte. Aber unter dem Schatten von Lombar, von seinen Befehlen bedrängt — und, wie ich zugeben muß, auch mit Geschmack an der Rache —, wischte ich mit den Stiften und Stempeln auf einem der Tische etwaige Bedenken beiseite und setzte mich, um meine Meisterwerke zu verfassen.

Ich brauchte mit Ausradierungen und Ergänzungen eine ganze Weile, war aber fertig, als die beiden Fälscher an ihrem Arbeitsplatz eintrafen. Sie setzten sich an ihre Tische, und ich legte ihnen meine Rohentwürfe vor. Ich konnte mir ein Lächeln nicht verkneifen, als ich sah, wie sie zurückzuckten.

„Ich glaube nicht, daß wir das richtige Papier dafür haben", sagte der ältere der beiden.

„Suchen Sie es", erwiderte ich. „Sofort. Los, suchen Sie es!"

Er kramte einige Zeit in verschiedenen Schubkästen und fand schließlich zwei passende Bögen.

„Ich glaube nicht, daß wir die richtigen Siegel haben", meinte der andere Fälscher.

„Ich denke doch", entgegnete ich.

Er stöberte in einigen alten Schachteln und förderte welche hervor, die für meinen Zweck verändert werden konnten.

Sie waren beide verängstigt und ziemlich weiß im Gesicht. Sollten Sie! Ich hatte genug gegen sie in der Hand — Material, das nicht einmal in der Datenbank gespeichert war —, und sie taten gut daran, sich dieses neue Verbrechen zuschulden kommen zu lassen. Das war weit weniger schmerzlich als eine Bloßstellung wegen der alten Untaten.

Fälscher sind sonderbare Typen. Sie besitzen eine künstlerische Ader und, damit einhergehend, Künstlerstolz. Bald waren die beiden ganz in ihre Arbeit versunken und wateten gewissermaßen in Tinte. Ich brauchte ihnen nicht zu sagen, daß sie das Bestmögliche abliefern sollten. Ihre handwerkliche Präzision war Ehrensache, eine Frage der Selbstachtung. Darüber hinaus wäre ihnen bei dem geringsten Fehler, der sie verraten hätte, die halbe Heimatpolizei auf den Fersen gewesen. Notwendigkeit gebietet Bestleistungen!

Ich setzte mich auf eine Kiste voller ungenutzter Exekutionsbefehle und wartete. Die beiden strichen sich mit der Zunge über die Lippen und vollführten mit ihren Stiften quälend langsam die geschwungenen Linien und Ornamente, die solche Dokumente erfordern. Aber die zwei Stunden, die ich warten mußte, wurden mir nicht lang: Wurden sie doch genutzt, um absolut unerkennbare Meisterwerke herzustellen!

Schließlich kamen sie zu den Stempeln und dem Siegel, das bei einem der Dokumente nötig war. Als letztes bliesen sie das Wachs trocken. Schweißperlen, von Stolz und Angst gleichermaßen hervorgetrieben, standen ihnen auf der Stirn. Der jüngere der beiden las die Dokumente auf Fehler durch, während der ältere sie mit den Abbildungen in einem Handbuch verglich, das Faksimiles der Originale enthielt.

„Bei den Göttern", sagte der jüngere. „Sie sehen echter aus als die echten!" Es lag Stolz in seiner Stimme. „Ich glaube, die einzige Möglichkeit, sie als unecht zu erkennen, wäre ein Vergleich mit den Eintragungen im Königlichen Verordnungsbuch! Und außerhalb der Palaststadt hat niemand Einblick darin. Es sind Meisterwerke!"

Der ältere Fälscher suchte zwei offizielle Kuverts und einen dünnen, wasserfesten Umschlag mit Körperhaftung heraus. Und während er die Dokumente eintütete, sagte er zu mir: „Sie wissen natürlich, daß der Besitz einer Fälschung der Königlichen Signatur und des Königlichen Siegels bei der Entdeckung die sofortige Folter und Exekution zur Folge hat. Diese Dokumente geben keine Spur her, die zu uns zurückführen würde. Und wir haben bereits vergessen, daß wir jemals mit ihnen zu tun hatten. Aber allein die Tatsache, daß Sie sie bei sich haben, Offizier Gris, wäre, wenn sie gefunden und als Fälschungen erkannt werden, das Ende für Sie. Mit allem Drum und Dran!"

Er hielt mir den Umschlag hin, ließ ihn aber nicht los. „Öffnen Sie Ihren Blouson, damit ich ihn Ihnen auf die Brust heften kann." Und während er es tat, meinte er: „Es ist natürlich klug von Ihnen, da diese Papiere in der Datenbank nicht aufgeführt werden. Aber im Königlichen Verzeichnis in der Palaststadt *würden* sie auftauchen, wenn sie echt wären. Wenn jemand versuchen sollte, sie dort zu präsentieren, würde man als erstes die Gegenprobe im Königlichen Verordnungsbuch machen und herausfinden, daß sie nie ausgegeben wurden. Die Folge wäre die sofortige Verhaftung desjenigen, der sie vorgelegt hat, mit anschließender Folter und Exekution."

Er hatte den Umschlag auf meiner Brust befestigt und blickte mich eindringlich an, während ich meinen Blouson zuknöpfte. „Ich hoffe, Sie wissen, was Sie tun. Seien Sie sehr vorsichtig in der Wahl derjenigen, denen Sie diese Dokumente zeigen. Hüllen Sie sie in tiefste Geheimhaltung. Auch wenn Sie sie jemandem übergeben, könnten Sie noch mit hineingezogen werden."

Als ich die Tür aufklinkte, um zu gehen, schüttelte der ältere der beiden Fälscher den Kopf. „Gute Götter! Sie müssen wie der Teufel hinter diesen Leuten her sein, Offizier Gris."

Von einem Fälscher, dessen Arbeit darin besteht, Dinge zu verfertigen, mit denen andere in Gefangenschaft und in den Tod getrieben werden, war das fast so etwas wie ein Kompliment.

Ich hielt mich nicht damit auf, in mein Büro zurückzugehen. Ich hatte andere Ziele, und obwohl ich viel Zeit hatte - es war erst zehn Uhr früh -, sagte ich meinem Fahrer: „Treten Sie aufs Gas!“

Er kam jedoch in dem starken Vormittagsverkehr nicht über zweihundert hinaus. „Wer zum Teufel glauben Sie, daß ich bin?“ regte er sich auf. „Sie wissen sehr gut, daß ich kein Flieger wie Heller bin!“

Er wurde in letzter Zeit reichlich frech, und ich wollte mich schon vorbeugen, um ihm eine Kopfnuß zu verpassen, als mir einfiel, daß man die Dokumente bei mir finden würde, falls wir einen Unfall hätten. Also bezwang ich meine Ungeduld und fand mich notgedrungen mit seinem gemütlichen Trott ab.

Die Große Wüste glitt unter uns dahin. Die Hitzetänzer waren heute besonders zahlreich, aber ich hatte kein Auge für sie. Mein Blick war starr auf die häßlichen Höcker von Spiteos gerichtet, die immer mehr anschwollen, je näher wir kamen. Die nächsten Stunden würden ein Labsal für mich werden.

Kapitel 7

Der Trainingssaal bot das gewohnte Bild. Er war wieder geputzt worden und stank nach den Desinfektionsmitteln der Armee. Die Hilfstrainer hatten diverse Leute in der Mangel: hier einen Spezialagenten, der den Umgang mit elektronischen Nadelbomben, die aus Rohren abgeschossen wurden, erlernte; dort zwei Klauenkämpfer, die übten, wie sie den Anschein erwecken konnten, sich gegenseitig zu zerfetzen und künstliches Blut fließen zu lassen, ohne die geringste Verletzung davonzutragen; dort wiederum eine Nummer mit einem Zauberer und einem Primaten, die die Rollen zu tauschen schienen, indem sie sich gegenseitig unsichtbar machten.

Und dort war auch die Gräfin, meine *Beute*. Sie trainierte niemanden: Das hatte sie augenscheinlich ganz ihren Assistenten überlassen. Sie trug einen ultramarinblauen, einteiligen Übungsanzug, die seidigen Haare wurden von einem passenden Band gehalten, und ihre knöchelhohen Stiefel glitzerten im Licht, während sie eine Ringeübung ausführte. Sie stieß sich hoch in die Luft, wobei sie ihre Füße in schneller Folge abwechselnd übereinander kreuzte, und schwang sich am höchsten Punkt herum, so daß sie kopfüber nach unten stürzte, um sich mit den Hacken an den Ringen aufzufangen.

Sie wirkte sehr anmutig. Und sehr glücklich. Als ich näherkam, hörte ich sie sogar ein Liedchen summen. Sie war wirklich schön. Als sie mich erblickte, erlosch das Lächeln auf ihrem Gesicht. Aber sie sprang auf den Boden. „Hallo, Soltan." Es klang etwas argwöhnisch.

Ich war die personifizierte, von Geheimnis umwitterte frohe

Botschaft. Ich sah mich um und entdeckte einen versteckten Platz hinter einer alten Maschine. „Ich habe wundervolle Neuigkeiten für Sie“, flüsterte ich und ging, über die Schulter zurückblickend, hinter die Maschine.

Sie folgte mir. Ich sah mich nach allen Seiten um, um sicherzugehen, daß niemand uns sehen oder hören konnte und daß wir nicht unerwartet gestört werden konnten. Dann winkte ich ihr mit der Hand, noch näher zu kommen.

„Ich habe gerade die glorreichste Audienz hinter mir“, flüsterte ich.

Das konnte nur eines bedeuten. „Beim Imperator?“ sagte sie ungläubig. „Sie?“

Ich machte ein bescheidenes Gesicht und fingerte an den Steinen meiner Insignien. „Nur weil Jettero so bedeutend ist.“ Ich wußte, daß sie das akzeptieren würde. „Sein Glanz fällt auf jeden, der mit ihm zusammentrifft. Ich habe nur das Glück gehabt, mit ihm zusammengespannt worden zu sein.“ Sie kaufte es.

„Verstehen Sie“, fuhr ich fort, „ich habe mir große Sorgen gemacht, daß ihm etwas zustoßen könnte.“ Aha, die (piep) dachte, die hypnotische Suggestion wäre noch in Kraft. (Piep)! Sie nickte: Sie dachte, sie verstünde nur zu gut.

„Also habe ich insgeheim an ein paar Fäden gezogen“, erzählte ich weiter und strengte mich an, ihr das unschuldigste Gesicht zu zeigen, das mir möglich war. Ich vergewisserte mich mit einem Blick, daß niemand in unserer Nähe war, trat noch dichter an sie heran und senkte die Stimme zu einem kaum hörbaren Flüstern. „Ich sollte Ihnen eigentlich nichts von all dem sagen. Es ist strengstes Staatsgeheimnis. Ich wurde ernsthaft ermahnt, es niemandem zu offenbaren!“

Ich gab mich etwas verwirrt. „Ich weiß wirklich nicht, warum es mich so drängte, herzukommen und es Ihnen zu erzählen.“ Ah, sie kaufte es tatsächlich, diese widerwärtige (piep) mit ihren hypnotischen Tricks! Ich setzte eine Kleine-Jungs-Miene auf, der Frauen selten widerstehen können — sie weckt die Muttergefühle in ihnen. „Aber abgesehen davon weiß ich ehrlich nicht, wie ich ohne Ihre Hilfe damit zu Rande kommen soll. Ich brauche unbedingt Ihre Hilfe!“

Oh, sie war begierig, sie mir zu geben. Alles, was mit Heller zu tun hatte, gehörte bei ihr zur obersten, wenn nicht einzigen Priorität.

Ich blieb bei der vertraulichen Masche. „Ich könnte streng bestraft werden dafür, daß ich diese Angelegenheit preisgebe“, sagte ich und verstummte, als würde ich meine Unvorsichtigkeit bedauern. Gleichzeitig zog ich mich ein kleines Stück von ihr zurück. Aber Frauen sind absolut vollgesogen mit Neugier.

„Ich verspreche, daß von mir niemand etwas darüber hören wird“, sagte sie hastig.

„Wenn doch, würde es mich das Leben kosten“, sagte ich, wieder dichter bei ihr. „Mir bleibt wohl keine Wahl. Ich brauche Ihre Hilfe in dieser Sache. Wollen wir uns nicht setzen?“

Ich holte zwei Stühle in unsere versteckte Ecke, und indem wir uns mit dem Gesicht zur Wand setzten, wurde es für jeden, der hinzukommen sollte, doppelt schwierig, zu sehen, was zwischen uns vorging. Ich öffnete zwei Knöpfe meines Blousons und griff hinein, als wollte ich den Umschlag hervorholen. Aber ich tat es nicht. Ihre Ungeduld und Begierde, mir zu helfen, würde einen Großteil ihrer Kritikfähigkeit ausschalten.

„Heute morgen“, erzählte ich flüsternd, „kam noch vor Morgengrauen eine Fluglimousine aus der Palaststadt zu meinem Hotel. Ehrlich, im ersten Augenblick war ich richtig erschrocken. Ich dachte, man würde mich zum Verhör abholen. Aber man brachte mich auf einer Nebenroute zu einer Geheimtür und führte mich in eine Halle mit einem riesigen Schwimmbecken. Ehrlich, ich hätte nie gedacht, daß man seltene Teppiche um ein Schwimmbecken auslegen könnte. Ich wartete eine halbe Stunde. Ich war vielleicht nervös, sage ich Ihnen.

Und dann kam er! Ich traute meinen Augen kaum - man bekommt ihn ja so selten zu sehen. Er trug einen glitzernden Morgenmantel. Cling der Stolze höchstpersönlich! Ehrlich, ich hätte sterben konnen vor Aufregung. Ich war doch überhaupt nicht passend angezogen.

Seine Majestät fragte: „Ist das der Offizier, der die Mission Erde unter sich hat?“, und meine Begleitung bestätigte dies.

Der Imperator legte den Morgenmantel ab und nahm sein morgendliches Bad. Ehrlich, ich wußte nicht, daß er jeden Morgen schwimmt. Noch dazu in einem Diamantbecken! Stellen Sie sich vor!

Ich stand nur da und wartete ab. Ich war völlig verängstigt; wußte ich doch nicht, was ich falsch gemacht hatte. Nach einer Weile stieg Seine Majestät au: dem Becken und legte sich auf einige Kissen. Zwei Gelbmänner kamen herbei und rieben ihn mit parfümierten Ölen ein. Er zeigte auf eine Stelle in seiner Nähe, und mein Begleiter schob mich vorwärts.

Seine Majestät sagte: „Ich war schon immer überzeugt, daß Jettero Heller ein guter Mann ist."

Es wirkte, wie ich vorausgesehen hatte: Sie reagierte sofort und machte tellergroße Augen. Sich vorzustellen, daß sich ein Imperator, auch wenn er über ein brillantes Gedächtnis verfügte, unter den hundertundzehn Planeten und den mehreren Zehnmillionen von Offizieren an den Namen eines niederen Offiziers erinnern sollte! Aber die Gräfin schlürfte mir jedes einzelne Wort von den Lippen. Du hast darum gebeten, dachte ich bei mir, du (piep), und jetzt sollst du es bekommen!

„Nach einer Pause", fuhr ich fort, „sah mich Seine Majestät fragend an und sagte: 'Es muß also einen Grund dafür geben, warum die Mission noch nicht gestartet ist, und ich habe Sie herbringen lassen, damit Sie ihn mir nennen.'"

Ehrlich, ich dachte, daß er als nächstes befehlen würde, mich zu exekutieren. Nun, ich bin nicht gerade der Mutigste. Deshalb habe ich auch Angst, sein Vertrauen zu mißbrauchen. Nein, nein", fügte ich hastig hinzu, „Sie brauchen sich keine Sorgen zu machen. Es hat alles ein gutes Ende genommen." Es belustigte mich innerlich, diese Worte auszusprechen. Das „gute Ende", das die beiden erwartete, war die schwärzeste Tragödie.

„Vergeben Sie mir, Gräfin. Ich bin Offizier und weiß, wo meine Pflichten liegen. Ich setze mich großer Gefahr aus, indem ich Ihnen davon erzähle. Aber was soll ich tun? Nebenbei", wechselte ich das Thema, „hat Ihnen Jettero diesen Artikel gezeigt, der Sie betrifft?"

Sie hatte wahrscheinlich nicht gewußt, daß ich ihn kannte. Sie nickte.

„Ich hatte vorher noch nie etwas davon gehört", fuhr ich fort.

„Wenn ich das gewußt hätte, wäre ich früher aktiv geworden. Aber um meine Erzählung fortzusetzen. Ich mußte Seiner Majestät den wirklichen Grund angeben, der die Mission bis heute aufgehalten hat."

Ich konnte förmlich hören, wie ihr Herz in ihrer Brust schlug. Vermutlich bis zum Hals.

„Seine Majestät wies mich zurecht. Er sagte mir, daß die umfassendsten und geheimsten Staatsangelegenheiten von dem erfolgreichen Abschluß dieser Mission abhängen. Er klang sehr gereizt, und als mir der Gedanke kam, daß er Heller etwas antun könnte, bekam ich schwere Magenkrämpfe! So furchtbar war der Gedanke."

Naive (piep). Du glaubst, die hypnotische Suggestion funktioniere noch. Ah, dafür wirst du mir bezahlen, (piep). Schau nur, wie du nickst!

Ich atmete tief ein, als erlebte ich einen schmerzvollen Augenblick. Dann spann ich weiter an meinem Lügenmärchen. „Ich mußte ihm einfach widersprechen, schlecht, wie ich mich fühlte. Oh, ich kann Ihnen sagen, sogar die Gelbmänner, die ihm das Öl einmassierten, erstarrten angesichts der Ungeheuerlichkeit, daß jemand es wagte, mit dem Imperator zu streiten. Aber irgend etwas, ich weiß nicht, was, hatte mich verzweifelt genug gemacht, um mich von solchen Bedenken nicht aufhalten zu lassen.

Ich sagte ihm, daß er so gut wie ich wisse, daß Jettero Heller der einzige sei, der die Mission nach Blito-P3 durchführen könne. Er stimmte mir, im Gedanken an Jetteros frühere Mission nach Blito-P3, zu. Und dann tat ich etwas, wozu ich mich nie im Leben für fähig gehalten hätte. Ich schlug vor — denken Sie, ich wagte es, Cling dem Stolzen etwas vorzuschlagen! Woher ich den Mut dazu nahm, weiß ich beim besten Willen nicht —, ich schlug also vor, Jetteros persönliche Probleme zu lösen und damit die Hindernisse, die einem baldigen Start der Mission im Wege ständen, beiseite zu räumen.

Und wissen Sie, was er getan hat? Oh, es zeigt klar und deutlich, warum er der Imperator ist! Er rief auf der Stelle seine Schreiber herein und begann ihnen zu diktieren. Und sie schrieben alles nieder. Dann rollte er sich herum, sah mich an und sagte: 'Es soll niemand glauben, daß ich mich nicht um das Wohlergehen meiner Offiziere und aller anderen Untertanen sorge. Zur herrschaftlichen Machtausübung sollte stets auch die Gerechtigkeit gehören. Aber Sie werden bemerken, daß eines der beiden Dokumente nicht unterzeichnet ist. Die Mission ist für den Staat von außerordentlicher Bedeutung. Halten Sie sich daran.' Und dann ließ er mir die Dokumente überreichen und winkte mich hinaus."

Ich sah mich um und vergewisserte mich, daß wir unbeachtet geblieben waren. Die Geräusche der trainierenden Gruppen klangen, als kämen sie aus weiter Ferne. Ich zog meine Hand mit dem Umschlag aus dem Blouson, entnahm ihm den ersten Befehl und hielt ihn der Gräfin vor die Augen, ohne ihn aus der Hand zu geben. Reich verziert verkündete er in schwungvollen Buchstaben:

GEHEIM!
EINSICHTNAHME FÜR UNBERECHTIGTE
VERBOTEN!

WISSET ALLE:

Wir, Cling der Stolze,
erhabener und unbestrittener Herrscher
über das weite Reich der Galaxien,
Sterne und Planeten, das unter allen
Himmeln bekannt ist unter dem Namen
Konföderation von Voltar,
Imperator aller Herrschaften,
der eroberten wie der noch uneroberten,
ordnen hiermit und hierdurch
im Geheimen an:

Die gegenwärtige geheime und für das Reich lebenswichtige MISSION BLITO-P3 wird ohne Abstriche und Verzögerung mit allen Kräften und in höchster Eile auf den Weg gebracht. Wir, Cling der Stolze, verpfänden unser Königliches und unabänderliches Wort, daß Jettero Heller, Dienstrang X, Kampfingenieur des Ingenieurskorps der Flotte, wenn er besagte MISSION erfolgreich abschließt, mit einer angemessenen Belohnung rechnen kann, wie einfach und ungefährlich sie auch sein mag. Wir haben bemerkt, daß er die Lebenserwartung eines Kampfingenieurs im Fronteinsatz um das Zweifache überschritten hat. Es widerspräche der Vernunft, ein längeres Überleben in seinem Beruf zu erwarten. Deshalb geben Wir als Unseren Beschluß kund und zu wissen: Mit seiner Rückkehr wird besagter Jettero Heller, unter der einzigen Bedingung des schnellen und erfolgreichen Abschlusses besagter MISSION, von den gefahrvollen Pflichten der Flotte befreit und zum Königlichen Stab in der Palaststadt versetzt.

GESIEGELT, SIGNIERT, GESTEMPELT,
BEGLAUBIGT, IN KRAFT GESETZT UND UNTER DEM
HEUTIGEN DATUM REGISTRIERT:

Cling der Stolze,
Imperator!

Sie atmete schwer. All dieses Gerede von Sicherheit! Wie geschickt von mir! Ich hatte es exakt ausgewogen! Dort saß sie, diese (piep), und starrte gebannt auf das falsche Papier! Nach einer Weile erwachte sie schließlich aus der Erstarrung und bemerkte: „Sie sagten, es wären zwei."

„Ja. Aber das zweite Dokument ist nicht unterzeichnet. Seine Majestät ist schlau. Er will etwas. Er will den Erfolg der Mission. Wenn sie erfolgreich beendet ist, so hat er versprochen, wird er es unterschreiben. Aber sehen Sie selbst."

Ich entfaltete die zweite Fälschung und hielt sie so, daß sie sie lesen konnte. Sie war ebenfalls mit allen Verzierungen und Schnörkeln der Königlichen Verordnungen versehen und lautete:

GEHEIM!
ZUR UNTERSCHRIFT VORZULEGEN
NACH DEM ERFOLGREICHEN ABSCHLUSS
DER MISSION BLITO-P3!

WISSET ALLE:

Wir, Cling der Stolze, erhabener und unbestrittener Herrscher über das weite Reich der Galaxien, Sterne und Planeten, das unter allen Himmeln bekannt ist unter dem Namen Konföderation von Voltar, Imperator aller Herrschaften, der eroberten wie der noch uneroberten, ordnen hiermit und hierdurch im Geheimen an:

Die einst als Lissus Moam bekannte, aus der Familie der Krak stammende und daher auch Gräfin Krak genannte Frau ist aufgrund eines auf dem Totenbett abgelegten Geständnisses von den Toten wieder zum Leben erweckt und erhält nicht nur ihre Papiere und ihre Identität zurück, sondern auch die Ländereien, die einst besagter Adelsfamilie Krak zu eigen waren.

Besagter Frau wird darüber hinaus die Königliche Genehmigung gewährt, Jettero Heller zu heiraten, jedoch nicht vor dem Zeitpunkt seiner Versetzung von der Flotte in den Königlichen Stab in der Palaststadt.

BIS AUF WEITERES UNGÜLTIG!
GESIEGELT, SIGNIERT, GESTEMPELT,
BEGLAUBIGT UND IN KRAFT GESETZT
ERST MIT UNTERSCHRIFT, ABER ALS
VERORDNUNG ZUR SPÄTEREN
WIEDERVORLAGE REGISTRIERT.

Ihre Wangen waren gerötet, die Augen fast glasig vor staunendem Begreifen. Eine Hand zupfte am Stoff über ihrer Brust, und sie schien leichte Schwierigkeiten beim Atmen zu haben.

Ah, du (piep)! Deine Erwartungen sind jetzt aufs höchste gespannt, nicht wahr? Ich steckte die Dokumente zurück in die Kuverte und den wasserdichten Umschlag.

„Sie sehen", sagte ich geschmeidig, „ich habe dem lieben Jettero die Mühe erspart, den steinigen Weg des Gesetzes zu gehen, um Sie zu den Lebenden zurückzuholen. Alles, was er tun muß, ist, so bald wie möglich auf die Mission zu gehen, sie rasch zu beenden, zurückzukehren und diese Papiere im Palast zu präsentieren. Von da an werden Sie beide in einem wundervollen Traum leben." Es verschaffte mir eine ebenso wundervolle Genugtuung: Heller würde nie zurückkehren. Und jeder, der diese Fälschungen in der Palaststadt vorlegte, würde tagelang um den Tod betteln, bevor man mit ihm fertig war. Aber natürlich würde es nie so weit kommen.

„Es gibt nur ein Problem", sagte ich.

Sie sah mich mit plötzlich erwachter Aufmerksamkeit an.

„Jettero wird es wahrscheinlich gar nicht mögen, aus der Flotte ausscheiden zu müssen", erklärte ich ihr. „Sie wissen ja, wie er ist. Der Tod könnte kaum schlimmer für ihn sein."

Sie dachte darüber nach. Sie wußte, daß etwas Wahres daran war.

„Und in diesem Punkt brauche ich Ihre Hilfe", fuhr ich fort. „Ich bin der Führer der Mission, und diese Dokumente sind offiziell nur mir allein bekannt. Ich fürchte, Jettero würde sich sperren oder mit Freunden in Verbindung setzen, um all das abzuändern. Aber damit würde er nur den Unwillen des Imperators auf sich ziehen und sich in ernste Gefahr bringen."

Sie verstand offenbar, was ich meinte.

„Also wollen wir wenigstens vernünftig sein", sagte ich. „Die Mission ist eine ganz einfache Sache ohne jede Gefahr. Und je eher er sie beginnt, desto schneller kann er zurückkehren. Die Hilfe, die ich nun von Ihnen erwarte, besteht darin, daß Sie ihn, ohne ihm etwas von diesen Dokumenten zu eröffnen, dazu überreden, die Mission so bald wie möglich zu starten, rasch zu beenden und dann zu Ihnen zurückzukehren. Sie können jede List einsetzen. Alles, außer diesen Dokumenten! Wollen Sie mir dabei helfen?"

Ich sah sie fragend an, ohne im geringsten anzuzeigen, wie sich Hellers Zukunft tatsächlich gestalten würde.

Die Gräfin dachte sorgfältig darüber nach. „Ich werde es tun. Unter einer Bedingung."

Ich wartete.

„Wenn Sie diese Dokumente bei mir hinterlegen", sagte sie, „werde ich mein Bestes tun, Jettero zu überreden, so bald wie möglich auf die Mission zu gehen und schnell wieder zurückzukehren."

Das kam nicht überraschend für mich. Ich hatte bereits an diese Möglichkeit gedacht und hielt die Gefahr, die mir bei der Entdeckung der Fälschungen drohte, für minimal. Tatsächlich bereitete es mir sogar Vergnügen, sie ihr zu übergeben. Es war, als würde ich ihr einen Todesstempel mitten auf die Stirn drücken. (Piep) sie!

„Wenn Sie mir feierlich versprechen", sagte ich, „sie Heller weder zu zeigen noch ihm gegenüber zu erwähnen, werde ich sie Ihnen aushändigen. Aber", fügte ich ebenso wahrheitsgetreu wie doppelsinnig hinzu, „sie bedeuten eine Gefahr für Sie. Es sind Königliche Dokumente, und für eine Person mit Ihrem rechtlichen Status ist ihr Besitz strafbar."

„Es wäre ja möglich", erwiderte sie, „daß Sie sie, sagen wir, verlegen, nicht wahr? Ich glaube, es ist sicherer, wenn ich sie aufbewahre, meinen Sie nicht auch, Soltan? Dann werden sie zur Hand sein, wenn sie gebraucht werden."

Ich schüttelte traurig den Kopf. „Sie sollten mir mehr vertrauen. Ich möchte Heller ebenso wie Sie vor allen Widrigkeiten bewahren."

Ah, gut, sie dachte, sie wüßte das besser als ich selbst. Sie nahm den wasserdichten Umschlag, vergewisserte sich, daß die Dokumente darin waren, verschloß ihn wieder, heftete ihn sich auf den Körper und zog ihr Übungshemd darüber. Es war nicht die kleinste Ausbeulung zu sehen.

Dann blickte sie wieder zu mir. „Ich muß mich bei Ihnen bedanken, Soltan. Sie haben mich Ihnen wirklich verpflichtet."

Sie dankte mir dafür, daß ich ihr ein Messer ins Herz gestoßen hatte. Ich ließ sie allein.

Mein Fahrer chauffierte mich in die Regierungsstadt zurück, während ich mit dem fast unwiderstehlichen Drang kämpfte, loszuschreien und aus vollem Hals zu lachen. Die Krone des Ganzen war, daß ich nun über einen zusätzlichen Hebel verfügte. Ein Wort von mir, und die Gräfin würde von Fachleuten gefilzt und anschließend gefoltert und exekutiert werden für das, was man bei ihr gefunden hatte. Das gehörte zwar nicht zu meinem Plan, gab ihm aber eine spezielle Würze.

Ich behielt mit Mühe meine Fassung. Ich hatte viel zu tun. Sehr viel! Das war erst der Anfang gewesen!

Kapitel 8

Wir flogen direkt zu den Türmen des Kommunikationszentrums. Es gibt, wie jeder weiß, keinen Ort, der belebter wäre. Ob in der Luft oder auf dem Boden, in Flugmobilen oder zu Fuß, jeden Tag kommen Zehntausende dorthin, um ihre Kommunikationsrechnungen zu bezahlen, einen neuen Heimschirmdienst anzufordern, komplizierte Verbindungen zu dem nächsten inneren oder äußeren Planeten des Systems zu bekommen oder sich einfach über irgend etwas zu beschweren. Mein Ziel war die oberste Kuppel, das Zentralverzeichnis.

Heller würde operiert und verwanzt werden — sehr gut!

Mein Fahrer meckerte vor sich hin, während er das Flugmobil durch die engen Verkehrskanäle lenkte und versuchte, den neuen Lack nicht an andere Fahrzeuge abzugeben. Ich war mit anderem beschäftigt: Ich hatte eine künstliche Zahnreihe aus der Tasche gezogen und steckte sie mir hinter die Oberlippe; danach praktizierte ich mir Farbwandler in die Augen, so daß sie hellgrün statt braun aussahen, und schließlich nahm ich meine Rangzeichen ab und stopfte sie in meine Tasche.

Mein Fahrer hatte uns unterdessen unter den Kuppelüberbau manövriert und in einem Parkfach gehalten, an dessen Wand zu lesen war:

Zehn Minuten! Das betrifft SIE!

Mein Fahrer sagte: „Halten Sie sich nicht zu lange auf, oder die hiesigen Schmeißfliegen verpassen mir einen Dämpfer!"

„Nicht mehr lange, und Sie werden reich sein", erwiderte ich. „Also halten Sie den Mund!"

„He", sagte er mit plötzlichem Interesse. „Wollen Sie die Leute hier ausrauben?"

Dummer Kerl! Im Zentralverzeichnis wird kein Geld aufbewahrt.

Ich schlenderte hinein. Es waren nicht mehr als ein- oder zweitausend Frager da, so daß eine Menge Schalter frei waren. Ich suchte nach einer Angestellten, die sich als der Schwachkopf herausstellen könnte, den ich brauchte. Kurz, jemand wirklich Dämlichen. Ich fand sie einfach aufgrund der Tatsache, daß die anderen Kunden ihren Schalter sorgsam aussparten. Ich würde mich nicht lange aufhalten.

„Wir haben einen Notfall", platzte ich heraus. „Wir brauchen die *absolute* Spitzenkraft auf dem Gebiet der Zellulogie in Voltar."

Ihre Haare waren zu einem hohen, spitzen Turm aufgebaut, der wie ein Tempel aussah. Wahrscheinlich war das die Form des Kopfs darunter. Ich mußte ihr erklären, was ein Zelluloge ist. Dann tippte sie es ein, und die angeforderten Informationen erschienen vor ihr auf der Tischplatte, also von mir aus gesehen verkehrt herum. Aber ich kann auf dem Kopf stehende Texte lesen. Jeder im Apparatus kann das.

„Wollen Sie seine Kommunikatornummer?" fragte das Vakuumhirnchen. Das ist es, was im Zentralverzeichnis produziert wird: ein Vakuum.

„Ich muß zuerst sichergehen, daß er die Spitzenautorität ist. Sie erlauben?" Damit beugte ich mich über das Pult zu der Tastatur und begann meine Anfrage einzutippen. Dieses Dummchen saß einfach nur da und schaute mir interessiert zu.

Man kann eine Menge Daten aus diesen Kommunikatorinformationspulten herausholen. Sie listen ganze Berufs- oder Geschäftszweige auf. Sie teilen einem mit, wo dieser oder jener im Augenblick zu erreichen ist, sofern er Anrufe überhaupt entgegennimmt beziehungsweise auflaufen läßt und später beantwortet. Und um ihn nicht zu verwechseln, wird einem gleich die gesamte Identokarte mitgeliefert. Will man seine Dienstleistung zum erstenmal in Anspruch nehmen, bekommt man auch seine Krediteinschätzung.

Es war kinderleicht, sämtliche älteren Zellulogen mit Lehrauftrag in Voltar, ihre Krediteinschätzung — die ein Index dafür ist, wie weit sie in ihrem Fach aufgestiegen sind —, die Daten ihrer Identokarten und ihren gegenwärtigen Aufenthalt zu bekommen und von A bis Z ausdrucken zu lassen.

Tempelköpfchen saß die ganze Zeit nur da und schaute zu, wie ich ihre Maschine bediente. Vielleicht lernte sie ihre Benutzung erst. Wer weiß?

Als ich den Stapel Papier an mich genommen hatte, sagte ich: „Oh, meine Liebe! Das wird aber teuer!" Nirgendwo auf den Ausdrucken stand etwas über Preise, aber die Gute nickte weise. Wo findet man diese Mädchen bloß immer? Im Hinterland von Taugo? Wo die Männer Schweife haben?

Ich fragte die Maschine nach Zellulogen, die ihre Praxis erst kürzlich eröffnet hatten, was hieß, daß sie ihre Ausbildung beendet und sämtliche Prüfungen bestanden hatten. Danach ließ ich mir ihren finanziellen Hintergrund geben, einschließlich der Lebensdaten und der Herkunft. Dazu noch ihre Identokarten: es wurde ein dicker Stapel.

„Wollen Sie nun irgendeine Kommunikatornummer?" fragte das Dummchen geistreich.

Ich hatte einen anderthalb Fuß dicken Stapel Ausdrucke unter dem Arm. „Sie haben sie mir bereits gegeben", antwortete ich. „Und ich danke Ihnen sehr dafür. Sie waren mir eine echte Hilfe. Sie sollten befördert werden."

Ich hatte bemerkt, daß ein Vorgesetzter in unsere Richtung blickte, und mein freundliches Verhalten dem Mädchen gegenüber sollte ihm zeigen, daß alles in bester Ordnung war.

Ich ging triumphierend hinaus. Ich hatte mir einen detaillierten Überblick über die Branche verschafft, und das ohne jede Spur und ohne meine Identokarte verwendet zu haben. Heller würde verwanzt werden, und nach meinem ausgefeilten Plan würde weder er noch sonst irgend jemand davon wissen. Außer mir natürlich. Er würde mit Haut und Haaren meiner Gnade ausgeliefert sein! Das ist das Gute an der Verwanzung.

Als ich bei meinem Flugmobil ankam, war weit und breit keine Schmeißfliege zu sehen. Aber mein Fahrer maulte: „Das hat aber gedauert!"

„Für jemanden, dem ein Vermögen ins Haus steht, sind Sie mir zu weinerlich. Los, fliegen Sie uns in den Himmel zu einer Stelle, wo wir in Ruhe schweben können."

„Das ist Papier", erwiderte er. „Kein Geld. Sie haben niemanden ausgeraubt."

„Geben Sie mir vierundzwanzig Stunden", sagte ich. „Und jetzt los, oder ich versetze Ihnen einen Dämpfer!"

In der Stille zehntausend Fuß über den Verkehrswegen legte ich meine Verkleidung ab und sortierte meine Beute. Professor Gyrant Slahb war meine erste Wahl. Er war vermutlich der große alte Mann der Zellulogie in der gegenüberliegenden westlichen Hemisphäre von Voltar. Er lebte im Ruhestand, genoß das Geld, das ihm überaus reichlich zugeflossen war, und hatte seinen Kommunikator für hereinkommende Rufe blockiert. Die Chance, mit ihm in Kontakt zu kommen, war ausgesprochen gering.

Nun zu den neuen Sternen. Es gab eine Menge Kandidaten. Aber ich suchte nach einem Einzelgänger, der keinem Klub angehörte, enorme Bücherrechnungen machte und ein leeres Wartezimmer hatte, obwohl die Referenzen aus seiner Praktikantenzeit im Krankenhaus hervorragend waren. Und ich fand ihn. Er hieß Prahd Bittelstiffer und stammte aus der östlichen Hemisphäre von Voltar. Er war fünfundzwanzig, unverheiratet und arm. Die Möglichkeit, daß er jemals Professor Gyrant Slahb begegnet war, war so gut wie nicht vorhanden, da Slahb emeritiert wurde, als Prahd noch im Kindergarten gewesen war. Binnen kurzem würde ein arbeitsloser Zelluloge weniger herumlaufen.

Ich fütterte den schimmernden Himmel über der Regierungsstadt mit den Papieren, die ich nicht mehr brauchte, und gab meinem Fahrer die Provokationsabteilung als neues Ziel an.

Als wir über den braunen Fluten des Wiels dahinschwebten, verkündete er: „Ich nehme aber kein Falschgeld an." Er erinnerte sich offenbar an die für ihn betrüblichen Wochen in den Schwarzen Bergen. Ich lachte ihn aus, und er meinte: „Sie sind heute so merkwürdig, Offizier Gris."

„Ich bin ein neuer Mann", sagte ich. Aber das schien ihn nicht aufzuheitern. Ich dagegen schwebte nicht nur äußerlich in der Luft. Alles war in Fluß gekommen. Ich spielte meine Fähigkeiten und Fertigkeiten aus. Gräfin Krak hatte das Ihre bekommen, und Heller brauchte auch nicht mehr lange zu warten. Sie verdienten jedes bißchen von dem, was kommen würde, und mehr als das!

Wir flogen in den Tunnel. Ich stapfte die Treppe hinauf. Raza Torr war wie üblich argwöhnisch. Zweifellos ein Charakterzug. Paranoia? Seine Hand fuhr in den Schubkasten. Eine sonderbare Angewohnheit.

„Wie haben die Frauen Sie in letzter Zeit behandelt?" fragte ich. Irgendwie mußte ich die Spannung aus der Situation nehmen.

Eine Eskorte trat ein, aber Raza Torr brummte: „Ich werde mich selbst um ihn kümmern."

Ich ging aufgekratzt mit raschen Schritten voran, direkt zu den Kleiderregalen. Raza Torr gab sich interessiert an meiner Suche und machte einige unpassende Vorschläge, indem er irgendeinen Traueranzug vorzeigte. Ich fand schließlich das erste Stück auf meiner Wunschliste, einen Überrock samt Hosen, wie sie vom Heimschirm benutzt werden, wenn ein alter, weiser Wissenschaftler ausstaffiert werden soll. Dann wählte ich einen passenden Schlapphut und einen Spazierstock aus und packte alles in einen gewöhnlichen Koffer.

Danach wandte ich mich wieder den Regalen zu und suchte eine Alltagsuniform des Armeenachrichtendienstes heraus, samt Aufnähern und allem. Sie hat zwar eine häßliche Farbe — Creme —, sieht aber aufgrund ihres Schnitts recht schmuck aus. Sie hatte nur einen Messereinstich im Rücken und kaum Blutflecken. Niemand würde darauf achten. Ich fand auch eine passende Mütze. Dazu nahm ich mir noch ein Medaillon des XIII. Dienstgrads — mit falschen Steinen, versteht sich, obwohl sie in hellem Kirschrot funkelten, als wären sie echt — und packte das Ganze zu den anderen Sachen in den Koffer.

Als nächstes begab ich mich auf die Suche nach einem gewöhnlichen einteiligen Alltagsanzug und fand einen samt allem Zubehör und Schuhen.

„Was, zur Hölle, haben Sie vor, Gris?" fragte Raza Torr verwundert. „Irgendeine neuartige persönliche Mordorgie?"

Ich war zu aufgekratzt, um mich durch seinen Tonfall stören zu lassen. „Es ist eine ganz offizielle Angelegenheit", erwiderte ich. „So legal illegal wie nur möglich. Ich habe den Auftrag, in den

Bund ehemaliger Prostituierter einzudringen und ihn drüben auf Calabar zu einer Aktion für Prinz Mortiiy aufzustacheln."

„Heißt das, daß Sie nach Calabar gehen?" Er betastete die Kleidungsstücke, als wollte er die Qualität des Stoffs prüfen, und griff in einige der Taschen. Ich dachte, er würde nachsehen, ob sie noch Geld enthielten. Wie sehr ich mich damit doch irrte!

Ich ging in die Schminkabteilung hinüber und nahm mir etwas falsche Haut, einige Zahnreihen, reichlich Hautpolster und falsche Haare, verschiedene Farbwandler für die Augen und einige Puderkissen in unterschiedlichen Schattierungen. Als ich alles in den Koffer geworfen hatte, holte ich aus einer anderen Abteilung ein tragbares Schreibgerät, das zur Fälschung von Dokumenten benutzt werden konnte.

Raza Torr folgte mir jetzt auf Schritt und Tritt, und als ich keine Anstalten machte, in der Waffenkammer halt zu machen, sagte er: „Was? Diesmal keine Toten?"

„Nicht mit Ihren explodierenden Waffen", entgegnete ich. „Das hier ist, was ich will."

Es waren die Fächer mit den falschen Identokarten. Ich begann sie zu durchstöbern.

„Warten Sie! Diese Dinger sind direkte Schlüssel zur Verhaftungsliste."

Ich lächelte ihn an und zog eine vom Nachrichtendienst der Armee heraus. Sie sah wirklich gut aus. Offizier Timp Snahp. Ich nahm sie an mich.

„Und jetzt", sagte ich, „werden Sie mir zwei Fälschungen herstellen."

„Das geht nicht!" jammerte er. „(Piep), Gris! Sie werden so viele Fehler machen, daß es zu einer Untersuchung kommt. Und wer wird es auszubaden haben? Ich!"

„Oh, Raza", erwiderte ich spöttisch, „jemand in Ihrer Lage sollte sich nicht mit den Fehlern der anderen aufhalten. *Tss, tss.*"

Er ging selbst zu der Maschine und befahl dem Mann, der sie für gewöhnlich bediente, uns allein zu lassen. Ich nannte ihm die Namen von Professor Gyrant Slahb und von Prahd Bittelstiffer und gab ihm die nötigen Einzelheiten an. Diese Identokartenpresse in der Provokationsabteilung ist genau das gleiche Modell wie das, mit dem in der Finanzverwaltung die echten Identokarten verfertigt werden, mit dem einen Unterschied, daß mit ihr normalerweise Fälschungen hergestellt werden.

Ich muß sagen, Raza Torr lieferte erstklassige Arbeit ab. Er behandelte die fertigen Karten sogar in einer Alterungspresse und besprühte sie mit entsprechenden Flüssigkeiten, so daß sie künstlich gealtert wurden.

Das Jammern konnte er allerdings nicht sein lassen. „Diese Dinger sind gefährlich, Gris. Sogar als Angehöriger der Provokationsabteilung kann man exekutiert werden, wenn man so eine Fälschung verwendet. Es gibt Grenzen."

„Gut", sagte ich, „überschreiten wir sie." Ich reichte ihm die gezinkte Nachrichtendienstkarte. „Machen Sie eine mit dem gleichen Namen, aber veränderter Seriennummer, so daß sie keinen Alarm auslöst. Und befördern Sie Offizier Timp Snahp in den Dienstgrad XIII mit Stationierung auf Flisten. Verstanden?"

„Die Identifikatoren werden nicht darauf anspringen", wandte er ein.

„Richtig! Sie werden für die nächsten vierundzwanzig Stunden wie wild rattern, weil nirgendwo ein passendes Gegenstück vorhanden ist. Und wer weiß, worauf der Nachrichtendienst der Armee auf Flisten aus ist? Los, machen Sie! Offizier Timp Snahp könnte sonst jemandes Geliebte zum Essen ausführen."

Seine Hände krampften sich so hart ineinander, daß ich fast befürchtete, er könnte sich die Knochen brechen. Aber er brauchte ab und an eine Gedächtnisstütze, die ihm in Erinnerung rief, daß Erpressung nicht zu den Dingen gehört, die man auf die leichte Schulter nehmen kann.

Er machte sich mit zusammengebissenen Zähnen an die Arbeit. Kaum verwunderlich, daß ihm beim ersten Versuch ein Fehler unterlief, so daß er eine neue Blankokarte in die Maschine einführen mußte.

Als er fertig war, machte ich eine letzte Runde durch die Schatzkammern seiner Abteilung, nahm dies und jenes mit, von dem ich dachte, es könnte mir gefallen, und dann hatte ich alles.

Ich klopfte ihm zum Abschied beruhigend auf die Schulter. Er brauchte Trost. „Die Originale", versicherte ich ihm, „sind an einem absolut sicheren Ort. Solange mir nichts zustößt, wird niemand sie finden. Sie brauchen sich keine Sorgen zu machen. Also ziehen

Sie nicht so ein Gesicht. Mir wird schon nichts passieren, und der Kommandeur des Todesbataillons wird die Originale nie zu Gesicht bekommen."

Er hatte die Hand um seine Waffe gekrallt, doch während ich sprach, war sie zitternd von ihr weggezuckt. Sein Gesicht hatte jede Farbe verloren.

Ich klopfte ihm noch einmal auf die Schulter, griff nach dem Koffer, drehte ihm den Rücken zu und ließ ihn allein. Zur Hölle mit Raza Torr. Mein Ziel war Jettero Heller. Und ich war schon bis auf Sichtweite an ihn herangekommen.

Ich würde es genießen wie ein exklusives Tup, Schluck für Schluck, und mit der gleichen berauschenden Wirkung. Heller würde auf seine Mission gehen, und zwar als jemand, der auf Gedeih und Verderb meiner Gnade ausgeliefert ist! Und er würde nie zurückkommen!

Kapitel 9

Im Körper eines anderen eine Wanze zu installieren, ohne daß er etwas davon bemerkt, ist keine leichte Aufgabe, besonders wenn der Betreffende sich in der Elektronik auskennt. Aber Heller war in Spionagedingen völlig unbeleckt. Das vereinfachte meine Aufgabe. Andererseits wurde sie wieder erschwert, weil ich die feste Absicht hatte, nicht nur Heller im Ungewissen zu lassen, sondern auch keinen anderen Mitwisser zu dulden. Niemand sollte meine Kreise stören können!

Nun, sagte ich mir, du bist ein bemerkenswert befähigter Apparatus-Offizier; du wirst diese scheinbar unüberwindlichen Hindernisse schon bewältigen. Meine Stimmung machte mich zuversichtlich, es schaffen zu können.

Was ich als erstes brauchte, war ein geheimer Operationsraum. In zehntausend Fuß Höhe über den Verkehrswegen der Regierungsstadt schwebend, dachte ich darüber nach. Dann fiel mir die Witwe Tayl ein.

In meiner Anfangszeit beim Apparatus hatte ich eine Nachtwache übernehmen müssen, eine der üblichen Aufgaben für neue Offiziere. Eines Nachts war ein Anruf des Exekutionszentrums der Heimatpolizei hereingekommen, die mir mitteilte, sie habe einen Kriminellen in ihren Zellen, der sie angebettelt habe, ihn mit dem Apparatus sprechen zu lassen. So etwas kommt häufiger vor: Die Verbrecher erhoffen sich davon, daß sie, anstatt hingerichtet zu werden, mit einer falschen Identität in ein Apparatus-Regiment überführt werden. Es war also eine reine Routineangelegenheit.

Eine Abwechslung war es auf alle Fälle. Ich ging also hin und fand ein ausgemergeltes, angstschlotterndes Gerippe vor, das sich in seiner Todeszelle am Boden wand und darum bettelte, nicht hingerichtet zu werden. Der Mann war erwischt worden, als er versuchte, in die Wohnung des Polizeichefs von Pauschbergen einzubrechen! Dümmer ging es kaum noch. Sogar der Apparatus würde keine Verwendung für ihn haben. Aber da ich nun einmal dort war, befragte ich ihn trotzdem.

Ich sagte ihm auf den Kopf zu, daß er zu dumm für unsere Zwecke sei. Er widersprach mir natürlich und versicherte mir, daß er einige ausgebuffte Dinger gedreht habe. Daraufhin forderte ich ihn auf, es mir zu beweisen.

Wie sich herausstellte, war er zwei oder drei Jahre zuvor in ein Anwesen am Rand von Pauschbergen eingebrochen, aber von einer kleinen Frau, die einen enormen Exploder auf ihn richtete, überrascht worden, gerade als er mit beiden Händen im Silberzeug wühlte. Zu seiner Verwunderung hatte sie nicht die Schmeißfliegen gerufen. Sie schien sich sogar zu freuen, ihn zu sehen, und bot ihm an, sich zu setzen und einen Schluck Blasengebräu zu trinken, um seine Nerven zu beruhigen.

Offenbar hatte sie das Verlangen, zur Witwe zu werden. Ihr Mann war ein in den Ruhestand getretener, invalider Industrieller, sie dagegen eine junge Frau, die vorläufig letzte in einer langen Reihe verstorbener Ehefrauen. Ihr alter, aber steinreicher Mann hatte sich, anstatt ins Krankenhaus zu gehen, wo er hingehörte, auf der Rückseite des Anwesens ein kleines Häuschen bauen lassen — genau gesagt, ein komplettes Miniaturkrankenhaus. Und dort pflegte er, nur in Gesellschaft eines Arztes und eines Kommunikationssystems, mit dessen Hilfe er das gesamte Anwesen unter Kontrolle hatte, seinen hinfälligen Körper. Niemand konnte einen Schritt machen, ohne daß er davon wußte und ihn vom Krankenbett aus überwachte.

Der Ehemann mochte es auf diese Weise noch zwanzig Jahre machen, und seine Frau wurde auch nicht jünger. Also erschien ihr dieser auf frischer Tat ertappte Einbrecher wie ein Geschenk des Himmels. Sie wollte ihren Mann tot sehen. So vereinbarten die beiden, daß die Frau auf Besuch zu ihrer Mutter fahren würde und dieses Gerippe von Einbrecher während ihrer Abwesenheit in das Miniaturkrankenhaus eindringen sollte, um ihren Mann zu ermorden. Aussehen sollte es jedoch wie ein ganz gewöhnlicher Einbruch. Dafür wollte die Frau ihm fünfhundert Verrechnungseinheiten bezahlen.

Es war alles wie geplant verlaufen, nur mit einem hatte dieser Dummkopf von Einbrecher nicht gerechnet: daß die Witwe Tayl eine Nymphomanin war. Sie hatte nach geschehner Tat *ihn* erpreßt, regelmäßig mit ihr ins Bett zu gehen! Er hatte es jedoch nicht ausgehalten, war nach Flisten geflohen und erst vor kurzem zurückgekehrt.

Der dumme Narr hatte nicht die Spur eines Beweises gegen die Frau in der Hand gehabt. Und er konnte auch mir keinen Beweis geben. So war seine Geschichte ziemlich witzlos. Aber ich war geschickt genug, sie ihn in Form eines Geständnisses niederschreiben und es mir amtlich als Geständnis auf dem Totenbett bestätigen zu lassen. Danach sagte ich den Wärtern, sie sollten ihn am nächsten Morgen durch den Müllzerkleinerer schicken. Er war sogar für den Apparatus zu beschränkt.

Sein „Geständnis" genügte nicht, um Geld daraus zu schlagen. Aber einen gewissen Wert besaß es doch. Ich ließ es nicht registrieren; die Akte des Einbrechers war nach seinem Tod sowieso gelöscht worden. Und eines schönen Tages war ich nach Pauschbergen geflogen, um mir die Witwe Tayl einmal aus der Nähe anzusehen.

Es war ein hübsches vorstädtisches Anwesen von fünf Morgen, mit dem großen Wohnhaus im Vordergrund und weiter hinten zwischen einigen Bäumen dem voll ausgerüsteten Miniaturkrankenhaus. Sie erhielt es, wie ein Schild am Tor verkündete, im Gedenken an ihren geliebten Verblichenen.

Es hätte mich vorwarnen sollen, daß, gerade als ich am Haupteingang klopfte, ein junger Mann durch eine Seitentür herausstürzte und auf seinem Schnellrad davonraste. Aber die Witwe Tayl begrüßte mich liebenswürdig, examinierte mich ein wenig und zeigte sich sehr erfreut, als sie feststellte, daß ich wirklich ihr Freund war. Sie sagte, ihr Haus stände für mich jederzeit offen, und versuchte, mich ins Schlafzimmer zu drängen. Sie kannte keine

Furcht, nur ihre Lust. Ich war nie auf ihre offenherzige Einladung zurückgekommen.

Jetzt jedoch war sie mir von Nutzen, und nach einem kurzen Flug landete mein Fahrer auf dem Landeplatz hinter dem Haupthaus. Und dort zwischen den Bäumen war auch das Miniaturkrankenhaus. Und dort am Schwimmbecken, spärlich bekleidet, war die Witwe Tayl selbst, *hoch*erfreut, mich zu sehen.

Sie sprang auf. Doch ihr Morgenmantel hatte sich unter dem Fuß ihrer Liege verfangen und flatterte auf den Rand des Schwimmbeckens. Ich lief knallrot an. Die Witwe zog an dem Morgenmantel und legte ihn sich um die Schultern. Die Statue eines weichlichen Genießers am anderen Ende des herzförmigen Beckens, aus dessen Mund ein beständiger Wasserstrahl hervorschoß, schielte lüstern zu uns herüber. Er schien solche Szenen schon öfter gesehen zu haben.

Die Witwe lachte vergnügt, während sie ihren Morgenmantel zurechtzupfte. Sie sah nicht übel aus: Sie war eine Blondine mit graublauen Augen und mochte ungefähr fünfunddreißig sein. Ihre Lippen waren allerdings etwas zu weich, und sie hatte zwei große Warzen im Gesicht. Und die Brüste, die sich unter ihrem Morgenmantel abzeichneten, waren viel zu schlaff. In dem Blick, mit dem sie mich verschlang, war jedoch keine Spur von Schlaffheit zu entdecken.

Sie bot mir einen Stuhl am Rand des Beckens an, und ein Diener mit einem affektierten Grinsen auf dem Gesicht brachte uns ein Tablett mit Getränken. Wir nippten an unserem Sprudelwasser, und ich erzählte ihr, ich hätte ein Handgeld bekommen — sie würde schon verstehen —, um für einen Lord, dessen Name besser unerwähnt blieb, eine delikate Angelegenheit zu regeln. Dieser Lord habe einen Sohn, der Frauen HASSE, so daß er, wenn nichts unternommen werde, kaum mit Erben zu rechnen habe. Oh, sie verstand nur zu gut, daß *dagegen* etwas unternommen werden mußte! Ich erzählte ihr weiter, daß an dem namenlos bleibenden jungen Mann eine geheime Operation vorgenommen werden würde, um seine Haltung den Frauen gegenüber zu verändern. Sie hielt das für eine entschieden patriotische Tat und erklärte, ihr Anwesen stände mir, wie immer, voll und ganz zur Verfügung.

Mir war klar, daß sich ihr Angebot nicht nur auf das Anwesen bezog. Wir inspizierten die drei Räume des „Krankenhauses". Dabei kamen wir schließlich auch zu dem Bett, in dem ihrem vormaligen Gatten so fachmännisch die Kehle durchgeschnitten worden war.

„Legen Sie sich doch einmal darauf, um zu sehen, wie weich es ist", schlug die Witwe mir vor.

Ich spürte, wie sich mir die Haare sträubten, während sie hinzufügte: „Sie werden kein dienstbareres Bett finden!"

Ich versuchte, mich rückwärts aus der Affäre zu ziehen, stolperte aber über ihren nackten Fuß. Ihr Morgenmantel glitt zu Boden. Mein rechter Stiefel traf die gegenüberliegende Wand und fiel krachend herunter. Eine Stehlampe begann sich um ihre Achse zu drehen, und ein Instrumententisch zitterte, daß die Instrumente klirrend gegeneinanderstießen. Die Lampe fiel klappernd um. Das Doppelfenster wurde von einem sturmstarken Windstoß aufgedrückt.

Die Außentür war solide, und ich stützte mich mit der Hand ab, um mein Gleichgewicht wiederzufinden. Ich war völlig erledigt. Der Genießer draußen am Schwimmbecken sah aus, als lachte er, während er unermüdlich weiter Wasser spuckte. Man sollte sich die Leute, die man erpressen will, sorgfältig aussuchen.

Eine Stunde später war ich wieder in der Luft, erschöpft zwar, aber doch heiteren Gemüts. Ich hatte mein Ziel erreicht. Das Ganze enthielt sogar gewisse ungeahnte Reize: Angenommen, Heller verstrickte sich in den Netzen der Witwe Tayl, die Gräfin Krak entdeckte es und tötete ihn? Eine liebliche Vorstellung!

Mein Fahrer hatte natürlich bemerkt, daß meine Kleidung durcheinandergeraten war. „Ist das die Art, wie Sie mich reich machen wollen?" fragte er mich. „Oder haben Sie sie mit Blüten bezahlt?" Bei den Göttern, er nahm sich reichlich viel heraus in letzter Zeit. Konnte er nicht wenigstens sich selbst gegenüber eingestehen, daß mein persönlicher Charme und mein gutes Aussehen irgend etwas damit zu tun gehabt haben könnten? „Aber sie sieht aus, als wäre sie nicht gerade wählerisch", fuhr er fort.

„Landen Sie in der Nähe eines Buchladens!" befahl ich ihm. Ich mußte mich auf meinen Plan konzentrieren. Er war kompliziert genug.

In dem Buchladen schmökerte ich ein bißchen in der technischen Abteilung herum, bis ich ein Buch von Professor Gyrant Slahb gefunden hatte. Sein Titel lautete *Zellen, die ich kannte,* und natürlich war auf der Rückseite ein Bild des Autors abgedruckt! Ich riß es insgeheim heraus und schlenderte noch etwas durch den Laden, ehe ich zu meinem Flugmobil zurückging.

Als wir wieder in luftiger Höhe schwebten, suchte ich mir aus dem Koffer die Dinge heraus, die ich brauchte, und mit Hilfe eines Spiegels und unter ständigem Vergleich mit dem Bild, wandte ich die Techniken des Apparatus-Lehrgangs „Visuelle Täuschung 21-24, Fortgeschrittenes Alter" an. Mit der künstlichen zerknitterten Haut war das nicht schwer.

Als ich fertig war, zeigte ich mich meinem Fahrer und ließ ihn einen Vergleich mit dem Bild anstellen. „Nun, wie ist es?"

„He, das ist eine ziemliche Verbesserung", rief er aus. Er schien es auf ein paar wohlverdiente Knüffe abgesehen zu haben!

Ich streifte meine Uniform ab und zog die Hosen und den Überrock des „weisen, alten Wissenschaftlers" an. Dann schnappte ich mir den tragbaren Schreiber. Diese Geräte werden von unten mit Papier gefüttert und benutzen verschiedene Typen. Ich brauchte nicht viel Mühe auf die Fälschung des Vertrags zu verwenden: Er war für jemanden gedacht, der in Verwaltungsdingen nicht ausgebildet war und keinen Zugang zu einem Datenpult hatte.

Wir waren nicht mehr weit von der Elendsstadt entfernt. Irgendein aufgeblasener, sozial gesinnter (piep) hatte es vor Zeiten unternommen, einen ganzen Krankenhauskomplex „für die Armen" bauen zu lassen. Er war inzwischen zu einer achtzig Morgen umfassenden Ruinenlandschaft verkommen, an deren Rändern kleine „Behandlungshäuser" lagen, in denen niedergelassene Ärzte daran arbeiteten, die Fälle, die das Krankenhaus verpfuscht hatte, endgültig niederzumachen. Es gab eine Menge leere Parkplätze vor diesen Häusern. Wer will sich schon, selbst zu den niedrigen Preisen in der Elendsstadt, zum Wrack machen lassen? Der Verkehr war jedoch dicht genug, daß ein weiteres Flugmobil nicht auffiel.

Wir parkten in einiger Entfernung von dem Haus, zu dem ich

wollte, und ich humpelte, mich schwer auf meinen Stock stützend, hinüber. Die Praxis von „DOKTOR PRAHD BITTELSTIFFER“, wie er sich auf seinem Schild schrieb, befand sich in dem ramponiertesten einer Reihe halb verfallener Häuser. Man mußte um fünfzig Mülltonnen und eine reichhaltige Sammlung von Tierleichen herumgehen und drei Feuerleitern erklimmen, um zu ihm zu gelangen, — ein Hinderniskurs als natürlicher Selektionsmechanismus: Es konnte nicht schwer sein, jemanden zu kurieren, der es aus eigener Kraft bis in sein Büro hinauf schaffte.

Ein Wartezimmer gab es nicht, ebensowenig eine Krankenschwester. Nur ein brandneues Diplom. Perfekt. Ich ging weiter hinein und dachte schon, es wäre niemand da, als sich ein Stapel von Nachrichtenblättern auf der Couch bewegte. Es war der frischgebackene Doktor Bittelstiffer. Er *wohnte* also auch hier!

Ich ließ mich müde auf einen Stuhl sinken. Ich war tatsächlich etwas geschwächt nach meinem Besuch bei der Witwe Tayl. Der Stuhl hatte allerdings die bedenkliche Neigung umzukippen, so daß er mir fast die Schau verdarb.

Jungdoktor Bittelstiffer erhob sich von seiner Ruhestatt. Er war ein großer langknochiger Typ, der einen etwas linkischen Eindruck machte. Er hatte bemerkenswert helle Haare, die in allen Richtungen vom Kopf abstanden wie gebleichtes Stroh. Seine Augen waren hellgrün und hatten einen diensteifrigen, beruflichen Ausdruck angenommen. Frauen mochten ihn als hübsch empfinden, aber er sah eher ausgemergelt und halbverhungert aus, und der blitzsaubere Operationskittel, den er trug, war offenbar aus dem Krankenhaus entwendet; da sonst keine Kleider zu sehen waren, besaß er vermutlich nur ihn als Hauskleidung. Gut, gut, um so besser. Mein Glück hielt an.

Ich ignorierte seinen beruflichen Blick und sagte mit zittriger Altenstimme: „Junger Mann, Sie haben wahrscheinlich nie von mir gehört. Ich bin Professor Gyrant Slahb.“

Die Wirkung war dramatisch. Er riß die Augen auf und war nahe daran, Haltung anzunehmen und zu salutieren.

Ich zog die gefälschte Identokarte heraus und hielt sie ihm mit unsteter Hand hin. „Da ich Ihnen unbekannt bin, werfen Sie bitte einen Blick darauf, damit Sie sicher sind.“

Er tat es. Ihm versagte fast die Stimme. „Aber ... aber ... P ... Professor! Welche Ehre! Ich ... ich bin zur Zellulogie gekommen, weil ich Ihre Kinderbücher gelesen habe! Äh ... oh ..."

Er eilte zu seinem Schreibtisch, zog den untersten Schubkasten heraus, nahm zwei Behälter mit Muntermacher heraus, hastete mit ihnen zu einem Kulturenerhitzer und suchte fieberhaft nach einem Kolben, der leer war. Dabei stieß er die Muntermacherbehälter um. Zwei Kolben rutschten von der Arbeitsplatte und zerbrachen.

„Ich bin hergekommen", krächzte ich, „um zu sehen, wie kompetent Sie in Ihrem Beruf sind."

Er vergaß den Muntermacher, peste zu einer Kommode und riß mehrere Schubkästen heraus, förderte einen Stapel Papiere zutage, bemerkte, daß es die falschen waren, ließ sie fallen und hatte endlich die richtigen gefunden. Als er sie mir bringen wollte, stolperte er jedoch über eine schadhafte Diele, so daß sie ziemlich plötzlich in meinem Schoß landeten.

„Ich ... ich bin sonst nicht so", entschuldigte er sich. „Sie haben mich verwirrt. Ich ... äh ... ich habe seit zwei Tagen nichts mehr gegessen."

Oh, was für ein Glück! Allerdings nicht nur. Ich kannte mich aus. So steht es meistens um diese frischgebackenen Doktoren. Nach zehn Jahren Studium und fünf Jahren, in denen sie die Arbeit erledigen, die eigentlich die Krankenhausärzte tun müßten, liefert man sie dem Hunger in der gepriesenen Wildbahn einer völligen persönlichen, administrativen und finanziellen Unabhängigkeit aus, auf die sie in keiner Weise vorbereitet sind. Denn welcher ältere Zelluloge ist schon auf neue Konkurrenz erpicht? Und dennoch bringt man jedes Jahr Tausende von ihnen hervor.

Ich begutachtete die Papiere in meinem Schoß. Es war eine Liste schwieriger Operationen, mitsamt der statistischen Bilanz. Neunundneunzigeinhalb Prozent Erfolge! Das war enorm! Für gewöhnlich liegt die Rate bei etwa dreißig Prozent. Kein Wunder, daß die älteren Niedergelassenen ihn nicht gerade willkommen hießen!

Die Krankenhausprüfer dagegen hatten nicht mit Epitheta gespart. Sie erklärten ihn praktisch für bereit und fähig, die Zellen des Imperators zu verändern! Die Liste enthielt sogar fünfzig Fälle, in denen fremde Objekte die Nervenbahnen entlang eingeführt wurden, um die Seh- und Hörkraft zu stärken!

Er wußte nicht, was ihn erwartete, stand aber da wie ein verhungerndes Tier, dem man gleich ein Stück Fleisch vorwerfen würde. Vielleicht war er zu gut für Heller. Vielleicht war ich zu geschickt vorgegangen. Eine schleichende Infektion oder eine kleine Zellveränderung, die irgendeine schadhafte Flüssigkeit in seinem Körper produziert hätte, wäre vermutlich genau das gewesen, was Heller brauchte. Aber ich war schon so weit gegangen, daß es schade gewesen wäre, jetzt abzubrechen.

„Ich weiß", sagte ich, „daß Sie sich gerade erst eine erfolgreiche Praxis aufgebaut haben und daß Sie nicht gern von Ihren Freunden und Geliebten weggerissen werden möchten ..."

„Professor! Bitte, bitte. Ich ... ich muß Ihnen etwas gestehen. Ich habe keine Freunde und Geliebten. Wenn ich etwas für Sie tun soll ..."

Aus ihm sprach der Nahrungsmangel. Ich bedauerte etwas, daß ich so eine hohe Summe in den Vertrag geschrieben hatte. Aber es war zu spät.

Ich kramte mit zittrigen Händen in meinen Taschen und zog schließlich den Vertrag hervor. „Als mich die Regierung um eine Empfehlung bat, habe ich ihr gesagt, ich könne sie reinen Gewissens nicht aussprechen, bevor ich nicht persönlich mit Ihnen gesprochen hätte." Ich gab mich sehr skeptisch. „Sie scheinen ein anständiger junger Mann zu sein, und aus Ihren Akten geht hervor, daß Sie genügend fachliche Fähigkeiten besitzen ..." Ich hielt inne.

Er starb fast vor Anspannung. So ist das nun einmal mit diesen jungen Leuten — sie sind so gewöhnt daran, vor irgendwelche Prüfungskommissionen geladen zu werden, daß sie ständig in der Angst leben, bestehen zu müssen.

„Es ist nicht immer angenehm", fuhr ich fort, „weit vom Zuhause in irgendeiner fremden Umgebung leben zu müssen. Die Luft mag gut sein, die Frauen attraktiv und entgegenkommend, die Schwerkraft und das Essen zufriedenstellend, die Bezahlung gut, nur daß es kaum etwas gibt, wo man das Geld ausgeben könnte, vielmehr nichts als Arbeit, ausgefallene Krankenbilder voller komplexer Probleme und die Hoffnung, bei all dem eines Tages vielleicht auf eine das Universum erschütternde Entdeckung zu stoßen."

Er stöhnte, der Ohnmacht nahe, auf. Das Vakuum, in das er hineinsteuerte, zog mir fast die Papiere aus der Hand.

„In diesem Fall", erklärte ich ihm weiter, „besteht der Haken in der Natur der Stellung — sie bedarf strengster Geheimhaltung. Ein Wort davon an falscher Stelle, und die ganze Konföderation könnte ins Wanken geraten. Sie bedarf also eines Arztes, der in aller Stille, ohne Aufmerksamkeit zu erregen, seine Angelegenheiten ordnen und sich dann unbemerkt aus seiner bisherigen Umgebung zurückziehen kann. Der kleinste Sicherheitsverstoß würde unvermeidlich den Entzug der Bestallung zur Folge haben!"

Oh, er könne Geheimnisse bewahren. Der ganze Beruf beruhe darauf. Und er könne weggehen, ohne die geringste Spur zu hinterlassen.

„Dann ist da noch der erste Fall. Der Testfall", informierte ich ihn. „Man sagte mir, man würde Ihnen einen Testfall zuführen; ich solle Ihnen gegenüber nichts davon erwähnen. Aber ich kann doch einen Kollegen nicht insgeheim einem Test aussetzen, ohne es ihm vorher mitzuteilen. Also habe ich das zur Bedingung gemacht, ehe ich mich zur Mitarbeit bereiterklärte. Man gestand es mir zu, jedoch unter dem Vorbehalt, daß beim leisesten Hinweis, dem Testpatienten oder irgendeinem anderen gegenüber, der Vertrag hinfällig wäre."

Oh, das sei kein Problem! Nicht im geringsten!

„Nun gut", sagte ich. „Glauben Sie, daß Sie körperfremde Objekte unbemerkbar an den Seh- und Hörnerven entlang implizieren können? Das ist der Testfall."

Oh, kein Problem. Das könne er im Schlaf.

„Der Vertrag wird Ihnen vielleicht nicht behagen", krähte ich und übergab ihm das Blatt.

Er schnappte so heftig danach, daß er es beinah zerrissen hätte. Ich wußte, was darauf stand. Ich hatte den Vertrag ja gerade erst aufgesetzt.

GEHEIME FÜRSORGEABTEILUNG
DER REGIERUNG VON VOLTAR

WISSET ALLE:

Mit dem heutigen Datum ist
PRAHD BITTELSTIFFER,
Graduierter Zelluloge, zum
CHEFZELLULOGEN
der Geheimstation X bestellt.

Sein Jahresgehalt beträgt, zuzüglich aller Spesen, FÜNFTAUSEND VERRECHNUNGS EINHEITEN (VE 5000,-).

Nach erfolgreicher Operation des Testfalls, von deren Ausgang die Inkraftsetzung dieses Vertrages abhängt, wird er befehlsgemäß an dem ihm befohlenen Ort die Pflichten erfüllen, die ihm zu gegebener Zeit befohlen werden.

Unterschrift: ______________________________

Beglaubigt: ______________________________

„Oh!" juchzte er. Mehr wagte er nicht zu sagen.

„Unterschreiben Sie hier auf dieser Linie", sagte ich, indem ich ihm einen Stift in die Hand drückte, und er eilte zu seinem wackligen Schreibtisch, unterschrieb, suchte seine Identokarte heraus und drückte sie auf den Vertrag.

Ich streckte ihm die Hand entgegen, und er gab mir das Papier widerstrebend zurück. Ich zückte die Identokarte auf den Namen des Professors und „beglaubigte" den Vertrag.

„Nun noch zu einigen anderen Punkten“, sagte ich. „Als erstes möchte ich, daß Sie zwei Listen anfertigen. Eine, die alles enthält, was man für ein kleines, provisorisches Krankenhaus braucht, das nur für eine Operation genutzt werden soll. In der zweiten führen Sie auf, was man für ein kleines, aber voll ausgerüstetes Krankenhaus in einer entlegenen Gegend, wo es keinerlei Ausrüstung oder Nachschub gibt, benötigt.“

Oh, nichts einfacher als das. Er setzte sich an seinen Schreibtisch und kritzelte, ohne sich ein einziges Mal zu unterbrechen, will sagen: Er kannte sich so gut aus, daß er an keiner Stelle irgendein Handbuch zu Rate ziehen mußte.

Als er mit den Listen fertig war, sagte ich: „Nun zu Ihrem unmittelbaren Vorgesetzten, dessen Anordnungen Sie zu befolgen haben werden. Es ist ein Offizier Soltan Gris der Allgemeinen Versorgungstruppe. Verlangen Sie seine Identokarte zu sehen, damit Sie sicher sind, mit wem Sie es zu tun haben. Es geht, wie gesagt, um eine äußerst geheime Aufgabe. Er wird sich bei Ihnen melden. Versuchen Sie nicht, sich Ihrerseits mit ihm in Verbindung zu setzen.

Bis dahin regeln Sie Ihre Angelegenheiten. Sagen Sie jedem, der Sie fragen sollte, Sie würden ins Hinterland von Flisten gehen, um bei einem Stamm der Ureinwohner zu arbeiten. Und sorgen Sie dafür, daß Sie keine Post mehr erhalten und beantworten müssen. Danach begeben Sie sich zu dieser Adresse und warten ab. Sie werden dort eine charmante junge Frau kennenlernen, die sich über Ihre Gesellschaft freuen wird.“ Und wie sie das würde! Sie würde ihn auch ein bißchen herausfüttern, damit er ihr im Bett länger erhalten blieb.

„Eine gewisse Ausrüstung ist dort bereits vorhanden“, fuhr ich fort. „Was noch fehlt, wird demnächst geliefert werden. Die Testperson wird Ihnen Offizier Gris zuführen. Ich muß Sie vor ihm warnen: Er ist ein recht umgänglicher Typ, versteht aber in seiner geheimen Arbeit keinen Spaß. Er weiß alles. Seine Kollegen sagen sogar, er könne Gedanken lesen. Er ist ein absolutes Genie. Wenn er herausfinden sollte, daß Sie etwas von dieser Sache haben verlauten lassen — und sei es auch nur dem Testpatienten gegenüber —, wird er sich, fürchte ich, schrecklich erregen. Er ist auch derjenige, der Ihnen die Kopie des Vertrages aushändigen wird, sobald die Operation erfolgreich abgeschlossen ist. Haben Sie verstanden?"

Oh, er hatte!

„Also vergessen Sie nie" — ich wäre beinah zu meiner normalen Stimme übergegangen —, „daß Ihre Bestallung von Ihrem Gehorsam Offizier Gris und nur ihm gegenüber abhängt." Ich senkte die Stimme. „Er ist im Grunde herzensgut. Wenn Sie sich ihn zum Freund machen, indem Sie ihm noch den kleinsten Wunsch erfüllen, haben Sie fürs Leben ausgesorgt. Er ist eine wenn auch im Hintergrund stehende Macht in der Regierung. Einer ihrer brillantesten Ratgeber."

Ich bemerkte, daß ich vom Thema abschweifte, und verstummte, erhob mich und humpelte zur Tür. „Oh", sagte ich, indem ich mich noch einmal umdrehte, „um einen kleinen Gefallen möchte ich Sie noch bitten. Haben Sie vielleicht einen alten Mantel, einen, den Sie nicht vermissen werden? Es ist furchtbar frostig heute abend. Ich bin halb erfroren."

Er stellte seine Praxis förmlich auf den Kopf und brachte schließlich einen löchrigen, alten Übermantel zum Vorschein, in dessen Kragen sein Namenszug eingenäht war. Er half mir beflissen hinein, und ich sagte: „Ich bin Ihnen sehr verbunden. Ich werde zusehen, daß er Ihnen zurückgeschickt wird."

„Oh, behalten Sie ihn nur!" rief er aus. Er fühlte sich über alle Träume reich. Er konnte es sich leisten, eine ganze Garderobe zu verschenken!

Die Witwe Tayl würde ihm vermutlich mit den hinterlassenen Kleidern ihres ermordeten Gatten aushelfen. Er war versorgt. Für den Augenblick.

Er geleitete mich noch bis zur Treppe hinaus und ließ mich dann allein meinen Weg durch den Müll suchen. Über mir erklang ein ausgelassenes Freudengeheul. Und dann hörte ich, wie vorher schon angeknackste Möbel endültig zu Bruch gingen. Das war wohl seine Art, den Vertrag zu feiern und seine Angelegenheiten zu ordnen.

Als ich mich dem Flugmobil näherte, hatte ich das Gefühl, von jemandem beobachtet zu werden, der sich hinter einem der Müllhaufen versteckte. Aber als ich hinsah, hatte sich, wer es auch gewesen sein mochte, weggeduckt. Es war natürlich Unsinn anzunehmen, daß man mich erkannt haben könnte. Ich zuckte die Achseln — irgendein Dieb, der auf eine günstige Gelegenheit hoffte.

Ich ließ mich zu meinem Büro fliegen, wo ich mit Hilfe der Handschrift auf den beiden Gerätelisten in aller Ruhe Prahds Abschiedsbrief fälschte, den man in wenigen Tagen zusammen mit seiner falschen Identokarte und dem alten Mantel am Ufer des Wiels finden würde, wenn er längst auf dem Weg nach Blito-P3 war. Doktor Prahd Bittelstiffer würde Selbstmord begehen und für immer aus der Konföderation von Voltar verschwinden. Der Idiot! Es gibt keine „Geheime Fürsorgeabteilung" noch sonst irgendeine Fürsorgeeinrichtung in diesem Imperium. Es ist schon merkwürdig, was die Leute alles glauben, wenn sie es unbedingt glauben wollen. Nichts lag mir ferner, als fünftausend Verrechnungseinheiten zum Fenster hinauszuwerfen, wofür auch immer!

Kapitel 10

Am nächsten Morgen machte ich einen Zwischenstopp beim Hangar, um zu sehen, wie weit man dort inzwischen war. Ich zweifelte nicht an der Wirksamkeit meines Plans, und wenn es noch eines Beweises bedurft hätte, so bekam ich ihn geliefert: Es wimmelte nur so von Arbeitern der Vertragsunternehmen! Und sie agierten mit geradezu halsbrecherischem Tempo!

Die oberen Panzerungsplatten des Schleppers waren längst wieder eingesetzt. Jetzt hing eine lange Steuerflosse, wie sie die Fische auf dem Rücken tragen, am Kran, und Heller dirigierte sie, wiederum vom Kranhaken aus, auf den Schlepper. Sie war noch nicht ganz auf der Hülle, als die Arbeitsgruppe bereits — im Geschwindschritt! — ausschwärmte, um sie zu montieren.

Heller entdeckte mich, sprang auf den Schlepper und kam zu mir herunter. Er hatte ein Bündel Papiere in der Tasche, die er mir zuwarf. „Das sind die Rechnungen für die abgeschlossenen Arbeiten", erklärte er. „Ich habe sie durchgesehen. Die Preise sind korrekt, und die Arbeiten sind geprüft und abgenommen. Bitte, stempeln Sie sie mit Ihrer Identokarte ab ... Dort unter der Projektnummer."

Er hatte irgendwie eine Unterlage herbeigezaubert, und ich begann die Rechnungen abzustempeln. „Was ist mit dieser Neigung der War-Werde-Antriebe, zu explodieren?" fragte ich beiläufig. „Haben Sie schon etwas dagegen unternommen?"

Er schien sich an nichts dergleichen zu erinnern. Seine Aufmerksamkeit wurde auch schon wieder von etwas anderem in Anspruch genommen. Aus einem soeben eingetroffenen Personentransporter der Flotte war ein junger Offizier ausgestiegen. Hinter ihm erschien eine Ordonnanz mit zwei kleinen Taschen — Kameras, wie mir schien. Heller nahm die abgestempelten Rechnungen an sich und rannte zu den Neuankömmlingen hinüber.

Es war der Nachrichtendienstoffizier, der nach der Auseinandersetzung im Flotten-Klub meine Papiere geprüft hatte! Dort stand es, auf seinem Revers:

Flotten-Nachrichtendienst.

Sie schüttelten sich die Hände, und Heller begrüßte ihn freudig: „Du hast sie also bekommen!"

Die Ordonnanz hielt ihm mit einem Grinsen die beiden Taschen hin, und der Nachrichtendienstler erwiderte: „Die letzten beiden. Sie sind veraltet, wie du weißt. Die Produktion von variablen Zeitsichtgeräten ist eingestellt worden, als man aufhörte, War-Werde-Antriebe in kleinen Schiffen einzusetzen."

Heller hatte sich über eine der Taschen gebeugt und sie geöffnet. „Wunderbar!" meinte er.

„Du mußt mir versprechen, daß sie nicht in die Hände von Zivilpersonen geraten", sagte sein Freund vom Nachrichtendienst der Flotte, während er den Lieferschein hervorzog, um ihn abstempeln zu lassen. „Es sind witzige Geräte, muß ich sagen. Ich hatte, bis du sie haben wolltest, noch nie von ihnen gehört. Ich kannte nur die großen, unbeholfenen Sichtgeräte mit fixierter Zeit, wie sie auf Schlachtschiffen verwendet werden."

Heller nahm beide Geräte heraus, um zu sehen, ob sie einsatzbereit waren. Er grinste die ganze Zeit, während er sie inspizierte. Sie sahen aus wie kleine Kameras. Diese Flotten-Typen sind einer wie der andere verrückt: kleine Kinder, die ihr Spielzeug haben wollen. Er stempelte den Lieferschein mit seiner eigenen Identokarte ab.

„Ich werde dich nicht bitten, mir das Schiff zu zeigen", sagte der Nachrichtendienstler. „Sieht aus, als würde hier mit Hochdruck gearbeitet."

„Stimmt", bestätigte Heller. „Wir haben keinen Spielraum mehr. Ich schulde dir etwas, Bis."

Sie schüttelten sich wieder die Hände, und Heller eilte mit den Taschen davon, schrie einem der Vormänner etwas zu und stürzte in den Schlepper. Einen Augenblick später war er, ohne die Taschen, wieder draußen und drängte eine der Arbeitsgruppen zu noch größerer Eile, obwohl sie schon fünfmal so schnell arbeitete, wie man es von ihr erwarten konnte.

Ich strahlte innerlich vor Glück. Es funktionierte! Gräfin Krak, ganz Frau, hatte ihn sich letzte Nacht vorgenommen, und nun hatte Heller nichts anderes im Sinn, als mit fanatischer Besessenheit wie eine Rakete in sein Verhängnis zu rasen. Ich erwiderte nicht einmal das abfällige Grinsen des Nachrichtendienstlers der Flotte. Sollte er spötteln! Es ging jetzt alles nach meinem Willen.

Mein Fahrplan für den Tag stand fest. Ich hatte mit Hilfe der falschen Identokarte des in Kürze offiziell verstorbenen Doktor Bittelstiffer von dem Datenpult in meinem Büro die Namen sämtlicher Firmen erfahren, die ich brauchte. Als erste Anlaufstelle hatte ich die größte von ihnen ausgewählt: Aus der Zahl der Regierungsaufträge, die sie erhielt, war zu ersehen, daß sie bis zur absoluten Spitze ihrer Hierarchie hinauf korrupt sein mußte.

Nach einem kurzen Flug in die Kommerzstadt stand ich dem Sekretär in dem protzigen und sehr hygienischen Vorzimmersaal des Chefs der Zanco Zellulogische Ausrüstungen gegenüber. Die riesigen Fenster boten ein weites Panorama der in Industrieabgase gehüllten Dächer der Kommerzstadt.

Der Sekretär hielt mich wahrscheinlich für etwas zu schäbig, um den Chef persönlich verlangen zu können. Jedenfalls versuchte er, mich zum Hinsetzen und Abwarten zu bewegen. Als ich jedoch sagte: „Guter Mann, einen Millionenauftrag läßt man nicht warten. Lassen Sie mich vor, und zwar unverzüglich“, bequemte er sich dazu, die gewünschten Knöpfe zu drücken und mir die Türen zu öffnen.

Der Chef, ein geschniegelter Hüne in einem nach letztem Schrei geschnittenen glitzernden Geschäftsanzug, reichte mir seine schlanke, hygienisch behandschuhte Hand und zeigte dann auf seinen besten Besuchersessel. Das beleuchtete Schild auf seinem Schreibtisch stellte ihn vor:

Im stillen sagte ich mir: Koltar, du stehst kurz davor, ein paar Leute reich zu machen. Laut erklärte ich: „Professor Gyrant Slahb, ein alter und enger Freund meiner Familie, hat mir Ihre Firma empfohlen, Direktor Zanco. Ich will hoffen, daß Sie in der Lage sind, mir das Gewünschte zu liefern."

Oh, er und seine Firma seien es durchaus! Er bot mir einen Duftschock an, um einer möglichen Ermattung meinerseits vorzubeugen. Er mußte eine offene Leitung ins Vorzimmer besitzen und meine Ankündigung eines Millionenauftrags mitbekommen haben.

„Ich bin mit einem Geheimprojekt beschäftigt", begann ich und nannte ihm die Projektnummer. „Sie brauchen nicht mehr als die Nummer. Aber ich schlage Ihnen vor, sie über ihr Geschäftspult zu prüfen. Und ebenso meine Identokarte." Ich ratterte die Zahlen herunter.

Der Vorzimmerlöwe mußte ebenfalls über eine offene Leitung verfügen. Denn noch bevor ich die Zeit hatte, mir das überlange Paffstäbchen anzuzünden, das Zanco mir gegeben hatte, erklang seine Stimme aus dem Sprecher auf Zancos Schreibtisch: „Gültig, Chef. Beide gültig. Der noch verfügbare Fonds beläuft sich auf fünfundzwanzig Millionen."

Das überraschte mich nicht. Ich hatte es letzte Nacht selbst überprüft. Endow und Lombar würden noch Tage brauchen, um sich genügend Neugründungen auszudenken und die für eine solche Summe nötigen Aufträge und Rechnungen zu fabrizieren. Einige der Rechnungen würden echt sein müssen, und ich hatte die Absicht, ihnen bei ihrer immensen Arbeit zu helfen. Trotz Lombars Warnung, Provisionen für mich abzuzweigen.

Zanco wurde noch liebenswürdiger, und ich legte ihm die beiden Listen des späten Doktor Bittelstiffer vor. „Können Sie das liefern?"

„Für gewöhnlich", sagte er großspurig, „werden solche Angelegenheiten von unserer Verkaufsabteilung erledigt, aber ..."

„Die geheime Natur des Projekts und die Höhe des Auftrags ..."

„Genau." Dann runzelte er die Stirn. „Diese Bestellungen belaufen sich, grob geschätzt, auf eine Drittel Million."

„Deshalb würde ich es auch zu schätzen wissen, wenn Sie dieses Kommunikationssystem ausschalten", sagte ich.

Er lächelte und drückte auf einen Knopf. Die Lichter auf seinem Schreibtisch erloschen.

„Die Rechnung", erläuterte ich ihm daraufhin, „muß exakt verdoppelt werden. Die Hälfte der Summe geht dann auf spurlosen Wegen an Lombar Hisst, den Chefexekutor des Apparatus."

„Ah", machte er. Seine Stirn lag jedoch immer noch in Falten. „Das wären allerdings auch erst zwei Drittel einer Million."

Ich hatte auf seinem Schreibtisch einen dicken Katalog entdeckt, den ich jetzt mit seiner gnädigen Erlaubnis und einem Stift in der Hand durchging. Ich schrieb alles irgendwie Interessante heraus: elektrische Operationsinstrumente, selbsterhitzende Kolben, sieben verschiedene Anästhesiegeräte, schmutzabweisende Kittel und so weiter und so fort. Samt Mengenangaben.

Zanco war sehr geduldig. Als ich den Katalog durch hatte, nahm ich mir Bittelstiffers Listen noch einmal vor und vervierfachte kurzerhand die angeforderten Mengen der Verbrauchsprodukte, wie Chemikalien und Energiespeicher. Es hätte ausgereicht, um ein oder zwei Armeen zu behandeln.

Mir war aufgefallen, daß Zanco die ganze Zeit über einen kleinen Handgelenkrechner betätigt hatte. Er mußte sehr gute Augen haben, oder er wußte, wo die einzelnen Dinge in seinem Katalog aufgeführt wurden.

„Damit kommen wir, vor der Verdoppelung, erst auf vierhundertundsechzigtausend", beklagte er sich.

„Nun, ich will Ihnen sagen, was wir tun", erwiderte ich. „Sie haben wahrscheinlich das eine oder andere ausgefallene Produkt im Angebot, das nicht im Katalog erscheint. Setzen Sie von diesen Produkten so viele auf die Rechnung, daß sie sich auf vierhundertneunzigtausend erhöht." „Warum nicht eine halbe Million?" fragte er. „Weil Sie", antwortete ich, „die Preise bei einigen Posten so weit anheben werden, daß sich eine Summe von einer halben Million ergibt. Die Differenz von zehntausend Verrechnungseinheiten werden Sie mir sofort bar ausbezahlen."

Oh, das ließe sich machen. Dann bat er mich um die Erlaubnis, sein Kommunikationssystem wieder einschalten zu dürfen, und Sekunden später war das Büro voller Buchhalter, Lagerverwalter, Transportleiter und Untergebener, die ihnen zur Seite standen, während sie Rechnungen, Lieferscheine und Anweisungen ausfüllten. Ein schönes Bild von effektiver Arbeitsorganisation.

Ich saß stolzgeschwellt unter ihnen und zog an meinem überlangen Paffstäbchen. Es dauerte nicht lange, und das Büro war wieder still und friedlich wie vor der Invasion des Verwaltungsstabs. Nur ein Stapel Papier auf dem Schreibtisch war von ihr zurückgeblieben, und Zanco blickte mich erwartungsvoll an: Ich sollte meine Identokarte unter die Papiere drücken. Doch ich griff statt dessen nach einem neuen Duftschock.

„Da wäre noch etwas", sagte ich. „Nehmen Sie sich einen Zettel — dieser blaue dort wird genügen —, und schreiben Sie: 'Ich weise hiermit die unerhörte Provisionsforderung des Offiziers Gris entschieden zurück. Wir wickeln unsere Geschäfte ausschließlich im Rahmen des Schicklichen und unter strengster Beachtung der Legalität ab.' Und unterschreiben Sie."

Er tat es und gab mir den Zettel.

„Und nun", sagte ich, „die zehntausend!"

Ein Angestellter hatte sie ihm bereits gebracht, und er händigte sie mir aus. Die Scheine steckten noch in der fabrikneuen Banderole. Ich machte mir nicht die Mühe nachzuzählen. Wir Magnaten des Geschäftslebens mußten uns gegenseitig mit Vertrauen begegnen.

Ich begann die Papiere abzustempeln, und jedesmal, wenn ich meine Identokarte auf eines von ihnen gedrückt hatte, schien sich Zancos Grinsen um einen halben Zoll zu verbreitern. Als ich fertig war, war sein Kopf praktisch in zwei Hälften gespalten. Er war überaus zufrieden mit dem Abschluß, zumal er vermutlich mit dem Gedanken spielte, mir minderwertige Waren unterzuschieben.

„Als Generalinspekteur des Projekts", sagte ich, „muß ich Sie darauf hinweisen, daß ich jeden gekürzten Posten, verdorbene Chemikalien oder Verpackungsschäden bemerken und bemängeln werde."

Sein Lächeln wurde etwas dünner.

„Und falls Lombar Hisst jemals von diesen zehntausend erfahren sollte, werde ich erklären, daß sämtliche gelieferten Waren beschädigt und die Chemikalien verdorben waren."

Er fixierte mich einen Augenblick. Dann sprang er auf und quetschte mir die Hand. „Ich schätze vorsichtige Kunden, Offizier Gris." Er lachte auf. „Wir haben uns vollkommen verstanden."

„Ich werde noch bei Ihrer Transportabteilung vorbeischauen, um Ihren Leuten zu sagen, wohin die beiden Lieferungen gehen sollen. Ich hätte außerdem gern fünfzig Ersatzetiketten, nur für den Fall, daß welche verlorengehen."

Dann verstaute ich das Geld und den blauen Zettel mit der handschriftlichen Versicherung Zancos in einer alten Lebensmitteltüte, die zusammengefaltet in meiner Blousontasche gesteckt hatte. Zanco begleitete mich in die geschäftige Transportabteilung und zu meinem Flugmobil. Er winkte mir sogar hinterher.

„Bin ich jetzt reich?" quälte mich mein Fahrer.

Ich gab ihm einen Zehnerschein. „Sie sind reich."

In mir glühte es, als hätte ich ein Faß Blasengebräu geleert. Ich war plötzlich nicht mehr arm! Ich konnte mir sogar Muntermacher und Gebäck leisten!

„Jemand hat das Flugmobil beobachtet", sagte Ske. Er wirkte bei weitem nicht so glücklich, wie ich mich fühlte. „Ich glaube, Sie werden beschattet."

„Unsinn", entgegnete ich. „Warum sollte sich jemand für eine hundertprozentig legale Transaktion im Auftrag der Regierung interessieren? Da ist ein Speisestand. Landen Sie dort. Ich möchte frühstücken."

Nichts würde mir diesen herrlichen Tag vermiesen! Der Himmel, welcher auch immer, sei dir gnädig, Heller, sagte ich mir im stillen, während ich heißhungrig ein Stück süßes Gebäck verschlang. Ein geschickter Gris mag nicht genügen. Aber ein geschickter Gris und ein *reicher* Gris ergeben eine unschlagbare Mischung! Du bist erledigt!

TEIL X

Kapitel 1

Ich war auf dem Weg, sogar noch reicher zu werden, aber zuerst mußte ich ein paar Spuren verwischen. Arbeite sauber, das war immer mein Motto.

Immer noch Krümel von meinen Zähnen saugend, ging ich in das nächste Mitteilungszentrum und steckte mehrere Hundertstel-Münzen in die Schlitze der Automaten. Schließlich hatte ich einen Grußumschlag, eine bunte Karte, wie sie zum Versenden von Geschenken benutzt wird, und einen Stift und schrieb an dem kleinen Tisch folgende Nachricht:

Zu Händen Lombar Hisst:
Ein Präsent zur glücklichen Abreise.
H. war nicht davon abzubringen, diese Dinge zu bestellen, aber ich habe mich eingeschaltet, um Ihre Interessen zu wahren. Ich hoffe, ich habe es richtig gemacht.
Ihr wachsamer Untergebener
Soltan

Für eine hundertstel Verrechnungseinheit kann man jedes beliebige Dokument kopieren. Ich holte die Millionenrechnung von Zanco hervor und kopierte sie. Dann zog ich auf dem Duplikat einen großen Kreis um die Summe, schrieb ein Divisionszeichen und die Zahl „*2*" dazu und zeichnete einen Pfeil an den Kreis. Hinter dessen Spitze setzte ich: *Lombar.* Er würde wissen, was gemeint war. Wir sind im Apparatus daran gewöhnt, solche informellen Codes zu benutzen.

Auf das Grußkuvert schrieb ich:

An einen Großen Chef.

Dann griff ich nach dem blauen Zettel, auf dem mir Zanco bestätigt hatte, daß er es ablehnte, mir eine Provision zu zahlen. Ich legte ihn auf das Glas und steckte eine weitere Hundertstel-Münze in den Schlitz, um ihn zu kopieren. Schräg über den unteren Rand des Duplikats schrieb ich:

Könnten Sie diese Einschränkung nicht ein wenig lockern?

Als das getan war, protzte ich ein bißchen und kaufte für zwei Hundertstel eine Versandtasche, steckte alles hinein und adressierte sie — streng geheim — an den Chef des Coordinierten Informations-Apparatus Lombar Hisst.

Natürlich schickte ich sie nicht auf dem normalen Postweg, sondern schlenderte ein Stück die Straße hinauf zu einem Ort — einem Geschäft für Damentrikotagen —, von dem ich wußte, daß er als Tarnung für Apparatus-Operationen benutzt wurde, und übergab sie dem Agenten im Hinterzimmer zur sofortigen Weiterleitung. Ich fühlte mich sehr rechtschaffen dabei. Mir klang schon Lombars beifälliges Brummen im Ohr, mit dem er meine Mitteilung aufnehmen würde. Er würde sich vielleicht sogar sagen: „Ah, dieser Gris: ein perfekter Untergebener." Lombar lehnte Geld niemals ab!

Ich hatte sehr hastig gefrühstückt und das Gebäck nicht ganz geschafft; von den fünf Stücken war noch ein halbes übrig. Als geborener Philanthrop gab ich den Rest meinem Fahrer. Aber er betrachtete nur mißfällig die Bißspuren und legte es auf den Sitz neben sich. Wie undankbar!

Doch nichts konnte meine Euphorie dämpfen. „Zur Energiestadt!" kommandierte ich großspurig. „Boulevard der Metallmärkte!"

Mein Fahrer murrte widerwillig. Das war nur natürlich. Niemand fliegt gerne über die Energiestadt, wenn es sich irgendwie vermeiden läßt. Ich warf einen Blick hinunter auf die Stadt. Das heißt, ich versuchte es. Aber die Luft dort ist ein einziger giftig gelber Brei. Es ist jedoch keine Verunreinigung, sondern die Einwirkung der gewaltigen Induktionsfelder auf die umliegende Atmosphäre; sie beeinflussen die Moleküle, gleich, ob sie nun gasförmig oder kolloidale Dispersionsteilchen sind.

Diese Induktionsfelder stammen von den riesigen Energiewandlergeneratoren, die dort vor sich hin surren und röhren. Sie stellen die Energieversorgung auf dieser Seite des Planeten sicher und decken gleichzeitig den Großteil des Bedarfs an seltenen Metallen. Die Umwandlung der Elemente liefert beides, Metalle und Energie. Es ist eigentlich eine sehr saubere Angelegenheit. Was die Luft belastet, ist der Verkehr, — vor allem der schweren Fluglaster mit den Luftwirbeln, die sie bei Start und Landung erzeugen, und dem Metallstaub, den sie verlieren.

Der Komplex der Energiestadt mit seinen turmhohen, elliptischen Transformatoren und ebenfalls elliptischen Straßen wurde vor hundertfünfundzwanzigtausend Jahren angelegt — zur Zeit der ersten Invasionswelle —, und es wird erzählt, daß er, trotz aller Erweiterungen, seither kein einziges Mal gereinigt worden sei.

Fahrer und Piloten hassen es, über und durch die Energiestadt zu fliegen. Es verschmutzt ihre Fahrzeuge. Und es bringt ihre Bordelektronik durcheinander. Die Leitstrahlen werden abgelenkt, und es gibt eine Menge Unfälle. All das, in Verbindung mit dem Kampf, den man in dem wirren Durcheinander von fliegenden und Bodenlastern zu bestehen hat, die aus allen Teilen des Planeten eintreffen oder mit ihrer Fracht auf dem Rückweg sind, hat einige Witzbolde zu dem Namen „Lasterhöhle“ inspiriert.

Ske kurvte fluchend durch den Verkehr auf dem Boulevard der Metallmärkte. Mit seinen zwei Meilen voller bunt zusammengewürfelter Geschäfte und Lagerhallen stellt er nicht gerade den malerischen Hintergrund dar, den man sich für eine Urlaubsfahrt aussuchen würde.

Mein Fahrer fing noch stärker an zu fluchen, als ich ihn am Ende des Boulevards umkehren und die ganze Strecke noch einmal machen ließ. Ich achtete nicht auf ihn. Meine Aufmerksamkeit galt den Preisaushängen. Sie werden täglich gewechselt, und keine der Firmen weiß im voraus, was ihre Konkurrenten anbieten werden. Ein kluger Einkäufer wie ich greift nicht einfach zum

Kommunikator und sagt: „Liefern Sie mir drei Laster Blei.“ Nein, so nicht.

Ich wählte schließlich die Firma aus, die heute die preiswerteste zu sein schien, und befahl meinem Fahrer, vor dem Eingang zu parken. Es war die Handelsgesellschaft Reell & Zuverlässig: Fertigmengen zu Abholerpreisen.

Ich betrat das Geschäftsbüro. Man ist dort an die Firmeneinkäufer aus der Industriestadt gewöhnt, mit denen keine großen Verkaufsgespräche geführt werden müssen. Man kennt sich; es geht zu wie unter alten Freunden, und das Geschäft ist im Handumdrehen abgewickelt, quasi nebenbei. An jemanden, der in einem schicken Flugmobil vorfährt, ein dickes Paffstäbchen raucht und seine Umgebung von oben herab betrachtet, ist man dort nicht gewöhnt. Kurz, man war überrascht. Die Leute schienen das Aussehen ihres Produkts angenommen zu haben. Sogar ihre Kittel sahen aus, als wären sie aus Metall.

„Zur Militärauslieferung kommen Sie, wenn Sie um das Haus herumgehen“, begrüßte mich einer der Verkäufer.

„Es ist ein privates Geschäft“, erwiderte ich und legte die alte Einkaufstüte auf den Schalter, während der Verkäufer sich anschickte, mich alleinzulassen. Als ich jedoch ein Bündel goldglänzender Geldscheine aus der Tüte nahm, kehrte er wie auf magischen Befehl zu mir zurück.

„Ein Bareinkauf?“ knarrte er. Seine Augen zuckten hierhin und dorthin, um zu sehen, ob jemand uns beobachtete. Mir war klar, daß er überlegte, wieviel von dem Geld er für sich selbst abzweigen konnte.

„Sie bieten heute Gold für elf Verrechnungseinheiten das Pfund an“, sagte ich.

„Ein Sonderangebot“, bestätigte er. „Nur 0,001 Prozent Verunreinigungen.“

„Ich glaube“, sagte ich, „Sie haben auch welches für zehn Einheiten.“

„Kommen Sie in diesen Verschlag“, forderte er mich auf.

Ich tat es und sah dabei zu, wie er auf eine alte Rechenmaschine einhämmerte. Er hatte es mit einem schwierigen Problem zu tun: Wieviel mußte er aus dem Lager stehlen und zu meiner Bestellung hinzufügen, um einen Preis von zehn Einheiten pro Pfund zu erreichen? Und wieviel mußte er darüber hinaus stehlen und hinzufügen, um etwas — wieviel? — in seine eigene Tasche fließen zu lassen?

Meine Rechnung war bedeutend einfacher. Ich wollte tausend Einheiten, abzüglich dessen, was ich bereits ausgegeben hatte, für meine täglichen Ausgaben übrigbehalten. Und da ich nicht beabsichtigte, irgend etwas von dem Vorschuß, den ich erhalten hatte, zurückzuzahlen, und es dort, wo ich bald sein würde, für meine Verrechnungseinheiten nichts zu kaufen gab, hatte ich neuntausend Einheiten unterzubringen, und die wollte ich in neunhundert Pfund Gold umsetzen.

Mit vielem Stirnrunzeln hatte der Verkäufer schließlich sein Problem gelöst. Die Firma würde nicht allzusehr zu leiden haben. Blei kostet eine Drittel Verrechnungseinheit pro Pfund, und seine Umwandlung in Gold, dessen Atomgewicht geringer ist, setzt eine Menge Energie frei, bezahlt sich also selbst. Die meisten Kosten der Energiegesellschaft werden von der Verpackung und dem Großhandel durch solche Firmen wie die Handelsgesellschaft Reell & Zuverlässig verursacht, bei denen wiederum Allgemeinkosten und Provisionen als Ausgaben anfallen. Der einzige Grund, weshalb Gold so hoch gehandelt wird, ist die in der Stromausbeute begründete Vorliebe der Energieriesen für die Umwandlung von schweren in leichtere Elemente. Die Metalle selbst sind dabei zweitrangig. Die Abzweigung von ein paar Barren würde niemanden schmerzen. Man würde sie als „üblichen Verschleiß" abhaken.

„Das Geschäft gilt", verkündete der Verkäufer.

„Noch eins", sagte ich. „Ich möchte neun schwere Barrenkisten haben, mit hundert Pfund Fassungsvermögen."

„Das kostet extra", sagte er.

„Wie heißt noch die Firma gleich südlich von Ihnen?" warf ich hin.

„Das Geschäft gilt", erklärte er hastig.

Dann rief er mit „He, Ip!" und „Du dort!" ein paar Arbeiter zusammen, die aus einem Berg von Abfall neun abgenutzte, aber verschließbare Barrenkisten heraussuchten.

Ich nahm einen der fünfzig Pfund schweren Barren von dem Stapel. Gold ist trügerisch. Es sieht leicht aus, ist aber *schwer*. Ich brach mir fast den Arm, während ich mit dem Fingernagel an dem Barren kratzte und in eine Ecke biß: reines Gold, glatt und weich. Wie es glänzte! Gold ist so wunderschön!

Unterdessen wanderte der Stapel, Barren um Barren, in die Kisten, achtzehn Stück in jede. Der Verkäufer fälschte das Eingangsbuch, und dann rollte der Lastkarren auf die vordere Laderampe. Ich zählte neuntausend Verrechnungseinheiten aus meiner Tüte in den Zangengriff des Verkäufers und bekam im Gegenzug meinen Lieferschein. Dann schüttelten wir uns herzlich die Hände.

Das Geschäft war gelaufen, die Arbeiter hatten sich verzogen, und der Lastkarren stand fünfzig Fuß von meinem Flugmobil entfernt. Aber ein Flugmobil konnte nicht an die Laderampe heran und dann noch die Türen öffnen. Ich rief Ske zu mir und wies auf die Kisten. Er hob eine an und ließ sie mit einem bohrenden Blick auf mich wieder sinken. Ich reagierte mit ungeduldigem Winken, und nach einer Weile hatte Ske alle neun Kisten auf dem Boden des Flugmobils verstaut. Trotz Hitze und Staub. Er triefte nur so von Schweiß.

Ich hob herrschaftlich einen Finger. „Zum Apparatus-Hangar, mein Junge!" Und er stieg hinter den Steuerknüppel und brachte das Flugmobil schwerfällig und stockend in den Himmel.

Er fluchte vor sich hin, während das Flugmobil durch die Luft schlingerte. Das war dumm, da die Ladung im Vergleich zur vollen Passagierladung federleicht war.

Der unruhige Flug erschwerte es zwar ein bißchen, aber ich holte trotzdem die Zanco-Etiketten hervor und begann sie auf die Kisten zu drücken, eins auf jede Kiste. Es waren diese Saugetiketten, die in den Untergrund, auf den man sie drückt, eindringen und durch nichts mehr entfernt werden können. Sie besagten:

GEFÄHRLICH!
GESUNDHEITSRISIKO!
RADIOAKTIVES ZELLULOGISCHES MATERIAL!
ZANCO IST NICHT VERANTWORTLICH
FÜR EVENTUELLE SCHWERE VERBRENNUNGEN ODER TODESFÄLLE,
DIE BEI ÖFFNUNG DIESES BEHÄLTERS
EINTRETEN KÖNNEN!

Und das alles in Hellrot! Wunderbar! Es würde sogar noch in der Dunkelheit glänzen!

Und während mein leicht verstaubtes Flugmobil durch den Himmel schlingerte, tat ich es den Etiketten nach: Ich glänzte wie ein Honigkuchen!

Neunhundert Pfund Gold: das waren zehntausendachthundert Unzen — trojanische Unzen, genau gesagt. Und auf Blito-P3 stand der durchschnittliche Goldpreis damals bei einem Minimum von sechshundert amerikanischen Dollar je Unze, ganz zu schweigen davon, was es auf dem schwarzen Markt oder in Hongkong bringen würde. Das hieß, daß ein gewisser Soltan Gris sechs Millionen vierhundertachtzigtausend amerikanische Dollar zur Verfügung haben würde, mit denen er anstellen konnte, was ihm gefiel. Das war eine so gewaltige Vorstellung, daß ich mir nicht erst die Mühe machte, die Schwerkraftdifferenz in meine Rechnung einzubeziehen. Was machte es schon aus, ob es eine Million mehr oder weniger war?

Damit konnte ich mir eine Menge türkischer Tänzerinnen kaufen. Und ich würde, wenn nötig, Heller eine Menge schrecklicher Höllen eröffnen können. Ich kicherte, weil die Worte im Englischen ähnlich sind — Hell und Heller.

Ein Gris, der nicht einfach nur geschickt und reich war, sondern Millionär, Magnat, Mäzen und Drahtzieher, war nicht nur unschlagbar: Er war *unwiderstehlich!*

„Das hier ist kein Laster!" raunzte Ske, nachdem er um Haaresbreite einen Zusammenstoß vermieden hatte.

Ich überhörte es. Power, power, who saith it doth not have a sweet taste? Macht, ja, Macht, sie hat ihre Süße. Ich hatte es tatsächlich schon auf Englisch gedacht. Und dann erschien in meiner Vorstellung ein heruntergekommener, schäbiger, halbverhungerter Bettler: Heller! Er wollte einen Vierteldollar von mir haben, aber ich riß den Ärmel meines maßgeschneiderten Anzugs aus seinen knochigen, klammernden Fingern und schlug ihm die Tür meiner Limousine mitten ins tränenüberströmte Gesicht.

Kapitel 2

Beim Apparatus-Hangar war alles in Ordnung. Ske ließ das Flugmobil zu Boden sinken, schaltete auf Bodenfahrt um und rollte von dem Landekreuz hinunter.

Von meinem Platz aus konnte ich sehen, daß die Arbeit am *Schlepper Eins* unvermindert weiterging. Die Rückenflosse war inzwischen montiert. Jetzt wurde an der gesamten Außenhülle gearbeitet. Zusätzlich zu den anderen Arbeitsgruppen, die ihre jeweiligen Aufgaben erfüllten, waren über hundert Vertragsarbeiter in hellgelben Anzügen dabei, den Schlepper mit einem hellgelben Spray zu besprühen, das schwarz wurde, sobald es auf die Schiffshülle traf.

Ich wußte, was es war: Heller erneuerte den ursprünglichen Absorbo-Mantel der Flotte. Man konnte den Unterschied mit den Augen ausmachen: Der alte Mantel war ein bißchen angegraut, während der neue so schwarz war, daß der Schlepper fast darunter zu verschwinden schien. Absorbo-Mäntel nehmen sämtliche hereinkommenden Wellen auf und verschlucken sie einfach; reflektiert wird absolut *keine* Strahlung, weder sichtbare noch unsichtbare. Auch der stärkste Suchstrahl oder Schirm kann ihnen keine Reflektion entlocken. Das Schiff wird unter einem solchen Mantel vollkommen unauffindbar, es sei denn, es gerät vor eine starke Lichtquelle, einen Stern etwa. Ansonsten ist es für jedes moderne Überwachungssystem schlicht nicht vorhanden.

Ich lächelte bei dem Gedanken, daß all diese Arbeit nur unternommen wurde, um die primitiven Beobachtungssysteme von Blito-P3 auszuschalten. Sogar ein schäbiges, klappriges altes

Apparatus-Schiff ist dazu in der Lage. Doch dann verebbte meine Heiterkeit: Dieser Absorbo-Mantel vervielfachte die Gefahr, daß der *Schlepper Eins* explodierte! Er würde *nichts* abstrahlen! Er würde durch den Raum gleiten und Felder und Licht ansaugen, ... Ich blickte hastig in eine andere Richtung, um den Gedanken abzuschütteln.

Ah, dort war etwas Erfreulicheres! Die *Blixo!* Sie kam gerade herein. Mein Glück hielt wirklich an.

Die *Blixo* war nur einer unter vielen Linienfrachtern und weder besser noch schlechter als die anderen. Diese Frachter sind mit ihren rund zweihundertfünfzig Fuß Länge und in ihrer schmalen, leichten Bauweise zwar recht klein, bieten aber eine gute Ausnutzung ihrer Tonnage. Außerdem können sie zusätzlich zu der zwanzigköpfigen Besatzung noch fünfzig oder sechzig Passagiere aufnehmen. Mit ihren Schubantrieben brauchen sie ungefähr sechs Wochen für eine Tour, manchmal mehr, manchmal weniger. Unbequem und schäbig, wie sie sind, können sie doch leicht hinein- und herausschlüpfen, und sie sind nicht gefährlicher, als Frachter es normalerweise sind. Das Beste an ihnen ist jedoch, daß sie so gewöhnlich aussehen: Niemand auf Voltar beachtet ihr Kommen und Gehen — ein paar Frachter mehr oder weniger unter den Tausenden, die täglich unterwegs sind, fallen niemandem auf.

Ich nickte Ske zu, und er rollte uns hinüber — eine halbe Meile zu Fuß war in meinem verzückten Zustand einfach zuviel.

Die *Blixo* war inzwischen an ihrer Rampe befestigt, und die riesige Rollplattform hatte sie in den Hangar gebracht und abgesetzt. Sie zog sich gerade zurück. Aber das war nicht alles, was die *Blixo* verließ. Hinter den riesigen Stellwänden, die aus Sicherheitsgründen um sie herum aufgestellt worden waren, klang das Rattern kleiner Kräne hervor. Ein Konvoi bewaffneter Fluglaster hatte nahebei gewartet, und jetzt rollte einer nach dem anderen hinter die Stellwände. Die *Blixo* entlud, gut abgeschirmt, ihre unbezahlbare Fracht.

Der erste Laster kam mit nach dem Beladen gründlich verschlossenem Verdeck hinter den Stellwänden hervor und blieb wartend stehen. Sobald die restlichen Laster beladen waren, würden sie mit ihm zusammen als Konvoi über die Wüste donnern, vorgeblich zum Ausdauerlager, aber in Wahrheit direkt nach Spiteos, wo ihre Ladung die riesigen Lagerhöhlen der alten Festung füllen würde. Es war zwar eine relativ kleine Lieferung, aber im Laufe der Monate würde sich auf diese Weise ein bemerkenswertes Warenlager ansammeln. Lombar würde vor Freude in die Luft hüpfen, wenn er diese Laster hereinkommen sah.

Ein halbes Regiment Apparatus-Wachen war aufgeboten worden, um die Umgebung der *Blixo* zu sichern. Aber sie nahmen es nicht allzu genau. Sie lehnten gelangweilt auf ihren Exploderbüchsen und unterhielten sich über irgendeine Prostituierte oder ein Würfelspiel.

Es würde nicht lange dauern, bis die wertvolle Fracht der *Blixo* gelöscht war. Ich lehnte mich zurück und wartete ab, bis die Fluglaster beladen waren, über das Landekreuz fuhren und sich einer nach dem anderen schwerfällig in den Himmel erhoben. Bald waren sie nur noch eine zum Ausdauerlager strebende Kette kleiner Punkte.

Ich knuffte Ske, und er fuhr mich zu dem Kommandeur der Wache. Ich zeigte meine Identokarte vor, und eine Ordonnanz gab sie in ein tragbares Pult ein. Dann rollten wir hinter die Stellwände zum Fuß der Leiter, die zur Luftschleuse hinaufführte.

Genaugenommen verkehrten diese Frachter auf meinen Befehl als Chef der Sektion 451. Aus der Haltung des Raumfahrers an der Leiter hätte man jedoch kaum darauf schließen können. Er war augenscheinlich nur darauf bedacht, so schnell wie möglich in die Stadt zu kommen und sich vollaufen zu lassen.

„Sagen Sie Kapitän Bolz, daß Offizier Gris hier ist", befahl ich ihm.

„Sagen Sie es ihm doch selbst", erwiderte der Raumfahrer. Diese Männer sind immer etwas griesgrämig, wenn sie von einer Tour zurückkommen.

Aber ich hatte nicht die Zeit, ihm Disziplin beizubringen. Gerade als ich aus dem Flugmobil stieg, ertönten oben in der Luftschleuse aufgeregte Stimmen. Drei große Apparatus-Wachen, die offenbar speziell für diesen Zweck aus Spiteos hergeschickt worden waren, stießen und zerrten einen unwilligen Passagier heraus — richtiger gesagt: einen Gefangenen. Daran war nichts Ungewöhnliches, und ich trat zur Seite, um sie vorbeizulassen, als mein geschultes Ohr auffing, was der Gefangene sagte.

„Laßt eure (piep) Hände von meinem gott(piep) Nacken, und nehmt mir diese gott(piep) Handschellen ab!" Es war Englisch! Nicht Türkisch oder Arabisch, sondern Englisch!

Der Mann bot einen bedauernswerten Anblick. Die Anstrengung der Reise hatte ihn ziemlich mitgenommen. Er war dunkelhäutig, untersetzt und muskulös, hatte schwarze Haare und schwarze Augen. Seine Kleidung bestand aus den Resten eines Maßanzugs und eines schwarz gestreiften blauen Hemds. Aber das merkwürdige an ihm war etwas anderes: Er trug keine elektrischen, sondern Metallhandschellen, und man hatte ihm keine Fußfesseln angelegt. Außerdem war er nicht bewußtlos, sondern wach, so daß er sprechen und sich wehren konnte! Alles sehr regelwidrig.

Als sie am Fuß der Leiter ankamen, sprach ich einen der Wachmänner an: „Ich bin Offizier Gris. Das hier ist alles sehr irregulär. Zeigen Sie mir Ihre Befehle?" Ich klang sehr amtlich. Bei diesem Gesindel aus dem Todeslager geht es nicht anders.

Der Wachmann kramte in seinen Papieren. Es waren offenbar noch mehr Gefangene an Bord. Schließlich fand er den Befehl. „Hier steht, daß er direkt überstellt und zum allerhöchsten Verhör gebracht werden soll." Das Wort „direkt" bedeutete, daß der Betreffende ohne Verzögerung und wach ausgeliefert werden sollte. Eine gefährliche Praxis!

„Wer hat diesen Befehl unterzeichnet?" fragte ich.

Der Wachmann warf einen Blick auf das Papier und dann auf mich. „Nun, Sie, Offizier Gris."

Oh, ja, es war einer von den Tausenden Befehlen, die ich abzustempeln hatte. Ich sah ihn mir an. Der Befehl stammte aus Lombars persönlichem Stab, von dem Mitarbeiter, der das Verhörpersonal unter sich hatte. Ich schrak innerlich zusammen. Hoffentlich hatten sie den richtigen Mann am Wickel. Lombar haßte Ausrutscher. Ich suchte nach dem Namen und wandte mich an den Gefangenen. „Sind Sie Gunsalmo Silva?" fragte ich ihn auf Englisch.

„Amerikaner?“ fragte er zurück. „Gott (piep), Sie sprechen Amerikanisch? An welchem gott(piep) Ort befinde ich mich hier? Was, zur gott(piep) Hölle, ist los? Was, um Himmels willen, soll ich in einer Scheune voller fliegender Untertassen?“

„Bitte“, sagte ich geduldig, „heißen Sie Gunsalmo Silva?“

„Hören Sie, ich erwarte, daß Sie den gott(piep) Konsul der Vereinigten Staaten anrufen! Augenblicklich, haben Sie verstanden? Ich kenne meine gott(piep) Rechte! Sie bringen mir sofort den Konsul der Vereinigten Staaten her, Kumpel, bevor ich mich entschließe, Ihnen wirklich Feuer unter Ihrem (piep) zu machen!“

Er war offensichtlich nicht bereit, mir zu antworten. Ich winkte dem Wachmann, ihn zu dem wartenden getarnten Personaltransporter zu bringen. Auf alle Fälle hatte er nicht abgestritten, Gunsalmo Silva zu sein.

Die Wachen stießen ihn in den Transporter, und er schrie mir über die Schulter zu: „Ich werde meinem Kongreßabgeordneten schreiben, was man hier mit mir macht!“

Nun, viel Glück, dachte ich. Im Verhörzimmer in Spiteos Briefmarken der Vereinigten Staaten zu kaufen, dürfte etwas schwierig sein.

Weitere Gefangene schien man nicht herausbringen zu wollen. Also stieg ich die Leiter hinauf und weiter zum Kapitänssalon. Und dort fand ich Bolz auch. Er war ein kräftiger Mann, ein grauhaariger alter Raumfahrer, den hundert Jahre Sternenhüpferei zäh gemacht hatten. Er hatte seinen Blouson abgelegt und entspannte sich nach der Landung. Wieviel Haare er auf der Brust hatte! Nach den hängenden Schultern und dem schlaffen Mund zu schließen, mußte er von Binton stammen.

Er bemerkte mich und winkte mich zu einem Kardansessel. „Setzen Sie sich, Offizier Gris.“ Wir waren uns schon ein-, zweimal begegnet, und ich war froh, daß er der Kapitän dieses Schiffs war. „Ich genehmige mir gerade einen Schluck, bevor ich auf den Boden hinuntersteige. Schließen Sie sich mir an?“

Er fischte eine Flasche aus dem Tischregal neben sich. Ich wußte, was er mir anbot: „Johnny Walker Black Label“. Erdenwhisky! Ich weiß nicht, warum die Schiffskapitäne sich damit abgeben. Das Zeug sprengt einem den Kopf ab! Ich ließ drei

Tropfen in meinen Behälter laufen. Aus geselliger Freundlichkeit, nicht um sie zu trinken.

Bolz plauderte ein bißchen über die Tour. Was man eben so erzählt: ein Beinahezusammenstoß mit einer Raumschuttwolke; ein ungewöhnlich starker elektrischer Sturm beim Passieren dieses oder jenes Planeten; ein durchgebrannter Umwandler im Hauptantrieb; zwei eingesperrte Besatzungsangehörige, die sich an den Vorräten vergriffen hatten ... Ihr wißt schon, die üblichen Banalitäten.

Und dann — mein Glück verließ mich nicht! — erkannte ich den Grund für all die Freundlichkeit. Er vergewisserte sich, daß niemand an der Tür lauschte, beugte sich zu mir herüber und sagte mit whiskygeschwängerter Flüsterstimme: „Gris, ich habe zwanzig Kisten Scotch mitgebracht. Ich bräuchte einen Passierschein, um sie an den Wachen vorbei zu einem Freund in der Vergnügungsstadt zu schaffen. Glauben Sie, daß Sie ...?"

Ich lachte erfreut auf und winkte ihm mit den Fingern, mir das Formular zu geben, damit ich es mit meiner Identokarte beglaubigen konnte. Ich hatte gedacht, das alles würde mich Geld kosten!

Er strahlte. Er konnte fünfzig Verrechnungseinheiten pro Flasche bekommen. Dann sah er mich forschend an. „Zufällig habe ich auch ein schwarzes Mädchen mitgebracht. Die Bordelle reißen sich um sie. Haben Sie etwas dagegen, wenn ich sie mit auf den Passierschein setze?"

Es wurde immer besser. „Machen Sie nur", sagte ich.

Er rieb Daumen und Zeigefinger gegeneinander. „Und wieviel?"

Ich lachte herzhaft. „Wir sind doch Freunde, Bolz. Nichts. Ich habe nicht einmal etwas Illegales für den Transport nach Blito-P3."

„Ich schulde Ihnen einen Gefallen", sagte er.

„Wie Sie wollen", meinte ich. „Können wir jetzt zu Ihren Flügen zurückkommen?"

Der Whisky und die Aussicht auf seinen Profit stimmten Bolz freundlich. „Immer zu Diensten, Offizier Gris."

„Wann fliegen Sie zurück?"

„Die Überholung wird vielleicht zehn Tage dauern. Ich muß den Umwandler ersetzen lassen. In zehn Tagen also. Im übrigen befolgen wir nur Ihre Befehle, Offizier Gris."

„Gut, zehn Tage also. Das geht in Ordnung. Aber Sie müssen Verschiedenes an Bord genommen haben, bevor Sie starten. Da wäre erstens ein junger Mann namens Twolah."

Bolz kritzelte mit seiner riesigen Hand mit. „Wird wahrscheinlich raumkrank werden."

„Er ist ein Kurier mit vertraulichen Papieren. Er wird die Tour ziemlich oft machen. Nun ist er aber irgendwie ... nun, sagen wir, verdreht. Sie dürfen ihn mit niemandem sprechen lassen, weder mit der Besatzung noch mit anderen Passagieren. Und achten Sie darauf, daß er sich der Besatzung nicht sexuell nähert."

„Schon verstanden. Unter Verschluß halten. Kabine und (piep)."

„Der zweite ist Wissenschaftler. Er ist Geheimnisträger und in geheimer Mission. Führen Sie ihn nicht in der Passagierliste auf. Er darf ebenfalls mit niemandem sprechen."

„Verstanden. Unter Verschluß halten. Kabine und Mund."

„Das nächste sind drei Frachtlieferungen."

„He", entfuhr es Bolz, „das ist gut. Außer ein paar Lebensmitteln und einigen Ersatzteilen nehmen wir nie etwas nach Blito-P3 zurück. So, so! *Echte* Fracht! Das ist gut. Damit läuft das Schiff besser. Sie wissen ja, Offizier Gris, wir haben meistens zuwenig Ladung an Bord."

„Es freut mich, daß Sie es so aufnehmen. Nun also, die erste Lieferung kommt von der Zanco und ist ziemlich umfangreich. Zellulogische Ausrüstung, um ein Krankenhaus einzurichten."

„He, das ist gut. Vielleicht kann mal jemand diese Geschlechtskrankheit behandeln, die dort unten grassiert. Zwei meiner Männer haben sich schon angesteckt! Die blöden (piep)."

„Etwas später wird eine zweite, kleinere Lieferung von der gleichen Firma eintreffen, die noch überprüft wird. Sie enthält sehr empfindliches Material, also achten Sie darauf, daß man es nicht achtlos herumstößt."

„Achtlos herumstößt", echote Bolz, während er eifrig mitschrieb.

„Haben Sie einen bleiversiegelten Laderaum, um radioaktives Material an Bord zu nehmen?“

„Ja, haben wir. Es wird doch nicht explodieren, oder?“

„Nur, wenn man die Kisten öffnet“, sagte ich. „Weil sie so sicherheitsempfindlich sind, habe ich sie gleich selbst mitgebracht. Könnten Sie wohl einen Offizier rufen, der sie jetzt sofort verstaut, und den Laderaum hinterher verschließen?“

Nun, kein Problem. Er müsse sich nur beeilen, bevor alle von Bord gegangen seien. Er drückte verschiedene Summer und hatte mit Skes Hilfe bald neun „radioaktive“ Kisten im Bauch des Schiffes untergebracht. Ich drehte den Schlüssel herum, zog ihn ab und steckte ihn ein.

Bolz begleitete mich zur Luftschleuse. „He, wie sollen wir die Kisten entladen, wenn Sie den Schlüssel haben?“

Ich grinste ihn an. Ich fühlte mich großartig. „Ich werde dort sein, wenn Sie auf der Erde landen, Kapitän. Ich werde dieses Unternehmen von Blito-P3 aus leiten.“

Er hieb mir mit einer seiner Pranken auf den Rücken, daß ich kaum noch Atem holen konnte. „Das nenne ich eine gute Neuigkeit! Dann können Sie die hiesigen Lieferscheine gleich beim Beladen abstempeln! Wir sehen uns also auf dem Zielobjekt!“

„Ich werde eine Flasche Scotch für Sie bereithalten“, versprach ich ihm.

„Warten Sie.“ Er hielt verwundert inne. „Wie wollen Sie vor mir dort sein? Die alte *Blixo* ist zwar kein Renner, aber vor mir geht nichts dorthin ab.“

Durch eine Lücke zwischen den anderen Schiffen war der *Schlepper Eins* zu sehen. Er fiel auf, weil all diese Arbeitsgruppen auf ihm herumkletterten.

Bolz starrte hinüber. „Ich kann es nicht erkennen. Was ist es für eins? Sieht aus wie ein Flotten ... Oh, Götter, ist das einer dieser Schlepper mit War-Werde-Antrieb? He, Offizier Gris, wissen Sie nicht, daß einer von ihnen explodiert ist? Ich dachte, man hätte alle leichten Schiffe mit diesem War-Werde-Antrieb aus dem Verkehr gezogen. Tja, Offizier Gris, ich weiß nicht, ob Sie wirklich mein Empfangskomitee sein werden.“ Dazu deutete er mit beiden Händen eine Explosion an.

Das war nicht gerade die Art von Vorstellung, die ich zu vertiefen gedachte. Also stieg ich, nach dem Versprechen, vorsichtig zu sein, und den besten Wünschen für Bolz' eigenen Flug, die Leiter hinunter.

Ich hatte furchtbar viel zu tun. Tatsächlich hatte ich mir für diesen Tag den gefährlichsten Teil meines Plans vorgenommen. Den Punkt, an dem sich alles entscheiden würde: Sieg oder Niederlage. Meine Gedanken waren voll auf das Problem ausgerichtet, wie die Wanzen insgeheim in Hellers Körper gelangen konnten.

Als ich abflog, stand Bolz immer noch in der Luftschleuse und schüttelte den Kopf.

Kapitel 3

Wir zischten auf zehntausend Fuß Höhe. Mein Fahrer beklagte sich, er hätte seinen Rücken überanstrengt, und kratzte an seinen Händen herum. Ich hatte ihm die Vergnügungsstadt als Ziel angegeben und wollte auf dem Weg dorthin eine neue Maske auflegen, aber Ske ließ die Hände vom Steuerknüppel, um das Blut aus den Schnitten zu saugen, die ihm die scharfen Kanten der Goldkisten beigebracht hatten. Ich bekam etwas Puder ins Auge und fuhr ihn an.

„Schweben!“ befahl ich und fügte einige Kraftworte hinzu.

Er gehorchte, und ich war in der Lage, meine Maske zu vollenden. Mit etwas gelber Flüssigkeit und hellgelbem Puder als Mattierung gab ich meiner Haut das Aussehen der Oberklasse von Flisten. Eine Hautraffung an den Schläfen schrägte die Augen an, und pechschwarze Farbwandler veränderten ihren Ausdruck ins Unheimliche. Ich war sehr zufrieden damit. Schließlich stülpte ich mir eine kurz geschnittene schwarze Perücke über den Kopf und schwärzte die an den Seiten hervorstehenden Haare. Wunderbar!

Danach streifte ich meine Versorgungsdienstuniform ab und zog die cremefarbene des Armeenachrichtendienstes an, legte die Rangkette um, stieg in die gelben Stiefel mit den spitzen Absätzen und setzte die flache Mütze auf. Dann steckte ich noch meine eigene Brieftasche und die Identokarte von Timp Snahp ein, und fertig war ich.

Ich bewunderte mich im Spiegel. Was für ein flotter und ansehnlicher Aristokrat! Timp Snahp, Dienstgrad XIII, Wunderwaffe des Armeenachrichtendienstes von Flisten! Wie die Mädchen ihm nachlaufen mußten! Und wie die kriminellen Elemente in der Armee kuschen und der Feind zittern mußte unter diesem finsteren Blick!

„Wollen Sie sich irgendwo erschießen lassen?“ fragte mein Fahrer hoffnungsvoll.

„Vergnügungsstadt“, sagte ich einfach. „Zu den besten Bars. Im Norden.“

„Die Armeeoffiziere hängen um diese Tageszeit im Schund-Klub herum“, informierte mich mein Fahrer. „Und der liegt im Süden.“

Ich ging nicht darauf ein. Trotzdem, seine Einmischungsversuche wurden langsam lästig. Ich packte den Zivilanzug in einen kleinen Beutel und bewaffnete mich. Im übrigen hatte er recht.

Wir landeten einen Block vom Schund-Klub entfernt. „Sie können irgendwo Ihren Reichtum verprassen“, sagte ich meinem Fahrer. „Ich werde Sie vor morgen früh bei Tagesanbruch nicht mehr brauchen.“

„Reichtum?“ murrte er. „Ich schulde diese zehn Einheiten Offizier Heller!“

Er ließ sich nicht abwimmeln. Also befahl ich ihm mit strenger Stimme, sich davonzumachen. Es war eine Erleichterung, von seiner Gesellschaft befreit zu sein.

Ich prüfte meine Waffen. Ich hatte einen Klingenwerfer im Halfter. Die Dinger sehen zwar wie Militärwaffen aus, sind es aber nicht. Sie verschießen flache Metalldreiecke, die das Ziel praktisch in Stücke zerlegen. Mein Exemplar war ein Erinnerungsstück an meine frühen Tage beim Apparatus; ich hatte es einem Toten abgenommen. Daneben hatte ich zwei 800-Kilovolt-Exploder. Aber ich hatte nicht die Absicht, sie zu benutzen: Sie verursachen einen Lärm, daß man denken könnte, ein Krieg sei ausgebrochen. Und schließlich steckte in der Nackenscheide noch das Stilett der Messerstecher-Abteilung. Stille war die Parole des Tages!

Gutgelaunt ging ich an den Resten der Feiern des vergangenen Abends vorbei den Block entlang. Vor mir hockte in einiger Entfernung der Schund-Klub. In Wirklichkeit heißt er natürlich anders, nämlich *Spiel-Klub der Bodenstreitkräfte*. Er wird jedoch nicht von der Armee geführt, da die oberen Ränge des Amts für Armeeangelegenheiten nie dulden könnten, was dort vorgeht: Sie tun es selbst, aber es offiziell zuzugeben, das geht ihnen über die Hutschnur.

Es ist ein rund fünfzehn Stockwerke hohes Gebäude über zwanzig Morgen bebautem Grund. Auf seiner Fassade schießen zwei Exploderkanonen ständig mit Flammen aufeinander, auf denen ganz entspannt ein nacktes Mädchen mit einer Generalsmütze auf dem Kopf ruht. Die Armee ist eben reichlich kindisch.

Ich trat ein und hoffte, daß mein Kostüm geheimnisvoll genug aussah für die Rolle eines Offiziers des Armeenachrichtendienstes. Ich habe nie verstanden, warum diese Einheit in cremefarbene Uniformen gesteckt worden ist. Der Rest der Armee trägt Schokoladenbraun.

Die Vorhalle des Klubs macht einen ganz respektablen Eindruck, ebenso die beiden anschließenden Speisesalons. Erst der dritte Raum macht einem klar, warum man seine Schwester nicht mitgebracht hat und auch niemals dorthin mitnehmen wird. An den Wänden laufen auf halber Höhe Glasgänge entlang, in denen Mädchen paradieren. Es sind keine Tänzerinnen, obwohl manche von ihnen die eine oder andere Winzigkeit auf dem Leib tragen. Es sind die Frauen, die im Augenblick keine Verabredung in den Schlafzimmern in den oberen Etagen haben und nun in den Glasgängen herumschlendern und darauf warten, daß einer der Gäste sie mit einem der ausliegenden Lichtstrahlgewehre erbeutet. Dann gehen sie mit dem Meisterschützen hinauf, wo er eine weitere Probe seiner Schießkunst ablegt.

Der vierte Raum unterscheidet sich von dem vorhergehenden nur dadurch, daß dort Tiere paradieren. Auch sie können „erlegt" werden wie nebenan die Frauen. Die Armee ist so häufig im Feld und von zu Hause fort, daß sich in ihren Reihen leicht absonderliche Vorlieben entwickeln können.

Ich wanderte, so lässig wie möglich, herum und hielt nach einem bestimmten Kragenspiegel Ausschau, möglichst in dem Rang, den ich mir zugelegt hatte, oder einem niedrigeren. Aber bisher hatte ich noch kein Glück gehabt. Es war früher Nachmittag, und der Klub war alles andere als überfüllt. Die meisten der verstreuten Grüppchen unterhielten sich und tranken nebenbei einen Schluck.

Ich ging weiter in den Spielsalon und danach in den Superspielsalon. Es war noch zu früh am Tag, als daß die Mädchen auf den Drehscheiben gelegen hätten. Wenn das Spiel in Gang ist, liegen sie mit gespreizten Gliedern auf den Scheiben und drehen sich, während ein Spieler mit simulierten Handgranaten aus Stoff nach ihnen wirft. Wenn eine Granate eine ihrer Brüste trifft, „explodiert" sie: Das Mädchen beginnt am ganzen Körper zu strahlen, und eine Fontäne aus Münzen ergießt sich aus ihrer (piep). Wenigstens heißt es, daß es so sein soll. Aber das Mädchen kann die Drehscheibe manipulieren und ihre Brüste bewegen. Ich habe einmal stundenlang gespielt, ohne einen einzigen Treffer zu landen.*

Ich wurde langsam unruhig. Ich war durch sechzehn Räume gekommen, ohne auch nur einen Kragenspiegel von *der* Art entdeckt zu haben, die ich suchte. Vielleicht waren sich Nachschuboffiziere zu gut für diesen Klub!

Ich kehrte in den Bunker-Raum zurück. Dort können sich die abgetakelten Haudegen in stilechter Umgebung vergnügen. Der Raum soll einen stählernen Feldbunker vorstellen, einschließlich der Attrappe eines Feldkommunikators, der in Wirklichkeit Tup ausschenkt. Die Tische in den Nischen sind echten Feldtischen nachgebildet. Und um die Illusion vollständig zu machen, ist das Ganze in trübe flackerndes Licht gehüllt.

Ich wollte gerade nach nebenan in das vorgebliche Lazarett hinübergehen, in dem man Blut-Mixturen kredenzt und die Servierinnen wie halbnackte Krankenschwestern gekleidet sind, und war schon im Durchgang angelangt, als mein sechster Sinn mir riet, mich noch einmal umzusehen.

Ich tat es, den Göttern sei Dank! Denn dort an der gegen-

* *Um der Genauigkeit willen muß ergänzt werden, daß das Spiel „Mädchen auf der Scheibe", in der Armee „Schieß die Dame ab" genannt, nicht mit einer lebendigen Frau gespielt wird, sondern mit einer elektronischen dreidimensionalen Illusion. Es entspricht nicht der Wahrheit, daß der Betreiber die Brüste des Mädchens mittels eines der gebräuchlichen Schlachtfeldantizipatoren, eines Schaltkreises also, der die Flugkurve der Granate vorausberechnet, so bewegt, daß sie nicht getroffen werden können. (Diese Anmerkung wurde auf Verlangen des Besitzers des Spiel-Klubs der Bodenstreitkräfte eingerückt, der eine Verleumdungsklage gegen den Verlag einzureichen drohte, falls dieser Punkt nicht klargestellt werde. — Der Verlag.)*

überliegenden Wand entdeckte ich die gewünschten Kragenspiegel! Die geballte Faust der Nachschubeinheiten!

Ihr Träger war über einen der Tische gesackt und hatte dabei sein Getränk verschüttet. Er schien selig entschlummert zu sein.

Ich ging gleichsam auf Zehenspitzen zu ihm hinüber, so als wollte ich nicht, daß er aufwachte. Seine schokoladenbraune Uniform war verrutscht, so daß ich sein Rangabzeichen nicht sehen konnte. Ich mußte ihn ein wenig drehen, um die Kette hervorziehen zu können. Aha, Dienstrang XII! Einem Kommandeur über zehntausend Mann gleichgestellt. Aber natürlich kommandiert der Nachschub keine Truppen.

Die Zehenspitzen waren überflüssig gewesen. Er schnarchte betrunken vor sich hin! Ich hatte gerade angefangen, seine Taschen zu durchsuchen, als eine der Serviererinnen — in dem im Bunker-Raum üblichen Kostüm eines Meldefahrers ohne Hosen — an den Tisch kam, um nach meinem Wunsch zu fragen. Ich bestellte klares Sprudelwasser für mich. Dann fügte ich hinzu: „Und bringen Sie einen übergroßen Behälter mit doppelt starkem Muntermacher für meinen Freund hier."

„Es wurde aber auch Zeit, daß jemand auftaucht", sagte das Mädchen. „Er ist schon seit dem frühen Morgen hier. Ihr solltet euch wirklich besser um eure Freunde kümmern." Damit drehte sie sich etwas ungehalten um und ging.

Ich filzte meinen neuen Freund zu Ende. Seine Identokarte wies ihn als Oberst Rajabah Stinkens von der Nachschubeinheit der Voltar-Nahkämpfer aus. Ausgezeichnet! Er würde kaum etwas über Flisten wissen. Seine Haut war weiß wie Gebirgsschnee.

Er war ein bulliger Mann mit deutlicher Neigung zum Fettansatz. Und offenbar konnte nichts seinen Schlaf stören, also filzte ich ihn noch einmal, und diesmal richtig. Ich fand ein frisch ausgefertigtes Scheidungsdokument und die Bilder von fünf Kindern. Deshalb also das Besäufnis. Es war nicht schwer zu erraten, besonders mit meinen Kenntnissen in der Erdenpsychologie. Er hatte seinen Kummer ertränkt.

Das Mädchen brachte das Bestellte, und ich stempelte den Scheck mit Rajabahs Identokarte. Sie runzelte die Stirn, bis ich ihr einen Fünferschein aus Rajabahs Brieftasche aufs Tablett geknallt hatte. „Es ist sein Besäufnis", erklärte ich. „Also kann er auch für die Folgen zahlen. Wir waren zusammen in der Schule. Er war schon immer ein Säufer."

„Wer'sch schon immer ein Säufer?" brabbelte er. Er war aufgewacht. „Dasch isch gemein! Isch bin kein Schäufer!"

Das Mädchen hielt es für einen guten Witz und rauschte hosenlos von dannen.

Ich hielt ihm den Muntermacher vor die Nase. „Oberst, Sie müssen nüchtern werden. Ein Mann läßt sich von den Mißgeschicken des Lebens nicht umschmeißen! Sie gehören nun einmal dazu. Man kann doch nicht ..."

„Wer hat denn hier ein Mischgeschick?" fiel er mir ins Wort.

„Nun, Sie. Seinen Kummer zu ertränken ..."

„Wer ertränkt denn scheinen Kummer? Isch feieire! Isch bin die (piep) alte Hexe und ihre *schrecklische* Brut endlisch losch. Isch feieire scheit schwei Tagen, juheiiii!"

Oh, nun, niemand kann mit seiner Diagnose immer ins Schwarze treffen. Aber welchen Grund er auch haben mochte, ich mußte diesen Nachschuboberst in Form bringen. Die Bestform mußte es nicht unbedingt sein. Er würde die Nacht nicht überleben.

Und so setzte ich meine Erdenpsychologie, den Muntermacher und Ernüchterungspillen ein, um meine Beute reif zu machen zum Schlachten. Mein Glück hielt weiterhin an.

Kapitel 4

Es war nur meinem Endziel zu verdanken, daß ich so hart daran arbeitete, diesen betrunkenen Oberst zu ernüchtern. Heller mußte verwanzt werden, und zwar auf eine Weise, daß weder er noch sonst irgend jemand es argwöhnen würde und niemand anders dazwischenfunken konnte. Aber so, wie ich bei der Bearbeitung des Obersts in Schweiß geriet, fragte ich mich, ob es die Sache wert war. Vier Stunden waren schon vergangen!

Der Oberst schien einem ähnlichen Gedankengang gefolgt zu sein. Während ich ihm ein feuchtes Tuch auf die Stirn drückte, ihn auf dem Stuhl hielt und gleichzeitig versuchte, ihm eine weitere Ernüchterungspille in den Mund zu stecken, fragte er mich: „Warum tun Sie das alles?"

Ah, er kam langsam zu sich. „Zum Besten der Armee", antwortete ich.

„Ich habe aber keinen Narren aus mir gemacht", protestierte er.

„Nein, nein", beeilte ich mich, ihm beizupflichten, und entschloß mich, die Gelegenheit beim Schopf zu ergreifen. „Der Armeenachrichtendienst auf Flisten steckt mitten in einem schwierigen Fall. Und uns wurde gesagt, Sie seien der diskreteste und zuverlässigste Nachschuboffizier der Streitkräfte."

Er sah mich starr an. „*Das* hat noch niemand von mir gesagt."

„Nun, dann ist es Zeit, daß die Wahrheit ans Tageslicht kommt", meinte ich und schickte gleichzeitig ein Stoßgebet zum Himmel, er möge *diese* Katastrophe verhindern.

Mein Opfer staunte eine Weile schweigend vor sich hin. Dann

fragte es: „Ohne (piep)? Das hat wirklich jemand gesagt?"

„Das Datenpult. Und das irrt sich nie", antwortete ich.

Er reckte den Kopf. „Das ist wahr", bestätigte er.

„Auf Flisten", fuhr ich fort, „sind einige der geheimsten und sicherheitsempfindlichsten Überwachungsgeräte entwendet worden. Ein schweres Verbrechen. Es berührt die Sicherheit des Staates. Sogar den Imperator selbst." Ich vergewisserte mich mit einem verstohlenen Blick durch den Raum, daß wir nicht beobachtet wurden.

Das Ergebnis wurde leicht gestört durch den Eindruck, daß wir tatsächlich beobachtet *wurden*. Da war eine schattenhafte Gestalt im Durchgang zum Lazarett-Raum gewesen, die blitzartig aus meinem Blickfeld verschwand, als ich mich umsah. Oh, nun, vermutlich nur irgendein Saufbruder. Der Klub war voll von ihnen. Ich wandte mich wieder meinem Plan zu.

Langsam schob ich dem Oberst meine geschlossene Hand unter die Nase und öffnete sie. Sein Blick erfaßte die Identokarte des Armeenachrichtendienstes für Timp Snahp.

„Oh, ich weiß, daß Sie beim Nachrichtendienst sind", erklärte er. „Ihre Uniform, wissen Sie."

„Ich möchte nur, daß Sie es genau wissen. Denn was ich Ihnen mitteilen werde, darf niemand sonst erfahren. Geben Sie mir Ihr Wort, daß Sie es für sich behalten werden?"

„Darum brauchen Sie mich nicht erst zu bitten", erwiderte er ein bißchen verschnupft.

„Gut. Wir verstehen uns also. Ich weiß Ihr Versprechen, daß Sie mir helfen wollen, zu schätzen."

„Mach' ich doch gerne", sagte er. Ich fragte mich, ob er wirklich nüchtern geworden war. Es machte zwar den Anschein. Aber bei Armeeoffizieren kann man nie wissen.

„Nun!" sagte ich sachlich. „Kommen wir zum Geschäft." Ich beugte mich zu ihm und sprach sehr leise. „Diese Überwachungsgeräte wurden also gestohlen. Die neuesten Entwicklungen. Und" — ich beugte mich noch weiter zu ihm und betonte jedes Wort — „wir haben Grund zu der Annahme, daß der Dieb von dem Wanzenhersteller angeheuert wurde!" Das verblüffte ihn. „Nur dort wußte man von diesen Geräten. Wir glauben" — ich tippte auf sein Revers —, „daß der Hersteller sie auf Flisten stehlen ließ, um sie auf Voltar noch einmal zu verkaufen!“

„Nein!“

„Ja! Ein geschickter Dreh, um einen doppelten Profit einzustreichen.“

„(Piep) *Kerle!*“

„Nun können supergeheime Wanzen, wie Sie wissen, nur an berechtigte Nachschuboffiziere und Einkäufer der Streitkräfte verkauft werden. Und diejenigen, um die es hier geht, waren exklusive Armeemodelle, können also nur an die Armee verkauft werden.“

„Oh, das ist mir bekannt.“

„Wir werden also folgendes tun. Sie werden vorgeben, an dem Kauf interessiert zu sein ...“

„Oh, das kann ich nicht machen. Ich habe meine Einkaufsbücher nicht bei mir.“

„Sie haben mir Ihr Wort gegeben.“

Er sackte ein wenig zusammen. „Das habe ich.“

„Gut. Sie verhalten sich sehr patriotisch. Das Datenpult hatte recht.“ Das half, und ich fuhr fort: „Sie brauchen nicht das geringste zu kaufen. Ich möchte nur, daß sie die Wanzen inspizieren, so als wollten Sie das Geschäft abschließen. Dabei werde ich mir unbemerkt die Stücknummern ansehen und sie mit den Nummern der gestohlenen Güter vergleichen. Und wenn sich unsere Annahme bestätigt, gehen wir einfach, und ich werde meine Vorgesetzten vom Armeenachrichtendienst anrufen, damit sie eine Razzia einleiten und die ganze Angelegenheit bereinigen.“ Er schien zu zögern. „Es wird sich gut in Ihrer jetzt schon reichhaltigen Akte machen. Eine ehrenvolle Erwähnung ...“ Ich glaube, sie setzen die lobenden Erwähnungen sogar auf Grabsteine, fügte ich im stillen hinzu.

Beim Nachschub hat man nicht oft Gelegenheit, ehrenvoll oder sonstwie erwähnt zu werden. Litzen auf der Uniformbrust eines Nachschuboffiziers sind eine absolute Rarität. Das gab den Ausschlag.

„Ich lasse Sie jetzt einen Augenblick allein“, sagte ich in seinen Freudentaumel hinein, „um einen Anruf zu erledigen. Ich bin gleich zurück.“

Ich ging zu einer Kommunikatornische, steckte die Identokarte des Obersts in den Schlitz und wählte eine Nummer, die ich vorher sorgfältig ausgewählt hatte. Es war die einer kleinen Firma für elektronische Spezialgeräte, die sich selbst bombastisch DIE AUGEN UND OHREN VON VOLTAR nannte. Niemand antwortete. Ich blickte auf meine Uhr. Die Ausnüchterung des Obersts hatte so lange gedauert, daß die Geschäftszeit vorüber war. Aber ich war auch darauf vorbereitet. Ich hatte mir vorsorglich die Privatnummer des Besitzers notiert. Wiederum mit der Identokarte des Obersts, konnte ich ihn zu Hause erreichen.

„Es tut mir leid. Das Geschäft ist geschlossen", sagte er.

„Auch für einen möglichen Millionenauftrag?" fragte ich.

Er drückte die Taste, mit der er die Identokarte des Anrufers überprüfen konnte, und atmete einmal tief durch. „Ich werde meinen gesamten Verkaufsstab hinbestellen ..."

„Nein, nein!" unterbrach ich ihn. „Die Geräte, an denen wir interessiert sind, gehören zu den geheimsten, die Sie anbieten. Wir wollen nicht, daß irgend jemand erfährt, daß wir eine derartige Menge von ihnen geordert haben. Tun Sie uns den Gefallen, allein zu kommen. Nur so kann die Geheimhaltung gewährleistet werden!"

„Ist Ihnen 19.30 Uhr recht?"

Bis dahin würde es dunkel sein. Sehr schön. „Machen Sie kein Licht", bat ich ihn. „In der Stadt sind Agenten von Calabar gesichtet worden. Aber haben Sie keine Angst. Ich werde einen bewaffneten Leibwächter mitbringen, der sich als Technikexperte ausgeben wird."

Das ginge in Ordnung, meinte er, also unterbrach ich die Leitung.

Bevor ich zum Tisch zurückging, vergewisserte ich mich noch, daß der Oberst ein privates Flugmobil vor dem Klub zu stehen hatte. Als ich wieder in den Bunker-Raum kam, präsentierte die hosenlose Serviererin gerade die Rechnung, und der Oberst kramte aufgeregt in seinen Taschen, natürlich ohne seine Identokarte finden zu können. „Ich habe meine Identokarte verloren!"

Wendigkeit ist die Grundtugend eines geübten Apparatus-Agenten. Ich kniete mich auf den Boden und fuhrwerkte mit der

Identokarte in der Hand zu seinen Füßen herum, wo außer ausgedienten Kühltüchern nicht viel zu finden war. Schließlich streckte ich den Arm hoch und warf die Karte auf den Tisch.

„Sie sollten vorsichtiger mit ihr umgehen", sagte ich, nachdem ich mich erhoben hatte. „Eine Identokarte sollte man nicht verlieren!"

Er griff dankbar nach ihr und stempelte die Rechnung ab. „Einen Augenblick habe ich schon gedacht, wir müßten Ihre benutzen!" sagte er lachend.

Das hätte gerade noch gefehlt! Ich stand kurz davor, zwei Morde zu begehen. Eine Spur von mir in diesem Klub war das letzte, was ich brauchte! Nein, danke! Ich gab der Serviererin sogar einen Fünfer als Trinkgeld — vom Geld des Obersts, versteht sich.

Wir hatten nicht mehr viel Zeit, und ich mußte ihn regelrecht vorwärtstreiben. Dann waren wir endlich draußen, und sein Flugmobil zischte heran. Er hatte einen Fahrer! Mit einem Fahrer hatte ich nicht gerechnet. Dieser hier sah so hart aus, daß er sich vermutlich mit einem Exploder rasieren mußte. Eine Komplikation! Ich hatte gedacht, daß ein *privates* Flugmobil ohne Fahrer auskam. Aber so ist das nun einmal bei der Armee. Überall Personalverschwendung, darunter tut sie es nicht. Lombars Pläne für das Gesindel der Elendsviertel würden dieser Übervölkerung ein Ende bereiten!

Als wir abflogen, sagte der Oberst: „Werden die Leute nicht mißtrauisch werden, wenn Sie dort in Uniform auftauchen?"

Genau darauf hatte ich gewartet. Ich war in dieser geschmacklosen Uniform nicht nur deshalb für alle sichtbar aus dem Klub stolziert, damit man sich bei einer eventuellen Untersuchung an sie erinnern würde.

„Das habe ich bereits bedacht. Mit Ihrer Erlaubnis." Ich zog mich weiter in den großzügig bemessenen Fond des Flugmobils zurück. „Schalten Sie bitte die Innenbeleuchtung aus. Wir befolgen beim Armeenachrichtendienst gewisse Prinzipien."

In der Dunkelheit befreite ich mich von der Cremefarbe des Armeenachrichtendienstes und zog statt dessen den zivilen Einteiler an, verstaute die Waffen in ihm und setzte eine Brille auf, wie man sie von einem Wissenschaftler oder Techniker erwarten mochte. Dann signalisierte ich, daß die Innenbeleuchtung wieder eingeschaltet werden konnte.

„Meine Güte, was für eine Veränderung!“ sagte der Oberst voller Bewunderung. Der (piep) Dummkopf! Meine Maske war unverändert, nur die Brille war hinzugekommen.

„Die Diebe könnten in Panik geraten“, sagte ich. „Ist Ihr Fahrer bewaffnet?“

Mann, das war einmal etwas anderes als der übliche Nachschuballtag! Aufregend! Der Fahrer klopfte auf sein Halfter, aber ich bestand darauf nachzusehen, ob der Exploder funktionsbereit war. Als ich ihn in der Hand hatte, öffnete ich ihn, überprüfte die Ladung und verbog, während ich ihn zudrückte, heimlich die Feuerelektrode, so daß sie keine Verbindung herstellen konnte.

„Alles in Ordnung“, sagte ich, als ich ihn dem Fahrer wiedergab.

Es war eine ziemliche Strecke zur Geschäftsstadt, und ich befürchtete, zu spät zu kommen. Doch endlich tauchten die kleine Fabrik und die dazugehörige Lagerhalle unter uns auf, und der Fahrer sauste hinunter und parkte im Schatten der Gebäude.

Kapitel 5

Der Besitzer öffnete uns die Hintertür und ließ uns ein. Ich sprach im stillen einen Segen für ihn: Er war allein, ein drahtiger älterer Mann, der sich so heftig die Hände rieb, daß ich dachte, er würde sich die Haut abrubbeln.

Der Raum, den wir betraten, war Lager, Verkaufsausstellung und Kasse in einem. Man braucht nicht viel Platz für Wanzen.

„Oberst", sagte er, „ich bin Spurk, der Besitzer der Augen und Ohren von Voltar. Es freut mich, Ihnen zu Diensten sein zu können. Aber, wie Sie wissen, dürfen wir die wirklich geheimen Geräte nur an die Armee liefern ..."

Der Oberst zeigte ihm seine Identokarte, und ich ließ ihn einen kurzen Blick auf die auf Professor Gyrant Slahb ausgestellte Karte werfen. So, jetzt konnte es losgehen!

Ich sagte ihm, daß wir an den neuesten im Kopf zu installierenden Modellen interessiert seien. Er ignorierte die Ausstellungsstücke. In den Regalen lagen nur die gewöhnlichen Wanzen, wie sie von Frauen, die ihre Männer bespitzeln wollen, oder der Heimatpolizei bei der Aushorchung ihrer Vorgesetzten benutzt werden. Spurk war daran vorbei zu einer großen Tresortür gegangen, hinter der offenbar die wirklichen Bonbons aufbewahrt wurden, und stellte sorgfältig die Kombination ein.

„Sie haben Glück! Wir haben gerade einige herausragende Geräte entwickelt", sagte er. „Sie haben im Versuchsstadium und bei den Tests ausgezeichnete Ergebnisse geliefert. Es scheint fast, als hätten Sie geahnt, daß wir sie demnächst der Armee anbieten wollten."

Oh, mein Glück hielt wirklich an! Ich hatte vor Monaten gerüchteweise davon gehört, und es stimmte!

Spurk hatte einen kleinen Kasten auf den Verkaufstisch gestellt. Es war einer von der Art, in denen man sonst Diamanten deponiert, mit weicher Innenpolsterung. Spurk nahm eine Pinzette von einem anderen Tisch, öffnete den Kasten und holte die Wanze hervor, als handelte es sich um einen Edelstein.

„Das ist die neueste. Die alten mußten in Kontakt mit dem Sehnerv gebracht werden. Diese hier arbeitet induktiv. Sie muß nur in einen Knochen eingebettet werden, der nicht weiter als zwei Zoll vom Sehnerv entfernt ist, und bietet trotzdem die besten Bilder."

„Ich verstehe nicht ganz", sagte der Oberst, seiner Rolle gemäß.

Ich nahm eine Lupe und tat so, als würde ich nach der Nummer auf dem Winzling schauen. Dann blinzelte ich dem Oberst verstohlen zu und nickte leicht. Zahlen? Das Ding war kleiner als die kleinsten Zahlen.

„Es ist ein Respondomitter", erklärte Spurk, „der von einer externen Quelle durch ein völlig neues, unerkennbares Signal aktiviert wird. Dieses Gerät hier" — er tippte auf einen Kasten, den er noch nicht geöffnet hatte — „sendet ein kontinuierliches Signal an den Respondomitter. Daraufhin springt der Respondomitter, der heimlich in eine Schläfe oder die Stirnknochen der Zielperson eingeführt wurde, an und greift, um es laienhaft auszudrücken, die elektrischen Impulse der Sehnerven auf, verstärkt sie und überträgt sie an den Empfänger." Er wies auf den Kasten.

Danach öffnete er einen anderen Kasten, der eine Art Heimschirm enthielt, nur daß er viel kleiner war. „Das Ergebnis ist, daß, was immer die Zielperson vor Augen hat, auf diesem Schirm erscheint."

„Dreidimensional?" fragte ich.

„Oh, nein, tut mir leid. Soweit sind wir noch nicht. Aber das Bild ist absolut brillant!"

„Und die Reichweite?" wollte ich wissen.

„Der Aktivator-Empfänger kann bis zu zweihundert Meilen von der Zielperson entfernt sein."

Uh! Wie sollte ich damit jemanden führen, der in den Vereinigten Staaten operierte, während ich selbst in der Türkei war? Zu weit entfernt! „Das ist zu wenig“, bemängelte ich.

„Ah, dann werden Sie den 831-Zwischensender benötigen“, sagte Spurk und klopfte auf einen weiteren Kasten. „Damit erhöht sich die Reichweite um zehntausend Meilen. Das Signal des Respondomitters wird vom Aktivator-Empfänger aufgefangen und, falls er mit dem 831-Zwischensender verbunden ist, von diesem weitergeleitet.“

Ich atmete auf. Ich hatte schon gedacht, meine Mühe wäre umsonst gewesen.

Dem Oberst zu Gefallen tat ich so, als würde ich mir die Nummern auf dem Empfänger, dem Zwischensender und dem Sichtschirm ansehen. Dann sagte ich: „Aber damit wird kein Ton erfaßt.“

„Ah“, machte Spurk und öffnete stolz ein weiteres Kästchen, um ihm mit der Pinzette ein winziges Gerät zu entnehmen, das der Wanze nicht unähnlich war. „Das ist ein ganz einfaches Gerät. Es ist ein Audio-Respondomitter, der auf Knochenresonanzen reagiert. Er kann ein oder zwei Millimeter neben dem optischen Respondomitter plaziert werden. Weiter braucht man nichts. Der Empfänger, der Zwischensender und der Sichtschirm besitzen Audiokanäle. Unsere Wissenschaftler haben an alles gedacht.“

Außer daran, wozu ein Apparatus-Offizier fähig ist, dachte ich.

Laut sagte ich: „Das heißt, wenn diese beiden Geräte in der Nähe der Schläfe oder des Auges der Zielperson implantiert sind, wird alles, was sie sieht oder hört, zu einem Punkt im Umkreis von zweihundert Meilen gesendet, von wo aus es mit Hilfe des Zwischensenders zehntausend Meilen weitergeleitet werden kann. Und die Wellen sind neuartig?“

„Unerkennbar! Und nicht zu stören! Keines der bekannten Meßgeräte wird sie registrieren. Es ist eine Superlangwelle, die als Träger für ein Seitenband dient.“

„Wie ist es mit den Gefühlen?“ fragte ich.

„Oh, tut mir leid. Daran haben unsere Wissenschaftler nicht gedacht. Aber ich werde es mir notieren. Gute Idee. Im Augenblick kann ich Ihnen leider nur Gesichts- und Gehörempfindungen anbieten.“

„Und Hypnopulsare?“ fragte ich weiter. „Sie wissen schon, die Geräte, mit denen man die Zielperson auf Knopfdruck in Trance versetzen kann.“

„Oh, tut mir leid. Wir stellen sie zwar her, habe aber keine mehr am Lager. Nicht einen.“

(Piep)! „Wie sieht es dann mit Elektroschockern aus, mit denen man die Zielperson unter Kontrolle bekommen kann?“

„Oh, die. Wir hatten einige. Eine Bestellung des Apparatus. Aber auch von ihnen ist nicht einer mehr am Lager.“

(Piep), (piep)! Aber mich hatte ich wenigstens unter Kontrolle; ich blinzelte dem Oberst heimlich zu. „Wie viele von diesen Schädelwanzen haben Sie? Wie viele komplette Sätze, meine ich?“

„Nur zwei“, antwortete Spurk. „Sie sind noch nicht in die Produktion gegangen. Aber wir können Sie Ihnen fertigmachen.“

„Zeigen Sie mir die beiden Sätze, mit allem, was dazugehört, einschließlich der Ersatzteile und Energiepakete“, forderte ich ihn auf.

Er baute sie vor mir auf. „Die Energiepakete sind problemlos. Sie arbeiten zwei Jahre, fehlerlos und bei jedem Wetter. Wir hatten bei ihrer Entwicklung die Armee im Sinn. Sie verstehen, so braucht ein Spion in Feindesland keine Berichte durchzugeben. Seine Vorgesetzten sehen und hören einfach alles mit. Anders ausgedrückt, die Nachrichtenübermittlung, bisher die Schwachstelle, die die Spione verriet, fällt flach. Man kann praktisch auf der anderen Seite eines Planeten sein und bekommt doch alles mit, was der jeweilige Spion einem zu liefern hat.“

Ich gab mir wieder den Anschein, als prüfte ich die Gerätenummern. In Wirklichkeit vergewisserte ich mich, daß alles beisammen war. Die beiden Stapel waren nicht allzu umfangreich. Es ging schließlich um Wanzen. Ich sah sie sorgfältig durch und fragte sogar noch einmal nach: „Und Sie sind sicher, daß das alles ist?“

„Absolut. Ersatzteile, Energiepakete, alles. Hier ist sogar die Installationsanleitung. Sie ist, fürchte ich, ziemlich technisch geschrieben, da sie für einen professionellen Zellulogen gedacht ist. Aber ich bin sicher, es gibt in der Armee genügend von ihnen.“ Er lachte.

Es war das letzte Lachen seines Lebens. Ich trat einen Schritt zurück, zog den Klingenwerfer und schoß ihm in die Kehle.

Der Oberst starrte verschreckt auf das hervorspritzende Blut. Er war beileibe nicht der gestählte alte Kämpe, den ich in ihm gesehen hatte. Ich hatte angenommen, er wäre klug genug, mit diesem Ausgang zu rechnen. Ich hatte einen betrügerischen Lieferanten gestellt und ihn exekutiert. Aber der Oberst hatte nicht damit gerechnet. Er griff nach seiner Waffe und wollte sie gegen mich richten!

„Was, zum Teufel, haben Sie getan?“ kreischte er.

Aber meine Sorge bezog sich auf etwas anderes. Ich durfte es nicht zulassen, daß ein Exploderschuß in der Nähe dieser empfindlichen Geräte losging. Die magnetische Druckwelle könnte sie unbrauchbar machen!

Der Oberst brachte seine Explodermündung nicht weiter als bis zu meinen Schuhen. Dann verpaßte ich auch ihm eine Klinge in die Kehle! Er stakste rückwärts und ließ die Waffe fallen, um sich mit der Hand an den Hals zu fassen.

Mein Plan war schiefgegangen. Ich hatte gedacht, der Oberst würde verstehen. Ich war ein bißchen aus der Fassung.

Dann schreckte mich das Hämmern von Stiefeln an der Hintertür auf. Ich hatte den Fahrer vergessen! Er blieb zwanzig Fuß von mir entfernt stehen, als er den sterbenden Oberst sich in seinem Blut wälzen sah, und zog seinen Exploder, zielte und versuchte den Abzug zu drücken. Aber nichts geschah.

Was für ein Idiot! Er warf den Exploder weg und zog ein Bajonett aus seinem Stiefel, um damit auf mich loszugehen. Ich feuerte und verfehlte ihn! (Piep) die Ungenauigkeit eines Klingenwerfers! Er enthielt nur noch eine Klinge!

Das Bajonett schien für einen Augenblick in der Luft zu schweben, ehe es niedersauste. Ich feuerte noch einmal und drehte mich blitzartig zur Seite. Das Bajonett fuhr zwei Zoll tief in den Fußboden, und der Fahrer stürzte vornüber. Tot!

Meine Güte, was für ein Schlachthaus! Überall Blut! Ich griff rasch nach den Kästen.

„Keine Bewegung, Gris!“

Die Stimme kam von der Tür in den Nachbarraum! Hinter einem Explodergewehr hervor!

Kapitel 6

Meine Waffe war leer. Und dieses Explodergewehr zeigte starr auf mich. Ich saß in der Falle! Mit einem Zeugen und den Leichen zu meinen Füßen!

Eine unheimliche dunkle Gestalt trat in den Verkaufsraum. „Ich habe doch gesagt, Sie werden Fehler machen, Gris."

Es war Raza Torr! Der Chef der Provokationsabteilung!

Er hob etwas hoch, das er in der linken Hand gehalten hatte. „Ich habe Bilder von der ganzen Vorstellung, Gris. Werfen Sie Ihre Waffe weg!"

Es hätte keinen Sinn gehabt, es nicht zu tun. Sie war leer.

„Sie sind so unfähig, Gris."

„Rufen Sie schon Ihre Männer herein", sagte ich.

„Oh, da sind keine Männer. Ich komme ganz gut allein mit Ihnen zurecht. Mit dieser Kamera habe ich alles aufgenommen, was Sie gerade getan haben. Sie enthält auch ein Bild von Ihrem Zusammentreffen mit der Frau vor der Praxis des Hypnotiseurs — das war, nebenbei gesagt, ziemlich geschickt von Ihnen; sie ist inzwischen hingerichtet worden. Ich habe auch Ihren Besuch bei dem Zellulogen in der Elendsstadt dokumentiert; ich zweifle im übrigen nicht daran, daß auch er in Kürze tot sein wird. Ich habe Ihr Zusammensein mit diesem dummen (piep) von einem Oberst im Schund-Klub aufgenommen. Und ich habe das ganze Schlamassel, das Sie hier angerichtet haben, — von Anfang an."

Reden ist nicht Schießen. Ich mußte ihn dazu bringen, weiterzureden. „Dann waren Sie es also, der in den Schwarzen Bergen mein Flugmobil verbrannt hat!"

„*Und* ich habe mein Falschgeld wiederbekommen, bevor Sie, Sie vernagelter Idiot, damit um sich werfen und eine Untersuchung auslösen konnten, die zu uns geführt hätte. Mit Halbheiten hätten Sie sich nicht zufriedengegeben, Gris."

„Sie haben versucht, mich dort draußen umzubringen", sagte ich vorwurfsvoll. „So etwas tut ein Apparatus-Bruderoffizier dem anderen nicht an."

„Ich wußte damals noch nicht, daß Sie eine magische Post eingerichtet haben, um diese Bilder dem Kommandeur des Todesbataillons zukommen zu lassen. Sie haben es nur diesem Dreh zu verdanken, daß Sie noch am Leben sind. ICH WILL DIE ORIGINALE, MIT ALLEN KOPIEN!"

Ich zuckte die Achseln. „Ich habe sie nicht bei mir. Sie sind in meinem Büro. Damit wir uns verstehen: Wenn ich Ihnen die Bilder übergebe, werden Sie mir im Gegenzug diese Kamera und die Aufnahmen, die sie enthält, aushändigen. Richtig?"

„Sie haben es erfaßt! Bei allen Göttern, ich habe es gründlich satt, mir darüber Sorgen zu machen. Angenommen, jemand bringt Sie um? Und Sie sind erste Wahl dafür, Gris. Also bewegen Sie sich. Wir fliegen jetzt zu Ihrem Büro."

„Wie haben Sie mich gefunden? So gut sind Sie nicht."

„Gut, daß Sie mich daran erinnern. Sie sollten besser die Wanzen aus den Kleidern, die Sie anhaben, entfernen. Ich habe sie Ihnen zugesteckt, als Sie sie ausgesucht haben. Sie sind einfach unfähig, Gris."

Wanzen stellten an diesem Ort kein Problem dar. Sie lagen überall auf den Regalen herum. Er hatte auch etwas übersehen.

„Schließen wir einen Handel ab", schlug ich ihm vor. „Sie helfen mir hier beim Aufräumen, und dann fliegen wir zu meinem Büro und tauschen unsere Bilder aus. Sie wollen doch sicher keine Spuren zurücklassen."

„Das stimmt", pflichtete er mir bei.

„Sie haben ein gestohlenes Flugmobil draußen. Richtig?" fragte ich, und er nickte. Also fuhr ich fort: „Gehen wir einen Waffenstillstand ein. Sie helfen mir, und danach fliegen wir zu mir. Sie haben mein Wort, was den Austausch betrifft."

Das schien ihn zu besänftigen. Ich wühlte in der Leiche des Obersts, um die Klinge herauszuholen. Unappetitlich. Dann drehte ich den Fahrer auf den Rücken und zog ihm ebenfalls die Klinge aus der Kehle. Sehr unappetitlich. Danach kam die Klinge in Spurks Hals dran. Sehr, sehr unappetitlich.

„Sie sehen aus wie ein Fleischer!" bemerkte Raza Torr. „Sie haben überall Blut an den Kleidern und den Händen." Man sollte nicht meinen, wer dort über Blut sprach: der Chef der Provokationsabteilung!

Ich brauchte zwei Minuten, bis ich die Klinge gefunden hatte, die an dem Fahrer vorbeigezischt war. Sie hatte sich in den Rahmen der Hintertür gebohrt und war nur noch als kleiner Silbersplitter zu sehen. Ich mußte eine Elektrozange einsetzen, um sie aus dem Holz zu ziehen.

Ich wandte mich der Bar-Kasse zu. Sie enthielt nur ein paar Münzen. Ich steckte sie ein und warf den Schubkasten mit der Unterseite nach oben auf den Fußboden. Dann nahm ich eine Kiste von einem der Regale und verstaute mit fast zärtlicher Sorgfalt die beiden Überwachungsanlagen darin. Als sie fest verschlossen war, kennzeichnete ich sie mit einem *X* und trug sie, mit Raza Torr als Eskorte, vorsichtig zu seinem gestohlenen Flugmobil hinaus.

Danach ging ich wieder hinein, suchte mir noch einige Kisten zusammen und räumte den Tresor aus. Ich wußte nicht, was ich da verpackte, und nahm mir natürlich nicht die Zeit, die Bedienungsanleitungen zu lesen. Wen kümmerte es schon, was für hochentwickelte Geräte ich mitgehen ließ. Es mußte nur so aussehen wie ein Großraub.

Ich brachte sogar Raza Torr dazu, einige der Kisten in den Fond des gestohlenen Flugmobils zu tragen. Er wurde ziemlich voll. Doch die schwerste Arbeit für ihn kam erst noch, denn nun waren die Leichen wegzuschaffen. Wir schleppten zuerst den Oberst und dann seinen Fahrer in dessen Flugmobil, den einen auf die Rückbank und den anderen hinter den Steuerknüppel.

Dann zog ich einen Exploder, entsicherte ihn, so daß er bei der ersten Erschütterung losgehen mußte, und drückte ihn dem Oberst in die kühler werdende Hand. Der Autopilot wollte nicht gleich, aber schließlich hatte ich ihn eingestellt und startete den Antrieb. Wie von Geisterhand gesteuert, hob das Flugmobil ab und flog höher und höher in den Himmel, wahrscheinlich Richtung

Elendsstadt. In einer Stunde etwa würde der Brennstoff ausgehen, oder es würde mit einem anderen Flugmobil zusammenstoßen.

Ich wandte mich der Fabrik zu und suchte einen Kanister mit Reinigungsalkohol, schüttete ihn über den Verkaufstischen und um Spurks Leiche herum aus und warf einen Entzünder hinein. Sofort schoß ein prasselndes Feuer hoch.

„Machen wir, daß wir hier wegkommen!" sagte Raza Torr, die Finger um seine Kamera geklammert.

Wir stiegen in das gestohlene Flugmobil.

„Ich muß zurücknehmen, was ich vorhin gesagt habe", erklärte er, während er die Kamera beiseite legte. „Sie sind wirklich gründlich!"

„Das bin ich wohl", bestätigte ich und versenkte zehn Zoll Messerstecher-Stahl in seinem Rücken.

Die Flammen züngelten inzwischen aus dem Gebäude hervor, und in der Ferne erklang eine Feueralarmsirene. Ich schob Raza Torrs Leiche zur Seite und glitt hinter den Steuerknüppel. Das Flugmobil surrte in den Abendhimmel und verlor sich bald im Verkehrsstrom.

Ich flog hinüber zum Wiel und ließ das Flugmobil schweben, um das Stilett aus der Leiche zu ziehen und zu reinigen. Danach stieß ich Raza Torrs sterbliche Hülle, fast genau über der Provokationsabteilung, hinaus. Zu schade, daß mir seine ehemalige Abteilung nicht mehr zur Verfügung stand, aber ich würde bald weit weg sein.

Dabei fiel mir ein, daß ich die Bilder, auf denen festgehalten war, wie Raza Torr seine Geliebte ermordete, an den Kommandeur des Todesbataillons schicken könnte. Welch poetische Pointe. Oder besser an die Nachrichtenblätter? Nein, lieber nicht. Tote sollte man nicht wieder ausgraben. Man kann auch übergeschickt sein.

Ich flog zu meinem Büro. Zu dieser Zeit war niemand dort. Mein eigenes Flugmobil war verschlossen. Also trug ich meine Fracht in einen der Kellerräume unter meinem Büro.

Danach verbrachte ich eine Stunde damit, sämtliche Spuren der Augen und Ohren von Voltar von den Kisten zu beseitigen und sie mit Zanco-Etiketten zu versehen. Ein paar von denen, die ich nicht brauchte, trug ich zu dem gestohlenen Flugmobil zurück. Dann stellte ich es auf Autopiloten und schickte es los, damit es irgendwo abstürzen oder mit einem anderen Flugmobil zusammenstoßen konnte. 'Hilf der Polizei' ist schon immer einer meiner Grundsätze gewesen.

Ich ging in mein Büro hoch und steckte alles, was blutverschmiert war oder zur Provokationsabteilung führen konnte, in den Zerkleinerer, wusch mir in der Toilette das Blut von den Händen und zog meine eigene Uniform an.

Als nächstes legte ich letzte Hand an mein Projekt, indem ich den alten Mantel, die Identokarte und den Abschiedsbrief von Prahd Bittelstiffer zusammenpackte und an die Polizei adressierte. *Am Wiel gefunden,* schrieb ich darauf. Dann legte ich das Päckchen neben meinen Schreibtisch. Es sollte in zehn Tagen abgeschickt werden.

Damit war fast alles geregelt. Fehlten nur noch die Bilder. Ich holte mein geheimes Erpressungsdossier unter einem losen Dielenbrett hervor und entnahm ihm die Originale von Raza Torrs Mord, um sie zusammen mit dem Material aus seiner Kamera im Zerkleinerer verschwinden zu lassen.

Der (piep) Narr! Hätte ich ihn wirklich hierhergebracht, hätte er mein ganzes Dossier entdeckt, und ich bezweifle, daß er sein Wort gehalten hätte. Er wäre vermutlich im gleichen Augenblick, in dem er diese Bilder in Händen gehalten hätte, auf mich losgegangen. Der (piep) Narr! Was die Bilder anging, die er von mir geschossen hatte, so waren sie wertlos. Ich war jedesmal verkleidet gewesen. Niemand hätte mich auf ihnen wiedererkannt. Er wäre allerdings ein Zeuge gewesen. Und es gibt einen alten Spruch im Apparatus, an den er hätte denken sollen: Die Unvorsichtigen sterben jung.

Ich ging gähnend hinaus und schloß hinter mir ab. Ich wollte in mein Zimmer, um ein wenig zu schlafen. Alles in allem war es ein ziemlich aktiver Tag gewesen! Wenn auch kein allzu ungewöhnlicher im Leben eines Apparatus-Offiziers.

Ehrlich gesagt, weiß ich nicht, wie eine Regierung ohne geschickte und entschlossene Leute wie uns auskommen könnte. Das ganze Machtgefüge würde zusammenbrechen!

Kapitel 7

Der nächste Tag begann mit leichten Mißtönen. Mein Fahrer war schlechter Laune. Als er mich abholte, hatte ich ihn freundlich gefragt, ob er die freie Zeit gut verbracht habe, und dann mußte ich mir während des ganzen Flugs Bemerkungen anhören wie „Ohne Geld kann man seine Zeit nicht gut verbringen“ oder „Man verhungert, wenn man lange genug nichts ißt“, und dann noch eine verworrene Geschichte von einem Offizier, der abgestürzt war, weil sein Fahrer von der Armut aufgefressen wurde. Aber ich war zu guter Laune, um mich davon stören zu lassen. Ich ignorierte ihn einfach.

Vor meinem Dienstgebäude ließ ich ihn die „Zanco“-Kisten aus dem Keller in den Fond des Flugmobils tragen. Er warf sie achtlos hinein und kommentierte jede neue Kiste mit einem „Ich arbeite mich zu Tode, um dieses Fahrzeug sauberzuhalten, und dann das“ oder „Das hier ist kein Laster“. Bis es mir zuviel wurde und ich die Rückbank verließ — der Fond würde, wenn alles eingeladen war, sowieso zu voll sein —, um mir bei einem vorbeikommenden Straßenhändler einen Muntermacher und süßes Gebäck zu kaufen. Ich freute mich, daß ich daran gedacht hatte, die Münzen aus der Kasse der Augen und Ohren von Voltar einzustecken, — ich hatte sogar noch genug fürs Mittag- und Abendessen.

Ich setzte mich zum Essen auf den Beifahrersitz, und als Ske, etwas erhitzt und mit Schweiß auf der Stirn, auf seinen Platz kletterte, verfiel er augenblicklich in eine neue Tirade über das Verhungern. Ich sagte ihm ruhig, daß nichts mehr übrig sei, und stellte sogar den Muntermacherbehälter auf den Kopf, um es ihm zu beweisen. Aber es half nichts. Er griff nach einem Nachrichtenblatt, das neben ihm auf dem Boden gelegen hatte, und warf es mir mit der Bemerkung zu: „Ich habe es von vorn bis hinten durchgelesen, ohne daß ich ein (piep) Ding gefunden hätte, das Sie gedreht haben! Sie haben letzte Nacht nicht gearbeitet, sondern gefaulenzt! Sie waren es, der sich freigenommen hat, nicht ich!“

Ich befahl ihm in aller Ruhe, zum Anwesen der Witwe Tayl am Rand von Pauschbergen zu fliegen, und lehnte mich zurück, um die *Morgen Oh! Nein!* zu lesen, das beim Pöbel beliebteste Morgenblatt. Wie er sich doch irrte: Ich war die Schlagzeile!

BEKÜMMERTER NACHSCHUB-OBERST
BEGING SELBSTMORD

EX-FRAU ERLITT
HYSTERISCHEN LACHANFALL

Wie aus informierten Kreisen der Heimatpolizei verlautet, hat Oberst Rajabah Stinkens von der Nachschubeinheit der Voltar-Nahkämpfer vergangene Nacht den Schlußstrich unter sein tragisches Leben gezogen. In achtzehntausend Fuß Höhe über der Großen Wüste hat er sich selbst, seinen Fahrer und sein Flugmobil mit einem Megavolt-Exploder in die Luft gejagt.

Seine Ex-Frau wurde nach Stunden andauernden unkontrollierbaren Lachens ins Krankenhaus eingeliefert. Angestellte des Spiel-Klubs der Bodenstreitkräfte haben ausgesagt, daß selbst die in letzter Minute noch unternommenen Bemühungen enger, lebenslanger Freunde nichts fruchteten.

Die Voltar-Nahkämpfer werden die aufzufindenden Überreste des Toten am Samstag mit militärischen Ehren beisetzen. Die Öffentlichkeit ist zu den Feierlichkeiten eingeladen.

Oberst Stinkens hinterläßt fünf reizende Kinder, von denen die beiden ältesten nicht erreicht werden konnten, da sie sich in einer Besserungsanstalt aufhalten.

Daran anschließend wurde die dienstliche Biographie des Oberst wiedergegeben, aus der deutlich wurde, daß er sein Leben lang nicht hinter seinem Schreibtisch hervorgekommen war. Ich wandte mich den anderen Artikeln zu. Ah, hier war der nächste:

INDUSTRIESTADT VON BRAND HEIMGESUCHT

Vergangene Nacht fegte ein verheerender Feuersturm durch das Elektronik-Viertel der Industriestadt. Fünfzehn Personen, überwiegend Wachmänner, werden vermißt.

Eine halbe Quadratmeile verkohlter, rauchender Ruinen war alles, was im Morgengrauen an der Stelle sichtbar wurde, wo vordem einunddreißig blühende Unternehmen beheimatet gewesen waren.

Hohe Beamte der Feuerwehr haben bekanntgegeben, daß als Ursache für den Brand definitiv ein elektrischer Kurzschluß in der Elektronikspielzeug-Firma Jimbo festgestellt wurde.

Frohlockende Konkurrenten ...

Weit unten in der Liste der den Flammen zum Opfer gefallenen Firmen wurden auch „Die Augen und Ohren von Voltar" aufgeführt. Nichts von Spurk. Wahrscheinlich hatte man ihn für einen Wachmann gehalten. Ich blätterte weiter. Ah, noch ein Artikel über mich:

GESTOHLENES FLUGMOBIL STÜRZTE AUF KRANKENHAUS

Vergangene Nacht fiel ein als gestohlen identifiziertes Fahrzeug vom mitternächtlichen Himmel auf das Krankenhaus zur Gütigen Gnade.

Der Direktor, Doktor Muff Chuff, der zur Zeit des Vorfalls nicht im Krankenhaus gewesen war, erklärte, daß die Schäden minimal und auf den Flügel für arme Kinder beschränkt seien. Da das Dach eingedrückt wurde, konnte bis Redaktionsschluß noch keine Angabe über die Zahl der Opfer gemacht werden. „Wir wollten diesen Flügel sowieso aufgeben", sagte Doktor Muff Chuff. „Wir brauchen mehr Geld und haben zuwenig Ärzte. Der Antrag auf Erhöhung des Baufonds ist bereits eingereicht ..."

Ich überflog die nächsten Seiten. Und dort war es, nur eine kleine Notiz:

APPARATUS-OFFIZIER IN GROSSER HÖHE ÜBERFAHREN

In den frühen Morgenstunden wurde am Ufer des Wiels die Leiche von Raza Torr, einem Offizier des Coordinierten Informations- Apparatus, aufgefunden. Sie wurde von der Besatzung einer zufällig vorbeikommenden Müllschute entdeckt.

Der Unfallspezialist der Polizei erklärte unserem Reporter gegenüber, aus den vorliegenden Beweisen gehe klar hervor, daß Torr von einem entgegenkommenden Flugmobil gerammt wurde und zehntausend Fuß in die Tiefe gestürzt ist.

Ich lächelte. Man brauchte es nur der Polizei zu überlassen, alles richtigzustellen!

Wir flogen durch einen wundervollen Morgen und schwebten bald auf das Anwesen der Witwe Tayl hinab. Ich war so hochgestimmt, daß ich im Flugmobil sitzen blieb, um auf das Schwimmbecken zu blicken. Was für ein warmes Gefühl es doch in mir erzeugte, soviel Glück ermöglicht zu haben!

Dort am Beckenrand saß Doktor Bittelstiffer, in Kleidern, die ihm mehrere Nummern zu klein waren. Um seinen Liegestuhl waren mindestens fünfzehn leere Getränkebehälter am Boden verstreut, und auf dem Schoß hatte er eine gewaltige Platte mit süßem Gebäck, das er heißhungrig verschlang — pro Bissen ein Stück.

Die Witwe Tayl lag bäuchlings im Gras. Außer dem Kleid, das um ihre Schultern drapiert war, trug sie nichts am Leib. Sie hatte das Kinn in die Handflächen gestützt und blickte verzückt zu Prahd hoch.

Was für eine Szene von postsexueller Seligkeit! Ehrlich, ich fühlte mich wie ein Wohltäter. Die Wellen der Anbetung, die von der Witwe Tayl ausgingen, schimmerten fast sichtbar im Glanz des Vormittagslichts.

Verspätet bemerkten die beiden, daß vor zehn Sekunden in einem Luftwirbel, der beinah die Blätter von den Bäumen gerissen hatte, ein Flugmobil gelandet war. Ich stieg aus, als sie die Köpfe in unsere Richtung gewandt hatten.

Aber was war das? Die Witwe Tayl hatte Pflaster auf dem Gesicht, und der ganze obere Teil ihres Rumpfs war in nachoperative Verbände gehüllt. Hatten die beiden eine tätliche Auseinandersetzung gehabt? Doch dann ging mir ein Licht auf: Prahd hatte sich offenbar schon so gut eingelebt, daß er aktiv geworden war. Zur Übung vielleicht. Um die Hände zu rühren. Indem er der Witwe Tayl die Warzen entfernte und die Hängebrüste straffte.

Er war inzwischen aufgestanden und kam mir schlaksig entgegen, immer noch an einem Stück Gebäck kauend, während er sich die Hand an seiner Jacke abwischte.

„Ich bin Offizier Gris" stellte ich mich mit leiser Stimme vor und zog als Beleg meine Identokarte hervor. Dann blickte ich verstohlen nach rechts und links und fragte ihn: „Sind Sie gut angekommen?"

Er antwortete nicht, sondern sah mich nur verwundert an.

„Ist alles in Ordnung?" hakte ich nach. „Sind die Lieferungen von Zanco angekommen?"

Er nickte, sagte aber: „Sie klingen genau wie Professor Gyrant Slahb."

Ah, nun, wir haben da offenbar einen durchdringenden Geist vor uns, dachte ich. Aber man wird exzellent ausgebildet beim Apparatus.

Ich lächelte. „Nun, das sollte ich meinen! Er ist ein Großonkel von mir, mütterlicherseits."

Er war sofort voller Ehrfurcht und Bewunderung!

„Er ist ein wunderbarer Mann", sagte er.

„Das ist er", stimmte ich herzlich zu. „Aber kommen wir zum Geschäft. Sind Sie bereit für den Testfall?"

Er stakste voran, und ich folgte ihm in das kleine Privatkrankenhaus der Tayls. Eines der Nebenzimmer stand voller kleiner und großer Kisten. Das eigentliche Krankenzimmer war völlig verändert worden; in seiner Mitte stand jetzt ein transportabler Operationstisch, die Strahler darüber waren angeschlossen, Tabletts voller Instrumente standen in Griffnähe bereit, Wirbelbohrer warteten darauf zu wirbeln, Kulturkolben auf die Kulturen, Erhitzer und Brenner waren bereit, alles um sich herum in Höllen zu verwandeln. Was für eine Ausstattung!

„Wie ich sehe, haben Sie den Tisch schon benutzt", sagte ich.

Er errötete leicht, und, ja, ich bemerkte einige verdächtige Flecken auf dem Operationstisch.

„Nein, nein, ich meine die Witwe Tayl."

Er errötete stärker und begann sich zu winden.

„Nein, nein, nein!" sagte ich. „Ich meine ihre Operation."

„Oh, das", stieß er erleichtert hervor. „Die arme Frau. Warzen sind so leicht zu behandeln. Und es gibt keinen Grund, warum ihre Brüste so schlaff sein müssen. Durch Einführung eines Muskelstrang-Katalysators in die *mammora fermosa* ..." Was für ein beflissener Zelluloge!

Ich verhinderte einen längeren Vortrag. „Ist schon gut. Ich weiß, daß Sie prüfen mußten, ob die Ausrüstung brauchbar ist."

„Oh", sagte er eifrig, „die Ausrüstung ist großartig!" Er schüttelte den Kopf, offenbar mit dem Bild der Witwe Tayl vor Augen. „Ich könnte noch viel mehr mit ihr tun ..."

Ich wette, das wirst du auch, dachte ich bei mir. Du könntest es auf dem Kopf stehend im Schwimmbecken oder in einer Baumkrone versuchen. Das wäre vermutlich noch neu für sie. „Kommen wir auf den Testfall zurück", sagte ich förmlich.

Er war ganz Ohr.

„Sie wissen, daß es sich um eine streng geheime Angelegenheit handelt und daß Ihre Anwesenheit hier sogar noch geheimer ist. Ich bin heute hergekommen, um mich zu überzeugen, daß Sie alles vorbereitet haben, und um Ihnen weitere Ausrüstungsgegenstände zu bringen."

„Gute Götter", sagte er, „ich habe schon mehr hier, als wir im ganzen Krankenhaus hatten."

„Sie werden einen Satz dieser Geräte in der Testperson installieren", fuhr ich fort. „Ich möchte, daß Sie sich eingehend mit der Installationsanleitung befassen und sich gründlich vorbereiten. Es darf keinen Ausrutscher geben. Ihre Zukunft — ich hasse es, Sie daran erinnern zu müssen — hängt von diesem Testfall ab. Mein Großvater ..."

„Sie meinen Ihren Großonkel, nicht wahr?"

„Mein Großvater war Zelluloge", korrigierte ich ihn und mich. „Er sagte immer, der erste Fall ließe auf alle anderen schließen. Und obwohl mein Großonkel von Ihren Referenzen sehr beeindruckt war, bin ich es" — ich hatte einen strengen Tonfall angenommen —, „den Sie zufriedenstellen müssen. Ein Wort von Ihrer Anwesenheit hier, ein fehlerhafter Schnitt bei der Testoperation, und ..." Ich machte eine Abschiedsgeste.

Das versetzte ihm einen gehörigen Schrecken. „Oh ... ich ... ich ... ich werde alles tun, Offizier Gris. Ich werde ... ich werde t ... t ... t ..."

Ich ging zur Tür und rief hinaus: „Fahrer! Bringen Sie die Kisten her."

Ich fand einen leeren Abstellraum, und Ske schleppte fluchend eine Kiste nach der anderen heran. Die mit dem X markierte war eine der ersten. Ich öffnete sie, entnahm ihr einen Satz Wanzen mit den dazugehörigen Anleitungen und legte alles auf einen Tisch, um Jungdoktor Bittelstiffer konkret einzuweisen. Zum Schluß sagte ich: „Studieren Sie das hier gut. Es ist Ihr Testfall."

Er sagte, er werde es tun, war allerdings mehr an den anderen Kisten interessiert, obwohl ich ihn von ihnen abzulenken versuchte, indem ich ihm sagte, sie seien uninteressant. Ich wußte nicht, was sie enthielten, und es war mir auch egal.

„Das ist nur zum Teil zellulogisches Material“, konstatierte er.

„Es ist für spezielle Anwendungen bestimmt“, erklärte ich schwammig, obwohl ich nicht wußte, wie man die miniaturisierte Taschenausgabe eines weitreichenden, automatisch auf Schallwellen ansprechenden elektronischen Zielsuchers zellulogisch einsetzen könnte.

Ske hatte endlich die letzte Kiste herangeschafft und ging murrend zum Flugmobil zurück. Der Jungdoktor Bittelstiffer drehte sich plötzlich zu mir um und sagte: „Es ist Blut an den Kisten!“

Ah, was nun? Die Apparatus-Ausbildung muß so gut sein, wie sie es ist, weil die Anforderungen der Wirklichkeit entsprechend sind. „Wie schrecklich!“ sagte ich.

Dann rannte ich wie verrückt zum Flugmobil hinaus. Ske hatte sich gerade hineingesetzt. Er war naßgeschwitzt und völlig erledigt.

„Zeigen Sie mir Ihre Hände!“ forderte ich ihn auf.

Er hielt sie mir ergeben hin. Wie erwartet, waren sie hier und da von den Goldkisten gequetscht worden. Aber nicht genug, um zu bluten.

Ich hielt eine Hand fest und sagte: „Aha, Stahlspäne!“ Damit riß ich das Messerstecher-Stilett aus der Nackenscheide und zog es ihm über die Handfläche. Er jaulte auf! Ich griff nach der anderen Hand, bevor er sie wegziehen konnte, und ritzte auch sie an. Er heulte wieder auf. Und ich ließ das Stilett in meinem Ärmel verschwinden.

Jungarzt Bittelstiffer kam über den Rasen hinter mir.

„Der Ärmste“, sagte ich. „Ich habe die Stahlspäne jetzt draußen. Sie sollten ihm besser die Hände verbinden. Er ist eben keine harte Arbeit gewohnt.“

Blut tropfte auf den Rasen. „Ich hätte das viel weniger schmerzhaft machen können“, sagte Prahd.

„Manchmal sind strenge Maßnahmen erforderlich“, entgegnete ich.

Ske blitzte mich an, als wollte er mich mit den Augen erdolchen. Doch dann war der Schmerz stärker, und er preßte die Handflächen gegeneinander, um ihn zu lindern. In Prahds Blick dagegen lag Respekt.

Er hatte den jammernden Ske gerade in Richtung Krankenhaus weggeführt, als eine Stimme neben mir sagte: „Sie werden eine Weile brauchen. Ich möchte mit Ihnen reden. Würden Sie bitte ins Haupthaus kommen? Dort sind wir ungestört." Es war die Witwe Tayl. Ich hätte es wissen müssen. Sie führte mich in ein pompöses Damenzimmer, das ganz in Weiß und Gold gehalten war. Das Licht fiel in schrägen Strahlen auf einen glitzernden weißen Teppich. Und natürlich war ihr Fuß an meinem Hacken, als ich versuchte, mich rückwärts zu empfehlen.

Die Erschütterung meines Falls ließ einen grinsenden Liebesgott auf seinem Sockel hüpfen, und Pratia, so hieß die Witwe Tayl mit Vornamen, sagte: „Ich kann Ihnen gar nicht genug dafür danken, daß Sie ihn zu mir geschickt haben."

Meine Mütze flog aus dem Fenster, während sie gurrte: „Wir haben einen wundervollen Tag gehabt."

Ich erhaschte einen Blick auf den Diener, der gerade dabei war, die Halle auszufegen. Er grinste, und Pratia schwatzte weiter: „Und danach haben wir die wundervollste Nacht gehabt."

Meine Hand krallte sich unwillkürlich in die Teppichkante, als sie fortfuhr: „Es war so was von wunderbar ... wunderbar ..."

Der Liebesgott hüpfte jetzt wirklich! Und Pratia echote mit gepreßter Stimme: „... wunderbar ... wunderbar ... wunderbar ..."

Genau in dem Augenblick, als sie „Ooooooooooh!" stöhnte und erschauernd zurücksank, rutschte vor dem Fenster eine der Gardinen von der Stange.

Der grinsende Liebesgott stand wieder still auf seinem Sockel, und Pratia erklärte mit normaler Stimme: „Er ist wirklich recht nett. Sie müßten mal sehen, wie er ausgestattet ist."

Mein Blouson lag zusammengeknüllt auf dem Fußboden, jedoch knapp außerhalb meiner Reichweite. Ich versuchte ihn zu mir zu ziehen, als Pratia mit leicht gepreßter Stimme sagte: „Er war so ausgehungert." Ich mußte von dem Blouson lassen.

Der Liebesgott begann wieder zu hüpfen, während Pratia wiederholte: „So ausgehungert ... so ausgehungert ... so ausgehungert ... Oh. Oh. Oh!"

Ich brach mir fast die Finger an der Teppichkante.

„Ja-ah!" stöhnte Pratia.

Der Liebesgott kippte und fiel mit lautem Krachen von seinem Sockel, und in der Halle wirbelte der Besen des Dieners eine enorme Staubwolke auf.

Meine Hand hatte endlich den Blouson erreicht, als Pratia mit entspannterer Stimme erklärte: „Ich wollte Ihnen nur sagen, wie gut er im Bett ist."

Ich zog mir einen meiner Stiefel an. „Nun, vielen Dank, daß Sie es mir gesagt haben“, erwiderte ich. Es gibt nichts Entnervenderes, als in solch einer Situation gesagt zu bekommen, wie toll ein anderer ist. Zermürbend, kann ich nur sagen!

Der Anblick des überraschten Gesichts des Dieners, der uns durch die halboffene Tür beobachtete, hätte mich warnen müssen. „Oh, verlassen Sie mich nicht!“ stieß Pratia hervor.

Im nächsten Augenblick flog mein Stiefel aus dem Fenster, während sie kreischte: „Ich habe es Ihnen noch nicht deutlich genug gesagt!“

Ich dachte an Ske, der bestimmt ungeduldig auf seine Uhr starrte, während auch der Rest der Gardinen zu Boden flatterte. Aus der Halle drangen halblaute Stimmen herüber; der Diener unterhielt sich mit Ske draußen im Flugmobil, vermutlich über das Wetter.

Dann klang Skes mißgelaunte Stimme durch das Fenster herein. „Offizier Gris! Wollen Sie den ganzen Tag da drin verbringen?“

Der Hof war sehr friedlich. Der Diener hatte seine Uniform gewechselt, und Ske sammelte meine Mütze und meinen Stiefel auf, während ich in der Tür stand und meinen Blouson zuknöpfte. Es erwies sich als nicht ganz einfach, da die Hälfte der Knöpfe abgerissen war und ich eine schwere Stunde hinter mir hatte: Es wollte nicht gerade werden.

Ske gab mir Mütze und Stiefel, und die Witwe Tayl steckte den Kopf zum Fenster heraus. Auf ihrem Gesicht lag ein überwältigendes Lächeln.

Jungdoktor Bittelstiffer kam aus dem Miniaturkrankenhaus, und schon war die Witwe Tayl an mir vorbei, um ihren Arm besitzergreifend unter seinen Ellbogen zu schieben und ihn mit schmachtenden Blicken anzuhimmeln.

Prahd schüttelte mir die Hand. „Offizier Gris“, sagte er, den Tränen nah, mit bewegter Stimme, „ich kann Ihnen gar nicht genug danken.“

Die Witwe Tayl strahlte mich an, während sie ihn tätschelte. „Ist er nicht ein wundervoller Junge, Soltan?“

Nun, es ist nett, solche Dankbarkeit zu erleben, dachte ich, wenn sie einmal nur von dem Mann kommt.

Wir flogen rasch ab und sausten in den strahlenden Tag hinein.

„Warum können Sie diese nette Frau nicht in Ruhe lassen?“ meckerte Ske.

Wenn ich es doch bloß könnte, antwortete ich im stillen, während ich auf die kleiner werdende Szene hinunterblickte. Die beiden hasteten in das Zimmer, in dem ich soeben eine weitere Schlacht verloren hatte. Den Göttern sei Dank, dachte ich, daß ich bald auf der Erde sein werde!

Kapitel 8

Wir flogen in Richtung Apparatus-Hangar. Aber Ske flog sehr schlecht. Angeblich wurde er durch die dicken Verbände um seine Hände bei der Bedienung des Steuerknüppels behindert. Ich entschied, daß er jetzt lange genug den Eingeschnappten gespielt hatte. Wenn er sich aussprechen konnte, würde es die Luft reinigen.

„Was haben Sie dem Doktor über mich gesagt?" fragte ich ihn.

Er flog eine Weile weiter, ohne zu antworten, — wenn man es fliegen nennen konnte. Dann fragte er zurück: „Wollen Sie das wirklich wissen?"

„Sprechen Sie frei heraus", sagte ich. „Ich werde Sie nicht dafür belangen."

„Nun, als erstes habe ich ihm gesagt, daß er sich besser vorsehen sollte, falls er länger mit Ihnen zu tun hat."

Fein, dachte ich. Wirklich gut.

Mein Fahrer tat, als wäre ihm der Steuerknüppel aus den Händen gerutscht, und das Flugmobil schaukelte bedenklich.

Ich schöpfte Verdacht. „Und was haben Sie ihm noch gesagt? Sprechen Sie ruhig. Niemand wird Ihnen etwas tun."

Er holte tief Atem, und dann floß ihm die pure Gehässigkeit aus dem Mund: „Ich habe ihm gesagt, daß Sie der typische Apparatus-Offizier sind: ein gemeines, hinterhältiges, sadistisches (piep), das für eine hundertstel Verrechnungseinheit seine Mutter umbringen würde!"

Ich versetzte ihm einen Schlag! Nur gut, daß sich in diesem Augenblick der Kommunikatorsummer meldete. Ich stemmte mich gegen das Schlingern des Flugmobils und griff nach dem Gerät.

„Offizier Gris?"

Mir blieb fast das Herz stehen. Es war die Stimme von Lombars Bürochef. Ich gab mich zu erkennen.

„Der Chef sagt, Sie sollen wie der Teufel zum Hangar kommen, und zwar auf der Stelle. Er erwartet Sie dort." Dann war die Leitung tot.

Mein Vorstellungsvermögen arbeitete auf vollen Touren. War Heller entflohen? Hatte Lombar etwas über Gräfin Krak gehört? Hatte ihm das Präsent, das ich ihm geschickt hatte, nicht gefallen? Hatte der Direktor von Zanco über die zehntausend Einheiten gequatscht? Mein Kopf kochte vor Angst.

Ske grinste bösartig. „Los, fliegen Sie!" brüllte ich ihn an. „Reißen Sie die Kiste auf fünfhundert hoch! Und zwar ein bißchen plötzlich!" So und nicht anders muß man mit diesem Gesindel umgehen. Ich hatte gerade die Quittung dafür bekommen, daß ich freundlich zu ihm gewesen war.

Nein, es war anders. Es hatte alles angefangen, als Heller auf der Bildfläche erschienen war. Heller korrumpierte sie alle! Er war eine Plage!

Und jetzt hatte er aller Wahrscheinlichkeit nach etwas getan, was mir Lombar auf den Hals hetzte. Oh, Götter, was würde ich froh sein, wenn ich Heller von diesem Planeten herunter und total unter meiner Kontrolle hatte!

Aber was, in drei Teufels Namen, hatte Lombar herausgefunden? Was wollte er?

Als wir vor dem Hangar landeten, brauchte ich den Hinweis der Wache nicht. Gleich hinter dem Tor stand der giftgelbe Laster eines „Vertragsunternehmens". Die Aufschrift lautete:

UNGEZIEFER UND INSEKTEN.

Das mußte Lombar sein, der wieder einmal die Tarnung einer Kammerjäger-Firma benutzte. Es war nicht das erste Mal und paßte zu seiner Überzeugung, daß der Pöbel eliminiert werden sollte. Außerdem war es recht geschickt von ihm: Aus anderen Welten heimgekehrte Schiffe werden nach ihrer Landung einer Desinfektion unterzogen, und da das alle Teile des Schiffs einschließt, hat man mit dieser Tarnung überall Zugang, ohne Verdacht zu erregen.

Der *Schlepper Eins* wimmelte von Arbeitern, und der Lärm, den sie verursachten, war ohrenbetäubend. Ein Laster und eine Arbeitsgruppe mehr fielen in dem Getümmel überhaupt nicht auf. Aber was hatte Lombar im Sinn?

Ich eilte zu dem giftgelben Laster. Man hatte mich offenbar aus seinem Innern beobachtet, denn als ich ihn erreichte, schwenkte die Tür auf, und ich wurde gewaltsam hineingezerrt.

Ich entdeckte Lombar in dem trüben Licht auf einem Stuhl sitzend. Er trug den giftgelben Arbeitsanzug der Kammerjäger, und seine Bernsteinaugen glühten unter dem Schirm eines Schutzhelms hervor.

„Es war eine (piep) gute Idee, mir dieses 'Präsent' zu schicken!" knurrte er. „Ich hatte schon überlegt, Sie von Ihrem Posten abzulösen!"

Gezittert hatte ich bereits, und das brachte mich restlos aus der Fassung. Das ist das Schlimme bei Lombar: Er ist nicht konsequent. Er hatte mir verboten, Schmiergeld anzunehmen, und ließ mich trotzdem, obwohl er erkannt haben mußte, daß ich entgegen meiner Versicherung welches angenommen hatte, ungeschoren laufen, weil ich seinem Befehl zuwidergehandelt hatte ... Nein, nein. Ich war verwirrt, und meine Gedanken ebenfalls. Außerdem war es ungerecht. Wenn er gewußt hätte, wieviel Arbeit ich in unser Projekt gesteckt hatte ...

„Sie haben berichtet", sagte Lombar, „daß gewisse Kisten an Bord gebracht worden sind, und ich selbst habe gesehen, wie welche verladen wurden. Führen Sie uns zu diesen Kisten!"

Jemand schob mir einen Arbeitsanzug zu. Auf seinem Rücken war zu lesen:

TOD DEM UNGEZIEFER!

Ich streifte ihn mir hastig über. Jetzt erst bemerkte ich die drei anderen Figuren. Zwei von ihnen kannte ich. Der eine hieß Prii und war Experte im Öffnen und Verschließen von allem, was man sich denken kann, ohne daß hinterher irgend etwas verriet, daß es berührt worden war. Der andere war Bam, der Spitzensaboteur des Apparatus — und auch ziemlich berühmt unter den Größen des Verbrechens in der Konföderation. Der dritte war ein dicklicher Wissenschaftler, den ich nicht kannte; aber das war nichts Ungewöhnliches — der Apparatus beschäftigt buchstäblich Tausende von Wissenschaftlern, Spezialisten für die geringfügigsten Banalitäten, die man sich vorstellen kann. Die drei waren ebenfalls ganz in Gelb und trugen Schutzhelme auf dem Kopf.

Lombar blickte durch ein einseitig durchsichtiges Fenster in Richtung des Hangar-Büros. „Ha, der Vertragsunternehmer ist angekommen."

Ich sah ebenfalls hinaus. Ein Luxusflugmobil war im Hangar gelandet, und ein sehr fetter Mann in einem sehr luxuriösen Anzug strebte eilig dem Büro zu.

„Nun, du kleiner fetter (piep)", murmelte Lombar, als wollte er den Mann aus der Ferne anstacheln, „mach deine Sache gut!"

Kurz darauf rannte ein Wachmann aus dem Büro.

Heller war bei einer der Arbeitsgruppen. Er hatte ein Echo-Gerät in der Hand, mit dem er die Absorptionsfähigkeit, die Dicke der Panzerung und die Sicherheit der Verbindungen testete. An einem Seil schwingend, prüfte er gerade Platte für Platte die seitlichen Flächen. Diese Prüfung wird nach jeder Erneuerung der Hülle durchgeführt. Er arbeitete sehr schnell, indem er sich mit Hilfe seiner Raumstiefel weiterschob, was sich einfach anhören mag, in Wirklichkeit aber ein ziemliches Kunststück war. Die Leute der Arbeitsgruppe notierten seine Meßdaten und justierten die Seile, an denen sie alle hingen. Heller hatte wie üblich seine rote Rennmütze auf dem Hinterkopf und gab einen wahren Strom von Zahlen von sich, der deutlich aus dem Lärm im Hangar herauszuhören war.

Der Wachmann kletterte ungeschickt auf eine Plattform oberhalb von Hellers Arbeitsplatz und schrie sich die Kehle aus dem Hals, um seine Aufmerksamkeit zu erregen. Heller rief nach einem jungen Ingenieur, der Heller das Echo-Gerät abnahm und — etwas langsamer — dessen Arbeit fortführte.

Danach ließ sich Heller an seinem Seil hinunter, sprang auf den Boden und trottete zum Büro hinüber.

„Und nun fall drauf rein, du (piep), widerwärtiger Aufschneider“, sagte Lombar, als würde er Heller aus der Ferne einen Befehl erteilen.

Der Vertragsunternehmer zeigte Heller irgendeine Planskizze. Heller blickte unschlüssig zum Schlepper hinüber; er schien sich ungern in seiner Arbeit zu unterbrechen. Doch der Dicke ließ nicht locker, und schließlich zuckte Heller die Achseln.

Der Unteroffizier der Tagesschicht des Wachzuges und einer seiner Männer gesellten sich auf Hellers Anruf hin zu ihm, und einen Moment später gingen alle vier, die Wachen, der Vertragsunternehmer und Heller, zu dem Luxusgefährt des Unternehmers, das kurz darauf davonflog.

Lombar lachte gehässig auf. „Ganz der Königliche Offizier! Aufgeblasener Idiot! Kaum kommt ein Vertragsunternehmer mit irgendeinem dummen Problem daher, bittet ihn um Hilfe und erzählt ihm, sein Vormann könne ohne fachkundige Anleitung nicht weitermachen, denkt der Herr Königliche Offizier, das Leben ging ohne ihn nicht weiter. Eingebildeter (piep)! Alle herhören!“ Er hob schauspielernd die Stimme. „'Braucht jemand meine Königliche Hilfe?'“ Dann knurrte er wieder: „Kein Wunder, daß Voltar mit Leuten wie ihm nirgendwo hinkommt! Ich kenne mich aus in diesem Heller! Bornierter Angeber!“

Er drückte die Tür auf und winkte uns anderen. „Gehen wir! Sehen wir uns diese Fracht einmal an!“

Verschiedene Ausrüstungsgegenstände von Kammerjägern in der Hand, marschierten wir geschäftig zum Schlepper hinüber und stiegen in die Luftschleuse. Niemand schenkte uns Beachtung, nicht einmal die Wachen.

Ich öffnete die Verriegelungen der Bodenplatten des Gangs, hob sie an, und wenig später drängten wir uns alle in dem engen Lagerraum. Bam, der Saboteur, brachte als letzter die Bodenplatten wieder in Position, während Prii, der Entriegelungsspezialist, ein Glühlicht an einen der Balken heftete, damit wir sehen konnten.

Sechzehn lange, gut verschlossene Kisten standen dort, allesamt für die Reise unverrückbar festgezurrt. Prii begann sofort mit der Arbeit. Als erstes machte er einige Bilder, um alles so hinterlassen zu können, wie wir es vorgefunden hatten. Dann löste er die Verankerungsklammern, schloß mit Hilfe eines kleinen Werkzeugsatzes die Kisten auf und stapelte die Deckel an der Wand auf.

Es war ein sehr effektiv arbeitendes Gespann. Sobald eine der Kisten offen war, begann der Wissenschaftler eine Liste ihres Inhalts anzufertigen.

Es war heiß in dem engen Loch. Schlepper haben keinen Lagerraum, außer für ihren eigenen Bedarf. In dieser Enge fiel sogar mir auf, wie schlecht Lombar roch. Vielleicht war es der Schweiß der Elendsviertel, die er so verachtete. Ich dachte besorgt an die Möglichkeit, daß Heller unerwartet schnell zurückkehren könnte. Wir schienen schon Stunden in diesem Schwitzkasten zuzubringen.

„Ist das alles?“ fragte mich Lombar.

Ich dachte nach. Da waren noch die beiden Taschen, die irgendwo anders im Schiff sein mußten. Aber ich wußte, was sie enthielten, also nickte ich.

Aber Lombar sah mich nicht an. Er beantwortete sich seine Frage wie üblich selbst. „Natürlich ist das alles. Ich habe den Schiffsplan studiert; es gibt keinen weiteren Stauraum an Bord. Außerdem habe ich die Aufträge, die Heller erteilt hat, durchgesehen — alles nur Arbeiten an der Außenhülle, den Steuersystemen und elektronische Kinkerlitzchen. Keinerlei Waffen. Das ist gut. Es ist wehrlos. Man kann es mit einem Schuß vom Himmel holen.“

Ich schauderte. Nicht mit mir an Bord, hoffte ich.

„Nun? Nun?“ drängte Lombar den Wissenschaftler. Er war es offenbar müde, hier herumzusitzen, während der Dicke, ganz Wissenschaftler, in eine private Beratung mit sich selbst vertieft war und die Zeit damit vertrödelte, sich einen Gegenstand nach dem anderen anzusehen, nachdenklich in die Luft zu starren und seine Erkenntnisse sorgsam zu Papier zu bringen. Diese Wissenschaftler können so weise aussehen, auch wenn der wirkliche Gegenstand ihres Grübelns nur die nächste Muntermacherpause ist. Apparatus-Wissenschaftler werden bezahlt, um die Technologie der Zielgruppen zu studieren und ihre Meinung dazu zu äußern, nicht um echte wissenschaftliche Arbeit zu leisten. Sie würden wahrscheinlich Hungers sterben, wenn sie ihr Leben mit ehrlicher Arbeit fristen müßten.

Doch schließlich war dieser Vertreter der Wissenschaft mit seiner Liste fertig. „Das meiste ist nur Krimskrams: Dinge, die man für Reparaturen braucht, wie Drähte und Kondensatoren und so weiter. Er scheint zu glauben, daß er von jedem Nachschub abgeschnitten sein wird und daß das Schiff dazu neigt, zu kollabieren. Deshalb wohl all diese Ersatzteile. Lauter Plunder."

Lombar grunzte. Seine Miene besagte, daß er von einem (piep) Narren wie Heller nichts anderes erwartet hatte.

„Bei den Kisten 2, 3, 4 und 5", fuhr der Wissenschaftler fort, „ist es anders. Sie enthalten die wichtigsten Teile, die man braucht, um eine kleine Fabrik zur Umwandlung von Schwermetallen einzurichten."

Ich blickte in die Kisten. Ja, es konnten Elektroden und Metallschmelztiegel, kleine Transformatoren und Umwandler sein. Sie waren gut verpackt; nur hier und da glänzte ein Teil im Licht, wo die Verpackung so weit entfernt worden war, daß man erkennen konnte, was sie enthielt.

„Hm!" machte Lombar. „Er glaubt, er müsse den Leuten dort eine Technologie für saubere Energieproduktion liefern. Das heißt, er *will* tatsächlich bei den Brennstoffen ansetzen. Das hatte ich befürchtet!"

„Nun, ja", sagte der Wissenschaftler, während er seine Masse auf einem Querbalken niederließ. „Sonderlich klug ist es nicht. Blito-P3 besitzt bereits Atomenergie. Sie betreiben Dampfmaschinen damit. Sie haben eine Menge Uran. Es wird auch für Bomben verwendet. Was, nebenbei gesagt, ziemlich schwachsinnig ist. Wenn er also glaubt, er könnte dort irgendwelchen Eindruck schinden, indem er ihnen beizubringen versucht, wie man ein Schwermetall in ein anderes verwandelt, hat er sich geschnitten. Sie brauchen nicht noch mehr Uran. Man wird ihn schlicht ignorieren."

Lombar hatte offenbar zugehört! Ich war erstaunt. „Gut, gut. Vergessen wir also die Kisten 2, 3, 4 und 5. Ich kenne jemanden dort unten, der ihn ausschalten wird, wenn er sie trotzdem einzusetzen versucht. Was ist mit Kiste 1?"

„Ja, die Kiste 1. Wie ich sehe, haben Sie bemerkt, daß ich mich eingehender mit ihr befaßt habe. Sie ist es, über die Sie sich Sorgen machen sollten, Chef."

Ich sah sie mir an. Die Aufschrift lautete:

Erziehungshilfen machen Spaß —
auch wenn Ihre Schüler noch Kinder sind.
Unterhaltung ist das Rückgrat der Aufklärung!

„Das ist doch Kinderkram!" höhnte Lombar.

„Ja, ich weiß, Chef. Aber ich kenne auch Ihr Interesse daran, daß die Brennstofflage auf Blito-P3 unverändert bleibt. Und dieser spezielle Kurs ist der 'Elementare Schulkurs 13'. Es ist der komplette Experimentalsatz für Laborlektionen über die atomare Umwandlung von Kohlenstoff, entweder zwei Ordnungszahlen höher in Sauerstoff oder fünf Ordnungszahlen niedriger in Wasserstoff. Und, Chef, in einer primitiven Feuerkultur wie der von Blito-P3 basiert die Energieversorgung auf eben diesen drei Elementen: Kohlenstoff, Sauerstoff und Wasserstoff."

Lombar schwoll sichtlich an und starrte auf die Kiste, als hätte sie ihn beschimpft.

Der Wissenschaftler dozierte weiter. „Auf der Erde verfeuert man, unter Ausnutzung des Sauerstoffs in der Atmosphäre, Kohlenstoff, um Energie zu gewinnen. Sie graben Kohle aus dem Boden und bohren nach Mineralöl — das ist der Kohlenstoff aus alten, verflüssigten Fossilien —, um sie zu verbrennen und auf diesem Wege Hitze zu gewinnen ..."

„Das ist mir bekannt!" fiel ihm Lombar heftig ins Wort. „Kommen Sie auf diesen Schulkurs zurück."

„Nun, im Grunde ist es der Kinderbaukasten zur direkten Umwandlung von Kohlenstoff. Sie müssen den Aufbau in der Schule gesehen haben. Er besteht aus einem kleinen Umwandler mit einem Ballon auf beiden Seiten. Der Lehrer füllt Kohlenstoff, in welcher Form, ist egal, in den Trichter, und der Umwandler surrt los. Die von den freigesetzten Atomen gelieferte Energie wird in diese beiden silbernen Stäbe hochgeleitet und setzt klappernd und schnaufend ein hübsches elektrisches Spielzeug in Gang, während die beiden Ballons sich langsam füllen ... Sie müssen es in der Kindergartenschule gesehen haben."

„Ja, ja", sagte Lombar ungeduldig. Ich fragte mich, ob er jemals im Kindergarten gewesen war. Die Wissenschaften waren nicht gerade seine Stärke. Aber er konnte denken. „(Piep)! Dieser Kurs kann alles durcheinanderbringen. Besonders einen bestimmten Erdenbewohner!"

„Genau", bestätigte der Wissenschaftler. „Und ich weiß, daß Sie IHN nicht verprellen wollen!"

„Dann lassen Sie mich daran drehen", mischte sich Bam plötzlich in die Beratung ein, „so daß es, samt Heller und einer Horde Kinder, in die Luft geht, wenn es in Gang gesetzt wird. Eine elementare Lösung für einen Elementarkurs!"

Lombar lachte nicht über den Witz. Er nickte, änderte dann jedoch seine Meinung. „Nein", entschied er gedankenverloren. Und dann sah ich, wie jene Gerissenheit über sein Gesicht huschte, die sein Genie ausmachte und ihn bis an die Spitze des Apparatus gebracht hatte. „Nein", wiederholte er. „Bam, können Sie diesen Umwandler so präparieren, daß er acht oder zehn Stunden lang funktioniert und dann ausfällt, und zwar so, daß nichts ihn wieder in Gang bringen kann? Ohne Explosion. Er soll einfach ein paar Stunden laufen und dann auf unerklärliche Weise den Geist aufgeben." „Es sind zwei in der Kiste", warf der Wissenschaftler ein.

Bam, der Sabotagefachmann, nahm sie heraus und betrachtete einen von beiden genauer. „Ah, ja", sagte er schließlich. „Ein winziger V-Knick in der Seite eines einzigen Teils, und die benachbarten Elemente werden überlastet werden. Man müßte sämtliche Teile ersetzen, und der nächste Ort, wo es sie gibt, wäre Voltar." Er ging zu dem Wissenschaftler hinüber und sah dessen Liste durch. „Ja, keine Ersatzteile! Es ist ganz leicht, Chef. Ein winziger Knick, und die Anlage wird um die sieben Stunden laufen und sich dann in Schrott verwandeln."

„Machen Sie es", befahl Lombar und grinste — zum erstenmal, seit ich ihn heute getroffen hatte. „Bei beiden Anlagen. Die Peinlichkeit wird ihn erledigen. Das heißt natürlich, falls er ein paar andere Dinge übersteht, die für ihn geplant sind. Was ausgeschlossen ist. Aber tun Sie's trotzdem."

Prii hatte die anderen Kisten bereits wieder verschlossen und verankert, so daß nichts darauf hindeutete, daß sich jemand an ihnen zu schaffen gemacht hatte. Er ist ein Künstler darin. Bam machte sich an die Arbeit.

Lombar stieß mich an. „Gehen Sie raus, und halten Sie Heller auf, falls er zu früh zurückkommen sollte. Oh, ja, denken Sie daran, daß wir vor Ihrem Abflug noch eine Besprechung haben. Vergessen Sie sie nicht."

Ich hob hastig eine der Gangplatten an und krabbelte hinaus. Mit einer Spritzflasche der Kammerjäger in der Hand, stieg ich aus dem Schlepper und ging lässig zu dem giftgelben Laster zurück, um meine Verkleidung loszuwerden. Wieder nur mit meiner eigenen Uniform bekleidet, glitt ich unbemerkt aus dem Laster und schlenderte zum Hangar-Büro hinüber.

Plötzlich bemerkte ich, daß das Flugmobil des Vertragsunternehmers gelandet war. Heller schoß heraus und wollte augenscheinlich eiligst zum Schlepper. Aber Lombar war noch drin!

Ich versperrte Heller den Weg. „Ich habe auf Sie gewartet", sagte ich.

Er hätte mich beinah zur Seite gestoßen.

„Was?" fragte ich. „Keine abgeschlossenen Arbeiten? Keine Rechnungen, die ich abstempeln muß?"

Er hatte ein paar, aber ich brauchte nicht lange, um sie abzustempeln. Lombar war immer noch im Schlepper. Was hielt ihn bloß so lange auf? Heller könnte hineingehen und die offenstehende Bodenplatte sehen. Ich hatte vergessen, sie zuzuklappen! Er würde buchstäblich über sie stolpern! Und Lombar würde mich in Stücke reißen!

„Denken Sie nach", forderte ich Heller auf. „Gibt es noch irgend etwas, das ich für das Schiff besorgen könnte? Wie Sie wissen, wurde unsere Mittelzuteilung erheblich aufgestockt. Man hat mir nun aufgetragen", log ich, um Zeit zu gewinnen, „Ihnen zu sagen, daß Sie einen Teil davon verbrauchen sollen. Ein zu großer Rest würde sich nicht gut machen in den Büchern."

Flottenangehörige denken natürlich anders. Sie haben es mit so verschrobenen Ideen wie der, Regierungsgelder zu sparen und nur das Nötigste auszugeben. Schön dumm! Wenn man die zugewiesenen Mittel nicht ausgibt, verfallen sie!

Heller musterte mich etwas befremdet. Dann sagte er: „Nun, wir haben noch keine Blumen für die Abschiedsfeier bestellt."

„Oh, gut", sagte ich. „Dann bestellen Sie sie."

Sein Befremden wuchs zusehends. Er schien Mühe zu haben, seinen Mund im Zaum zu halten. Aber er zog Bestellformulare aus der Tasche, legte sie auf das kleine Schreibpult, das wie immer an seinem Gürtel hing, und schrieb die Bestellung aus. Ich fügte zwei, drei Blumensorten, einen Kranz und eine Viel-Glück-auf-der-Reise-Bauchbinde für den Schlepper, wie sie sonst nur den Schiffen von abreisenden Würdenträgern angelegt wird, hinzu. Mehr fiel mir nicht ein. Also drückte ich meine Identokarte darunter.

Was, bei allen Teufeln, hielt Lombar auf?

„Es gibt doch gewiß noch mehr, was wir gebrauchen können", sagte ich.

Er *hatte* jetzt echte Probleme mit seinem Mund. Zahnschmerzen? Jedenfalls zitterten die Lippen auffallend. „Nun, wir haben auch noch kein gelbes, purpurnes und rosa Blasengebräu für die Feier."

„Oh, gut", sagte ich. Ich hatte noch nie von gelbem oder purpurnem Blasengebräu gehört, aber er schrieb es mit ernster Miene auf, und ich stempelte es ab.

Wo, bei allen TEUFELN, blieb Lombar?

Heller machte Anstalten, zum Schlepper zu gehen, doch ich trat ihm wieder in den Weg. „Sollte das schon alles gewesen sein?"

Er starrte mich an. Sein Mund schien sich endgültig selbständig machen zu wollen. Er mußte sich irgendwo gestoßen haben; so wie er über das Schiff hüpfte. „Nun, wir haben die Tup-Feier für die Vertragsunternehmer und ihre Arbeiter noch nicht bestellt, mit Punktkuchen, blauhäutigen Tanzmädchen und allem."

„Gut, gut. Schreiben Sie es auf."

Er tat es, und ich stempelte.

KEIN LOMBAR!

„Oh, wir haben noch einiges zu tun, wie ich sehe", sagte ich. „Aber es ist doch bestimmt noch nicht alles?"

Hellers Probleme schienen sich auf seinen Hals auszudehnen. Aber er brachte schließlich hervor: „Nun, wir dürfen die Hangar-Mannschaft nicht vergessen. Es würde sie kränken, wenn wir nur die Vertragsunternehmen bedenken und sie auslassen. Überlegen wir einmal." Er schien wirklich darüber nachzudenken. „Wie wäre es mit einer Abschiedsfeier für sie, mit fünf Tanzkapellen, Tanzbären aus den Grünen Bergen, Fahnenschmuck und Feuerwerk?"

„Oh, gut, gut. Schreiben Sie es auf!"

Er schrieb die Bestellung für eine riesige Tup-Feier aus, und ich stempelte sie ab.

BEI ALLEN GÖTTERN, WO, ZUM TEUFEL, BLIEB LOMBAR?

„Aber sicher haben wir noch nicht alles bedacht", meinte ich.

Er hatte erhebliche Schwierigkeiten, zu schlucken. Dann stieß er hervor: „Wir haben noch keine neuen Uniformen für Snelz' Wachzug bestellt."

„Oh, wunderbar. Schreiben Sie!"

Und er schrieb. Er dachte sogar an neue Stiefel und neues Bettzeug für alle und einen neuen Offiziersstab für Snelz. Ich stempelte auch diese Bestellung ab, während ich im stillen betete: Lombar, um der Liebe aller Götter willen, mach, daß du aus diesem Schiff rauskommst!

„Sicher haben wir noch etwas vergessen", sagte ich.

„Oh, das haben wir", bestätigte Heller. „Eine neue Uniform und neue Stiefel für Ihren Fahrer. Nein, sagen wir: zwei Uniformen und zwei Paar Stiefel — und eine Galauniform für besondere Anlässe."

Er schrieb es auf, und ich stempelte es so langsam ab, wie ich nur konnte.

Mein Blick zuckte ständig zur Luftschleuse des Schleppers hinüber. Aber von Lombar war nichts zu sehen. Oh, Götter, wie lange kann ich das noch ausdehnen?

„Jettero", sagte ich eindringlich, „es muß noch etwas geben, was wir vergessen haben."

Er dachte angestrengt nach. Aber er schien Probleme mit dem Atmen zu haben. Seine Brust zuckte unruhig, und seine Lippen waren krampfhaft zusammengepreßt.

„Nun", sagte er schließlich, „*Sie* brauchen nichts. Sie kommen ja mit auf die Reise. Ah, ich hab's! Eine neue Ausstattung für Gräfin Krak!"

Und er schrieb und schrieb: Stiefel, Kleider, Jacken, ein Diadem, Duftschocks und so weiter und so fort. Als er fertig war, drückte ich bedächtig meine Identokarte darunter.

Verzweifelt blickte ich zur Luftschleuse hinüber. Kein Lombar! Doch dann fiel mir zufällig ein leerer Platz im Hangar auf. Wo war der Laster der Kammerjäger? Er war WEG!

Oh, (piep), Lombar und sein krimineller Anhang hatten den Schlepper verlassen und waren abgeflogen! Die Bahn war frei — wahrscheinlich schon seit langem! Ich hatte mich für nichts und wieder nichts angestrengt! Sie mußten mir auf den Fersen gefolgt sein! Vielleicht, als ich im Laster war, um den Arbeitsanzug auszuziehen!

„Das ist im Augenblick wohl alles", sagte ich rasch.

Heller ging die Bestellungen durch und trennte die Durchschläge ab. Die ersteren übergab er einem Einkäufer, die letzteren mir.

„Haben Sie vielen Dank, Soltan", sagte er. „Das war sehr anständig von Ihnen. Ich dachte zuerst, Sie wollten mich auf den Arm nehmen, und so habe ich mitgespielt. Aber dann habe ich begriffen, daß Sie es ernst meinten. Es tut mir leid, daß ich Sie ausgelacht habe. Ich will hoffen, man findet dieses gelbe und purpurne Blasengebräu. Soweit ich weiß, gibt es diese Färbungen nicht. Genausowenig wie die goldhackigen Stiefel aus Pantigleder, die ich für die Gräfin ausgesucht habe. Aber überlassen wir es den Händlern, sich darüber den Kopf zu zerbrechen. Ich hatte gedacht, wir sollten in aller Stille abreisen. Aber offenbar ist das nicht nötig. Das wird vielleicht eine Abschiedsfeier werden! Also, nochmals Dank."

Damit ging er, klick-klack, in seinen Raumstiefeln davon und hangelte sich kurz darauf ein Seil hinauf, um die Prüfung der Außenhülle des Schleppers zu vollenden. Ich sah ihm verbittert nach. Ich hatte schon davon gehört, daß sich diese Flottentypen Späße mit den Zulieferern erlaubten, indem sie himmelblaues Kohlenschwarz, Behälter mit Vakuum, ein Pfund Photonen, Hüllen von Raumpartikeln und ähnlich witzige Dinge bestellten.

Und dann dachte ich an meine Rache. Falls er jemals dazu kommen sollte, diesen Elementwandler vorzuführen, stand ihm eine *echte* Überraschung bevor. Recht geschah ihm!

Ich ging zu meinem Flugmobil zurück und sagte Ske, er solle sich irgendeinen Platz zum Schweben suchen. Ich brauchte etwas Ruhe und Frieden.

Eine halbe Stunde später fiel mir plötzlich ein, wie die Finanzverwaltung die Bestellungen, die ich gerade abgestempelt hatte, ansehen würde. Sie würde sie als „mit der Mittelzuweisung unvereinbar" und „leichtsinnig" einschätzen, allerdings erst nach Vorlage der Bestellungen und Auslieferung der bestellten Waren. Man kann Millionen an Regierungsgeldern ausgeben, nur nicht „leichtsinnig".

Schreckerfüllt überschlug ich, auf wieviel sich die Bestellungen beliefen. Die Summe stieg unaufhaltsam an, und ich wurde immer wütender. Wenn die Bestellungen „unvereinbar" waren, konnte der Betrag mit dem Sold des Offiziers verrechnet werden, der sie abgestempelt hatte! Einige mochten in Ordnung gehen, die Uniformen zum Beispiel, aber der Rest betrug rund achthundertfünfzig Verrechnungseinheiten! Vielleicht sogar noch mehr! Und wenn ich mein Soldkonto überzog, würde man mich wahrscheinlich kassieren und vors Kriegsgericht bringen!

„Was ist los mit Ihnen?" fragte mich Ske. „Sie sehen aus, als hätten Sie einen Krampfanfall!"

„Zur Finanzverwaltung", brachte ich schließlich heraus. „Ich muß neunhundert Verrechnungseinheiten auf mein Soldkonto einzahlen! Beeilung!"

Ich war wieder so gut wie blank! Zusammengesunken brütete ich über mein Schicksal. Dann traf mich unvermutet ein weiterer Schlag. Ich setzte mich auf. Diese ganze Feier mit Feuerwerk und Blumen und Bauchbinde! Lombar würde mir die Eingeweide aus dem Leib reißen, weil ich die Geheimhaltung der Mission mißachtet hatte!

„(Piep) Heller!" brüllte ich. „(Piep) ihn und alle seinesgleichen!" Ich hatte es nicht zurückhalten können.

Daß Ske darüber lachte, konnte mir nicht helfen. Das Lachen wäre ihm im Hals stecken geblieben, wenn er gewußt hätte, wie schlecht es stand.

Dabei hatte der Tag so schön angefangen.

Kapitel 9

Ich hatte den Rest des Tages mit diesem und jenem herumgebracht und mich in der Nacht in wachsender Besorgnis auf meinem Bett gewälzt. Heute nun mußte ich Heller mit irgendeinem Köder in dieses Miniaturkrankenhaus befördern und ihn operieren lassen. Meine Hauptsorge war Gräfin Krak. Wenn sie argwöhnte, daß ich etwas mit Heller angestellt hatte, würde sie, Spiteosgefangene oder nicht, einen Weg finden, mich umzubringen.

Ich war schließlich weniger in Schlaf gefallen, als in einen Alptraum, in dem sie mich mit dem Gelbmann verwechselte, den sie in meiner Anwesenheit zu Brei getreten hatte. Ich versuchte ihr im Traum zu erklären, daß ich nur deswegen einen Alptraum hätte, weil sie, hervorgerufen durch einen Elektra-Komplex infolge Vaterfixierung, eine Rollenumkehr erlebe. Aber sie trampelte einfach weiter auf mir herum. Ich wachte schweißgebadet auf und war mir für einen Augenblick sicher, daß es mein Blut war, in dem ich lag. Danach schlief ich nicht mehr!

Am Morgen ließ ich mich nach Aufgang des Tagesgestirns, als ich sicher sein konnte, daß die Gräfin fort war, zum *Schlepper Eins* fliegen. Ich hatte mir die besten Tricks zurechtgelegt und ging mit einem Lächeln auf dem Gesicht, das nichts mit meinem Gefühl zu tun hatte, hinein. Heller war bereits auf den Beinen. Er saß in dem pompösen Salon und feilte an irgendwelchen Notizen. Er trug einen weißen Arbeitsanzug aus irgendeinem funkelnden Material mit aufleuchtendem Kragen. Diese Flottentypen können wahrhaftig protzen. Ich hoffte, der Anzug würde ein paar Blutspritzer abbekommen, bevor der Tag zu Ende war!

„Sie werden die Arbeit, die Sie sich für heute vorgenommen haben, aufschieben müssen", sagte ich ihm. „Sie sind zu einer physischen Inspektion verabredet."

Er lachte auf. „Ich glaube, das wird nicht nötig sein. Ich bin in guter Verfassung. Ich war heute früh, ehe die Arbeitsgruppen eintrafen, draußen und habe einen Trainingslauf um den Hangar absolviert."

„Darf ich mich setzen?" sagte ich und nahm Platz. „Jettero, Sie wissen nicht, was Spionage ist. Deshalb bin ich hier, um Sie zu führen. Auf dem Planeten, zu dem wir fliegen werden, beruhen die Akten der Polizei auf besonderen Kennzeichen. Wenn Sie welche haben, wird man Sie überall aufspüren können — einfach so!" Ich schnippte illustrierend mit den Fingern.

Er schüttelte den Kopf. „Aber ich habe keine."

„Ha!" machte ich und griff nach dem glitzernden weißen Stoff, um ihn beiseite zu zerren. Insgeheim hoffte ich, er würde reißen; aber er tat es nicht. „Und wie nennen Sie das da?" Ich zeigte auf die kleine weiße Narbe, die Lombars Paralysedolch hinterlassen hatte. „Verstehen Sie jetzt?" Ich ließ den Stoff fahren, und das Oberteil rutschte in seine angestammte Form zurück. Dann suchte ich sein Gesicht ab. Ein Kampfingenieur, der so viele Kämpfe und Abenteuer bestanden hatte wie er, mußte davon gezeichnet sein.

Ich fand auch etwas, eine winzige Narbe am äußeren Ende der rechten Augenbraue. Danach hatte ich gesucht! Dort, zwischen Schläfe und oberem Jochbein, konnte die Operation angesetzt werden.

„Na also", sagte ich triumphierend, „das ist schon das zweite." Ich zeigte auf die Narbe neben der Augenbraue.

„Oh, das", erwiderte er lachend. „Sie werden nicht glauben, woher ich sie habe. Es war bei einem Feldzug auf einem primitiven Planeten. Ich sollte in ein Palisadendorf eindringen. Und was soll ich Ihnen sagen, ich wurde von einem Pfeil mit einer Steinspitze getroffen! Ehrlich. Pfeil und Bogen! Der Bordarzt, der mich behandelte, hat sich kaputtgelacht. Da hatte ich mit einem schußbereiten Exploder vor dem Dorf gestanden und wurde von einem Pfeil niedergestreckt! Verrückt. Die ganze Schwadron hat darüber gelacht. Es ist nichts."

„Doch, ein Erkennungszeichen", widersprach ich eifrig. „Wo wir hin wollen, würde man es sehen und sofort wissen, daß Sie von Voltar kommen! Man würde Sie hoppnehmen!" Ich schnippte wieder mit den Fingern, um es zu unterstreichen.

Heller brach in Lachen aus. „Pfeil und Bogen sind auf Voltar etwas aus der Mode gekommen! Schauen Sie sich um, Soltan. Sehen Sie irgendwo welche?" Er fand das offenbar zum Schreien. Er wollte gar nicht mehr aufhören zu lachen. Ich hoffte, er würde daran ersticken.

Dieser Weg führte augenscheinlich zu nichts, also ging ich zu meinem zweiten Argument über. Ich hatte Stunden damit zugebracht, über die Mittel und Wege, wie ich Heller auf den Operationstisch bringen konnte, nachzudenken. „Nun, das mag sein, wie es will", sagte ich mit etwas strengerem Tonfall. „Um die Dienstvorschrift 534279765 Teil A, Paragraph 1 kommen wir jedenfalls nicht herum! Sie schreibt klipp und klar vor, daß niemand mit besonderen Kennzeichen auf der Erde landen darf! So steht es dort!"

Er hörte auf zu lachen. „Sie haben diese Vorschrift natürlich dabei, um sie mir zu zeigen."

Nun, das hatte ich natürlich nicht. Ich hatte sie erfunden. Aber mein Verstand arbeitet ziemlich schnell. „Sie kennen die Vorschrift Nummer a-36-544 M Abschnitt B im *Buch der Raumfahrtgesetze*, die die Landung und Entdeckung der extraterrestrischen Identität verbietet."

Er kenne sie, ja.

„Die Erkennungszeichen-Vorschrift, von der ich gerade gesprochen habe, ist eine geheime Gerichtsinterpretation davon. Wir sind an sie gebunden, verstehen Sie?"

Er schüttelte den Kopf. „Ich muß Ihnen gestehen, daß sie mir unbekannt ist. Und falls es eine Apparatus-Interpretation sein sollte, ich gehöre zur Flotte und bin also nicht daran gebunden."

Es war nur zu deutlich, daß ich nicht vorankam. Aber noch hatte ich die Psychologie von Blito-P3 nicht ins Spiel gebracht. Sie ist die eigentliche Stütze meiner persönlichen Leistungsfähigkeit. Niemand hat, bis zu diesen Enthüllungen, jemals erfahren, daß ich ihr meinen Erfolg zu verdanken habe.

Ein Kind, heißt es, greift, wenn ihm etwas versagt wird, oft zu dem, was *tantrum* genannt wird. Das ist ein wissenschaftlicher Ausdruck, der einen Wutausbruch meint. Erwachsene, die damit konfrontiert werden, geben am Ende gewöhnlich nach. Ich begann also mit Stufe eins.

„Sie", schmollte ich, „Sie wollen mir nur die Arbeit erschweren. Sie sind ein alter Schuft." Das ist eine magische psychologische Wendung, eine Art Zauberspruch.

Und richtig, es war nur zu deutlich, daß es wirkte. Heller starrte mich an; es verwirrte ihn.

Ich ging zu Stufe zwei über: *Ablehnung*. „Wenn Sie nicht mit mir zu dieser physischen Inspektion gehen, WERDE ICH KEINE RECHNUNGEN MEHR FÜR SIE ABSTEMPELN!" Das letzte schrie ich in der angemessenen jaulenden Höhenlage.

Es funktionierte. Er riß entgeistert die Augen auf.

Ich kam zu Stufe drei: *Verweigerungskrampf*. Ich ließ mich rückwärts fallen und krümmte mich, mit den Hacken wild auf den Boden trommelnd, in einem *epileptoiden Anfall*. Er ist der wirksamste Teil des ganzen. Das Geheimnis besteht darin, daß ein epileptoider Anfall auch im Tod auftreten kann: Die Erwachsenen befürchten daher, das Kind vollführe die letzten Zuckungen des Todeskampfs.

Aus den Augenwinkeln beobachtete ich Hellers Reaktion. Es funktionierte wirklich! Er seufzte tief auf — die Lehrbuchreaktion — und rollte die Augen gen Himmel.

Stufe vier besteht darin, sich ein Stück Seife in den Mund zu stecken und buchstäblich zu *schäumen*. Ich hatte die Seife bei mir. Auch auf Stufe fünf war ich vorbereitet: das *simulierte Todesröcheln*. Aber so weit kam es nicht mehr!

„Oh, um der Götter willen, Soltan!" stieß Heller hervor. „Sie brauchen mir nichts vorzuspielen! Wenn Sie durch meine Weigerung Ärger mit Lombar Hisst bekommen würden, tue ich natürlich, was Sie wollen!"

Ich hatte es geschafft!

Draußen sagte ich dem Unteroffizier des Wachzuges, er solle beim Schlepper bleiben. Heller werde den Tag über nicht da sein. Dann flogen wir los.

Die Erdenpsychologie funktioniert immer! Nicht unbedingt so vergnüglich wie bei Bugs Bunny, aber genauso erfolgreich! Diese Psychologen und Psychiater auf der Erde verstehen ihr Fach! Sie können jeden reinlegen! Was für Meister in kaltblütiger Täuschung und Schikane!

Die Grausamkeit nicht zu vergessen. Genau wie bei meinen heutigen Plänen.

TEIL XI

Kapitel 1

„Fein, fein“, sagte Heller, als wir uns dem Anwesen der Witwe Tayl näherten. „Pauschbergen. Eine echte Verbesserung den Operationsräumen von Spiteos gegenüber.“

Ske flog sehr niedrig an. „Oh, ja“, sagte ich, „das ist es. Ich wußte, was ich tat, als ich Sie überredete. Es war sehr klug von Ihnen mitzukommen. Für Sie ist mir das Beste gerade gut genug. Es wird Ihnen gefallen.“ Ich zeigte auf das Schild am Tor:

Heiliges Gedenkhospital
Erhalten zum Andenken
an meinen geliebten Ehemann

Zu schade, dachte ich, daß wir dich nicht neben ihm begraben können. „Ein Spezialist, der Beste seines Berufs, wird sich wunderbar um Sie kümmern.“ Du mannschaftskorrumpierender (piep). Ich lächelte. Wir landeten. „Da wären wir. Steigen Sie aus.“

Prahd stand drüben vor der Tür des Miniaturkrankenhauses. Er trug eine antiseptische Chirurgenmaske und hatte eine blitzende Zange in der Hand. Das Tageslicht spiegelte sich in dem polierten Metall, während er sie nervös betätigte.

Heller sprang aus dem Flugmobil, nahm einen tiefen Zug von der klaren, nach Blüten duftenden Luft und streckte die Glieder. Dann ging er über den Rasen und am Schwimmbecken vorbei auf Jungdoktor Bittelstiffer zu. Ich vermochte mich kaum im Zaum zu halten: Er hatte den Köder geschluckt! Es war geschafft!

Auf der anderen Seite, unter den blühenden Bäumen, bemerkte

ich jetzt auch die Witwe Tayl. Sie schien dort im Schatten Wurzeln geschlagen zu haben. Sie stand einfach nur da, mit halb geöffnetem Mund und großen, runden Augen, ohne sich zu rühren. Eine Hand hatte sie an die Brust gelegt, als hätte sie Schwierigkeiten beim Atmen. Sie schien sich, unglücklicherweise, wirklich in mich vernarrt zu haben. Der Begriff dafür lautet „Anbetungsfixierung", hervorgerufen von der unerklärlichen Anziehungskraft, die ein gutaussehender, viriler Mann auf die Frau ausübt. Ich bedauerte, für den Augenblick, diese Wirkung auf Frauen zu haben. Ich hatte anderes im Kopf. Hastig schloß ich zu Heller auf.

„Doktor Bittelstiffer", stellte ich vor, „hier ist Ihr ... Patient." Ich hätte beinah „Fleisch" gesagt.

Jungdoktor Bittelstiffer war zwar eingewiesen, aber doch sichtlich aufgeregt. Warum auch nicht? Er glaubte, der Himmel würde einstürzen, wenn er in diesem Fall versagte. Er nickte. Das Instrument in seiner Hand schnappte ruckartig auf und zu.

Er führte uns eilig hinein, und Heller machte einen kurzen Rundgang. „Gut, gut. Alles das Neueste."

„Wenn Sie sich jetzt entkleiden und auf diesen Operationstisch legen würden", sagte Jungdoktor Prahd, „könnten wir gleich anfangen."

„Das will ich hoffen", sagte Heller. „Ich habe noch eine Menge am Schiff zu tun. Wir fliegen bald ab, also ..."

Seine Ignoranz den Bedürfnissen von Spionage und Geheimhaltung gegenüber war grauenhaft! Als nächstes würde er Bittelstiffer seinen Namen nennen und seine Lebensgeschichte erzählen! Ich fiel ihm ins Wort: „Je eher Sie tun, was der Doktor Ihnen sagt, desto schneller wird es gehen."

Heller trat seine Stiefel von den Füßen, zog sich aus und legte sich gehorsam auf den Operationstisch.

„Hm", machte Jungdoktor Prahd. „Sie sind wirklich ausgesprochen gut gebaut. Und ausgestattet."

Erstaunt forschte ich in den Augen des Jungdoktors nach einem Anzeichen für Liebesgefühle. Aber es gab keine. Er war vollkommen sachlich. Und ich mußte leider zugeben, daß er mit dem, was er Heller attestierte, recht hatte. Er war ein muskulöser, gut proportionierter Sportler, und er war gut ausgestattet. Dann erkannte ich, daß Prahd nur ein Vertrauensverhältnis zwischen Arzt und Patient herstellen wollte. Gleichzeitig fiel mir auf, daß mich sein Kompliment gereizt hatte. Andere waren auch gut gebaut und ausgestattet. Nun, nicht ganz so gut vielleicht.

„Doktor", sagte ich, „ich möchte Ihre Aufmerksamkeit auf bestimmte tödliche Erkennungszeichen lenken. Sie sind nicht nur entstellend, sondern können in unserer Branche eine Katastrophe heraufbeschwören."

Prahd suchte und suchte, fand aber nichts. Und der blöde (piep) hätte es auch noch gesagt, wenn ich nicht auf die kleine weiße Narbe gezeigt hätte, die Lombars Paralysedolch hinterlassen hatte. „Das", sagte ich, jede Diskussion ausschließend, „muß behandelt werden!"

Dann zeigte ich auf das äußere Ende der rechten Augenbraue. „Und das *dort* ist das reinste Todesmal! Es fällt auf wie eine schillernde Eiterbeule!"

Jungdoktor Prahd suchte krampfhaft, was ich meinte. Und als er die winzige Narbe endlich entdeckt hatte, schockierte er mich mit der Feststellung: „Es scheint gut verheilt zu sein. Man braucht schon ein Vergrößerungs..."

„*Das*", beeilte ich mich zu sagen — Götter, dieser Doktor war so etwas von dumm, daß ihm nicht einmal mein Unterricht hatte helfen können —, „ist die Spur einer knochentiefen Verwundung, verursacht durch den zertrümmernden Aufschlag einer primitiven steinernen Pfeilspitze!"

Prahd blinzelte. „Von einer steinernen Pfeilspitze?"

Und dann wußten die beiden, Heller und der Jungdoktor, in diesem kritischen Augenblick nichts Besseres zu tun, als zu lachen. Heller erzählte Prahd die Geschichte. Wie es schien, war es nicht einmal ein richtiges Gefecht gewesen. Heller war nur neugierig gewesen, wie die Palisaden um das Dorf gebaut waren — sie schienen zwei Fuß über dem Boden zu schweben —, und als er, mit vorgehaltenem Exploder, näher herankam, hatte ein kleines Kind mit einem Pfeil auf ihn geschossen. Bei allen Göttern, ich wußte wahrhaftig nicht, was daran so komisch war. Außerdem, schätzte ich, erzählte er die Geschichte vermutlich jedesmal ein bißchen anders. Es machte einfach keinen Sinn. Wenn er einen

Exploder in der Hand gehabt hatte, hätte er das Kind leicht wegpusten können. Er log!

Aber bevor ich etwas unternehmen konnte, um diese idiotische Abschweifung zu beenden, hatte Jungdoktor Prahd ein Gerät mit einer Sichtplatte in der Hand, das er Heller unter den Kopf legte. Dann blickte er auf den Schirm, und ich tat es ihm nach. Außer dem Umriß einiger Kopfknochen war nichts zu sehen.

Prahd jedoch sagte: „Ich will verdammt sein, wenn ... Wurde die Verletzung behandelt?"

Heller zuckte die Achseln. „Da war nicht viel zu behandeln. Wir haben mehr gelacht. Der Arzt hat nur ein Pflaster aufgelegt."

„Ah", machte Jungdoktor Prahd. „Man sollte ihn vor die ärztliche Prüfungskammer bringen."

Heller hörte auf zu lachen.

Prahd legte einen Finger unter die Narbe und drückte. „Tut das weh?"

„Aua!"

„Dachte ich mir!" Prahd zeichnete mit einem Purpurstift ein *X* über die Stelle, zog das Gerät unter Hellers Kopf hervor und legte es weg. Als er sich wieder über den Operationstisch beugte, schüttelte er besorgt den Kopf. „Hätte dieser Arzt die angemessenen Schritte unternommen, hätte er das gleiche gesehen wie ich."

Ich sperrte den Mund auf. Ich hatte nichts gesehen.

Jungdoktor Prahd hatte eine ernste Miene aufgesetzt. „Mein Lieber, ich sage es Ihnen nur ungern. Aber geraten Sie nicht in Panik: Sie sind in guten Händen. Wenn ich nicht darauf aufmerksam geworden wäre, hätte das schleichende Penetrationssyndrom zu einer präfrontalen Lobusinzision und infolgedessen zu einer inneren Zerebralsuppuration geführt."

Worauf, bei allen Teufeln, war dieser Blödian aus?

„He", sagte Heller, „ich bin kein Arzt. Könnten Sie das vielleicht noch einmal in voltarianisch sagen."

Prahd nahm mit einer beruhigenden Geste Hellers Hand. „Ich muß Ihnen sagen — aber bleiben Sie ruhig liegen, und rennen Sie nicht weg —, daß ein Stück von dieser Steinspitze noch dort drin ist!"

Jetzt begriff ich! Meine Güte, dieser Jungdoktor war mit allen Wassern gewaschen. Kein Wunder, daß die alten Praktiker ihn als Konkurrenten gescheut hatten! Ein Betrüger von Format! Er führte die besten Apparatus-Traditionen fort!

„Belassen wir es dabei“, sagte Heller. „Ich habe keine Zeit, mich damit aufzuhalten. Ich muß auf eine Mission!“

„Missionstauglichkeit negativ“, konstatierte Prahd. „Offizier Gris, teilen Sie Ihren Vorgesetzten bitte mit, daß der Testperson die physische Tauglichkeit nicht bescheinigt werden kann.“

„Wieso?“ fragte Heller, indem er sich aufzusetzen versuchte.

Prahd erklärte es ihm: „Wenn die unabweislichen Folgen eines sich ins Gehirn vorarbeitenden Fremdkörpers auftreten, nachdem ich Sie untersucht habe, und Ihre Mission dadurch zum Scheitern gebracht wird, kann mir die Prüfungskammer die Zulassung entziehen. Ich kann Sie also nicht passieren lassen. Sie können nicht auf die Mission.“

Ich dankte den Göttern, daß ich Gräfin Krak auf Heller angesetzt hatte. Er geriet in Harnisch. „Sie verstehen nicht! Ich muß diese Mission vollenden!“

Prahd legte seelenruhig seine Instrumente beiseite.

„Wie lange würde es dauern, den Stein herauszuholen?“ fragte Heller.

Prahd zuckte die Achseln. „Das ist keine große Sache, wenn auch lebenswichtig. Zwei Stunden. Und weitere vier oder fünf Stunden, bis die Narkose abgeklungen ist.“

„Oh, nein“, sagte Heller. „Ich habe versprochen ... Nun, ich habe jemandem versprochen, mich nicht unter Narkose zu begeben, wenn ... wenn gewisse Leute es verlangen.“

„Oh, Jet“, mischte ich mich ein, „vertrauen Sie Ihren Freunden nicht?“ Aber ich hatte auch daran gedacht. Ich wußte, daß die Gräfin vor Wut schnauben würde, wenn sie herausfand, daß Heller anästhesiert worden war. Sie hatte Angst, er könnte aufgeschnitten oder einer hypnotischen Suggestion ausgesetzt werden. Ich hatte alles bedacht.

Ich griff nach dem kleinen Gerät, das ich auf einem der Tische deponiert hatte, und gab es Heller. „Das ist ein anschließbares Sicherheitsaufnahmegerät. Sie können die Kombination selbst einstellen und an Ihr Handgelenk anschließen. Niemand außer Ihnen kann es abstellen. Es wird alles aufnehmen, bis Sie wieder aufgewacht sind. Und zwar sowohl Töne als auch Bilder. Prüfen Sie es."

Er tat es. Aber es gab keine Tricks. Das Metallgehäuse war völlig undurchdringlich, sobald es verschlossen war. Nur er würde die Zahlenkombination kennen und in der Lage sein, es zu öffnen und an das Aufnahmeband zu kommen.

Schließlich seufzte er auf und sagte mit unsicherer Stimme: „An welches Handgelenk soll ich es anschließen?"

Ich hatte gewonnen! Ich hatte gewonnen! Aber ich behielt meine ernste Miene bei. „Ans linke, da der Doktor auf der rechten Seite operieren wird. Wir können Ihre Hand auf diesen kleinen Rolltisch legen. Von dort aus wird das Gerät alles aufnehmen. Und hinterher können Sie sich zu Ihrer Beruhigung alles ansehen." Ich wußte, daß die Gräfin es auf alle Fälle tun würde.

Heller dachte sich eine Zahlenkombination aus, lernte sie im stillen auswendig und schloß das Gerät an sein linkes Handgelenk. Dann legte er die Hand so auf den kleinen Tisch, daß die Aufnahmen alles zeigen würden, was Bittelstiffer mit ihm angestellt hatte.

Das Aufnahmegerät lief, und ich sagte zu Prahd: „Mein Magen fühlt sich etwas flau an. Haben Sie vielleicht etwas zum Einnehmen?"

Er gab mir eine Tablette.

Heller beobachtete gelangweilt, wie Prahd, unablässig redend, um Heller zu beruhigen, seine Messer, Zangen, Sonden und Fräsen bereitlegte. „Es sind oft die kleinen Dinge im Leben", erklärte er weise, „die sich als störend herausstellen. Sie wären bestimmt nie auf den Gedanken gekommen, daß ein kleiner Steinsplitter ernstlichen Schaden anrichten könnte ..." Und so weiter und so fort.

Schließlich rollte er ein transportables Anästhesiegerät in die richtige Position und bat mich: „Würden Sie das bitte halten?"

„Oh, nein", entgegnete ich. „Aus irgendeinem Grund kann ich in letzter Zeit den Anblick von Blut nicht mehr ertragen."

Prahd zuckte die Achseln, drehte den Sauerstoff auf und gab

das Schlafgas dazu. Dann legte er Heller die Maske aufs Gesicht, und Heller begann das Gasgemisch zu inhalieren. Kurz darauf wies die Nadel eines Meßgeräts, das an seinen Kopf angeschlossen war, auf das Feld *Bewußtlos.*

Als Prahd nach einem Skalpell griff, stieß ich hervor: „Oh, Götter, ich bekomme Magenkrämpfe!"

Damit hastete ich, würgende Laute von mir gebend, hinaus. In der Halle blieb ich, immer noch keuchend, stehen und griff nach der Schnur, die ich gestern angebracht hatte. Sie zog den Rolltisch, auf dem Hellers Hand mit dem Aufnahmegerät lag, gerade so weit zur Seite, daß der Arm herunterrutschen und neben den Operationstisch fallen mußte. Es würde aussehen, als hätte er im Schlaf den Arm bewegt. Das Aufnahmegerät würde jetzt zwar noch die Töne mitschneiden, aber an Bildern nur das Weiß des herabhängenden Lakens liefern.

Ich ließ mein würgendes Keuchen weiter abebben, während ich auf Zehenspitzen aus dem Gedächtnishospital schlich. Ich hatte es geschafft! Natürlich war es nicht ganz so gut wie eine direkte Lobotomie, wie sie die Psychiater auf der Erde favorisieren; sie stoßen dazu einen gewöhnlichen Eispickel unter dem oberen Jochbein hindurch und zerfetzen das Stirnhirn zu Hackfleisch, und wenn der Patient nicht sofort stirbt, vegetiert er noch einige Zeit dahin, um in jedem Fall binnen der nächsten zwei bis fünf Jahre zu verenden. Bei Psychosen eine sehr praktische Lösung. Aber der Gedanke an die Gräfin hatte mich davor zurückschrecken lassen. Sie hätte es bemerkt.

Es ist eine der Prüfungen des Lebens, daß man nie alles haben kann, was man will. Trotzdem, ich konnte zufrieden sein mit dem, was ich hatte. Mit der optischen und der akustischen Wanze in Hellers Kopf würde ich stets wissen, was er tat, so daß ich ihn notfalls stoppen konnte. Jetzt konnte er mir nicht mehr entkommen. Er war völlig meiner Gnade ausgeliefert.

Die Erinnerung an all die schrecklichen Dinge, die ich seinetwegen durchlitten hatte, vervollkommnete die freundliche Euphorie, auf deren Schwingen ich schwebte. Mir würde Gerechtigkeit widerfahren.

Kapitel 2

Jemand zupfte an meinem Ärmel. Ich erwachte aus meiner Traumseligkeit. Die Witwe Tayl stand neben mir und zeigte auf ein Sommerhäuschen unter den Bäumen.

„Ich muß Ihnen etwas zeigen", flüsterte sie.

Hinter mir im Krankenhaus nahm alles seinen Lauf. Ab und an war das Surren irgendeiner Maschine zu hören. Zwei Stunden, hatte Prahd gesagt. Das war noch lange hin.

Während ich der Witwe folgte, rätselte ich über diese Macht, die ich über Frauen hatte. Ich machte mir keinerlei Illusionen darüber, was sie mir in dem Pavillon zeigen wollte.

Es war ein hübsches Gebäude inmitten von blühenden Bäumen, die die Luft mit ihrem Duft erfüllten. Es bestand hauptsächlich aus einem Dach und einer großen, weichen Liege in Hellgelb. Musik perlte sanft und sinnlich aus einem Lautsprecher über der bunt bemalten Glühplatte an der Decke. Es war ein abgeschiedener Ort, wo man vor neugierigen Augen sicher war; ideal für den Austausch von Geheimnissen und anderen Dingen.

„WER war das?" Sie flüsterte immer noch.

Sie hatte sich mit einer Hand an einen Pfeiler gestützt, und ich betrachtete sie. Ihr Mund war immer noch etwas schlaff, und ihr Blick leicht glasig. Außerdem schien sie Probleme beim Atmen zu haben. Aber ihr Gesicht überraschte mich doch: Die Warzen waren verschwunden; nur eine leichte Rötung hob noch die Stellen hervor, an denen sie gesessen hatten. Ein wirklich hübsches Gesicht. Mein Blick wanderte abwärts: Die Brüste unter ihrem Seidenmantel hingen nicht mehr durch, sie waren fest und straff.

Ich betrachtete sie von oben bis unten. Der Anblick erregte mich. Ich ging zu der Liege und legte mich mit einem einladenden Lächeln hin. Ich war wirklich erregt; das passierte mir bei ihr zum ersten Mal.

Ich hatte erwartet, daß sie sich auf mich stürzen und mir die Kleider vom Leib reißen würde. Aber sie wandelte gewissermaßen durch den Raum, langsam und verträumt, und streckte sich, als sie endlich an der Liege ankam, zwar darauf aus, aber nicht eigentlich neben mir, sondern in einem Abstand von gut drei Fuß. Und da lag sie nun, auf dem Rücken, die Arme unter den Kopf geschoben, und starrte versonnen zur Decke hoch.

Ihre Augen, leuchtend wie immer, wurden blicklos, und ihr Atem begann schneller zu werden. „Als ich ihn sah", wisperte sie, „dachte ich, er wäre ein Waldgott. So groß und kräftig, wie er ist."

Die Lampe an der Decke fing an zu schaukeln, und die Musik drehte etwas auf. „Er sprang so federnd aus dem Flugmobil ... so federnd ... so federnd ..."

Eine riesige, vielblättrige Blüte an der Tür schien noch größer zu werden. „Oh. Oh. Oh. OH!" schrie Pratia, und die Blüte brach auf wie eine Explosion!

Ich hatte mich auf den Ellbogen gestützt und starrte Pratia an. Ich war immer noch angezogen. Was, bei allen Teufeln, ging hier vor? Sie hatte mich noch nicht einmal berührt!

Ihr schlaffer Mund schnappte nach Luft, während die Augäpfel nach hinten rollten. „Dann hat er sich gestreckt und ist gegangen ..."

Ein Vogel spähte neugierig zu uns herein. „Seine Füße haben kaum den Boden berührt", gurrte Pratia.

Die Lampe schwang heftiger, und die Musik brauste auf. „Seine Füße liebkosten ... liebkosten ... liebkosten ..."

Ihre Schuhe flogen in die Luft. „Oh. Oh. Oh. OH!"

Ich runzelte die Stirn. Die Situation verwirrte mich. Ich war schließlich völlig unbeteiligt, nichts weiter als ein Zuschauer.

Auf einem Baum in der Nähe ließen sich mehrere Vögel nieder. Pratias Atemrhythmus normalisierte sich, die Musik war wieder sanft und einschmeichelnd wie am Anfang, und die Lampe hing ruhig über uns.

„Und dann ging er am Schwimmbecken vorbei ..." Die Lampe begann erneut zu schaukeln.

Der Vogel beobachtete uns aufmerksam. „... und sein Schatten fiel auf meinen Lieblingsplatz ... Lieblingsplatz ... Lieblingsplatz ..."

Immer diese Wiederholungen, dachte ich. „Oh. Oh. Oh. OH!" schrie sie, und die Vögel auf dem Baum flatterten erschrocken davon.

Langsam machte es mich ein bißchen nervös. Wir lagen immer noch einen Yard voneinander entfernt auf der Liege. Sie mit den Händen unter dem Kopf an die Decke starrend, und ich, auf den Ellbogen gestützt, sie anstarrend. Sie atmete etwas schwer, beruhigte sich aber gerade wieder.

„Und dann", erzählte sie der Decke, immer noch flüsternd, „blieb er stehen und nahm mit einer himmlischen Bewegung ..."

Der Vogel war ganz Ohr und Auge. „... die kleine rote Mütze ... die kleine rote Mütze ... die kleine rote Mütze ..."

Die Deckenlampe schaukelte schon wieder, und die Musik legte enorm zu. „... ab und steckte sie in ... steckte sie in ... steckte sie in ... Oh. OOOOOOOOOOOOOOOOOOOOH!" Es war ein Schrei, der selbst unseren kleinen Gast, den aufmerksamen Vogel, so in Schrecken versetzte, daß er schleunigst Reißaus nahm, während die Lampe in tausend Stücke zersprang!

Rote Mütze? Ich sah ihn vor mir, ihn und seine rote Mütze. He! Diese (piep) dachte an Heller! Und ich, bereit wie nie, wurde links liegengelassen, keines Wortes gewürdigt und noch viel weniger berührt!

Oh, was war ich wütend! Ich stieß sie empört beiseite. Das würde sie lehren! Dann stapfte ich aus dem Pavillon. So konnte sie nicht mit mir umspringen!

Doch sie schien ungerührt weiterzumachen. „Und dann steckte er sie in die Tasche. Einen Augenblick blieb er noch stehen, und als er hineinging ... hineinging ... hineinging ..."

Mehr wollte ich nicht hören. Ich ging zum Schwimmbecken und setzte mich. Oh, ich kann euch sagen, ich bebte vor Zorn!

Aber nach einer Weile hatte ich es überwunden. Die gelegentlich aus dem Krankenhaus dringenden Geräusche halfen mir, meine gute Laune wiederzufinden. Dieser schmierige (piep) bekam, was ihm zustand! Und das, was ich gerade erlebt hatte, war nur eine Verletzung mehr, für die er bezahlen würde.

Ich überlegte, was ich ihm noch Bösartiges zufügen konnte. Aber was dort drinnen mit ihm geschah, reichte wohl aus. Alles in allem war es doch ein schöner Tag.

Kapitel 3

Gegen Mittag trat Doktor Prahd Bittelstiffer vor die Tür des Miniaturkrankenhauses und wischte sich die Hände an seinem blutbespritzten Wegwerfkittel ab. Aber er kam nicht zu mir ans Schwimmbecken, sondern ging einen der Steinwege entlang, die sich kunstvoll zwischen den Bäumen hindurchschlängelten.

Nun, dachte ich, er wird sich die Beine vertreten wollen. Er hatte nicht zwei Stunden operiert, sondern gut dreieinhalb! Ein bißchen zu groß geraten, wie er war, stakste er mit langen Beinen in einer Art Zickzackkurs durch den Park, den Blick auf den Boden geheftet, als wäre er bedrückt. Vielleicht war die Operation fehlgeschlagen; vielleicht hatte er ein Elektromesser etwas zu tief eingeführt und Heller getötet: ein verlockender Gedanke. Je länger ich darüber nachdachte, desto mehr freundete ich mich mit ihm an.

Jungdoktor Prahd war inzwischen stehengeblieben und hob etwas vom Boden auf. Danach ging er zu einer erotisch posierenden steinernen Waldnymphe, nahm einen kleinen Hammer aus seinem Kittel und hämmerte damit auf irgend etwas ein, das er auf den Metallsockel der Waldnymphe gelegt hatte. Was, zum Teufel, machte er da? Wollte er die Nymphe durch rhythmische Schläge zum Leben erwecken? Wir hatten jetzt schon eine zuviel unter uns!

Schließlich hörte das Hämmern auf, und Prahd kam zu mir herüber. Dabei zog er eine kleine Fräse und eine Pinzette aus der Tasche und begann, vor sich hin summend, etwas zu polieren. Die Fräse machte kreisch, kreisch, kreisch; es ging mir ziemlich auf die Nerven.

Als er bei mir angekommen war, steckte er die Fräse weg und holte eine Phiole mit Blut hervor, in das er, was immer er mit der Pinzette halten mochte, eintauchte. Dann verstaute er die Phiole wieder in seinem Kittel. Was, zum Teufel, sollte dieser Hokuspokus? Er spannte mich auf die Folter! Ich wollte endlich wissen, wie die Operation ausgegangen war.

Aber er ließ mich warten. Er holte eine kleine vergoldete Schatulle hervor. Sie sah aus wie die, in denen die Frauen ihre Parfümklümpchen aufbewahren. Dann fiel mir ein, daß sie wahrscheinlich aus der Lieferung der Zanco stammte. Die Firmen pflegen solche Schatullen an ihre Kunden zu verschenken, als Präsente für deren Frauen. Und dort auf dem Deckel war der Beweis eingraviert: *Zanco*.

Jungdoktor Prahd klappte ihn auf und legte sorgfältig hinein, was immer er mit der Pinzette gehalten hatte, pustete die innere Polsterung auf und wischte das Blut an der Pinzette daran ab. Dann hielt er mir die Schatulle voller Stolz entgegen. Er sah aus wie ein langbeiniges Jungtier, das darauf wartete, daß ihm jemand die Schnauze tätschelte und „Guter Beller!" zu ihm sagte. In der Schatulle lag ein mikroskopisch kleiner, blutverschmierter Steinsplitter.

„Das Stück von der Pfeilspitze", erklärte Prahd.

„Sie haben es nicht aus seinem Kopf geholt. Ich habe gesehen, wie Sie es dort drüben vom Boden aufgehoben haben." Dann dämmerte mir plötzlich, was er vorhatte. He, es war noch Hoffnung für den Jungen! Er wollte es Heller übergeben, als Beweis. Aber ich hatte nicht die Absicht, diesem jungen Spund eine zu gute Meinung über sich selbst einzuflößen. Komplimente sind der Untergang der Ordnung: Sie zerfressen sie! Er könnte unter meinem Daumen hervorrutschen. „Sie haben lange genug gebraucht." Ich sah auf meine Uhr. „Zwei Stunden sind nicht drei Stunden und fünfundvierzig Minuten."

Er sah ein bißchen angeschlagen aus. „Nun, Sie müssen verstehen. Hätte mir der Patient gestern schon zur Verfügung gestanden, hätte ich die nötigen Zellproben nicht erst heute zu entnehmen brauchen. Ich mußte Zellen aus der Dermis und Epidermis sowie den Knochen entnehmen. Es dauerte allein schon eine halbe Stunde, sie auf einem sterilen Träger zu kultivieren, um das Zellmaterial, das ich brauchte, zu erhalten. Dann mußte ich die Narbe einer dieser kruden Schutzimpfungen beseitigen, der er offenbar als Kind unterzogen worden war. Außerdem waren, neben der weißen Narbe an der Schulter, noch die Spuren einer Exploderverbrennung auf dem Rücken zu beseitigen. Dann hatte er sich irgendwann einmal einen Finger eingeklemmt; der Nagel war verwachsen, und ich hatte keine Nagelzellen vorbereitet, so daß ich erst eine Kultur für sie anlegen mußte ..."

Er trieb mich zum Wahnsinn. „Kommen Sie schon. Was ist mit dem Respondomitter und dem Audio-Respondomitter?"

„Nun, es war wirklich eine kleine Einbuchtung im Knochen gewesen, wo er von der Pfeilspitze getroffen worden war. Diese Flottenärzte sind nicht gründlich genug. Sie war ohne professionelle Hilfe wieder zugewachsen. Ich mußte das Knochengewebe erst wieder herauskratzen. Er muß von Manco stammen. Seine Knochen sind ziemlich hart und dicht. Ich mußte eine Fräse ..."

Er schien endlich meine Ungeduld zu bemerken und erzählte rasch weiter: „Das ergab eine perfekte Höhle für die beiden Wanzen. Aber natürlich mußten sie noch befestigt und die Knochenzellen so konditioniert werden, daß sie die Fremdkörper nicht abstoßen. Und dann waren die winzigen Antennen in die Molekularstruktur der Knochenverbindungen einzubetten."

„Was ist mit diesem wunden Punkt unter der Augenbraue?" Ich befürchtete, daß er sich eine empfindliche Stelle ausgesucht hatte, an der später noch einmal operiert werden müßte, bei welcher Gelegenheit man die beiden Wanzen finden würde.

Meine Frage schien ihn zu verwirren, doch dann erinnerte er sich. „Oh, da war keine wunde Stelle. Das war nur mein Fingernagel."

Angesichts meiner augenscheinlichen Ungeduld beeilte er sich, zum Ende zu kommen. „Die Wanzen sind eingeführt, und zwar so, daß man sie nie entdecken wird. Die Narben sind allesamt verschwunden. Ich denke, ich habe den Test bestanden."

Ich schnaubte. „Da war einmal ein junger Praktikant bei meinem Onkel ..."

„Ich dachte, Professor Slahb wäre Ihr Großonkel."

„Ich habe auch einen Onkel, der Zelluloge ist“, sagte ich mit Nachdruck. „Dieser junge Praktikant nun war vertraglich gebunden und hätte bei meinem Onkel bleiben müssen.“ Ich erzählte ihm diese Geschichte, weil er hier von allen Annehmlichkeiten des Luxus umgeben war. Ich wollte nicht, daß ihm irgend jemand Flausen in den Kopf setzte. „Aber er traf eine junge Witwe, die sehr reich war, und brach seinen Vertrag, um mit ihr zu leben.“

Er schüttelte den Kopf. „Oh, wenn Sie Pratia meinen ...“

Das gab den Ausschlag. Die Beziehung der beiden war offensichtlich weit genug gediehen, daß sie sich mit dem Vornamen anredeten. „Wenn Sie glauben, Sie hätten den Test bereits bestanden, so irren Sie sich! Ich weiß noch nicht, ob die Operation das gewünschte Ergebnis gebracht hat, ob die Überwachung funktioniert. Darüber hinaus muß ich erst ganz sicher sein, daß Sie die Geheimhaltung beachten oder nicht doch mit jemandem darüber reden. Sie haben kein Recht, sich hinzustellen und von mir die Aushändigung des Vertrages zu verlangen. Sie werden ihn bekommen, wenn Sie sich auf Bli... an Ihrem Einsatzort bei mir melden. Ich werde vor Ihnen dort sein.“

Es hatte ihm die Sprache verschlagen. Ein gutes Zeichen.

„Ich habe noch einige Instruktionen für Sie. Setzen Sie sich!“

Er schluckte schwer und setzte sich.

Ich hatte einen kleinen Koffer aus dem Flugmobil mitgebracht. „Hier drin sind drei Sprachlehrgänge. Die Sprachen gehören zu den Voraussetzungen für Ihren Posten. Die erste ist *Türkisch,* die zweite *Englisch* und die dritte *Italienisch.* In dem Koffer sind Lehrbücher, Wörterbücher und ein Abspielgerät. Sie werden hier mit dem Studium anfangen und es während der sechs Wochen Ihrer Reise fortsetzen; für etwas anderes wird Ihnen kaum Zeit bleiben. Denn ich erwarte, daß Sie bei Ihrer Ankunft auf Bl... an Ihrem Einsatzort diese drei Sprachen sprechen, lesen und schreiben können. Wenn Sie Ihren Testfall mit dem gewünschten Ergebnis abschließen und bei Ihrer Ankunft diese drei Sprachen beherrschen und wenn Sie die Geheimhaltung nicht gebrochen haben — und glauben Sie mir, ich werde Sie, ohne daß Sie es bemerken, ständig im Auge behalten —, dann werde ich geneigt sein, Ihnen den Vertrag auszuhändigen. Haben Sie mich verstanden?"

„T...türkisch? Es ... es ... was auch immer. Sind es zivilisierte Sprachen? Ich habe noch nie von ihnen gehört."

„Es sind primitive Dialekte aus einer anderen Galaxie. Verstehen Sie?"

„J...j...ja."

„In zehn Tagen wird Zanco einen Laster herschicken. Er wird um zehn Uhr vormittags eintreffen, um die Ausrüstung abzuholen. Die Leute wissen, wohin Sie gebracht werden sollen. Sie haben einen Passierschein." Ich hatte vom Kapitän der *Blixo* die genaue Startzeit erfahren und alles mit ihm abgesprochen.

„Zanco", fuhr ich fort, „wird eine leere Kiste für den Operationstisch mitbringen und ihn darin verstauen."

„A...a...aber er hat eine Kiste!"

„Genau." Ich durfte nicht das Risiko eingehen, daß die Witwe Tayl ihn zurückhielt. „Sie werden Löcher in die Seiten bohren und ein Schloß anbringen, so daß sie von innen verschließbar ist. Wenn nun der Zanco-Laster kommt, *werden* Sie den Leuten zeigen, was sie mitnehmen sollen und dafür sorgen, daß sie den Operationstisch in die mitgebrachte Kiste packen. Danach legen Sie sich in die präparierte Kiste, verschließen sie von innen und lassen sich unbemerkt zu dem Schiff bringen."

Er schnappte nach Luft. Es war ein Meisterschlag. Er würde von der Witwe Tayl wegkommen, und niemand würde sehen, wie er an Bord ging. Ich mag es, wenn alles glatt und sauber verläuft.

„K...kann ich die Kiste auspolstern? D...damit ich m...mir nicht den K...Kopf stoße?"

Ich war nachsichtig gestimmt. „Gewiß doch", sagte ich. Dann zog ich einen Zettel für Kapitän Bolz hervor, den Prahd ihm geben sollte. Die Nachricht lautete schlicht: „Das ist er. Gris."

„Ich glaube ... ich glaube, ich habe nicht viel Ahnung von Geheimoperationen", gestand er.

Genausowenig wie von schönen Witwen, fügte ich in Gedanken hinzu. „Nun noch zwei Punkte."

„N...noch zwei P...Punkte?"

„Auf dem Schiff, mit dem Sie reisen, wird auch ein junger Homosexueller sein. Sprechen Sie nicht mit ihm! Vermeiden Sie überhaupt jeden Kontakt mit ihm! Er ist ein feindlicher Spion."

„U...und?"

„Und wenn Sie nicht bei diesem Schiff ankommen sollten, wie ich es dem Kapitän angekündigt habe, wird er einen schwerbewaffneten, rücksichtslosen Trupp hierherschicken, der Sie festnimmt und ..." — ich hatte sagen wollen: „die Witwe Tayl vergewaltigt", aber sie wäre überglücklich darüber gewesen — „dieses Anwesen niederbrennt und Ihrer lieben Pratia erst sämtliche Knochen bricht und sie dann unter der Anklage, eine feindliche Agentin zu sein, exekutiert. Haben Sie verstanden?"

Er war gelähmt. Nun, er mußte sich sowieso an ein neues Arbeitsklima gewöhnen. Warum also nicht gleich damit anfangen? Ich hatte einen Plan ersonnen, wie er mir ein Vermögen einbringen konnte. Sonst brauchte ich ihn nicht und hätte ihn gleich dort mit einem Schuß von seiner Angst erlösen können. Aber, wie Lombar immer sagt, Geld regiert.

Ich schenkte ihm ein großmütiges Lächeln. Er sollte wissen, daß ich auch sein Freund sein konnte. Polizeipsychologie ist das probate Mittel in solchen Situationen: Nachdem man sie genügend unter Druck gesetzt hat, kommt die Freundlichkeit zum Zug. Aber er sprang nicht darauf an. Nun, dann mußte ich ihm eben lange genug die Zähne zeigen und ihn in dieser überlegenen Weise anlächeln; irgendwann würde er schon reagieren.

Aber die Psychotherapie wurde gestört. Aus dem Haus gellte über einen Lautsprecher eine Stimme heraus: „Ju-hu, Jungs!" Es war das sinnliche Trällern der Witwe Tayl. „Sitzt doch nicht so herum wie die lieben kleinen Engel, die ihr seid. Kommt ins Haus und eßt eine Kleinigkeit."

Also gingen wir hinein. Es war ein bombastisches Speisezimmer, ganz in Blau und Gold, mit kleinen Goldnymphen, die sich an der Decke vergnügten, und verstreuten Sofas in allen Größen und Formen. Die Mitte des Zimmers hing förmlich durch unter der Last von Getränkebehältern und Platten voller Gebäck, getrocknetem Braten und Früchten.

Pratia trug den Hauch eines Hauchs eines Kleides und hatte sich mit Diamantspangen die Haare hochgesteckt. Sie sah uns fragend an. „Wo ist der Neue?"

„Es wird noch drei, vier Stunden dauern, bis er zu sich kommt", sagte ich brutal.

Sie blickte auf die aufgetürmten Gerichte und dann auf ihr Spiegelbild in einem Wandspiegel. Ihr Gesicht nahm einen sehr, sehr traurigen Ausdruck an. „Nun, setzen wir uns zu Tisch", sagte sie entmutigt.

Ich aß. Prahd jedoch saß nur da und starrte vor sich hin. Schließlich sagte er: „Brennen Sie das Anwesen nicht nieder!"

Was für ein Dummkopf. Vor der Witwe Tayl davon zu sprechen! Es war mein Schicksal, mit Dummköpfen und Amateuren arbeiten zu müssen.

Aber die Witwe hatte ihn nicht gehört. Sie saß mit verträumten Augen auf dem Sofa hinter ihm und spielte mit einer Hand in den Nackenhaaren des Jungdoktors. In der anderen hielt sie eine große, weiche Frucht.

Prahd sah mich plötzlich eindringlich an. „Oh, Sie brauchen nicht an mir zu zweifeln. Ich werde kommen!"

Die Augen der Witwe wurden glasig. Ihr Atem beschleunigte sich. Und dann rief sie: „Und dann schob er seine rote Mütze in ... in ... in ..."

Die Frucht in ihrer Hand bot ihrem Griff keinen Widerstand mehr. Sie explodierte, und eine Fontäne aus weißem Fruchtfleisch spritzte nach allen Seiten auseinander. „OHHHHHHHHHHHHH-HHHHH!"

Ich starrte sie an. (Piep) sie! Sie dachte an Heller. Darum hatte sie sich umgezogen und zurechtgemacht und dieses märchenhafte Mahl auftischen lassen. Nur weil sie AN HELLER DACHTE!

Ich machte mich über ein Stück süßes Gebäck her, als hätte es *mich* gebissen! Ich würde es IHM schon zeigen!

Kapitel 4

Am späten Nachmittag erwachte Heller aus der Narkose. Prahd gab mir das vereinbarte Zeichen, und ich ließ Ske das Flugmobil zu dem engen Platz vor der Tür des Miniaturkrankenhauses bringen. Er fluchte zwar darüber, weil die Sträucher, zwischen denen er landen mußte, den Lack ankratzten, aber ich wollte der Witwe Tayl keine Gelegenheit geben, Heller noch einmal zu Gesicht zu bekommen. Sie könnte sich einprägen, wie er aussah, und das wäre ein zu großes Sicherheitsrisiko.

Ich schob Heller durch die Krankenhaustür direkt in das Flugmobil, und wir hoben sofort ab.

Das Aufnahmegerät war immer noch an sein Handgelenk angeschlossen. Es war eingeschaltet und würde, bei einer Aufnahmekapazität von zehn Stunden, noch einige Zeit weiterlaufen. Also hütete ich mich, etwas zu sagen. Kurz bevor wir die Krankenhaustür erreichten, hatte ich ihm ein Handtuch über den Arm geworfen, so daß das Gerät keine Bilder aufnehmen konnte: Die Aufnahme würde keinen Hinweis darauf enthalten, wo er gewesen war.

Er war immer noch benommen. An der rechten Schläfe und verschiedenen anderen Stellen seines Körpers befanden sich schalenähnliche Verbände. Prahd hatte ihm gesagt, sie enthielten „Schnellheilungsflüssigkeit" und würden sich nicht einmal beim Duschen lösen. Er hatte ihm ein Fläschchen mit Lösemittel gegeben, das er nach vierundzwanzig Stunden auf die Verbände geben sollte, um sie abnehmen zu können. Die Stellen darunter würden noch einen Tag hellrosa hervorstechen, und Prahd hatte ihm ein zweites Fläschchen mit Kunsthautmasse gegeben, mit der er die Stellen abdecken konnte. Heller hatte alles mit einem Minimum an Aufmerksamkeit entgegengenommen. Er schien nur einen Wunsch zu haben: weiterzuschlafen.

Ich war erpicht darauf, zu sehen, ob die Wanzen funktionierten. Der Erfolg der Erdenoperation hing davon ab. Ich hatte einen Satz der Empfangsgeräte bei mir. Ich war zwar guter Hoffnung, aber auch ein wenig von Angst gequält.

Am Hangar waren die meisten Arbeitsgruppen glücklicherweise schon abgezogen; niemand wollte etwas von Heller. Ich begleitete ihn bis zur Luftschleuse und rannte, während Heller vermutlich in den hinteren Schiffsteil ging, zum Flugmobil zurück, um mit Höchstgeschwindigkeit und einem protestierenden Ske durch den Abendhimmel zu zischen.

Vor meiner Absteige angekommen, schnappte ich mir die Kiste mit den Geräten und sauste die Treppe hinauf. Meeley kroch auf allen vieren über einen Treppenabsatz und schrubbte den Fußboden. Ich hätte sie beinah umgerannt, und sie schimpfte mir überraschend heftig hinterher. Aber ich achtete nicht darauf.

Nachdem ich die Tür zugeschmissen und abgeschlossen hatte, wischte ich ein paar Getränkebehälter vom Tisch und baute die Geräte auf. Mit vor Aufregung zitternden Händen schaltete ich den Aktivator-Empfänger ein. Ich war nur zwanzig Meilen vom Apparatus-Hangar entfernt, und dieses Ding sollte, laut Spurk, zweihundert Meilen weit reichen. Ich schaltete den Sichtschirm dazu.

Nichts! Nicht einmal ein Knattern!

Ich drehte den Aktivator-Empfänger auf, bis er praktisch blaue Blitze verschoß. Nichts!

Ich drehte den Sichtschirm auf. Nichts!

(Piep) Spurk! Er mußte gelogen haben! Recht war ihm geschehen! Er hatte sich seinen Tod selbst zuzuschreiben!

Ich lehnte mich zurück und überlegte. Vielleicht war die Leistung nicht stark genug. Ich packte den 831-Zwischensender aus und schloß ihn an. Er sollte das Signal zwischen dem Aktivator-Empfänger und dem Sichtschirm so verstärken, daß sie zehntausend Meilen auseinanderliegen konnten!

Nichts!

Ich drehte jeden Knopf, den ich finden konnte, bis zum Anschlag auf und wartete. Endlich rührte sich etwas. Im Lautsprecher des Sichtschirms war ein schwaches rhythmisches Geräusch zu hören.

Auch auf dem Schirm tat sich etwas. Ich hatte ihn wohl zu weit aufgedreht und dadurch irgend etwas in seinem Innern zum Glühen gebracht. Der Schirm zeigte eine verschwommene, flakkernde rosa Fläche.

Ich lauschte auf das rhythmische Geräusch und zählte mit. Es erklang etwa achtzehnmal pro Minute. Schwer zu erkennen, was es war. Die Tonqualität war ausgesprochen mies.

Dann hatte ich es! Es waren Atemgeräusche! Und das schwache Rosa war das Licht, das durch die Augenlider drang. Heller schlief. Wenn es Heller war.

Nun, ich hatte etwas empfangen. Aber, bei allen Göttern, erst nachdem ich alle Knöpfe auf maximale Leistung gestellt hatte, und selbst mit dem 831-Zwischensender funktionierte es mit Ach und Krach über zwanzig Meilen! Ich bezweifelte, ob ich diese Anlage von der Türkei aus benutzen konnte, wenn Heller in Amerika war.

Ich setzte mich auf. Was war da zu tun? Mit dieser schwachen Ausrüstung konnte ich Heller nicht überwachen; er konnte, frei wie ein Vogel, in den Vereinigten Staaten tun und lassen, was er wollte, ohne daß ich etwas davon erfuhr! Ich würde nicht in der Lage sein, ihn mit Hilfe der Informationen, die mir die Wanzen lieferten, zu sabotieren. Eine furchterregende Vorstellung!

So brütete ich eine Weile vor mich hin. Ich war schon fast so weit, aufzugeben, als ich Schritte im Lautsprecher hörte. Allerdings nur schwach, kaum als Schritte zu erkennen. Aber sie wurden etwas lauter. Dann verstummten sie.

Eine Stimme: „Liebling, bist du in Ordnung?“ Es war so undeutlich, daß ich die Stimme nicht erkennen konnte. Aber es mußte Gräfin Krak sein. Ja, die Wache mußte gerade gewechselt haben, wie ich mit einem Blick auf meine Uhr feststellte.

Das Bild auf dem Schirm wurde langsam deutlicher, schneeig zwar, aber es *war* Gräfin Krak. Sie war in Uniform und trug noch den Helm. Ihr Gesicht war etwas aufgeschwemmt. Aber das lag wohl am Empfang.

Besorgt berührte sie den Verband mit der Heilflüssigkeit an Hellers Schläfe. „Bist du gestürzt? Hast du einen Unfall gehabt?"

„Oh, hallo, mein Liebes. Ich muß wieder eingeschlafen sein." Schlechte Qualität; Hellers Stimme war kaum zu erkennen. „Nein, nein. Du brauchst dir keine Sorgen zu machen. Ich hatte nur zu viele Erkennungszeichen am Körper. Ein Zelluloge hat sie entfernt."

„WAS?"

„Ja, mehr war nicht. Soltan hat es arrangiert."

Auf ihrem Gesicht malte sich Schrecken ab. „Du warst in Narkose? *Bewußtlos?*"

„Oh, bitte. Das war doch nichts. Es braucht schon ein bißchen mehr als dieses Gas, um mich zu verletzen."

„Ha, Jettero Heller! Was du nicht sagst!" Sie war ziemlich außer sich. „Kaum drehe ich dir den Rücken zu, stellst du irgendeine Verrücktheit an! Ich habe dir doch gesagt, daß ich mit Soltan Gris fertig werde, aber du nie!" Dann ging plötzlich eine Veränderung in ihr vor. Sie nahm sein Gesicht zwischen ihre Hände und betrachtete den Verband an der Schläfe. „Oh, mein armer Liebling. Was haben diese Tiere mit dir gemacht?"

Mir war mulmig zumute. Würde sie erraten, was wirklich mit ihm geschehen war?

Heller lachte sie aus. „Schau", sagte er und fummelte herum. „Der Arzt hat mir das kleine Stück von der Pfeilspitze, das er herausgeholt hat, als Andenken gegeben." Er erzählte ihr die Geschichte, und dann öffnete er die kleine goldene Schatulle.

„Es ist ganz blutig!" sagte sie zurückschaudernd. Ich schnitt eine Grimasse. Wenn es sich nicht um Hellers Blut handelte, schreckte sie nicht zurück.

„Natürlich!" sagte Heller. „Er hat es aus meinem Jochbein entfernt." Er nahm den Splitter aus der Schatulle, und auf meinem Schirm wirkte er absolut RIESIG! „Hmmm", machte er. „Das ist sonderbar. Ich dachte, es wäre Vulkangestein gewesen, aber das hier ist Feuerstein."

Ich knirschte mit den Zähnen. (Piep) Prahd und seine Einfälle!

„Könnte eine Mischung gewesen sein", rätselte Heller. „Aber dieses vulkanische Gestein kommt selten zusammen mit Feuerstein vor."

„Oh, Jet. Du hättest vorsichtiger sein müssen. Du hättest es hier machen lassen sollen. In meiner Anwesenheit. Sie können dir etwas eingeredet haben, während du bewußtlos warst. Denk nach! Erinnerst du dich an etwas? Eine allgemeine Narkose kann zur Hypnose benutzt werden."

Du und die Hypnose, höhnte ich. Haß brach in mir auf bei dem Gedanken an das, was sie mir angetan hatte.

„Oh, ja", sagte Heller. „Das habe ich ja ganz vergessen. Es ist immer noch an meinem Handgelenk. Soltan hat es mir gegeben. Nur ich kenne die Kombination, mit der es geöffnet werden kann." Er stellte seine Kombination ein, und ich notierte mir in Gedanken, daß er Idiotenkombinationen bevorzugte: 3, 2, 1. Ha! Man lernte doch einiges durch diese Wanzen!

„Es läuft immer noch", sagte Heller. „Sehen wir uns an, was es aufgenommen hat." Er steckte das Band in ein Abspielgerät und schaltete es ein.

Er beobachtete die Gräfin, und das war gut so, denn der ganze Plan stand oder fiel mit ihrer Reaktion. Hatte ich sie ausgetrickst oder nicht?

Ich hörte meine Stimme undeutlich aus dem Lautsprecher kommen: „Mein Magen fühlt sich etwas flau an. Haben Sie vielleicht etwas zum Einnehmen?" Dann Prahd: „Würden Sie das bitte halten?" Und darauf ich: „Oh, nein. Aus irgendeinem Grund kann ich in letzter Zeit den Anblick von Blut nicht mehr ertragen."

Die Gräfin saß sehr aufrecht da und lauschte.

Dann erklang wieder meine Stimme, auf dem Schiff und vor mir auf dem Tisch: „Oh, Götter, ich bekomme Magenkrämpfe!" Gefolgt von starkem Würgen.

Die Gräfin begann zu nicken; sie sah aus wie eine Lehrerin, die einen Schüler belobigte, weil er vorbildlichen Gehorsam bewiesen hatte. Dann entspannte sie sich. Jetzt wußte ich, daß ich gewonnen hatte! Sie glaubte, die hypnotische Suggestion, die mir Magenschmerzen verschaffen sollte, wenn Heller angerührt wurde, wäre immer noch wirksam.

Als das Bild auf ihrem Schirm weiß wurde, sagte Heller: „Meine Hand muß vom Tisch gerutscht sein."

Die Gräfin zuckte die Achseln.

„Ich stelle mal auf Schnelldurchlauf um", sagte Heller. Aber außer dem Klappern und Surren der Instrumente und dem Blubbern der Kulturen war natürlich nichts mehr zu hören. Die nächsten Bilder waren die von seiner Rückkehr in den Schlepper.

Die Gräfin sagte: „Ich hole uns etwas zu essen."

Hatte ich gewonnen? Man kann bei Frauen nie sicher sein, aber die Gräfin schien tatsächlich nicht zu argwöhnen, daß unter der Hand noch mehr geschehen sein könnte. Mir ging plötzlich auf, daß sie sich ausschließlich über eine körperliche Verunstaltung Sorgen gemacht hatte, und an Hellers Körper wies nichts auf den eigentlichen Zweck der Operation hin.

Probleme hatte ich allerdings mit der Überwachungsanlage, und zwar erhebliche. Ich konnte unmöglich ständig an Hellers Rockschößen hängen und gleichzeitig die gesamten Erdenaktivitäten überblicken. Mit den kleineren Mängeln, etwa der Verzerrung des peripheren Sichtbereichs — der Dinge also, die nicht direkt angesehen wurden —, konnte ich mich abfinden. Aber die Bild- und Tonqualität insgesamt ließ so viel zu wünschen übrig, daß ich kaum noch Hoffnung hatte.

Ich dachte daran, das Band im Empfänger in Gang zu setzen, und es dabei zu belassen. Er besaß eine automatische Bandzufuhr und würde tage-, vielleicht sogar wochenlang selbständig alles aufnehmen; man brauchte nur einen Stapel Bänder einzulegen.

Aber dann kam die Gräfin zurück, und ich dachte mir, daß ich vielleicht ein paar wichtige Dinge erfahren würde. Schließlich wußte ich nichts über die Beziehung der beiden. Was ich sah, war völlig neu für mich, denn in meinem Beisein verhielten sie sich natürlich ganz anders. Was *machte* dieses Paar, wenn es allein war? Also sah ich weiter zu.

Die Gräfin hatte die Wachuniform abgelegt und trug jetzt einen blauen Übungsanzug. Sie hatte zwei dampfende Behälter mit Trinkröhrchen in der Hand — man kann im Raum keine normalen Getränkebehälter benutzen, und der Schlepper war eben auch nur ein Raumschiff.

„Würdest du dem Fitneßraum bitte sagen, daß er sich in das Dampfbad verwandeln soll? Ich möchte dieses Anästhesiegift aus deinem Körper haben.“

Heller tat ihr den Gefallen und rief: „Dampfbad!“ Dann tranken die beiden ihre Suppe.

Nun, gleich würde ich herausfinden, ob Wasser und Hitze die Überwachung beeinträchtigten. Heller zog sich aus und tauchte in den Dampf ein. Auf dem Empfangsschirm wurde es auch ziemlich grau! Aber die Hitze und das Wasser schienen keine Wirkung auf die Wanzen zu haben. Zumindest darin hatte Spurk nicht geflunkert. Belogen hatte er mich nur, was die Reichweite und die Qualität betraf, jedenfalls mußte ich das bis dahin annehmen.

Als Heller sich nach dem Dampfbad abgeduscht hatte, rief er: „Fitneß!“

Die Gräfin rief von irgendwo: „Zieh einen Übungsanzug an! Der Dampf wird nicht reichen, das Gift aus deinem Körper zu bekommen.“ In ihrer Stimme klang immer noch ein leichter Tadel für seine Ungezogenheit mit.

Er rannte auf einem Laufband, machte Saltos und turnte sich in Schweiß.

Danach ging er wieder unter die Dusche und zog anschließend einen blauen Hausanzug an.

Die Gräfin ging durch den Fitneßraum auf ihn zu, als er gerade in den Salon zurückkehren wollte, und er zog sie an sich und küßte sie. Der Sichtschirm flackerte. Oh-ho, er schien doch Gefühle zu registrieren, wenn auch auf etwas eigentümliche Weise.

Heller löste sich von der Gräfin. „Hast du mir vergeben?“

„Oh, Jet, als ob ich dir irgend etwas zu vergeben hätte!“

Sie küßten sich wieder. Und dann hielt Jet die Gräfin ein Stück von sich ab und sagte vergnügt: „Du hast mir noch gar nicht erzählt, was *du* heute gemacht hast! Vielleicht war dein Tag ja noch schlimmer als meiner!“

Sie lachte. „Ich habe für die Parade geprobt.“

Parade? Parade? fragte ich mich. Welche Parade? Das war eine echte Neuigkeit.

Sie war zurückgesprungen, vollführte zwei Paradeschritte,

nahm Habachtstellung an und bot Heller mit gekreuzten Armen einen übertriebenen Salut, gefolgt von dem dazugehörigen doppelten Fußstampfen.

Heller lachte heiter auf. „Ich muß wohl aufpassen, daß Snelz dich nicht für die Flotteninfanteristen rekrutiert! Aber was für eine Beschäftigung für eine schöne Frau."

„Oh, er sagt, daß ich schon sehr gut bin. Du solltest mich jetzt mal mit einem Explodergewehr sehen!"

Heller lachte so heftig, daß das Bild auf dem Schirm erzitterte.

„Wirklich!" sagte sie. „Ich bin sehr gut! Es gibt keinen Grund, warum eine Frau nicht lernen könnte, mit einem Gewehr zu exerzieren! Los, hol es, dann wirst du selbst sehen!"

Heller, immer noch lachend, sagte mehreren Türen, sie sollten sich öffnen, und war bald im vorderen Teil des Schiffs. Ich bekam einen ganz neuen Eindruck von allen möglichen versteckten Ecken und Nischen.

„He", rief er den langen Gang zurück, „wo hast du es denn hingestellt?"

„Gleich neben die Luftschleuse." Ihre Stimme kam aus weiter Ferne und war von der Übertragung verzerrt.

„Ich werde die Wache fragen", schrie Heller.

Ich erhielt einen vollständigen Überblick über die Luftschleuse. Ein Rad wurde gedreht, und dann schwang die Luke auf.

Was immer ich erwartet haben mochte, das, was danach passierte, hatte ich jedenfalls nicht erwartet! Der Sichtschirm blitzte blauweiß auf! Total überlastet! Die Hangar-Geräusche schmetterten wie Donner aus dem Lautsprecher! Und dann Hellers Stimme! Mir platzten fast die Trommelfelle!

„WO IST DAS GEWEHR?"

Es war wie ein Schlag! Ich hatte das Gefühl, als würde die Decke meines Zimmers im nächsten Moment weggesprengt werden!

Ich kämpfte mich zu den Knöpfen vor und drehte sie auf das Minimum zurück. Aber die Hangar-Geräusche klangen immer noch wie eine tosende Schlacht! Und der Schirm war immer noch weiß!

Ich versuchte einen vernünftigen Gedanken zu fassen, trotz des Getöses. Ein Getöse, das ganz aus meiner Nähe kam, lenkte mich kurzzeitig etwas ab. Jemand polterte die Treppe herauf.

Ich überlegte. Es war doch alles so niedrig eingestellt, wie es nur ging! Schließlich nahm ich mir ein Herz, zog die Verbindung des 831-Zwischensenders heraus und schaltete ihn ab. Und plötzlich hatte ich das klarste Bild des Hangars vor mir, das man sich wünschen konnte. Scharf bis ins kleinste Detail! Und dabei war der Hangar nur schwach beleuchtet!

Der Wachmann kam gerade mit dem Gewehr in der Hand zum Schiff zurück. „Snelz hat es genommen, um es für die Parade zu putzen." Seine Stimme war deutlich zu hören und klang völlig natürlich. Ich erkannte sogar allein an der Stimme, welcher Wachmann es war!

Jet nahm ihm das Gewehr ab. „Danke, Wachmann."

Was für eine Qualität! Es war, als geschähe das alles hier in meinem Zimmer!

Aber noch etwas anderes war in meinem Zimmer. Meeley hatte meine Tür aufgestoßen und sich mit in die Hüfte gestemmten Fäusten vor mir aufgepflanzt. Sie schäumte vor Wut.

„Schaffen Sie augenblicklich das Gewehr aus meinem Haus!" Oh, Meeley war verrückt! „Sie wissen, daß ich keine Waffen dulde! Besonders nicht in *Ihren* Händen, Gris!" Oh, was war sie verrückt.

„Es war nur der Heimschirm", erklärte ich zaghaft. „Ich hatte ihn zu laut gestellt."

„Hm-hm!" brummte sie, holte aus und schlug mir ins Gesicht. Dann stapfte sie hinaus und warf die Tür so heftig hinter sich zu, daß sie fast die Wand umgerissen hätte.

Ich rieb mir über den Striemen auf meiner Wange und wandte mich wieder dem Sichtschirm zu.

Er war tot! Kein Bild, kein Ton, gar nichts! Spurk gehörte erschossen! Seine Geräte funktionierten nur sporadisch! Das hätte er in den Anleitungen erwähnen müssen. Doch dann fiel mir ein, daß ich sie gar nicht gelesen hatte.

Ich drehte die Knöpfe wieder voll auf und schaltete, der Verzweiflung nahe, den 831-Zwischensender dazu. Man mußte schon Elektroniktechniker sein, um diese Geräte zu bedienen!

Schließlich hatte ich Bild und Ton wieder, schwach und kaum zu gebrauchen. Und dann fiel es mir wie Schuppen von den Augen!

Dieser (piep) Schlepper war völlig mit einem Absorbo-Mantel überzogen! Keine der bekannten Wellen konnte ihn durchdringen. Und ich hatte den Respondomitter und den Audio-Respondomitter durch die Außenhaut eines wellendichten Schiffs aktiviert! Auf der Erde gab es nichts dergleichen — es war also alles in bester Ordnung!

Erleichtert sah ich der Gräfin dabei zu, wie sie Exerzierübungen vorführte, die ich noch nicht gesehen hatte, einschließlich einer Einlage, bei der das Gewehr erst mit dem einen und dann mit dem anderen Fuß durch die Luft gewirbelt wurde. Spezialitäten der Flotteninfanteristen, vermutete ich.

Dann wirbelte das Gewehr zwischen den beiden hin und her, und zwar so schnell, daß ich nicht zu folgen vermochte. Ich ertappte mich bei dem Wunsch, der Sicherungshebel möge sich lösen.

Sie lachten, und schließlich fing die Gräfin das Gewehr auf und erstarrte zur Grundstellung. „Nun, bin ich bereit für die Parade?"

Welche Parade? rätselte ich. Außer zur „Parade" ihrer Geschicklichkeitsakte durfte sie den Trainingstrakt offiziell nicht verlassen, schon gar nicht zu einer echten Parade!

Heller sagte: „Ich kann übermorgen mittag starten."

Die Gräfin wurde traurig, und er legte ihr einen Arm um die Schultern und führte sie in den Salon. Sie setzten sich Seite an Seite auf eine Couch, und plötzlich schlang die Gräfin die Arme um ihn und begann, den Kopf an seine Brust gepreßt, leise zu weinen.

Nach einer Weile sagte sie: „Ich werde dich sehr vermissen."

Er drückte sie an sich und versuchte sie zu trösten. „Ich werde die Mission sehr schnell zu Ende bringen. Das verspreche ich dir, mein Liebes." Nach einer Weile sagte er: „Hauptsächlich mache ich mir Sorgen um dich."

Er schob sie ein Stück von sich weg, um sie ansehen zu können. „Falls irgend jemand es wagen sollte, dir etwas anzutun, während ich fort bin, bringe ich ihn um!" Seine Stimme klang etwas gepreßt, aber todernst.

Sie weinte immer noch, nickte aber und erwiderte unter Tränen: „Das gilt auch umgekehrt!"

Ich fröstelte. Sie hatten nicht sehr laut gesprochen, aber mit einer Entschlossenheit, die keinen Zweifel zuließ: Sie hatten genau das gemeint, was sie sagten. Falls jemand den anderen anzurühren wagte, schrieb er sein eigenes *Todesurteil!*

Ich wollte nichts mehr hören oder sehen und schaltete die Anlage aus. Ich brauchte etwas, das mich ablenkte, und zwar rasch. Ich wollte nicht darüber nachdenken, was mir passieren könnte, wenn sie herausfanden, welche Absichten ich wirklich verfolgte.

Aber ich hatte etwas erfahren. Ich wußte jetzt, wann wir starten würden. Ich floh aus diesem Zimmer und lief zum Mitteilungszentrum an der nächsten Ecke, um in Lombars Büro anzurufen. Ich bekam seinen Bürochef an die Leitung und teilte ihm codiert mit, daß der Start der Mission Erde für übermorgen, 12 Uhr mittags, geplant sei.

Als ich danach wieder die Treppe zu meinem Zimmer hochging, versperrte mir Meeley den Weg und schrie mich an: „Bringen Sie nie wieder ein Gewehr in mein Haus! Von allen Mietern, die ich jemals hatte, sind Sie, Soltan Gris, wahrscheinlich der ...“ Sie fand kein Ende, auch wenn ihre Anwürfe auf wackligen Beinen standen. Ihre Mieter waren allesamt Apparatus-Offiziere, die sich, mich eingeschlossen, in nichts voneinander unterschieden, — was ihr sehr wohl bekannt war.

In meinem Zimmer angekommen, schloß ich die Tür ab und verbarrikadierte sie, bis ich mich einigermaßen sicher fühlte. Dann streichelte ich zärtlich über die Gehäuse der Überwachungsanlage. Sie funktionierte! Kein Zweifel, ich würde Heller von der Türkei aus führen können.

Das brachte mich auf den verstorbenen Spurk. Es war wirklich ein Segen, daß er tot war. Ich war ein Wohltäter der Gesellschaft. Man stelle sich vor, diese Wanzen würden in jeden von uns eingebaut! Sogar ich zuckte bei diesem Gedanken zusammen.

Kapitel 5

Als man mich am nächsten Abend abholte, bekam ich es, trotz Lombars Ankündigung, daß er mich vierundzwanzig Stunden vor dem Start noch einmal zu sich bestellen würde, mit der Angst zu tun. Wenn man zu Lombar gerufen wurde, wußte man nie, wozu man geladen war: zu seiner eigenen Beerdigung oder zu der eines anderen. Manchmal war er freundlich, ein andermal wieder so aufgebracht, daß man das Gefühl hatte, er würde im nächsten Augenblick in tausend kleine Stücke zerspringen.

Ich hatte den Tag über den Gedanken daran, daß er nach mir schicken würde, beiseite geschoben und mich statt dessen mit den letzten Vorbereitungen für die Reise beschäftigt. Heller hatte mir am Morgen die voraussichtliche Startzeit mitgeteilt, und ich hatte Erstaunen geheuchelt, so als hätte ich sie nicht schon gewußt. Er hatte den ganzen Tag die zuletzt überholten oder installierten Ausrüstungsteile geprüft und war ständig von einer Meute von Vertragsunternehmern umringt gewesen. Das alles hatte mich ausgesprochen nervös gemacht.

Lebensmittellaster waren ein- und ausgefahren und hatten ihre Fracht abgeladen. Als Heller mich fragte, wo die Besatzung bliebe und wie viele es sein würden, hatte ich es ihm nicht sagen können, da ich es auch nicht wußte — Lombar hatte es *mir* nicht gesagt. Also antwortete ich, daß Lebensmittel für eine volle Belegung des Schleppers an Bord genommen werden sollten, und stempelte die entsprechenden Bestellungen ab, genug, um elf Besatzungsmitglieder und zwei Passagiere zwei Jahre lang verpflegen zu können. Ein überflüssiger Einkauf — Heller würde sich nirgendwo auch nur annähernd so lange aufhalten. Ich verbuchte es als Teil der notwendigen Tarnung.

Aber bald hatte ich nichts mehr zu tun gehabt und war nur noch nervös um das Schiff gelaufen. Dabei war es noch nicht einmal Mittag gewesen. Ich versuchte, durch einen Besuch auf der *Blixo* Entspannung zu finden, aber Bolz war nicht an Bord gewesen. Danach war ich etwas herumgeflogen, um einige unnütze Dinge zu erledigen. Ich war sogar in meinem Büro gewesen und hatte eine Weile vor mich hin gestempelt. Aber der alte Bawtch hatte so lange gestichelt und davon geschwärmt, wie angenehm es bald in meiner Dienststelle zugehen würde, wenn ich erst einmal fort wäre, daß ich es schließlich nicht mehr aushielt und aus meinem eigenen Büro floh.

Ich war also nicht unbedingt in der Verfassung für ein Treffen mit Lombar, als gegen sieben Uhr abends zwei Apparatus-Wachen bei mir anklopften. Man versucht zwar jedesmal, in ihren Gesichtern zu lesen oder aus der Art, wie sie ihre Gewehre tragen — am Gurt oder schußbereit —, etwas zu entnehmen, aber das besagt natürlich nicht das geringste. So, ohne den leisesten Hinweis auf die Stimmungslage des bevorstehenden Treffens, wurde ich immer unsicherer, zumal das Patrouillenmobil nicht in Richtung seines Stadtbüros oder nach Spiteos flog, sondern zu irgendeinem Ort außerhalb der Stadt. Ich hatte keine Ahnung, wohin es ging und was mich dort erwartete.

Nach einer Weile landete das Flugmobil mitten auf offenem Feld, und die Ausstiegsklappe schwang auf. Nicht weit von uns stand ein schwarzes Ungetüm, das offenbar auf uns gewartet hatte. Es war eins dieser Schiffe, die in der Flotte kurz „Kanonen" genannt werden; die exakte Bezeichnung lautet „Mobiles Raumschlachtgeschütz". Sie sind mit zwei Piloten bemannt, besitzen normale Schubantriebe und verfügen über eine Exploderkanone vom größten Kaliber, das hergestellt wird. Für irgendwelchen Komfort bleibt bei ihrer schnörkellosen Bauweise kein Raum; sie sind eben das: Kanonen. Und zwar welche, die einen ganzen Planeten mühelos in einen Feuerball verwandeln können.

Ich kannte dieses Schiff. Für gewöhnlich war es in dem Untergrundhangar bei Spiteos versteckt. Es war Lombars Privatschiff. Er hatte es sich vor Jahren — unerlaubt, versteht sich, und in aller Heimlichkeit — für seine Zwecke umrüsten lassen. Es war, anders als das Standardmodell, so gut gepanzert, daß ihm keine Bodenverteidigung und nicht einmal ein Schlachtschiff etwas anhaben konnten. Die zusätzliche Last hatte es zwar etwas langsamer gemacht und seine interplanetarische Reichweite verringert, aber zugleich auch die gefährlichste Waffe der Voltarianischen Konföderation geschaffen. Ich hatte davon gehört, daß Lombar von Zeit zu Zeit, gewöhnlich nachts, damit ausflog; die Luftüberwachung wurde mittels eines Signalwandlers überlistet.

Die beiden Wachmänner gaben mir einfach einen Stoß, so daß ich zur Luke in der Unterseite der „Kanone" stolperte und mir kaum etwas anderes übrigblieb, als in das Dunkel über mir zu klettern. Ich fand mich, soweit ich es erkennen konnte, denn auch hier war es dunkel, auf der Kommandobrücke wieder und hatte mich gerade zum Sitz des Kopiloten vorgetastet, als die Antriebe aufheulten und das Schiff abhob. Nach allem, was ich sah, konnte jeder am Steuerpult sitzen, auch ein Manco-Teufel!

„Ich möchte Sie in ein Geheimnis einweihen. Dafür müssen wir zu einem Ort, wo Sie etwas hören können, das Sie überzeugen wird." Es war Lombars Stimme, die aus dem Pilotensitz zu mir drang. Wenigstens war es kein Manco-Teufel. Andererseits mochte ein Manco-Teufel, wenn man es recht bedachte, vertrauenswürdiger sein.

Wir stiegen höher. Einer der Zwillingsmonde von Voltar ging gerade auf und streute grünliches Licht und lange Schatten über den Boden unter uns. Als wir in die Vertikale wechselten, fiel ein Lichtstrahl durch die schwer gesicherte Sichtluke und tauchte das Steuerpult in ein unheimliches Dämmerlicht. Ja, es war Lombar. Er trug keinen Helm, also würden wir nicht weit fliegen.

Er schien in freundlicher Stimmung zu sein, wenn auch etwas heimlichtuerisch. „Ich habe das Leck gefunden, wissen Sie. Das zur Presse — damals, als wir uns Heller gegriffen hatten. Ich habe einen bestimmten Mann beschatten lassen. Er hat keinen Verdacht geschöpft. Trotzdem hat es eine Menge Arbeit gekostet, bis wir beobachtet haben, wie er auf der Straße mit einem Reporter zusammenstieß. Er hat ihm zwar nichts übergeben, aber es genügte vollkommen.

Der Reporter hieß Blat Mortif. Er hatte den Artikel zwar nicht selbst geschrieben, aber Reporter haben Freunde, nicht wahr? Sie werden nie erraten, wer es ihm gesteckt hat: der Mann von der Messerstecher-Abteilung, der die Flottenordonnanz gespielt hat und so ungeschickt war, sich von Heller das Handgelenk brechen zu lassen. Natürlich hat er es abgestritten. Aber man kann heutzutage niemandem mehr vertrauen. Sie sind alle gegen uns, alles Ränkeschmiede, Intriganten, Dunkelmänner.

Gestern nacht nun haben wir uns diesen Blat Mortif geschnappt. Er stritt alles ab, so daß wir seine Frau holen mußten. Das hat ihn schließlich mürbe gemacht. Sie sind alle bereits exekutiert, der Mann von der Messerstecher-Abteilung, der Reporter und seine Frau. Ich wußte, wie besorgt Sie darüber waren, und dachte mir, ich sollte es Ihnen sagen. Man muß sich die Verräter und Leute, die zuviel reden, vom Hals schaffen. Alles nur Abschaum."

Ich hatte mir nicht nur keine Sorgen darüber gemacht, ich hatte es vollkommen vergessen. Außerdem gab es viele Wege, auf denen Hellers Mission bekanntgeworden sein konnte: Sogar der Nachrichtendienst der Flotte hatte davon gewußt. Und im übrigen hatte die Presse nie etwas von der Entführung erwähnt. Ich fragte mich, warum Lombar mir das erzählt hatte. Doch dann sagte ich mir, daß er eben in seiner eigenen geheimen Welt lebte.

Wir flogen nicht sehr schnell, auch nicht sonderlich hoch. Er hatte nicht einmal auf innere Luftversorgung umgeschaltet. Die Landschaft unter uns bot, vom grünlichen Mondschein übergossen, einen gespenstischen Anblick.

Unvermittelt verfiel Lombar, ein grünlicher Schatten neben mir, in eine Art Singsang und fing an, wie ein Akademieprofessor zu dozieren: „Eine erfolgreiche Revolution oder ein erfolgreicher Staatsstreich erfordert eine Operations- oder Nachschubbasis außerhalb des Zugriffs der Streitkräfte, die die Revolutionäre niederwerfen wollen. Ohne einen solchen Stützpunkt kann man kein bestehendes Regime stürzen."

Ja, ja. Das war Schulwissen. Wenn die Revolutionäre nicht über einen Platz verfügen, der dem Regime, das sie angreifen, unbekannt ist und von ihm nicht kontrolliert wird, einen Platz, von dem aus sie ihre geheimen Operationen starten können, dann ist eine Revolution normalerweise zum Scheitern verurteilt. Wie gesagt, Schulwissen.

„Sie", fuhr Lombar, die akademische Attitüde abwerfend, ziemlich schroff fort, „tragen jetzt die volle Verantwortung für diesen Stützpunkt und seine Ressourcen. Vergessen Sie nie, was Ihre Pflicht mir gegenüber ist!"

Das heiterte mich etwas auf. Ich glaubte jetzt zu wissen, wozu er mich auf diesen unheimlichen Abendausflug mitgenommen hatte: um mich als Führer der Mission einzuschwören, und zwar so, daß keine Mißverständnisse zurückblieben. Mir war bereits bekannt, daß Blito-P3 jener geheime Stützpunkt außerhalb der Kontrolle von Voltar war. Ich habe es immer für amüsant gehalten, daß gerade diesem dummen, primitiven Planeten diese Rolle zugefallen war. Das ist mir stets eine Quelle privater Erheiterung gewesen. Diese Hohlköpfe.

Lombars Hand schnellte über das Steuerpult; es klickte ein paarmal, und dann war das komplexe Navigationssystem der „Kanone" so eingestellt, daß es uns automatisch zu den eingegebenen Koordinaten bringen und dort schweben würde. Lombar lehnte sich, vom Fliegen befreit, zurück.

Die „Kanone" verlangsamte das Tempo, bis die Antriebe nicht mehr zu hören waren. Ich wußte, wo wir waren: Nur wenige Meilen entfernt und ein paar tausend Fuß unter uns lag die Palaststadt. Dem Augenschein nach war sie allerdings nur ein Loch in der Landschaft. Der Berg hinter der Stadt und das weite Areal der Paläste waren in ihre gigantische Raumkrümmung eingebettet. Das im Berg installierte schwarze Loch machte sie unsichtbar, und das wiederum bewirkte, daß die Palaststadt unsichtbar war. Abgeschirmt gegen jede unerwünschte Strahlung, befand sich das ganze Gebiet dreizehn Minuten weit in der Zukunft.

Der Zeitsprung bildet eine unüberwindliche Schwelle, jedenfalls für ungebetene Gäste. Man kann die Stadt nicht angreifen. Sie ist einfach nicht da. Seit fast einhundertfünfundzwanzigtausend Jahren hat sich jeder Angriff auf sie totgelaufen.

Man kann nicht auf ein Jetzt-noch-nicht-Vorhandenes schießen.

Viele stellare Imperien verbergen ihre Zentralregierung auf Asteroiden, um sie dem Zugriff von Feinden oder Aufständischen zu entziehen. Das hat sein Gutes, aber man kann den betreffenden Asteroiden aufspüren, indem man den Schiffen folgt, die ihn anfliegen. Der Imperator von Voltar dagegen kann mit keinem der bisher erfundenen Kampfmittel erreicht werden. Das hat aus der Konföderation von Voltar eine der stärksten Mächte der gesamten galaktischen Geschichte gemacht.

Ich betrachtete dieses Nichts inmitten der mondbeschienenen Landschaft. Es hat mich schon immer nervös gemacht. Das lag nicht daran, daß dieser unsichtbare Berg eines Tages, wenn der kritische Punkt des schwarzen Lochs erreicht ist, in die Luft fliegen wird, sondern an dem, was es repräsentiert, an der enormen Machtanhäufung unter dieser Tarnkappe.

Lombar fingerte an den Feuerknöpfen der „Kanone" herum. Aber sogar eine Waffe, die so stark ist wie die an Bord dieses Schiffs, konnte hier nichts ausrichten. Lombars Spieltrieb vergrößerte nur das Unbehagen, das ich empfand.

„Sehen Sie dort?" fragte er mich. Ich war dankbar, daß er die Hand von den Knöpfen nahm, um nach draußen zu zeigen. Aber natürlich gab es nichts zu sehen. „Die Lords in ihren vornehmen Roben intrigieren alle gegen mich."

Ich stimmte ihm im stillen zu. Der Apparatus mußte die Lords manchmal ziemlich nervös machen, auch wenn sie glaubten, er wäre ihr Werkzeug.

Lombar holte zu einer größeren Geste aus. „Und das Volk auf diesem und jedem anderen voltarianischen Planeten liegt auf der Lauer und wartet nur darauf, sich zu erheben und mich umzubringen."

Oh, dem konnte ich nur zustimmen. So wie der Apparatus die Völker mit Haß überzog, knechtete und abschlachtete, lagen sie zweifellos auf der Lauer.

Lombar seufzte unter der Last der Verantwortung, die er zu tragen hatte. „Ich weiß, daß Sie mit mir einer Meinung darüber sind, Soltan, daß die einzige Lösung darin besteht, die Kontrolle über die Palaststadt und die Macht des Throns an sich zu reißen, und wenn das geschafft ist, die Herrschergewalt richtig anzuwenden und das Volk abzuschlachten."

Ich wußte, wie seine Pläne aussahen. Ich hatte sie allerdings stets für etwas drastisch gehalten.

Er mußte meine Reserviertheit gespürt haben. „Ich bin der einzige, der begabt und willensstark genug ist, die Macht zu übernehmen. Die Lords sind Schwächlinge. Und das Volk ist Abschaum. Es ist meine Pflicht."

Er nickte, um sich seine eigenen Worte zu bestätigen. „Das Problem besteht also darin, wie man die Palaststadt in die Hand bekommen kann."

Niemand hatte das jemals geschafft. Es wurde allgemein als unmöglich angesehen.

Lombar kramte in seinem Blouson. „Aber wir haben ja unseren Stützpunkt auf Blito-P3. Und wir haben unsere Waffen."

Er förderte eine Flasche mit Tabletten zutage und stellte sie auf das Steuerpult. Ich erkannte das Firmenschild:

I. G. Barben, Pharmazeutische Präparate
New York

Das unheimliche Mondlicht von Voltar glitzerte auf der weitgereisten Flasche. Es war Methedrin, ein starkes Amphetamin.

Lombar zog eine Cellophantüte mit weißem Puder hervor. Türkisches Heroin. Nach der aufgeklebten Nummer gehörte es zur letzten Fracht der *Blixo,* die jetzt sicher in Spiteos lagerte. Der Mondschein färbte es grün ein, so daß es aussah wie getrocknetes Gift.

Lombar zeigte auf seine Schätze. „Das ist unsere Artillerie." Er lächelte. „Und es ist wahrhaft zerstörerische Munition. Das höhere Nervensystem der Bewohner von Voltar reagiert mindestens fünfmal so stark darauf wie das der Erdenbewohner."

Er drehte sich zu mir um. Sein Gesicht war sehr ernst. „Deshalb müssen Sie Blito-P3 unter Kontrolle halten und dafür sorgen, daß die Munitionslieferungen weitergehen. Diese Waffen brauchen eine Weile, bis sie wirken. Monate, vielleicht Jahre. Wir brauchen nur zu feuern und abzuwarten. Aber vor allem müssen wir unser Monopol behalten. Die Chemiker hier könnten lernen, das Zeug zu synthetisieren. Die Pflanze, aus der das Morphin für die Heroinherstellung gewonnen wird, ist sehr auffällig und leicht zu entdecken. Es besteht dennoch die Gefahr, daß wir unser Monopol verlieren, bevor wir die Lords abhängig gemacht und den Widerstandswillen des Volks gebrochen haben. Wie ich hier mit diesem Problem fertig werde, ist meine Sache. Ich habe da gewisse Pläne. Aber *Sie* werden sicherstellen, daß uns der Blito-P3-Stützpunkt erhalten bleibt.“

Es klang fast wie eine Bitte. Das alles bedeutete für Lombar, der in der Gosse aufgewachsen war und für den die Sphäre der Lords in unerreichbarer Ferne lag, sehr viel. „Wenn ich erst Imperator bin, Soltan, mache ich Sie zum Chef des Apparatus.“

Das war kaum geeignet, mein Unbehagen zu vermindern. Schon allein dafür, daß ich mir das alles anhörte, drohten mir Folter und Exekution. Und das gespenstische Mondlicht machte es nicht besser.

Lombar kehrte in die Gegenwart zurück. „Dieser (piep) Emporkömmling Heller bedroht das alles, nur weil er durch einen dummen Zufall hineingezogen wurde. Er weiß nicht einmal, was er bedroht. Was auch geschehen mag, Sie müssen dafür sorgen, daß es ihm nicht gelingt, sich auf Blito-P3 in irgendeiner Weise einzumischen!“

Der Gedanke an Heller hatte seine Aggressivität wachgerufen. Er starrte auf das Nichts, in dem sich die Palaststadt befand. „Diese aufgeblasenen Idioten da unten sind dumm genug, auf Heller zu vertrauen! Sie wissen nicht, daß ich es mit einem Dutzend Hellers aufnehmen kann und sie alle aussteche!“

Bevor ich mich ernstlich beunruhigen konnte, lachte er auf. Freude oder Vergnügen klang darin jedoch nicht mit. Dann drehte er sich mir zu und schlug mir aufs Knie. „Das war ein phantastischer Trick, Soltan. Ah, Sie sind schon ein Schlitzohr. Ich habe eben eine gute Hand bei der Auswahl meiner Leute. Nur Sie konnten auf die Idee kommen, diese verdorbene Hure auf ihn loszulassen: Gräfin Krak!“

Ich erstarrte. Er wußte es!

„Klug von Ihnen, wirklich klug. Ihn mit Hilfe einer mordenden

Nutte unter Kontrolle zu halten. Fast so gut wie manche der Tricks, die ich mir ausdenke. Die Wahrscheinlichkeit, daß sie ihn umbringen würde, war enorm. Zu schade, daß sie es nicht getan hat." Er lachte sich halb kaputt darüber.

Wer hatte es ihm gesagt? Snelz! Der mußte es gewesen sein! Ich hatte plötzlich das Gefühl, nur noch von Spionen umgeben zu sein.

Aber Lombar hechelte weiter. „Aber er macht es sowieso nicht mehr lange, selbst wenn sie ihn bis zum Start morgen nicht umgebracht haben sollte." Er zückte einige Papiere. „Wie Sie wissen, habe ich Ihnen zwei unserer besten Agenten auf Blito-P3 zugewiesen, Raht und Terb. Sie werden ihn auf Schritt und Tritt beschatten. Und hier ist ein Auftrag für Raht, den er sofort ausführen soll, sobald Sie gelandet sind. Er betrifft die Identität, die wir Heller geben. Ich habe auch die eine oder andere Idee — sogar raffiniertere als die mit der Gräfin Krak."

Ich entfaltete die Papiere, die er mir gegeben hatte. Sie waren in dem Mondlicht, das durch den Sichtschirm hereinfiel, nur schwer zu lesen. Aber als ich entziffert hatte, was sie besagten, standen mir die Haare zu Berge!

Blito-P3 ist der einzige Ort, von dem man je gehört hat, daß ein Gossenpenner und Verbrecher aufgrund normaler gesellschaftlicher Mechanismen so weit aufsteigen kann, daß er den gesamten Planeten in der Hand hat. Diese Tatsache war es vermutlich, die Lombar zuerst angezogen und ihn veranlaßt hat, die Beobachtungsberichte aus der Vergangenheit zu lesen und die kulturellen und sozialen Verhaltensweisen auf diesem Planeten nicht nur zu studieren, sondern auch in seine eigene Praxis einzuführen. Auf der Erde waren ein Mann und seine Familie in eine beherrschende Position gelangt. Dieser Mann kontrollierte die Energiegesellschaften des Planeten, den Drogenhandel, das Finanzwesen und viele andere Bereiche, einschließlich der Regierungen, und zwar in jeder Hinsicht. Wir standen, auch wenn er es nicht wußte, in Geschäftsbeziehungen mit ihm. Sein Name war Delbert John Rockecenter. Es war eines unserer Operationsprinzipien, nie etwas zu stören, das mit ihm in Verbindung stand.

Und die Geburtsurkunde und sonstigen Papiere, die Raht auf

Lombars Befehl beschaffen würde, sollten auf den Namen Delbert John Rockecenter JUNIOR ausgestellt sein!

Bei den Göttern, was für ein Risiko!

Lombar mußte mein Gesicht beobachtet haben, und was er gesehen hatte, amüsierte ihn offenbar. „Der Unterschied zwischen mir und anderen Männern ist, daß ich sehr genau voraussagen kann, was geschehen wird. In dem Augenblick, in dem Heller unter dem Namen Delbert John Rockecenter junior in den Vereinigten Staaten aufkreuzt, wird es einen ziemlichen Aufruhr geben. Der Name ist zu bekannt. Der eigentliche Träger wird sofort davon hören und Heller augenblicklich hinter Gitter bringen. Er hat die Macht und den Willen, solche Dinge zu tun. Heller wird keine zehn Schritte machen können, bevor er hoppgenommen wird. Man wird ihn ins Zuchthaus sperren, und wir sind ihn los! Und wenn er verrückt genug ist, sich als extraterrestrischen Besucher auszugeben, wird man ihn für den Rest seines Lebens ins Irrenhaus stecken. Es kann gar nicht schiefgehen."

Jetzt verstand ich. Ich würde sicherstellen müssen, daß Heller keine andere Identität annahm.

„Das wäre das", sagte Lombar. „Nun zur Besatzung für diesen Schlepper. Ich habe gesagt, daß ich sie besorgen würde. Und das habe ich. Mit Glück und weiser Voraussicht. Vor einiger Zeit waren einige Unteroffiziere der Flotte auf einem galaktischen Flug unterwegs, als Piloten und Ingenieure dieser großen Flottenfrachter mit War-Werde-Antrieb. Sie meuterten und eigneten sich eins der Schiffe an, um sich als Piraten durchzuschlagen. Eine Flottenpatrouille stöberte sie jedoch auf und nahm sie gefangen. Aber kurz vor der Exekution haben unsere Leute einen Austausch vorgenommen. Es sind fünf Männer: ein Kapitän, zwei Piloten und zwei Ingenieure. Das reicht für den Schlepper. Sie bezeichnen sich selbst als Antimanconier — das ist eine Rasse, die vor langer Zeit wegen Ritualmorden von Manco vertrieben wurde. Sie hassen die Flotte. Sie hassen Manco. Oh, was werden sie Heller hassen! Ich werde dafür sorgen, daß Sie noch mehr Informationen über sie bekommen. Das also wäre Ihre nicht korrumpierbare Besatzung."

Er verstummte für eine Weile und starrte auf das Nichts

der Palaststadt. Doch gerade, als ich glaubte, er hätte mir alles gesagt, warf er einen Blick auf seine Uhr und wandte sich wieder mir zu.

„Als ich von diesem (piep) Schlepper erfuhr, habe ich zwei Kriegsflugzeuge zum Erdenstützpunkt abkommandiert. Die vier Piloten werden nicht unter Ihrem Befehl stehen. Sie haben ihre eigenen Befehle. Falls dieser Schlepper auffällt oder Heller versuchen sollte, ihn vor Ort zu benutzen, haben sie die Anweisung, ihn abzuschießen. Diese Flugzeuge werden bald dort eintreffen. Das wäre also auch geklärt."

Ich fröstelte. Der Mondschein war kalt. Lombars Gesicht war kalt. Ich hoffte nur, daß ich nicht an Bord sein würde, wenn diese Flugzeuge in Aktion traten. Unser Schiff besaß weder Waffen noch irgendwelche Verteidigungseinrichtungen. Es war einfach nur ein Schlepper.

„Zum Schluß noch zwei Dinge", kündigte Lombar an. Ich wußte, daß es sich um nichts Gutes handeln konnte. Aber auf das, was kam, war ich nicht vorbereitet.

Er fixierte mich. „Wenn es irgendwann so aussieht, als könnte Heller Erfolg haben, und Sie keinen anderen Weg sehen, ihn zu stoppen, werden Sie jede Rücksicht auf mögliche Folgen vergessen" — er zeigte mit dem Finger auf mich und sprach die nächsten Worte sehr leise — „und ihn umbringen!"

Dann wandte er sich wieder der Palaststadt zu. Er schien auf etwas zu warten, obwohl es nichts gab, worauf man hätte warten können: Es war einfach eine Zone aus nichts.

Er blickte wieder auf die Uhr und drehte sich zu mir um. „Nun zum letzten Punkt." Seine Stimme klang äußerst unfreundlich. „Ich habe jemandem in Ihrer Nähe gewisse geheime Instruktionen gegeben. Sie werden nie erraten, wem. Die Instruktionen lauten: Wenn Sie als Führer der Operation Blito-P3 versagen, wenn es Ihnen nicht gelingt, den Munitionsnachschub sicherzustellen, wenn Heller verlorengeht und alles durcheinanderbringt, wenn Sie, kurz gesagt, falsches Spiel mit mir treiben, hat dieser Jemand den ausdrücklichen Befehl, Sie zu töten!"

Mir war, als hätte sich der Mondschein soeben in Eis verwandelt.

Aber Lombar sah schon wieder auf die Uhr. Dann hob er einen Finger, und plötzlich lag der Ausdruck größter Glückseligkeit auf seinem Gesicht. „Da war es! Oh, da war es! Haben Sie es nicht gehört?“

Ich hatte tatsächlich nichts gehört. Das einzige, was mir auffiel, war das Loch der unsichtbaren Palaststadt. Und dieser gräßliche Mondschein. Im übrigen war das Schiff schalldicht.

Ich mußte ein bißchen verstört dreingeschaut haben, denn Lombar flüsterte eindringlich: „Die Stimme, die Stimme! Ich habe Sie hierhergebracht, damit Sie die Stimme hören!“ Er straffte den Rücken und horchte. „Da! Da war sie wieder: 'Lombar Hisst! Werde Imperator! Das Schicksal von Voltar bittet dich, die Krone anzunehmen!'“

Er sank erleichtert zurück. „Jetzt, da Sie es gehört haben, wissen Sie, daß alles, was ich tue, vom Schicksal vorherbestimmt ist. Ich bin so froh, daß Sie dabei waren und es bezeugen können.“

Mir war, als würde der Blitzstrahl eines Exploders durch meinen Kopf rasen. Die Stücke eines Bildes, die bisher verstreut herumgelegen hatten, wirbelten zusammen und fügten sich zu einem Ganzen. Plötzlich schossen sämtliche Erfahrungen, die ich mit Lombar Hisst gemacht hatte, und dieser Abend über der unsichtbaren Palaststadt zu einer einzigen deutlichen Erkenntnis zusammen. Es paßte alles zueinander: Die psychopathischen Symptome, die die Psychologielehrbücher für einen paranoiden Schizophrenen anführen, waren samt und sonders vorhanden, komplett mit Megalomanie und — nach dem heutigen Abend — akustischen Halluzinationen.

Ich bestand nur noch aus Angst und Schrecken! Lombar Hisst war *geisteskrank!*

Ich war einem komplett Wahnsinnigen ausgeliefert!

Und es gab keine Möglichkeit, ihm zu entkommen!

Kapitel 6

Es war ein ziemlich kranker Soltan Gris, den die Apparatus-Wachen vor seinem Büro absetzten. Es war sehr spät, und ich wußte, daß ich eigentlich packen und zusehen sollte, an Bord des Schleppers zu kommen. Aber ich saß fast eine halbe Stunde an meinem Schreibtisch und starrte ins Nichts.

Irgendwo, fühlte ich, mußte sich ein Fehler eingeschlichen haben. Nichts konnte schrecklicher sein, als sich in den Klauen eines Verrückten zu befinden. Ich sprang, einer plötzlichen Eingebung folgend, auf und kramte einige meiner Psychologielehrbücher aus meinem „Erdloch", wie ich das Versteck unter einer der Dielen getauft hatte.

Die nächste halbe Stunde verbrachte ich damit, die Erdentexte durchzublättern. *Schizophrenie,* ließ ich mir bestätigen, setzt sich aus *schizein* — „spalten" — und *phren* — „Seele, Gemüt" — zusammmen. Sie wird als Abspaltung oder Loslösung von der Realität definiert. *Paranoia* ist eine chronische *Psychose,* die durch einen rationalisierten Verfolgungs- oder Größenwahn gekennzeichnet ist, das heißt, der von ihm Besessene bildet sich ein, dieser wäre begründet. *Megalomanie,* wie der Größenwahn wissenschaftlich bezeichnet wird, nimmt oft die Form des Wunsches nach totaler Herrschaft an. *Akustische Halluzinationen* gaukeln einem Stimmen vor, die in Wirklichkeit nicht vorhanden sind. Die ersten drei Begriffe ergeben, zusammengenommen, das *Hitler-Syndrom;* Hitler war ein früherer Militärherrscher auf der Erde. Er und einige seiner Gefolgsleute werden in den Texten als *paranoide Schizo-*

phrene etikettiert, um ihre Völkermordbestrebungen zu erklären (sie haben hart daran gearbeitet, ganze Rassen auszurotten).

Ja! Ich hatte die Begriffe richtig verwendet. *Akustische Halluzinationen* war die richtige Bezeichnung, wenn man Stimmen hörte. Lombar Hisst war also geisteskrank. Beruhigend war das nicht. Und wenn er auch noch damit anfangen sollte, diese *Amphetamine* zu schlucken, würde er erst richtig verrückt werden! *Amphetamine* — auch *Speed* genannt — sind Rauschmittel, und die herzförmigen, orangenen Tabletten mit Namen *Methedrin,* die in der Flasche waren, die er mir gezeigt hatte, sind besonders schlimm.

Ich brütete eine weitere Stunde vor mich hin. Was konnte ich tun? Nichts! Nicht das geringste! Und wenn ich mich nicht auf die Socken machte und diese Mission durchpeitschte, würde ich ein toter Mann sein. Das hatte mir Lombar unmißverständlich klargemacht.

Der Gedanke daran störte mich auf. Es war weit nach Mitternacht. Ich rannte den Hügel hinunter zu meinem Zimmer, um zu packen. Daß Ske mit dem Flugmobil vor meinem Büro gewartet hatte, kam mir erst wieder in den Sinn, als er hinter mir abhob und in den Hof meiner Absteige einschwebte; er mußte neugierig geworden sein, als er mich aus dem Haus stürzen sah.

Ich begann wie wild durch das Zimmer zu fegen, zusammenzuraffen, was mir unter die Finger kam, und es in Kartons zu schmeißen. Erst als ich kurz davor war, die Überwachungsanlage für Heller mitsamt einigen alten Getränkebehältern in einen der Kartons zu werfen, bekam ich mich wieder in den Griff. Ich verstaute die Heller-Geräte sorgsam in einer Kiste, die ich mit der Aufschrift *Zerbrechliche Güter!* versehen hatte.

Ske lehnte in der Tür, und ich fuhr ihn an: „So helfen Sie mir doch! Ich muß hier weg und an Bord gehen. Wenn ich mich nicht beeile, komme ich heute überhaupt nicht mehr zum Schlafen."

„Heißt das, daß Sie für lange Zeit verreisen werden?" fragte er mich. „Vielleicht für Jahre? Oh, großartig. Dabei helfe ich Ihnen gern!" Und er war wirklich eifrig. Aber er hätte nicht so gemein zu sein brauchen. Seine Hände waren nicht mehr verbunden, und bis auf ein, zwei abgebrochene Zähne waren alle Schrammen, die ich ihm beigebracht hatte, verheilt.

Dann mischte sich eine andere Stimme ein. „Sie werden viel Zeit zum Schlafen haben im Schuldgefängnis, wenn Sie den Rest der Miete nicht bezahlen!“ Es war, wie konnte es anders sein, meine Vermieterin Meeley.

Sie stapfte durch das Zimmer, schnappte sich die Kiste mit der Aufschrift *Zerbrechliche Güter* und drückte sie an sich. Ich wollte sie ihr gerade wieder entreißen, als ich die Mündung einer Exploderpistole aus ihrer Schürzentasche ragen sah.

Ske hatte den Rest meiner Sachen, zusammen mit reichhaltigen Proben des Drecks auf dem Fußboden, verpackt und schleppte alles hinaus.

Meeley und ich standen uns gegenüber und starrten uns an. Das heißt, sie starrte mich an. Ich war außer mir. Ich konnte unmöglich ohne die Heller-Geräte auf die Mission gehen.

„Fünfzig Einheiten“, forderte sie.

Geschlagen zog ich meine Brieftasche. Ich hatte nicht mehr soviel echtes Geld übrig. Die Situation förderte eine Flut von bitteren Erinnerungen zutage. Wie oft war ich von dieser tyrannischen Hexe schon übervorteilt worden? Ich war wütend auf sie, wirklich wütend. Oh, was gäbe ich nicht dafür ...

Ich griff nach einem falschen Hunderter. Das Blut an der Seite stammte noch von dem Hypnotiseur. Und plötzlich mußte ich dagegen ankämpfen, daß sich mein Gesicht nicht zu einem siegessicheren Grinsen verzog.

Ich drückte ihr die Blüte in die Hand. „Ich gebe es Ihnen in Erinnerung an die angenehme Zeit, die ich hier verbracht habe“, sagte ich. „Ob Sie mein Zimmer bis zu meiner Rückkehr für mich reservieren, ist Ihre Entscheidung. Das hier haben Sie sich auf jeden Fall redlich verdient.“ Wenn sie versuchte, den Schein auszugeben, würde man sie verhaften und hinrichten.

Sie beäugte den Geldschein. Sie war keine geübte Kassiererin. Dann blickte sie auf mich, wobei ihr Kopf in merkwürdige Zuckungen geriet.

„Auf Wiedersehen, Meeley“, sagte ich. „Ich hoffe, Sie genießen Ihre unmittelbare Zukunft.“

Dann trollte ich mich — mit der Kiste. Wir hoben ab und flogen durch die mondhelle Nacht. Voltars zweiter Mond war aufgegangen, und um den Apparatus-Hangar lag ein Flickenteppich doppelter Schatten.

Ich war erstaunt, wie spät es schon war: fast vier Uhr früh. Ich fühlte mich schrecklich, nicht nur wegen des fehlenden Schlafs; aber die Müdigkeit kam noch zu der allgemeinen Niedergeschlagenheit hinzu.

Ske weigerte sich, mir dabei zu helfen, mein Gepäck zum Schlepper zu bringen. Also suchte ich mir einen Handkarren, lud die Kartons auf und zog ihn selbst zur Luftschleuse. Als ich die ersten Kartons hinauftrug, bemerkte ich, daß Ske mir mit den Händen in den Taschen gefolgt war. Ich kochte vor Wut.

„Bringen Sie das Gepäck an Bord!" befahl ich ihm.

Aber er zog nicht einmal die Hände aus den Taschen. Ich hätte ihn umbringen können. Doch halt, das brachte mich auf eine Idee. Es wurde Zeit, daß ich ihm die Aufsässigkeit der letzten Wochen vergalt.

„Ske", sagte ich, „Sie sind mir gram, weil ich Sie nicht reich gemacht habe. Es tut mir ehrlich leid, daß ich Ihnen nicht zu der Position verholfen habe, die Ihnen zusteht." Und zwar in den Gedärmen der Hölle, fügte ich in Gedanken hinzu.

Ich griff in die Tasche und zog meine Brieftasche hervor. „Sie wissen, daß ich kürzlich zu etwas Geld gekommen bin. Dort, wo ich hinreise, wird es mir nichts nutzen." Das stimmte tatsächlich, traf allerdings für Voltar genauso zu. „Und Sie haben eine Belohnung für Ihre treuen Dienste verdient. Ich will also nicht knausrig sein." Ich fischte die restlichen Blüten heraus. Blutflecken würden Ske nicht stören, und er war gewiß kein ausgebildeter Kassierer. Ich übergab ihm den Packen.

Er schaute erst auf die Geldscheine und dann auf mich, zuerst mit dem einen Auge und dann mit dem anderen, so als sähe er nicht richtig.

„Nun, jetzt tragen Sie schon das Gepäck hinein", sagte ich. „Los! Los!"

Er steckte das Geld weg und griff nach meinen Kartons und Bündeln. Ich selbst nahm die Kiste mit den Heller-Geräten unter den Arm und folgte ihm an Bord. An der Tür der letzten Kabine vor dem stimmfixierten Schott besagte ein frisch beschriebenes Schild:

Offizier Gris.

Ske feuerte mein Sachen hinein, und nach zwei weiteren Gängen war mein gesamtes Gepäck in der Kabine.

Ich begleitete ihn bis zur Luftschleuse und verabschiedete mich dort von ihm: „Leben Sie wohl, Ske. Was auch aus Ihnen werden mag, ich hoffe, es ist das, was Sie wirklich verdienen."

Er stiefelte, ohne zu antworten oder sich auch nur umzublicken, durch den Hangar davon.

Woher kommt es bloß, fragte ich mich, daß die gleichen Leute, die glücklich sind, wenn sie von Heller Geld bekommen, mißtrauisch werden, wenn ich ihnen welches gebe? Ich mußte darüber einmal in den Psychologiebüchern nachlesen.

Kapitel 7

Ich hatte nicht die leiseste Ahnung, daß für mich ein Tag angebrochen war, den ich am Ende unter die schrecklichsten, die ich jemals erlebt hatte, einordnen würde.

Ich ging in das Schiff zurück. Ich war müde und deprimiert. Alles an und in mir war zerknautscht. Wenn ich nur endlich etwas Schlaf bekommen konnte!

Im Gang vor meiner Kabinentür traf ich auf Heller. Er trug einen sauberen blauen Arbeitsanzug der Flotte, ohne jede Knitterfalte. Auf den glattgekämmten Haaren saß die unvermeidliche rote Kappe. Er wirkte, trotz der frühen Stunde, ausgeruht und strotzte vor Gesundheit. Ich haßte ihn.

Seine ersten Worte verstärkten mein Gefühl noch. „Himmelssturz und freier Fall, was ist das für ein fürchterlicher Gestank?" Dann starrte er in meine Kabine.

Ich schlüpfte an ihm vorbei hinein. „Es ist mein Gepäck." Natürlich war es über die ganze Kabine verstreut. Und natürlich hatte Ske sogar schmutzige, zerbrochene Wegwerfteller mit eingepackt.

„Hören Sie", sagte Heller. „Wenn Sie mit dieser Ausstattung und dreckig, wie Sie sind, an Bord eines Flottenschiffs gegangen wären, hätte man Sie exekutiert! Ein Raumschiff hat ein geschlossenes Belüftungssystem. Dieser Schmutz wird die Luftfilter verstopfen, und ich glaube kaum, daß die Desodoranten mit diesem Gestank fertig werden können." Er war die Geduld in Person. „Am Gang gegenüber liegt der Mannschaftswaschraum. Bringen Sie Ihre Sachen dorthin und waschen Sie sie. Sie haben nicht mehr viel

Zeit: In einer Stunde wird die Wasser- und Energieverbindung nach draußen gekappt. Also beeilen Sie sich."

Der Gedanke, mit meinen Habseligkeiten durch das Schiff wandern zu sollen, erschreckte mich. Alles, was ich wollte, war Schlaf. Nur ein bißchen Schlaf. Dann durchfuhr mich ein neuer Schrecken. Es würde die Elektronik der Überwachungsanlage ruinieren. Bedrohung beschleunigt das Denken. „Ich kann nicht", sagte ich hastig. „Ich habe Exploder dabei!" Das mußte funktionieren.

Es funktionierte nicht. Heller sah mich bestürzt an. „He, wissen Sie denn nicht, daß das ganze Schiff von einem extremen elektromagnetischen Feld überzogen sein wird? Es könnte sie zum Explodieren bringen!"

„Ich dachte, Sie hätten das geregelt."

Er schüttelte den Kopf, allerdings nicht als Reaktion auf meinen Einwurf. Außer meiner Weigerung schien er nichts wahrgenommen zu haben. Er kam zu mir herüber und zog mit raschen Griffen Exploder, Betäubungsgewehre, Messerwerfer aus meinen Taschen. „Sie sind ein wandelndes Waffenarsenal!" bemerkte er. „Wenn es hochgegangen wäre, hätten Sie uns alle in den Raum katapultiert!"

Er trat an die Wand und drehte an einem Knauf. Ein Fach öffnete sich. „Das ist ein abgeschirmtes Antiexplosionsfach", erklärte er und begann, meine Waffen hineinzuwerfen. „So, und jetzt suchen Sie aus Ihrem Gepäck heraus, was Sie sonst noch an Explosivmaterial bei sich haben, und verstauen Sie es in diesem Fach."

Dankbar schob ich die „zerbrechlichen Güter" hinein.

Heller umfaßte mit einem Blick mein Gepäck. „Es ist voller Dreck!"

(Piep) Ske! Er mußte den Schmutz vom Fußboden in die Kartons geschaufelt haben.

Heller ging auf den Gang hinaus und nahm etwas aus einem Schrank. „Das ist eine Reinigungstuchrolle. Sie stecken Ihre Uniform in den Schlitz, rollen sie auf und schieben das Ganze dann in die Waschmaschine. Sie wird gewaschen und gepreßt wieder herauskommen. Für die andere Wäsche nehmen Sie diese Reinigungstuchrolle. Sie stopfen Ihre Unterwäsche, die Socken und so weiter hinein, rollen sie auf und stecken sie dann in die Waschmaschine. Das hier schließlich sind wasserdichte Tüten. Darin bewahren Sie Ihre Papiere, Notizbücher und so weiter auf."

Er hatte sich schon abgewandt, um zu gehen, als er sich noch einmal umdrehte. „Ich sehe keine Galauniform."

Ich hatte mir nie eine Galauniform gekauft. „Auf der Erde trägt man keine!" Es war vernichtend gemeint.

„Aber zum Start!"

Ich war zu angeschlagen und schlafhungrig, um zu begreifen, warum man, um Himmels willen, eine Galauniform brauchte, um ein Schiff in den Raum zu bekommen. (Piep) diese Flottentypen! Sie waren allesamt übergeschnappt!

„Ihr Fahrer ist noch draußen. Ich werde ihm Geld geben, damit er lossaust und Ihnen eine besorgt."

Ich stöhnte auf. Ich konnte mich mit dieser Manie, sich hübsch zu machen, nicht anfreunden. Mein Widerstreben mußte ihn gereizt haben. Jedenfalls trat er einen Schritt zurück und zeigte in Richtung Luftschleuse. „Sie tragen jetzt Ihr Gepäck aus dem Schiff, verteilen es in die Rollen und Tüten und bringen die Rollen in den Waschraum. Und vergessen Sie die Uniform nicht, die Sie anhaben. Danach nehmen Sie eine Dusche. Sie müssen sich beeilen. Lange haben Sie nicht mehr die Gelegenheit dazu!"

Ich hätte beinah losgeheult. Alles, was ich wollte, war schlafen. Der ganze Körper tat mir weh. (Piep) diese Flottentypen! Er war jetzt nicht in der Flotte! Wen kümmerte es schon, ob die Luftfilter verstopft waren?

Ich schleppte mein Gepäck hinaus und breitete es auf dem Hangarboden aus. Nachdem die zerbrochenen Getränkebehälter, alten Nachrichtenblätter und Schmutzklumpen, die Ske zwischen meine Sachen gemixt hatte, aussortiert waren, blieb nicht viel übrig. Der ausrangierte Abfall dagegen füllte zwei Mülltonnen.

Als ich alles in die Reinigungsrolle gestopft hatte, fiel mir ein, daß ich noch angezogen war. Also leerte ich meine Taschen in die wasserdichten Tüten und packte meine anderen Papiere dazu. Dann zog ich mich aus und drehte die Uniform in die eine und die schmutzige Unterwäsche in die andere Reinigungsrolle.

Ich beugte mich gerade, nackt, wie ich war, über meine Siebensachen, um zu sehen, ob ich alles erledigt hatte, als ich jemanden kichern hörte. Gräfin Krak war irgendwo in der Nähe. Aber ich wartete nicht ab, bis sie sich zeigte, sondern griff nach den Rollen und Tüten und machte, daß ich ins Schiff zurückkam.

Der Zwischenfall war nicht geeignet, meinen zerrütteten Zustand irgendwie zu bessern, ebensowenig wie die riesigen Schilder im Waschraum, auf denen mir im typischen Flottenjargon alles mögliche erklärt wurde. Die beleuchteten Pfeile auf dieses und jenes waren nicht weniger typisch. (Piep) die Flotte! Ich rammte die Rollen in die Öffnungen, die ich für die richtigen hielt, und brachte danach die Tüten in meine Kabine.

Die Dusche allerdings half ein wenig. Ich war erstaunt, wieviel Schmutz von mir abgespült wurde. Mein Kopf klarte auch auf. Vielleicht hatte all der Dreck in meinen Haaren auf den Schädel gedrückt und mich benebelt. Eine interessante Theorie. Ich war drauf und dran zuzugeben, daß die Flotte vielleicht doch etwas für sich hatte, als im Waschraum ein nervtötender Gong ertönte, der mir verkündete, daß meine Wäsche fertig war. Ich rannte hinüber und zog die Rolle mit meiner Unterwäsche heraus. Alles war schön sauber und ordentlich geplättet; sogar die Risse waren ausgebessert.

Dann überlegte ich, wo ich die Uniformrolle hineingesteckt hatte. Ich wußte es nicht mehr; es waren zu viele Scheibentüren. Ich sah mich um, und als ich die Rolle nicht entdecken konnte, ging ich Schritt für Schritt durch, was ich hier im Waschraum getan hatte. Ich war durch diese Tür dort gekommen und hatte mich *hier* angelehnt, um mich auszuruhen, während ich die Schilder und Pfeile las. Jetzt wußte ich es; ich öffnete die Tür, hinter der die Uniformrolle sein mußte. Nichts!

Nun ging ich systematisch vor und öffnete eine Tür nach der anderen, bis ich alle durch hatte. Nichts! Schließlich beugte ich mich hinunter, um die Schilder zu lesen. Und dann traf mich der Schlag! Ich hatte meine Uniform, samt Stiefeln und allem, in den Zerkleinerer gesteckt! Außer der Unterwäsche besaß ich keine Kleider mehr!

Leise vor mich hin jammernd, richtete ich mich auf, nackt, wie ich war. Doch halt! Heller hatte Ske losgeschickt, um mir eine Galauniform zu besorgen! Noch war nicht alles verloren. Ich konnte die Supersauberkeit der Flotte noch besiegen!

Mit neuer Hoffnung eilte ich zurück in meine Kabine. Treffer! Ein Päckchen auf dem Bett! Ich riß es auf. Aber was war das?

Ich erkannte das Obristenkreuz. Das war zwar ein Rang unter mir, aber mit solchen Irrtümern mußte man bei Ske rechnen. Doch was sollten all die anderen Zeichen? Rote Embleme stachen kraß von dem tiefschwarzen Stoff ab. Knochen, Henkerschlinge, Elektropeitschen. Knochen? Henkerschlinge? Elektropeitschen?

Die Mütze. Schwarz! Mit einem riesigen phosphoreszierenden Totenschädel darauf!

Es war die Uniform eines Obersts des Todesbataillons! Sogar die Riemen mit den blutenden Eingeweiden darauf waren vorhanden! Es war die Schreckensuniform Nummer eins der ganzen voltarianischen Streitkräfte!

Ich machte einen Schritt auf die Tür zu. Aber dann fiel mir ein, daß Ske vermutlich so vorsichtig gewesen war, sich zu verziehen. Von Gesetzes wegen durfte ich die Uniform tragen, da ich im Rang höher stand, und theoretisch konnte ein Zweiter Exekutor jede Apparatus-Uniform benutzen, die er wollte.

Aber vor allem war ich müde. Also legte ich mich auf das Kardanbett und schaltete eine Restlichtlampe ein. Was für ein furchtbarer Anfang für eine Reise. Wenn ich nur eine Stunde schlafen konnte, würde sich das Durcheinander in meinem Kopf vielleicht etwas legen. Vielleicht, dachte ich, sind wir, wenn ich aufwache, schon im All. Wie wenig ich doch wußte!

Das Licht erlosch. Die Verbindungskabel nach draußen waren offenbar gekappt worden. Zum Teufel mit ihnen. Ich würde sowieso gleich einschlafen. Was war schon ein Start ins All?

Ich entspannte mich und fühlte gerade den Schlaf kommen, als mich ein entsetzlicher Krach hochschreckte. Es war ein Stampfen und Hämmern, als wollte jemand das Schiff in seine Einzelteile zerlegen!

Ich schlang mir hastig ein Handtuch um die Hüfte und rannte auf den Gang. Der Geräuschpegel verdoppelte sich. Der Lärm kam von den Hilfsantrieben aus dem vorderen Maschinenraum.

Das war nicht in Ordnung. Wir waren noch im Hangar! Wir sollten von einem Kran auf eine Rollplattform gehoben werden!

Heller war vorn auf der Kommandobrücke. Er saß, die unvermeidliche rote Mütze auf dem Hinterkopf, auf der Kante des Pilotensitzes und sprach über das Kommunikationssystem mit dem Maschinenraum. Nach dem zu urteilen, was er sagte, war nur ein Hangar-Ingenieur dort unten.

„Ich will ganz leicht abheben, brauche also nicht viel Fahrt", sagte er gerade.

Ich starrte durch die offenen Sichtluken. Die gegen Raumpartikel gesicherten Platten waren heruntergekurbelt, und Heller streckte den Kopf hinaus, sah sich um und rief einigen Leuten im Hangar ein „Aus dem Weg!" zu.

Gute Götter! Er wollte dieses Ding im Hangar fliegen! Er konnte ein anderes Schiff rammen oder durch die Decke stoßen! „He!" schrie ich ihm zu. „Versuchen Sie nicht, hier drin zu fliegen!"

Heller setzte sich wieder hin und lachte kurz auf. „Dafür sind Schlepper gebaut — um in begrenztem Raum zu manövrieren. Halten Sie sich fest, Soltan. Es wird vielleicht ein bißchen holprig."

Vor dem Schiff winkte jemand mit Signalstäben, und Heller griff zum Gashebel. Ich hielt mich fest! Es war nicht einmal eine gerade Strecke! Er mußte um einen Kran und zwei Raumschiffe herum und dann abdrehen, um durch das Tor zu kommen!

Unter uns krachte es. Ich dachte, unser Unterboden wäre abgefallen. Aber es waren nur die Blöcke und Keile, auf denen der Schlepper gesessen hatte, die von der Last befreit umfielen.

Heller hockte seelenruhig auf der Sitzkante und steuerte den Schlepper aus eigener Kraft aus dem Hangar! Der Signalmann lotste uns zwar ein Stück über das Landekreuz hinaus, aber wir waren immer noch ziemlich dicht am Hangar-Tor.

„Festhalten, Soltan", sagte Heller. Er selbst hielt sich nicht fest, sondern bearbeitete weiter mit beiden Händen sein Steuerpult. Ich hätte trotzdem auf ihn hören sollen!

Er riß den Schlepper hoch und ließ ihn dann auf den Boden sinken, so daß er auf dem Heck zu stehen kam! Ich segelte derweil durch die Kommandobrücke und wurde hart gegen die Tür geschleudert, während der Schlepper seinerseits ganz weich aufsetzte, ohne auch nur zu zittern.

Heller stieg die jetzt senkrecht verlaufende Leiter herunter, bot mir seine Hand und führte mich in den Mannschaftssalon. Die Möbel hatten sich der gegenwärtigen Lage des Schleppers angepaßt und in ihrer Kardanaufhängung um neunzig Grad gedreht. Heller nahm einen Muntermacherbehälter aus dem Schrank, erhitzte ihn, zog das Trinkröhrchen ab und reichte ihn mir. Er lächelte. „Am Abend vor einer Reise sollten Sie die Hände vom Blasengebräu lassen, Soltan."

Er wollte mich nicht kritisieren; es war nur das übliche Gerede dieser Flottentypen. Wahrscheinlich ein Scherz. Aber ich war nicht belustigt, vielmehr gereizt. Ich wollte keinen Muntermacher. Alles, was ich wollte, war, in meine Kabine zu gehen und wenigstens noch ein paar Minuten zu schlafen. Draußen dämmerte schon der Tag herauf.

Doch als ich Heller den Muntermacher zurückgeben wollte, tauchte ein Gesicht in der Tür auf. Bawtch! Wie er leibte und lebte, samt Scheuklappen, vorwurfsvollem Blick und einem Stapel Papiere in den knochigen Armen, der mindestens einen Yard hoch war!

„Ich konnte der Versuchung, noch einmal das außerordentliche Vergnügen Ihrer Gesellschaft zu genießen, nicht widerstehen, Offizier Gris", sagte er. „Ich habe Ihnen auch ein Abschiedsgeschenk mitgebracht. Einige Befehle zum Abstempeln."

„Den ganzen Stapel?" stöhnte ich.

„Nein, nur ungefähr ein Drittel. Sie sind allerdings wirklich fleißig gewesen beim Bestellen! Kaufen, kaufen, immer nur kaufen! Kein Wunder, daß die Steuern so hoch sind. Der Rest ist Ihre liegengebliebene Arbeit. Sie haben seit mehreren Wochen keinen einzigen Bericht mehr gelesen, und ich dachte mir, es würde Ihnen auf angenehme Weise die Reise verkürzen, wenn Sie hin und wieder Ihrem Arbeits*eifer* frönen können."

Ich versuchte ihn abzuwimmeln, aber es klappte nicht. Also trug ich den Muntermacher in meine Kabine, fischte meine Identokarte aus einer der wasserdichten Tüten, setzte mich an den Kardantisch und begann zu stempeln. Wir würden bald fort sein.

Das Schlimmste war überstanden — dachte ich. Gleich könnte ich mich schlafen legen, um erst wieder aufzuwachen, wenn wir im All waren.

„Die übrigen Papiere", sagte Bawtch, „werde ich hier zwischen diese Reiseklammern heften, damit Sie die ungetane Arbeit jedesmal vor Augen haben, wenn Sie sich hinlegen wollen. He, was ist das?"

Die Kabine hatte sich nicht exakt in die Horizontale gedreht, und ich hatte meine Ausstattung noch nicht für die Reise verstaut gehabt. Aber seine Frage galt nicht den Waffen, die aus dem abgeschirmten Fach gefallen waren, sondern der Galauniform.

Er hob sie auf. „Ein Oberst des Todesbataillons! So sehen Sie sich also selbst, Offizier Gris. Wie nett. Und wie passend. Sie werden gut darin aussehen. Die Farbe entspricht genau der Ihrer Seele."

Ich beachtete ihn nicht. Wie ich aus einer der Rechnungen erfuhr, hatte Ske sie auf meine Kosten gekauft! Ich stempelte weiter, bis mein Arm müde wurde.

Schließlich sammelte Bawtch die beglaubigten Befehle und zur Bezahlung freigegebenen Rechnungen ein und sagte: „Also, ich verlasse Sie jetzt. Wie ich gehört habe, pflegt dieser Schiffstyp zu explodieren. Nun, ich wünsche Ihnen jedenfalls eine gute Reise."

Er ließ mich noch eine Probe dieses hämischen Glucksens hören, das nur er fertigbringt, und dann war er endlich weg. Ich trank den Muntermacher aus. Wenn ich mich jetzt langmachte, um den versäumten Schlaf nachzuholen, würde ich in ein paar Stunden erfrischt in einem durchs All zischenden Raumschiff erwachen, das Voltar schon weit hinter sich gelassen hatte. Was für eine herzerfreuende Vorstellung!

Nur leider läuft es im Leben selten so glatt. Was ich wirklich erleben sollte, war der nervenaufreibendste Start, den es in der Geschichte der Raumfahrt jemals gegeben hat!

Kapitel 8

Ich wollte mich gerade hinlegen, als außerhalb des Schleppers ein donnerndes Dröhnen losbrach. Meine Kabinentür und die Luftschleuse standen zwar offen, aber diese Klangwellen schienen das ganze Schiff erzittern zu lassen. Es war genau das Geräusch, das einer anrückenden motorisierten Armee vorausgeeilt wäre. Und dann zerriß mir ein schweres Stampfen ganz in der Nähe fast die Ohren.

Das war zuviel für meine Nerven. Ich sprang auf, rannte zur Luftschleuse — und wäre beinah in ein Bühnenteil gelaufen, das in das Schiff geschoben wurde!

Eine kommerzielle Arbeitsgruppe schuftete verbissen, um eine achtzig Fuß hohe transportable Tribüne zu errichten und eine breite Treppe vom Boden bis hoch zur Luftschleuse zu legen!

Ich sah mich um. Bei allen Göttern! Die Tore im Sicherheitszaun um das Hangarareal standen weit offen, und kommerzielle Laster strömten zu sechst nebeneinander durch die Bresche! Dabei waren schon Dutzende von Lastern auf dem Flugfeld versammelt.

Arbeitsgruppen entluden transportable Bühnen und Theken. Sie waren offenbar dabei, dieses Ende des Areals in die gigantischste Tup- und Unterhaltungslandschaft zu verwandeln, die man je gesehen hatte! Eine der Theken war sage und schreibe zweihundert Fuß lang, und eine einzige der dreißig Fuß hohen Bühnen war groß genug, um die Hälfte sämtlicher Tanzmädchen von Voltar aufzunehmen! Und es wurde immer mehr; immer neue Laster kamen herein.

Ich kletterte, von panischem Schrecken erfaßt, wie rasend zur

Kommandobrücke hinauf. Heller brachte gerade die Meteorpanzerplatten vor den Frontluken in Position.

Ich brüllte ihn aufgeregt an: „Sie können keine Abschiedsfeier veranstalten! Das war nur ein Scherz! ES IST EINE GEHEIME MISSION!"

Er unterbrach seine Tätigkeit und sah mich überrascht an. „Aber Sie haben die Bestellungen für die Feier selbst abgesegnet, und zwar massenweise. Und vor einer Stunde erst habe ich gesehen, wie Sie noch mehr abgestempelt haben."

„Lombar wird mich umbringen!" schrie ich.

„Tut mir leid", sagte er und schien es ehrlich zu meinen. „Aber Sie wissen ja, daß das Schiff noch keinen Namen hat. Als es von der Flotte aus dem Verkehr gezogen wurde, hat es auch seinen Namen verloren. Es ist nicht getauft. Und mit einem ungetauften Schiff durch den Raum zu schippern, ist so ungefähr das Unheilvollste, was man tun kann. Jeder in der Flotte wird Ihnen das bestätigen. Es könnte explodieren."

(Piep) seine Flottengebräuche. Im übrigen war mir der Gedanke, daß dieser Schlepper sich selbst zerfetzen könnte, fast ständig gegenwärtig, auch ohne daß man mich daran erinnerte.

Er überlegte einen Moment. „Es ist jetzt kurz vor acht. Die Taufe wird wahrscheinlich gegen zehn anfangen. Wir werden also um zwölf Uhr herum starten können."

Ich schüttelte immer noch den Kopf.

„Ich sage Ihnen, was wir tun werden", verkündete Heller. „Wir werden die Feier so klein wie möglich halten. Wir machen eine Art Familienfeier daraus. In Ordnung?"

Ich wußte, daß ich meine Befehle nicht zurücknehmen und diese Laster nicht mehr wegschicken konnte. Und es mußten Hunderte von Arbeitern sein, die an diesem Schiff gearbeitet hatten und nun alle mit ihren Familien zur Abschiedsfeier eingeladen waren, genauso wie die Hangar-Besatzung. Es wäre schlimmer gewesen, das ganze jetzt noch aufzuhalten, als es laufen zu lassen. Also nickte ich zustimmend.

„Wo ist übrigens unsere Besatzung?" fragte Heller. „Sie sollte schon längst an Bord sein, um alles für den Start vorzubereiten."

Ich wußte keine Antwort darauf und kletterte den jetzt senkrecht verlaufenden Gang hinab zu meiner Kabine zurück. Es war, als würde ich in ein tosendes Meer steigen. Unmöglich, bei diesem Lärm zu schlafen, egal, wie erschöpft ich war. Ich ließ mich auf einen Stuhl sinken, sprang aber sofort wieder auf. Ich hatte mich auf etwas gesetzt. Eine kleine Flasche.

Wo war sie hergekommen? Vorhin war sie noch nicht dagewesen. Sie lag dort, wo ich gesessen hatte, als ich den Muntermacher trank. Daß sie irgendwo herausgefallen war, war kaum anzunehmen. Wie kam sie also hierher?

Dann erinnerte ich mich mit Schrecken daran, daß Lombar gesagt hatte, er hätte mir einen Spion an die Fersen geheftet, ohne daß ich erraten könnte, wer es war! Sollte die Flasche ein Zeichen seiner Anwesenheit sein?

Das Etikett lautete:

I. G. Barben, New York
Amphetamin, Methedrin
5 mg, 100 Tabletten

Wie es schien, war es dieselbe Flasche, die Lombar mir am vergangenen Abend gezeigt hatte.

Ich wußte einiges über diesen Stoff. Er stimuliert das zentrale Nervensystem, indem er die Wirkung des *Norepinephrins* potenziert, eines Neurohormons, das Teile des sympathischen Nervensystems aktiviert. Umgangssprachlich wird er, gemeinsam mit einigen anderen Drogenarten, „Speed" genannt. Ich hatte mich immer davor gehütet, irgend etwas damit zu tun zu haben.

Aber ich war verzweifelt. Wie sollte ich die nächsten vier Stunden überstehen? Also zog ich mein Messerstecher-Stilett, nahm eines der kleinen, orangenen Herzen aus der Flasche und schnitt ungefähr ein Drittel davon ab.

Ich legte mir das Stück unter die Zunge. Bitter. Es löste sich auf und wurde von den Speicheldrüsen in meinem Mund absorbiert. Ein gewaltiger heißer „Stoß" traf mich, und mein Herzschlag beschleunigte sich.

Ah, ich fühlte mich viel besser. Ich bekam neues Selbstvertrauen und geriet in eine angenehme Hochstimmung. Jede Besorgnis darüber, wo die Flasche hergekommen sein mochte, oder die Möglichkeit, daß ein Spion mit dem Befehl, mich zu ermorden, in meiner Nähe war, verflüchtigte sich. Was für wunderbarer Stoff dieses Speed doch war!

Ich sagte mir, daß ich mich besser anziehen sollte. Es hatte keinen Sinn, weiter in Unterhosen herumzulaufen. Ich betrachtete die Obristenuniform des Todesbataillons, und sie erschien mir sehr hübsch. Genau das richtige.

Mit sehr anmutigen, fast zeitlupenhaften Bewegungen, die fast noch zu schnell waren, zog ich die hautenge Hose an. Genaugenommen war sie nicht hauteng, sondern drei Nummern zu groß. Aber das spielte keine Rolle. Ich stieg in die Stiefel. Der eine war zu groß, der andere zu klein. Mir erschien es normal.

Mit beinah tänzerischer Grazie streifte ich den Blouson über. Er war zu klein. Aber die Embleme waren hübsch, besonders die roten Dolche auf dem Rücken. Daß ich mich beim Zuknöpfen des Kragens fast erwürgte, tat nichts zur Sache. Ich atmete sowieso zu schnell.

Die schwarze Mütze war zu groß, also stopfte ich sie mit einem Handtuch aus, damit sie mir nicht über die Ohren rutschte. Der Spiegel zeigte mir, wie riesig der Totenkopf war, aber ich fand ihn schön. Oh, wie richtig doch alles eingerichtet war!

Danach legte ich mein Rangabzeichen um, während ich mit leichten, schwebenden Schritten, von denen ich bisher nicht gewußt hatte, daß ich sie konnte, durch die Kabine tanzte.

Die Uniformgurte waren etwas kompliziert, aber sehr interessant. Das Problem waren die ausgebeulten blutenden Eingeweide: Sollten sie von links nach rechts oder von rechts nach links über die Brust gelegt werden? Sie verfingen sich mehrere Male in der Rangkette, doch schließlich hatte ich alles korrekt befestigt.

Dann entdeckte ich eine Schachtel mit einigen zusätzlichen Utensilien: roten, stachelbesetzten Metallbändern, die man wie Handschuhe über die Knöchel zog; einem roten Säckchen mit Blei, das am rechten Handgelenk getragen wurde; dem silbernen Ehrendolch mit den Blutflecken auf der Klinge und der schönen Gravur *Jedem der Tod,* dem Wahlspruch des Bataillons. Ich hängte ihn an den Gürtel.

Der Spiegel schien in Euphorie zu geraten über das prachtvolle Bild, das er zurückwarf. Was für einen erlesenen Geschmack Ske doch besaß!

Ich hatte zufällig einen Blick auf meine Uhr geworfen und war erstaunt, daß ich eine Stunde gebraucht hatte, um mich anzukleiden. Ich eilte in den Gang hinaus und kletterte, kaum die Sprossen berührend, zur Luftschleuse hinauf.

Die Tribüne war inzwischen fest verankert. Ich trat hinaus und umfaßte mit einem erfreuten Blick die wundervolle Szene, die sich mir darbot. Die Bühnen und Theken waren aufgestellt; sogar eine Reihe von Umkleidekabinen für die Tanzmädchen stand bereit. Tup-Laster entluden gewaltige Mengen von Getränken, und wo ich auch hinsah, überall waren Arbeitsgruppen dabei, bunte Flaggen aufzuhängen.

Ich zählte fünf Kapellen, die gerade ihre Instrumente abluden und auf den Bühnen aufbauten. Und dort drüben standen zwei Chöre bereit, jeder fünfzig Mann stark, einer von den Flotteninfanteristen und einer von der Flottenbasis. Es würde eine Menge Musik geben. Nun, ich mochte Musik.

Der Festplatz füllte sich bereits mit den Arbeitern, die an unserem Schiff gearbeitet hatten. Hunderte von ihnen strömten mit ihren Familien auf das Hangarareal. Mit Kind und Kegel und allen Verwandten. Ah, ja! Und dort kam auch die Hangar-Mannschaft. Und dort! Die Besatzungen der Apparatus-Schiffe, die sich im Hangar befanden, verließen ihre Baracken und kamen zu uns herüber. Sie waren früh dran! Aber welch ein Anblick. Sie waren schön. Alle.

Ah, ja. Und aus den Transportern dort ergossen sich in ultramarinblauen Scharen Gruppen von Offizieren und Raumleuten der Flotte. Willkommen, Flotte! Willkommen, du stolzester Zweig am Baum der Streitkräfte!

Und hier kam auch unsere Besatzung! Ein Polizeimobil des Apparatus hatte sie hergebracht. Die Männer stiegen gerade aus und zogen hastig ihre Raumsäcke heraus, um sie sich über die Schultern zu legen, und zwar so, daß niemand ihre Gesichter erkennen konnte. Dann stahlen sie sich die achtzig Fuß hohe Tribünentreppe herauf. Fünf Ex-Piraten, die ihr Leben verwirkt hatten und immer noch von ihren Todesurteilen bedroht waren.

Ich trat neben die Luftschleuse, um sie zu begrüßen. Ich kannte diese Rasse. Antimanconier. Ihre Köpfe sind oben ziemlich schmal, verbreitern sich aber nach unten hin, so daß ihre Gesichter fast ein Dreieck bilden, das auf der Basis eines gestreckten, wild anmutenden Kinns ruht. Ihre Haut ist sehr dunkel, und sie sind im Durchschnitt etwa sechs Fuß groß und wiegen um dreihundert Pfund. In ihren kleinen, engsitzenden Augen liegt für gewöhnlich eine Menge Haß. Die Antimanconier leben in dem Gefühl, daß das Universum sie nicht zu schätzen weiß. Ich würde ihnen zeigen, daß ich es sehr wohl wußte!

Ich begrüßte sie überschwenglich. „Ich bin Offizier Gris. Ich habe Sie erwartet."

Vielleicht lag es an der Art, wie ich es gesagt hatte, jedenfalls zuckte der erste der fünf, wahrscheinlich ihr Anführer, nachdem er erst auf meine ausgestreckte Hand und dann auf meine Uniform gestarrt hatte, so heftig zurück, daß er die anderen beinah die Treppe hinuntergestoßen hätte. Dann schien er sich gefaßt zu haben; er brummte einen kurzen Befehl und hastete den anderen voran ins Schiff, ohne mich noch eines Blickes zu würdigen. Was danach aus dem Schiff zu mir herausdrang, hörte sich sehr nach Schimpfworten an.

Ich betrachtete grübelnd meine ausgestreckte Hand. Von den roten, stachelbesetzten Knöchelbändern einmal abgesehen, war nichts Ungewöhnliches an ihr zu bemerken. Mit meiner Uniform war auch alles in Ordnung. Wirklich schick, besonders die Henkerschlinge.

Beruhigt wandte ich mich wieder der prächtigen Szenerie unter mir zu. Dort marschierte Snelz an der Spitze einer ganzen Kompanie von Wachmännern heran. Guter Snelz. Immer ein Vergnügen, ihn um sich zu haben.

Halt! Neben aller Hochstimmung, was tat Snelz vor einer *Kompanie?* Er führte nur einen *Zug*.

Ich sah ihn mir genauer an. Und dann entdeckte ich es, obwohl er fünfhundert Fuß von mir entfernt war: Auf seiner Brust blitzte die Kette eines *Hauptmanns* im Licht des Tagesgestirns!

In mir schoß die absolute Gewißheit hoch, daß er es gewesen sein mußte, der Lombar von der Gräfin Krak erzählt hatte! Wie sonst sollte er zu seiner Beförderung gekommen sein? SNELZ WAR DER SPION!

Ich machte einen Schritt zurück. Jemand stand hinter mir. Ich wirbelte herum und sah Hellers Gesicht vor mir, wenn auch etwas verschwommen. „Snelz ist befördert worden!“

Heller lachte auf. „Ja, ich weiß. Ich habe ihm fünfhundert Verrechnungseinheiten gegeben, damit er sich den nächsthöheren Rang kaufen kann. Er hat es verdient.“

In meinem Kopf drehte sich alles. Wenn nicht Snelz der Spion war, wer war dann auf mich angesetzt, um mich umzubringen?

Heller sah mich prüfend an. Er hatte seine Flottengalauniform angelegt. Auf dem Kopf, etwas nach rechts geschoben, trug er eine flache runde Mütze ohne Schirm, die von einem goldenen Kinnriemen gehalten wurde. Auf dem dunkelblauen Stoff seines hautengen, taillenlangen Blousons glänzten die Goldstreifen der ehrenvollen Erwähnungen, der Freiwilligenstern für fünfzig Missionen prangte auf seiner Brust, und die Seitennähte der Hose waren von einem breiten roten Streifen geziert. Was für eine blendende Erscheinung! Die Mädchen würden bei seinem Anblick reihenweise in Ohnmacht fallen.

Er musterte mich immer noch so merkwürdig. „Was tun Sie in der Uniform des Todesbataillons?“

„Es ist Snelz“, sagte ich. „Ich meine, es scheint hier eine schreckliche Menge von Tup-Lastern zwischen den Tanzschiffen zu geben.“ Ich redete viel zu schnell, fiel mir auf.

„Sind Sie in Ordnung?“ fragte Heller.

„Natürlich, Lombar ist in Ordnung. Was immer Snelz sagt, gilt. Bis hinauf zu den Bärenmädchen, versteht sich. Das heißt, wenn die Kapellen nicht starten.“ (Piep), ich redete zu schnell.

„Setzen Sie sich lieber“, sagte Heller. „Hier, auf das Geländer. Nein, nein, nicht fallen! Hier, ich klappe Ihnen einen dieser Tribünenstühle auf. So, und jetzt setzen Sie sich und schauen sich alles in Ruhe an. Es wird bald vorüber sein. Wir werden bald fort sein.“

Ich wußte gar nicht, worüber er sich Sorgen machte. Es stand doch alles bestens.

Kapitel 9

Gleich sollte ich erleben, was Heller unter einer „Familienfeier“ verstand. Es war fast zehn Uhr. Ganze Laster-Konvois waren eingetroffen, und Tausende und Abertausende Gäste. Die Hangar-Wache schien es aufgegeben zu haben, den Zustrom irgendwie zu regulieren — die Tore standen einfach weit offen.

Der Platz flirrte von bunten Girlanden und Fahnentuch. Das Tup war nicht in Behältern geliefert worden, sondern in Tankern, und wohin man auch blickte, überall standen die Leute mit Krügen in der Hand herum und tranken. Einige der Kapellen hatten zu spielen begonnen, und die gegeneinander ankämpfenden Musikstücke mischten sich in das Durcheinander der Stimmen und überlagerten es. Man hätte denken können, die Feier hätte schon begonnen.

Aber dem war nicht so. Kurz vorher war eine Gruppe Tagesfeuerwerker eingetroffen, und ich hatte ihnen beifällig bei der Arbeit zugeschaut, ohne zu erkennen, was sie vorhatten. *Sie* gaben das Signal zur Eröffnung der Feier!

Von ihrem Podium schoß ein „flammender Planet“ in den Himmel! Er rauschte eine halbe Meile hoch und blieb dort oben hängen, drehte sich und zeigte seine erleuchteten „Kontinente“, um nach einer Weile zu einem großen Feuerball zu explodieren. Er mußte zig Meilen im Umkreis zu sehen sein! Damit war die Feier offiziell eröffnet.

Die Menge brach in begeisterte Beifallsrufe aus. Oh, nun, dachte ich, solche Vorführungen sind nichts Ungewöhnliches. Wer immer den „Planeten“ gesehen hat, wird nicht viel darüber nachdenken: Irgendeine Geschäftseröffnung, wird er sich sagen, oder der Auftakt zu einem Geschoßballspiel. Keine Gefahr. Außerdem war es hübsch anzusehen gewesen.

Auf meinem Stuhl oben auf der Tribüne war ich hinter dem Fahnentuch über dem Geländer kaum zu sehen, hatte aber einen guten Überblick über alles, was unter mir vorging. Ich verspürte ein angenehmes Machtgefühl und hielt mich für durchaus fähig, alles mit Leichtigkeit von meinem Stuhl aus unter Kontrolle halten zu können.

Mein Blick wanderte zu einer Kranplattform, die von einem großen Laster aus hochgehoben wurde, sogar noch höher, als ich saß. Und plötzlich erkannte ich, was es war: ein Heimschirmteam! Ein *großes* Heimschirmteam! Mit *großen* Kameras!

Oh, nun, dachte ich. Wahrscheinlich hatten die Tup-Firmen sie gerufen, um auf diesem Wege etwas kostenlose Werbung auf die Heimschirme bringen zu können. Vielleicht auch der Manager der Tanzmädchen oder der tanzenden Bergbären. Heimschirmteams waren überall dabei, benutzten aber nicht alles, was sie aufnahmen. Nur Routine.

Reporter! Um den Kranlaster des Heimschirmteams parkten die Flugmobile von ungefähr zehn Nachrichtenblättern. Und dort war auch ein Schwarm von Nachrichtenjägern, samt Kameramännern. Oh, nun, es heißt, wo es freie Getränke gibt, findet man stets auch Reporter.

Sie schienen in Richtung Schlepper zu streben. Ah, natürlich! Heller stand immer noch in meiner Nähe, und sie hatten wahrscheinlich nicht viele Bilder von ihm in dieser schnittigen Galauniform voller glitzernder Erwähnungsstreifen. Er sah wirklich nett aus. Sicher wollten die Reporter einige Schnappschüsse von ihm — für ihre Archive natürlich, um sie bei der Hand zu haben, falls in Zukunft irgend etwas Aufregendes passieren würde. Und was soll ich sagen, ich hatte recht gehabt. Sie stürmten, sich gegenseitig beiseite stoßend, die achtzig Fuß hohe Treppe herauf; die Kameramänner begannen sofort, Heller ihre Wünsche zuzurufen, und er lächelte, hob oder senkte den Kopf, drehte sich hierhin und dorthin und schüttelte sogar einem der führenden Reporter, der das Bild wahrscheinlich seinen Kindern zeigen wollte, die Hand. Das war alles völlig harmlos. Reine Routine.

Dann erkannte ich diesen großen Typen vom Nachrichtendienst der Flotte, Bis mit Namen. Er sprach auf drei der Reporter ein und zeigte dabei über die Tribüne, und schließlich kamen sie mit ihrem Kameramann herüber.

Aha! Sie erkannten die Macht, wenn sie ihr begegneten! Sie wollten nicht zu Heller! Sie kamen direkt auf mich zu! Das wurde auch Zeit.

Sie baten mich, aufzustehen und hierhin und dorthin zu sehen. Ich bin sicher, daß sie ein paar sehr gute Porträts gemacht haben. Wahrscheinlich, um sie den Redaktionen von zukünftigen Geschichtswerken zu verkaufen. In Anbetracht der Heldentaten, zu denen ich mich fähig fühlte, würde man wahrscheinlich ganze Werkreihen über mich verfassen.

Dann wollten sie, daß ich mich hinter Heller stellte, so daß sie ein Bild mit Heller im Vordergrund und mir rechts hinter ihm machen konnten. Bis half dabei, die richtige Pose für mich zu finden, und flüsterte mit den Reportern, als wollte er Heller nicht stören.

Sie machten also ein paar Aufnahmen, auf denen ich Hellers Rücken anstarrte. Sie schienen nicht zufrieden damit zu sein. Doch als sie mir sagten, ich sei der geborene Schauspieler und könne ruhig meine Zähne zeigen und all das, fing es an, mir richtig Spaß zu machen. Ich tat, was sie wollten, und fügte sogar von mir aus noch das eine oder andere hinzu, indem ich etwa das bleigefüllte Säckchen in meine Hand klatschen ließ oder meine stachelbewehrten Fäuste ballte. Heller schwatzte die ganze Zeit mit den Reportern und bekam von all dem nichts mit.

Ich dachte, sie wären jetzt fertig mit mir. Aber nein, ich mußte mich noch einmal auf meinen Stuhl setzen, ein Kameragehilfe baute einen Hintergrund auf — er stellte ziemlich realistisch eine Höhlenwand dar —, und ich posierte für sie und gab mir ein machtvolles Aussehen.

Aber Bis, der sehr hilfreich war, schien immer noch nicht zufrieden zu sein. Er zeigte von der Tribüne hinunter und flüsterte aufgeregt. Ich stand auf, um zu sehen, worauf er zeigte: offenbar auf eine Ansammlung von Figuren-Gebäck vor einer der Theken.

Es waren lebensgroße und ziemlich realistische Figuren aus süßem Gebäck, Nymphen und so weiter, alle auf natürlichste Weise angemalt. Ein Gehilfe rannte die Treppe hinunter und brach einer der Gebäck-Nymphen eine Hand ab, schmierte etwas rote Marmelade darauf, rannte die Treppe wieder herauf und drückte mir das Gebäckstück in die Hand.

Ich sagte ihnen, daß ich keinen Hunger hätte. Aber sie erwiderten, sie wollten nur sehen, wie gut ich schauspielern könne, und ob ich wohl ein gieriges, gefräßiges Gesicht ziehen und so tun könne, als ob ich äße. Nun, nichts einfacher als das: Ich bin der geborene Schauspieler, und heute war ich zu allem fähig. Ich biß also mit angeblichem Heißhunger in die Hand der Gebäck-Nymphe und kaute. Sie sollten ihre Bilder haben, und ehe sie gingen, versicherten mir Bis und die anderen auch, daß ich es wunderbar gemacht hätte.

Unten war eine Tanzparade von mindestens hundert Mädchen im Gange, die mit wehenden Fahnen an den Theken vorbeizogen, und ich fand es reizend, ihnen zuzusehen. Sie wirkten etwas unwirklich, waren aber sehr hübsch.

Der Lärm der Menge war bisher schon recht laut gewesen, doch plötzlich brandete er regelrecht auf, und ich blickte mich suchend nach dem Anlaß für soviel Aufmerksamkeit um. Es war nur eine Limousine aus der Palaststadt, die sich auf das Landekreuz senkte. Und heraus stieg Hauptmann Tars Roke, der Hofastrograph des Imperators.

Er war in Begleitung mehrerer Adjutanten. Die Gruppe in ihren Galauniformen bot der Menge ein funkelndes, farbenprächtiges Bild der Macht. Sie schritt gemessen auf die Treppe zu und die Stufen hinauf. Das Heimschirmteam ließ sich dicht an die Tribüne heranschwenken.

Roke ging auf Heller zu, reichte ihm die Hand und plauderte mit ihm, als wäre er ein alter Freund. Und dann war der Heimschirminterviewer bei den beiden. Ich konnte ein paar Fetzen auffangen.

„Es tut mir leid", sagte Roke gerade, „aber ich kann Ihnen das Ziel der Mission nicht nennen. Ich bin nur hergekommen, um meinem Freund Jet eine gute Reise zu wünschen."

„Herr Hauptmann, dürfen wir aus den Antrieben, die das Missionsschiff besitzt, schließen, daß die Mission in die alte Heimatgalaxie führt? Vielleicht um ein antikes Monument von unserem Ursprungsplaneten zu uns zu bringen und hier auf Voltar aufzustellen?"

„Das haben Sie gesagt", entgegnete Roke, „nicht ich."

„Aber, Herr Hauptmann, dies hier ist der *Schlepper Eins,* und wir wissen aus verläßlicher Quelle, daß er innerhalb einer Galaxie nicht gefahrlos geflogen werden kann. Sein Schwesterschiff ist explodiert."

Nun, ging es mir in diesem Augenblick durch den Kopf, dann werde ich ihn eben mit bloßen Händen ans Ziel bringen müssen. Ich fühlte mich absolut dazu in der Lage. Wie zu jeder Heldentat! Methedrin, dachte ich, wie habe ich es bisher bloß ohne dich ausgehalten? Was für ein glorreicher Stoff! Mein Mund fühlte sich etwas trocken an, aber ich wollte mich nicht mit dieser Menge dort unten gemein machen, nur um mir ein Tup zu holen.

Der Flottenchor sang irgendein Flottenlied, und fünfzig Flottenraumfahrer flogen in Formation über den Festplatz. Sie können das wirklich gut. Ich glaube, das Kommandoschiff hat dabei ein Datenpult an Bord, das die Koordinatenbefehle an die anderen Schiffe ausgibt, die dann augenblicklich die angewiesene Position einnehmen. Sie führten mehrere Figuren vor, alles sehr präzise, und dann stoben sie plötzlich auseinander, so daß sie fünf Meilen weit über den Himmel verstreut waren.

Was für eine Überraschung: Sie feuerten alle gleichzeitig ihre Kanonen ab! Ein acht Meilen breites Buchstabenband aus bleibenden Flammen zog sich über den Himmel, von der Art, die eine Minute im Tageslicht glänzen und dann, weiße Wolken verschießend, verlöschen. Es war ein Wunsch:

VIEL GLÜCK, JET!

Und dann traf der Geschoßdonner ein, während die Buchstaben am Himmel flammten! Sie war laut genug, um von jedem Bewohner aller fünf Städte gehört zu werden! Und sogar der Boden erglänzte im Licht dieser Riesenlettern!

Obwohl ich fast so hoch schwebte wie diese Buchstaben, nagte der Gedanke an mir, daß das für eine geheime Mission nicht ganz passend wäre. Ich konnte zwar nicht den Finger darauf legen, aber irgend etwas schien mir nicht zu stimmen. Dann jedoch erkannte ich, was es war. Diese Piloten und ihre Besatzungen versäumten die Feier! Wenn sie noch lange dort oben herumflogen, würden sie nichts von dem Tup und dem Gebäck abbekommen.

Ich wollte gerade jemanden darauf aufmerksam machen, als sie schon herunterkamen und mit neuen Explosionswellen auf einem offenen Feld in der Nähe landeten. Die Piloten mit ihren Besatzungen sprangen heraus und kamen zu uns herüber. Das war also erledigt.

Das Heimschirmteam tat mir ein wenig leid. Die Leute arbeiteten so hart und hatten im Grunde noch nichts aufnehmen können, was eine Nachricht wert gewesen wäre. Das Zeug würde nie gesendet werden. Sie hatten massenweise Aufnahmen von Tanzmädchen und Tup-Lastern im Archiv. Warum sollten sie die neuen zeigen? Das ging also auch in Ordnung. Die Geheimhaltung der Mission war gesichert.

Ich blickte auf das Gewimmel hinunter. Es mußten jetzt gut zehntausend Flotten- und Apparatus-Angehörige versammelt sein. Ich war gerade zu der Überzeugung gelangt, daß es ein hübscher Anblick war, als ich einen Schrei vernahm. Jemand zeigte in die Luft, und eine Menge Leute taten es ihm nach.

Sie hatten eine Fluglimousine in Weiß und Gold entdeckt, die sich uns näherte. Es war ein Geschenk von Milliarden von Verehrern auf einhundertundzehn Planeten! Und die Menge schrie ihm entgegen, daß es in den Ohren schmerzte: „Es ist Hightee Heller!“ Und sie sangen ihren Namen, so laut, daß es fast den Hangar umblies! „Hightee Heller! Hightee Heller! Hightee Heller!“

Ich lächelte. Jetzt verstand ich, was Jet gemeint hatte. Eine Familienfeier. Natürlich. Wie nett von ihr, zu der Feier zu kommen!

Das Heimschirmteam ließ sich nach unten fahren. Und dann tanzte Hightee Heller, Küßchen werfend, aus der Limousine! Sie war als Engel verkleidet!

Natürlich. Für eine Taufe!

Nun, also, bringen wir sie hinter uns, dachte ich, und verschwinden. Jetzt konnte nichts mehr schiefgehen.

Alle fünf Kapellen und die beiden Chöre begannen Hightees Lieblingslied zu spielen und zu singen. Ein Laster für Spezialeffekte wurde unter die Tribüne gezogen, und seine Besatzung gab mit ihren Tup-Krügen zu verstehen, daß sie bereit war.

Hightee kam tanzend die Treppe herauf, küßte Heller leicht auf die Wange, und die Menge schrie: „Hightee und Jet! Hightee und Jet!"

Und dann begann die Taufe!

Eine dreidimensionale elektronische Projektion zauberte eine weiße Wolke über den Festplatz, und ein Engel trat aus ihr heraus — aber es war natürlich Hightee bei uns auf der Tribüne, deren Illusionsbild an den Himmel projiziert wurde.

Die Menge kreischte begeistert auf. Die weiße Wolke hing wogend über dem Schlepper, und Hightee beugte sich vor und streckte anmutig die Hände aus. Die Menge erlebte es jedoch als Bewegung ihres dreidimensionalen, hundertfünfzig Fuß großen Abbilds, das sich elegant über das Schiff neigte!

Alle fünf Kapellen schlugen einen dramatischen Akkord an, und beide Chöre sangen einen langanhaltenden Ton.

Der Engel rief: „Kleines Schiff, ich gebe dir das Leben!"

Die Kapellen und Chöre verstummten.

Der Engel schien sich zum Schiff hinabzubeugen und ihm einen Kuß auf die Nase zu geben.

Die Kapellen und Chöre intonierten einen anderen Akkord, der mit einem Zimbelschlag endete.

Dann breitete der Engel die Arme aus und rief: „DEIN NAME SEI VON HEUTE AN *PRINZ CAUCALSIA!*"

Die Kapellen und Chöre jubilierten.

Die Menge raste! Das Heimschirmteam arbeitete wie wild!

Eine Spur von gesundem Verstand durchdrang den Nebel in meinem Kopf. Weil Hightee Heller dabei war, würden die Aufnahmen auf allen hundertzehn Planeten über jeden Heimschirm flimmern. Und, schlimmer noch, man brauchte diesen Namen — *Prinz Caucalsia* — nur am Datenpult irgendeines Büros, einer Schule oder eines Museums zu überprüfen und würde den Hinweis „Volkslegende 894M" erhalten, und das wiederum wies direkt auf das Ziel der Mission, auf Blito-P3!

Oh, nur gut, daß ich mächtig genug war, um sogar mit solchen krassen Amateuren zurechtkommen zu können! Es brauchte zwar übernatürliche Kraft, aber ich besaß sie.

Im übrigen hatte Hightee Heller vermutlich schon häufiger Schiffe getauft. Das allein garantierte noch keine Ausstrahlung der Aufnahmen. Es bedurfte schon mehr als das.

Die Feuerwerker traten wieder in Aktion. Die Taufe endete mit einem ausgedehnten Tagesfeuerwerk in allen nur erdenklichen Farben. Es mußte meilenweit zu sehen sein. Und dann hing eine Supernova am Himmel! Sie mußte schon früher hochgeschossen worden sein, denn sie war mindestens zwanzig Meilen hoch, als sie mit einem Lichtblitz explodierte, der alle fünf Städte aufglänzen ließ, obwohl sie vorher schon im strahlenden Licht von Voltars Tagesgestirn gelegen hatten. Spektakulär!

Der Explosionsdonner, der ungefähr eine Minute später bei uns eintraf, ließ sogar den Boden erbeben!

Jeder unter den vielen Tausenden hatte ein Getränk in der Hand, und alle wünschten der *Prinz Caucalsia* lauthals Glück für die Reise.

Hightee flog wieder ab, zurück ins Studio, und ich nahm an, daß es jetzt vorüber war und wir starten konnten. Keine ernsten Schäden, meldete ich mir selbst. Das Heimschirmprogramm würde die Aufnahmen nie verwenden.

Auf einer der Bühnen zeigte inzwischen eine Gruppe tanzender Bergbären ihre Künste.

Es rührte mich, daß Bugs Bunny die Treppe heraufgeholpert kam, um mir eine Karotte zu bringen. Ich hatte keinen Hunger, nagte aber trotzdem daran. „Sie werden diese Aufnahmen nie verwenden, Doc", sagte er auf Englisch. „Keine Bange." Dann dankte ich ihm für seine Aufmerksamkeit. Sehr gesund, diese Karotten. Aber ich fragte mich, ob gerade ein Frachter von der Erde angekommen war. Sie sollten auf blinde Passagiere achtgeben. Aber als ich mich zu ihm herunterbeugen wollte, um ihn zu warnen, war er schon fort.

Die Tanzbären waren immer noch nicht abgetreten. Die Leute mochten sie.

Plötzlich erschien unten auf einer freigemachten Fläche Snelz, mein lieber Freund Snelz, mit seiner Kompanie. Guter Mann, der Snelz. Seine Kompanie war in vornehmes Schwarz gehüllt, und die Männer trugen ihre Kampfhelme mit heruntergeklappten Visieren und Explodergewehre. Der Flottenchor begann, von einer Kapelle begleitet, einen Marsch zu singen, und nach einigen Takten begann Snelz mit seiner Kompanie die kompliziertesten geometrischen Infanteriefiguren vorzuführen, die ich jemals gesehen habe. Quadrate und Kreuze und ineinandergreifende Linien. Und dann das Ganze noch einmal, aber mit dem kompletten Programm des Gewehrexerzierens gewürzt. Wie hatte Snelz es nur geschafft, Apparatus-Truppen zu solchen Manövern zu überreden?

Die Menge war fasziniert und bedachte jede einzelne Figur mit begeistertem Beifall.

Jetzt wurden die Gewehre sogar abgefeuert. Jedesmal nach einem schwierigen Dreh krachten sie, mit reduzierter Ladung, los. Manöver, *peng!* Manöver, *peng!* Wieder und wieder. Beeindruckend.

Dann schossen plötzlich Fähnchen aus den Mündungen, und die schwierigsten Exerzierübungen, die man sich vorstellen kann, wurden von wirbelnden Armbewegungen begleitet. Es schien, als würden die bunten Fähnchen miteinander verschmelzen.

Dann ein letzter Schuß, Flitter schoß aus den Gewehren in den Himmel, und während die ganze Kompanie mit vorgestelltem Bein ihre Waffen auf dem Knie präsentierte, regneten Glitzerfunken auf den Schlepper herab.

Die Menge tobte wie verrückt! Solche Exerzierübungen hatte sie noch nicht gesehen!

Dann rief Snelz: „Weggetreten!" Der Beifall versiegte, und für einen Augenblick trat Stille ein. Sie dauerte nicht lange. Ein Apparatus-Offizier rief in Richtung der Flottenflieger: „Ja, ja! Und ihr Flottentypen denkt, Apparatus-Truppen können nicht exerzieren!"

Alles hielt den Atem an, die Spannung legte sich wie eine Decke über die Menge, und dann erwiderte ein Flottenpilot ziemlich laut:

„Dieser Hauptmann ist ein ehemaliger Flotteninfanterist! Er ist kein 'Säufer'!"

Ein Apparatus-Mann versetzte ihm einen Schlag! Ein Flottenpilot schlug nach einem Apparatus-Mann! Zwanzig Apparatus-Männer schlugen zwanzig Flotten-Männer! Hundert Flotten-Männer schlugen hundert Apparatus-Männer! Der Kampf hatte begonnen!

Das Heimschirmteam arbeitete fieberhaft, um alles aufzunehmen! Schreie stiegen auf! Getränkebehälter flogen durch die Luft!

Die anwesende Militärpolizei der Flotte mischte sich ein, um den Kampf zu beenden. Die Militärpolizeiwachen des Apparatus traten an, um den Kampf zu beenden. Bis beide sich trafen und Flotten- und Apparatus-Militärpolizei aufeinander losgingen!

Bänke stürzten um! Gebäckstücke wurden als Wurfgeschosse mißbraucht! Das Heimschirmteam ließ sich nichts entgehen!

Heller, hier oben auf der Tribüne, blickte über die brodelnde Szene. Dann griff er nach einem Mikrophon, das an das allgemeine Klangsystem angeschlossen war, und schrie über den Lärm hinweg: „Kapellen und Chöre, STIMMT AN! 'RAUMWÄRTS, HO!'"

Das ist ein sogenanntes Sprechlied. Die ersten Verse werden zu einer Melodie gesungen, und danach kommen einige Zeilen, die wie Befehle gerufen werden.

Auf ihren Bühnen, die sie dem Kampf entzogen, stimmten die drei Kapellen den Refrain an, und der Rest der beiden Chöre, der sich noch auf den Bühnen befand, sang die ersten zwei Zeilen:

Raumwärts, ho!
Zu Sternen anderswo!

Dann der Sprechgesang:

Hinauf, hinauf, hinauf!
Hoch hinauf mit Drall!
Löst die Leinen! Löst die Leinen!
Schließt die Luken! Auf ins All!

Behälter krachten. Schreie und Rufe aus der Menge. Die Kapellen und Chöre erhöhten ihre Lautstärke. Die Chöre sangen:

Raumwärts, ho!
Der Planet, ein kleiner Floh!

Und dann der Sprechgesang:

Donner, Donner, Donner!
Füttert das Feuer!
Gebt Zunder! Gebt Zunder!
Geht auf Kurs am Steuer!

Aus der Ferne mischten sich die aufheulenden Sirenen der herbeigerufenen Aufruhreinheiten unter den Lärm der Schlägerei.

Die Chöre sangen weiter:

Raumwärts, ho!
Zu Ländern anderswo!
Zum Ziel, zum Ziel, zum Ziel!
Auf Fahrt wie eh und je!
Erobert das Schwarze! Das Schwarze!
Schnallt euch an! Fünf G!

Die Sirenen verklangen. Die ersten Antiaufruhrschiffe gingen in der Nähe zu Boden. Die Schlacht wütete immer noch.

Und die Chöre sangen:

Das All ist Geliebte,
ist Hure uns allen!
Das All ist ein Zauber,
dem jeder verfallen!
Darum gebt Schub!
Das Feuer, es brennt!
Wir sind wieder im All,
von Heimat und Liebe getrennt,
voll Hoffnung und Schrecken

verloren am Firmament!
Ins Nirgendwo!
Ins Nirgendwo!
Raumwärts, HO!

Ein Tup-Laster kippte um, und eine Flut von Tup ergoß sich über den Boden!

Die Aufruhrpolizei, die gelandet war, kam von der Flotte und vom Apparatus! Sie fielen sich gegenseitig an, noch bevor sie das Tor zum Hangargelände erreicht hatten!

Das Heimschirmteam ließ sich von ihrem Kran auf und ab über die Menge schwenken.

Heller sagte: „Sie werden noch endlos so weiterprügeln! Kommen Sie, wir gehen hinein! Es ist Mittag. Wir starten!"

Er stieg zum Pilotensitz auf der Kommandobrücke hoch und gab dem Hilfsmaschinenraum einige Anweisungen. Dann drückte er jeden Schallknopf, den es auf seinem Steuerpult gab. Schlepper können Strahlen ausschicken, die sich im All, wo es still ist, an die Außenwände der anderen Schiffe heften und sie mittels Schall leiten. Diese Strahlen schossen jetzt in den Hangar, auf den Boden und auf jedes Apparatus-Schiff in der Nähe, und sämtliche Pfeifen, Sirenen, Gongs und Explodersignale des Schleppers gingen auf einmal los. Es war ein Höllenlärm!

Ich hatte erfolglos einen zweiten und letzten Versuch unternommen, die Luftschleuse zu schließen. Aber irgendwie konnte ich meine Hände nicht dazu bringen, etwas anzufassen. Wir hoben bereits ab, und ich hing, mit dem Kopf in der Luft, immer noch in der offenen Luke.

Das Heimschirmteam hatte sich herumschwenken lassen, um den Start aufzunehmen, und genau in diesem Augenblick mußte mir natürlich meine Mütze vom Kopf fallen und die zweihundert Fuß, die uns jetzt vom Boden trennten, in die Tiefe segeln.

Das ohrenbetäubende Konzert der Pfeifen, Sirenen, Gongs und Explodersignale des Schleppers ging unvermindert weiter. Genau wie der Aufruhr unter uns!

Vor einigen Minuten schon, noch bevor das Lied angestimmt wurde, hatten meine Hände angefangen zu zittern. Und jetzt kam noch ein Schwindelgefühl dazu. Meine Euphorie war verflogen; statt dessen fühlte ich mich extrem nervös und gereizt.

Was ich hier erlebt hatte, sagte ich mir, war mit Sicherheit der geheimnis*loseste* Start einer Geheimmission, von dem jemals *jemand* gehört hatte!

Dreihundert Fuß unter uns, an dem Platz, wo eben noch der Schlepper gestanden hatte, sah ich, unberührt von dem Aufruhr um ihn herum, einen einzelnen Wachmann. Und dieser Wachmann warf uns mit beiden Händen wie verrückt Küsse hinterher. Das konnte nur Gräfin Krak sein! Sie war nicht in Spiteos, wo sie hingehörte! Sie war den ganzen Tag über hier gewesen!

Sie wurde immer winziger, dort unten auf Voltar, und hörte schließlich auf, Küsse zu werfen. Ich hatte den Eindruck, als wäre sie in sich zusammengesunken, auch wenn sie jetzt kaum mehr als ein Punkt war.

Jemand faßte mich an den Beinen, zog mich ins Schiff und schloß die Luke.

Wir waren auf unserem allgemein bekanntgemachten, gewiß über jeden Heimschirm des Planeten flackernden geheimen Weg. Wir flogen zur Erde.

Aber nur die Götter wußten, was weiter geschehen würde!

Wird die Erde entdecken,
daß sie das Ziel einer
feindlichen Invasion ist?
Und wird sie es früh genug
entdecken, um noch einen
Gegenschlag führen zu können?

Lesen Sie

MISSION ERDE,
Band 2:
DER ANFANG VOM UNTERGANG.

Über den Autor L. Ron Hubbard

L. Ron Hubbard wurde 1911 als Sohn eines amerikanischen Marineoffiziers geboren und wuchs im weiten Westen des Landes auf, wo er mit einem rauhen Leben im Freien vertraut wurde. Danach wandte er sich der See zu. Zu den Cowboys, Indianern und Bergen von Montana kamen damit die offene See, die Tempel und die vielen Menschen des Orients, den er als junger Mann auf seinen Reisen durch den Fernen Osten kennenlernte. Als er neunzehn Jahre alt war, hatte er bereits eine viertel Million Seemeilen zurückgelegt und war Tausende von Kilometern an Land gereist. Er zeichnete seine Erfahrungen in Tagebüchern auf und fügte Ideen für Geschichten hinzu.

L. Ron Hubbard kehrte in die Vereinigten Staaten zurück. Seine Neugierde und sein Verlangen nach Abenteuern veranlaßten ihn, sich als Kunstpilot zu versuchen, was ihm alsbald den Ruf eines verwegenen Könners einbrachte. Später wandte er sich wieder der See zu. Diesmal waren es Viermaster und Reisen in die Karibik, durch die er außergewöhnliche Situationen erlebte und Erfahrungen machte, die ihm später an der Schreibmaschine dienlich waren. Von seinen Reisen zehrend, brachte er eine erstaunliche Anzahl von Geschichten hervor, von Abenteuer über Western bis hin zu Detektivromanen.

Im Alter von 27 Jahren war L. Ron Hubbard bereits als einer der meistverkauften Autoren seiner Zeit etabliert, als der Street und Smith-Verlag versuchte, ihn dazu zu bewegen, es einmal mit Science Fiction zu versuchen. Das Ergebnis davon war eine ungeheure Menge von Geschichten von Herrn Hubbard, die die Bedeutung des Genres erweiterten und sein Gesicht veränderten. L. Ron Hubbard gelangte damit neben Robert A. Heinlein zum Ansehen, zu den „Gründungsvätern" des großen Goldenen Zeitalters der Science Fiction zu gehören.

Damals wie heute verglich man ihn mit H. G. Wells und Edgar Allan Poe. Seine erstaunliche kreative Leistung von mehr als einhundert Romanen und Kurzromanen sowie mehr als zweihundert Kurzgeschichten, von denen mehr als dreiundvierzig Millionen Exemplare in einem Dutzend Sprachen weltweit verkauft wurden, stellt ein Phänomen im Verlagswesen dar.

Vielleicht am bemerkenswertesten ist die Tatsache, daß L. Ron Hubbard seine Arbeit und seinen Stil im Laufe der Zeit zu meisterhaften Verhältnissen entwickelte. Im Jahre 1982 schrieb er anläßlich seines goldenen Berufsjubiläums als professioneller Schriftsteller den Riesenerfolg „Kampf um die Erde", der schnell zu einem internationalen Bestseller wurde und in aller Welt mit Literaturpreisen ausgezeichnet wurde. Die deutsche Ausgabe wurde von den Lesern zu einem der beliebtesten Science Fiction Bücher des Jahres 1987 und ebenfalls 1988 gewählt.

Aber sein größtes und abschließendes Werk sollte noch kommen. Nachdem er „Kampf um die Erde" fertiggestellt hatte, setzte L. Ron Hubbard sich hin und tat etwas, wovon wenige Schriftsteller je träumten, geschweige denn es erreichten. Er schrieb den höchst angesehenen zehnbändigen satirischen Abenteuerroman MISSION ERDE. Dieses Werk ist so beispiellos, daß ein neuer Ausdruck geprägt werden mußte, um dessen Umfang und Vielfalt beschreiben zu können: Dekalogie (10 Bücher).

L. Ron Hubbard verließ seinen Körper am 24. Januar 1986, nachdem sich das vollständige Manuskript in den Händen des Verlages befand und er all seine Arbeit getan hatte. Er hinterließ ein zeitloses Vermächtnis in Form von unvergleichlich reicher Erzählkunst, um Sie, den Leser, zu erfreuen, so wie es andere Leser immer wieder im Laufe des vergangenen halben Jahrhunderts erfreut hat.

Wir, der Verlag, sind stolz, hiermit den ersten Band der „MISSION-ERDE-DEKALOGIE" in der Taschenbuchausgabe präsentieren zu können, einen weiteren Meilenstein in der erstaunlichen Karriere eines der anerkanntesten und meistgelesenen Autoren aller Zeiten.

„ICH FREUE MICH IMMER, VON MEINEN LESERN ZU HÖREN.“

L. Ron Hubbard

Dies waren die Worte L. Ron Hubbards, der zu aller Zeit sehr daran interessiert war, von seinen Freunden und Lesern zu hören.

Er machte es sich zur Regel, mit allen, die er im Laufe seiner fünfzigjährigen Karriere als professioneller Schriftsteller kennenlernte, in Kommunikation zu bleiben, und korrespondierte mit Tausenden von Fans und Freunden aus aller Welt.

Der Verleger der literarischen Werke L. Ron Hubbards wünscht diese Tradition fortzusetzen, und Briefe und Kommentare von Ihnen, seinen Lesern, sowohl von alten als auch neuen Lesern, wären ihm sehr willkommen.

Jede an den Direktor für Autorenangelegenheiten (Author's Affairs Director) bei der untenstehenden Adresse gerichtete Mitteilung wird sofortige und volle Aufmerksamkeit erhalten.

NEW ERA Publications Deutschland GmbH
Bahnhofstraße 40
D-21629 Neu Wulmstorf

BAND 2:

Demnächst in Ihrer Buchhandlung!

Mission Erde 2
Der Anfang vom Untergang
482 Seiten
DM 12,80
öS 95
sFr 12,80

LORD MOKS JAGDREVIER
SCHWARZE BERGE (Höhe 30.000 - 50.000 Fuß)
SPITEOS !
DIE GROSSE WÜSTE
Vergnügungsstadt
Regierungsstadt
Kommerzstadt
Hafenstadt
Pauschbergen
Industriestadt
Luftverkehrsweg zur Palaststadt
Palaststadt
0 5 10
km
SPITEOS !
Ausdauerlager
TODESLAGER !
DIE GROSSE WÜST
APPARATUS-VIERTEL (Datenbank)
GRIS' BÜRO (SEKTION 451) OBERHALB DES WIELS
Flottenbasis
Offiziersklub und Sportarena
Patrouillen-stützpunkt
Königliches Gericht und Gefängnis
Armeebasis
Regierungsstadt
Kommunikations-zentrum
Finanz-verwaltung
Wiel
Ardaucus
Seé
0 5 10
km
APPARATUS FRACHTER-TERMINAL
APPARATUS HANGAR
HIGHTEE HELLE WOHNUNG
MINX' WOHNUNG
LORD ENDO LANDSITZ
Die Staatsstädte von Voltar
Übersetzt von 54 Charlee Neun

Königliche Kartographische
Abteilung der Konföderation von Voltar
Zivile Übersichtkarte
STAATSSTÄDTE VON VOLTAR
Serie D - Nummer: 00570 39 325001 01